IM DIENST DER KÖNIGIN

DIE ROYALS VON SAN RIMINI

NICOLE BURNHAM

Im Dienst der Königin

Die Royals von San Rimini

Buch 1

Übersetzung: Christina Löw und Eva Markert

Originaltitel: Fit for a Queen

ISBN: 978-1-941828-74-8 (Taschenbuch)

ISBN: 978-1-941828-73-1 (eBook)

Abonnieren Sie hier den deutschsprachigen Newsletter von Nicole. Abonnenten erhalten Bonusmaterial und Informationen zu kommenden Veröffentlichungen. Sie können sich jederzeit abmelden.

Für Mot und Alleb,
den König und die Königin epischer Abenteuer

KAPITEL 1

ALLES IN ALLEM war es eine schöne Beerdigung.

Die Staatskarosse aus dem Jahr 1750 – ein wuchtiges Gefährt, das so reich mit Gold verziert war, dass es von sechs Pferden durch die Straßen zum Duomo gezogen werden musste – hatte dem bedeckten Himmel zum Trotz geglänzt. Der Bischof hatte die Gefühle, die an diesem Tag vorherrschten, in wunderschöne Worte gefasst und der Angelegenheit einen ehrerbietigen und optimistischen Anstrich gegeben. König Eduardos vier erwachsene Kinder – Antony, Federico, Isabella und Marco – hatten ihren Rollen perfekt entsprochen und im Namen der gesamten Familie diTalora allen ihren Dank ausgesprochen, die angereist waren, um an dem Gottesdienst teilzunehmen.

Antonys Trauerrede war wortgewaltig, selbst für Antony, der ein natürliches Talent besaß, jeden zu bezaubern, den er bezaubern wollte. Es stand außer Frage, dass diese Ansprache später am Abend im Fernsehen gezeigt werden würde und in den kommenden Jahren wahrscheinlich in zahllosen Dokumentationen und Nachrichtensendungen.

Vor, während und nach der Zeremonie hatten gewaltige

Menschenmassen die Strada il Teatro gesäumt sowie die Straßen um den Duomo und San Riminis elegante Promenade. Sie standen sogar um den Palast herum, um ihre Zuneigung zur königlichen Familie zu zeigen.

Eduardo fühlte nur Kummer. Ein riesiges, schmerzhaftes Loch, wo seine Seele gewesen war.

Nun, nachdem er den Trauerzug und den religiösen Aspekt des Tagesprogramms durchgestanden hatte, musste er noch den privaten Empfang im Palast ertragen, eine Zusammenkunft von Familie, engen Freunden und der politischen und kulturellen Elite des Landes. Die Abteilung für Öffentlichkeitsarbeit im Palast hatte diese als „privat" bezeichnet, daher fand sie im Musikzimmer statt und nicht auf einer der Galerien oder in einem der Ballsäle, wo üblicherweise Gäste empfangen wurden. Eduardo wusste, dass trotz des intimen Rahmens alles, was er tat, seinen Feinden in Politik und Gesellschaft Gesprächsstoff liefern würde. Selbst die nervösen Zuckungen in seinem Gesicht konnten heimlich aufgezeichnet und verbreitet werden, was Spekulationen sowohl in der Boulevard- als auch in der Mainstreampresse hervorrufen würde. Also hielt er sein Kinn hoch und sein Gebaren war mehr das eines pflichtbewussten Königs als eines Ehemannes, der um seine geliebte Frau Aletta trauerte. Er kämpfte sich weiter durch den Tag und spendete genauso Trost, wie ihm Trost gespendet wurde.

Ihm entging nicht die Ironie, dass Aletta diejenige gewesen war, die bei solchen Gelegenheiten brillierte und immer wusste, was sie zu wem sagen sollte.

Der Krebs hatte ihr Leben gefordert. Dazu hatte dieses heimtückische Biest kein Recht! Doch trotz all seiner Mittel hatte Eduardo nicht die Macht gehabt, die Krankheit aufzuhalten.

Der Vorsitzende des Parlaments von San Rimini näherte sich, um ihm sein Beileid auszusprechen. Er war ein guter Staatsmann, dazu noch einflussreich. Eduardo schätzte es, dass sie oft derselben Meinung waren, was für das Land das Beste war, und sie hatten einen guten Draht zueinander entwickelt. Nach diesem kurzen Austausch folgten Gespräche mit dem Leiter des Verkehrsministeriums des Landes, einem Spitzenberater des Militärs – nicht dass die Armee von San Rimini, abgesehen von gelegentlichen internationalen Friedenseinsätzen, viel zu tun gehabt hätte – und mit verschiedenen Angehörigen der Justiz. Eduardos Geschwister, die zwar den Thron nicht geerbt hatten, jedoch unter den Augen der Öffentlichkeit aufgewachsen waren und bei gesellschaftlichen Ereignissen gewandt auftraten, manövrierten nach einer angemessenen Zeit alle Würdenträger von Eduardo weg und ersparten es ihm so, sich mit jemandem zu lang abgeben zu müssen.

Allerdings spürte er, wie sein aufgesetztes Lächeln schwand, als die Leiterin der Zentralklinik von San Rimini auf ihn zukam. Er hoffte, sie würde es nicht merken, denn er bewunderte sie und würde die Chance begrüßen, bei einer anderen Gelegenheit mit ihr zu sprechen.

Schließlich löste sich Alettas ältere Schwester Helena aus einer Gruppe Aristokraten und trat an seine Seite. Die Klinikleiterin kondolierte ihr, dann verabschiedete sie sich.

Mit gesenkter Stimme fragte Helena: „Hältst du noch durch?"

So einfach und vorhersehbar die Frage auch war, der besorgte Ton hätte ihm beinahe die Fassung geraubt, obwohl Eduardo seinen höflichen Gesichtsausdruck beibehielt. „So gut, wie es zu erwarten ist. Wie lange sind wir schon hier?"

„Zu lange. In weniger als einer Stunde kannst du dich in den Frieden deiner Wohnräume zurückziehen. Die Zeit wird schneller vergehen, als du denkst."

Helena legte tröstend eine Hand auf seinen Arm. Umsichtig, wie er war, kam ihm sofort der Gedanke, dass jemand im Raum ein Foto schießen und es der Presse zuspielen könnte, und die würde dann einen ganzen Artikel darüber schreiben, wie

Eduardo mit dem Tod seiner Frau umging. Wahrscheinlich wusste Helena das auch, doch sie hatte immer schon ein Talent gehabt, sich über die öffentliche Meinung hinwegzusetzen, so wie Eduardo es nicht konnte.

Abgesehen von den drei Jahren, die Helena verheiratet gewesen war – eine Zeit, die sie selbst als Katastrophe bezeichnete –, hatte sie seit Alettas und Eduardos Hochzeit im Palast gelebt. Sie hatte ihren privaten Wohnbereich zwei Stockwerke unter ihnen gehabt und ihrer jüngeren Schwester als engste Beraterin gedient. Im Laufe der Jahre hatte die Presse über dieses Arrangement spekuliert und über die Frage, ob das enge Verhältnis zwischen den Schwestern ein Grund für das Scheitern von Helenas Ehe war. Tatsächlich aber hatte dies in keiner Weise eine Rolle gespielt. Die Funktion, die Helena im Palast innehatte, verschaffte ihr eine Aufgabe und Aletta eine zuverlässige Vertraute.

Im Großen und Ganzen hatte diese Regelung funktioniert, obwohl es zu Reibungen zwischen Aletta und Eduardo gekommen war, wenn Eduardo das Gefühl hatte, Helena würde ihre Stellung ausnutzen, um Aletta zu manipulieren. Helena konnte Dinge zu Aletta sagen, die ein gewöhnliche Assistentin nicht äußern konnte, im Guten wie im Schlechten. Und anders als die üblichen Palastbediensteten hatte Helena ihr eigenes öffentliches Profil, sodass ihre und Alettas Auftritte sorgfältig koordiniert werden mussten. Glücklicherweise wurden solche Schwierigkeiten immer ausgebügelt und jeder Hinweis darauf wurde hinter verschlossenen Türen gehalten.

Eduardo wusste auch, dass Helena ihre Schwester geliebt hatte.

„Ich danke dir", sagte er zu ihr. Dies war nicht der richtige Ort für ein solches Gespräch, doch nachdem er sich überzeugt hatte, dass niemand in Hörweite war, drehte er seinen Kopf so, dass man seine Worte nicht erraten konnte, und fügte hinzu:

„Ich weiß, dass es ein schwieriger Tag für dich ist, aber wenn ich dir eine Sorge nehmen darf –"

„Ja?"

„Solange ich auf dem Thron sitze, hast du hier ein Heim. Natürlich bist du keinesfalls verpflichtet, zu bleiben. Aber ich möchte, dass du die Wahl hast."

Ihre Finger drückten seinen Arm fester. Jedoch nur für einen Moment, dann zog sie ihre Hand zurück. „Das weiß ich sehr zu schätzen."

„So wie ich deine Anwesenheit. In all den Jahren hast du viel für Aletta getan und deine Nichte und Neffen sind dir zugetan. Nun, da sie in einem Alter sind, zu heiraten und Kinder zu bekommen, könntest du ihnen eine weibliche Sichtweise bieten, die sie durch den Tod ihrer Mutter verloren haben."

Darüber lächelte sie. „Federico hat alles selbst sehr gut geregelt."

Der König widerstand dem Impuls, zu seinem zweiten Sohn hinüberzublicken, der schon verheiratet war und bald Vater werden würde. Als Federico begonnen hatte, mit Lucrezia, einer wohlhabenden Dame der gehobenen Gesellschaft, auszugehen, hatten er und Aletta Zweifel wegen dieser Verbindung gehabt. Lucrezia erschien ihnen zu steif, sogar für Federico, der immer alle Regeln befolgte. Doch ihre Beziehung hatte sich bewährt und das Paar schien glücklich.

„Ja", stimmte er zu, „aber es ist gut, jemanden zu haben, an den sie sich wenden können, wenn sie Probleme haben. Jemanden, der weiß, was ein Leben in der Öffentlichkeit bedeutet. Dem sie vertrauen können." Er warf seiner Schwägerin einen bedeutungsschweren Blick zu, der ihr hoffentlich einen Lichtschimmer an einem dunklen Tag bescheren würde. „Egal, ob du dich entscheidest, im Palast zu bleiben oder nicht, ich hoffe, du ziehst in Betracht, diese Rolle zu übernehmen, falls meine Kinder dich brauchen sollten."

Sie nickte kurz und nahm so das Kompliment an und den

Frieden, der zwischen ihnen hergestellt wurde. „Es wäre mir eine Ehre und eine Freude."

Der Schmerz in Eduardos Brust ließ nach, als Helena sich von ihm entfernte, um mit anderen Anwesenden zu sprechen. In den kommenden Wochen musste er sich mit Dutzenden von Personen und Organisationen treffen, um sie wissen zu lassen, wie sehr Aletta sie geschätzt hatte, und um ihnen zu versichern, dass sie weiterhin auf gutem Fuß mit der königlichen Familie standen. Helena war die wichtigste von ihnen. Er war froh, dass er dieses Gespräch hinter sich hatte.

„Eine Minute nach der anderen, ein Tag nach dem anderen", hörte er eine freundliche Stimme links von ihm. Er wandte sich um und sah Königin Fabrizia, deren Ehemann König Carlo über die Mittelmeerinsel Sarcaccia herrschte.

„Merkt man mir etwas an?"

„Überhaupt nicht."

Er hatte das Paar kurz im Duomo begrüßt. Sie hatten vorne gesessen, wie es ihnen nach ihrer gesellschaftlichen Stellung und ihrer langen Freundschaft mit der Familie diTalora gebührte, doch seit Alettas Tod hatte er keine Gelegenheit gehabt, länger mit ihnen zu sprechen.

Die beiden waren gerade so viel älter als Aletta und Eduardo, dass sie sie beraten und gleichzeitig gute Freunde sein konnten. Ihre Anwesenheit bedeutete eine noch größere Erleichterung für ihn als die Klärung der Situation mit Helena.

Er küsste Fabrizia herzlich auf beide Wangen. „Es ist schön, dich zu sehen, Fabrizia."

„Ich wünschte, die Umstände wären anders." Sie stand mit gestrafften Schultern da und hatte die Augenbrauen hochgezogen – jeder Zoll eine Königin in der Öffentlichkeit –, doch ihr Ton war freundschaftlich. „Aletta hätte der Gottesdienst gefallen. Er war geschmackvoll und angemessen. Diese Welle der Zuneigung jedoch … Eduardo, das hätte sie zutiefst gerührt. So eine Menschenmenge zu sehen, die sich ihr zu Ehren versammelt hat, hätte ihr mehr bedeutet als jede Rede oder Fanfare."

„Darin stimme ich dir zu."

Er wartete, während Fabrizia ihre nächsten Worte überdachte. Als sie erneut sprach, war es nur für seine Ohren gedacht.

„Wir sind Führungspersönlichkeiten, Eduardo. Unsere Landsleute erwarten von uns, dass wir ruhig und besonnen bleiben, sogar in den schlimmsten Zeiten. Besonders in den schlimmsten Zeiten. Wir dürfen unser Leid oder unsere Enttäuschung zum Ausdruck bringen, aber wie wir es tun, ist wichtig. Ich werde das nur dir gegenüber zugeben, doch um ein geziemendes Verhalten an den Tag legen zu können, musste ich die Augen von den Menschen abwenden, die an den Straßenrändern standen." Sie senkte ihre Stimme fast bis zu einem Wispern und fügte hinzu: „Heute Morgen habe ich im Geiste Eissorten aufgezählt, um meine Gefühle im Zaum halten zu können. Ich bin bis achtunddreißig gekommen, bevor ich mit Nudelformen angefangen habe."

Ein Kloß bildete sich in Eduardos Kehle. Während er und seine Kinder hinter der leeren Kutsche zum Duomo gelaufen waren – ein traditioneller, symbolischer Akt beim Verlust eines Mitglieds der königlichen Familie –, hatte er eine ähnliche Methode angewendet, um Haltung zu bewahren. Als er nun hörte, wie Fabrizia diese Taktik beschrieb, wallten die Gefühle wieder auf, die er bekämpft hatte, seit Aletta ihren letzten Atemzug getan hatte.

„Sie wäre stolz, wie du diesen Tag bewältigst", fuhr Fabrizia fort. Ihr Gesichtsausdruck war eine perfekte Mischung aus Mitgefühl und ruhigem Verständnis, für den Fall, dass jemand sie beobachten sollte – was die Leute natürlich taten –, obwohl sie mit fester Stimme sprach, als ob sie ihn stützen wollte, damit er für den Rest der Stunde stark bleiben konnte. „Sobald alle öffentlichen Aspekte berücksichtigt worden sind, sobald die erforderlichen Zeremonien und Gedenkfeiern in den kommenden Wochen und Monaten ausklingen, nimm dir eine Auszeit. Du hast Carlo mal erzählt, du hofftest, eines Tages die Gletscher in der Antarktis zu sehen. Fahr hin. Oder komm nach Sarcaccia, wenn du das vorziehst. Wir werden dafür sorgen, dass du Zeit hast, ein Mann und kein König zu sein. Dass du ganz allein bist, falls du das wünschen solltest, oder dich in der Gesellschaft von Freunden entspannen kannst."

Er dankte ihr, und zwar aufrichtig. Fabrizia wusste, dass ein Monarch sogar in seinem Privatleben selten allein war. Er hatte Sicherheitsleute, politische Berater und eine Assistentin, die ihn auf Reisen begleitete und in der Nähe blieb, selbst wenn er und Aletta sich auf dem Palastgelände aufgehalten hatten. Dann gab es Samuel Barden, den Chefkoch des Palastes, der es als seine Ehre ansah, dem königlichen Paar mit seinen Kreationen Freude zu bereiten, und Olena und Tetyana Roscha, die ukrainischen Schwestern, die nun schon seit über einem Jahrzehnt für die Reinigung ihrer Privaträume verantwortlich waren. Mit allen hatte Aletta täglich gesprochen. Sie hatten seine Frau gekannt und geliebt, und dass sie Zugang hatten, bedeutete, dass sie viele persönliche Momente der Königin miterlebt hatten. Und nun schauten sie, wenn auch unbewusst, auf ihn als Vorbild, wie sie mit ihrem Kummer umgehen sollten.

In San Rimini war es schwer, bloß ein Mann zu sein. Nur in den seltensten Augenblicken war er etwas anderes als ein König. Königin Fabrizias Angebot genügte, um ihm Kraft zu geben.

„In den kommenden Tagen wird eine ganze Reihe unangenehmer Aufgaben auf dich zukommen", fuhr sie fort. „All die üblichen Pflichten, die den nächsten Verwandten zufallen. Sie sind nie einfach, aber in deinem Fall um ein Vielfaches schwerer. Du wirst mit Formalitäten zu tun haben, die nur du erfüllen kannst, und natürlich mit persönlichen Sachen, die geordnet werden müssen. Aletta war die Schirmherrin vieler Organisationen und sie werden von dir erwarten, dass du für sie einen

Abschluss findest. Nicht irgendein Berater, sondern du. Das ist jedoch nur das, was in allernächster Zeit ansteht."

Die Königin atmete tief aus, allerdings hätte niemand, der ihr Gespräch beobachtete, dies bemerkt. „Sie wird eine Ikone werden, Eduardo. Dafür, wie sie als Mensch war, und weil eure Beziehung auf dem ganzen Globus als Musterbeispiel wahrer Liebe betrachtet wurde. Geier werden kreisen in der Hoffnung, ihre Hinterlassenschaft auszuschlachten. Sei vorbereitet. Und sei dir gewiss, dass Carlo und ich alles in unserer Macht Stehende tun werden, um dir behilflich zu sein, wenn du das möchtest. Du brauchst nur zu fragen."

Er erinnerte sich: Fabrizia und Carlo hatten dies durchgemacht. Als Carlos Vater nach Jahrzehnten auf dem Thron verstorben war, hatten die Nachrichtenagenturen und die Unterhaltungsindustrie die Lebensgeschichte des Königs zu einem Drama verbogen, das es so nie gegeben hatte. Andere nutzten seinen Tod, um Kunden in ihre Geschäfte zu locken und ihnen ihre Waren anzudrehen. Für sie war das Ereignis nur ein Mittel, um Profit zu machen. Doch für Carlo und Fabrizia war es eine persönliche Angelegenheit gewesen.

Eduardo fragte sich, ob einige der Geier, mit denen sie zu tun gehabt hatten, unter dem Dach ihres eigenen Palastes hervorgekommen waren. Ob sie versucht hatten, mehr als Geschichten zu stehlen.

„Ich kann mit den öffentlichen Opportunisten umgehen, aber es hat andere Zwischenfälle gegeben. Übertretungen, die persönlichen Besitz betrafen." Es war ihm unangenehm, so geradeheraus zu sein, doch ihre Möglichkeit für Privatgespräche war begrenzt. In dieser speziellen Angelegenheit schätzte er das, was Königin Fabrizia und König Carlo zu sagen hatten, am meisten.

Nachdem sie einen Moment nachgedacht hatte, murmelte sie: „Ich verstehe."

„Im Augenblick habe ich nur Verdachtsmomente. Ich habe

Schritte unternommen, um die Sicherheit in den Privaträumen zu erhöhen, und behalte diesen Status quo bei, bis ich so weit bin, die Situation anzugehen." Er sprach leiser, als er hinzufügte: „Wenn die Zeit gekommen ist, werde ich bei einigen Aufgaben Hilfe benötigen. Ich werde außer Landes danach suchen müssen."

An ihrer Miene konnte er erkennen, dass sie verstand, was er benötigte. Jemanden ohne persönliche Bindung an die Familie diTalora, der private Angelegenheiten kompetent regeln und dafür sorgen konnte, dass sie privat blieben.

König Carlo löste sich aus einer Gruppe von Würdenträgern, die nahebei standen, und gesellte sich zu seiner Frau. Nachdem der König sein Bedauern über Alettas Tod ausgesprochen hatte, sagte er zu Eduardo: „Fabrizia und ich konnten nicht anders, wir mussten heute die farbigen Glasfenster im Duomo bewundern. Soweit ich weiß, stand Aletta einer Initiative vor, sie zu restaurieren, oder?"

„Das war eines ihrer Lieblingsprojekte", bestätigte Eduardo, der froh war, über ein anderes Thema als Tod und Verlust zu reden. „Sie sind beeindruckend, sogar in ihrem augenblicklichen Zustand, aber über die Jahrhunderte haben die Verschmutzung und die salzige Luft ihr Übriges getan. Ihnen ihre ursprüngliche Herrlichkeit wiederzugeben, erfordert Künstler höchsten Kalibers, Menschen, die die Geschichte der Kathedrale und die kunstvolle Gestaltung des Glases zu würdigen wissen. Ein Professor an der Universität von San Rimini, der auf mittelalterliche Glasfenster spezialisiert ist, plant, die Fenster zu studieren, wenn sie entfernt werden. Aus den Geschichten, die darauf abgebildet sind, kann man natürlich viel ableiten, aber auch aus den kleinen Details, die ihre Herstellung betreffen. Die Art, wie die Glasschichten übereinandergelegt wurden, und sogar die verwendeten Farben könnten Hinweise auf die Erbauung des Duomo geben. Es wäre interessant, zu erfahren, ob ein Teil des Glases importiert wurde, und wenn ja, von woher."

Als er Luft holen musste, bevor er fortfuhr, wurde ihm bewusst, dass er das Buntglas benutzte, um die Zeit herumzubringen, und damit er den Menschen schneller entkommen konnte. Carlo und Fabrizia merkten es wahrscheinlich auch, denn sie konnten unmöglich so interessiert sein, wie sie sich gaben. Er kam zu dem Schluss, dass ihn dies zum Gegenstand von Mitleid machte. Das war nach einer Beerdigung zu erwarten, doch es gefiel ihm nicht.

Er gestattete sich ein leichtes Lächeln. „Ein wenig mehr als die Hälfte der Mittel, die nötig sind, wurden bisher aufgebracht. Ich gehe davon aus, dass eins meiner Kinder das Projekt übernehmen wird, wenn die augenblickliche Krise hinter uns liegt."

Carlo schaute seine Frau an, dann sagte er zu Eduardo: „Fabrizia und ich würden uns geehrt fühlen, wenn wir den vorhandenen Fonds vervollständigen dürften."

Einen Herzschlag lang versagte ihm seine Zunge den Dienst. Es war eine ungeheure Summe, selbst für die Familie Barrali. „Carlo, ich könnte nicht –"

„Betrachte es als ein Geschenk an die Einwohner von San Rimini, zum Andenken an ihre Königin."

„Es würde uns sehr viel bedeuten, zu sehen, dass Alettas Wünsche erfüllt werden", fügte Fabrizia in einem Ton hinzu, der die Entscheidung endgültig machte.

Eduardo konnte sich keine Geste vorstellen, die angemessener wäre, um seiner Frau zu gedenken. Oder großzügiger. „Das ist äußerst aufmerksam von euch. Vielen Dank!"

Fabrizia lächelte. „Wenn wir nach Hause zurückgekehrt sind, wird sich Carlos Assistent mit deiner Assistentin in Verbindung setzen, um die Überweisung zu regeln. Und was die andere Angelegenheit betrifft, so wirst du wissen, wann der richtige Zeitpunkt gekommen ist, um aktiv zu werden. Nächsten Monat, in einem Jahr, in fünf Jahren. Ich werde da sein, wenn du so weit bist. Ich bin sicher, ich kann die richtige Person für diese Aufgabe finden."

Man sollte meinen, dass Carlo als König einer Erbmonarchie alle Macht von Sarcaccia in seinen Händen hielte. Das zu glauben, würde jedoch bedeuten, Fabrizias Intelligenz und Findigkeit zu unterschätzen. Carlo hatte sie aus Liebe geheiratet, doch er hatte auch eine Frau geehelicht, die in ihrer Funktion als Königin aufblühte. Eine Frau, die ihn als öffentliche und private Person verstand. Eine Frau, von der er genau wusste, sie würde ihn immer in beiden Rollen unterstützen.

Eduardo hatte in dieser Hinsicht auch Glück gehabt. Zwar hatte er einst geglaubt, er würde mit Aletta alt werden, doch sie hatten wunderbare Jahre miteinander verbracht. Er hoffte, seine Kinder – und vielleicht auch Alettas Schwester – würden ebenfalls eine solche tiefe Liebe in ihrem Leben finden.

„Irgendwann in der Zukunft", sagte Eduardo schließlich zu Fabrizia. „Aber wenn ich so weit bin, werde ich dein Angebot gern annehmen."

Das Lächeln der Königin war unergründlich. „Ich warte darauf."

KAPITEL 2

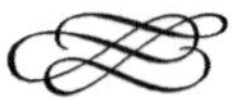

DANIELA D'AMBROSIO HATTE einen guten Teil ihrer Ersparnisse verwendet, um während der Frühjahrsferien in ein ihr unbekanntes Land zu reisen, in der Erwartung, ihren Horizont zu erweitern. Allerdings drohten die Hitze, geprellte Rippen und der überwältigende Geruch nach Kokosnuss, verschwitzten Körpern und verschüttetem Alkohol, sie lange vor Schließung des Lokals aus dem beliebtesten Tanzclub von Cancún zu vertreiben.

Sie hatte viel Zeit am Strand verbracht, während sie im Inselstaat Sarcaccia aufgewachsen war. Sie hatte auch die dortigen unvergleichlichen Tanzclubs besucht. Sarcaccias altertümlicher Charme und mediterrane Traditionen durchdrangen sogar das Nachtleben. Wein, Brie und dicke Weizen-Cracker wurden zwischen den Runden auf der Tanzfläche ebenso häufig geteilt wie Klatsch und Tratsch. Cancún hingegen war lärmend und von Jugend bevölkert, wie es nur eine Stadt sein konnte, die dem Dschungel abgetrotzt worden war mit dem ausdrücklichen Ziel, einen Hotspot für Urlauber zu schaffen. Alles war neu, von den Speisekarten über die Musik bis hin zu den Sombreros tragenden Gipsfröschen und -eidechsen in den Bars.

Sie konnte sich nicht vorstellen, dass Sarcaccias Prinzen und Prinzessinnen hier wie in den Nachtclubs ihrer Heimat verkehren würden. Sicherlich würden sie die Pausen zwischen den Liedern nicht dazu nutzen, sich auf ihren Stühlen nach hinten zu lehnen oder auf Tische zu legen, um sich Tequila in den Mund gießen zu lassen.

„Du kannst jetzt nicht gehen. Dieser DJ ist unglaublich!" Katja schrie über die Musik hinweg, als Daniela ihr zuwinkte, um anzudeuten, dass sie etwas Luft schnappen müsse. „Und wir werden dich nie wiederfinden. Bleib hier! Tanze weiter! Du wirst deinen toten Punkt überwinden."

Daniela gab sich weitere zehn Minuten lang Mühe, aber sie war ausgetanzt. Erschöpft. Es war einfach zu voll. Seit ihrer Ankunft zwei Stunden zuvor hatte sie mehrere Ellbogenstöße in den Rücken und in die Seiten erlitten, als die Tänzer ihre Plastikbecher erhoben, um dem DJ zuzujubeln, Freunden zuzuwinken oder überlasteten Barkeepern ihre Bestellungen zuzurufen.

Zu Beginn eines neuen Liedes berührte Daniela Katjas Schulter, beugte sich dann zum Ohr ihrer Freundin hinüber und achtete darauf, deutlich zu sprechen, sodass Katja sie über den dröhnenden Bass hinweg verstehen konnte: „Ich werde mit dem Bus zurück zum Hotel fahren und euch dort treffen. Sag allen Bescheid, in Ordnung?"

Katja schaute auf die Uhr, dabei schwang sie weiter ihre Hüften. „Uns bleiben noch vierzig Minuten, bis keine Busse mehr fahren. Die letzten werden überfüllt sein. Bleib noch ein bisschen, dann nehmen wir alle ein Taxi. Es wird nicht viel kosten, wenn wir uns einen der Vans teilen."

„Ich muss für morgen Abend Energie sparen. Tanz dir die Seele aus dem Leib. Amüsiere dich. Ich komme schon klar."

Katja schaute sie zweifelnd an, doch dann blieb ihr Blick an einem gut aussehenden Typen mit einer Red-Sox-Baseballkappe und einem Auburn-T-Shirt hängen, der sich an die Bar lehnte und in ihre Richtung blickte. Da wusste Daniela, wie sie entkommen konnte.

„Er wartet darauf, dass ich dich allein lasse", sagte sie. „Nutze es aus."

„Aber –"

„Wann wirst du diese Gelegenheit wieder haben? Lass dich auf ein Abenteuer ein und erzähle mir morgen alles darüber. Darum sind wir doch hier, oder?"

Daniela wusste, dass Katja noch viele Gelegenheiten haben würde – die Kerle wurden von der gutaussehenden, rehäugigen Deutschen angezogen wie Kinder von einem Eiswagen –, aber dies war genau das, was Katja hören musste, um ihr Schuldgefühl darüber zu mildern, dass sie auf der Tanzfläche blieb, während Daniela ins Hotel zurückkehrte. Katja lächelte Daniela an, dann wurde ihr Gesichtsausdruck regelrecht verrucht, bevor sie einen langen Blick zur Bar warf. Es war die perfekte Einladung für Mr. Auburn. Er schlängelte sich durch die sich windenden Körper, seine Augen wie Laser auf Katja gerichtet.

Daniela arbeitete sich im Zickzack durch die Menge und auf die Tür zu. Sie entdeckte zwei ihrer Freunde, als sie sich unter den erhobenen Armen betrunkener Feiernder hindurchduckte, aber sie waren zu sehr in der Atmosphäre gefangen, um sie gehen zu sehen. Ihnen zuzurufen, wäre bei diesem Lärm zwecklos. Da sie keine Lust hatte, sich zu ihnen durchzukämpfen, verließ sie sich darauf, dass Katja ihnen mitteilen würde, dass sie gegangen war.

Acht von ihnen waren zum Spring Break von der University of Michigan nach Mexiko gereist. Sie waren alle Europäer, die für ein Semester im Ausland studierten. Katja stammte aus Deutschland, Daniela aus Sarcaccia. Die anderen sechs kamen aus den Niederlanden und aus Belgien. Keiner von ihnen hatte schon einmal Spring Break erlebt oder Mexiko besucht, also hatten sie ihr Geld zusammengelegt, Billigflüge im Internet gefunden und sich dann in zwei Zimmer eines der riesigen Hotels gepfercht, die am Strand von Cancún lagen.

Sie hatten gewusst, dass es ein Abenteuer werden würde. Sie hatten nicht vorhergesehen, was für eines.

Der Landstreifen, der vom Stadtzentrum aus in Form einer umgedrehten Sieben ins Wasser ragte, beherbergte in seinen unzähligen Hotels und Ferienwohnungen Tausende von Menschen in ihren Zwanzigern, die sich Trinkgelagen hingaben. Danielas Vorstellungen über Spring Break kamen aus dem Fernsehen; die Realität war ganz anders. Sie hatte den Tag genossen und die meisten Stunden damit verbracht, am Pool zu faulenzen und lange Spaziergänge am Strand zu machen, um den warmen Wind und die Brandung zu genießen, während sie die Leute beobachtete. Doch am dritten Tag, während ihre Freunde ausschliefen, war Daniela in einen Tourbus gestiegen, um sich die Maya-Ruinen von Chichen Itza anzusehen. Der Ausflug hatte fast den ganzen Tag gedauert, aber der Trip hatte ihr gefallen. Sie hatte den letzten Rest ihres begrenzten Unterhaltungsbudgets für einen Angelausflug am späten Nachmittag des vierten Tags verwendet, anstatt noch einmal mit ihren Freunden am Pool zu liegen. Sie hatte einen Barrakuda gefangen, den sie fröhlich den Fischern übergab, denen das Boot gehörte, und plauderte sowohl mit ihnen als auch mit den beiden texanischen Ehepaaren, die auf dem Ausflug mit dabei gewesen waren. Ihre Freunde meinten, sie wäre verrückt und warfen ihr vor, „geriatrischen Aktivitäten" nachzugehen, aber ein paar Stunden fern von den dröhnenden Lautsprechern am Pool und den pausenlosen Runden tropischer Drinks zu verbringen, war ein Akt der Selbsterhaltung gewesen.

Sie hatte eine Pause von der Reizüberflutung benötigt, um die nächtlichen Unternehmungen bewältigen zu können.

Außerdem war sie in Mexiko. Sie wollte sehen, was jenseits des Hotelbereichs von Cancún lag. Für sie war das ein besseres

Abenteuer, als eine Partyszene zu erleben, die sie auch näher an ihrem Zuhause finden konnte, auf Ibiza zum Beispiel oder bei einem der kroatischen Musikfestivals.

Daniela lief schneller, als sie sich um die Schlange der Studenten herummanövrierte, die an der Tür warteten, wo ihre Ausweise überprüft wurden. Erleichterung durchströmte sie, als sie die Nachtluft auf ihrem Gesicht spürte. Es war mindestens dreißig Grad wärmer als in Michigan, aber verglichen mit dem Schwitzfest auf der Tanzfläche fühlte es sich geradezu kühl an.

Sie atmete mehrere Male tief ein, ihre Lungen konnten sich jetzt, nachdem sie dem Gedränge entkommen war, frei entfalten. Sie lief an der Schlange unter der Markise der Bar vorbei und fand eine leere Bank am Ende des Gebäudes. Sie ließ sich darauf fallen, legte die Arme auf die Rückenlehne und verbrachte mehrere Minuten damit, sowohl den freien Raum zu genießen als auch die Brise, die über ihre überhitzte Haut strich. Dabei beobachtete sie den Strom der Studierenden, die den Boulevard Kukulkan entlang schlenderten. Außerhalb der Bar – in einer Straße voller Restaurants, Strandgeschäfte und Tanzlokale – war es nicht ruhig, aber der Unterschied im Lärmpegel war so drastisch wie das abrupte Ende eines Feueralarms. Dabei merkte sie, dass der Nachhall des Lärms in der Disko immer noch ihre Trommelfelle vibrieren ließ.

Sie schloss für einen Moment die Augen und stellte sich vor, wie sie die Bar gestaltet hätte, würde sie ihr gehören. Das Lokal verdiente sein Geld durch Menge, was den Wunsch des Managements erklärte, eine so große Anzahl von Gästen anzuziehen, dass diese die Kapazitäten beinahe sprengten. In Daniellas Traumbar gäbe es auch Tanzen und Trubel, aber mit der Hälfte des Publikums, sodass die Leute Platz hätten, sich zu bewegen, ihr Essen und ihre Getränke zu genießen, ohne zu kleckern, und sich gegenseitig reden zu hören. Sie würde die Bar selbst verlängern und an den Enden rundführen, sodass die Barkeeper denselben Raum zur Verfügung hatten, den Gästen jedoch der Zugang erleichtert würde, wenn sie ihre Getränke kauften und dann auf die Tanzfläche oder an einen der hohen Tische zurückkehrten, die rundum am Rand standen.

Als sie sich dabei ertappte, wie sie im Geiste die Karte plante, seufzte sie und richtete sich auf. Eine Bar zu besitzen, war überhaupt nicht ihr Traum. Aber wenn sie sah, wie ein Laden oder ein Restaurant weniger effizient arbeitete, als es möglich wäre – oder schlimmer noch, wenn sie ein Geschäft oder Restaurant betrat, das unordentlich war –, hatte sie es sich zur Gewohnheit gemacht, den Betrieb im Geiste neu zu strukturieren.

Sie brauchte keinen Psychologen, um zu wissen, dass diese Eigenschaft eine reflexartige Reaktion darauf war, in einem Haushalt aufgewachsen zu sein, der alles andere als organisiert war.

Die Gedanken an ihr Elternhaus wurden von einer tiefen – und ziemlich genervten – männlichen Stimme unterbrochen, die von ihrer Rechten kam. „Zum letzten Mal, es wird ein Lückenjahr genannt, weil es eine *Lücke* in meiner beruflichen Laufbahn ist. Eine geplante Lücke. Ich habe den Rest meines Lebens Zeit, um zu arbeiten, was ich in genau fünf Monaten vorhabe."

Daniela wagte nicht hinzuschauen, aber die Schritte auf dem Bürgersteig zeigten an, dass er sich in ihre Richtung bewegte, um dem Lärm der Bar zu entkommen, wie sie es getan hatte. „Wenn du dich dadurch besser fühlst, betrachte es als ein Sabbatjahr. Es ist nicht so, dass ich dieses Jahr nur herumsitze und nichts tue. Ich mache einfach nur nicht das, was du von mir erwartest."

Kurz herrschte Stille, dann kam: „Ich habe immerhin deinen Anruf angenommen, oder nicht?", gefolgt von noch mehr Stille, einem Schnauben und: „Cancún, Mexiko. Eine Gruppe von uns ist für ein langes Wochenende hierhergefahren. Morgen Abend werden wir zurück in Guatemala sein. Und ja, bevor du fragst, ich bin völlig sicher. Es ist laut, weil wir spät zu Abend gegessen haben, und jetzt stehe ich auf einer Straße mit Restaurants und Tanzlokalen."

Daniela hörte mehr Schritte, während der Mann dem Gesprächspartner am anderen Ende lauschte. Sie brauchte ihn nicht zu sehen, um die Frustration zu spüren, die von ihm ausging. Sie wollte sich auf der Bank unsichtbar machen und ihm Privatsphäre geben ... nicht als ob jemand in diesem Stadtteil wirkliche Privatsphäre finden könnte.

Einen Augenblick später sagte er mit ruhigerer Stimme: „Das bin ich. Ich verspreche, dass ich nichts tue, was ich später bereuen werde." Es gab eine kurze Pause, bevor er hinzufügte: „Sag Mom, sie soll sich keine Sorgen machen. Ich werde Montagmorgen anrufen, bevor ich zur Arbeit aufbreche. Bist du dann erreichbar?"

Daniela bekam das Ende von dem, was er sagte, nicht mehr mit, weil eine Gruppe von mindestens einem Dutzend Mädchen in dünnen Kleidern mit Spaghettiträgern an ihr vorbeilief. Mehrere hatten sich untergehakt. Alle sprachen in einer Lautstärke, die eher dazu taugte, Musik zu überschreien, als in den frühen Morgenstunden eine Straße entlangzuschlendern. Ein Bus hielt an einer nahe gelegenen Haltestelle, und die Horde beeilte sich kichernd, ihn noch zu bekommen. Als sich die Türen öffneten, quetschten sie sich in das bisschen Platz, das ihnen noch blieb.

Sie hatte Anfang der Woche beobachtet, dass die Busse häufig hintereinander anhielten, also schaute sie in die Richtung, aus der der Bus gekommen war, um zu sehen, ob ein anderer in Sichtweite war. Als nur Taxis und ein einzelnes Motorrad mit einem Pizzakurier auftauchten, dachte sich Daniela: Sei's drum. Ein oder zwei weitere Minuten an der kühlen Luft würden die letzten Auswirkungen des schweißtreibenden Aufenthalts in der Tanzbar aus ihren Nebenhöhlen vertreiben, bevor sie den Bus für die stickige Fahrt zum Hotel bestieg.

Da der Strand weniger als fünf Gehminuten vom Tanzclub entfernt war, schien es eine Schande, nicht im Freien zu bleiben und die warme Nachtluft und den Geruch des Meeres zu genießen, solange sie es noch konnte.

Sie beschloss, ein oder zwei Haltestellen zu laufen und dann in den Bus zu steigen. Ihr Hotel lag am anderen Ende der langen Touristenmeile. Wenn sie an dieser Ansammlung von Bars und Restaurants vorbei zu dem nächstgelegenen größeren Hotel lief, sollten genügend Leute aussteigen, sodass sie dann genug Platz haben würde.

Sie erhob sich von der Bank und wich einer Gruppe von Radau machenden Jungs aus, um auf dem an einem Haltestellenschild angebrachten Plan nachzuschauen, wo genau sie sich befand.

Einen Kilometer südlich auf dem Boulevard. Perfekt.

„Das war der letzte."

Hinter sich hörte sie eine bekannte Stimme. Der Mann stand so nah, dass sie einen leichten Hauch seines Duftwassers bemerkte. Oder vielleicht war es sein Waschmittel. Was auch immer, es überwältigte ihre Sinne nicht auf die gleiche Weise wie die Mischung aus Gerüchen, die sie beim Tanzen im Club wahrgenommen hatte.

Langsam schaute sie über ihre Schulter, dann hoch. Ihre Stirn war auf gleicher Höhe wie seine Brust. Er trug ein lässiges, aber gut sitzendes graues T-Shirt. Sein Gesicht war glatt rasiert, der obere Teil wirkte allerdings etwas dunkler als der Rest, als hätte er sich mit Hut und leichter Gesichtsbehaarung draußen aufgehalten, und die Sonne hätte den dazwischenliegenden Bereich der Wangenknochen beschienen. Die Farbe ging nicht Richtung Rosa, wie bei den meisten anderen Jungs, die in den Bars unterwegs waren, und dies deutete eher auf Monate als auf ein paar Tage im Freien hin.

„Ich will ja nicht aufdringlich sein", sagte er und fuhr mit einer Hand durch sein gewelltes, sonnenverwöhntes braunes Haar, „aber ich möchte nicht, dass du hier festsitzt und auf einen Bus wartest, der nicht kommt."

„Das ist nett von dir, aber ich habe auf die Haltestellen geschaut, nicht auf die Zeiten." Außerdem irrte er sich. Ihr Blick auf den Fahrplan zeigte, dass es noch mindestens zwei weitere Busse gab.

„Eine Haltestelle gibt es alle fünfhundert Meter, aber das wird dir nichts nützen, es sei denn, du fährst in die Innenstadt, aber in diesem Fall müsstest du auf die andere Straßenseite gehen."

„Dort will ich nicht hin."

„Gut, denn du müsstest rennen, um diesen noch zu bekommen." Seine dunklen Augen blickten zur gegenüberliegenden Seite der breiten Straße, wo ein fast leerer Bus an einer Haltestelle hielt. Die einzigen Fahrgäste schienen Hotel- und Restaurantangestellte zu sein, die nach einem langen Arbeitstag die Touristenmeile verließen, die meisten mit Kopfhörern in den Ohren und müden Gesichtern. „Wenn du dir ein Taxi teilen möchtest oder eine Mitfahrgelegenheit suchst, kümmere ich mich darum. Wie weit ist dein Hotel entfernt? Meines liegt fast am anderen Ende, es ist also kein Problem, dich bei deinem rauszulassen."

Sie schluckte. Er sagte nichts, aber sie wusste, dass er die unfreiwillige Reaktion bemerkt hatte. „Danke für das Angebot, aber es ist so schön angenehm draußen, dass ich glaube, ich laufe bis zur Haltestelle bei Kilometer elf und fahre von dort aus weiter."

Mit dem *Bus*.

Seine Mundwinkel zuckten, als hätte er ihre Gedanken gelesen. Er hielt einen Zettel in der Hand, der wie ein Kassenbeleg von der Bar aussah. Er knüllte ihn zusammen, schaute auf eine drei Banklängen entfernte Mülltonne und warf ihn dann in die Tonne, als ob es keine große Sache wäre.

„Ich bin Royce. Royce Dekker.“

Er streckte seine jetzt leere Hand aus. Groß, männlich und – wie sie jetzt feststellte – am Ende eines Arms mit einem ziemlich festen Bizeps, der zur athletischen Brust passte.

Royce Dekker war außerordentlich sportlich. Er lächelte sie an. Und wartete.

KAPITEL 3

SIE BEACHTETE ihre Nervosität nicht und schüttelte seine Hand. „Ich bin Daniela.“

Nachdem sie seine Hand losgelassen hatte, schaute er sie erwartungsvoll an, was sie dazu veranlasste, hinzuzufügen: „Daniela D'Ambrosio.“

Sie wusste nicht, warum, doch es war ihr unangenehm, Fremden mehr Informationen über sich zu geben als nötig. Katja hatte gestöhnt, als Daniela dies ein paar Wochen zuvor umgangen hatte, als sie in Ann Arbor eine Pizza essen gegangen waren und sich eine Gruppe Jurastudenten an ihren Tisch gesetzt hatte. Nach ein paar Minuten angeregter Unterhaltung hatte Katja ihren vollen Namen, ihre Telefonnummer und ihr Studienfach so einfach weitergegeben wie die Papierservietten aus dem verbeulten Chromständer. Daniela dagegen hatte nur ihren Vornamen genannt.

„Was sollte das?“, hatte Katja sie später an jenem Abend gefragt. Als Daniela erklärte, dass sie ihre Privatsphäre nicht gern aufgab, weiteten sich Katjas Augen ungläubig. „Was glaubst du, werden sie machen? Dir deine Identität stehlen? Sie sind an der juristischen Fakultät!“

Daniela hatte mit den Schultern gezuckt, sie konnte keine genauere Antwort geben.

„Macht es dir etwas aus, wenn ich mit dir gehe?", fragte Royce. Er wies mit seinem Daumen auf die Bar. „Nach einer Stunde da drin brauche ich eine Pause von diesen Menschenmengen. Die Lautstärke ist kaum zu glauben."

Sie zögerte. Ihre lebenslange Vorsicht lag im Widerstreit mit ihrem Bauchgefühl, dass Royce Dekker ein anständiger Mensch war.

Ein verlegenes Grinsen brachte ein umwerfendes Grübchen in seiner Wange zum Vorschein. „Ich verstehe schon: Du kannst mich nicht von einem der Gipsfrösche unterscheiden. Wenn du es lieber nicht möchtest – kein Problem. Ich dachte nur, es wäre –"

„Schon gut. Lass uns gehen." Sie war nicht sicher, warum sie das gesagt hatte. Vielleicht, weil sie sich an Katjas Kritik erinnert hatte. Oder vielleicht, weil sie in dieser Woche Dinge getan hatte, die sie normalerweise nicht machte, wie zum Beispiel, allein Chichen Itza zu besuchen und von hoch oben von einer der Ruinen aus auf das Blätterdach des Dschungels zu blicken. Wie dem auch sei, wenn sie die Gelegenheit ergreifen und in ihrem Urlaub etwas Abenteuerliches unternehmen wollte, dann schien ein Spaziergang mit Royce ein Schritt in die richtige Richtung zu sein.

Er zog seine Brauen hoch. „In Ordnung."

Sie schaute auf die Mülltonne, als sie daran vorbeigingen. „Das war ein guter Wurf. Spielst du Basketball?"

„Nur mit meinem Abfall." Er warf einen Blick über seine Schulter. „Musst du deinen Freunden Bescheid sagen, dass du gehst?"

„Das habe ich schon getan." Sie runzelte die Stirn. „Woher weißt du, dass Freunde von mir da drinnen sind?"

„Niemand verbringt Spring Break allein." Er zuckte mit der

Schulter, dann fügte er hinzu: „Ich habe dich vorhin tanzen sehen. Du sahst so glücklich aus, wie ich mich fühlte."

Die Tatsache, dass er sie bemerkt hatte, schob sie für spätere Überlegungen beiseite. „Es hat dir also nicht gefallen?"

„Die Musik war toll. Die Leute waren toll. Tanzen ist aber nicht mein Ding. An so einem Ort tue ich nichts weiter, als auf und nieder zu hüpfen und dabei wie ein Idiot auszusehen, während ich versuche, mein Bier nicht zu verschütten."

Das brachte sie zum Lachen. „Diese Beschreibung trifft auf die meisten Leute zu."

Sie kamen an einem Gemischtwarenladen vorbei, dann warteten sie, bis ein weißer Lieferwagen mit dem Logo eines Softdrink-Herstellers aus einer Einfahrt gefahren war, bevor sie weitergingen.

„Also, wo studierst du, Daniela D'Ambrosio?", fragte er. „Du und deine Freunde, ihr seid keine Amerikaner."

Sie sah ihn von der Seite an. „Mein Englisch kann nicht so schlecht sein."

„Es ist fantastisch. Aber dein Tonfall verrät mir, dass du keine Amerikanerin bist. Das Mädchen, neben dem du getanzt hast – das große –, stand vorher neben mir an der Bar und hat einen Drink bestellt. Sie klang deutsch. Du hast aber nicht denselben Akzent wie sie."

Das erklärte seine Neugier. Sie bedachte Royce mit einem Lächeln und sagte: „Katja kommt aus Dresden. Ich bin von Sarcaccia, deshalb hatte ich seit dem Kindergarten Unterricht auf Italienisch und Englisch. Wenn ich jetzt nicht gut Englisch spreche, habe ich ein Problem, denn ich gehe davon aus, dass es in jedem Job, den ich bekommen könnte, verlangt wird." Sie erklärte ihm, dass sie und ihre Freunde für ein Auslandsse-mester an der University of Michigan waren, und stellte ihm dieselbe Frage, die er ihr gestellt hatte.

„Hast du nicht gehört, wie ich bei dem Gespräch mit meinem Vater die Beherrschung verloren habe?"

„In gewisser Weise schon." Sie zog eine Grimasse. Andererseits, wenn er das als *die Beherrschung verlieren* bezeichnete, hatte Royce seine Gefühle besser im Griff als die meisten Menschen. „Ich habe mir sehr viel Mühe gegeben, nicht zuzuhören."

Er lachte schallend. „Und ich habe mir sehr viel Mühe gegeben, nicht wütend zu werden. Um deine Frage zu beantworten: Ich lebe augenblicklich in Guatemala. Meine Eltern wohnen in San Rimini."

Offensichtlich überrascht schaute sie ihn an. Diese Antwort hatte sie nicht erwartet. Sarcaccia lag vor der Westküste von Italien, es war von Neapel aus nur eine kurze Überfahrt mit der Fähre. Das kleine Land San Rimini befand sich auf der gegenüberliegenden Seite von Italien, an der nördlichen Adria, einen Steinwurf von Venedig entfernt.

„Meine Mutter ist Amerikanerin. Sie wurde in Tennessee geboren und ist dort aufgewachsen. Mein Vater hat niederländische und britische Wurzeln. Er führt ein privates Sicherheitsunternehmen, das von Botschaften angeheuert wird. Und dies", fuhr er fort, „macht mich zu einer Promenadenmischung, die überall auf der Welt aufgewachsen ist."

„Meine Vermutung ist, es macht dich zu jemandem, der sich in einer Vielzahl von Situationen gut zurechtfindet."

„Wahrscheinlich hast du recht." Er warf ihr einen Blick zu. „Die meisten Leute, die hören, wie ich groß geworden bin, sagen als Erstes, dass es schwierig gewesen sein muss, kein festes Zuhause zu haben."

„Und? War es schwierig?"

„Nein." Er zog eine übertrieben sorgenvolle Miene und wies mit dem Finger darauf. „Die Leute machen dabei immer so ein Gesicht und sprechen in mitleidsvollem Ton, als ob mir ein wesentliches Element meiner Kindheit gefehlt hätte, weil ich alle paar Jahre umgezogen bin. Aber ich habe nichts anderes kennengelernt. Manchmal war ich versucht, zu fragen, ob nicht ihnen etwas gefehlt hat, weil sie immer nur an einem Ort gewohnt haben." Seine Augen blickten schelmisch.

„Das würde sicher nicht gut aufgenommen werden."

„Wahrscheinlich nicht, aber es könnte sie zum Nachdenken bringen." Er wich einem Palmwedel aus, der auf den Bürgersteig gefallen war. Einen Augenblick später sagte er: „Mein Vater muss in seinem Job verschiedene Kulturen verstehen. Geschichte, Religion, Etikette, Gepflogenheiten, sogar Essgewohnheiten. Er sagt immer, dass man einen Ort erst bewachen kann, wenn man diejenigen versteht, die dort leben. Bevor wir irgendwo hinzogen, brachte er uns immer Bücher mit oder zeigte uns Videos über die Gegend. Meine Mutter und ich beschäftigten uns nicht so gründlich damit wie mein Vater, doch es genügte, dass wir gespannt auf den Umzug waren. Meine Eltern reisen beide gern, einfach um ihren Horizont zu erweitern, und sie förderten diese Einstellung auch bei mir."

„Sie ermutigten dich, neugierig zu sein. Ich würde sagen, das ist eines der wesentlichsten Elemente der Kindheit."

Er überdachte dies und lächelte. „Bist du oft umgezogen?"

Daniela unterdrückte den Schauer, den dieser Gedanke bei ihr hervorrief. Ihre Mutter würde selbst dann nicht umziehen, wenn ihr Leben davon abhinge. „Nein. Aber es war genau wie bei dir: Ich kannte nichts anderes."

Um das Gespräch von ihrer Kindheit abzulenken, setzte sie hinzu: „Als du aus dem Club kamst, dachte ich, du wärst Amerikaner. Aber nur, weil diese Woche anscheinend jeder in Cancún von dort kommt, und nicht wegen deines Aussehens oder der Art, wie du sprichst."

„Ich habe sowohl die britische als auch die US-amerikanische Staatsbürgerschaft – was auch immer das aus mir macht."

„Eine Promenadenmischung", sagten sie wie aus einem Mund. Bei dem amüsierten Blick, den sie tauschten, durchflutete Wärme ihren Körper.

So falsch Royce auch lag, was den Busfahrplan betraf – er war interessant. Sie war froh, dass sie sich auf das Risiko eingelassen und seiner Begleitung zugestimmt hatte, obwohl das im Nachhinein betrachtet gar kein so großes Risiko war. Außer den Studenten, die zu den nächsten Hotelkomplexen liefen, den vereinzelten Polizisten oder Türstehern, die die Menge beäugten, waren noch viele andere Leute zu Fuß unterwegs. Ab und zu fuhr ein Fahrrad in die entgegengesetzte Richtung an ihnen vorbei. Wie die Ortsansässigen, die sie in dem landeinwärts fahrenden Bus gesehen hatte, schienen auch die Radfahrer nach ihren Schichten in den Hotels und Restaurants nach Hause zurückzukehren.

Daniela dachte über Royce' Familie nach. Sie konnte den Anruf, den sie zufällig mitgehört hatte, nicht mit der Beschreibung seiner reiselustigen Eltern in Einklang bringen.

Sie näherten sich dem Zugang zu einem Apartmentkomplex mit Strandblick. Ein Wachposten saß in einem Häuschen am Tor. Die Tür war geöffnet, er hatte seine Füße auf einen leeren Getränkekasten gelegt und las eine Zeitung. Er hob den Kopf, als er Schritte hörte. Als er jedoch sah, dass sie nicht auf den von ihm gesicherten Bereich zuliefen, wandte er seine Aufmerksamkeit wieder dem Blatt zu.

Sie wartete, bis sie außer Hörweite des Wachmanns waren, bevor sie sagte: „Dann erzähl mir mal, Royce Dekker, was machst du in Guatemala?"

Er erklärte, dass er im Mai zuvor seinen Uniabschluss in San Rimini gemacht hatte, und fügte hinzu: „Eigentlich wollte ich mir eine Auszeit von einem Jahr nehmen, bevor ich mit dem Studium begann, aber meine Eltern waren strikt dagegen. Deshalb habe ich mich für ein Brückenjahr danach entschieden, bevor ich ganz in den Beruf einsteige. Ich fand eine Organisation, die überall auf der Welt einjährige Umweltprojekte durchführt, und habe mich für ihr Guatemala-Programm beworben.

Meine Gruppe arbeitet daran, den Zugang durch den Regenwald zu verbessern. Die meisten Straßen sind über fünfzig Jahre alt und als sie gebaut wurden, hat niemand an die Umwelt gedacht. Einige verursachen einen zu starken Wasserabfluss, der Baumwurzeln und sonstige Vegetation schädigt, ein paar stellen eine Gefahr für Wildtiere dar, die nicht sicher von einem Gebiet in ein anderes gelangen können. Manche wiederum sind einfach nur gefährlich, sodass die Leute lieber Abkürzungen nehmen, was jedoch das Leben im Wald stört."

Es klang nach harter Arbeit. Notwendig, aber hart. „Macht es dir Spaß?"

Er hob sein Gesicht zum Himmel. Daniela bemühte sich, nicht auf sein Profil zu starren. Royce hatte ein faszinierendes Gesicht. Männlich, attraktiv, aber nicht im klassischen Sinne.

„Ja. Ich bin gerne an der frischen Luft. Am meisten liebe ich Guatemala bei Nacht. Wir sind in einer abgelegenen Gegend, daher gibt es dort kaum Lichtverschmutzung. Wir haben einen Beobachtungsturm in der Nähe unseres augenblicklichen Camps, der über die Baumkronen hinausragt. Von dort aus kann ich die Sterne so sehen, wie es mir zu Hause nicht möglich ist. Oder hier." Er stieß seinen Atem aus. „Dies ist seit Monaten mein erster Besuch in der Zivilisation. Zumindest in einer Zivilisation, in der es Fast-Food-Restaurants und Hotels gibt. Ich hätte den Tanzclub bald verlassen, selbst wenn mein Vater nicht angerufen hätte. Nach Monaten der Ruhe war das eine Reizüberflutung."

Darüber musste sie lächeln. „Ich bin gestern Abend nach dem Essen mit meinen Freunden zum Strand gegangen. Wir haben versucht, eine Stelle zu finden, wo man sitzen und die Sterne betrachten kann, bevor wir in die Clubs gingen, aber die Lichter von den Hotels machten das sehr schwierig."

„Schaust du dir in Michigan die Sterne an?"

Sie schüttelte den Kopf. „Auf dem Campus gibt es nicht viele

Stellen, wo man das tun kann. Außerdem ist es um diese Jahreszeit dort eisig kalt."

Musik dröhnte aus einem Taxi, das mit heruntergelassenen Fenstern an ihnen vorbeifuhr. So viele lachende Studenten wie irgend möglich hatten sich hineingezwängt, einer quetschte sich auf den Schoß des anderen. Sie konnte sich nicht vorstellen, dass es erlaubt war, sich zu so vielen in ein Auto zu pferchen. Andererseits war Spring Break und sie waren in Mexiko. Sie vermutete, die Leute fuhren, wohin sie mussten, so wie es eben ging.

Was ihr bewusst machte, dass sie seit einer Weile keinen Bus mehr gesehen hatte.

Daniela drehte sich um, doch sie konnte keinen entdecken. Der Boulevard war nun nicht mehr so belebt, nachdem sie ein paar kleinere Hotels und den Apartmentkomplex passiert hatten. Es wäre ihr aufgefallen, wenn einer vorbeigekommen wäre. An beiden Seiten schützten Sicherheitsgitter die Schaufenster mehrerer Souvenirläden. Dazwischen war ein Restaurant, wo man drinnen und draußen sitzen konnte. Die Außentische waren abgeräumt und die Heizstrahler ausgeschaltet worden. Drinnen konnte man einen einzelnen Mann arbeiten sehen. Er drehte Stühle um und stellte sie auf die Tische, sodass er den Boden fegen konnte. Noch eine Minute Fußweg und sie und Royce würden an einem der größten Hotels an der Promenade ankommen. Aus der Karte konnte man ersehen, dass es über eine eigene Bushaltestelle verfügte.

„Wir sind beinahe an der Haltestelle", sagte Royce, als ob er ihre Gedanken lesen könnte. „Da kannst du auf den Fahrplan gucken."

„Du hast doch gesagt, dass heute Nacht kein Bus mehr geht."

„Das stimmt. Aber du kannst es auf dem Fahrplan überprüfen." Sein Grinsen war selbstgewiss, ohne unangenehm zu wirken.

„Du bist dir ziemlich sicher."

„Wir werden sehen, wer recht hat, wenn wir dort sind."

Das stimmte allerdings. Sie trat vom Bürgersteig hinunter, um die Straße zu überqueren. Als sie die andere Seite erreichten, fragte sie: „Was willst du nach dem Brückenjahr machen? Nach San Rimini zurückkehren? Die Sterne studieren?"

„Ich erwäge, zum Militär zu gehen. Vielleicht zum Geheimdienst, wenn ich eine Stelle ergattern kann."

„Britisch oder amerikanisch?"

„Gute Frage. Ich muss noch einige Entscheidungen fällen."

So wie er es sagte, gewann sie den Eindruck, dass es außer der Staatsbürgerschaft noch ein tiefergehendes Problem gab. Dann begriff sie. „Deine Eltern sind nicht einverstanden."

„Wie kommst du darauf?"

Sie zuckte unbefangen mit den Schultern. „Es ist bloß eine Vermutung."

Trotz seines unbeschwerten Tons hatten seine Mundwinkel gezuckt, als er die Frage stellte. Sie hatte einen wunden Punkt getroffen.

Sie gingen schweigend ein paar Schritte, dann sagte er: „Das war sehr scharfsichtig von dir. Meine Mutter macht sich Sorgen über meine Sicherheit. Sie war nicht begeistert, dass ich ein Jahr in Mittelamerika arbeiten würde, doch sie wusste, es war nur vorübergehend und das Programm in Guatemala besteht schon lange, ohne dass je etwas passiert ist, und deshalb hat sie nicht protestiert. Mein Vater dagegen wollte, dass ich sofort anfange zu arbeiten, vorzugsweise für seine Firma. Eine Verpflichtung beim Militär läuft den Wünschen beider zuwider."

„Eltern sind so veranlagt, dass sie sich Sorgen machen", sagte sie und vermied so das Thema, dass Royce für seinen Vater arbeiten könnte. Sie vermutete, darüber zu sprechen, war ungefähr so, wie direkt auf eine Landmine zu treten. „Meine Mutter war nicht begeistert, als ich ihr sagte, dass ich über in den Frühlingsferien nach Cancún fahren wollte, auch als ich ihr versicherte, ich würde mit Freunden reisen. Ich vermute, sie hatte ein besseres Gespür für das, was hier vorgeht, als ich."

„Du hast nicht mit den Trinkspielen gerechnet, bei denen Leute versuchen, sich mit dem Kopf nach unten zu besaufen, oder mit Menschen, die am helllichten Tage am Pool rummachen?"

„Oh doch", gab sie zu, „nur nicht mit so vielen. Auch habe ich die Bereitschaft meiner Freunde falsch eingeschätzt, was einen Tagesausflug zu den Maya-Ruinen angeht. Ich bin die Spinnerin, die gern etwas über alte Kulturen lernt."

„Während Spring Break steht Kultur selten über Clubbing auf der Prioritätenliste."

„Sie wissen nicht, was ihnen entgeht."

Sie sagte dies mit dezentem Humor, doch Royce warf ihr einen Blick zu, der verriet, er verstand mehr, als sie erwartet hatte. „Es klingt, als ob dir das Herumklettern in alten Tempeln genauso viel Spaß macht wie mir das Wandern oder Seilrutschen. Es ist nichts dagegen einzuwenden, dass man das tut, was einem gefällt."

„Solange man bereit ist, es allein zu tun. Je mehr ich mein eigenes Ding durchziehe, desto wohler fühle ich mich zum Glück." Sie schaute in seine Richtung. „So wie mitten im Dschungel von Guatemala zu arbeiten."

„Genau so", erwiderte er und die Wärme in seiner Stimme führte dazu, dass sich ihr Herz überschlug.

Sie überquerten die Zufahrt zu einem Hotel mit einer heruntergelassenen Schranke und einem Tastenfeld, das Lieferwagen den Zugang ermöglichte. Einen Augenblick später erreichten sie den breiten gewundenen Weg, der zum Vordereingang des Hotels führte. Strahler beleuchteten die üppigen tropischen Pflanzen an den Türen und ließen erkennen, dass das Hotel geöffnet war. Allerdings standen unter dem von Säulen getragenen Vordach keine Taxis, nur zwei leere Lieferwagen mit dem Hotellogo. Ein Page lungerte in der Nähe herum. Ziellos klopfte er seine Taschen ab, als ob er eine Packung Zigaretten suchte, die verschwunden war. Stimmen schallten von Balkons hoch über ihnen und Musik klang vom Strand hinter dem Hotel herüber, doch Daniela erkannte den Song nicht.

Royce ging auf den Bordstein zu, wo an einer Metallstange mit Bushaltestellenschild ein eingerahmter Fahrplan befestigt war. „Hier bitte sehr. Kannst du die Zeiten lesen?"

Sie zog ihr Mobiltelefon aus der Tasche ihrer Shorts und richtete das Licht der Taschenlampe auf das weiße Papier. Nachdem sie die Angaben überflogen hatte, blickte sie auf ihre Uhr und dann wieder auf den Fahrplan. „Es kommen noch zwei Busse. Einer in ungefähr einer Minute, einer in zehn Minuten."

Royce' Hand legte sich auf ihre. Die Berührung ließ sie zusammenzucken, doch er schien es nicht zu bemerken. Seine Augen blieben auf das Blatt hinter dem Glas gerichtet, während er das Licht ihres Handys auf einen eingerahmten Text lenkte. „Du hast auf den Plan für die Wochentage geschaut. Heute ist Samstag. Genau genommen Sonntagmorgen. Die Zeiten stehen in dieser Spalte."

Sie öffnete den Mund, um zu widersprechen, dann schloss sie ihn wieder. Jeder andere, der während Spring Break eine Reise unternahm, hatte den Campus Freitag sofort nach Unterrichtsschluss verlassen und plante, morgen zurückzukehren. *Sonntag.* Doch sie und ihre Freunde hatten von Montag bis Montag gebucht, um Geld zu sparen.

Sie hatte die Tage durcheinandergebracht und war sicher, dass Katja sich auch geirrt hatte. Royce hatte recht gehabt. Sie hatte gesehen, wie eine Horde Mädchen gerannt war, um noch einen überfüllten Bus zu bekommen, und das war der letzte gewesen, der diese Nacht fuhr. Jetzt musste sie doch für ein Taxi blechen, obwohl sie schon eine Wochenkarte für den Bus bezahlt hatte.

Royce' Gegenwart wurde ihr noch bewusster, als er seine

Hände in die Hüften stemmte und sie aufmerksam betrachtete. Ganz plötzlich fühlte sie sich wie in einer Menschenmenge und gleichzeitig sehr allein. „Jetzt kommt der Teil der Nacht, in dem ein Blödmann äußert: ‚Das habe ich dir doch gesagt.‘ Aber er wird es wettmachen, indem er ein Taxi ruft. Klingt das nach einem guten Plan?“

KAPITEL 4

Daniela sagte nichts. Sie blinzelte ihn durch lange, weiche Wimpern an – einmal, zweimal –, dann studierte sie erneut den Fahrplan und runzelte dabei die Stirn, als könnte sie die Tatsachen allein durch Willenskraft ändern.

Royce fluchte innerlich. Er war wirklich ein Esel. Angesichts dessen, wie viel größer er war als Daniela, schüchterte er sie wahrscheinlich ein, auch wenn sie sich nicht so verhielt. Die Anspannung in ihren Schultern, während sie auf den Zeitplan starrte, wies auf eine Mischung aus Vorsicht und Niedergeschlagenheit hin.

Er bedachte sie mit einem unbeschwerten Lächeln, als er eine Stelle über ihrem Kreuz berührte und den Stoff ihres weißen Spitzen-Tank-Tops leicht streifte, um ihr Unbehagen zu mildern. „Wenn du an diesem Ende der Touristenmeile eine Unterkunft hast und lieber keine Mitfahrgelegenheit in Anspruch nehmen möchtest, bringe ich dich gerne zu Fuß dorthin. Um diese Uhrzeit gibt es hier zu viele Betrunkene, die versuchen, ihre Zimmer zu finden, sodass man nicht sicher ist, wenn man allein unterwegs ist. Sobald wir an deinem Hotel angekommen sind, werde ich mir ein Taxi rufen, das mich zu meinem Hotel bringt."

Deutlich sichtbare Markierungen entlang des Boulevard Kukulkan wiesen die Entfernung zum Zentrum von Cancún aus. Hotels gaben routinemäßig ihre Adresse entsprechend ihrer Kilometernummer an. Royce und seine Kollegen hatten eine Unterkunft am anderen Ende des Hotelgebiets gewählt, weit entfernt vom Großteil der trendigen Restaurants und Bars, weil die Preise dort niedriger waren und auch, weil sie so näher an den Möglichkeiten für die Outdoor-Aktivitäten waren, die sie unternehmen wollten.

Royce und seinen Freunden schien Cancún – sowie die Hin- und Rückfahrt – ebenso gute Zerstreuung zu bieten wie jeder andere Ort, den sie an einem ihrer seltenen langen Wochenenden besuchen konnten. Das Gebiet bot Hochseefischen, Schnorcheln, Seilrutschen und die Möglichkeit, Geländewagen zu mieten, um den Dschungel zu erkunden. Die meisten in ihrer Gruppe hatten die Universität bereits vor ein paar Jahren verlassen – Royce war der Jüngste, er hatte erst im vergangenen Frühjahr seinen Abschluss gemacht – und sie hatten die letzten sieben Monate im ländlichen Guatemala verbracht, sodass sie nicht an den Zustrom von Studenten während Spring Break gedacht hatten, als sie sich zu dem Ausflug entschlossen hatten. Nicht, dass deren Anwesenheit etwas Schlechtes wäre. Sie gab der Stadt Lebendigkeit. Royce und seine Freunde waren zwar in der Erwartung nach Cancún gereist, dass sie sich tagsüber Outdoor-Aktivitäten widmen und nachts Schlaf nachholen könnten, aber die unerwartete Gelegenheit, aktuelle Musik zu hören, Bars zu besuchen und allgemein ihre College-Erfahrungen wieder aufleben zu lassen, war ihnen willkommen. Gestern Abend waren sie sogar in eine Karaoke-Bar gegangen. Es hätte keinen Spaß gemacht, wären sie nur zu viert gewesen und mit ein paar vereinzelten Touristen, aber da Studierende den Laden gefüllt hatten, war es eine ausschweifende Nacht geworden.

Heute Abend nach dem Essen hatten sie sich aufgeteilt, um die Souvenirstände anzusehen und die Stadt zu erkunden. Royce nahm an, dass seine Freunde noch unterwegs waren und entweder den Bars einen Besuch abstatteten oder sich einer der Partys am Strand angeschlossen hatten. Royce hatte nicht erwartet, in einem Tanzclub zu landen, aber die peppige Musik und der Zwei-Bier-zum Preis-für-eines-Deal lockten ihn hinein.

Seit seiner Ankunft in der Stadt hatte er erfahren, dass College-Studenten näher an diesem Ende des Hotelbereichs wohnten, damit sie leichten Zugang zur Barszene hatten. Der Strand an diesem Ende des Boulevards bot zudem eine sanftere Brandung als dort, wo er seine Unterkunft hatte. Das zog diejenigen an, die ihre Nachmittage damit verbringen wollten, sich in den Wellen zu wiegen oder am Wasser spazieren zu gehen. Angesichts dieser Tatsachen wettete er, dass Danielas Hotel nicht weit entfernt war. Dorthin zu laufen, wäre kein großer Aufwand.

Danielas Gesichtsausdruck änderte sich, als ob sie eine Entscheidung getroffen hätte. „Das ist nett von dir, aber mein Hotel ist bei Kilometer zwanzig, ganz am Ende.“

Jetzt war er überrascht. „Hast du ein Zimmer im Westin?“

„Im Sun Palace, kurz vor dem Westin.“ Ein Muskel zuckte an ihrem Kiefer, wodurch ihm klar wurde, dass er für sie nicht nur der Blödmann von der Bushaltestelle war, sondern auch immer noch seine Hand an ihrem Rücken hatte. Langsam ließ er sie sinken. Er war dazu erzogen worden, eine Frau nie ohne ihre Erlaubnis anzufassen, und befürchtete, dass er ihr trotz ihrer unbeschwerten Unterhaltung seit dem Verlassen des Clubs Unbehagen bereitet haben könnte. Sollte dies der Fall sein, würde es noch schlimmer werden, wenn sie sich ein Taxi teilten, denn dann wäre sie mit einem nahezu Fremden auf beengtem Raum zusammen.

Lautes Lachen ertönte hinter ihnen. Royce blickte sich um und sah eine Gruppe von acht oder neun Studierenden die Zufahrt zum Haupteingang hinaufkommen. Sie waren unsicher auf den Beinen, aber das schien nicht von zu viel Alkohol herzurühren, sondern von einer durchtanzten Nacht, gefolgt von einem ungeplanten Fußweg zurück zum Hotel. Die Gruppe wurde ruhiger, als sie den Säulenvorbau erreichte. Die Studierenden lauschten einem spindeldürren Kerl, der etwas sagte und gestikulierte, als wollte er eine Leiter hinaufklettern, dann brachen sie erneut in schallendes Gelächter aus und stolperten in das Hotel.

Royce bekam eine Duftwolke aus Schweiß und Schnaps ab und änderte seine vorherige Einschätzung. Sofern nicht einige von ihnen in Tequila gebadet hatten, waren sie betrunkener, als er vermutet hatte.

„Ich kann uns eine Mitfahrgelegenheit besorgen, kein Problem", sagte Daniela. Ihr Blick folgte der Gruppe. Dann überraschte sie Royce erneut, indem sie hinzufügte: „Ich kann dich unterwegs an deinem Hotel absetzen. Du solltest nicht allein gehen. Es ist gefährlich, wenn so viele Betrunkene unterwegs sind."

Der neckende Ton in ihrer Stimme brachte ihn zum Grinsen, die Verlegenheit zwischen ihnen verschwand, als hätte es sie nie gegeben.

Als Daniela auf ihr Smartphone schaute und die Anbieter der Mitfahrgelegenheiten allesamt lange Wartezeiten anzeigten, zog Royce eine Visitenkarte aus seiner Gesäßtasche und versuchte es mit der Telefonnummer des Fahrers, dessen Taxiservice er und seine Freunde früher am Abend benutzt hatten. Der Mann antwortete beim vierten Klingeln, entschuldigte sich dann und sagte, dass nun alle Bars zumachten und er deshalb bereits andere Fahrgäste hätte und es mindestens fünfundvierzig Minuten dauern würde, bis er es zu Royce schaffte.

Royce warf Daniela einen fragenden Blick zu, die den Kopf schüttelte. Er bedankte sich bei dem Fahrer und beendete das Gespräch.

„Kennst du noch eine andere Firma?", fragte er.

„Nein, aber da alle von den Clubs in das Hotelgebiet fahren, können wir vielleicht in ein Taxi steigen, wenn es andere Passagiere absetzt." Sie schaute zu dem Hotel, vor dem sie gerade standen. „Dieses ist zu nah an den Clubs. Jeder, der hier übernachtet, wird zu Fuß gehen, wenn er feststellt, dass die Wartezeit für eine Fahrt fünfundvierzig Minuten beträgt. Hinter diesem Hotel gibt es einen weiteren Apartmentkomplex, aber dann kommt ein Le-Blanc-Hotel. Danach, glaube ich, habe ich ein Gran Caribe und ein Hyatt gesehen. Ich weiß nicht mehr genau, wie weit sie entfernt sind, aber dort stehen bestimmt Taxis. Die Fahrer freuen sich vielleicht, wenn sie uns in südliche Richtung bringen können und nicht zurück zu den Clubs fahren müssen. Sie werden sehen, dass wir aufrecht stehen können und nüchtern sind, und wissen, dass wir ihnen wahrscheinlich keine Probleme bereiten werden."

„Gute Idee. Einen Versuch ist es wert." Auf jeden Fall war es besser, als fast eine Stunde zu warten. Außerdem lief er gern. Er stellte sich vor, wenn er alt war, würde er einer dieser grauhaarigen Männer sein, die durch die Nachbarschaft schlurften und allen erzählten, dass sie ‚frische Luft schnappten', während die Leute ihn besorgt ansahen und sich gegenseitig fragten, ob sie ein Familienmitglied anrufen sollten, das ihn wieder nach Hause bringen konnte. Das war ein Grund, warum er seine Zeit in Guatemala genossen hatte. Er hatte fast jede wache Stunde auf den Beinen verbracht.

Allerdings war Daniela wahrscheinlich nicht daran gewöhnt, durch einen Dschungel zu wandern, auch nicht durch einen Betondschungel. Er warf einen vielsagenden Blick auf ihre

Turnschuhe. Es waren trendige weiße Leinenschuhe, deren makellose Schnürsenkel ein Hinweis darauf waren, dass sie sie extra für die Reise gekauft hatte. „Sind die bequem genug?"

„Ich habe sie die ganze Woche getragen, ohne Schwierigkeiten. Ich schaffe noch ein oder zwei Kilometer. Wenn nötig, auch mehr. Zu Hause in Sarcaccia laufe ich drei Kilometer zur Universität und zurück, und das mit einem schweren Rucksack. Das hier ist nichts dagegen." Sie machte eine ausholende Armbewegung, wie um zu signalisieren, dass sie losgehen sollten, und sie liefen auf dem breiten Bürgersteig nebeneinanderher. „Außerdem ist die Gegend hier flach. Das lässt sich über Sarcaccia nicht behaupten."

„Sarcaccia ist eines der wenigen europäischen Länder, die ich noch nicht bereist habe", gab er zu. „Der dem am nächsten gelegene Ort, wo ich gewesen bin, ist Neapel. Ich bin jedoch fasziniert von der Königsfamilie und den Traditionen auf der Insel. Es gibt nicht mehr viele echte Monarchien, aber die Familie Barrali hat einiges zuwege gebracht. Vor einigen Wochen las ich einen Artikel, in dem Sarcaccia als eines der glücklichsten Länder der Welt bezeichnet wurde."

Sie strahlte. „Ich liebe es dort. Das Essen ist großartig, das Land hat eine reiche Geschichte und die Regierung unternimmt viel, um die Erhaltung der alten Gebäude zu fördern. Die Gegend um die Universität in Cateri ist ein Traum für jeden Architekten. Wenn man die Stadt verlässt, findet man Weingüter, Wanderwege, abgeschiedene Badestellen ... das Wasser hat einen atemberaubenden Blauton. Es ist wunderschön."

„Ich kann es mir richtig vorstellen."

„Warst du schon einmal auf Korsika? Sardinien?"

„Auf Korsika."

„Dann hast du einen guten Vergleich. Das Landesinnere von Sarcaccia ist Korsika sehr ähnlich. Dafür war ich noch nie in San Rimini. Man sollte meinen, da es so nah ist, hätte ich es schon mal bis dorthin geschafft. Aber ich bin nie näher herangekommen als bis nach Venedig. Ich könnte mir denken, dass das sehr unterschiedliche Orte sind."

„Schon mal in Monaco gewesen?"

Sie lachte. „Ja."

„Dann hast du einen guten Vergleich. Stell dir Monaco mit Italienisch statt Französisch als Amtssprache vor, und du hast San Rimini. Casinos, tolle Einkaufsmöglichkeiten, königliche Familie und so weiter. San Rimini hat sogar ein fabelhaftes Aquarium. Wenn man es sich leisten kann, ist es ein wunderbarer Ort zum Leben."

„Vermisst du es?"

Er hob eine Schulter und ließ sie wieder sinken. „Ich würde nicht unbedingt sagen, dass ich es vermisse, aber ich habe das Gefühl, dass mir die Unternehmungen nicht ausgehen. Es ist eine großartige Stadt, wenn du den Rest Europas erkunden willst. San Rimini ist der Ort, an dem meine Eltern am längsten gelebt haben. Ich war sechzehn, als wir von Den Haag dort hinzogen."

„Oh, wow! Du hast in Den Haag gelebt? Ich bin neidisch", sagte sie und machte einen großen Schritt über einen kaputten Flip-Flop, der auf dem Bürgersteig zurückgelassen worden war. „Die Fahrradkultur spricht mich an. Sarcaccia ist so hügelig, Fahrräder sind nicht praktisch. Aber in den Niederlanden, Dänemark, Norddeutschland ... Ich sehe die Fahrräder gerne, wann immer ich die Gelegenheit habe, diese Gegenden zu besuchen. Und in Den Haag gibt es so viel anzuschauen und zu tun, mit Leiden und Amsterdam direkt vor der Haustür."

„Mein Vater liebt Leiden."

„Meiner auch." Ihre Stimme wurde wehmütig. „Ich habe Glück gehabt. Ich wuchs in der Nähe eines ländlichen Ortes namens Lescailles auf. Er ist nicht weit von Cateri entfernt, sodass wir an den Wochenenden in die Stadt fahren konnten, wenn wir wollten. Meine Eltern sind beide Geschichtslehrer. Wenn sie keine Nachhilfe gaben, nahmen wir in den Sommermonaten die Fähre nach Italien und folgten den Straßen. Wir fuhren einfach drauflos. Ich hasste es, als ich klein war – ich hatte das Gefühl, im Sommer Zeit zu verlieren, die ich lieber mit meinen Freunden verbracht hätte –, aber mit zunehmendem Alter lernte ich es zu schätzen. Als meine Eltern anfingen, mich zu fragen, wohin wir fahren sollten, begann ich, mich darauf zu freuen."

Sie unterhielten sich noch rund zehn Minuten, erzählten von ihren Reisen, welche Länder und Bräuche ihnen gefielen, welche Orte sie nicht mehr besuchen wollten, und sie redeten über ihre Erfahrungen als einzige Kinder von Eltern, die anfallsweise unter heftigem Fernweh litten. Es war ein unverfängliches Gespräch, aber faszinierend. Er sprach nicht mit vielen Menschen darüber, dass er so weit gereist war. Diejenigen, die ihn kannten, warfen ihm nicht die mitleidigen Blicke zu, die er zuvor Daniela gegenüber erwähnt hatte, als wäre er ein Mann ohne Wurzeln, aber er wollte auch nie als Privilegierter oder Besserwisser dastehen. Mit Daniela hingegen fühlte sich das Gespräch ganz natürlich an. Beide prahlten nicht, es war eher, als würden sie Notizen vergleichen. Sie erfuhren, was sie verpasst hatten, erinnerten sich an Details, die sie beide vergessen hatten – wie eine besonders schreckliche Statue in Wien oder eine Stelle in Paris, wo man gut Leute beobachten konnte – und erzählten von Reisekatastrophen.

Während sie sprachen, fühlte er sich immer mehr zu ihr hingezogen. Daniela war definitiv eine Augenweide. Er hatte sie in der Masse der Tanzenden auf der Tanzfläche entdeckt und ihr strahlendes Lächeln bemerkt und dass sie vorausschauend ihr langes blondes Haar hochgesteckt hatte, damit sie in dem überhitzten Raum kühler blieb, während fast jede zweite Frau ihr Haar planlos zu einem Knoten gebunden hatte. Aber es gab Dutzende von wunderschönen Frauen im Club. Er hatte mehr als eine bewundert, während er langsam sein Bier trank und dem DJ lauschte, der die Menge unterhielt.

Daniela zeichnete sich durch mehr aus als nur ihr Aussehen. Das Aussehen allein hätte ihn nicht dazu gebracht, sie anzusprechen, als er sie auf der Bank draußen sitzen und dann den Busfahrplan studieren sah. Sie besaß eine undefinierbare Eigenschaft, die sein Interesse weckte. Er hatte sich darüber gewundert, fragte sich immer noch, was es war, nachdem sie den Busfahrplan falsch gelesen hatte und sie nun gemeinsam zu Fuß weitergingen.

Nachdem sie einige Blocks gelaufen waren, identifizierte er diese Eigenschaft schließlich.

Unabhängigkeit. Daniela war unabhängig. Aber es war keine Unabhängigkeit, die schrie: *Schaut mich an, ich bin anders.* Es war eine Unabhängigkeit, die sich subtiler äußerte.

Während sie sich feminin und hübsch angezogen hatte, was typisch war für Studentinnen während der Frühlingsferien, wenn sie abends ausgingen, trug sie zu ihrem Spitzenoberteil Shorts und Turnschuhe statt der allgegenwärtigen Spaghettiträger-Kleider und Sandalen. Sie hatte die Zeit in der Bar mit ihren Freunden genossen, aber sie fühlte sich auch wohl, wenn sie allein ins Hotel zurückkehrte.

Sie wirkte aufrichtig interessiert, während sie mit ihm sprach, wohlüberlegte Fragen stellte und seinen Antworten tatsächlich zuhörte.

So entspannt hatte er sich schon lange nicht mehr mit einer Frau gefühlt. Oh, er hatte so oft mit Frauen geplaudert, dass der Smalltalk zum Kennenlernen ihm zur Gewohnheit geworden war. Aber er hatte noch nie das Gefühl gehabt, so vertieft in ein Gespräch zu sein. Vielleicht erklärte das sein Bedürfnis, näher an Danielas Seite zu gehen, sich beim Gespräch zu ihr hinüberzulehnen, und seinen Wunsch, dass sich die Entfernung zwischen den Hotels vergrößern würde.

„Hast du Ökologie oder Ingenieurwesen studiert?", fragte sie. „Hat dich das dazu angeregt, Straßen in Guatemala zu reparieren?"

„Weder noch. Ich habe im Hauptfach Politikwissenschaft mit Schwerpunkt internationale Sicherheit studiert und Physik als Nebenfach."

Sie schaute ihn überrascht an. „Das ist eine ungewöhnliche Kombination. Eine militärische Karriere würde das Studium der internationalen Sicherheit erklären. Aber warum Physik? Waffentechnik?"

„Das läge nahe, aber nein. Ich habe es nur zu meinem Vergnügen gemacht. Nachdem ich die Grundkurse beendet hatte, war mein Wahlfach Astrophysik." Er richtete seinen Zeigefinger gen Himmel. „Sternegucken."

„Das Spezialgebiet von Carl Sagan und Neil DeGrasse Tyson."

„Du hast etwas von ihnen gelesen?"

„Nein, aber ich weiß ein wenig über ihre Arbeit." Sie wollte etwas hinzufügen, aber es ging unter, als ein Taxi abrupt am Bordstein anhielt und zwei Studenten geradezu herausfielen. Der Erste landete auf den Knien. Ein Freund stieg hinter ihm aus, schwankte dabei und zog dann den Gestürzten auf die Beine. „Komm schon, Kyle", murmelte der zweite Student, während er dem Fahrer bedeutete, er solle warten. „Lass es raus, dann wirst du dich besser fühlen."

Daniela und Royce gingen weiter. Als sie ein Dutzend Schritte zwischen sich und das Fahrzeug gelegt hatten, drangen würgende Geräusche an ihre Ohren. Sie sah Royce an und verzog das Gesicht. „Der Taxifahrer wird sich nicht besser fühlen."

„Wenigstens haben sie es aus dem Auto geschafft. Ich hätte diese Schweinerei nicht gerne auf dem Rücksitz."

„Kein Fahrer wird gut genug bezahlt, um das zu ertragen."

Ein anderes Taxi fuhr schnell an ihnen vorbei und bog dann in eine breite Zufahrt ein, die von einer großen Anzahl von Palmen und tropischen Blumen gesäumt wurde. „Das ist der

Eingang zum Le Blanc", sagte Daniela. „Vielleicht können wir das Taxi nehmen?"

Sie beschleunigten ihre Schritte. Als sie jedoch die Vorderseite des Gebäudes erreichten, sagte ihnen der Fahrer, dass seine nächste Abholung bereits überfällig wäre und er sie nicht mitnehmen könnte. Er schlug ihnen vor, auf ein Taxi zu warten, das frei war – was er für unwahrscheinlich hielt –, oder zu sehen, ob einer der Mitarbeiter des Hotels sie vielleicht mit einem hauseigenen Van fahren könnte.

Daniela dankte dem Fahrer, aber Royce konnte an ihrem Gesicht ablesen, dass sie seinen Mangel an Optimismus teilte. Beide Möglichkeiten boten wenig Aussicht auf Erfolg, und ein Hotel-Van würde vermutlich so viel kosten wie ein Flughafentransfer. Nicht billig.

Eine Gruppe von Studierenden näherte sich ihnen, alle hielten neue T-Shirts in Händen, die darauf hinwiesen, dass sie von einem Konzert unweit des Tanzclubs kamen, in dem Daniela und Royce den Abend verbracht hatten. Eine kleine Brünette in einem rosafarbenen geblümten Sommerkleid fragte Daniela: „Habt ihr auch den Bus verpasst?"

Auf Danielas Nicken meinte einer der Jungs: „Wir haben uns verkalkuliert, weil wir noch für die Zugabe geblieben sind, aber zu Fuß ging es schneller, als auf ein Taxi zu warten."

„Lass es uns am nächsten Hotel versuchen", schlug Royce vor, nachdem die Gruppe ihnen eine gute Nacht gewünscht und die Lobby betreten hatte. „Kannst du noch?"

„Klar."

Leider sahen sie sich an den nächsten beiden Hotels mit einer ähnlichen Situation konfrontiert. Als sie ein drittes erreichten, blieb Daniela stehen, stützte ihre Hände in die Hüften und deutete mit ihrem Kopf auf die lange Einfahrt. „Wir legen jedes Mal, wenn wir einen dieser Zufahrtswege gehen, noch Kilometer obendrauf."

Das war ihm auch bewusst. Er zog sein Handy aus der

Tasche und drückte die Wahlwiederholung. „Wir können uns genauso gut auf die Warteliste setzen lassen."

„Oder wir können uns zusammenreißen und laufen."

„Es ist ein langer Weg."

„Oder eine lange Wartezeit." Sie beäugte sein Schuhwerk. „Es sei denn, deine Schuhe werden dir unbequem …"

Es gefiel ihm, dass sie sich wohl genug fühlte, um ihn zu necken. „Auf geht's."

Ein Schwall kühler Luft wehte vom Meer herüber und gab ihnen einen Energieschub, während sie den Weg fortsetzten. Er blickte kurz über seine Schulter und betrachtete den langen Boulevard hinter ihnen. Nur wenige Fußgänger waren in Sichtweite.

„Wir haben über mein Studium gesprochen", sagte er. „Was ist mit dir? Wie weit bist du?"

„Ich bin in meinem letzten Jahr. Zweifachstudium Rechnungswesen und Organisationswissenschaften. Dies ist mein letztes volles Semester, aber ich muss noch ein Forschungsprojekt beenden, bevor ich meinen Abschluss mache. Das werde ich den Sommer über in Sarcaccia erledigen."

„Pläne für die Zeit danach?"

Sie schüttelte den Kopf. „Ich hatte vor meiner Abreise nach Michigan ein Treffen mit der Arbeitsvermittlung an der Universität von Cateri. Ich hoffe auf eine Stelle bei einem der großen Finanzunternehmen von Sarcaccia, wenngleich ich auch offen für einen Umzug nach Neapel wäre. Es hängt alles von der Stelle ab. Ich versuche, mich auf gute langfristige Möglichkeiten zu konzentrieren. Auf Positionen mit Aufstiegschancen."

Da schwang ein Ton in ihrer Stimme mit, den er zuvor noch nicht gehört hatte und der ihn fragen ließ: „Aber?"

„Aber – was?"

„Es klingt, als wäre dies etwas, von dem du glaubst, dass du es tun *solltest*. Nicht unbedingt das, was du tun möchtest."

Sie neigte den Kopf zur Seite. „Ich bin der Typ Mensch, der

von Natur aus Unzulänglichkeiten sieht und sie beheben kann. Ich bin gut darin, Ordnung ins Chaos zu bringen, sei es bei den Finanzen, der Terminplanung ... was auch immer. Letztes Jahr hatte ich einen Teilzeitjob in einem Familienrestaurant und am Ende habe ich dem Besitzer geholfen, seine Vorratsbestellungen neu zu organisieren, sodass er Geld gespart hat und die Lieferungen besser funktionierten. Er war sehr zufrieden mit den Änderungen. Auf lange Sicht würde ich gerne einen Job haben, bei dem ich für die Organisation komplexer Projekte verantwortlich bin. Die Arbeit in der Finanzabteilung einer Firma ist eine gute Möglichkeit, um damit anzufangen."

„Was sich ergibt und was dich interessiert, ist nicht unbedingt dasselbe. Interessiert dich das Rechnungswesen?" Vielleicht hatte sie eine Leidenschaft, der sie nicht nachgegangen war. So wie seine die Astrophysik war.

„Auf die Weise habe ich es noch nie betrachtet. Das werde ich erst wissen, wenn ich anfange, Vollzeit zu arbeiten, aber ich denke, es könnte mir für eine Weile gefallen, wenn du das meinst." Ein schalkhaftes Blitzen zeigte sich in ihren Augen. „Es ist mir peinlich, das zuzugeben, aber ich empfinde einen heimlichen Stolz, wenn ich bei einem Projekt oder einer Prüfung die beste Note bekomme. Äußerlich bin ich vollkommen ruhig, aber im Geiste recke ich die Faust in die Luft. Ich bin sicher, dass ich mich genauso fühlen würde, wenn ich ein heikles Problem für einen Kunden lösen kann. Wenn ich in einer Finanzabteilung anfangen würde, hätte ich die Chance, mich zu beweisen, und ich hätte ein umfassenderes Ziel, auf das ich hinarbeiten könnte."

„Warum dann das Zögern in Bezug auf einen Job bei einem Finanzunternehmen? Und leugne nicht, dass du zögerst."

Ein Schatten huschte über ihr Gesicht, kurz war er da und dann wieder weg, wie vom Winde verweht. Sie passierten einen weiteren Hoteleingang und eine große Kilometermarke, bevor sie fortfuhr: „Letzte Woche erhielt ich einen Anruf von der

Leiterin des Vermittlungsbüros. Sie erzählte mir, dass die Person, die dem Hauspersonal des Palastes vorsteht, sich mit einer Liste von Kriterien an sie gewandt hat, die Bewerber auf eine offene Stelle erfüllen müssen, und fragte, ob es Studierende gäbe, die kurz vor ihrem Abschluss stünden und passen würden. Anscheinend war die Liste sehr spezifisch."

„Was für eine Position ist es?"

„Ich habe keine Ahnung."

Er hob eine Braue. „Was waren die Kriterien?"

„Das weiß ich auch nicht. Offenbar durfte die Leiterin der Vermittlungsstelle das nicht mitteilen. Aber von den etwa dreitausendfünfhundert Studierenden, die am Ende des Semesters ihren Abschluss machen, entsprachen vier den Anforderungen."

„Vier? Das muss eine außergewöhnliche Liste gewesen sein." Er sah sie von der Seite an. „Und du bist eine davon."

Üppige Pflanzen mit glänzenden Blättern und unzähligen roten Blüten säumten den Weg in diesem Abschnitt. Im Licht der schemenhaften Scheinwerfer, die auf die Unterseite der fleischigen Blätter gerichtet waren, sah Royce, wie Danielas Gesicht sich vor Stolz und gleichzeitig vor Verlegenheit rötete. „Ich bin eine davon."

In diesem Moment verliebte er sich ein wenig in Daniela.

KAPITEL 5

Oh! Ein Kloß bildete sich in Royce' Kehle und er schluckte daran vorbei. Woher zum Teufel kam dieses Gefühl?

Sich zu verlieben – das war nicht seine Art. Würde sie seine Gedanken kennen, wäre er sicher verlegen. Dabei hatte er wirklich nicht so viel getrunken!

„Die Kriterien könnten alles sein", wiegelte Daniela ab, was er zwar nicht mit Worten, aber mit seiner Stimme zum Ausdruck gebracht hatte: *Wenn es nur vier gibt, hast du eine sehr hohe Hürde genommen.* „Es könnte daran liegen, welche Fächerkombination wir gewählt haben oder wo wir gearbeitet oder ein Praktikum gemacht haben. Was weiß ich, vielleicht wurden wir auch nach Größe, Augenfarbe oder Sternzeichen ausgewählt. Aber von den vier Kandidaten hat einer schon einen Job, sodass nur noch drei übrig bleiben."

„Deine Chancen sind also gut."

Daniela nickte. „Die Direktorin der Arbeitsvermittlung steht in ständigem Kontakt mit dem Palast, da dort regelmäßig Servicepersonal von der Universität eingestellt wird, doch solch eine Anfrage hat sie noch nie bekommen. Sie meinte, es wäre eine gute Gelegenheit, und hat mich gedrängt, mich zu bewerben."

Royce dachte darüber nach. „Vielleicht ist es eine Stelle in der Buchhaltung im königlichen Haushalt? Ich könnte verstehen, warum sie gezielt jemanden für eine solche Stelle suchen und auch, warum sie jemanden wollen, der gerade seinen Abschluss gemacht hat. Sie könnten diese Person von Anfang an in das System einführen, das sie verwenden."

„Das war auch mein erster Gedanke. Ich habe für keine der großen Finanzunternehmen in Sarcaccia gearbeitet und auch nicht für die Regierung, daher würde es für mich keine Interessenkonflikte geben, was eine häufige Sorge für sie sein muss." Sie hob eine Hand, dann ließ sie sie sinken. „Ich wurde aufgeregt, als ich dachte, das müsste es sein. Es wäre toll, für die königliche Familie in der Buchhaltung zu arbeiten. Es würde mir Kontakte vermitteln, die ich nutzen könnte, um in breiter angelegte Positionen zu gelangen. Dann hörte ich, dass die beiden anderen Studierenden, die den Kriterien entsprechen, nicht Rechnungswesen im Hauptfach studieren. Noch nicht mal Betriebswirtschaft. Daher ist alles sehr mysteriös."

„Warum nicht in einem Bewerbungsgespräch herausfinden, was dahintersteckt?"

Sie stolperte an einer unebenen Stelle des Bürgersteigs. Royce fasste sie am Ellenbogen, doch sie hatte ihr Gleichgewicht bereits wiedererlangt. Nach einem kurzen Blick zum Dank für seine Hilfe sagte sie: „Zwei Gründe: Erstens findet das Bewerbungsgespräch im Palast statt und am selben Tag rekrutiert die NBS – die Nationalbank von Sarcaccia –Studierende des Abschlusssemesters auf dem Campus. Ich könnte mich nicht bei beiden vorstellen."

„Führt die Bank sonst keine Jobinterviews durch?"

„Die anderen Termine auf dem Campus finden statt, während ich noch in Michigan bin. Der Konkurrenzkampf ist sehr groß. Ich bin sicher, ich könnte um ein Gespräch außerhalb dieses Zeitrasters bitten, aber selbst wenn dem stattgegeben würde, macht es nicht den besten Eindruck, gleich am Anfang um eine Sonderbehandlung zu bitten."

Das leuchtete ein. „Was ist mit anderen Arbeitgebern?"

„Es kommen mehrere auf den Campus. Ich wäre rechtzeitig zurück, um mich bei ihnen vorzustellen. Allerdings haben die meisten keine Stellen anzubieten, die so attraktiv sind wie bei der NBS. Und das Schulungsprogramm dieser Bank gehört weltweit zu den besten, es gibt Aufstiegsmöglichkeiten und wenn sich meine Interessen ändern, kann ich von Abteilung zu Abteilung wechseln. Es ist außerdem einer der sichersten Jobs, die man bekommen kann. Wenn ich mich für die Stelle im Palast bewerbe, kann ich die Chance bei der NBS wahrscheinlich in den Wind schreiben."

Sie legte Wert auf Sicherheit. Vorhersagbarkeit. Die meisten Leute hatten eine solche Einstellung. Er konnte es ihr nicht übel nehmen.

„Nun gut, das ist der erste Grund. Was ist der zweite?"

„Im königlichen Palast von Sarcaccia sind eine Menge Leute angestellt, von Köchen bis zu Gärtnern und Leuten, die für die Instandhaltung verantwortlich sind. Leute, deren einzige Aufgabe darin besteht, jahreszeitliche Dekorationen vorzunehmen –"

„Jahreszeitliche Dekorationen?"

Sie grinste schief. „Einer der Cousins meiner Mitbewohnerin arbeitet in diesem Bereich. Zu jedem Feiertag findet im Palast eine Veranstaltung statt – wahrscheinlich sind es sogar mehrere Veranstaltungen –, und dafür ist angemessene Dekoration notwendig. Wie dem auch sei, obwohl die meisten Jobs im Palast feste Arbeitsplätze und gut bezahlt sind, lassen sie doch nicht wirklich Raum, um voranzukommen und sich weiterzuentwickeln. Ich brauche eine Herausforderung. Ziele. Etwas, was ich anstreben kann. Nur wenige Stellen bieten das."

„Ich bezweifle, dass viele Positionen dort derart speziell

sind, dass nur vier Leute aus einem gesamten Abschlussjahrgang den Anforderungen so entsprechen, dass sie zumindest zu einem Vorstellungsgespräch eingeladen werden."

Er hätte schwören können, dass sie erneut errötete, andererseits befanden sie sich an einer schlecht beleuchteten Stelle des Bürgersteigs, wo es schwierig war, das zu sehen.

„Stimmt. Es ist verlockend, zuzusagen. Schon aus Neugier würde ich gern zum Jobinterview gehen, wäre da nicht die NBS. Im Palast zu arbeiten und täglich von so viel Geschichte umgeben zu sein, wäre ein Geschenk. Und ich habe viel Respekt vor der königlichen Familie. Alle Mitglieder nehmen ihre Pflichten ernst. Sie opfern eine Menge Zeit und Geld für wohltätige Zwecke und sie arbeiten – arbeiten wirklich – dafür, dass der Lebensstandard im Land hoch bleibt. Sie denken über wirtschaftliche Verbesserungen nach, das Verkehrssystem, über Bildung, sogar die Umwelt. Es ist ihnen *wichtig*. Das ist mehr, als man von vielen anderen sagen kann, die Macht besitzen, geschweige denn von jenen, die in eine solche Position hineingeboren wurden." Sie atmete tief ein, als ob ihre starke Leidenschaft für das Thema sie atemlos gemacht hätte. „Aber es ist ein gewaltiges Risiko."

„Was wirst du also tun?"

Sie zuckte mit den Schultern und breitete unschlüssig die Hände aus. „Keine Ahnung. Ich habe noch eine Woche, bis ich mich entscheiden muss."

Sie kamen am Eingang eines weiteren Hotels mit Blick auf den Strand vorbei. Auf der anderen Straßenseite, der Seite in Richtung Meer, befand sich die Niederlassung eines großen Veranstalters, der Ausflüge organisierte. Auf Reklametafeln wurde für Fahrten zu archäologischen Stätten wie Chichen Itza und Ek Balam geworben, für Tageskarten und Beförderung zu den Parks von Xel-Há und Xcaret, Dutzende von Seilrutschen-Exkursionen, Angelausflüge, Sauftouren oder Partien auf Katamaranen.

„Wir haben mehr als die Hälfte geschafft." Danielas Blick wanderte zu dem Tourenanbieter. „Von meinem Hotel aus habe ich den Bus nach hier genommen, um die Gruppe zu treffen, die mit mir nach Chichen Itza gefahren ist."

„Hat der Ausflug was getaugt?"

Sie nickte. „Wir sind in aller Herrgottsfrühe zu den Ruinen aufgebrochen, doch der Führer war guter Stimmung und hat auf der Busfahrt jeden bei Laune gehalten. Er wusste auch viel. Ich war beeindruckt." Sie machte einen großen Schritt über eine Kerbe im Bürgersteig und fragte: „Und wie ist es mit dir? Hast du für dein langes Wochenende eine Exkursion gebucht?"

Die Gedanken an den Palast und die anstehende Entscheidung verblassten, als er ihr über den Ausflug in einem Allradfahrzeug erzählte, der ihn und seine Freunde an diesem Morgen durch den Dschungel geführt und damit geendet hatte, dass sie in einer Cenote – einer mit kristallklarem Wasser gefüllten Grotte – geschwommen waren. Sie hatte noch nie so etwas gemacht und feuerte Fragen ab wie ein Maschinengewehr.

Ihm wurde plötzlich bewusst, dass seine Eltern Daniela mögen würden. Zumindest wüssten sie ihre Wissbegierde zu schätzen. Sie behauptete, eine Vorliebe für Ordnung zu haben, doch sie schien so viel wie möglich über die Welt um sie herum wissen zu wollen, sogar über die merkwürdigen Seiten, die sie selbst nicht erleben wollte. Zum Beispiel fragte sie, wie es war, als Royce und seine Freunde mit dem Reiseleiter beim Wechsel eines schlammigen Reifens zusammengearbeitet hatten, während sie von mehreren streunenden Hunden beobachtet wurden. Dies mündete in eine tiefergehende Diskussion über Guatemala und seine Arbeit dort, über den Regenwald als Lebensraum, die Vögel und andere Wildtiere, über die er während seiner Zeit in Mittelamerika etwas gelernt hatte, und über die Organisation, die das Straßenprojekt durchführte.

Er hatte Neugier immer mit Forscherdrang gleichgesetzt. Mit Nervenkitzel und einem Sinn für alles Neue. Was Daniela betraf, so wollte sie vielleicht so viel wie möglich wissen, um die Welt um sie herum vorhersehbarer zu machen. Sicherer.

„Ich bin beeindruckt, dass du die Vögel unterscheiden kannst", sagte sie. „Anhand ihrer Rufe, meine ich."

„Man hört dieselben Laute immer wieder", erklärte er. „Da ist es nur natürlich, dass man die Einheimischen darüber befragt. Wenn man die Vögel dann allerdings sieht, wundert man sich, wie diese Wesen solche Laute hervorbringen können. Das Aussehen eines Vogels und sein Ruf passen nicht immer zu dem Bild, das man im Kopf hat."

Dann räumte er ein, dass es noch sehr viel gab, was er nicht über den Dschungel wusste. „Ich bin sicher, dass die Guatemalteken, die in der Nähe unseres Camps leben, denken, ich wäre schrecklich ahnungslos. Ich stelle eine Menge Fragen."

„Aber du hast auch eine Menge gelernt."

Er schnaubte. „Ich habe vor allem gelernt, wie ich Schlamm aus meinen Socken herauswasche, welche Insekten die größten Quaddeln hinterlassen, die am meisten jucken, und welche Pflanzen ich nicht berühren sollte."

„Schlüsselinformationen. Es war richtig, dass du ihnen Priorität eingeräumt hast."

Viel zu schnell kamen die wuchtigen Fassaden des Sun Palace und dann des Westins in Sicht. Sosehr sein Rücken und seine Füße auch schmerzten – die Anstrengungen während der morgendlichen Exkursion in den Dschungel setzten seinen Muskeln immer noch zu –, er verlangsamte doch den Schritt, um länger mit ihr reden zu können. Und um die nächtliche Brise zu genießen, die Danielas Haar wehen ließ, sodass sie dann und wann Strähnen hinter ihre Ohren stecken musste. Sowie das Funkeln der Sterne über ihnen und die Stille, die sich nach und nach auf sie herabsenkte, wenn sie in einen Bereich kamen, der zwischen Hotels lag, danach den ansteigenden Geräuschpegel und die Lichtverschmutzung, wenn sie sich einem anderen näherten. Ihre Unterhaltung floss dahin, mal ernst, mal leicht, dann wieder ernst … aber immer interessant.

Daniela riss ihre Arme triumphierend hoch, als sie sich dem großen weißen Gebäude näherten und das hell erleuchtete Schild des Sun Palace in Sicht kam. Seine Brust zog sich zusammen, als er ihr strahlendes Lächeln sah.

„Wir haben es geschafft. Keine Betrunkenen vom Strand und hoffentlich keine Blasen." Sie hob eine Augenbraue, dann schaute sie auf seine Schuhe. „Du hast den langen Marsch von der Bar bis zu deinem Hotel mit einer völlig Fremden überlebt."

„Ich werde meiner Mutter nicht erzählen, dass ich meine Sicherheit aufs Spiel gesetzt habe", erwiderte er, und als ihm das Wort *Mutter* über die Lippen kam, wurde ihm bewusst, dass sie über dieses Thema nicht gesprochen hatten. Ihre Familie. Dies brachte ihn dazu, sich zu wünschen, sie wäre in dem am weitesten entfernten Hotel abgestiegen. Er hätte sie gerne danach gefragt.

„Und was ist mit deinem Vater?", wollte sie wissen. „Erzählst du es ihm auch nicht?"

„Im Leben nicht! Er ist schon grantig genug, dass ich Guatemala verlassen habe, ohne es sie beide vorher wissen zu lassen. Wenn er hören würde, dass ich über zehn Kilometer von einer Bar zurück zum Hotel gelaufen bin, gäbe ihm das den Rest."

„Das war der Grund für seinen Anruf?"

„Der dazu geführt hat, dass ich aus dem Club hinaus- und direkt in dich hineingelaufen bin? Ja. Offensichtlich spielt es keine Rolle, dass ich erwachsen bin. Man erwartet von mir, dass ich zu Hause anrufe, bevor ich von einem Land in ein anderes reise."

Ein plötzlicher Windstoß erfasste die große mexikanische Flagge am Eingang des Hotels und das knatternde Geräusch zog ihre Aufmerksamkeit auf sich. Als sich ihre Blicke wieder trafen, wurden sie still. Beide wollten sie nicht ihrer Wege gehen, obwohl es ihr Ziel gewesen war, bis hierhin zu laufen, sodass sie nun genau das tun könnten.

Es war der erste unangenehme Moment, den sie teilten, abgesehen von dem Augenblick, als er an der Bushaltestelle seine Hand an ihren Rücken gelegt und gefürchtet hatte, ihr damit Unbehagen bereitet zu haben.

Sie sprach zuerst. Ihre Stimme war eine Spur leiser und heiserer, als sie es zuvor gewesen war. „Ich hätte nicht vorhergesagt, dass ich meinen Abend auf diese Weise verbringen würde, aber ich habe ihn genossen."

„Ich auch." Er zögerte, dann fügte er hinzu: „Vielen Dank."

„Vielen Dank? Ich habe nichts getan."

„Du hast deinen Bus verpasst. Du hast mir genug vertraut, um mit mir zu Fuß zu gehen, statt auf ein Taxi zu warten." Er trat näher an sie heran, seine Hände blieben jedoch an seinen Hüften. „Ich bezweifle, dass wir uns wiedersehen werden, da du nach Michigan fliegst und ich in Guatemala sein werde und danach – keine Ahnung, wo. Aber diese Begegnung hat mir etwas bedeutet. Es passiert nicht oft, dass ich die Gelegenheit habe, mit jemandem so zu reden. Also –"

Jetzt, drängte ihn sein Hirn. Neige dich zu ihr hinüber und küsse sie. *Tu es*!

„– bin ich froh, dass du den Bus verpasst hast."

Dies brachte sie zum Grinsen. In demselben Ton, den sie einen Moment zuvor angeschlagen hatte, antwortete sie: „Ich auch. Vielen Dank."

Er wollte sie küssen. Unbedingt! Seine Finger vibrierten geradezu, so stark war das Bedürfnis, die Hände nach ihr auszustrecken, ihren Körper zu sich heranzuziehen und ihren Mund mit seinen Lippen zu streifen. Nicht für einen tiefen, schnellen und leidenschaftlichen Kuss, sondern langsam und sanft. Romantisch. Ein Kuss, der der flüchtigen Natur ihrer Begegnung Rechnung trug und dem Wissen, dass er diese Erfahrung im Hinterkopf behalten und jedes Mal hervorholen würde, wenn er in einer dunkleren Stunde seines Lebens einen Gedanken brauchte, der ihm Auftrieb gab.

Sie blinzelte.

Während sie nebeneinander den Boulevard entlanggegangen waren, hatte er nicht die Möglichkeit gehabt, ihre Gesichtszüge so eingehend zu betrachten wie jetzt. Zum ersten Mal bemerkte er ein Krümelchen Mascara neben ihrem rechten Auge. Abgesehen von diesem Fleckchen war sie die Perfektion selbst. Große Augen. Fein geschwungene Augenbrauen. Zierliche Creolen aus Silber. Haut, die von dem langen Spaziergang rosig schimmerte. Volle, verführerische rote Lippen.

Vielleicht ließ sie das Mascara-Krümelchen noch vollkommener erscheinen. Es machte sie menschlich. Denn dieser Mund …

Ihre Unterlippe zuckte und er wusste, sie hatte ihn dabei erwischt, wie er sie anschaute, und ihr war auch klar, was ihm dabei durch den Kopf ging. Sie tat einen Schritt zurück und dann hörte er, was sie gehört haben musste, während er auf ihren Mund gestarrt hatte. Ein Großraumtaxi. Das vor dem Hotel anhielt.

Der Augenblick war vorbei. Sie drehten sich um und schauten zu den Insassen hinüber. Eine Frau auf dem Beifahrersitz hatte Mühe, die Tür zu öffnen. Royce stieß einen langen Atemzug aus. Normalerweise war er immer der Erste in einer Gruppe, der Bewegungen oder Geräusche wahrnahm, die dort nicht hingehörten, wie ein sich näherndes Fahrzeug. Dass Daniela das Großraumtaxi vor ihm bemerkt hatte, verriet ihm, wie sehr er abgelenkt gewesen war.

Die Frau kurbelte schließlich ihr Fenster hinunter und winkte, während der Chauffeur hastig ausstieg und um das Fahrzeug herumlief, um ihr behilflich zu sein.

„Daniela!" Ihre Stimme hatte einen nordeuropäischen Akzent und ihre Zunge war schwer vom Alkohol.

Ein Chor aus „Daniela!" und „Hey, da bist du ja!" folgte, als der Fahrer die hintere Schiebetür des Taxis öffnete und einige Frauen herausdrängten.

„Du bist ohne uns gegangen!", beschwerte sich eine zierliche Brünette. Sie wies mit einem Daumen auf die große Frau, die er an der Bar gesehen hatte, als sie Drinks bestellte. „Katja sagte, du wärst müde und hättest beschlossen, den Bus zu nehmen."

„Meine Füße haben sich geweigert, noch eine Minute weiterzutanzen", behauptete Daniela, obwohl Royce nichts davon bemerkt hatte, während sie gelaufen waren. Er vermutete, dass eher der Lärm und die Hitze in dem Club sie nach draußen getrieben hatten und nicht physische Faktoren. „Seid ihr auf dem Weg in die Zimmer? Oder wolltet ihr noch mal zum Strand?"

Katja antwortete: „In die Zimmer. Morgen Nacht soll es klar werden, also ist es dann sowieso besser."

„Ich komme auch gleich rauf. Dann könnt ihr mir erzählen, wie der Rest des Abends verlaufen ist. Ich möchte etwas über Mr. Auburn hören."

Das Großraumtaxi fuhr weg und die Gruppe wogte an ihnen vorbei, allerdings hielt Katja kurz inne, um Royce verstohlen zu betrachten.

„Mr. Auburn?", fragte er, als sie wieder allein waren.

„Ein Kerl, der sich an sie rangemacht hat, als ich ging. Er trug ein Auburn-T-Shirt."

„Ach so."

Stille breitete sich aus und die Luft vibrierte von der Spannung, die zwischen ihnen herrschte. Sie waren kurz davor gewesen, sich zu küssen, als das Großraumtaxi ankam. Sie wussten es beide. Sie wussten auch, dass der andere es wusste. Aber beide wussten nicht, was sie nun tun sollten.

Royce schluckte. Wenn er den Kopf gesenkt hätte, um sie zu küssen, wäre sie ihm auf halbem Weg entgegengekommen, davon war er überzeugt. Doch der Moment hatte sich so natürlich ergeben, dass es sich wie ein Verrat an dem ganzen Spaziergang anfühlen würde, wenn er ihn nun erzwingen würde. An dem Gespräch, dem Vertrauen, dem Gefühl, zu zweit allein zu sein, obwohl sie sich in einer Stadt voller Menschen befanden.

In Anbetracht der Strecke, die sie gelaufen waren, mussten fast zwei Stunden vergangen sein, seit sie zum ersten Mal außerhalb des Clubs miteinander gesprochen hatten. Es kam ihm so vor, als hätte er sie viel besser kennengelernt, als es im Verlauf von zwei Stunden möglich war. Gleichzeitig erschien diese Zeit zu kurz.

„Ich vermute, die Bar hat dichtgemacht", sagte Daniela, als ob sie ebenfalls die Zeit abgeschätzt hätte.

„Und dann mussten sie auf das Taxi warten. Aber sie schienen zufrieden."

Sie gab einen zustimmenden Laut von sich, bevor sie ihn erneut lächelnd anblickte. „Ich hatte das bessere Abenteuer, und dabei bin ich die am wenigsten verwegene Person in der ganzen Gruppe."

„Bewirb dich auf die Stelle."

Er hatte nicht beabsichtigt, dies zu sagen, vor allem nicht mit solcher Dringlichkeit. Aber es war ihm ernst. „Geh das Risiko ein. Sei wagemutig. Was ist das Schlimmste, was passieren könnte?"

Überraschung zeichnete sich auf ihrem Gesicht ab. „Äh … Mir könnte ein anderer Job entgehen. Ein guter Job."

„Wäre das wirklich so? Du sagtest, dass die Stellen bei der Bank begehrt sind. Auf jeden freien Posten melden sich bestimmt mehr als drei Leute. Also gibt es für diesen guten Job gar keine Garantie. Außerdem wird die Bank immer da sein. Die Chance, im Palast zu arbeiten, nicht. Wenn du die Stelle im Palast bekommst und es stellt sich heraus, dass du für die jahreszeitliche Dekoration zuständig bist, kannst du dich wieder bei der Bank bewerben. Vielleicht dauert es dann länger, eine Position zu ergattern, als mit einem Bewerbungsgespräch auf dem Campus – na und? In der Zwischenzeit kannst du den Job im Palast machen, auch wenn es eine Stelle ohne Zukunft ist. Es wäre nicht anders als das, was ich augenblicklich in Guatemala tue. Das ist keine Karriere. Es bringt mich beruflich nicht weiter. Aber es ist eine Chance, die man nur einmal im Leben hat." Er musste lächeln. „Wenn du nicht den Versuch unternimmst, an den Job im Palast zu kommen, wirst du dich immer fragen, was du verpasst hast. Betrachte es als ein Abenteuer."

„Ein Risiko, das sich reichlich auszahlen könnte?"

„Genau."

Der Ausdruck in ihren Augen wurde weicher. „Anscheinend ist es eine Nacht für Risiken, zumindest für mich."

Er strich ihr mit den Fingern über die Wange. Als sie seinen Blick erwiderte und nicht zurückwich, legte er seine Handfläche an ihr Gesicht. „Für mich auch."

Dann senkte er ganz langsam den Kopf, um sie zu küssen. Sanft, süß. Ein anhaltender Kuss, der es ihm erlaubte, ihre weiche Haut unter seiner Hand wahrzunehmen, das Geräusch ihrer beider Atemzüge, die salzige Luft, die über sie hinwegstrich. Danielas Lippen öffneten sich ein klein wenig und er vertiefte den Kuss, doch er ließ sich Zeit. Kostete den Moment, kostete Daniela aus.

Sie war ihm nicht auf halben Weg entgegengekommen, aber nur, weil sie nicht groß genug war. Als sie an seinem Mund lächelte, tat er es ebenfalls.

„Sehr riskant, Royce Dekker", wisperte sie.

„Das ist es mir wert." Er gab ihr einen letzten kurzen Kuss, dann wünschte er ihr eine gute Nacht.

Sie lief rückwärts auf den Hoteleingang zu. Das verführerische Lächeln auf ihrem Gesicht ließ ihn wünschen, er hätte sie nicht gehen lassen.

„Hüte dich vor den Betrunkenen, die vom Strand kommen", sagte sie.

„Das mache ich. Gute Heimreise. Und viel Glück. Egal, wofür du dich entscheidest, ich weiß, du wirst am Ende am richtigen Ort landen."

Er war schon auf dem Weg zum Westin, als er sie sagen hörte: „Ich weiß, du auch."

KAPITEL 6

FÜNF JAHRE später

ERST ALS DIE kühle Luft der Kathedrale sie umgab, wurde Daniela klar, wie überreizt sie inzwischen war.

Vielleicht war *überreizt* nicht das richtige Wort für das, was sie erlebt hatte. Als persönliche Assistentin von Königin Fabrizia hatte Daniela sie und ihren Gatten, König Carlo, bei ihrem Staatsbesuch in dem winzigen Land San Rimini begleitet. Die Arbeit für Fabrizia erforderte Leichtigkeit im Umgang mit Pracht und Herrlichkeit, aber heute Morgen hatte Daniela gestaunt, als wäre sie ein Kind beim ersten Besuch im Vergnügungspark. Adrenalin schoss ihr durch die Adern, während sie die unzähligen Geräusche und Farben in sich aufnahm.

Sie hatte das Land noch nie zuvor besucht, aber sie hatte jahrelang von seiner Schönheit gehört und war fasziniert von den Bruchstücken, die sie im Fernsehen gesehen hatte. Zwar hatte sie erwartet, beeindruckt zu sein, doch ihre Erwartungen wurden noch übertroffen.

König Eduardo und seine vier erwachsenen Kinder luden

Fabrizia und Carlo zum Frühstück ein, dann spazierten die beiden Könige und die Königin durch den ausgedehnten Innenhof des Palastes und begrüßten die Truppen, die zu diesem Anlass ihre Paradeuniformen angelegt hatten. Danach stiegen sie in eine offene Pferdekutsche, die sie durch die Tore des Palastes und über die Strada il Teatro fuhr, die glamouröse Prachtstraße, die parallel zur Uferpromenade von San Rimini verlief, vorbei an Casinos, Geschäften und dem weltberühmten Aquarium des Landes. Massen von Einheimischen und Touristen waren gekommen, um zu sehen, wie Eduardo seine Gäste zur Wiedereröffnung des Duomo von San Rimini begleitete, der fast zwei Jahre lang geschlossen gewesen war, während seine Glasfenster restauriert wurden.

Daniela hatte sich ihrerseits in den frühen Morgenstunden wie eine Statistin an einem Filmset gefühlt. Sie war zu einer Führung durch den Palast eingeladen worden, während die Monarchen ihr Morgenmahl genossen, dann wurde sie in einen Raum eskortiert, vom dem aus sie die Militärparade im Hof sehen konnte. Die Sonne schien hell, aber nicht heiß. Über ihr kreisten Seevögel, die von der Brise getragen wurden. Jubel und Musik gingen von der Menge aus, die sich vor den Toren des Palastes versammelt hatte; die meisten Zuschauer machten Fotos und Videos. Ein Oscar-gekrönter Regisseur hätte die Feierlichkeiten an diesem Tag nicht perfekter in Szene setzen können. Die Kutsche glänzte, die Lakaien standen aufrecht und die Pferde rochen sogar nach Blumen und nicht nach … na ja, nach Pferd.

Nachdem Königin Fabrizia und beide Monarchen in der Kutsche Platz genommen und den Palasthof verlassen hatten, wurden Daniela und drei von König Eduardos Mitarbeitern in einem Privatwagen auf einer sicheren Straße, die parallel zur Paraderoute verlief, zum Duomo gebracht. Diese Route ermöglichte es ihnen, Blicke auf die Menge zu erhaschen, und stellte gleichzeitig sicher, dass sie vor der königlichen Gesellschaft vor

Ort sein würden. Sie waren einen Block von der Kathedrale entfernt abgesetzt worden und dann im Zickzack durch die Masse der Feiernden gelaufen, bevor sie den abgesperrten Bereich in der Nähe der Türen zum südlichen Querschiff erreichten, wo Wachen ihre Ausweise kontrollierten und sie passieren ließen.

Hufgeklapper und Pfiffe aus der Menge kündigten die herannahende Kutsche an. Dann betraten König Eduardo und seine Gäste den gepflasterten Gehweg, der an der Längsseite der gewaltigen Kathedrale verlief. Königin Fabrizia hob ihr Kinn, ihre scharfen grünen Augen nahmen die Außenseite des Duomo und die Fenster in sich auf. Sie berührte König Eduardos Ellbogen und lächelte ihm anerkennend zu. Daniela hätte schwören können, dass die Steine unter ihren Füßen vibrierten, als die Menge lautstark ihre Zustimmung bekundete.

Das Restaurierungsprojekt war bekanntermaßen der Traum von San Riminis verstorbener Königin Aletta gewesen, die erst Fabrizias Protegé und später ihre Freundin gewesen war. Als Aletta starb, hatten Fabrizia und Carlo Gelder aus ihrem persönlichen Besitz zur Verfügung gestellt, um zu gewährleisten, dass die Restaurierung fortgesetzt wurde.

Daniela vermutete, dass Fabrizia in diesem Moment von starken Gefühlen bewegt wurde, obwohl sie vollkommen gefasst schien.

Daniela hatte einen diskreten Abstand eingehalten, als sich die Monarchen dem mittelalterlichen Bauwerk näherten, und so dafür gesorgt, dass sie außerhalb der Sicht der Fotografen blieb. Sie trug die Handtasche der Königin, war bereit, auf Zuruf zu helfen, und sog die Atmosphäre in sich auf. Es war ein Festtag. Ein Tag, an dem ein einzelner blauer Luftballon, der über ihr schwebte und sich wahrscheinlich aus der Faust eines Kindes gelöst hatte, ihr Herz zum Singen brachte. Ein Tag, der sie daran erinnerte, wie sehr sie ihren Job liebte und wie viel Glück sie gehabt hatte, ihn zu bekommen.

Doch nun, da die königliche Gesellschaft den Duomo betreten hatte und die schweren Holztüren den Lärm der Stadt aussperrten, merkte Daniela, dass ihr von der Zeit, die sie im Schlosshof und vor dem Duomo verbracht hatte, die Ohren klingelten. Ihr Herz schlug so heftig, dass die Adern unter ihrem Kiefer pochten, und ihre Atemzüge waren flach.

Lärm und unbeschwertes Feiern gab den meisten Menschen Energie, Daniela machte all das jedoch nervös. Sie sehnte sich nach offenen Räumen, Ruhe und Vorhersehbarkeit. Menschenmengen ausgesetzt zu sein, war der schwierigste Teil ihrer Arbeit für die Königin. Glücklicherweise brauchte sie ihre Pflichten nicht sehr oft zu Fuß auszuführen.

Sie füllte ihre Lungen mit der kühlen Luft, die jahrhundertealten Kathedralen eigen zu sein schien, und folgte dann der königlichen Gesellschaft durch das südliche Querschiff des Duomo. Das Bewusstsein für ihren körperlichen Zustand verflüchtigte sich, als sie das Gefühl der Ruhe – und Ordnung –, das sie umgab, in sich aufnahm. Grauer Stein, der schon vor langer Zeit von Tausenden von Füßen glatt geschliffen worden war, bedeckte den Boden und führte sie zu einem Mittelgang mit Reihen von polierten Holzbänken an beiden Seiten. An der Kreuzung hob sie ihre Augen himmelwärts. Die neuen Buntglasfenster ragten über ihr in die Höhe, die Farben leuchteten geradezu im Licht der Sonne, das durch sie hindurchfiel. Die Feierlichkeiten zur Wiedereröffnung würden in einer halben Stunde beginnen, nachdem König Eduardo und seine Gäste eine private Führung erhalten hatten, bei der die Geschichte des Duomo und die baulichen Veränderungen näher beleuchtet wurden. Daniela glaubte, dass die Touristen und Einheimischen, die Schlange standen, um als Erste in das Gebäude eingelassen zu werden, sagen würden, dass sich das Warten gelohnt hatte.

Daniela hörte, wie die Königin tief einatmete, als die Monarchen innehielten, um die Fenster zu bewundern. „Es ist überwältigend, Eduardo", sagte sie zu dem König von San Rimini, bevor sie sich umdrehte, um den Bischof mit einem gewinnenden Lächeln zu bedenken. „Die Darstellung von Christus und dem Aussätzigen hat mir schon immer mit am besten gefallen. Mit der Wiederherstellung der Originalfarbe ist sie noch faszinierender."

Der Bischof, der sie an der Tür begrüßt hatte und nun den Rundgang leitete, erwiderte ihr Lächeln. „Das stimmt, Eure Hoheit. Viele Details waren unter den Ruß- und Staubschichten verborgen. Das Lamm im Hintergrund zum Beispiel war völlig verdeckt. Wir dachten, es wäre ein verfärbter Teil des Hangs, bis es im letzten Jahr freigelegt wurde."

Die respektvolle Haltung und der sanfte Blick des Bischofs verrieten seine Verehrung für die ausländische Königin. Kein Wunder. Daniela vermutete, dass Fabrizia auch ohne ihren Titel und Reichtum Aufsehen erregen würde. Obwohl in ihren Sechzigern, bewegte sich die Königin mit der Energie einer viel jüngeren Frau. Ihr goldblondes Haar war glatt und hatte einen modernen Schnitt, und heute hatte sie ein smaragdgrünes Kleid angelegt, das ihre schlanke Figur betonte. Fabrizia hatte sich mit Jahren morgendlichen Trainings – Laufband und Gewichtheben – fit gehalten. Sie stand aufrecht, ihre Schultern waren entspannt. Königlich, aber gleichzeitig auch zugänglich. Es beeindruckte Daniela immer wieder, mit welcher Leichtigkeit die Königin mit jedem sprach – vom Vorschulkind bis zum Staatsoberhaupt. Sie fühlte sich augenscheinlich in einem irischen Dorfpub genauso wohl wie in einem Sterne-Restaurant im Herzen von Paris.

Fabrizia hatte hart daran gearbeitet, diesen Charakterzug zu kultivieren, insbesondere in den frühen Tagen ihrer Ehe mit Carlo, als jeder ihrer Schritte für weltweite Schlagzeilen sorgte und sie in der Presse von vielen als zu beherrscht und kalt eingeschätzt wurde. Jahre später, in den Monaten nach Aletta Masciarettis Verlobung mit Eduardo diTalora, dem gutaussehenden Kronprinzen von San Rimini, legte Fabrizia Wert darauf, die jüngere Frau kennenzulernen und ihr mühsam erkämpftes Wissen mit ihr zu teilen. Zu der Zeit, als Eduardo den Thron bestieg, war Aletta darauf vorbereitet, Königin zu werden.

Im Laufe der Jahre vertiefte sich die Beziehung der Frauen zu einer dauerhaften Freundschaft. Obwohl Daniela ihre Stelle bei Fabrizia erst kurz nach Alettas Tod angetreten und daher nicht mitbekommen hatte, wie sie miteinander umgegangen waren, kannte sie Fabrizia gut genug, um zu wissen, wie tief ihre Gefühle für die verstorbene Königin waren.

„Die Restaurierungsarbeiten sind ausgezeichnet", sagte Fabrizia zu dem Bischof. „Die Fenster lenken nicht nur den Blick auf ihre kunstvolle Gestaltung, sondern laden dazu ein, über die Geschichten nachzudenken, die sie darstellen. Ich kann mir vorstellen, dass es Ihnen in den kommenden Wochen schwerfallen wird, die Aufmerksamkeit der Gemeinde während der Messe auf sich zu lenken."

„Interessant, dass Sie das sagen. Die Predigten in dieser Woche beziehen sich genau auf das, was in den Bildtafeln erzählt wird. Wenn die Menge sich die Hälse verdreht, während ich spreche, werde ich davon ausgehen, dass die Leute meine Worte überdenken."

Die Königin lachte anerkennend, bevor der Bischof sich an König Carlo wandte und ihn in den Seitenraum führte, der die nächste Station ihrer Tour darstellte. Einen Moment später schlossen sich Fabrizia und König Eduardo den beiden an.

Daniela folgte der Gesellschaft in einigem Abstand. Als sie den großen Raum betraten, ging sie zu einer der Wände und hielt unauffällig Wache. König Eduardos Assistentin und die zwei Leibwächter taten dasselbe; sie verschmolzen geradezu mit der Steinwand auf der gegenüberliegenden Seite.

Priester nutzten diesen Bereich heute für Versammlungen oder persönliche Meditation, erzählte der Bischof König Carlo, wenngleich er in früheren Zeiten als Wohnung des Bischofs gedient hatte. Der Raum hatte ungefähr die Ausmaße von Danielas Wohnung in Sarcaccia, allerdings ließen die hohen Decken und Bogenfenster ihn noch größer erscheinen.

König Carlo unterhielt sich weiter mit dem Bischof und ging dabei auf die andere Seite, um eine Skulptur der Jungfrau Maria zu bewundern. König Eduardo bewegte sich in Hörweite von Daniela und zeigte Königin Fabrizia eine weiße Marmortafel. Sie wirkte neu.

Daniela senkte leicht den Kopf, sodass das Paar zumindest eine Illusion von Privatsphäre hatte.

„Ich erinnere mich gut an den Tag", sagte Königin Fabrizia und ihre Gesichtszüge wurden weicher. „Die Zeremonie war wunderschön. Romantisch und persönlich, auch wenn sie vor Millionen Menschen stattfand. Ich habe erst vor Kurzem erfahren, dass Aletta diesen Raum hier zur Vorbereitung benutzte."

Eduardos Blick verharrte auf der Gedenktafel. Mit den Fingerkuppen strich er über die Buchstaben der unteren Reihe, bevor er zurücktrat. „Sie beschloss, am Abend zuvor hierherzukommen und in einem der Vorräume zu bleiben. Ihr Hochzeitskleid und ihre persönlichen Gegenstände wurden hier aufbewahrt, und in dieser Ecke wurde ein Spiegel aufgestellt, damit sie sich selbst frisieren und schminken konnte." Er deutete auf einen Bereich nicht weit von der Stelle, wo Daniela stand. „Sie wollte nicht, dass eine Kutsche oder Limousine sie vor all den Schaulustigen und Fernsehkameras zum Duomo brachte. Sie sagte, das würde ihr das Gefühl geben, ein Auktionsobjekt zu sein, das vor dem Eröffnungsgebot zur Besichtigung und Begutachtung präsentiert wird."

„Das ist schrecklich." Fabrizia lachte. „Und es klingt ganz nach Aletta."

„Mit dem Weg von hier zum Palast, nachdem wir uns das Eheversprechen gegeben hatten, hatte sie keine Probleme", erzählte Eduardo und spielte damit auf die lange Fahrt der

Neuvermählten durch die Straßen von San Rimini an. Daniela hatte Filmaufnahmen von der Hochzeit gesehen – die feierliche Zeremonie vor dem Altar des Duomo, die überfüllten Straßen draußen, als das Brautpaar aus einer Pferdekutsche winkte –, die Anzahl der Schaulustigen am heutigen Tag war nichts dagegen. Für eine Frau wie Aletta, die nicht zur Besichtigung vorgeführt werden wollte, wie der König es beschrieb, musste die ganze Prozedur äußerst unangenehm gewesen sein.

„Sie erzählte mir später, dass sie beim Ankleiden für die Zeremonie in diesem Raum die Möglichkeit hatte, ihre Gedanken zu ordnen, bevor sie Mitglied der königlichen Familie wurde", fügte er hinzu. „Ich hielt es für einen geeigneten Ort, um sowohl unserer Hochzeit als auch ihrer Mitarbeit an der Restaurierung zu gedenken."

„Sie war eine wunderbare Königin. San Rimini hat mit ihrem Tod viel verloren." Fabrizia stockte. „Ich vermisse sie."

Fabrizias Ton schnürte Daniela die Kehle zu. Aletta war ihr eine Freundin gewesen, und sie war viel zu jung gestorben. Die Äußerung kam von Herzen.

„So wie ich." Eduardo faltete die Hände auf dem Rücken und behielt sie dort. Er blickte zu König Carlo, der in ein Gespräch mit dem Bischof vertieft war, und dann zurück zu Fabrizia. Mit leiser Stimme sagte er: „Ich weiß es zu schätzen, dass ihr, du und Carlo, für die Wiedereröffnung des Duomo hier seid. Darf ich dich in einer persönlichen Angelegenheit ansprechen?"

Daniela blieb so bewegungslos wie die Steinmauer in ihrem Rücken. Sie war es gewohnt, Ausschnitte privater Gespräche zwischen Fabrizia und Carlo und gelegentlich auch ihrer Kinder mitzubekommen. Sie verletzte nie das Vertrauen der königlichen Familie, aber als sie die Formulierung „persönliche Angelegenheit" hörte, fühlte sie sich trotzdem wie ein Eindringling. Vor allem, da diese von König Eduardo geäußert wurde, der sie überhaupt nicht kannte.

Sie verlangsamte bewusst ihre Atmung. Sollte der Bischof

quer durch den Raum zu Eduardo und Fabrizia hinschauen, würde er nicht merken, dass das Gespräch eine Wendung genommen hatte. Die beiden standen nicht anders da als zuvor, mit geradem Rücken, entspannten Schultern und mildem Gesichtsausdruck, so wie sie in der Öffentlichkeit immer wirkten. Aber Daniela spürte den Stimmungsumschwung, noch bevor Fabrizia sagte: „Natürlich, Eduardo. Alles, was du willst."

Eduardos Augen wanderten zu einer anderen Tafel, als ob er sie beschreiben wollte. Stattdessen sagte er: „Es ist jetzt fünf Jahre her, dass Aletta gestorben ist. Das Land trauert immer noch um sie – wir alle trauern um sie –, aber es ist an der Zeit, sich um ihre persönlichen Sachen zu kümmern. Sie hat veranlasst, dass einige Dinge von immateriellem Wert an diejenigen gehen, die sie am besten kannten. Ihre Kinder, ihre ältere Schwester, ihre Freunde."

Fabrizias Finger strichen über die Hummel-Brosche an ihrem Kragen. Der König lächelte und gab damit zu verstehen, dass er sie schon früher bemerkt hatte. Fabrizia hatte sie von Aletta zusammen mit einem langen, handgeschriebenen Brief erhalten, etwa einen Monat vor dem Tod der jüngeren Frau. Daniela hatte die Nachricht zwar nicht gelesen, wohl aber die Brosche katalogisiert, als sie eine Bestandsaufnahme von Königin Fabrizias Schmucksammlung machte. Heute trug Fabrizia das Stück zum ersten Mal.

„Ich kann mir vorstellen, dass das eine ziemliche Aufgabe sein wird."

Der König nickte. „Es gibt Kleider, Schuhe, Handtaschen, Hüte, Freizeitschmuck ... du weißt, wie viel eine Königin besitzt. Sie hatte keine Zeit, alles selbst zu ordnen. Ich dachte an eine Wohltätigkeitsauktion, wobei einige der wertvolleren Stücke für eine Ausstellung zurückbehalten werden könnten. Sie sollten den Organisationen zugutekommen, die Aletta gefördert hat."

„Das ist eine schöne Idee." Sie blickte ihn an, und Daniela

erkannte das kurze Aufblitzen von Sorge in ihren Augen. „Dennoch zögerst du."

„Ich brauche die richtige Person, um alles zu organisieren. Ich würde jemanden vorziehen, der von außerhalb des Palastes kommt. Außerhalb des Landes, wenn möglich. Wie ich schon sagte, es geht dabei auch um eine persönliche Sache."

„Die persönliche Sache, die du am Tag von Alettas Gedenkgottesdienst erwähntest?" Auf sein Nicken hin sagte sie: „Du brauchst jemanden, der nicht an Familienangelegenheiten beteiligt ist, dem du aber dein Vertrauen schenken kannst."

„Ganz genau." Seine Stimme wurde noch leiser, allerdings standen die beiden so dicht bei Daniela, dass sie weiter mithören konnte. „Am Tag nach Alettas Tod war Isabella mit mir in unserem Wohnbereich, um die Pläne für die Trauerfeier zu besprechen. Bevor sie in ihre eigenen Räume zurückkehrte, ging sie zu Alettas Ankleidezimmer, um eine Handtasche ihrer Mutter herauszuholen, die sie bei der Beerdigung tragen wollte. Sie konnte sie nicht finden. Ich auch nicht. Wir nahmen an, sie sei verlegt worden. Sie war nicht besonders wertvoll – abgesehen von der Tatsache, dass sie Aletta gehörte – und Isabella entschied sich für eine andere Handtasche, also dachte ich mir nicht viel dabei. Doch am Tag der Beerdigung stellte ich fest, dass noch andere Gegenstände fehlten."

„Du sagtest damals, dass in die Privatsphäre eingedrungen wurde, aber nicht, was genau vorgefallen war."

„Damals hatte ich zu viel um die Ohren, als dass ich gewagt hätte, mehr zu offenbaren. Wie auch immer, keiner der von mir gesuchten Gegenstände tauchte wieder auf. Ich habe auch keine Beweise dafür gefunden, dass sie gespendet wurden."

Fabrizias Lippen bildeten eine dünne Linie. Sie brauchte nichts zu sagen, damit Daniela die Wahrheit erkannte: Eduardo befürchtete, dass Mitglieder seines Personals involviert waren. Sie wusste, wie sich Fabrizia in der gleichen Situation fühlen würde: nicht nur hintergangen, sondern auch zutiefst enttäuscht. Die Angestellten des Palastes wurden einem strengen Einstellungsprozess unterzogen und man erwartete von ihnen, dass sie jederzeit Anstand bewiesen. Im Gegenzug behandelte Fabrizia ihre Mitarbeiter gut und schenkte ihnen ihr Vertrauen. Daniela vermutete, dass Eduardo es ähnlich handhabe.

„Niemand außer der Familie und ein paar Angestellten hat Zugang zu meinen Privaträumen", fuhr der König fort. „Soweit ich weiß, ist seit dem Gottesdienst nichts mehr verschwunden, aber ich habe Alettas Zimmer abschließen und ein Tastenfeld installieren lassen. Nur ich habe Zugang." Er atmete langsam aus und fügte hinzu: „Diesen Bereich so zu belassen, wie er war, als sie starb, fühlt sich nun an, als würde ich mich weigern, sie gehen zu lassen. Ich möchte niemanden vor den Kopf stoßen, wenn ich mich von bekannten Gegenständen trenne, aber sie können einen höheren Zweck erfüllen. Es wird Zeit."

Es war allgemein bekannt, dass Eduardo und Aletta eine tiefe, beständige Liebe füreinander empfunden hatten. Mit Alettas frühem Tod war er zu einer romantischen Ikone geworden. Dokumentationen über San Rimini beleuchteten regelmäßig ihre Beziehung und mehr als ein Fernsehfilm erzählte ihre Geschichte. Die Aufmerksamkeit bedeutete, dass Gegenstände, die mit Aletta verbunden waren, jetzt noch begehrter waren als zum Zeitpunkt ihres Todes. Sie würden beträchtliche Summen einbringen.

„Ich würde mich sehr freuen, das Projekt zu unterstützen. Öffentlich natürlich, was die Auktion betrifft, und privat, wie ich es am Tag ihrer Gedenkfeier versprochen habe." Die Königin lächelte, dann schockierte sie Daniela, indem sie einen Blick in ihre Richtung warf, bevor sie ihre Aufmerksamkeit wieder auf König Eduardo richtete. „In der Tat habe ich die perfekte Person für diesen Job. Du hast heute Morgen meine persönliche Assistentin, Daniela D'Ambrosio, kennengelernt. Wenn die Wiedereinweihungszeremonie vorbei ist und wir in die Privaträume des Palastes zurückgekehrt sind, könnte sie sich uns vielleicht zum Tee anschließen? Dann hätte deine Familie Gelegenheit, sie kennenzulernen."

„Betrachte die Einladung als ausgesprochen." Eduardo hob sein Kinn, als er die kleine Fensterreihe über der Gedenktafel seiner Frau betrachtete. Immer noch mit leiser Stimme setze er hinzu: „Du hast mehr als einmal erwähnt, wie unentbehrlich sie ist. Wie ergeben sie dir und deiner Familie ist. Und natürlich ist sie eine Bewohnerin von Sarcaccia. Keine Verbindungen zu San Rimini?"

„Nein. Außerdem hat sie keinen Partner und auch keine Kinder, die darauf angewiesen sind, dass sie abends nach Hause kommt. Ich habe andere Mitarbeiter, die ihre Aufgaben vorübergehend mit übernehmen können, also wäre sie gerne bereit, dir für die Zeit zu helfen, die nötig ist, um die persönlichen Gegenstände der Königin für die Auktion vorzubereiten."

Daniela spürte, wie ihr Gesicht heiß wurde. Zum Glück sahen weder Fabrizia noch Eduardo in ihre Richtung.

Als der König wieder das Wort ergriff, war seine Stimme so leise, dass Daniela ihn kaum verstehen konnte. „Sag mir, wie lange steht Daniela D'Ambrosio schon in deinen Diensten?"

„Seit fast fünf Jahren, wie es der Zufall so will."

Daniela entging das Lächeln nicht, das auch Eduardos Augen erreichte. „Wahrlich, Fabrizia, du erstaunst mich."

Fabrizia hake sich bei ihm ein. „Komm. Lass uns zu Carlo und dem Bischof zurückkehren. Die heutige Zeremonie wurde mit Sorgfalt geplant. Ich möchte sehen, dass sie so abläuft, wie du es dir vorgestellt hast."

„Ich bin sicher, das wird sie." Die beiden entfernten sich von Daniela, aber sie hörte noch, wie Eduardo hinzufügte: „Auch wenn niemand so sorgfältig plant wie du."

KAPITEL 7

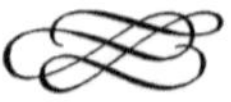

ZUM DRITTEN MAL, seit Royce die Papiere im Sicherheitsbüro von La Rocca di Zaffiro – oder La Rocca, wie der königliche Palast von San Rimini von den Einheimischen genannt wurde – unterzeichnet hatte, erinnerte ihn der uniformierte Wachmann daran, dass er seinen Ausweis stets gut sichtbar bei sich tragen musste, während er sich auf dem Gelände aufhielt. Es war ihm nicht gestattet, König Eduardos Privaträume auf einem anderen Weg zu verlassen als dem, den sie nun vom Parkplatz der Angestellten aus nahmen. Auch durfte er im Palastbereich nicht rauchen – weder Tabak noch E-Zigaretten – und kein Kaugummi kauen. Er musste jeden Abend so viele seiner Arbeitsutensilien wie möglich aus den Räumen des Königs entfernen, und zwar auf diskrete Weise. Während er auf dem ihm zugewiesenen Platz parkte, sollte er die erforderliche Bescheinigung auf das Armaturenbrett des Transporters, den er während der Arbeit nutzte, legen und den Wagen verschlossen halten. Und, fügte der Wachmann hinzu, es würde nicht schaden, wenn Royce ein Paar saubere Schuhe in seinem Fahrzeug aufbewahrte, falls seine während der Arbeit dreckig werden sollten. Oder – und dies brachte der Wachmann mit zusammengekniffenen Augen vor – für den Fall, dass Royce bei seiner Ankunft feststellte, dass seine Schuhe bereits verschmutzt waren.

Royce hörte höflich zu, während sie einen Dienstkorridor entlanggingen und eine Treppe hinaufstiegen, die zu König Eduardos privaten Räumen führte.

Der Wachmann war der stellvertretende Security-Chef des Palasts. Obwohl er sich mit einem kaum verständlichen Brummeln vorgestellt hatte, wusste Royce, dass sein Name Miroslav Vulin war. Ein Serbe mit ehrfurchtgebietendem Gehabe, ein Mann wie ein Baum, den Royce lieber nicht verärgern wollte. Und so versicherte er Miroslav zum dritten Mal in dem respektvollsten Ton, den er aufbringen konnte, dass er die Regeln für Dienstleister im Palast gelesen hatte und buchstabengetreu befolgen würde. Er hob auch hervor, dass er Schuhüberzieher hatte und sie durchgehend benutzen würde. Der riesige Wachmann machte ein zweifelndes Gesicht, als wüsste er, dass Royce ihn beschwichtigen wollte, doch er nahm Abstand davon, seine Warnungen zum vierten Mal auszusprechen.

Royce sah das als ein gutes Zeichen an.

Miroslav zeigte ihm, wie das Tastenfeld außerhalb der Privaträume des Königs benutzt wurde, dann bat er Royce, vorzutreten und den Code einzugeben, der ihm während der Ausführung seines Auftrags Zugang gewähren würde.

Royce stellte seinen Werkzeugkasten ab und tat, wie ihm geheißen wurde. Als er auf den Bildschirm tippte, erwähnte Miroslav, dass jeder seinen eigenen Code hatte, der nur an den Türen der Räume funktionierte, die er betreten durfte.

Royce verstand die Andeutung. Man würde seine Wege nachverfolgen. Er stellte sich dumm und sagte: „Es ist erstaunlich, was man mit diesen High-Tech-Geräten alles machen kann. Es muss Spaß machen, beruflich damit umzugehen.“

Der Wachmann ignorierte die Bemerkung, wie es Royce an

seiner Stelle auch getan hätte, wenn er einen Anstreicher in einen stark gesicherten Bereich hineinlassen müsste.

Sie durchquerten einen Vorraum und betraten das große Wohnzimmer des Königs. Trotz der hohen Decke verliehen die dunklen Wände und antiken Möbel dem Raum die bedrückende Atmosphäre einer Krypta. Es gab nur zwei Fenster und die befanden sich nahe dem Vorraum. Das Schlafzimmer mit großen Fenstern, die nach hinten hinausgingen, lag dahinter, sowie der Ankleideraum des Königs und sein privates Bad. Die Türen zum Schlafzimmer standen offen, sodass Licht durch diese Fenster in den großen Wohnraum fallen konnte.

Es war, als ob man einem Glas Guinness einen Tropfen Wasser hinzufügen würde. Es veränderte die Zusammensetzung, aber nicht so, dass die meisten Leute es merken würden.

Neben dem großen Raum befand sich zu Royce' Linken ein Arbeitszimmer, das durch Glastüren abgetrennt wurde. In der Nähe des Zugangs zu diesem Raum war ein ziemlich großer Kamin, über dem ein gewaltiger Spiegel hing. Der Wachmann deutete auf die Räume und erklärte, um was für Zimmer es sich handelte. Dabei betonte er, dass das Arbeitszimmer ein ruhiger Ort war, wo der König gern las, Briefe beantwortete und Anrufe entgegennahm. Während Royce arbeitete, beabsichtigte der König, sich anderswo im Palast aufzuhalten. Sollte der Monarch jedoch seine Wohnräume betreten, während Royce anwesend war, würde er sich wahrscheinlich ins Arbeitszimmer zurückziehen. Alle Aktivitäten, die die Ruhe des Königs störten, wären auf ein Minimum zu beschränken und Royce müsste sich sofort zurückziehen, wenn er darum gebeten würde.

Statt auf diese Beleidigung seiner Intelligenz mit einem bösen Blick zu reagieren, zwang sich Royce zu einem weiteren höflichen Nicken. Als ob er einfach bleiben würde, wenn der Mann, der ihn engagiert hatte – noch dazu ein König –, ihn bitten würde, einen Moment allein sein zu können.

Auf der gegenüberliegenden Seite des großen Wohnzimmers, von König Eduardos Arbeitszimmer aus gesehen, führten verschlossene Doppeltüren, die ihr eigenes Tastenfeld hatten, zu den Räumen der verstorbenen Königin.

Der Wachmann lieferte diese besondere Information nicht. Stattdessen ging er an den Türen vorbei, als ob sie nicht da wären, und zeigte auf eine Ecke, wo Royce die Leitern und andere Materialien abstellen konnte, die zu schwer waren, um sie zwischen seinem Transporter und den Räumen hin- und herzutragen. Royce hatte genug Zeit damit verbracht, den Grundriss und Fotos zu studieren, sodass er den Ort im Schlaf kannte. Wenn er durch diese Doppeltüren treten würde, wäre er im Salon der Königin. Wenn er sich nach links wandte, würde er am hinteren Ende des Apartments ihr Ankleidezimmer und das Bad finden. Beides war auch mit dem Schlafzimmer verbunden, doch als Königin Aletta verstarb, sorgte der König dafür, dass diese Tür ebenfalls verschlossen wurde.

Es war eine Wohltat für ihn, als er endlich allein gelassen wurde. Gründlich und in aller Ruhe betrachtete Royce das große Wohnzimmer.

Im Geiste hatte er vor Freude die Faust in die Luft gereckt, als er den Kurzzeitjob bei König Eduardo ergattert hatte. Nicht nur kam es bloß einmal im Leben vor, dass man für einen König tätig sein konnte, undercover zu arbeiten, war zudem seine Stärke. Und in La Rocca verdeckt zu ermitteln, war weitaus angenehmer als viele seiner vorherigen Aufträge. Kein eiskalter Regen, während er vorgab, Leitungsmonteur zu sein, damit er ein Bürogebäude beobachten konnte. Kein plattgesessener Hintern oder schaler Kaffee, während er ein Haus oder eine Wohnung von seinem Auto aus überwachte, das er in einem schäbigen Viertel geparkt hatte. Keine Schnappschüsse von Leuten, die bei Botschaften herumhingen, in der Hoffnung, ausländische Agenten zu entlarven. Dass er die nächsten paar Wochen damit verbringen würde, Tapeten abzureißen und Wände zu streichen, störte ihn nicht im Mindesten. Er hatte seine eigene Wohnung renoviert und gestrichen, nachdem er aus der Armee ausgeschieden war, und dabei festgestellt, dass diese Arbeit eine wohltuende, meditative Wirkung auf ihn hatte. Und zwar in so großem Maße, dass er einen Malerbetrieb eröffnet hatte, den er als Tarnung für freiberufliche Sicherheitsjobs nutzen wollte. Es war eine kluge Entscheidung gewesen. Nicht nur hatte ihm das Geschäft in ähnlichen Situationen wie jetzt, wenn er einen Vorwand für Arbeiten im Innenbereich brauchte, eine perfekte Tarnung geliefert, sondern von Zeit zu Zeit konnte er auch reguläre Aufträge annehmen, um sein Einkommen zwischen Security-Jobs aufzubessern.

Nun, da er sich diese Räumlichkeiten genau ansehen konnte, waren *wohltuend* und *meditativ* nicht die richtigen Wort, um die Aufgabe zu beschreiben, die vor ihm lag. Allein in das große Wohnzimmer würde die gesamte Stadtwohnung seiner Eltern hineinpassen. Während er sich die Maße und die Anordnung des schweren Mobiliars, der Fenster und Türen so gründlich eingeprägt hatte, dass er seinen Weg im Dunkeln finden könnte, hatte Royce nicht bedacht, wie viele Quadratmeter Tapete er entfernen musste, vor allem bei diesen hohen Decken. Dann waren da die breiten Zierleisten aus Holz, die er abbeizen und leicht glatt schmirgeln musste, bevor er eine neue Lasur auftragen konnte. Er musste auch allein die Möbel verschieben. Na ja, mit Ausnahme des Spiegels. Dafür würde er Hilfe benötigen, was bedeutete, er musste Miroslav rufen. Diesen Job würden seine Muskeln nicht ohne eine Packung Ibuprofen überstehen.

König Eduardos zweiter Sohn, Prinz Federico, war Royce' Ansprechpartner bei diesem Auftrag. Alle vier diTalora-Geschwister lebten im Palast, aber weil Federico kleine Kinder hatte, reiste er seltener außer Landes als die anderen Familienmitglieder und konnte daher seine Erreichbarkeit in den kommenden Wochen gewährleisten. Er stand auch weniger im Rampenlicht als der König oder der Kronprinz, was es ihm ermöglichte, unbemerkt den Palast zu verlassen und Royce persönlich zu treffen, bevor der die Arbeit aufnahm.

Sobald Prinz Federico ihm einen allgemeinen Eindruck von der Aufgabe vermittelt hatte und sie sich am Telefon geeinigt hatten, kamen sie in Royce' Büro zusammen, wo ihm Federico Informationen zur Raumaufteilung lieferte und zu allem, was über die Diebstähle bekannt war.

Royce stützte die Hände in die Hüften, als er dieses Gespräch in Gedanken noch einmal durchging: In den Tagen nach Königin Alettas Tod verschwanden einige ihrer persönlichen Sachen. Eine Handtasche, die sie auf einer Reise durch Indien auf einem Markt gekauft hatte. Zwei oder drei Schmuckstücke, die sie häufig trug. Kleinere Dinge wie Gürtel und Halstücher. Ein paar dieser Gegenstände waren zum Zeitpunkt des Erwerbs teuer gewesen, die meisten jedoch nicht. Da nur die Familie und eine begrenzte Anzahl von Dienstboten Zutritt zu Königin Alettas Privaträumen hatten, war der König davon überzeugt, dass es jemand aus dem Kreis dieser Personen gewesen sein musste. Wer auch immer der Dieb war, hatte darauf geachtet, nicht die auffälligsten Gegenstände zu nehmen. Objekte, die der Krone gehörten – insbesondere Schmuckstücke –, wurden gewöhnlich anderswo aufbewahrt, doch die wenigen Staatsjuwelen, die Aletta vor ihrem Tod in ihrem Ankleideraum aufbewahrt hatte, waren nicht angerührt worden. Federico erzählte Royce, dass die Diebstähle vielleicht monatelang nicht bemerkt worden wären, hätte Prinzessin Isabella nicht die Handtasche von der Indienreise gesucht, um sie bei der Beerdigung ihrer Mutter zu tragen.

Eduardo war erbost gewesen, nicht so sehr über den Verlust der Stücke, sondern über den Vertrauensbruch. Er hatte die Räume der Königin verschlossen und ließ die Dienerschaft glauben, dies wäre seiner Trauer geschuldet. Nun jedoch wollte er den größten Teil von Alettas Hinterlassenschaft für wohltätige Zwecken versteigern. Dies machte es notwendig, die

Räume für mindestens zwei Wochen wieder zu öffnen – wahrscheinlich länger –, und da der Täter noch nicht gefasst war, riskierte man dadurch weitere Diebstähle.

Es war Royce' Aufgabe, dafür zu sorgen, dass dies nicht geschah, und, falls sich die Gelegenheit ergab, die Identität des Schuldigen festzustellen. Federico fragte, ob Royce dies allein bewerkstelligen könne. Er glaubte, wenn sich nur wenige Leute in den Räumlichkeiten aufhielten, würde das den Dieb oder die Diebin anlocken, falls diese Person noch im Palast war. Royce hatte sich den Grundriss und die Fotografien angesehen und dem Prinzen versichert, dass er dazu in der Lage sei. Es war sogar besser. Ein Team von Anstreichern würde es erschweren, die Arbeit, die der Tarnung diente, über länger als zwei Wochen zu strecken.

„Eine Spezialistin, die von außerhalb des Landes kommt, wurde engagiert, um die Habe meiner Mutter zu ordnen und zu katalogisieren", erklärte Federico. Er legte ein Dossier auf den Ordner, der den Grundriss und Informationen über die fehlenden Gegenstände enthielt. „Mein Vater steht der Familie Barrali sehr nahe und hat König Carlo und Königin Fabrizia die Situation dargelegt. Sie haben vorbehaltlos diese Frau empfohlen. Ich bin überzeugt, sie wird alle Regeln befolgen, um die Sicherheit dieses Bereichs zu gewährleisten, während sie dort arbeitet. Aber wenn Sie Aspekte in unseren Sicherheitsprotokollen bemerken, die verbessert werden können, lassen Sie es mich wissen und ich werde dafür sorgen, dass Änderungen vorgenommen und die Informationen an sie weitergeleitet werden. Während der Zeit, in der sie hier arbeitet, wird sie direkt mit meinem Vater zu tun haben."

Royce hatte sich Notizen gemacht, während der Prinz sprach. An diesem Punkt hob er den Kopf. „Weiß sie über die Diebstähle Bescheid?"

„Ja."

„Weiß sie, dass ich hier arbeiten werde? Das heißt, als Sicherheitsbeauftragter?"

„Noch nicht. Ich wollte erst die Einzelheiten abschließend mit Ihnen klären, bevor mein Vater sie davon in Kenntnis setzt."

Royce überlegte, dann sagte er: „Erzählen Sie ihr nichts, es sei denn, der König meint, er müsste es tun. Wenn sie weiß, warum ich hier bin, könnte sich ihr Verhalten ändern. Wenn sie glaubt, ich bin ein Anstreicher, unterstützt das meine Tarnung gegenüber den Angestellten."

Federico dachte über diesen Punkt nach und nickte dann zustimmend.

Schließlich hatte Royce gefragt: „Ich gehe davon aus, dass die Überprüfung ihres Hintergrunds keine Auffälligkeiten ergeben hat?"

„So ist es." Der Prinz wies auf das Dossier. „Sie arbeitet eng mit Königin Fabrizia zusammen und ist auch oft mit der Familie Barrali in deren Freizeit zusammen. Es hat nie einen Treuebruch gegeben. Die Königin vertraut ihr bedingungslos und leiht sie meinem Vater im Grunde genommen für diese Aufgabe aus."

Es war kein Geheimnis, dass die beiden königlichen Familien miteinander bekannt waren. Die Barralis hatten an Prinz Federicos Hochzeit und Königin Alettas Beerdigung teilgenommen. Fotos von König Carlo und König Eduardo, die im Jahr zuvor nach einem Formel-1-Rennen zusammen in San Rimini zu Abend gegessen hatten, waren um die Welt gegangen. Dennoch bezweifelte Royce, dass jemand wusste, die Familien waren so eng verbunden, dass Eduardo sich frei fühlte, persönliche Angelegenheiten mit dem König und der Königin von Sarcaccia zu besprechen.

„Apropos Referenzen, sind Sie sicher, dass Ihre die Sicherheitskontrolle im Palast passieren werden, ohne Verdacht zu erregen?", hatte Federico gefragt. „Sobald ich die Security-Chefin informiere, dass ich einen Anstreicher beauftragt habe, in den privaten Räumen meines Vaters zu arbeiten, werden sowohl Sie als auch Ihr Geschäft einem vollständigen Hintergrundcheck unterzogen."

Diese Frage hatte Royce erwartet. „Ich habe den Malerbetrieb gleich nach meinem Ausscheiden aus dem Militär eröffnet. Es handelt sich um ein offiziell angemeldetes Gewerbe. Allerdings habe ich in den letzten sechs Monaten nur Aufträge angenommen, die als Tarnung für Überwachungstätigkeiten notwendig waren. Ihr Personal wird Belege für meinen Militärdienst und die Eröffnung des Malerbetriebs finden." Er hielt inne, dann fügte er hinzu: „Ein Geschäft mit wenigen Kunden, aber einem makellosen Ruf, das keine Verbindung zum Security-Business hat."

Federico hatte diese Erläuterung akzeptiert. Royce hatte ein paar unternehmerische Tricks verwendet, um mit Hilfe eines anderen Namens zu verhehlen, dass er der Besitzer einer Sicherheitsfirma war. Jeder, der in behördlichen Unterlagen stöberte, würde dies natürlich herausfinden, doch dazu müsste er wissen, wonach er suchte.

Royce hatte dafür gesorgt, dass niemand das wusste.

Als sich die Zeit, für die er sich beim Militär verpflichtet hatte, ihrem Ende zuneigte, hatte sein Vater ihn gedrängt, in sein Geschäft einzusteigen. Pieter Dekker führte seine eigene Security-Firma und arbeitete für eine Reihe von Botschaften und internationalen Organisationen, die in San Rimini ansässig waren. Royce' Erfahrungen bei der Armee hatten ihn gut vorbereitet, ebenso wie die Tatsache, dass er in einem Haushalt mit seinem Vater aufgewachsen war. Royce hatte es nicht ungewöhnlich gefunden, ins Museum zu gehen, die Ausstellungsstücke zu betrachten und danach auf dem Heimweg die Sicherheitsvorkehrungen des Gebäudes mit seinem Vater zu diskutieren. Pieter hatte seinen Sohn darin geschult, auf die Umgebung zu achten, wie es Royce' Meinung nach auch Polizeibeamte, FBI-Agenten oder andere Sicherheitsexperten mit ihren Kindern machten. Doch als die Zeit kam, um in die Firma einzusteigen oder das Angebot seines Vaters auszuschlagen, hatte Royce eine dritte Option gewählt und seinen eigenen Ein-Mann-Betrieb eröffnet. Er hatte gehofft, mit kleineren Jobs beginnen zu können und sich auf diese Weise selbst einzuarbeiten.

„Du hast dir ein gutes Geschäft aufgebaut", hatte er zu seinem Vater gesagt. „Mir gefielen die Sicherheitsaufgaben, die ich in der Armee hatte, aber ich weiß nicht, ob ich das mein Leben lang machen möchte. Wenn ich jetzt in deiner Firma anfange, wecke ich bei dir und deinen Kunden falsche Erwartungen und ich werde keine Verpflichtung übernehmen, die ich nicht erfüllen kann. Eine Weile auf mich selbst gestellt zu sein, gibt mir die Chance, mir meinen eigenen Ruf zu erarbeiten und mir über meine Zukunft klar zu werden."

Pieter Dekker hatte Einwände vorgebracht, aber nicht so vehement, wie Royce erwartet hatte. Dann hatte er angeboten, Royce ein paar passende Aufträge zukommen zu lassen. Royce fand mehrere Klienten, indem er seine eigenen Verbindungen zum Militär nutzte, dann nahm er ein paar Undercover-Jobs an, die er durch Empfehlungen bekam. Vor drei Wochen hatte er sogar einen Mann geschnappt, der versucht hatte, Abhörwanzen in der kanadischen Botschaft anzubringen, und zwar einen Tag bevor ein hochrangiger nordkoreanischer Überläufer dort eintreffen sollte, der auf dem Weg nach Kanada war und sich von dort vermutlich in die Vereinigten Staaten absetzen wollte.

Dann hatte sein Vater den Anruf von Prinz Federico erhalten, der nach Empfehlungen für einen Sicherheitsjob innerhalb des Palastes fragte. Über die Art der Tätigkeit hatte sich der Prinz ausweichend geäußert, doch er hatte Dekker senior genug Informationen gegeben, dass dieser Royce' Namen und Referenzen an ihn weiterleitete.

Und nun stand Royce in seinem Arbeitsoverall mit einem

Werkzeugkasten im privatesten Bereich von San Riminis königlichem Palast und starrte auf dunkle Holzverkleidungen und Fußleisten, die von jahrzehnte-, wenn nicht jahrhundertealten dicken Lasur- und Wachsschichten überzogen waren, und auf so altmodische Tapeten, dass er seine Stiefel darauf verwetten würde, dass sie geklebt worden waren, bevor seine Großeltern geboren wurden.

Im Hinblick auf den Grundriss waren Prinz Federicos Informationen sehr genau gewesen, ebenso, was die Security-Mitarbeiter betraf, einschließlich Miroslav und dessen Boss Chiara Ascardi, der Leiterin des Sicherheitsteams im Palast. Er hatte sie sofort erkannt, als sie im Flur vor Miroslavs Büro an ihm vorbeigegangen war. Royce ging davon aus, dass Federicos Auskünfte über die Frau, die den Besitz der Königin katalogisieren sollte, ebenfalls korrekt waren.

Diese Frau würde bald ankommen.

Er stieß Luft aus seinen Lungen aus, dann bückte er sich und zog seine Schnürsenkel fester. Das Prozedere für Auftragsnehmer mit Miroslav durchzugehen, hatte Royce' Gedanken bis jetzt abgelenkt. Nun, da er allein war, musste er seine Aufmerksamkeit streng auf den Job richten und nicht auf das, was er in der Akte über die Frau gelesen hatte.

In den folgenden dreißig Minuten lief Royce mehrmals zu seinem Transporter und brachte Abdeckplanen, Eimer, Sprühflaschen und eine Leiter in die Räume des Königs. Er war gerade mit der letzten Ladung zurückgekommen, als die wohlbekannte Stimme des Wachmanns durch die Eingangstüren drang. Er schien jemandem dieselben Anweisungen über das Mitführen des Ausweises zu geben, die Royce über sich ergehen lassen musste.

Royce' Herzschlag steigerte sich, als eine weibliche Stimme antwortete. Er setzte eine Kappe auf, dann wandte er der Tür den Rücken zu. Er bewegte sich bedächtig, als er sich bückte, um die Abdeckplane an der Wand neben dem großen Kamin des Wohnzimmers auszubreiten. Es war ein natürlicher Ausgangspunkt für seine Arbeit, allerdings erlaubte ihm dies auch, zu belauschen, was gesagt wurde, während der Wachmann Daniela zu den Privaträumen der Königin geleitete.

Daniela D'Ambrosio.

Ein Name, den er nie vergessen würde.

Er behielt seine entspannte Haltung bei, als sich die Tür öffnete und Schritte im Eingangsbereich zu hören waren.

„Ein Handwerker wird im großen Wohnzimmer arbeiten, während Sie sich in den Räumen der Königin aufhalten", sagte Miroslav. „Der König lässt gerade die Tapeten abreißen, die Holzvertäfelung aufarbeiten und die Wände streichen."

Sie musste erwähnt haben, dass sie über die Arbeiten, die im Gange waren, Bescheid wusste, denn Miroslavs Ton änderte sich: „Ich verstehe. Nun, sollte der Geruch zum Problem werden, lassen Sie es mich wissen und ich werde sehen, was getan werden kann, um die Durchlüftung zu verbessern."

Die alten hölzernen Dielenbretter leiteten ihre Bewegungen weiter, doch die Vibration hörte auf, als sie den Teppich am anderen Ende der Sitzecke erreichten. Royce machte ein möglichst neutrales Gesicht und erhob sich aus der Hocke.

„Miss D'Ambrosio, darf ich vorstellen –"

Royce fuhr herum, um der Vorstellung durch den Wachmann zuvorzukommen. Er wischte seine Handflächen an seinem Overall ab, als wollte er Staub entfernen, und sagte: „Ich bin Roy. Nett, Sie kennenzulernen." Er schüttelte Danielas Hand und begegnete einen winzigen Moment lang ihrem Blick, bevor er losließ und zu Miroslav hinüberschaute.

Miroslav runzelte die Stirn, doch er sagte nichts. Royce war nicht sicher, ob Daniela D'Ambrosio sich an ihn erinnern würde, immerhin waren sie sich vor über fünf Jahren begegnet, aber sein Name kam nicht gerade häufig vor. Er konnte nicht riskieren, dass sie etwas sagte, was seine Tarnung auffliegen ließ – nicht, wenn die gesamte Dienerschaft des Palastes unter Verdacht stand.

„Ich freue mich auch, Sie kennenzulernen." Ihr Ton war geschäftsmäßig und trotzdem freundlich. „Bitte, nennen Sie mich Daniela."

„Sie wird in den angrenzenden Räumen an einem Projekt arbeiten." Miroslavs feste Stimme legte nah, dass es Roy nicht zustand, Fragen zu stellen, und dass er ihm erst weitere Informationen gegeben würde, wenn er es für richtig erachtete. „Miss D'Ambrosios Aufgabe hat nichts mit Ihrer zu tun. Sie hat ihren eigenen Zugangscode und wird Ihnen nicht im Weg sein."

Royce nickte. Er hielt sein Kinn gesenkt, um den oberen Teil seines Gesichts unter dem Schirm der Kappe zu verbergen. „In den nächsten Tagen werde ich Tapeten abreißen, also wird es keine scharfen Dämpfe geben. Wenn ich so weit bin, das Holz abzubeizen, sage ich Ihnen Bescheid."

„Ich bin sicher, das wird kein Problem sein." Sie ließ ihren Blick durch den großen Raum wandern. „Da haben Sie aber eine Menge Arbeit vor sich."

„Es gibt schlechtere Orte, an denen man arbeiten kann."

Mit der Kappe tief im Gesicht spürte er ihr Lächeln mehr, als dass er es sah. „Ich tue mein Bestes, Ihnen nicht in die Quere zu kommen."

„Es sollten keine Schwierigkeiten entstehen", sagte Miroslav brüsk zu Daniela. „Er wird nur in diesem Raum sein. Habe ich es richtig verstanden, dass König Eduardo Ihnen freie Hand in Königin Alettas Zimmern lässt und Ihnen die Erlaubnis erteilt hat, den Salon als Arbeitsbereich zu nutzen?"

Danielas Aufmerksamkeit richtete sich von Royce auf den Wachmann. „Ja. Ich brauche den Platz, wenn ich den begehbaren Kleiderschrank ausräume und den Inhalt fotografiere. Er erwähnte auch, dass dort ein Schreibtisch zur Verfügung steht."

„Er befindet sich im Salon unter dem mittleren Fenster. Hier entlang." Der Security-Mitarbeiter wandte sich zu den Doppeltüren um. „Sie müssen vorangehen und das Tastenfeld benutzen, um Ihren Zugangscode einzugeben. Ich habe keinen, genauso wenig wie andere Bedienstete. Nur die engste Familie. Der König hat die Anweisung gegeben, dass niemand sonst die Räumlichkeiten betreten darf, es sei denn, Sie brauchen Hilfe, und dann sollen wir Ihre Bitte in der kürzest möglichen Zeit erfüllen.“

„Er war so nett, mir alles während unseres Treffens zu erklären. Vielen Dank, Miroslav.“

Royce verbarg sein Erstaunen, dass Daniela so freundlich mit dem Wachmann sprach und ihn mit seinem Vornamen anredete. Als sich der Mann Royce vorgestellt hatte, war sehr deutlich geworden, dass er nicht an einer Unterhaltung interessiert war und ganz sicher nicht an einer, in der Vornamen verwendet wurden.

Als Daniela und der Wachmann in den privaten Räumen der Königin waren, konnte Royce Fetzen ihres Gesprächs aufschnappen, aber keine Einzelheiten. Nur genug, um zu merken, dass Miroslav sein anmaßendes Auftreten als Palastwächter abgelegt hatte.

Aha. Daniela war eine Frau mit vielen Talenten.

Royce bückte sich, um die Plane endgültig in die richtige Position zu bringen. In der Nacht, als sie den Boulevard Kukulkan entlanggegangen waren, hatte er Daniela attraktiv gefunden. Sie hatte seine Aufmerksamkeit schon im ersten Augenblick erregt, als er sie beim Tanzen mit ihren Freunden entdeckt hatte, und dann wieder draußen. *Unabhängig*, hatte er zu dem Zeitpunkt gedacht. Auf dem Weg zum Hotel hatte er ihren Intellekt und ihre Neugier bewundert. Die Art, wie sie sowohl Humor als auch Unschuld ausstrahlte. Wie ungezwungen er sich in ihrer Gegenwart fühlte.

Und, das musste er zugeben, ihre schimmernde, sonnenverwöhnte Haut. Ihr Lachen. Und dann war da noch dieser Kuss.

All die Jahre über hatte er angenommen, dass sie in der

Rückschau immer schöner geworden wäre, wie es bei liebge-wordenen Erinnerungen oft der Fall ist. Obwohl er während ihrer kurzen Begegnung seinen Blick so weit wie möglich von ihr abgewendet hatte, wusste er nun, dass Daniela D'Ambrosio zweifellos noch hübscher war, als er sie im Gedächtnis hatte.

Als die Abdeckplane richtig lag, suchte er zusammen, was er brauchte, um die Tapete zu entfernen. Mit einem Ohr hörte er zu, was in den Räumen der Königin vor sich ging. Obwohl er erleichtert sein sollte, dass Daniela sich nicht an ihn erinnerte, kannte Royce sich gut genug, um Enttäuschung zu erkennen, wenn sie ihn durchflutete.

Es mochte fünf Jahre her sein, dass sie diesen Kuss getauscht hatten, doch es war ein verdammt guter Kuss gewesen.

Und es war verdammt schade, dass es keinen weiteren geben würde.

KAPITEL 8

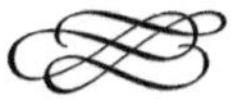

ENDLICH DREHTE sich Miroslav um und ging fort, sehr zu Danielas Erleichterung. Hätte er noch eine weitere Ermahnung über die korrekten Abläufe ausgesprochen, wäre sie womöglich ausgerastet. Er machte nur seinen Job, aber sie hatte die obligatorische Leumundsprüfung bestanden, eine Reihe von Dokumenten gelesen und unterschrieben und damit bestätigt, dass sie die Palastregeln verstand, und er wusste, dass sie die persönliche Assistentin von Königin Fabrizia war. Der König hatte sie sogar persönlich getroffen, was nicht der übliche Ablauf für eine Anstellung im Palast war.

Es schauderte sie, wenn sie daran dachte, wie oft Miroslav den Anstreicher an die sichtbar angebrachten Ausweise und die Abläufe mit dem Keypad erinnert haben musste, wenn man bedachte, wie hartnäckig er schon auf sie eingewirkt hatte. Der Mann war noch angespannter als Umberto Niro, der Sicherheitschef von Königin Fabrizia.

Andererseits war Miroslav seit dem Moment, als er die Schwelle zum Salon der Königin überschritten hatte, deutlich milder geworden. Früher an diesem Morgen, während Danielas

Frühstücksbesprechung mit König Eduardo, hatte der Monarch gesagt, dass nur er, Prinzessin Isabella und Prinz Federico seit Alettas Tod in den Zimmern gewesen waren. „Sie werden Staub vorfinden", hatte er sie gewarnt. „Nicht so sehr auf den Möbeln, aber in den Vorhängen. Wir drei waren vorgestern als Putzkolonne im Einsatz. Wir hatten nur wenig Zeit, da niemand wissen sollte, dass wir die Zimmer der Königin geöffnet hatten, und das bedeutete, wir mussten einen Staubsauger in die Suite bringen, ohne dass die Reinigungskräfte oder das Sicherheitspersonal uns sahen. Ich fürchte, alles, was wir geschafft haben, war ein schnelles Staubsaugen und Staubwischen."

„Ihr Sicherheitsteam weiß doch, dass ich hier bin", hatte sie zu bedenken gegeben und die Vorstellung, wie der würdevolle König einen Staubsauger bediente, beiseitegeschoben. „Haben die Leute nicht erwartet, dass Sie die Zimmer vorher reinigen lassen?"

Das schelmische Grinsen des Königs hatte sie überrascht. „Ich vermute, die Sicherheitsleute waren so schockiert, als ich ihnen mitteilte, dass ich die Räume öffne, dass ihnen die Säuberung nicht in den Sinn kam. Ich habe die regulären Reinigungskräfte abgewimmelt, indem ich sie angewiesen habe, sich von den Wohnräumen fernzuhalten, solange die beauftragte Firma hier ist."

Miroslav hatte sich in der Nähe der Tür aufgehalten, während Daniela den Salon der Königin begutachtete. Drei große Fenster verliefen über die gesamte Länge des Raumes. Der Schreibtisch, den König Eduardo erwähnt hatte, stand unter der mittleren Fensterbank. Die Vorhänge waren aus schwerem Samt, aber ihre blaugrüne Farbe hauchte dem Salon Leben ein, was sie nicht erwartet hatte, weil der große Raum des Königs so düster aussah. Der Rest des Zimmers war schlicht gehalten. Der Hartholzboden war mit einem grauen Teppich ausgelegt, auf dem sich ein überraschend modernes blaues Sofa und zwei cremefarbene Ledersessel gegenüberstanden, und eine niedrige lederne Ottomane vervollständigte die Sitzecke. Die Sofapolster hingen an beiden Enden leicht durch, genau an der Stelle, wo eine Person sitzen würde, wenn sie die breite Armlehne nutzen wollte, um eine Teetasse niederzusetzen, ein Buch abzulegen oder um den Schalter der hohen Leselampe aus poliertem Nickel zu betätigen, die danebenstand. Als Daniela nähertrat, um das gerahmte Hochzeitsfoto von Eduardo und Aletta auf dem Glastisch zwischen den beiden Sesseln zu betrachten, bemerkte sie, dass das Leder der Ottomane vom Gebrauch abgenutzt war und sich entlang der Kante Vertiefungen zeigten. Offenbar hatte die Königin nach einem langen Tag gerne die Füße hochgelegt.

Daniela hatte gespürt, dass Miroslav sie beobachtete, während sie sich orientierte. Sie drehte sich zu ihm um und wies auf eine große Tür im hinteren Teil des Raumes. „König Eduardo sagte mir, dass dort der begehbare Kleiderschrank ist. Müssen Sie ihn inspizieren, bevor ich anfange?"

Der Wachmann blinzelte, als wäre er benommen. „Ähm, nein, Miss D'Ambrosio, nur wenn Sie es wünschen."

„Ich denke, ich komme zurecht. Danke, Miroslav. Und bitte, ich wünschte, Sie würden mich Daniela nennen."

Er nickte, sagte ihr noch einmal, dass er ihr zur Verfügung stehen würde, sollte sie Hilfe brauchen, und verließ dann den Raum.

So froh sie auch war, allein zu sein, hatte Daniela einen Anflug von Bedauern verspürt, als sie ihn gehen sah.

Beim Frühstück hatte König Eduardo ihr erklärt, dass Miroslav den zweithöchsten Rang in seinem Sicherheitsteam innehatte. „Er sieht einschüchternd aus und klingt auch so, aber sein Herz ist so groß wie er selbst. Er begleitet mich seit fast einem Jahrzehnt auf meinen Reisen und ich respektiere ihn. Sie werden ihn während Ihrer Zeit hier häufig zu Gesicht bekommen. Sie werden auch Chiara Ascardi sehen, meine Sicherheitschefin. Sie ist körperlich nicht so dominant, aber sie ist eine ehemalige Kommandantin der Militärpolizei und sie einzustellen, war eine der klügsten Entscheidungen, die ich je getroffen habe. Miroslav und Chiara verhalten sich gegenüber meiner Familie loyal und genießen unser volles Vertrauen. Allerdings habe ich sie nie über die fehlenden Gegenstände informiert. Ich habe es in Erwägung gezogen, aber da keine Diebstähle mehr im Palast vorgekommen sind, seit die Zimmer meiner Frau geschlossen wurden, sah ich keinen Nutzen darin."

„Ich werde es nicht erwähnen", hatte sie versprochen.

Der König hatte ihr gedankt, dann war Miroslav erschienen, um sie aus dem Frühstückszimmer in die Wohnräume zu begleiten, und das Treffen war beendet.

Jetzt, als sie im Salon der Königin stand, kam ihr in den Sinn, dass Miroslav auch Aletta gut gekannt haben musste, wenn er so viele Jahre mit dem König gereist war. Sie mussten auf engem Raum zusammen gewesen sein, entweder in Fliegern oder in Fahrzeugen. Die Räume der Königin zum ersten Mal seit ihrem Tod zu betreten, hatte ihn wahrscheinlich emotional berührt. Ihr würde es ähnlich gehen, sollte sie Königin Fabrizia verlieren.

Daniela schlüpfte aus ihrem Blazer und hängte ihn über die Rückenlehne des Schreibtischstuhls, dann holte sie ihren Laptop aus der Tasche und stellte ihn auf den Schreibtisch. Sie fuhr mit der Hand über das glänzende Holz und bemerkte die kunstvolle Intarsie aus verschlungenen Ranken. Letztes Jahr hatte sie mit Königin Fabrizia eine familiengeführte Möbelfabrik in der Nähe von Sorrento in Süditalien besucht. Die Königin hatte die Handwerker beobachtet, wie sie Schichten aus verschiedenen exotischen Hölzern übereinanderlegten und die Ecken befestigten. Sobald diese dünnen Holzplatten gesichert waren, schnitten die Arbeiter mit einer Stichsäge ein Muster aus, das auf Papier aufgezeichnet und auf das übereinandergeschichtete Holz gelegt worden war. Das Ergebnis war eine Reihe von zarten, identisch gemusterten Furnieren. Der Fabrikbesitzer führte die Königin dann in einen anderen Bereich, wo sie einem Handwerker zusah, wie er die Schichten neu zusammensetzte und dabei die Muster so verschob, dass verschiedene Farben sichtbar wurden. Ein spezielles Klebeverfahren versiegelte das mehrfarbige Muster, das anschließend auf Serviertabletts, Tischplatten oder andere Gegenstände aufgebracht werden konnte. Am Ende der Führung wurde Königin Fabrizia ein mehrstöckiger Schmuckkasten überreicht. Zu Danielas Überraschung hatte sie ebenfalls ein Geschenk erhalten: ein Set von Untersetzern aus Nussbaumholz mit einem schönen Blumenmuster als Intarsie. Sie bewahrte sie auf einem Ablagetisch in ihrer Wohnung auf, wo sie als tägliche Erinnerung an die Rundreise dienten. Sie sagte sich immer wieder, dass sie sie benutzen sollte, fürchtete jedoch, dass Kondenswasser ins Holz eindringen könnte, obwohl die Untersetzer gut versiegelt waren.

Neugierig öffnete Daniela die Schreibtischschublade und bemerkte dabei die Schwalbenschwanzverbindung. Das Schubfach enthielt nur einen Stift und ordentlich aufgestapeltes elfenbeinfarbenes Papier mit passenden Umschlägen. Daniela hielt inne, als sie den Schriftzug bemerkte, der in den oberen Teil jeder Seite geprägt war.

Dies war das persönliche Briefpapier von Königin Aletta. Ihr silberner Montblanc-Füller. Ihr Schreibtisch.

Ergriffenheit schnürte Daniela die Kehle zu, was ihr albern vorkam, da sie die verstorbene Königin nicht gekannt hatte, aber es berührte sie, dass König Eduardo ihr angeboten hatte, den Schreibtisch zu benutzen, an dem einst seine Frau gesessen hatte, um ihre private Korrespondenz zu erledigen. Aletta hatte genau diesen Stift und dieses Briefpapier benutzt, um ihren liebsten Freunden zu schreiben. Wahrscheinlich hatte sie ein paar Wochen vor ihrem Tod hier gesessen, als sie den Brief verfasste, welcher der Hummel-Brosche beilag, die sie Königin Fabrizia geschickt hatte ... die Brosche, die Fabrizia bei der Wiedereröffnung des Duomo von San Rimini getragen hatte.

Daniela schloss die Schublade und atmete kurz aus, um sich wieder in die Gegenwart zu versetzen, dann beugte sie sich vor, um ihren Laptop anzuschließen. Dabei warf sie einen Blick auf die Unterseite des Schreibtischs. Die Prägung auf der linken Seite ließ sie lächeln. Das Stück stammte von denselben Handwerkern aus Sorrento, die sie und Königin Fabrizia besucht hatten, ein Unternehmen, das seit fast vierhundert Jahren bestand.

Stoff raschelte hinter ihr und erschreckte sie so, dass sie sich fast den Kopf am Schreibtisch stieß, als sie sich aufrichtete. Sie hatte Miroslav gesagt, er solle die Tür offen lassen, in der Hoffnung, dass dies die Luft in Königin Alettas Räumen erfrischen würde, aber ihr Gehirn brauchte einen Moment, um zu erkennen, dass es sich um das Geräusch einer Plane handelte, die im großen Raum ausgebreitet wurde.

Sie musste aufhören, über den Schreibtisch zu sinnieren, und mit der Arbeit beginnen.

Daniela nahm Platz, klappte den Laptop auf und öffnete die Dokumentvorlage, die sie für das Projekt verwenden wollte.

Während ihres morgendlichen Treffens mit König Eduardo war er sehr direkt gewesen, was die Katalogisierung des Besitzes seiner verstorbenen Frau betraf, und hatte erklärt, dass der Salon, der begehbare Kleiderschrank und das private Badezimmer der Königin kurz nach ihrem Tod verschlossen worden waren und warum. Er gab Daniela eine Liste mit den fehlenden Gegenständen für den Fall, dass sie bei der Durchführung dieses Projekts etwas davon entdeckte.

„Ich habe den Schrank gründlich durchsucht, meine Töchter, Prinzessin Isabella, hat dies ebenfalls getan", hatte er gesagt. „Ich bezweifle, dass Sie etwas davon finden werden, aber wenn doch, lassen Sie es mich wissen. Ansonsten ist alles in diesen Räumen so, wie es am Todestag meiner Frau war. Die Dinge, die sie ihrer Familie und ihren Freunden zukommen lassen wollte, waren bereits sortiert und ausgehändigt worden. Als sie erfuhr, dass ihre Krankheit unheilbar war, schenkte es ihr ein gewisses Maß an Frieden, diese Aufgabe selbst zu erledigen."

Der König hielt inne, faltete die Serviette auf seinem Schoß neu und blinzelte, als er sie ansah. „Königin Fabrizia erzählte mir, dass Sie zu Beginn Ihrer Tätigkeit Aufzeichnungen über jedes Stück in ihrer Garderobe gemacht haben und dass Sie Buch darüber führen, was sie jeden Tag trägt."

Daniela nickte. „Das Buch ist hilfreich, wenn ich die Garderobe der Königin für ihre öffentlichen Auftritte plane. Es erspart ihr die Peinlichkeit, in mehreren Jahren dasselbe Kleid zur Gala der Nationalbibliothek oder zur Eröffnung der Staatsoper zu tragen. Und natürlich ist die Inventarisierung nützlich für die Versicherung."

„Für Männer ist es einfacher", sagte er und hob eine Augenbraue, als er ihr Gespräch in eine unbeschwertere Richtung lenkte. „Aletta hat sich immer darüber beklagt, dass ich drei oder vier Tage in der Woche den gleichen Anzug anhaben könnte und niemand es bemerken würde, aber wenn sie ein Outfit mehrfach trüge, würde es Schlagzeilen machen. Sie und ihre Schwester hatten vor, ein ähnliches Tagebuch zu führen, haben es aber nie getan."

Für den Rest des Treffens besprachen sie Einzelheiten, die den Besitz der Königin betrafen. Der König blieb sachlich, anders als an dem Tag, als er mit Königin Fabrizia im Duomo gesprochen hatte, schwangen in seiner Stimme keine Emotionen mit. Daniela machte sich sorgfältig Notizen, die sie nun aus ihrer Tasche zog und neben ihren Computer legte.

Sie bemerkte, dass ihr Laptop nicht mit Strom versorgt wurde, und erhob sich vom Schreibtisch, dann kniete sie sich hin, um das Kabel richtig einzustecken. Als sie den Kopf hob, um sich zu vergewissern, dass der Computer jetzt aufgeladen wurde, erregte ein Geräusch aus dem großen Wohnraum ihre Aufmerksamkeit. Sie schaute über ihre Schulter, aber nichts rührte sich. Ein Kribbeln in ihrem Rücken ließ sie vermuten, dass der Anstreicher sie beobachtet hatte und dann aus ihrem Blickfeld verschwunden war, kurz bevor sie sich umdrehte.

War er neugierig? Oder hatte er auf ihren Hintern gestarrt, als sie sich bückte, um unter den Schreibtisch zu schauen?

Sie zog eine Grimasse bei diesem Gedanken. Roy würde Dutzende Male an der Tür vorbeigehen, während er die Tapete entfernte. Zwar war er ihrem Blick ausgewichen, als sie einander vorgestellt wurden, aber das bedeutete nicht, dass etwas nicht stimmte. Wahrscheinlicher war, dass sein seltsames Verhalten das Ergebnis von Miroslavs einschüchternder Präsenz war.

Sie sollte Roys Beispiel folgen und sich an die Arbeit machen.

Nachdem sie sich über die von Miroslav bereitgestellte sichere Verbindung in das Internet des Palastes eingeloggt hatte, schnappte sie sich ihr Handy und lief hinüber zum begehbaren Schrank, um genau zu sehen, was sie in den kommenden Tagen und Wochen sortieren würde.

Ein Gefühl von Déjà-vu machte sich in ihr breit, als sie die Schiebetür öffnete und den Lichtschalter betätigte. Das Dekor und die Beleuchtung waren anders, aber sie hatte die gleiche Reaktion gehabt, als sie zum ersten Mal den Ankleideraum von Königin Fabrizia betreten hatte. Sie war tief beeindruckt gewesen, und trotz der Jahre, in denen sie sich an diesen Anblick gewöhnt hatte, war sie auch jetzt wieder überwältigt.

Alettas begehbarer Kleiderschrank hatte ungefähr die gleiche Größe wie der Salon. Statt des antiken Hartholzes, das man im Rest der königlichen Residenz fand, war der Boden hier mit einem modernen Niederflorteppich ausgelegt. Über ihrem Kopf sorgten längliche Kronleuchter für viel Licht. Die Kleidung war in Reihen angeordnet, die wie offene Bibliotheksregale strukturiert waren. Anstelle von Büchern befand sich in jedem Kirschholzrahmen eine einzelne Hängestange, die den Zugang von beiden Seiten ermöglichte. Die Kleidungsstücke waren erst nach Art geordnet – Ballkleider, Tageskleider, Hosenanzüge und so weiter – und dann nach Farbe, von der dunkelsten zur hellsten. Hüte und Handtaschen belegten offene Regale über jedem Rahmen.

Zusätzlicher Raum zwischen den mittleren Reihen ließ genug Platz für ein Paar Plüschsessel und ein niedriges, rundes Podest, wie man es in Brautmodengeschäften findet. Ein großer Drei-Wege-Spiegel verlief um die halbe Plattform herum und umschloss sie wie eine Hand eine Teetasse. Daniela stellte sich vor, dass die Königin dort oft gestanden hatte, um sich vor einem öffentlichen Auftritt ein letztes Mal zu begutachten.

Sie durchmaß den Raum und machte sich mit dem Inhalt vertraut. Nur eine Königin würde dieses Zimmer als einen Kleiderschrank bezeichnen. Es sah eher aus wie eine exklusive Modeboutique. Die Sachen waren zwar nicht katalogisiert, aber auf eine Weise geordnet, die Danielas Herz vor Freude stolpern ließ. Wer auch immer den Raum gestaltet haben mochte, hatte dies mit viel Voraussicht getan. In jeden Rahmen eingelassene Bewegungslichter leuchteten auf, wenn sie vorbeiging. Die Stangen waren so niedrig angebracht, dass Aletta sie leicht erreichen konnte, aber hoch genug, dass Schuhe unter den Kleidungsstücken arrangiert werden konnten. Die Paare mit Kristall- und Metallic-Akzenten standen unter den Cocktailkleidern, schlichtere Schuhe unter den Tageskleidern, Röcken und Hosen. Daniela bückte sich, um einen ecrufarbenen Pumps in die Hand zu nehmen, blies eine feine Staubschicht von der Oberfläche und bemerkte die Abnutzung unter dem Fußballen und winzige Kerben im Leder an der Ferse. Sie kannte ein paar der Modelle in Alettas Sammlung, Klassiker derselben Marken, die Fabrizia bevorzugte, aber diesen Pumps nicht. Seltsam, denn es war ein Modell, das Fabrizia aufgrund der dezenten Farbe, der bequemen Höhe und des abgerundeten vorderen Teils häufig tragen würde. Es dauerte einen Moment, bis Daniela verstand, warum.

Selbst die neuesten Modelle in diesem Schrank waren mehr als fünf Jahre alt. Sie standen schon dort, als Daniela bei Fabrizia angestellt wurde, und zu dem Zeitpunkt hatte sie erst angefangen zu lernen, wer wer war unter den Modedesignern, woran man ihre Arbeit erkannte und welche Stile am besten für Fabrizias Bedürfnisse geeignet waren. Angesichts der Abnutzungserscheinungen war dieser ecrufarbene Pumps wahrscheinlich sogar schon fast ein Jahrzehnt alt.

Daniela stellte den Schuh an seinen Platz zurück. Eines war sicher: Diese Aufgabe würde ihr Modewissen erweitern. Allein die Handtaschen würden sie einiges lehren. Die meisten hatten klassische Designs, aber ein paar waren ausgefallen und für den Abend gedacht. Eine Tasche erregte ihre besondere Aufmerksamkeit, Daniela drehte sie um und begutachtete sie. Obwohl sie wunderschön war, schien etwas an ihr nicht zu stimmen. Das Leder? Die Nähte? Daniela konnte nicht genau sagen, warum, aber sie kam ihr wie eine Fälschung vor, was nicht möglich schien. Daniela machte sich eine mentale Notiz, die Tasche später zu überprüfen. Das große Ganze zuerst, die Details später.

Mit ihrem Handy machte sie Fotos von jeder Reihe, um sie in ihrem ursprünglichen Zustand zu dokumentieren, dann ging sie zu der Wand gegenüber der Tür. Seidenvorhänge in dem gleichen Blaugrün wie im Salon waren vor jedes der drei Fenster gezogen, die in Hüfthöhe begannen und bis zur Decke reichten. In den Raum unter den Fenstern waren Kommoden in der gleichen hellen Kirsche wie die Regale eingebaut. Die Vorhänge mussten zu Lebzeiten der Königin offen gehalten worden sein, da die Sonne das Kirschholz verdunkelt hatte. Helle, unregelmäßige Formen waren in Abständen auf den

Kommoden sichtbar und markierten die Stellen, an denen einst Vasen, Fotos und anderer Schnickschnack gestanden hatten.

Daniela begann auf der linken Seite und arbeitete sich methodisch durch die Schubladen, wobei sie jede einzelne fotografierte, bevor sie etwas anfasste. Die erste enthielt Socken und Unterwäsche. Obwohl jede Lade Trennwände hatte, herrschte kaum Ordnung darin. Die nächste Reihe von Schubfächern enthielt Schmuck. Auch in diesen gab es Unterteilungen, doch wieder entsprach der Ordnungsgrad nicht dem der Regale mit den Kleiderstangen. Die meisten Gegenstände waren dort abgelegt worden, wo Platz war, Halsketten über Ringen und Armbändern. Ohrringe hatten ihre eigenen drei Schubfächer. Diese waren mit Samtkissen ausgekleidet, die es erlaubten, die Ohrringe in Reihen aufzubewahren. Hier herrschte mehr Ordnung, obwohl zu einigen Ohrringen das Gegenstück fehlte.

Nachdem sie eine Halskette aus einem der Stapel herausgezogen hatte, ging sie auf eine der Kleiderstangen zu, was das Bewegungslicht in diesem Rahmen auslöste, und betrachtete das Schmuckstück genauer. Der Anhänger war ein kleines Ankh, das auf der Rückseite eine Prägung hatte. Sie bräuchte eine Lupe, um es genau zu erkennen, aber es schien aus vierzehn- oder achtzehnkarätigem Gold zu sein, mit einer Kette aus demselben Material.

Daniela legte die Halskette oben auf die Schubladen. Über jedes der Stücke würde sie Nachforschungen anstellen müssen, sowohl was seinen Wert als auch seine historische Bedeutung betraf. Es würde sie nicht überraschen, wenn Aletta die Halskette in Ägypten gekauft oder geschenkt bekommen hätte. Danielas Mutter besaß eine ähnliche, die sie auf dem Kairoer Khan al Khalili Markt gekauft hatte, als Daniela ein Teenager war und die Familie eine zweiwöchige Tour durch das Land unternommen hatte. Die Halskette war eines der Lieblingsstücke ihrer Mutter. Ein schönes Schmuckstück, aber zum

Beispiel nicht vergleichbar mit der Saphir- und Diamantkette, die Aletta auf ihren Hochzeitsfotos trug.

Nachdem sie die restlichen Schubladen überprüft hatte, lief Daniela weiter den Raum ab. An einem Ende gab eine Schiebetür den Blick auf ein kleines, aber luxuriöses Badezimmer in klassischem Schwarz-Weiß frei. Der König hatte Daniela gesagt, dass sie es benutzen konnte, während sie arbeitete. Es war mit frischen Handtüchern und Toilettenpapier bestückt. In der Schüssel war eine leichte, ringförmige Verfärbung durch den Nichtgebrauch zu erkennen – sie konnte sich nicht vorstellen, dass der König die Toilette geputzt hatte, als er und seine Kinder zum Staubwischen durch die Räume gegangen waren –, aber ansonsten war alles makellos. Eine verglaste Dusche mit Nickelarmaturen befand sich an einem Ende, der weiße Marmorwaschtisch war bis auf Flüssigseife und Handtücher leer. Alle persönlichen Gegenstände der Königin waren weggeräumt worden. Gegenüber der Tür, durch die sie das Badezimmer betreten hatte, war eine weitere. Der König hatte angedeutet, dass sie mit seinem Bad und dem Hauptschlafzimmer verbunden und auf beiden Seiten verschlossen war. Ein Keypad auf seiner Seite sorgte für zusätzliche Sicherheit.

Daniela ging zum gegenüberliegenden Ende des Ankleidezimmers, zur Schiebetür eines Einbauschrankes, der kaum größer war als der in Danielas eigener Wohnung. Er enthielt nur drei Stücke, die jeder sofort erkannte: Alettas weißes Seidenhochzeitskleid, das bestickte Gewand und den Umhang, die sie zur Krönung ihres Mannes getragen hatte, und das himmelblaue Kleid, das sie zur Hochzeit ihres Sohnes Federico im Jahr vor ihrem Tod angehabt hatte. Daniela konnte nicht anders, als mit den Fingern über den feinen Stoff des blauen Kleides zu fahren.

Die schnelle Wendung der Ereignisse von festlicher Freude zu Trauer hatte die Welt in Schock versetzt.

Beim Geräusch von Schritten zog Daniela schnell ihre Hand

weg und kam sich sofort lächerlich vor. Schließlich sollte sie bei ihrer Arbeit die Kleider anfassen.

„Signorina D'Ambrosio?"

Die Anrede „Signorina" ließ sie zusammenfahren, aber nicht so sehr wie der Mann, dem sie sich gegenübersah, als sie sich umdrehte. Prinz Federico Constantin diTalora war bekannt für sein ausgeglichenes Wesen und er war attraktiv: Sein südländisches Aussehen und seine ausgeprägten Wangenknochen ließen ihn wie ein männliches Model erscheinen. Der Spitzname, den die Medien für ihn verwendeten – „Prince Perfect" –, passte zu ihm. Sein maßgeschneiderter Anzug hatte einen makellosen Schnitt, seine schwarzen Schuhe glänzten, als wären sie an diesem Morgen poliert worden, und hätte sie nicht allein und völlig still in dem Raum gestanden, hätte sie ihn wohl nicht eintreten hören. Er schwebte geradezu über den Boden, anstatt zu gehen. Bevor sie ihm antworten konnte, verringerte er den Abstand zwischen ihnen und streckte eine Hand aus.

„Ich bin Prinz Federico. Es ist mir ein Vergnügen, Sie kennenzulernen."

Die Hand dieses Mannes zu schütteln, fühlte sich surreal an. Nach ihren Jahren bei der Familie Barrali sollte sie an Berühmtheiten gewöhnt sein, aber jemanden persönlich zu treffen, den sie nur aus dem Fernsehen oder aus Zeitschriften kannte, fühlte sich immer noch wie eine außerkörperliche Erfahrung an.

„Es ist mir ein Vergnügen, Sie kennenzulernen, Hoheit. Ich weiß, dass man hier in San Rimini gelegentlich *Signorina* sagt, aber bitte, nennen Sie mich ruhig Daniela."

Falls er trotz seiner olivfarbenen Haut überhaupt erröten konnte, wurde sie nun wohl Zeuge eines solchen Vorfalls. „Ich fürchte, ich bin der Traditionalist in der Familie. Der Begriff muss in Ihren Ohren seltsam klingen, und seine Verwendung ist eine Angewohnheit, die ich mir nur schwer abgewöhnen kann. Ich entschuldige mich, sollte ich Sie beleidigt haben."

Nun war sie diejenige, die errötete, und sie war sicher, dass man das deutlich sah. Fabrizia hatte sie gewarnt, dass Federico zu altmodischem Denken neigte. Außerdem war er derjenige in der Familie diTalora, dem es am unangenehmsten war, Englisch zu sprechen, obwohl er die Sprache seit seiner Einschulung gelernt hatte. „Es ist nicht so, dass sein Englisch schlecht ist", hatte Fabrizia gesagt. „Es ist sogar ziemlich gut. Aber er stellt hohe Ansprüche an sich selbst, und wenn er glaubt, einen Fehler gemacht zu haben, dann stört ihn das."

Daniela schenkte dem Prinzen ein – wie sie hoffte – ermutigendes Lächeln. „Ganz und gar nicht. Ich fühle mich geehrt durch das Vertrauen Ihrer Familie."

„Königin Fabrizia spricht in den höchsten Tönen von Ihnen. Ich kann mir keine bessere Empfehlung vorstellen." Sein Blick wanderte an Daniela vorbei zur offenen Tür und zu den Kleidern seiner Mutter. „Sie trug dieses Kleid zu meiner Hochzeit."

„Ich habe es gerade bewundert", gab Daniela zu. „Es ist exquisit."

„Eines ihrer Lieblingsstücke. Sie sagte mir, sie wünschte, sie könnte es öfter als einmal tragen."

Zu Danielas Überraschung griff der Prinz an ihr vorbei, sodass seine Fingerknöchel die Spitze streiften. „Ursprünglich hatte es Ärmel aus demselben Stoff wie das Kleid. Bei der letzten Anprobe, ein paar Tage vor der Hochzeit, befanden wir uns mitten in einer rekordverdächtigen Hitzewelle. Meine Tante Helena saß auf einem der Stühle und schaute zu", er deutete mit dem Kopf in Richtung des Drei-Wege-Spiegels in der Mitte des Raums, „und meine Mutter sagte zu ihr, dass sie hoffte, mein Hochzeitstag würde kühler sein, damit sie sich keine Sorgen um Schweißflecken machen müsste. Die Designerin bot an, stattdessen Spitze zu verwenden, damit meine Mutter die traditionellen langen Ärmel tragen konnte, es aber trotzdem angenehm hatte."

Sein Mund verzog sich zu einem wehmütigen Lächeln, als er zurücktrat. „Der Look war ein Hit. Innerhalb weniger Tage nach der Hochzeit tauchten überall Nachahmungen des Kleides auf."

„Ich erinnere mich. Ich hatte keine Ahnung, dass die Ärmel nicht Teil des Originaldesigns waren."

„Ein paar Hintergrundinformationen, falls das Kleid versteigert werden sollte. Meiner Mutter würde die Idee gefallen, dass ihre Sachen verwendet werden, um Geld für ihre Wohltätigkeitsorganisationen zu sammeln, allerdings wäre ich traurig, wenn dieses Gewand in einer privaten Sammlung verschwinden würde."

„Es hat Kultstatus. Alle drei Stücke in diesem Schrank haben das. Ich werde das natürlich mit Ihrem Vater abklären, aber ich glaube, sie würden sich besser als Teil einer Ausstellung eignen."

„Weshalb ich froh bin, dass Sie diejenige sind, die das hier sortiert. Meine sentimentale Ader ist stark genug, um alles behalten zu wollen, aber das wäre unzweckmäßig und meine Mutter würde mich dafür schelten."

Er verlagerte sein Gewicht, dann sagte er: „Ich bin vorbeigekommen, um mich vorzustellen und Ihnen und dem Anstreicher für die Arbeit zu danken, die Sie leisten. Diese Räume sind überfällig für eine Renovierung und die Familie freut sich auf die Fertigstellung dieses Projekts. Ich nehme an, Miroslav hat Ihnen gesagt, dass Sie sich an ihn wenden sollen, falls Sie Hilfe brauchen?"

„Das hat er."

„Mehr als einmal, nehme ich an." Der leicht irritierte Tonfall des Prinzen machte deutlich, dass er Miroslav in seiner Gründlichkeit genauso übertrieben fand wie Daniela. „Hat er Ihnen auch gesagt, wo Sie etwas zum Mittagessen finden können?"

„Nein, allerdings habe ich nicht daran gedacht, ihn zu fragen. Ich habe mir Proviant mitgebracht, nur für den Fall."

„Miroslav kümmert sich mehr darum, wer sich wo im Palast aufhält, als darum, dass alle gut versorgt sind." Federico zog ein Stück Papier aus der Innentasche seiner Anzugsjacke und reichte es Daniela. „Meine Assistentin hat Ihnen eine Liste von Restaurants in der Nähe zusammengestellt und notiert, welche zum Eingang der Angestellten liefern. Er hat ein paar seiner Favoriten markiert."

„Ich danke Ihnen."

„Nun, ich werde Sie weiterarbeiten lassen. Haben Sie den Anstreicher bereits kennengelernt?"

„Roy? Ja."

„Ah. Gut." Ein seltsamer Ausdruck ging über das Gesicht des Prinzen, verschwand aber, bevor Daniela nachfragen konnte. „Er arbeitet allein, also werden Sie hoffentlich nicht allzu sehr vom Lärm gestört, der durch die Renovierung verursacht wird. Ich habe ihn auf meinem Weg hierher nicht gesehen. Ich nehme an, er braucht auch die Informationen zum Mittagessen."

Der Prinz versprach, von Zeit zu Zeit bei Daniela vorbeizuschauen, dann verabschiedete er sich. Es entging ihr nicht, dass er auf dem Weg zur Tür seinen Schritt verlangsamte und einige Kleider betrachtete, die in einer Reihe hingen.

Daniela richtete ihre Aufmerksamkeit wieder auf das blaue Gewand. Federico hatte seine Mutter innig geliebt.

Sie fotografierte das Innere des Einbauschranks, dann schloss sie die Türen und kehrte in den Salon zurück, um ihr Notizbuch zu holen. Sie würde mit der Freizeitkleidung der verstorbenen Königin beginnen, von der viel anonym an Notunterkünfte und andere Organisationen gespendet werden sollte. Sobald diese Sachen ausgeräumt waren, würde sie mehr Platz haben, um die Stücke zu begutachten, die es wert waren, versteigert oder für eine Ausstellung vorbereitet zu werden.

Sie legte die Restaurantliste, die sie von Prinz Federico bekommen hatte, auf den Schreibtisch und nahm ihr Notizbuch zur Hand. Aus dem Nebenzimmer drang kein Laut und sie fragte sich, ob der Prinz den Anstreicher wieder verpasst hatte. Sie trat ein paar Schritte zur Seite, um einen Blick durch die Tür zu werfen.

Federico und Roy standen dicht beieinander, mit dem Rücken zu ihr. Sie konnte nichts verstehen, aber die Bewegung von Roys Kopf deutete darauf hin, dass der Prinz sprach. Federicos Haltung wirkte angespannter als gerade bei seinem Gespräch mit ihr.

Seltsam.

Sie runzelte die Stirn und überlegte, worüber sie wohl sprachen, dann kehrte sie zum Ankleidezimmer zurück.

KAPITEL 9

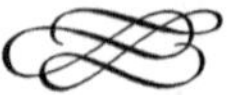

ROYCE STAND auf der dritthöchsten Sprosse der Leiter, griff in einen Eimer auf der Ablage und holte den Schwamm heraus, der am Rand befestigt war. Er betrachtete die Wand, dann tauchte er den Schwamm in das dampfende Wasser und drückte die überschüssige Feuchtigkeit heraus.

Es war sein vierter Tag, aber seine Arme, Schultern und sein Nacken schmerzten, als ob er schon wochenlang an den Wänden gearbeitet hätte. An ein paar Stellen war die Tapete leicht abgegangen, hauptsächlich in den unteren Bereichen des Raumes, wo sie nach den vielen Jahren abgenutzt war und sich die Klebekraft aufgrund der Feuchtigkeit, die von Menschen herrührte, verringert hatte. Hier, nahe der Decke, ließ sie sich kaum lösen, als wäre ein Superkleber verwendet worden. Er richtete sich auf, hielt sich mit einer Hand oben an der Leiter fest, um das Gleichgewicht nicht zu verlieren, und arbeitete vorsichtig heißes Wasser in die kleinen Löcher ein, die er in die Tapete gestochen hatte.

Er war gezwungen gewesen, in kleinen Abschnitten vorzugehen, während er die Routine aus Einschneiden, Bedampfen und Abziehen wiederholte. Der Schwerpunkt lag auf *wiederholte*.

In einigen Teilen des Raumes, so wie an der Stelle, wo er jetzt arbeitete, nämlich in der Nähe des Vorraums, reichte das Bedampfen nicht, um die Tapete abzubekommen. Er musste heißes Wasser verwenden, um den Klebstoff mit der Hand zu lösen. Er arbeitete langsam, damit er nur die Tapete und nicht die Wand selbst einweichte.

Er hatte wenig von Daniela gesehen, seit sie am Montag mit der Arbeit begonnen hatten. Sie war zu festen Zeiten hereingekommen und wieder weggegangen und hatte jeden Mittag ihren Lunch am Schreibtisch im Salon eingenommen. Sie begrüßte ihn am Morgen, verabschiedete sich am Abend und führte während der Arbeit ein paar Telefongespräche. Abgesehen davon war sie, wie zu erwarten, still.

Tatsächlich war nichts Nennenswertes geschehen. Nur am ersten Tag hatte Prinz Federico ihn besucht und am selben Nachmittag war König Eduardos Assistentin in den Räumlichkeiten erschienen, um Garderobe für einen Staatsbesuch in Frankreich einzupacken. Ansonsten war niemand hinein- oder herausgegangen, außer Miroslav, der sich offenbar verpflichtet sah, den Raum täglich zu inspizieren. Sogar die Reinigungskräfte blieben fern. Man hatte sie gebeten, von ihrer üblichen Routine abzuweichen, bis Royce' Arbeit getan war. Am späten Abend sollten König Eduardo und sein ältester Sohn Antony nach San Rimini zurückkehren, nachdem sie im Élysée-Palast mit der französischen Präsidentin und ihrem Ehemann diniert hatten. Royce ging nicht davon aus, dass er den Monarchen am folgenden Tag sehen würde.

Er tauchte den Schwamm ins Wasser und drückte ihn erneut gegen die Wand. Dabei sagte er sich, er sollte dankbar sein, dass man ihm eine übermäßig hohe Summe für einen Job bezahlte, der im Grunde aus Aufpassen und Renovieren bestand.

Royce hatte gerade ein Handtuch ergriffen, um ein einzelnes kleines Rinnsal wegzuwischen, als das Klicken des Schließmechanismus der Tür zum Vorraum seine Aufmerksamkeit erregte. Er hielt inne, dann hörte er das unverkennbare Geräusch von hohen Absätzen auf Hartholz. Einen Augenblick später trat eine elegante Frau von zierlicher Gestalt in den großen Raum. Ihr dunkles Haar war im Nacken zu einem Knoten geschlungen. Sie trug einen flamingorosa Hosenanzug mit weißer Bluse, Perlenohrringe und eine Kette aus überdimensionalen Perlen. Ihre großen braunen Augen sahen ihn prüfend an, als er den Schwamm zurück in die Halterung legte und seine Schutzbrille abnahm.

„Guten Morgen. Sie müssen Royce sein."

„Roy, bitte." Ihm war bewusst, dass sich Daniela nur ein paar Minuten zuvor im Salon bewegt hatte. Er hatte sie auf der Tastatur des Computers tippen hören, dann war sie zum Ankleidezimmer zurückgegangen, aber zeitweilig hatte sein Kratzen auch das Geräusch ihrer Schritte übertönt.

Nachdem er die Akte gelesen hatte, die Federico ihm bei ihrem ersten Treffen übergeben hatte – und einen Moment gebraucht hatte, um sein ungläubiges Staunen zu überwinden –, informierte er den Prinzen, dass ihm Daniela D'Ambrosio bekannt war. Er sagte Federico, er bezweifle, dass sie sich an ihn erinnern würde, denn sie seien sich nur einmal begegnet und das vor über fünf Jahren. Aber selbst wenn sie ihn erkennen würde, fügte er hinzu, gäbe es keinen Grund, warum sie glauben sollte, er wäre etwas anderes als ein Anstreicher. Dennoch bot Royce an, von dem Auftrag zurückzutreten, falls Federico es vorziehen würde, jemanden anzuheuern, der zu niemandem im Palast eine Verbindung hatte. Federico erwiderte, er sei bereit, es darauf ankommen zu lassen. Royce wiederum hatte ihm an seinem ersten Arbeitstag mitgeteilt, dass er sich Daniela als Roy vorgestellt hatte. Der Prinz hatte zugesagt, ihn so anzusprechen und auch seine Familie entsprechend zu informieren.

Anscheinend war das bei dieser Frau nicht angekommen.

Von Medienberichten über die königliche Familie wusste er, wer sie war.

Royce stieg die Leiter hinunter und zog seine Handschuhe aus, als die Frau ihre Hand ausstreckte.

„Roy dann", sagte sie, als er ihren Händedruck erwiderte. „Ich bin Helena Masciaretti, die Schwägerin des Königs."

„Es ist mir ein Vergnügen, Sie kennenzulernen. Was kann ich für Sie tun?"

Sie klopfte auf ihre kleine beige Handtasche, die sie über dem Arm trug. Die Tasche war gemasert wie Krokodilleder – Himmel, wahrscheinlich war es Krokodilleder – und hatte eine auffällige silberne Schnalle. Die gerollten Griffe sahen aus, als wären sie gerade erst poliert worden. „Meine Schwester hat mir über die Jahre viel Schmuck geschenkt. Ich dachte, ich könnte ein paar Stücke, die ich nicht trage, für die Wohltätigkeitsauktion spenden." Sie schaute zu der Suite der Königin hinüber. „Arbeitet Signorina D'Ambrosio heute?"

„Ja."

„Wunderbar. Ich gehe zu ihr hinüber und bin Ihnen dann nicht mehr im Weg." Ihre Augen wanderten über die lange Wand, die den großen Raum von König Eduardos Arbeitszimmer trennte. Die Beschaffenheit ließ viel zu wünschen übrig, besonders um den Kamin herum. Es hatte sich herausgestellt, dass sich unter der oberen Tapetenschicht noch eine zweite befand. Nachdem die Palasthistorikerin gekommen war, um sie zu fotografieren, brauchte er anderthalb Tage, um sie vorsichtig zu entfernen. Wenn er mit dem Bereich nahe dem Vorraum fertig war, würde er noch einmal über die lange Wand gehen, um sie von den letzten Resten zu befreien.

„Ein Raum wie dieser wirkt immer schlimmer, bevor er besser aussieht", versicherte er ihr.

Sie machte ein freundliches Gesicht, als sie in seine Richtung blickte. „Ich dachte gerade, dass ich die Wände in meinem Apartment renovieren lassen sollte. Sie sind nicht so dunkel wie diese, aber die Tapeten sind alt. Ich freue mich darauf, das Zimmer zu sehen, wenn es fertig ist. Ich bin sicher, König Eduardo auch."

„Ich danke Ihnen."

Ihr Blick schweifte über den Rest des Raumes, während sie auf die offene Tür von Alettas Suite zuging. Er sah ihr nach, dann stieg er wieder auf die Leiter. Doch statt die Tapete einzuritzen und abzureißen, die er einen Augenblick zuvor eingeweicht hatte, lauschte er dem Rhythmus von Helenas Schritten, bis er sicher war, dass sie den Salon durchquert hatte und auf den Ankleideraum zulief.

Federico hatte nichts davon gesagt, dass seine Tante Alettas Räume betreten würde, um mit Daniela zu sprechen. Andererseits lebte Helena Masciaretti im Palast und war Alettas persönliche Assistentin gewesen. Ohne Code wäre sie nicht in die privaten Wohnräume hineingekommen, was bedeutete, dass Eduardo ihr zumindest so weit vertraute.

Er nahm seine Arbeit wieder auf. Dabei dachte er über Helena nach. Er wusste wenig über sie – nur, dass sie älter war als Aletta und dass sie keine weiteren Geschwister hatte. Helena war kurz mit einem bekannten italienischen Geschäftsmann verheiratet gewesen, dessen Familie ihr Vermögen in der Automobilindustrie gemacht hatte und der selbst in verschiedene Unternehmen in der Sportbranche investierte. Royce kannte nicht die Umstände, die zu ihrer Scheidung geführt hatten. Er wusste nur, dass Helena vor und nach ihrer Ehe als Alettas Assistentin gearbeitet hatte. Ihm war nichts über andere Beziehungen bekannt, allerdings war kurz vor Alettas und Eduardos Hochzeit enthüllt worden, dass Helena und Eduardo dieselbe Schule besucht hatten und als Teenager kurz miteinander liiert gewesen waren. Als sie einmal darüber befragt wurde, erzählte Helena einem ziemlich hartnäckigen Klatschreporter: „Wir gingen zusammen zu einigen Schulfesten – Tanzveranstaltungen und dergleichen –, als wir jung waren. Er ist ein bemerkenswerter Mann und ich freue mich sehr für meine Schwester." Eduardo merkte an, dass sich ihre Familien seit Generationen kannten und Berichte über seine Verbindung zu Helena nie in die Presse gekommen wären, wenn er sich später nicht mit Aletta verlobt hätte.

Nur weil seine Mutter eine Dokumentation über den britischen Prinz Charles gesehen hatte, als er das letzte Mal bei seinen Eltern zum Abendessen gewesen war, erinnerte sich Royce an diese Einzelheit. Sie hatten Fotos von ihm als jungem Mann gezeigt und erwähnt, dass er früher mal mit Prinzessin Dianas älterer Schwester ausgegangen war, und dann den Vergleich mit Eduardo gezogen, der mit Helena zusammen gewesen war.

Royce sah keine deutlichen Parallelen. Charles war erwachsen gewesen, als er mit Dianas Schwester liiert war, viel älter als Eduardo zu der Zeit, als er mit Helena ausgegangen war. Außerdem, wenn Klassenkameraden gemeinsam eine Schulveranstaltung besuchten, bedeutete das nicht wirklich, dass sie eine „Beziehung" führten.

Royce zog seine Handschuhe aus, um zu prüfen, wie feucht die Tapete war, dann stieg er die Leiter hinunter. Wenn Helena nur etwas Schmuck abgeben wollte, sollte ihr Besuch nicht lange dauern.

Er hatte sein Werkzeug in der Nähe der Tür zur Suite der Königin abgestellt, falls er einen Vorwand brauchte, um zu horchen. Jetzt durchquerte er den Raum, kniete sich vor seine Kiste und lauschte. Einige Minuten lang hörte er nur gedämpfte Stimmen aus der Richtung, wo sich das Ankleidezimmer befand. Schließlich betraten die Frauen den Salon und er konnte sie deutlich verstehen. Ihr Gespräch blieb auf das Praktische beschränkt. Helena beantwortete eine Frage zu den Hosenanzügen der Königin, dann erwähnte sie, dass sie Fotos von Aletta in einem weiteren Outfit hatte, sollte Daniela diese für die Versteigerung verwenden wollen.

Daniela dankte ihr für das Angebot und fügte hinzu, dass Fotos sehr nützlich sein würden, um Interesse an einzelnen Stücken zu wecken. Danach verließ Helena die Suite der Königin. Dabei wanderte ihr Blick zu der Stelle hinüber, wo Royce gearbeitet hatte, als sie hereingekommen war. Als sie sah, dass er nicht auf seiner Leiter stand, blickte sie über ihre Schulter und entdeckte ihn bei seinem Werkzeug. Sie nickte ihm zu und Royce erwiderte ihren Gruß, indem er die Hand hob, doch er sagte nichts und wandte seine Aufmerksamkeit wieder seiner Kiste zu. Er spitzte die Ohren und wartete, bis er das Klicken des einrastenden Türschlosses hörte.

Dann stand er auf, streckte sich und ging zu der halb von der Tapete befreiten Wand hinüber. Er brauchte neues Wasser, bevor er weiterarbeiten konnte. Gerade wollte er den Eimer von der Leiter nehmen, als er Daniela kommen hörte.

„Roy?"

Er fuhr herum, um zu sehen, was sie brauchte, und erstarrte.

Nach ihrem ersten Arbeitstag, an dem sie ein komplettes Kostüm getragen hatte, war sie zu einer legeren Hose und Bluse übergegangen. Vermutlich war ihr das bei der Arbeit bequemer. Heute hatte sie eine eng anliegende, knöchellange schwarze Hose an und ein makellos weißes Oberteil. Ihr Haar war zu einem einfachen Knoten geschlungen und abgesehen von kleinen goldenen Ohrsteckern trug sie keinen Schmuck.

Doch ihr Mund. Ihr Mund machte ihn atemlos. Er hatte ihr Gesicht nicht vollständig gesehen, als sie am Morgen hereingekommen war, und so hatte er nicht bemerkt, dass ihre Lippen perfekt leuchtend rot geschminkt waren. Normalerweise fand er Lippenstift abstoßend, aber heute, bei Daniela, konnte er nur *wow* denken.

Eine ihrer Brauen zog sich in die Höhe.

„Hallo", stieß er mühsam hervor. Ihm wurde klar, dass sie wahrscheinlich gekommen war, um ihn etwas wegen ihrer Besucherin zu fragen. „Ich, äh, hoffe, das war kein Problem."

Sie furchte die Stirn, dann begriff sie. „Helena Masciaretti?"

„Ich war mir nicht sicher, ob Sie sie erwartet haben."

„Oh." Danielas Hände wanderten zu ihren Hüften, während sie ihn betrachtete. „Nein, ich war nicht darauf gefasst, aber das machte nichts. Ich habe mich gefragt, ob Sie vielleicht einen Imbiss möchten. Haben Sie schon gegessen?"

Völlig überrumpelt murmelte er unbeholfen: „Äh, nein?"

Sie runzelte die Stirn über seinen Ton. „Heißt das, nein, Sie haben noch nicht gegessen, oder nein, Sie wollen keinen Imbiss?"

„Nein, ich habe noch nicht gegessen." Abgesehen von einem höflichen Gruß, wenn sie jeden Morgen und Abend durch den großen Raum ging, hatten sie noch kein Gespräch geführt. Nachträglich registrierte sein Gehirn eine gewisse Scheu in ihrer Stimme, die sie tapfer hinter einem gleichmütigen Gesichtsausdruck zu verbergen versuchte.

„Gewöhnlich packe ich mir etwas ein, aber heute Morgen war ich abgelenkt und spät dran. Ich habe mitbekommen, dass Sie Ihren Lunch gewöhnlich geliefert bekommen. Wenn Sie noch nicht bestellt haben, rufe ich an und hole das Essen dann ab. Ich lade Sie ein." Sie zeigte hinter sich auf die Fenster der Suite. „Das Wetter ist herrlich. Ein Vorwand, um eine Weile nach draußen zu gehen, käme mir sehr gelegen."

„Wenn Sie die Bestellung abholen, bezahle ich." Ihm wurde bewusst, dass er wieder auf ihre Lippen starrte, und er zwang sich, ihr in die Augen zu blicken. „Das ist nur fair."

Sie überlegte, sah aus, als wollte sie widersprechen, doch dann ließ sie es auf sich beruhen und fragte: „Gibt's ein Restaurant, das Sie mögen?"

Er nickte. „Ein paar Blocks entfernt, das Parioli. Dort gibt es Essen zum Mitnehmen, wenn Sie ein Stück laufen wollen, doch sie liefern auch an den Dienstboteneingang."

„Prinz Federico hat es empfohlen, aber ich habe es noch nicht ausprobiert."

„Wenn Sie spanischen Schinken mögen – ihrer ist ausgezeichnet. Sie machen auch ihr ganzes Brot selbst. Ich nehme Schinken auf Roggenbrot mit scharfem Senf, Salat und Tomate."

„Ich liebe frisches Roggenbrot. Ich rufe an und bestelle."

Sie trat zurück in die Suite. Ihr strahlendes Lächeln erinnerte ihn sofort an Cancún und an das Bild, wie sie rückwärts in ihr Hotel ging, nachdem er sie geküsst und sie ihn scherzhaft vor Betrunkenen gewarnt hatte, die vom Strand kamen.

Während er zuhörte, wie sie die Sandwiches bestellte, stieg er auf die Leiter, um seinen Eimer zu holen. Es wäre schwierig gewesen, ihre Einladung abzulehnen, ohne dass sie sich gewundert hätte. Dennoch sandte sein Hirn ein leises Alarmsignal aus.

KAPITEL 10

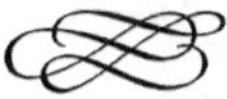

DANIELA ZEIGTE der Wache am Mitarbeitereingang ihren Ausweis, wartete, bis die uniformierte Frau den eingebetteten Code gescannt hatte, und ging dann mit der Sandwichtüte in der Hand durch das Tor. Sie hatte auch zwei Flaschen Wasser dabei, eine mit und eine ohne Kohlensäure, denn sie hatte vergessen, Roy zu fragen, welche Sorte er bevorzugte.

Der Sandwichladen hatte angeboten, bis ans Tor zu liefern, als Daniela erwähnte, dass sie vom Palast kam, aber der Spaziergang war genau das, was ihr Geist und ihr Körper brauchten. Zwar hatte sie am ersten Tag die Vorhänge im Ankleidezimmer geöffnet, um den Raum heller zu machen, doch sie hatte mit ihrer Arbeit in der Nähe des Badezimmers begonnen, das nicht so viel Licht abbekam. Nach fast vier ganzen Tagen drinnen, über Kleidung gebeugt, Nähte und Markennamen und Größen studierend, sehnte sie sich nach Sonnenschein, frischer Luft und Bewegung.

Sie hatte erhebliche Fortschritte gemacht. Die gesamte Freizeitkleidung der Königin, einschließlich ihrer Trainingssachen und der wenigen T-Shirts, lässigen Blusen und Jeans, die sie an den seltenen Tagen außerhalb der Öffentlichkeit getragen hatte, war sortiert. Gut erhaltene Stücke wurden gereinigt, in Kartons verpackt und in den Salon gebracht. Bevor die Auktion angekündigt wurde, sollten diese anonym an Notunterkünfte und Hilfsprogramme gespendet werden, zusammen mit einigem an Unterwäsche und Pyjamas, an denen noch die Preisschilder hingen, und mehreren Paaren ungetragener Sportschuhe in ihren Originalkartons. Miroslav veranlasste, dass sein jüngerer Bruder den Rest der Freizeit- und Unterbekleidung zu einer Stoffrecyclinganlage transportierte, wobei er darauf achtete, dass sie nicht zum Palast zurückverfolgt werden konnten.

Der wachsende Stapel von Kartons gab Daniela das Gefühl, etwas geschafft zu haben.

Jeden Abend nach der Arbeit holte sie sich auf dem Weg zurück zu ihrem Hotel in einem Restaurant, das ihr zusagte, etwas zu essen. Man hatte ihr ein Zimmer in einem Luxushotel ein paar Blocks vom Palast entfernt zur Verfügung gestellt. Obwohl die Gestaltung der Fassade dem achtzehnten Jahrhundert entsprach, war innen modernisiert worden, und ihr Zimmer hatte einen Balkon, der einen schönen Ausblick auf das Stadtzentrum bot. Wenn Daniela genau an der richtigen Stelle saß, konnte sie die Bucht von San Rimini und die Adria sehen. Sobald sie in ihrem Zimmer war, zog sie ihre Schuhe aus, schenkte sich ein Glas Wein ein und ließ sich dann entspannt in der Sitzecke oder auf dem Balkon nieder, um ihre Mahlzeit zu genießen und alles zu lesen, was sie über die Designerschuhe, Handtaschen und Kleidung, die Aletta gehört hatten, finden konnte. Wie Daniela vermutet hatte, waren die Pumps, die sie bei ihrer ersten Durchsicht des Ankleidezimmers betrachtet hatte, über ein Jahrzehnt alt. Der Designer hatte nicht viele Paare hergestellt, und da die Königin bei mehreren Gelegenheiten mit diesen Schuhen fotografiert worden war, würden sie bei einer Auktion wahrscheinlich viel einbringen. Doch je mehr Daniela über die Lieblingsdesigner der Königin lernte, desto mehr Anhaltspunkte bekam sie auch, wie sie Fälschungen erkennen konnte. Bisher hatte sie einen Schal und drei Handtaschen gefunden, bei denen sie den Verdacht hegte, dass sie gefälscht waren. Wenn dies stimmte, waren es gute Fälschungen, hergestellt aus hochwertigen Materialien und gut verarbeitet. Sie hatte sich Notizen gemacht und beabsichtigte, diese Stücke genauer zu untersuchen. Fälschungen gab es zwar überall, aber sie gelangten normalerweise nicht in königliche Haushalte.

Daniela erreichte die Außentür des Palastes, tippte auf die Tastatur, um das Schloss zu entriegeln, schob dann die Tür mit der Hüfte auf und trat ins Innere des kühlen Gebäudes.

Nun, da sie mit dem banalen Teil ihrer Aufgabe fertig war, konnte sie endlich zum eigentlichen Kern des Projekts übergehen: das Sortieren der Outfits, welche die Königin bei öffentlichen Veranstaltungen getragen hatte. Dieser Teil der Arbeit würde ihr Spaß machen. Sie würde jedes Kleidungsstück inspizieren, für die notwendige Reinigung und Reparatur sorgen, es fotografieren und Informationen darüber sammeln, wann die Königin es getragen hatte. Schließlich würde sie eine Beschreibung verfassen und die Geschichte des Stücks mit einschließen. Wenn sie fertig war, würden ihre Texte in einem Bildband zusammengefasst werden, den der König speziell für die Veranstaltung in Auftrag gegeben hatte und der für die Teilnehmer der Auktion im Preis inbegriffen sein würde. Weitere Exemplare sollten in Buchhandlungen und Geschenkartikelläden im ganzen Land als Sammlerstücke verkauft werden.

Aufregung durchströmte sie beim Gedanken an das Buch. Wenn es gut gemacht war, könnte es genauso viel Geld einbringen wie die Auktion selbst.

Daniela lief einen schmalen Gang hinunter, dann noch einen, bevor sie die Treppe erreichte, die zu den Privaträumen des Königs führte. Sie nahm die Tüte von Parioli in die linke Hand, tippte ihren Code ein und drückte die Tür auf, sobald sich das Schloss öffnete.

Bewegungssensoren schalteten die Treppenhausbeleuchtung ein, als sie hinaufstieg. Allein in dem engen Raum nahm Daniela den Geruch von frischem Roggenbrot wahr, der aus der Tüte stieg, und ihr Magen grummelte zur Antwort. Sosehr sie sich auch in die Arbeit stürzen wollte, der Imbiss verlangte zuerst ihre Aufmerksamkeit. Sie nahm an, dass Roy inzwischen auch hungrig war.

Er schien genauso gut vorangekommen zu sein wie sie. Obwohl er auf eine dunkle Tapetenschicht nach der anderen stieß, die vermutlich noch aus der Zeit vor der Verwendung moderner Klebstoffe stammte, hatte Roy es geschafft, die beiden längsten Wände zu befreien und hatte mit der dritten begonnen. Die Wand gegenüber den Gemächern der Königin hatte mehrere Durchgänge erfordert, als sich herausstellte, dass sich unter der aktuellen Tapetenschicht noch eine weitere, viel ältere befand. Die Palasthistorikerin hatte begeistert die bisher verborgenen Muster bewundert und fotografiert, von denen sie annahm, dass sie handgemalt waren und aus dem späten achtzehnten oder frühen neunzehnten Jahrhundert stammten. Daniela hatte am Schreibtisch der Königin getippt, als die Historikerin, die sich als Annabella Pennati vorstellte, geradezu poetisch über die Tapete schwärmte und beschrieb, wie Tapeten in dieser Ära in verschiedenen Umgebungen wie Esszimmern und Familienwohnräumen verwendet wurden. Sie hatte geäußert, wie wunderbar ein solcher Fund sei, auch wenn das Material zu beschädigt war, um restauriert zu werden. Daniela hatte mitbekommen, wie Roy Annabella erklärte, er wüsste nicht, ob es aufgrund des Alters und der Beschaffenheit der Tapete möglich wäre, die verbliebenen Stücke in großen Abschnitten zu entfernen. Sollte es ihm jedoch gelingen, einige Teile zu retten, würde er die Stücke in ihr Büro bringen lassen.

Daniela vermutete, dass Roy nicht so hingerissen von der Tapete war wie die Historikerin, aber sie fand es anerkennenswert, dass er aufmerksam zugehört und Annabella so viel Zeit gegeben hatte, wie sie wünschte, um die Entdeckung zu fotografieren.

Daniela hatte es als ungewöhnlich erachtet, dass die Renovierung des großen Raumes einer Einzelperson und nicht einem Team übertragen worden war, erst recht an eine Person von außerhalb des Palastes. Wie der Königspalast von Sarcaccia hatte auch La Rocca sein eigenes Wartungspersonal, das sich um alles kümmerte, von Problemen mit Rohren über durchgebrannte Sicherungen bis hin zum Austausch von Holzdielen. Angesichts der Tatsache, dass Roy genau wie sie in den Privaträumen des Königspaares tätig war, nahm sie jedoch an, dass es Sinn machte, den Zugang zu beschränken. Aber als Roy der Historikerin unaufgefordert die Muster anbot – was angesichts der Sorgfalt, mit der er das alte Papier entfernen musste, zusätzliche Mühe bedeutete –, wurde Daniela klar, warum der König Roy für den prestigeträchtigen Auftrag ausgewählt hatte. Nur wenige Auftragnehmer würden so gewissenhaft arbeiten.

Sie dachte weiter über den Anstreicher nach, während sie die Treppe hinaufstieg. Er schien ungefähr in ihrem Alter zu sein, vielleicht ein paar Jahre älter. Er blieb für sich und hörte keine Musik, nicht einmal über Kopfhörer. Immer wenn sie morgens ankam oder abends ging, machte er eine freundliche Bemerkung, behielt aber seine Malerkappe tief ins Gesicht gezogen, was es schwer machte, ihm in die Augen zu sehen und irgendeine Art von Verbindung herzustellen. Abgesehen davon, dass er Miroslav jeden Tag grüßte, wenn der Wachmann seine Runde machte, hatte ihr nur sein Gespräch mit der Historikerin einen Einblick in seine Persönlichkeit vermittelt.

Ein seltsames Gefühl überkam sie, das ihr einen Schauer über den Nacken rieseln ließ, als sie weiter die Treppe hinaufstieg. Es hatte einen Moment während dieses Gesprächs gegeben, einen Augenblick des Wiedererkennens, als hätte sie schon einmal einen Ausschnitt desselben Gesprächs mit demselben Mann gehört, der über Geschichte sprach. Oder über Architektur. Daniela war vom Schreibtisch der Königin zum Sofa gegangen, wo sie ihren Block abgelegt hatte. Sie war gerade dabei, sich eine Notiz zu machen, dass sie eine Pinzette besorgen musste, um ein paar der Halsketten aus der Schublade zu entwirren, als Roy gelacht und damit ihre Aufmerksamkeit auf sich gezogen hatte. Sie hatte aufgehört zu schreiben, überrascht von dem Geräusch.

Dann hatte er gesprochen, und ein Gefühl der Vertrautheit überflutete sie. Was hatte er noch mal gesagt?

Daniela zog eine Grimasse, als sie den oberen Treppenabsatz erreichte, frustriert, dass sie sich nicht erinnern konnte. Es war irgendetwas über das Muster der Tapete, die eine Bergszene darstellte. Nein, nicht einen Berg. Einen Dschungel. *Vögel im Dschungel.* Das war es. Annabella Pennati hatte erklärt, dass solche Vögel in dieser Zeit ein beliebtes Motiv waren, und Roy hatte geantwortet, dass das plausibel war, da die Europäer damals in größerer Zahl Mittel- und Südamerika erkundeten und dann mit Skizzen von dem, was sie gesehen hatten, nach Hause zurückkehrten. Ein paar Vögel wurden sogar gefangen und zu Studienzwecken mitgebracht.

Daniela war in ganz Europa und in Teilen Nordafrikas gewesen und hatte einen guten Teil des Mittleren Westens der Vereinigten Staaten gesehen, als sie ein Auslandssemester in Michigan absolviert hatte, aber sie war noch nie in einem Dschungel gewesen. Sie hatte keine Ahnung, warum ihr Vögel, die im Dschungel beheimatet waren, bekannt vorkamen. Aber da war etwas in Roys Stimme, was ihr den deutlichen Eindruck vermittelte, dass sie ihn schon einmal über solche Vögel hatte sprechen hören.

Es ergab keinen Sinn. Sie hatte es in dem Moment verdrängt, aber jetzt nagte es an ihr.

Sie verstärkte ihren Griff um die Tüte und die Flaschen, dann gab sie ein letztes Mal ihren Code an der Tür zu König Eduardos Privaträumen ein. Sie ging durch den Eingangsbereich in den großen Raum. Keine Spur von Roy. Ihr Blick huschte zu den Doppeltüren zur Suite der Königin, aber sie waren geschlossen, genau wie sie diese verlassen hatte. Wenn er zu seinem Wagen gegangen war, hätte sie ihm entweder auf der Treppe oder auf dem Mitarbeiterparkplatz begegnen müssen, nachdem sie durch das Tor getreten war.

„Das Mittagessen ist serviert", rief sie.

Mehrere Sekunden lang herrschte Stille. Sie betrachtete die Flügeltüren zum Arbeitszimmer des Königs, dann wandte sie ihre Aufmerksamkeit dem Schlafzimmer zu, als Roy mit einem Eimer herauskam.

Er hielt mitten im Schritt inne. „Sie sind wieder zurück."

„Ich bin gerade angekommen."

„Oh, gut. Ich hatte schon befürchtet, Sie hätten gewartet." Er deutete mit einem Daumen über seine Schulter. „Ich kann von da hinten nicht viel hören. Es fühlt sich falsch an, das persönliche Badezimmer des Königs zu benutzen, um Eimer zu entleeren und zu füllen, aber die einzige andere Möglichkeit wäre, den ganzen Tag bis ans Ende des Flurs zu laufen und die mit Keypad gesicherte Haupttür zu benutzen. Miroslav war nicht scharf darauf, dass ich mit einem Eimer durch den Flur latsche."

Es war die längste Aneinanderreihung von Worten, die sie je von Roy gehört hatte, selbst als er mit der Historikerin gesprochen hatte. Als ob er ihre Verwunderung spürte, senkte er sein Kinn ein wenig und verbarg seine Augen mit dem Schirm seiner Kappe. Sie hatte den Eindruck, dass sie braun waren, obwohl sie es nicht beschwören konnte. Er hatte tiefliegende Augen. Einen intelligenten Blick. So viel hatte sie mitbekommen, ohne ihn geradezu anstarren zu müssen.

Seltsam. Er kam ihr nicht wie ein schüchterner Typ vor. Andererseits bedeutete sein Job, dass er stunden- und tagelang allein verbrachte. Sie hatte im Laufe ihres Lebens Leute getroffen, die unter ähnlichen Bedingungen arbeiteten. Manche wählten den Beruf, weil sie Freude am Arbeitsergebnis selbst hatten, was für einen Anstreicher die allmähliche Verwandlung eines Raumes war. Andere wurden von der Einsamkeit angezogen, die diese Tätigkeit bot. Vielleicht traf Letzteres zu, und Roy war nicht so sehr schüchtern, sondern eher die Art von Mensch, die sich in der eigenen Gesellschaft am wohlsten fühlte.

„Mir wurde Zugang zum Badezimmer der Königin gewährt", sagte sie in der Hoffnung, den unbehaglichen Moment zu überspielen. „Es ist durch eine abgeschlossene Tür mit dem Badezimmer des Königs verbunden. Ich betrete es durch den Ankleideraum der Königin. Wie Sie schon sagten, ist es einfacher, als den ganzen Flur entlangzugehen, aber es fühlt sich wie eine Verletzung ihrer Privatsphäre an. Als ob ich mich in einen Raum schleichen würde, der tabu ist."

„Ich nahm an, dass die mysteriöse Tür im Schlafzimmer des Königs dorthin führt. Ich habe, ähm, Wasser laufen gehört."

Er konnte das Stocken in seiner Stimme nicht verbergen. Jetzt war sie diejenige, die sich verlegen fühlte. Hatte er gehört, wie sie die Toilette benutzte?

Nein, darüber würde sie nicht nachdenken. Stattdessen wandte sie sich dem Sofa zu, das er an die andere Seite des Raumes geschoben und mit einem Laken abgedeckt hatte. Der Couchtisch war ebenfalls abgedeckt und dagegen gerückt, aber es würde nicht schwer sein, ihn zu verschieben und Platz zum Sitzen zu schaffen. „Geht das für unseren Imbiss?"

„Ähm, sicher."

Er klang überrascht. Hatte er gedacht, als sie ihm anbot, sich um Essen für die Mittagspause zu kümmern, dass sie vorhatte, die Tüte neben seinem Werkzeugkasten abzustellen und dann in die Suite zu gehen, um dort allein zu essen?

Andererseits schien ihn die Aussicht nicht zu stören, er folgte dicht hinter ihr, als sie zum Sofa ging. Bevor sie die Tüte abstellen konnte, sagte er: „Ich mach das schon", beugte sich vor und schob den Couchtisch beiseite.

„Danke." Als er fertig war, stellte sie die Tüte an einen sauberen Platz, zog die Servietten heraus, legte für sie beide eine aus und stapelte die übrigen in der Mitte des Tisches. Sie drehte die Wasserflaschen so, dass er die Etiketten sehen konnte. „Ich habe Wasser mit und ohne Sprudel. Welches mögen Sie lieber?"

„Das ist mir gleich."

„Mir ebenfalls."

„Dann bitte das stille Wasser."

Sie reichte ihm die Flasche, stellte das kohlensäurehaltige Wasser neben ihre Serviette und griff dann nach den Sandwiches. Er ging um den Couchtisch herum und ließ sich auf dem weißen Laken am anderen Ende des Sofas nieder.

„Ich hoffe, es macht Ihnen nichts aus, sich hierauf zu setzen", sagte er. „Ich habe das Laken ausgeschüttelt und mit dem Staubsauger gereinigt, bevor ich gestern Abend gegangen bin, also sollte es nicht allzu staubig sein, aber ich kann für nichts garantieren."

„Das stört mich nicht, ich bin ja selbst dabei, aufzuräumen." Sie stellte sein Sandwich vor ihn hin, dann wischte sie mit einer Hand über die Vorderseite ihrer Hose. „Ich habe nur am ersten Tag ein Kostüm getragen, weil ich ein Treffen mit König Eduardo hatte. Ich kann nicht in einem Rock im Schrank herumkriechen."

Sein Finger rutschten am Papier ab, als er gerade sein Sandwich auspacken wollte, sodass es ihm beinahe heruntergefallen wäre. „Nein, wahrscheinlich nicht."

Während seine Stimme ruhig blieb, bewegte sich sein Adamsapfel, als er schwer schluckte. Seine Augen blieben auf sein Sandwich gerichtet. Zwar arbeitete er gern allein, aber er genoss auch die Gesellschaft von Frauen. Sie hatte keinen Zweifel, dass er vor seinem inneren Auge ein Bild von ihr heraufbeschworen hatte, wie sie in einen Rock herumkroch.

Daniela schob diesen Gedanken beiseite und sagte: „Sie

hatten recht mit dem Roggenbrot. Ich habe es sofort gerochen, als ich den Laden betrat. Die Frau an der Theke schnitt gerade einen Laib für ein Probiertablett auf. Sobald ich es gekostet hatte ... gekauft."

„Was haben Sie genommen?"

„Den spanischen Schinken. Nicht das, was ich üblicherweise bestellen würde, aber nachdem ich das Roggenbrot probiert hatte, glaubte ich Ihnen aufs Wort, dass er ebenfalls köstlich ist."

Roy faltete seine Verpackung, um sie als Teller zu benutzen, legte sein Sandwich in die Mitte, schraubte dann den Verschluss seiner Wasserflasche ab und stellte sie seitlich von seinem Essen hin, bevor er seine Serviette über die Knie breitete, als würde er in einem Restaurant essen und dementsprechend gekleidet sein, anstatt in einem Overall in der Ecke einer Arbeitszone.

Während sie ihre Verpackung öffnete und auf den Couchtisch legte, hob er das Brot seines Sandwichs hoch, betrachtete den Belag und blickte dann in ihre Richtung, als wartete er darauf, dass sie anfing zu essen, bevor er seinen ersten Bissen nahm. Fast hätte sie eine Augenbraue hochgezogen. Zweifelte er etwa an ihrer Fähigkeit, eine einfache Bestellung auszuführen? Und musste er die richtige Ausführung erst überprüfen, bevor er es wagte, das Sandwich zu seinem Mund zu führen? In dem Augenblick traf das volle Aroma des Schinkens, des Schweizer Käses und des frisch gebackenen Brotes auf ihre Geschmacksknospen.

Sie schloss die Augen. Schluckte.

„Annehmbar?"

Annehmbar war eine grobe Untertreibung. „Das ist das beste Sandwich, das ich seit Langem gegessen habe."

„Wenn man es richtig macht, ist das einfachste Essen das beste."

Sie nahm noch einen Bissen und nickte zustimmend. Königin Fabrizia hatte lange Arbeitszeiten, was bedeutete, dass Danielas noch länger waren. Sie aß häufig an ihrem Schreibtisch. Selbst das einfachste Sandwich aus Sarcaccias königlicher Küche sah appetitlich aus und wurde mit den Extras zubereitet, die Gäste erwarteten, wenn sie in einem Palast dinierten. Ungewöhnliche Zutaten, Zweige frischer Kräuter, ein Spritzer von einer Soße, deren Zubereitung wahrscheinlich eine Stunde dauerte. Von Zeit zu Zeit sagte sogar die Königin, es sei zu viel.

Am anderen Ende des Spektrums kam Daniela an ihren arbeitsreichsten Tagen mit Snacks aus, die sie in ihre Handtasche warf, bevor sie ihre Wohnung verließ. Müsliriegel, Äpfel, Cracker. Wenn sie sich die Mühe machte, ein Sandwich einzupacken, war es ein einfaches mit Pute und Salat, das es überstand, in ihrer Tasche zwischen Portemonnaie und Sonnenbrille eingeklemmt zu sein. Hier in San Rimini hatte sie einen ähnlichen Imbiss eingepackt, aus den Dingen zusammengestellt, die sie in dem Laden neben ihrem Hotel gekauft hatte.

Es war nicht der Himmel auf Roggenbrot.

„Jetzt werde ich das jeden Tag wollen", beschwerte sie sich zum Spaß.

„Da ist völlig legitim. Warum auch nicht?"

„Es kostet aber mehr, als mir einen Snack einzupacken. Nimmt auch mehr Zeit in Anspruch. Ich muss das Spießrutenlaufen durch die Sicherheitskontrolle machen und jedem meinen Ausweis zeigen."

„Das Essen liefern zu lassen, würde Zeit sparen, aber keine Kosten." Er nahm einen tiefen Zug von seinem Wasser. Einer seiner Mundwinkel zuckte, als er die Flasche auf den Couchtisch zurückstellte. „Andererseits war es bei dem schönen Wetter heute sicherlich angenehm, rauszugehen und etwas zu laufen."

„Das stimmt. Der Sonnenschein ist bis in meine Knochen gedrungen. Fühlte sich fantastisch an."

Er warf einen Blick zu den Fenstern, die nicht genug Licht hereinließen, um die Größe des Raums oder seine triste Tapete auszugleichen. Sie hoffte, König Eduardo hatte eine helle Farbe gewählt. Das würde einen Riesenunterschied machen.

„Es ist ein schöner Weg zum Laden, besonders wenn man zwischen den Gebäuden hindurchgeht und die Bucht sehen kann", sagte Roy, während er mit dem Daumen einen Klecks Senf von der Seite seines Sandwiches wischte. „Die Meeresbrise kommt vom Wasser und direkt den Hang hinauf. Großartig, um den Kopf freizubekommen, besonders nachdem man den ganzen Tag hier drin war."

Sie riss eine lose Ecke des Brotes ab, bevor sie auf den Couchtisch fallen konnte, und steckte sie sich in den Mund. Währenddessen zupfte etwas in seinen Worten erneut an ihrer Erinnerung. Dasselbe Gefühl, das sie gehabt hatte, als sie ihn über die Dschungelvögel hatte reden hören. Als hätte sie dieses Gespräch schon einmal mit ihm geführt, oder ein ähnliches.

Sie beobachtete Roy verstohlen, während er aß. Das wenige Haar, das sie unter seiner Malerkappe sehen konnte, war dunkelbraun und kurz geschoren, was ihr nicht half, ihn einzuordnen, und sie konnte keinen guten Blick auf seine Augen und seine Stirn werfen, ohne dass ihre Neugierde offensichtlich wurde. Nicht, dass es helfen würde. Sie kannte niemanden in San Rimini, abgesehen von denen, die sie seit ihrer Ankunft im Palast oder während der Wiedereinweihungszeremonie des Duomo kennengelernt hatte.

Sie war überzeugt, dass sie Roy nicht im Duomo getroffen hatte. Selbst wenn er einen Grund gehabt hätte, dort zu sein, war das Gefühl, ihn zu kennen, nicht dasselbe. Es lag mehr in der Ferne, als würde sie von einem Nachbarn oder Klassenkameraden aus ihrer Kindheit hören.

Ihr Blick wanderte von seinem adretten blauen Arbeitshemd zu den Trägern seines grauen Overalls. Sein Security-Badge war an keiner sichtbaren Stelle angeheftet. Ein Nachname könnte ihrem Gedächtnis auf die Sprünge helfen oder sie davon überzeugen, dass sie sich alles nur einbildete.

„Sie tragen Ihren Ausweis nicht", bemerkte sie und bemühte sich, lässig zu klingen. „Miroslav wird dazu etwas zu sagen haben."

„Er macht seine Patrouille nie vor zwei Uhr."

„Sie sagen ‚nie' auf der Basis Ihrer Erfahrung von weniger als einer Woche. Das ist mutig."

„Der Ausweis bleibt an der Leiter hängen. Ich bewahre ihn in meiner Tasche auf, damit ich ihn anklemmen kann, wenn ich die Wohnräume verlasse, um zu meinem Van zu gehen oder das Essen für die Mittagspause abzuholen. Miroslav macht genug Lärm, wenn er reinkommt, dass ich den Ausweis befestigen kann, bevor er merkt, dass ich ihn nicht anhatte. Selbst wenn er vor zwei Uhr herkommt."

„Sehr riskant, Roy." Sie lächelte, als sie das sagte. Es wirkte kokett, was sie nicht beabsichtigt hatte. Aber noch mehr störte sie, dass sie wieder ein starkes Déjà-vu-Gefühl überkam. Diesmal bei ihren eigenen Worten. Es hatte mit Risiken zu tun.

„Lieber entschuldige ich mich bei Miroslav, als dass ich den Sicherheitspass auf der Leiter zerreiße." Er gestikulierte mit seinem Sandwich in Richtung ihres Ausweises. „Miroslav hat mir ausdrücklich gesagt, dass die Türcodes individuell sind, damit die Security weiß, wer wann welche Tür benutzt hat. Das Gleiche gilt für den Streifen im Inneren des Passes. Wenn die Wachen ihn am Tor scannen, erscheinen unser Foto und unsere Informationen auf dem Bildschirm. Alles, was so individualisiert ist, lässt sich wahrscheinlich nur schwer ersetzen."

In diesem Punkt musste sie ihm zustimmen. Die Sicherheitsvorkehrungen waren in Sarcaccia recht ähnlich. „Wenn das so ist, kann ich es Ihnen nicht verübeln, dass Sie den Ausweis in Ihrer Tasche behalten. Miroslav um einen neuen bitten zu müssen, würde mir Albträume bereiten."

„Ihnen würde nichts passieren. Er mag Sie. Mich nicht so sehr", erwiderte Roy, während er die letzten Bissen seines Sandwiches verspeiste. Er aß mit Genuss, als hätte er das Frühstück ausgelassen und die langen Stunden des Tapetenabreißens hätten seine Energiespeicher geleert.

„Ich habe mich sehr angestrengt, damit er mit mir zufrieden ist. Ich denke, es funktioniert, aber ich würde nicht sagen, dass er mich mag. Und ich würde auch nicht sagen, dass er Sie nicht mag. Er mag nur keine Unordnung, auch wenn es nur eine vermeintliche ist." Mit dem Arm beschrieb sie einen Kreis, der den ganzen Raum mit einschloss. „Er wird sich für Sie erwärmen, wenn das hier erst einmal Gestalt annimmt. In der Zwischenzeit machen ihn halb kahle Wände und Möbel, die nicht an ihrem üblichen Platz stehen, nervös."

Roys Kopf neigte sich zur Seite und er hob fast – fast – seine Augen, um ihrem Blick zu begegnen. Stattdessen jedoch hielt er inne, knüllte sein Sandwichpapier zusammen und schnippte es in die Tüte. „Damit könnten Sie sogar recht haben. Sie haben einen scharfen Blick."

Ihr Magen schien plötzlich nach unten zu sacken, genau wie sie es als Kind in Sarcaccia erlebt hatte, wenn sie den steilen, felsigen Hang in der Nähe ihres Hauses hinaufstieg und sich dem Gipfel näherte. Die Muskeln in ihren Beinen zitterten stets bei der Anstrengung, aber sie wusste, wenn sie die letzten paar Schritte schaffte, würde das Mittelmeer ihr Blickfeld mit magischem, leuchtendem Blau ausfüllen. Die Vorfreude – dieses Flattern im Bauch – trug sie immer über diesen letzten, schwierigsten Abschnitt.

Dies jetzt zu erleben, erschreckte sie.

Sie kannte diesen Mann. Hatte ihn schon einmal gesehen, schon einmal mit ihm gesprochen. Wenn sie ihn doch nur einordnen könnte! Sie glaubte nicht, dass sie jemanden namens Roy kannte. Jedenfalls niemanden aus Sarcaccia. Vielleicht war sie ihm im College über den Weg gelaufen oder auf einer der Sommerreisen, die sie mit ihren Eltern unternommen hatte, als sie in Pensionen Leute aus aller Welt getroffen und Reisegeschichten ausgetauscht hatten. Sie hätte ihm auch auf einer

Veranstaltung mit Königin Fabrizia begegnet sein können, obwohl das unwahrscheinlich schien. Wenn man bedachte, wie gründlich sie sich auf solche Veranstaltungen vorbereitete, würde sie sich daran erinnern, wenn sie sich Notizen über jemanden namens Roy gemacht hätte.

Aber sie vertraute auf ihr Bauchgefühl. Sie näherte sich dem Gipfel und war nur noch wenige Schritte davon entfernt, in die Weite blicken zu können. Mit Beharrlichkeit würde sie es schaffen.

„So einen scharfen Blick habe ich nicht", sagte sie schließlich. „Manche Menschen gedeihen in Chaos und Lärm. Wenn sie von Aktivität umgeben sind. Andere brauchen Ordnung und Ruhe. Vorhersehbarkeit. Für jemanden, der im Sicherheitsbereich arbeitet, ist es sinnvoll, auf Vorhersehbarkeit Wert zu legen. Das macht die Welt sicherer. Alles, was von der üblichen Ordnung abweicht, wird als Gefahrensignal gewertet."

Roys Lippen zuckten, als ob er etwas sagen wollte, aber er schwieg. Stattdessen nahm er einen weiteren tiefen Schluck von seinem Wasser, während sie ihr Sandwich auffutterte, dann legte er ihre Verpackung ebenfalls in die Tüte.

„Ich werfe sie weg", sagte er, stand auf und blickte zu der großen Plastiktonne hinüber, die er neben seiner Leiter aufgestellt hatte. Sie hatte bemerkt, dass er sie jeden Abend leerte, auch wenn sie nicht voll war. Der Arbeitsbereich dieses Mannes war tadellos. Trotz seiner Äußerungen, als sie sich auf das mit Laken bedeckte Sofa gesetzt hatte, befand sich nicht ein Staubkorn an ihrer Hose.

Roy war schwer zu durchschauen. Seine Arbeitsgewohnheiten deuteten auf eine Person hin, die Organisation schätzte, aber seine Einstellung war eher nonchalant. Es drückte sich in seiner Haltung aus, wenn er die Leiter hinaufstieg oder seine allgegenwärtigen Eimer und Werkzeuge herumtrug. Er bewegte sich mit Leichtigkeit. Als er die alte Tapete entdeckte und gezwungen war, seine Arbeit für die Historikerin zu unterbrechen, was seinen Zeitplan durcheinanderbrachte, hatte ihn das anscheinend nicht aus der Ruhe gebracht.

Er war ihr ein Rätsel.

Daniela erhob sich vom Sofa, sammelte die benutzten Servietten ein und stopfte sie ebenfalls in die Tüte, die er für sie offen hielt. Er hatte zwei Schritte auf die Tonne zugemacht, als sie sich entschloss, ihn auf gut Glück zu fragen: „Wo sind Sie aufgewachsen, Roy? Hier in San Rimini?"

KAPITEL 11

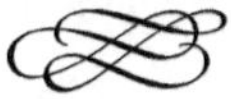

ROYCE ZERKNÜLLTE die Tüte und ging geradewegs zum Mülleimer, doch es fühlte sich an, als hätte man ihm eine eiserne Spitze in den Bauch gerammt und ihn mit der offenen Wunde liegen gelassen.

Daniela war bei Weitem zu scharfsinnig.

Als sie in die Privaträume zurückgekehrt war und das Essen auf dem Couchtisch angerichtet hatte, setzte er sich so weit wie möglich von ihr weg, ohne dass der Abstand zwischen ihnen peinlich wirkte. Er behielt seine Kappe auf. Lenkte das Gespräch auf sichere Themen wie ihren Weg zum Sandwichgeschäft oder die einfachen Freuden von Schinken auf Roggenbrot.

Er beförderte die Tüte mit einem Zweipunktewurf direkt in den Abfallbehälter. Dabei verfluchte er sich selbst.

Es war idiotisch von ihm gewesen, über das Wetter zu sprechen. Über Brisen, die vom Meer kamen. *Laufen.* Dieses Thema war bei einer Unterhaltung mit ihr alles andere als sicher.

Andererseits, worüber sollte er sonst mit Daniela reden? Kein Anstreicher würde sie nach der Kleidung und dem Schmuck der Königin befragen. Oder sie wegen Helenas überraschendem Erscheinen löchern und wissen wollen, was die Schwägerin des Königs gesagt oder getan hatte, während sie in den Räumen der Königin war.

Es hätte ihm eine Warnung sein müssen, dass Daniela ihn während der Mahlzeit beobachtet hatte, wenn sie dachte, er würde es nicht bemerken. Er hielt den Kopf gesenkt und seine Augen auf das Sandwich gerichtet, doch er hatte ihren prüfenden Blick gespürt. Ihre Frage nach seiner Jugend war kein höflicher Smalltalk und kein Interesse an einem neuen Bekannten gewesen. Er hatte etwas gesagt oder getan, was ihre Neugier geweckt hatte.

Sie erinnerte sich nicht von ihrer Begegnung in Cancún her an ihn – darauf würde er sein Boot verwetten –, doch sie vermutete, dass es mehr mit ihm auf sich hatte, als man ihr gesagt hatte. Sie sah ihn an, als wäre er ihr vage bekannt – so wie sie einen Verkäufer mit Schürze ansehen würde, den sie im Lebensmittelgeschäft identifizieren konnte, aber nicht einzuordnen vermochte, wenn er ihr in Alltagskleidung auf der Straße entgegenkam. Wenn sie viel Zeit miteinander verbrächten, würde sie es herausfinden.

„Stephen Curry, davon kannst du nur träumen", sagte er laut genug, dass Daniela es hören konnte, bevor er sich vom Müllbehälter abwandte und zum Couchtisch zurückkehrte, um ihn in seine vorherige Position zurückzuschieben. Die meisten Leute hätten die Gelegenheit genutzt, um zu sagen, dass es ein guter Wurf war, denn er hatte über drei Sofalängen hinweg getroffen. Daniela tat das nicht. Aber nicht aus dem Grund, dass sie den Basketballspieler Stephen Curry nicht kannte, sondern weil sie auf seine Antwort wartete.

Er hatte sich gefragt, ob er übervorsichtig war, als er seinen Sicherheitsausweis in die Tasche gesteckt hatte, statt ihn offen zu tragen. Daniela wies darauf hin, wenn er ihn dort aufbewahrte, riskierte er Fragen von Miroslav, falls es dem bulligen Serben gelang, sich ihm unbemerkt zu nähern.

Nun wusste Royce jedoch, dass diese Maßnahme angebracht war. Wenn sie seinen Familiennamen und das Foto gesehen hätte, auf dem er keine Kopfbedeckung trug – worauf die Security-Leute bestanden hatten, als sie ihm den Ausweis ausstellten –, würde sie sich entweder an ihre Begegnung erinnern oder sie könnte seinen Namen im Internet recherchieren.

Er warf einen verstohlenen Blick auf sie, als er den Tisch zurechtrückte und an dem abgedeckten Sofa ausrichtete. „Ich bin ziemlich viel herumgekommen, halte mich aber schon eine ganze Weile in San Rimini auf. Und Sie?"

Da. Keine richtige Antwort. Jetzt war sie wieder an der Reihe.

„Ich komme aus Sarcaccia. Ich war vor meinem aktuellen Aufenthalt erst ein Mal hier, bei einem offiziellen Besuch mit Königin Fabrizia. Ich bin ihre persönliche Assistentin."

Er hob seine Brauen, als wäre diese Information neu für ihn. Dann tat er einen Augenblick so, als wäre er beeindruckt, bevor er erwiderte: „Ich sage Ihnen das ja nur äußerst ungern, aber Sie arbeiten in den Räumlichkeiten der falschen Königin."

Sie grinste und wies mit dem Kopf auf Alettas Suite. „Das hier ist nur für kurze Zeit. Wenn die Arbeit erledigt ist, kehre ich nach Sarcaccia zurück. Ich hatte bisher nicht viel Gelegenheit, mir die Gegend anzuschauen, aber was ich von dem Land gesehen habe, ist wunderschön. Mir ist aufgefallen, dass Sie nicht denselben Akzent wie die meisten Leute in San Rimini haben. Daher nahm ich an, dass Sie anderswo aufgewachsen sind."

Es entging nicht seiner Aufmerksamkeit, dass sie das Gespräch von sich selbst abgelenkt hatte – und von dem, was sie in Alettas Ankleidezimmer machte – und es wieder auf ihn gebracht hatte. Er fiel nicht darauf herein. Schulterzuckend erwiderte er: „Abgesehen von dem Palast und dem botanischen Garten locken wahrscheinlich auch der Duomo und die Casinos viele Touristen her. Und natürlich das Aquarium. Die dortige

Forschung zieht Wissenschaftler aus der ganzen Welt an. Wenn Sie bisher nicht die Möglichkeit hatten, es zu sehen, sollten Sie zuerst dort hingehen. Besuchen Sie es abends, nach der Arbeit. Dann ist es nicht so überfüllt wie an den Wochenenden. Mittwochs und donnerstags ist es noch spät geöffnet, dann kommen Sie näher an die einzelnen Becken heran und können etwas über das Leben im Meer und die Forschungsprojekte lesen."

„Vielen Dank, das werde ich machen."

Er zog das weiße Laken über dem Sofa glatt. „Ich hoffe, Sie sind nicht zu staubig geworden."

Sie strich über ihre Hose und streckte ihre Handflächen aus, damit er sie inspizieren konnte. „Nee. Sauber genug, um für den Rest des Tages in der Suite der Königin zu sitzen und Ketten zu entwirren."

„Das ist es also, was Sie dort machen?"

Das betörende Zucken ihrer Lippen schnürte ihm die Kehle zu. „Es ist Teil von dem, was ich mache."

Sie hatte die Gabe, ihn so anzusehen, dass er ihr näher kommen wollte, als klug war. Er rührte sich nicht vom Fleck. „Als Sie an Ihrem ersten Tag mit Miroslav hineingegangen sind, hörte ich Sie sagen, dass Sie vorhätten, das Ankleidezimmer auszuräumen und Fotos zu machen, aber ich wollte nicht nachfragen. Mir war nicht klar, dass das Entwirren von Ketten dazugehörte. Dafür braucht man Geduld. Und Sie dachten, meine Arbeit wäre langwierig!"

„Sie entwirren wohl eine Menge Ketten von Frauen, stimmt's?"

Für einen kurzen Moment bewunderte er, mit welchem Geschick sie dem Gespräch erneut eine andere Wendung gegeben hatte, sodass sie Einblick in sein Leben gewinnen konnte. Dann bemerkte er ein Funkeln in ihren Augen und begriff, es war durchaus möglich, dass sie mit ihm flirtete. Sie hatte nicht aufdringlich gefragt, aber … nein, er würde nicht über ihre Motive spekulieren.

„Das tue ich nicht, aber es erfordert Geduld, an etwas so Kleinem herumzunesteln." Er zeigte auf die zur Hälfte freie Wand, mit der er morgens beschäftigt gewesen war. „Ich arbeite in einem größeren Rahmen. Es ist einfacher, den Fortschritt zu sehen, was es auch erleichtert, geduldig zu sein."

Sie überdachte dies einen Augenblick. „Ich vermute, Sie haben reichlich Geduld, sonst wären Sie nicht engagiert worden, diese Aufgabe ganz allein anzugehen."

„Vielleicht bin ich ungesellig."

Er sagte es so, dass es zu einem Lächeln herausforderte. Sie ließ ihm eins zuteilwerden, aber es beinhaltete mehr. Sie kniff nämlich wissend die Augen zusammen und schüttelte langsam den Kopf. „Nein, das glaube ich nicht, denn dann wären Sie dem Lunch aus dem Weg gegangen. Sie hätten mir erzählt, Sie müssten durcharbeiten."

Ihre Hände wanderten zu ihren Hüften, ihre Daumen hakte sie in die kleinen Vordertaschen ihrer Hose ein. Dass sie ihre Unterlippe einzog, deutete den unangenehmen Moment an, in dem sie entscheiden mussten, ob sie weiter über ihre Jobs reden oder weiterarbeiten wollten. Statt sich zu entschuldigen und in die Suite zurückzukehren oder weiter auf eine Beantwortung der Frage zu dringen, warum er allein arbeitete, schaute sie ihn einen Atemzug lang prüfend an, dann sagte sie: „Ich wurde engagiert, um Königin Alettas Garderobe zu ordnen. Der König will ein Inventar ihrer Sachen. Gewänder, Schuhe, Accessoires, sogar Ketten. Er plant, viel davon zu versteigern und das Geld den Wohltätigkeitsorganisationen zukommen zu lassen, die ihr besonders am Herzen lagen. Obwohl das noch nicht öffentlich bekannt werden soll."

„Ich werde schweigen wie ein Grab." Royce legte theatralisch seine Hand aufs Herz.

Sie schüttelte den Kopf über diese alberne Geste, und ihre gute Laune ermutigte ihn, nachzuhaken. In ernsthafterem Ton sagte er: „So gern ich auch glauben möchte, dass ich nur wegen meiner Fähigkeiten eingestellt wurde, bin ich auch hier, weil die königliche Familie darauf vertraut, dass ich über alles Stillschweigen bewahren werde, was ich während meiner Arbeit in den Privaträumen des Königs sehe oder höre. Wenn ich das nicht täte, würde Miroslav mich weitaus schlimmer bestrafen, als wenn ich meinen Ausweis beschädigt hätte. Und Sie haben gesehen, wie vorsichtig ich damit umgehe. Ihre Geheimnisse sind bei mir sicher."

Je mehr Vertrauen sie ihm entgegenbrachte, desto besser. Es würde seinen Job – seinen wirklichen Job – so viel einfacher machen, wenn sie das Gefühl hatte, sie könnte ihm vertrauen.

Ihr Dankeschön war ernst gemeint.

Sie verlagerte ihr Gewicht auf die Hacken und wollte sich gerade zu der Suite umdrehen, als er beschloss, sein Glück herauszufordern und ihr eine weitere Frage zu stellen, bevor sie verschwand: „Ich hoffe, ich bin nicht zu aufdringlich, aber ich habe die Anweisung erhalten, niemanden in die Privaträume zu lassen. Helena Masciaretti hatte den Türcode und sie ist Teil der königlichen Familie, daher sagte ich nichts, als sie hereinkam. Als Sie vorhin aus der Suite der Königin kamen und anboten, sich um unseren Lunch zu kümmern, nahm ich an, Sie wollten mit mir über sie sprechen. Sind Sie sicher, es war kein Problem, sie hereinzulassen?"

Daniela ließ langsam die Luft entweichen. „Ich hätte beinahe ein Paar Schuhe fallen lassen, als sie plötzlich hinter mir auftauchte, aber nein, es war kein Problem. Sie brachte mir einige Objekte, von denen sie dachte, ich sollte sie für die Auktion haben. Außerdem bot sie an, mir ihre persönlichen Fotos der Königin in verschiedenen Outfits zur Verfügung zu stellen, damit ich sie für den Auktionskatalog verwenden kann. Das war also nützlich."

„Gut zu wissen. Ich fürchtete schon, ich hätte etwas falsch gemacht."

„Keineswegs. Tatsächlich bin ich froh, dass Sie gefragt

haben. Ich war nicht sicher, welche Instruktionen Miroslav Ihnen gegeben hat." Nach einem Augenblick des Schweigens fügte sie hinzu: „Der König wünscht nicht, dass sich irgendjemand in den Räumen der Königin aufhält, während ich das Inventar erstelle."

„Das kann ich verstehen. Ich bin davon überzeugt, dass es Leute gibt, die liebend gern heimlich Fotos machen und an die Boulevardblätter verkaufen würden. Oder Schlimmeres."

Danielas Mund verzog sich zustimmend. Ihr roter Lippenstift war nicht mehr so leuchtend wie zuvor – das Sandwich hatte sich ausgewirkt –, doch er fühlte sich dennoch von ihr angezogen. Er schaute ihr in die Augen. „Erwarten Sie Helena noch einmal? Oder jemand anders, über den ich Bescheid wissen sollte?"

Daniela schüttelte den Kopf, dann machte sie ein nachdenkliches Gesicht. „Na ja … vielleicht. Ich kann nicht sicher sagen, dass sie nicht zurückkommen wird. Ich bezweifele, dass sie nach dem Tod der Königin noch mal in der Suite war. Ich hatte das Gefühl, sie suchte gleichermaßen einen Vorwand, um sich in den Räumen umzusehen, wie um zu helfen." Sie warf ihm einen schiefen Blick zu, bevor sie hinzufügte: „Sie hat keine Fotos gemacht, um sie online zu stellen oder zu verkaufen. In dieser Hinsicht sind wir also sicher."

„Und doch ist es merkwürdig." Er ließ die Bemerkung in der Luft hängen und hoffte, sie würde näher darauf eingehen.

Daniela zuckte die Achseln. „Helena war die Assistentin der Königin. Sie verbrachten mehr Zeit zusammen als die meisten erwachsenen Schwestern und einen großen Teil davon wahrscheinlich hinter diesen Türen. Eine Assistentin hat sowohl eine professionelle als auch eine persönliche Funktion, egal, wie behutsam sie ihre Rolle ausfüllt. Da sie Schwestern waren, wird ihre Verbindung noch enger gewesen sein. Es wäre nur natürlich, wenn Helena wissen wollte, was mit Alettas Sachen geschieht."

Danielas Blick wurde weicher, während sie sprach, und Royce fragte sich, ob sie an ihr Verhältnis zu Königin Fabrizia dachte. Er war erleichtert, dass Daniela ihm davon erzählt hatte. Er wusste es natürlich schon, aber so brauchte er sich keine Sorgen zu machen, dass ihm etwas herausrutschte, was ihn verriet.

Sie wies auf Alettas Räume. „Ich sollte wieder an die Arbeit gehen. Danke für den Lunch. Es war eine nette Abwechslung."

„Sie haben das Angebot gemacht und das Essen abgeholt, also bin ich derjenige, der sich bedanken muss. Ich habe Ihre Gesellschaft genossen."

„Obwohl Sie so ungesellig sind?"

„Ja, trotzdem."

Ihre Mundwinkel hoben sich zu einem leichten Lächeln, doch in ihren Augen stand tiefere Wertschätzung. Sie waren lebhaft, warm, elektrisierend. Verdammt, war Daniela schön, wenn sie ihn so ansah! Er wollte sie anstarren, ihren Anblick in sich aufsaugen, darauf *reagieren*, doch sie bewahrte ihn vor seiner eigenen Idiotie, indem sie ihm viel Glück für sein nachmittägliches Tapentenabreißen wünschte und in der Suite verschwand.

Royce drehte sich zur Leiter um, ergriff seinen Eimer und trug ihn ins Badezimmer des Königs. Als er den Kran aufdrehte und darauf wartete, dass das Wasser heiß wurde, schob er alle Gedanken an Daniela beiseite und überlegte, wie nah sich die Masciaretti-Schwestern wohl gestanden hatten. Er vermutete, dass Danielas Instinkt richtig war und Helena ihre Hilfe zumindest zum Teil angeboten hatte, damit sie durch die Räume ihrer Schwester gehen konnte.

Er hielt einen Finger in den Wasserstrahl, um die Temperatur zu prüfen. Jeder, der glaubte, Mitglieder des Königshauses hätten ein luxuriöses Leben, bedachte nicht die alten Rohrleitungen in einem Palast. Als das Wasser endlich heiß war, befestigte Royce einen Schlauch am Kran und füllte seinen Eimer.

Samstagabend sollte er Prinz Federico auf den aktuellen Stand bringen. Sie hatten verabredet, sich in Royce' Büro zu treffen, das sich wenige Autominuten vom Palast entfernt auf halber Höhe in einer engen Seitenstraße befand. Es gab dort nur wenige Parkmöglichkeiten, obwohl eine Lücke zwischen zwei Gebäuden Royce einen festen Platz für seinen Transporter bot. Der Schneider am Ende der Straße hatte tagsüber viele Kunden, genauso wie der Laden daneben, der Schuhe und Koffer reparierte und dem Bruder des Schneiders gehörte. Die übrigen Türen auf dieser Straße waren Hintereingänge zu Geschäften auf einer größeren, parallel verlaufenden Straße.

Die Lage war für Royce' Unternehmen gut geeignet. Leicht zu finden, zentral gelegen und doch mit nur wenig Auto- und Fußgängerverkehr. Wer die Straße entlanglief, hatte ein bestimmtes Ziel. Die Miete war nicht zu hoch, es gab eine Klimaanlage und eine Feuerleiter für die Stockwerke über Royce' Büro, die ein Versteck für eine Sicherheitskamera lieferte. Nachts war es totenstill.

Der Prinz würde kein Problem haben, unbemerkt hereinzukommen.

Royce streckte ausgiebig seinen Rücken, während sich der Eimer füllte. Wenn er bedachte, welche Heimlichkeiten dieser Job mit sich brachte – er musste sich im Verborgenen mit Prinz Federico treffen, seine Anwesenheit und seine Rolle für die Angestellten plausibel machen und selbst im Umgang mit Daniela vorsichtig sein –, wünschte Royce, er hätte bei dieser Mühe mehr vorzuweisen. Doch wie es bei Security-Jobs meistens war, bestand auch dieser zu neunzig Prozent aus Langeweile.

Ohne Danielas Anwesenheit wären es eher neunundneunzig Prozent.

In den Rohren rumpelte es, als wollten sie dagegen protestieren, dass er das heiße Wasser abstellte. Er rollte den Schlauch wieder auf und legte ihn vorsichtig in das Keramikbecken. Jedes

Mal, wenn er das tat, fürchtete er, die uralte Oberfläche zu beschädigen. Bisher hatte sie wie Eisen gehalten.

Er fragte sich, wie viele Generationen von Königen und Königinnen dieses Waschbecken benutzt hatten. Drei? Vier? Es hatte ihm in den vergangenen Tagen Ehrfurcht eingeflößt, die Gänge im Palast entlangzulaufen, die Wände zu bearbeiten und die einzigartigen Details des historischen Gebäudes zu entdecken. So mühsam die Arbeit auch sein mochte, so schätzte er doch die Bedeutsamkeit seiner Umgebung und den Zugang dazu, den ihm die Familie diTalora gewährt hatte.

Er wuchtete den mit Wasser gefüllten Eimer hoch und kehrte zu dem großen Raum zurück. Die Türen zu Alettas Suite standen ein Stück offen, wie immer seit Danielas erstem Tag während ihrer Arbeitszeit. Daniela ging an der Türöffnung vorbei. Sie trug eine Schublade vor sich her, die sie mit ihren Hüften abstützte. Ein paar Sekunden, nachdem sie aus dem Blickfeld verschwunden war, hörte Royce ein leises Geräusch, als sie die Schublade auf der Ottomane absetzte.

Genau in diesem Moment, als er mit Mühe seinen Blick von Alettas Suite löste, erregten Schritte und ein unzufriedenes Murmeln im königlichen Wohnzimmer seine Aufmerksamkeit. Zwei Frauen von gleicher Größe, beide mit blasser Haut, breiten Nasen und Haar von dunklem Kaffeebraun, waren mehrere Schritte in den großen Raum hineingekommen. Sie trugen die nüchternen grau-weißen Uniformen der Reinigungskräfte im königlichen Palast, doch nun standen sie da, beide hatten die Arme vor der Brust verschränkt und das Kinn gereckt und betrachteten die Wände, als hätten sie mitten in einem klassischen Museum auf einer Wand ein Graffiti entdeckt, von dem die aufgesprühte Farbe noch heruntertropfte, während der Urheber bereits auf der Flucht war. Eine der Frauen zeigte auf den Bereich, wo Royce vor der Mittagspause gearbeitet hatte, murmelte etwas und ließ den Arm wieder sinken. Die andere stieß einen verächtlichen Laut aus.

Dies waren also die Roscha-Schwestern. Nach den Informationen, die Federico ihm geliefert hatte, waren die Frauen keine Zwillinge, obwohl Royce fand, sie könnten als solche durchgehen. Sie waren in ihren späten Fünfzigern und arbeiteten im Palast, seit sie Teenager gewesen waren. Mit ihren Eltern waren sie aus der Ukraine eingewandert. Die hatten sich eine Stellung als Bankettköche im Palast gesichert und waren inzwischen in Rente. Die Roscha-Schwestern reinigten die Privaträume schon seit mehr als fünfzehn Jahren.

Im Vertrauen hatte Federico ihm gesagt, dass es für andere nicht einfach war, die Frauen zu verstehen. Zwar waren sie nicht unhöflich, jedoch auch nicht freundlich. Sie mieden den Aufenthalts- und Garderobenbereich der Angestellten und schlugen Einladungen zu Happy Hours am Abend aus, die die Dienstboten miteinander verbrachten. Jedes Jahr verließen sie die Weihnachtsparty direkt nach dem Erscheinen der königlichen Familie. Wegen ihrer Unnahbarkeit gingen ihnen die übrigen Dienstboten aus dem Weg. Dennoch, so hatte Federico erklärt, vertraute sein Vater ihnen.

„Sie arbeiten hart und sind stolz auf das, was sie leisten. Die Teppiche, die steinerne Umrandung des Kamins, sogar die Schrauben, mit denen die Schubladengriffe befestigt sind ... alles in den Wohnräumen meines Vaters ist in tadellosem Zustand, weil Olena und Tetyana Roscha dafür sorgen. Sie kennen jeden Zentimeter dieses Gebäudes, vor allem den königlichen Wohnbereich, und sie schenken jedem Detail beispiellose Aufmerksamkeit. Das einzige Mal, dass ich eine von ihnen habe lächeln sehen, war in der Gegenwart meiner Eltern. Sosehr sie jedoch meine Mutter geliebt haben mögen, wir können nicht die Tatsache verkennen, dass sie regelmäßigen Zugang zum Ankleidezimmer hatten. Helena hielt die Garderobe meiner Mutter in Ordnung, aber Olena und Tetyana polierten das Holz, saugten den Boden und reinigten die Spiegel. Es wäre für beide nicht schwierig gewesen, die Suite mit einem unter den Putzmaterialien versteckten Gegenstand zu verlassen.“

Royce wartete einen Moment, bis die Frauen die Begutachtung der Wände abgeschlossen hatten. Als sie keine Notiz von seiner Gegenwart nahmen, näherte er sich und stellte seinen Eimer am Fuß der Leiter ab. „Kann ich Ihnen helfen?“

Die Frauen schauten einander an, ihre Augen schienen blitzschnell ganze Sätze zu übermitteln, dann trat eine von ihnen vor. Obwohl ihr Scheitel kaum bis zur Mitte von Royce’ Brust reichte, schob sie ihr Kinn vor und maß ihn mit einem bösen Blick. Als sie sprach, klang ihre Stimme wie Sandpapier, mit dem man Rost von Eisen abschmirgeln konnte: „Ich bin Tetyana Roscha. Das ist meine Schwester Olena. Wie heißen Sie? Und wo ist Ihr Sicherheitsausweis?“

KAPITEL 12

TETYANA WARTETE NICHT auf eine Antwort von Royce. Ihre Lippen wurden schmaler, als sie ihn musterte. „Ein Badge muss immer am Revers getragen werden. Jeder, der das Glück hat, im Palast zu arbeiten, ist klug genug, das zu wissen. Sie könnten gemeldet werden."

Er öffnete die zugeknöpfte Tasche seines Overalls und zog seinen Ausweis so weit hoch, dass Tetyana ihn sehen konnte, steckte ihn aber wieder zurück, bevor sie ihn lesen konnte. „Es sei denn die Arbeit, die einem übertragen wurde, könnte den Ausweis beschädigen. In diesem Fall ist es klug, ihn greifbar, aber geschützt aufzubewahren. Und mein Name ist Roy."

„Roy." Aus ihrem Mund klang dieses einzelne Wort so gewichtig wie der Urteilsspruch *schuldig*, den ein Geschworener in einem stillen Gerichtssaal spricht. „Es ist unsere Pflicht, König Eduardos Wohnräume in Ordnung zu halten. Wir sind hier, um den Fortgang Ihrer Arbeit und den Zustand des Zimmers zu inspizieren."

Angesichts des Tons, mit dem sie gesagt hatte, „Sie könnten gemeldet werden", war sie eine Frau, die daran gewöhnt war, dass sich andere bei ihren Drohungen duckten. Sosehr sie auch erwartete, dass er zur Seite trat, sie würde ihn nicht respektieren, wenn er ihr keinen Widerstand bot. Er starrte sie einen Moment lang an, ließ sie schmoren, dann machte er eine Handbewegung, mit der er den ganzen Raum einschloss. „Sie sehen es ja. Die Möbel und Böden sind gut geschützt.“

Tetyana schnaubte. Zur gleichen Zeit huschte Olenas Blick zu Alettas Türöffnung. Ihm entging nicht, wie sie kurz die Brauen zusammenzog, bevor ihre Aufmerksamkeit sich wieder auf ihn richtete. Ebenso wenig entging ihm die teure Uhr an ihrem Handgelenk. Sie schien nicht zu ihrer Uniform und zu dem zu passen, was sie vermutlich als Gehalt bekam.

„Man braucht Dampf oder heißes Wasser, um die Tapete zu lösen.“ Tetyana deutete auf den leichten Dunst, der von seinem Eimer aufstieg. „Dabei wird etwas verschüttet. Es tropft. Wir wollen die Böden überprüfen, um sicherzugehen, dass nichts durch Ihre Planen gesickert ist oder an den Rändern übersehen wurde.“

Er bückte sich, packte den Eimer am Henkel und stieg dann die Leiter hinauf, um deutlich zu machen, dass seine Aufgabe wichtiger war, als vor ihr zu katzbuckeln. „Mir wurde mitgeteilt, dass niemand den privaten Wohnbereich betreten darf. Prinz Federico hat ausdrücklich gesagt, dass Sie mich nicht stören würden, während ich meine Arbeit verrichte. Da der König Ihre Dienste in diesen Räumen nicht erwartet, habe ich zusätzliche Vorsichtsmaßnahmen getroffen. Jedes Mal, wenn ich eine Plane verschiebe, prüfe ich den Boden auf Anzeichen von Feuchtigkeit. Sie können sicher sein, dass das Hartholz in tadellosem Zustand ist.“ Er erreichte das Ende der Leiter, sicherte den Eimer, sah dann zu den Frauen hinunter und begegnete Tetyanas schockiertem Blick. „Sie können eine vollständige Inspektion der Böden vornehmen, wenn ich fertig bin. Ich schätze, dass es noch zwei Wochen dauert, aber das hängt vom Zustand der Wände und der Fußleisten ab. Wenn Sie möchten, kann Miroslav Sie auf den neuesten Stand bringen, nachdem ich den Rest der Tapete und das Holz entfernt habe. Er kommt regelmäßig vorbei."

Damit zog Royce seine Handschuhe an, die er auf der Ablage oben auf der Leiter liegen gelassen hatte, tauchte seinen Schwamm in das heiße Wasser und drückte ihn dann mit übertriebener Sorgfalt gegen die Wand in der Hoffnung, dass die Erwähnung von Miroslav die Frauen dazu bringen würde, ihre Anwesenheit in diesem Raum zu überdenken.

Schließlich ergriff Olena das Wort: „Wir werden heute nur eine oberflächliche Inspektion durchführen. Wenn Sie mit Ihren Renovierungsarbeiten fertig sind, informieren Sie uns sofort, damit wir unseren Pflichten nachkommen können." Sie hielt kurz inne, bevor sie hinzufügte: „Wie König Eduardo es von uns erwartet."

Damit drehte sich Olena um und ging zu dem Bereich, in dem er seine Leitern und Werkzeugkästen gestapelt hatte, und fing an, darin herumzustochern, als ob seine gut sortierte Ausrüstung in ihrem persönlichen Blumenbeet abgeladenem Müll gleichkäme.

Tetyana reckte ihr Kinn auf eine Weise vor, die sagte: *Sehen Sie? Wir machen, was wir wollen.* Sie gesellte sich zu ihrer Schwester, blieb aber eine Armlänge hinter ihr stehen, was ihr einen Blick in Alettas Suite ermöglichte.

Royce stöhnte innerlich auf. Weil er sie herausgefordert hatte, würden sie so lange verweilen, bis sie ostentativ jede Diele in dem riesigen Raum inspiziert hatten. Wenigstens wussten sie, dass er kein Schwächling war.

Gut, dass er den Eimer mit dem heißesten Wasser gefüllt hatte, das möglich war. Er konnte lange arbeiten, bevor er neues holen musste, und er weigerte sich, ihnen die Genugtuung zu verschaffen, in der Zeit allein zu sein.

Zehn Minuten später rauschte Daniela in den Raum und setzte eine Sonnenbrille auf, als sie sich seinem Arbeitsbereich näherte. „Ich werde versuchen, zurück zu sein, bevor Miroslav auftaucht. Zwanzig Minuten, maximal. Brauchen Sie etwas aus der Drogerie?"

Er schüttelte den Kopf und sah dann nach, ob sie die Doppeltüren zu Alettas Suite geschlossen hatte. Obwohl sie von dort, wo er stand, geschlossen aussahen, fiel ein schmaler Lichtstreifen auf den Boden in der Nähe seines Werkzeugkastens, was darauf hindeutete, dass sie eine Tür offen gelassen hatte. Er wollte Daniela bitten, diese noch zu schließen, aber sie hatte bereits den Vorraum erreicht. Er bezweifelte, dass sie die Roscha-Schwestern bemerkt hatte, die in der Nähe der abgedeckten Sofas in die Hocke gegangen waren und mit ihren Händen über den Hartholzboden fuhren, augenscheinlich, um nach Kratzspuren zu suchen, die er beim Verschieben der Möbel hinterlassen haben könnte.

Mit etwas Glück hatten sie Danielas Bemerkung gehört, dass Miroslavs nächster Besuch bald fällig war.

Er tauchte seinen Schwamm in den Eimer, drückte dann das überschüssige Wasser aus und hielt seinen Kopf gesenkt, sodass es schien, als würde er in den Eimer schauen, während er die Schwestern beobachtete. Olena erhob sich, entfernte sich ein paar Schritte von Tetyana, kniete sich dann wieder hin und hob eine der Planen an, um den Boden darunter zu begutachten. Ihr Blick huschte zur Suite der Königin, als sie die Abdeckung fallen ließ.

Na toll. Es juckte ihn, die Tür zu schließen, aber er wollte nicht, dass die Schwestern sich über diese Vorsichtsmaßnahme wunderten.

Er drückte den Schwamm gegen die Wand und löste eine Kante, während er sich bemühte, den Bewegungen der Schwestern zu lauschen. Ab und zu warf er einen Blick in ihre Richtung.

Wenn er gewusst hätte, dass so viele Leute vorbeikommen würden, hätte er vorübergehend eine Kamera installiert. Und wenn er das hätte tun können, ohne dass Miroslav oder andere

Mitarbeiter des Sicherheitsdienstes es bemerkten. Federico wollte denen, die Zugang hatten, nicht den Zutritt verwehren, weil er vermutete, das würde Fragen aufwerfen, aber er hatte sich geirrt, als er angenommen hatte, Leute wie Helena Masciaretti und die Roscha-Schwestern würden während der Renovierung fernbleiben. Wenn sie nichts in den privaten Räumen zu suchen hatten, erfanden sie einen Grund.

Sogar Miroslav kam öfter vorbei, als es nötig war.

Sie konnten nicht alle Diebe sein. Vielleicht war niemand von ihnen einer. Vielleicht war es so, wie Daniela sagte, und diejenigen, die dem Monarchen und seiner verstorbenen Frau am nächsten standen, wollten nach so vielen Jahren einfach nur einen Blick in Alettas Zimmer werfen.

Royce' Wasser kühlte schließlich so weit ab, dass es nutzlos wurde, also täuschte er Arbeitsergebnisse vor und wartete darauf, dass die Schwestern gingen. Als sie es schließlich taten – mit einem Ausdruck von Überlegenheit auf den Gesichtern, als sie an seiner Leiter vorbeigingen –, ließ er eine ganze Minute verstreichen, bevor er loslief, um seinen Eimer erneut zu füllen.

Er streckte seine Finger, während er darauf wartete, dass das Wasser heiß wurde. Nachmittags konnte man den alten Rohren besser heißes Wasser entlocken, doch es dauerte trotzdem länger, als ihm lieb war. Schließlich drehte er den Wasserhahn zu und wischte das Waschbecken ab. Auf halbem Weg durch das Schlafzimmer des Königs machte er einen falschen Schritt und stieß mit dem Knie gegen den Eimer, sodass etwas Wasser auf den Boden schwappte. Er stellte den Eimer ab und holte ein paar Lappen aus dem Bad, um schnell aufzuwischen.

Die Roschas hätten einen hysterischen Anfall bekommen.

Sobald der Boden trocken war, kehrte er in den großen Wohnraum zurück. Als er bemerkte, dass die Tür zu Alettas Suite ganz offen stand, verlangsamte er seinen Schritt, um sich zu vergewissern, dass Daniela zurückgekehrt war. Sie saß am

Schreibtisch, mit dem Rücken zu ihm, nach vorne gebeugt, die Ellbogen abgespreizt, während sie arbeitete.

Ein Angebot, ihr beim Entwirren der Halsketten zu helfen, lag ihm auf der Zunge, aber er besann sich.

Das Scharren eines Schuhs lenkte seinen Blick von der Suite der Königin weg. Er drehte seinen Kopf und sah Tetyana, die an einer Seite des Sofas kniete.

„Was machen Sie da?"

Die Frage kam rauer heraus, als ihm lieb war. Ein Anstreicher wäre nicht so energisch aufgetreten. Aber seine inneren Alarmglocken schrillten, als hätte das System einen Hammerschlag abbekommen. Was hatte sie hier schon wieder zu suchen?

„Ich habe einen Knopf von meiner Uniform verloren." Ihr Ton war genauso energisch wie seiner.

„Hier?"

Sie blähte die Nasenflügel, dann suchte sie den Boden erneut mit den Händen ab. „Wenn ich das wüsste, wäre der Knopf nicht verloren. Ich bin in der Nähe des Sofas herumgekrochen, als ich Ihre Planen inspizierte, also ist dies der wahrscheinlichste Ort."

„Ich hoffe, Sie finden ihn." So. Vielleicht tat sie seinen harschen Ton als natürliche Folge seiner Überraschung ab, sie wieder in diesem Raum zu sehen.

„Das hoffe ich auch. Dies ist eine ältere Uniform und ich weiß nicht, ob ich einen passenden Ersatzknopf finden könnte."

Er stellte den Eimer am Fuß der Leiter ab und sah sich im Raum um. Er wollte sichergehen, dass Olena nicht auf der Lauer lag. „Hat Ihre Schwester nicht angeboten, Ihnen zu helfen?"

„Hierfür braucht es nicht uns beide. Die Heizkörper außerhalb der Palastküche sind verdreckt. Sie bespricht die Situation gerade mit dem zuständigen Personal." Tetyana erhob sich mit einem triumphierenden Gesichtsausdruck und hielt einen winzigen weißen Knopf zwischen Daumen und Zeigefinger. Er bemerkte, dass sie die gleiche – oder eine ähnliche – Uhr wie ihre Schwester trug. Eine, die viel zu teuer aussah für ein Mitglied des Hauspersonals, egal wie hochrangig. „Sehen Sie? Hier ist er. Sie brauchen nicht so misstrauisch zu schauen."

Er wollte ihr widersprechen, wusste aber, dass sie genau das wollte. „Ich hoffe, er ist leicht wieder anzunähen."

Sie stützte sich auf der Armlehne des abgedeckten Sofas ab und kam auf die Füße. „Der Schneider des Königs und ich tauschen kleinere Gefälligkeiten aus. Es wird kein Problem sein."

Er stieg zwei Sprossen die Leiter hinauf, dann sagte er: „Ich nehme an, Sie haben bei Ihrer Überprüfung keinen Wasserschaden gefunden."

Sie steckte den Knopf in ihre Tasche, als sie an ihm vorbeiging. „Das haben wir nicht. Aber der Sessel war nicht ausreichend abgedeckt. Ich habe das Laken gerichtet." Sie murmelte etwas, das wie „Nichts zu danken" klang, dann verließ sie die Räumlichkeiten und zog die Tür hinter sich zu, sodass das Schloss hörbar einrastete.

Royce wartete schweigend und lauschte. Als er sicher war, dass sie endgültig fort war, stieg er von der Leiter und ging zur Tür von Alettas Suite. Zum ersten Mal, seit er mit den Wänden begonnen hatte, klopfte er an und trat zwei Schritte hinein. „Daniela?"

„Ja?" Konzentriert auf ihre Aufgabe, hob sie weder den Kopf noch drehte sie sich um.

„Wie lange sind Sie schon zurück?"

„Ein paar Minuten. Warum?"

„War jemand im großen Wohnzimmer, als Sie ankamen?"

Sie hielt inne, dann sah sie ihn über ihre Schulter hinweg an. Sie trug eine Brille, die er vorher nie gesehen hatte. „Nein. Ich hörte Ihre Stimme und nahm an, dass Miroslav direkt nach mir hereingekommen war. Warum?"

Royce schüttelte den Kopf. „Nicht Miroslav. Eine der Frauen, die regelmäßig die Privaträume reinigen, kam herein, um etwas zu suchen, während ich meinen Eimer auffüllte. Ich wollte wissen, ob sie Sie gestört hat."

Ihre Stirn legte sich in Falten. „Ich habe sie weder gesehen noch gehört, als ich zurückkehrte, und die Tür zur Suite der Königin war genau so, wie ich sie verlassen hatte. Sie muss nach mir hergekommen sein. Ich bin ziemlich sicher, dass ich es bemerkt hätte, wenn sie im großen Raum gewesen wäre."

„In Ordnung. Wollte mich nur vergewissern." Er deutete auf das verheddette Knäuel aus Halsketten. „Fahren Sie fort."

Royce fluchte leise vor sich hin, während er die Leiter hinaufstieg. Es war beruhigend, dass er und Daniela Vertrauen zueinander aufgebaut hatten. Sie wusste, worüber er sich Sorgen machte, als er fragte, ob sie gestört worden war, und lieferte genau die Informationen, die er brauchte. Leider deuteten diese darauf hin, dass Tetyana Zeit gehabt hatte, die Suite der Königin zu betreten, während er sich um das heiße Wasser kümmerte.

Wenn er sich mit Prinz Federico traf, würde er ihn auf die Installation einer Kamera ansprechen.

DIE BRILLE mit der starken Vergrößerung war ein genialer Einfall gewesen.

Daniela griff nach der Arbeitslampe, die sie auf die Ecke von Königin Alettas Schreibtisch gestellt hatte, und justierte den Schwanenhals neu, um die zarte Goldkette, die vor ihr lag, besser zu beleuchten. Sie schob die Lesebrille aus der Drogerie auf ihrer Nase höher, dann benutzte sie eine Pinzette, um ein einzelnes Glied aus dem engen goldenen Knoten in der Nähe des Verschlusses zu lösen. Sobald sie das Glied gegriffen hatte, nahm sie eine zweite Pinzette und begann, den Knoten auseinanderzuziehen.

Es war ein mühsamer Prozess, aber sie konnte sich auf etwas anderes als Roy konzentrieren. Er verwirrte sie. Irgendwann würde sie ihn einordnen können, aber es würde ihr wahrscheinlich wie ein vergessener Liedtext einfallen, während ihr Verstand mit einer anderen Aufgabe beschäftigt war.

Als sie nicht weiterkam, legte sie die Kette ab, drehte sie um und benutzte die Pinzette, um die Glieder auf der Rückseite des Knotens voneinander zu trennen. Der Anhänger, eine goldene Scheibe von der Größe von Danielas kleinem Fingernagel, verursachte ein klickendes Geräusch, als er gegen den Schreibtisch stieß, während sie arbeitete.

Dies war ihre fünfte Halskette. Die ersten beiden hatten sich leicht entwirren lassen. Die dritte und vierte waren verknotet und ineinander verhakt, aber nachdem sie diese voneinander getrennt hatte, war sie zuversichtlich, dass sie mit Geduld jede Kette entwirren konnte. Sie hatte befürchtet, dass diese Kette ihr zum Verhängnis werden würde. Zwar hatte sie gute Augen, aber die Glieder waren unglaublich klein und zart. Dann erinnerte sie sich an die Drogerie, an der sie mit der Sandwichtüte in der Hand vorbeigekommen war, und fragte sich, ob diese Lesebrillen führte. Und tatsächlich, sie fand eine preiswerte Brille, die den Zweck erfüllte.

Augenblicke später war die Halskette entwirrt.

Sie grinste über den kleinen Sieg, trug sie zu einem Tablett, das sie auf der Ottomane der Königin abgestellt hatte, und legte sie der Länge nach neben die anderen.

Die Öffentlichkeit glaubte wahrscheinlich, dass die Juwelen einer Königin mit Ehrfurcht gepflegt, in schönen Samtkästchen aufbewahrt und nach jedem Tragen perfekt poliert wurden. Während das auf die Kronjuwelen zutraf, wurden Alltags- und Modeschmuckstücke oft genauso behandelt wie in jedem bürgerlichen Haushalt. Wenn eine Frau nach einem langen Tag erschöpft war und in der Eile eine Halskette abnahm oder eine zu viel in eine Schublade fallen ließ, verhedderten sie sich oder wurden beschädigt. Scharniere von Armbändern brachen ab, hier und da war eine Zacke verbogen, und die Unterseiten von Ringen wiesen Dellen auf, weil sie versehentlich gegen ein Waschbecken oder einen Esstisch gestoßen worden waren.

Da diese Stücke aber Aletta gehört hatten, war Daniela der Meinung, dass sich der Zeitaufwand für die Reparatur lohnte. Solche persönlichen Gegenstände würden bei der Auktion sehr gefragt sein, auch wenn sie nicht reichlich mit kostbaren Edelsteinen besetzt waren.

Daniela setzte sich auf das Sofa. Sie hatte die Schmuckschublade aus der eingebauten Kommode im Ankleidezimmer genommen und in den Salon getragen, damit sie später am Schreibtisch arbeiten konnte. Als sie den Wust an Ketten, Ringen und Armbändern durchsah, beschloss sie, noch zwei oder drei Stücke in Angriff zu nehmen und dann den Rest des Nachmittags mit der ersten Kleiderstange voll Hosenanzügen der Königin zu verbringen, bevor sie Feierabend machte. Morgen würde sie sich mit ausgeruhten Augen erneut mit der Schmuckschublade beschäftigen.

Sie hatte sich gerade für einen Ohrhänger entschieden, zwischen dessen Tropfen sich eine Kette verheddert hatte, als ein markanter Klingelton aus ihrer Handtasche schallte.

Ihr Herz pochte heftiger bei diesem Geräusch. Sie behielt die Tür im Auge, während sie zum Schreibtisch ging und sich bückte, um nach ihrer Handtasche zu greifen. Etwa zwanzig Minuten zuvor hatte Roy ein Werkzeug aus seinem Kasten geholt. Ansonsten hatte er, soweit Daniela es erkennen konnte, an der Wand gearbeitet, die dem Eingang am nächsten lag. Keine Stelle, von der aus man einfach mithören konnte.

„*Mamma?*" Sie hielt inne. Wartete. „*Mamma?* Ich bin's, Daniela. Wolltest du mich anrufen? Ist alles in Ordnung?"

„*Sì*, Daniela." Einen Moment lang hörte sie Geraschel. „Nein, nein. Es tut mir so leid."

Daniela drehte sich so, dass sie mit dem Rücken zur Tür stand. Ihre Mutter wusste, dass sie während der Arbeitszeit nicht anrufen sollte. Wenn sie es doch tat, war es immer das Gleiche. Daniela nahm einen langen, beruhigenden Atemzug, weil sie wusste, dass sie jegliche Verurteilung aus ihrer Stimme heraushalten musste, und fragte dann, was passiert war. Sie hatte das schon dutzende Male durchgemacht. Der beste Weg, das Problem zu lösen, war ein beruhigender Ton und so viel Zurückhaltung, wie sie aufbringen konnte. Wenn sie auch nur einen Hauch von Frustration oder Ärger zeigte, würde ihre Mutter entweder explodieren, auflegen oder beides, und die Lage im Haus würde sich weiter verschlechtern.

„Gaetana Carrini kam heute Morgen vorbei. Sie hämmerte gegen die Haustür, bis ich dachte, sie würde das Holz mit bloßen Händen zertrümmern. Wie eine Verrückte, die ihren Mann im Bett einer Geliebten sucht."

Daniela schob diesen Gedanken beiseite. Es hatte seit Jahren keinen Liebhaber im Bett ihrer Mutter gegeben, nicht seit Danielas Vater sie verlassen hatte. Kein Liebhaber *konnte* in das Bett der Frau gelangen.

„Ich nehme an, du hast aufgemacht."

„Ich habe mit ihr durch die Tür gesprochen. Ich habe mich geweigert, meine Sicherheit zu riskieren, indem ich ihr öffne."

Oder die Sicherheit der Nachbarin zu riskieren, dachte Daniela. Gaetana Carrini hatte keine Ahnung, was hinter dieser Holztür lauerte, sonst wäre sie zu Hause geblieben und hätte die Behörden gerufen.

„Und?", fragte Daniela und verlieh ihrer Stimme eine sanfte Besorgnis, die sie nicht empfand. „Was ist passiert, *Mamma*?"

Ihre Mutter schimpfte eine ganze Minute lang über das Verhalten der Nachbarin, bevor sie zum Kern der Sache kam: „Gaetana sagt, dass es Ratten auf meinem Grundstück gibt, und besteht darauf, dass ich einen Kammerjäger beauftrage, bevor sie bei ihr landen. Sie behauptet, dass ihre Katzen sie töten und auf ihrer Türschwelle zurücklassen, und sie ist es leid."

Daniela wartete. Als alles, was sie noch von ihrer Mutter hörte, ein entrüstetes Schnauben war, fragte sie: „Und gibt es welche?"

„Gibt es – was?"

Danielas biss die Zähne zusammen. Mit erzwungener Ruhe sagte sie: „Ratten. Gibt es Ratten?"

„Wir sind auf dem Land, Daniela. Natürlich gibt es Ratten. Jeder hat Ratten. Wenn sie es nicht mag, dass ihre Katzen sie zu ihrer Haustür bringen, muss sie in die Stadt ziehen oder ihre Katzen loswerden. Es liegt in der Natur einer Katze, sie zu jagen! Ich habe ihr gesagt, dass es ein Ausdruck von Liebe ist, wenn eine Katze ein totes Tier für einen Menschen hinterlässt. Dass eine Katze eine tote Ratte als hart erkämpfte Trophäe betrachtet."

„Was hat sie dazu gesagt?"

„Ihre Worte sind nichts für deine Ohren." Ihre Mutter gab ein zorniges Ächzen von sich. „Ich habe ihr ein Kompliment gemacht, indem ich sagte, dass ihre Katzen sie lieben müssen. Gaetana war viel netter, als du klein warst. Jetzt ist sie die schlimmste Nachbarin von allen. Schrecklich. Manche Menschen verändern sich, wenn sie älter werden, weißt du? Sie hat sich verändert, und zwar nicht zu ihrem Vorteil. Sie ist *mürrisch*."

Daniela starrte aus dem Fenster in der Hoffnung aus der gepflegten Anlage des Palastes Ruhe schöpfen zu können. Sie war eine Million Meilen von zu Hause entfernt und doch konnte sie dem Gefühl des Schmutzes nicht entkommen, das sie den Drang verspüren ließ, ihre Bluse hochzuziehen und sich an Rücken und Bauch zu kratzen. „In Ordnung. Du hast dir ihr Gezeter angehört, ihr durch die Tür ein Kompliment gemacht, und sie wurde wütend. Was ist dann passiert? Ist sie gegangen?"

„Sie drohte damit, zum Rathaus zu gehen und mich anzuzeigen. Ich sagte ihr, wenn sie sich beschweren würde, dass es Ratten gibt, würde man sie zur Tür hinauslachen. Sie sagte: ‚Wenn Sie nicht bis Ende des Monats einen Kammerjäger hier haben, werden wir sehen, wer zu einer Tür hinausgeworfen wird.‘ Ist das zu glauben?"

Die letzten Worte ihrer Mutter wurden von einem dumpfen *Rums* gedämpft. Daniela zuckte bei dem Geräusch zusammen. Auch das hatte sie schon einmal gehört. Vor einem Monat, als sie ein langes Wochenende zu Hause verbracht hatte.

„*Mamma*", sagte sie vorsichtig, „ist alles in Ordnung?"

„Natürlich –"

„Waren das deine Zeitschriften?"

Sie konnte sich die zusammengepressten Lippen ihrer Mutter vorstellen. Den abwehrenden Gesichtsausdruck, als sie nach einer Ausrede suchte. Es dauerte nur Sekunden, bis ihr eine einfiel.

„Daniela, ich weiß, du wolltest, dass ich sie recycle, aber sie sind Sammlerstücke und wertvoll. Eines Tages wirst du dankbar sein, dass ich sie behalten habe. Wusstest du, dass ich eines mit Alberto Boldrini auf dem Cover habe?"

Jeder in Sarcaccia hatte eine Zeitschrift mit Alberto Boldrini auf dem Cover. Der Mann war ein Frauenheld, gutaussehend, und hatte – vor zwanzig Jahren – die erste olympische Goldmedaille für Sarcaccia nach Hause gebracht. Mit seinen oft zitierten inspirierenden Worten hatte er als Redner mehr Geld verdient als jemals als Sportler.

„*Mamma*, dein Leben ist auch wertvoll. Du bist mir viel lieber als eine Boldrini-Zeitschrift."

Ihre Mutter schnaufte und war kurz davor, zu argumentieren, zu sagen, dass sie nur das Regal reparieren müsste oder dass sie vorhätte, sie zu ordnen und bald dazu kommen würde, oder Daniela der Übertreibung zu bezichtigen, deshalb musste sie das Gespräch beenden. „Ich bin bei der Arbeit,

Mamma. Du brauchst meine Hilfe, sonst hättest du nicht angerufen."

„Mir geht es sehr gut. Ich habe angerufen, weil ich dachte, es wäre wichtig, dass du von Gaetanas Besuch weißt, nur für den Fall."

„Für den Fall, dass – was? Meinst du, die Behörden kommen wieder?" Als ihre Mutter schwieg, verkrampften sich Danielas Finger um das Telefon. „Ich werde sehen, welche Flüge verfügbar sind, und versuchen, über das Wochenende nach Hause zu kommen."

„Das brauchst du nicht, aber du kannst mich natürlich besuchen, wenn du möchtest. Vielleicht hilfst du mir, ein paar Sachen aufzuräumen. Doch ich will nicht –"

„Ich werde nur tun, was unbedingt notwendig ist."

Ihre Mutter war still, überlegte. „Du bist eine gute Tochter."

Auf diese Weise wies ihre Mutter sie immer darauf hin, dass sie sich nach ihren Wünschen zu richten hatte, um in ihrer Gunst zu bleiben. Daniela schloss die Augen. Sie scherte sich nicht mehr um die Meinung ihrer Mutter über sie, nicht in dem Maß, dass sie sich davon in ihrem Handeln beeinflussen ließ. Aber sie sorgte sich um das Wohlergehen ihrer Mutter.

Wenn Daniela nicht einschritt, würden es die örtlichen Behörden tun. An manchen Tagen dachte Daniela, sie sollte es nicht verhindern. Familie Carrini würde begeistert sein. Danielas Vater würde sagen, es sei längst überfällig gewesen. Es wäre die ultimative Lösung für das Problem ihrer Mutter.

Doch jedes Mal, wenn sich die Vorstellung in ihre Gedanken schlich, wie die örtliche Polizei und die Wohnungsbehörde mit mehr Kraft an die Tür ihrer Mutter hämmerten, als Gaetana Carrini jemals aufbringen konnte, fürchtete sie, dass die darauffolgenden unvermeidlichen Schritte für die psychische Gesundheit ihrer Mutter katastrophal sein würden.

Daniela drückte ihren Nasenrücken zwischen Zeigefinger und Daumen zusammen. Sie konnte das tun. Sie *musste* es tun.

So oft, wie es nötig war. Selbst wenn es bedeutete, gleich an ihrem ersten Wochenende in San Rimini nach Hause zu reisen.

„Ich rufe an, wenn ich einen Flug gebucht habe."

„Ich kann dich abholen."

„Nein, das brauchst du nicht. Es ist einfacher, wenn ich vom Flughafen zu meiner Wohnung fahre und mein Auto hole. Ich sollte am Freitag zur Schlafenszeit da sein."

„Ich sorge dafür, dass dein Zimmer fertig ist."

Daniela schaffte es, nicht auf ihre unterschiedlichen Definitionen des Wortes *fertig* einzugehen. Stattdessen verabschiedete sie sich, dann legte sie ihr Handy auf die makellose Oberfläche von Königin Alettas Schreibtisch.

Es würde kein angenehmes Wochenende werden.

KAPITEL 13

DAS KLOPFEN AN DER TÜR VON ROYCE' Büro kam einen Tag früher als abgesprochen.

Nach fünf ganzen Tagen, die er damit beschäftigt gewesen war, Tapeten abzureißen, hatte er sich auf ein ruhiges Wochenende eingestellt. Sein Freitag war ereignislos verlaufen, besonders im Vergleich mit dem Donnerstag, an dem es diesen unerwarteten Publikumsverkehr gegeben hatte. Daniela hatte vor dem Mittag ihren Kopf in den großen Raum gesteckt und ihm gesagt, dass sie die Pause durcharbeiten würde, weil sie früh wegmüsste, aber sie hatte gefragt, ob er Montag wieder ein Sandwich von Parioli haben wollte. Als er mit Ja antwortete, lächelte sie und sagte, sie freue sich darauf. Allerdings hatte sie die Seifenblase der Glückseligkeit, die in seiner Brust aufgestiegen war, prompt zum Platzen gebracht, indem sie hinzufügte, sie könne es kaum erwarten, wieder von dem Roggenbrot aus diesem Laden zu kosten.

Daniela ging eine Stunde eher als sonst, sicherte die Türen zu den Räumen der Königin und rief ihm auf ihrem Weg nach draußen ein fröhliches Auf Wiedersehen zu. Royce blieb, bis er mit der ganzen Tapete fertig war, und entsorgte die Überreste.

Es war ein guter Moment, um die Arbeit für diese Woche zu beenden.

Wie es jeden Abend seine Gewohnheit war, lief er mehrfach hinunter, um seinen Transporter zu beladen. Dabei überprüfte er auch den Parkplatz der Bediensteten. Dank Prinz Federicos Informationen war Royce mit den Fahrzeugen derer vertraut, die Zutritt zu den Räumlichkeiten des Königs hatten und bereits zum Zeitpunkt von Königin Alettas Tod im Palast angestellt gewesen waren.

Der Volvo von Chiara Ascardi, der Sicherheitschefin, verschwand kurz nach fünf. Andere Angestellte, die nur wochentags arbeiteten, fuhren kurz darauf weg, einschließlich Samuel Barden, dem Chefkoch, der dem König immer das Essen servierte, wenn der Monarch in seinen Privaträumen zu speisen wünschte. Soweit Royce wusste, hatte Barden die Suite seit Danielas Ankunft nicht mehr betreten, aber da der Mann Zutrittsprivilegien hatte, wollte Royce den Palast nicht vor ihm verlassen.

Die Roscha-Schwestern benutzten öffentliche Verkehrsmittel und er hatte die beiden erspäht, als sie durch die Pforte für die Angestellten gingen, während er einen Karton mit Plastikmüllbeuteln im Laderaum seines Lieferwagens verstaute. Zurück im Palast hatte er von einem Fenster im zweiten Stock aus beobachtet, wie die zwei auf der anderen Straßenseite in einen Bus einstiegen.

Teure Uhren. Fahrten mit dem Stadtbus. Diese Kombination verwunderte ihn und er fragte sich, ob sie sparsam waren und diese Uhren etwas Besonderes für sie darstellten, das sie sich zusammengespart hatten, oder ob es eine andere Erklärung gab. Vielleicht waren sie ein Geschenk der königlichen Familie. Er würde Federico fragen müssen.

Eine Stunde nachdem das Security-Team, das am Wochenende Dienst hatte, gekommen war, brach Miroslav endlich auf.

Er fuhr eine Ente. Der Motor seines alten Citroëns spuckte zweimal, bevor er aus dem Tor rollte.

Wind schüttelte Royce' Transporter, als er ihn durch die Straßen der Stadt lenkte. Als er das Büro erreichte, waren die Berge wolkenverhangen und in der Luft lag der feuchte Geruch eines drohenden Sturms. Statt den Wagen auf seinen Parkplatz zu stellen und von dort zu seinem Boot zu gehen, was er gewöhnlich tat, entschied er sich, im Büro zu bleiben und das Ende des Sturms abzuwarten. Ursprünglich war er mit einem seiner alten Freunde aus dem College zu einem späten Abendessen und Drinks verabredet gewesen, doch am frühen Nachmittag hatte er eine Textnachricht bekommen mit der Bitte, das Treffen zu verschieben.

Es war ja nicht so, als hätte er nichts zu tun. Sein Steuerberater hatte ihn um Auskunft über Steuerunterlagen gebeten und er musste Updates lesen, die den Fall an der kanadischen Botschaft betrafen, den er im Monat zuvor bearbeitet hatte. Der Mann, den Royce dabei erwischt hatte, wie er das Gebäude verwanzte, hatte unabsichtlich zwei weitere beschuldigt, die beide verschwunden waren. Die Behörden in Kanada und San Rimini suchten die Männer und hielten Royce gefälligkeitshalber auf dem Laufenden.

Wenn er damit fertig war, musste er sich ein Fortbildungsvideo zu neuer Überwachungstechnologie anschauen. Das machte er besser in seinem Büro, wo das Internet zuverlässig war. Kurz nachdem er auf sein Boot gezogen war, hatte er festgestellt, dass er in der Marina während eines Sturms nicht den besten Empfang hatte.

Nachdem er seine Arbeitsstiefel weggeschleudert und sich eine Playlist mit klassischem Rap und Hip-Hop zusammengestellt hatte, streckte er seinen müden Körper auf dem Sofa neben einem Aktenstapel aus und begann zu lesen.

Ein wohlverdientes Bier hatte er zur Hälfte ausgetrunken und war beinahe fertig damit, sich im Fall der kanadischen

Botschaft auf den neuesten Stand zu bringen, als er eine Nachricht von Prinz Federico erhielt. Der Prinz war mit einer Verpflichtung früher fertig geworden als geplant und nur drei Blocks entfernt. Wenn Royce ihn jetzt treffen könnte, wäre es machbar, ohne aufzufallen.

Royce ließ den Prinzen wissen, dass er zur Verfügung stand. Er stellte das Bier zur Seite, schaltete das Außenlicht ein und hatte gerade die Akten vom Sofa und vom Bürostuhl geräumt, als Prinz Federico ankam. Er huschte hinein, doch er hielt seinen Arm noch einen Moment aus der Tür, um den Regen von seinem Schirm abzuschütteln. Er sah so gepflegt aus wie immer, ohne nachmittäglichen Bartschatten, jedes Haar an der richtigen Stelle und mit makellosen Schuhen. Statt seines üblichen Anzugs trug er maßgeschneiderte graue Hosen und ein gestreiftes Hemd, dessen zwei oberste Knöpfe offen waren.

Legerer gekleidet trat der Prinz in der Öffentlichkeit nie auf.

Federico beäugte das Bier, das Royce an einer Ecke auf seinem Schreibtisch abgestellt hatte, doch er sagte nichts. Royce stellte die Musik ab. Normalerweise konnte er an der Körpersprache einer Person ablesen, in welche Richtung ihre Gedanken gingen, selbst wenn jemand sich Mühe gab, locker zu wirken, doch es war ihm nicht möglich, zu erkennen, ob Federico das Bier für unprofessionell hielt oder ob er auch eins wollte.

Royce setzte auf Letzteres. „Möchten Sie auch eins? Ich fürchte, ich habe keine Gläser, aber es ist kalt.“

„Das klingt verlockend, doch ich vermute, meine Frau würde sich wundern, wie es mir gelungen ist, bei einem Pizza-Festival für Kinder Bier zu trinken. Da bin ich nämlich in den vergangenen anderthalb Stunden gewesen.“

Royce wusste nicht, was er zuerst fragen sollte: wie Federicos Frau wissen sollte, dass er ein Bier getrunken hatte, oder was ein Pizza-Festival für Kinder war. Der Prinz ersparte ihm die Entscheidung, indem er ihn um ein Wasser bat. Royce holte eine Flasche, nachdem er dem Prinzen einen Platz angeboten hatte, und ließ sich dann auf seinem Schreibtischstuhl nieder.

„Ich fürchte, ich habe nicht viel zu berichten. Es gab nur zwei Ereignisse, die aus dem Rahmen des Gewöhnlichen fielen. Das erste war ein Besuch von Helena Masciaretti gestern Vormittag. Sie hatte den Code, um die Privaträume zu betreten, daher habe ich ihr Erscheinen nicht hinterfragt." Er gab dem Prinzen eine kurze Zusammenfassung seiner Begegnung mit Helena, dann sagte er: „Sie war ungefähr zehn Minuten im Ankleideraum mit Daniela, bevor beide in den Salon gingen, wo ich ihr Gespräch verfolgen konnte. Es gab nichts Auffallendes. Ihre Tante bestätigte, dass die Königin ein bestimmtes Kostüm bei einer Taufe trug und ein marineblaues Kleid bei einer Veranstaltung in Belgien zum Gedenken an den Zweiten Weltkrieg. Sie erzählte Daniela, dass sie ebenfalls an diesen Feiern teilgenommen hat, und bot an, ihr ein paar ihrer privaten Fotos zukommen zu lassen, wenn diese für die Versteigerung von Nutzen wären. Als sie ging, nickte sie mir zu, sagte aber nichts."

Federico hörte aufmerksam zu. Als Royce endete, zögerte der Prinz, als suchte er einen nicht vorhandenen Untersetzer, dann stellte er seine Wasserflasche an den Rand des Schreibtischs. „Ich habe den Besuch meiner Tante nicht erwartet, sonst hätte ich Sie vorgewarnt. Ich bin jedoch nicht verwundert darüber. Mein Vater dachte, dass sie möglicherweise den Inhalt des Ankleidezimmers inventarisieren möchte, da sie die Assistentin meiner Mutter war, er zog jedoch in Anbetracht der Umstände die augenblickliche Regelung vor. Als er meiner Tante von der Auktion erzählte, hat er ihr gleichzeitig mitgeteilt, dass er Signorina D'Ambrosio bereits engagiert hatte."

„Weiß Ihre Tante über die Diebstähle Bescheid?"

Federicos Kiefer spannte sich an, dann schüttelte er den Kopf. „Isabella fragte Helena nach der fehlenden Handtasche aus Indien, die sie am Tag der Beerdigung meiner Mutter tragen wollte. Nach dem, was meine Schwester sagte, verlief das ganze Gespräch folgendermaßen: ‚Hast du die Handtasche gesehen, die Mutter in Indien gekauft hat? Die sie mithatte, als sie den Tadsch Mahal besuchte? Ich habe vor, sie beim Gottesdienst zu tragen.‘ Helena erklärte ihr, auf welchem Regal sie die Tasche finden würde, räumte aber ein, dass sie sie eine Weile nicht gesehen hatte. Als sie dort nicht war, hat Isabella dieses Thema nicht mehr angesprochen. Mein Vater hat Tante Helena nie gesagt, dass sie nicht wiederaufgetaucht ist, und er hat ihr auch nicht von den anderen Gegenständen erzählt.“

„Warum nicht?“

„Vor allem lag es am Zeitpunkt. In den ersten Tagen nach dem Tod meiner Mutter war Helena verständlicherweise mitgenommen. Mein Vater wollte sie nicht behelligen, denn er dachte, dass das Stück nur verlegt worden wäre. Während der Vorbereitung der Beerdigung schien es eine triviale Sache zu sein. Als er merkte, dass noch andere Gegenstände fehlten, fürchtete er, es zu erwähnen, weil Helena ihm dies übelnehmen könnte. Er wollte nicht, dass sie glaubte, er würde sie dafür verantwortlich machen, weil sie für die Garderobe meiner Mutter zuständig gewesen war.“

„Das macht Sinn.“ Royce hätte in dieser Situation wahrscheinlich dasselbe getan wie der König. Er nahm einen kräftigen Zug aus seiner Flasche, obwohl das Bier inzwischen warm geworden war.

Federico lehnte sich auf seinem Stuhl zurück und betrachtete Royce. „Gewöhnlich lassen die Leute Vorsicht walten, wenn sie mit Mitgliedern der königlichen Familie sprechen. In diesem Fall jedoch würde ich Aufrichtigkeit schätzen. Was sind Ihre Vorbehalte meiner Tante gegenüber?“

Federico hatte Scharfblick – so wie Daniela. Royce mochte ihn mit jedem Gespräch mehr. „Ich habe nicht so sehr Vorbehalte, sondern eher den Wunsch, mehr zu erfahren“, erwiderte Royce. „Ich würde Ihre Tante gern verstehen, falls sie noch einmal in die Suite kommt. Das Bedürfnis nach Aufrichtigkeit besteht auf beiden Seiten."

„Ist unser Gespräch inoffiziell?"

In Anbetracht der Tatsache, dass Federico wie unter einem Mikroskop lebte, verstand Royce sein Zögern, offen zu sprechen. Er machte eine Handbewegung, die das ganze Büro mit einschloss. „Nichts wird aufgezeichnet. Dies dient nur meiner Information."

Nach einer kurzen Pause fuhr Federico fort: „Ich bin nicht glücklich darüber, dass sie die Räumlichkeiten meines Vaters betreten hat, ohne vorher mit ihm zu reden. Es entspricht jedoch ihrem Charakter. Sie trifft ihre eigenen Entscheidungen und macht alles auf ihre Weise."

„Zum Beispiel?"

Federico zuckte die Achseln. „Sie kümmert sich nicht um die öffentliche Meinung, sondern lässt sich mit jedem sehen, wann und wo es ihr gefällt. Während des Filmfestivals in Cannes vor sieben oder acht Jahren hat sie absichtlich vor den Augen der Paparazzi eine freundliche Unterhaltung mit einem Schauspieler geführt, der im Monat zuvor beschuldigt worden war, seinen Manager um Millionen geprellt zu haben. Und letztes Jahr wurde sie mit einer bekannten Prominenten fotografiert, deren Ehemann die Scheidung eingereicht hatte, nachdem ruchbar geworden war, dass sie ihn mit seinem Bruder betrogen hatte."

„Ich erinnere mich", sagte Royce. „Ist der Vater der Frau nicht Milliardär? Und hat mit Schiffscontainern zu tun?"

Federicos Mund zuckte. „Genau die. Helena kennt sie kaum, aber als ein Reporter der Boulevardpresse sie deswegen befragte, vertrat sie die Ansicht, die Frau wäre eine Bekannte von ihr und mit seinen Bekannten würde man sprechen."

Royce verfolgte die Boulevardpresse nicht, doch er erinnerte sich, dass er etwas anderes über diese Geschichte gelesen hatte. Es ging nicht um Helena, sondern um die Prominente. „Kam nicht heraus, dass der Ehemann und sein Bruder alles erfunden hatten?“

„Er gab es ein paar Monate später zu. Es ging um Unterhaltszahlungen. Offensichtlich hatte er sich verschuldet, indem er Luxusgegenstände erwarb, ohne seine Frau darüber zu informieren, und Zahlungen wurden fällig. Die Sache mit dem Schauspieler war ähnlich. Der Manager hatte Geld beim Glücksspiel verloren, doch er behauptete, er hätte von der Buchhaltung des Schauspielers kein Geld erhalten, um sein Gehalt doppelt ausgezahlt zu bekommen.“

Royce zog eine Grimasse. Es überstieg sein Vorstellungsvermögen, dass so viele Leute ein dermaßen großes Ego hatten, dass sie glaubten, sie würden mit solch dummen Straftaten davonkommen.

„Wie Sie sich vorstellen können, hat die Bereitschaft meiner Tante, zu ihren Freunden zu stehen, sie bei der Elite von San Rimini beliebt gemacht und – ironischerweise – zu positiven Berichten in der Presse geführt, über die sie sich immer hinweggesetzt hat. Natürlich hat dazu beigetragen, dass sich die Anschuldigungen in diesen beiden herausragenden Fällen als falsch erwiesen.“

„Und trotzdem haben Sie ihre Entscheidungen kritisiert?“ Royce musste behutsam vorgehen, doch er wollte einen besseren Eindruck von Helenas Verhältnis zu ihrer angeheirateten Familie bekommen.

„Es steht mir nicht zu, dies für gut oder schlecht zu befinden. Tatsächlich respektiere ich sie dafür, dass sie tut, was sie für richtig hält.“ Er lehnte sich nach vorn und legte die Finger zusammen. „Tante Helena gehört zur Familie. Jedoch ist sie keine diTalora. Diesen Nachnamen zu tragen, bedeutet, das Land zu repräsentieren. Viele unterscheiden nicht zwischen unserem privaten und öffentlichen Handeln. In dieser Hinsicht ist Tante Helena eine Privatperson. Sie ist den Bürgern unseres Landes keinen Dienst schuldig. Dennoch ist sie auf besondere

Weise mit dem Namen diTalora verbunden und hat einen großen Teil ihres Erwachsenenlebens im Palast verbracht. Es ist eine schwierige Position."

Royce nickte. Er verstand, was der Prinz meinte. Als Mitglied der königlichen Familie würde Federico gewisse Dinge nie sagen oder tun. Dazu gehörte, dem Wunsch Ausdruck zu verleihen, seine Tante möge mit der Vorsicht und Schicklichkeit agieren, die von einer diTalora erwartet wurden, selbst wenn ihr Nachname Masciaretti war.

„Der Augenschein zählt, auch wenn es nicht so sein sollte", fuhr Federico fort und nahm seine Wasserflasche. „Selbst wenn wir die Wahrheit über eine bestimmte Situation kennen und gute Absichten haben, sollte die Presse negativ über uns berichten, sind wir gezwungen, uns damit zu beschäftigen. Als Folge davon werden Angelegenheiten vernachlässigt, die wirklich wichtig sind. Am Tag nachdem Helena mit dem Schauspieler in Cannes gesehen wurde, befragte man meine Mutter dazu. Sie war gerade dabei, im Krankenhaus einen neuen Trakt für Krebspatienten zu eröffnen, an dem ein Jahrzehnt gearbeitet worden war. Alle Spendensammlungen, die ganze harte Arbeit, die die Forscher hineingesteckt hatten, all die neuen Möglichkeiten, die unseren Bürgern nun zur Verfügung stehen ... all das ging unter in den Fragen zu einem Schauspieler. Es gab ähnliche Situationen, in denen Helena die Aufmerksamkeit der Presse auf sich zog und meine Eltern genötigt waren, dafür geradezustehen. Noch einmal, wir sprechen inoffiziell, aber diese besonderen Situationen frustrieren meinen Vater."

„Haben sie sich gestritten?"

„Soweit ich weiß, nicht, obwohl es immer gewisse Reibungsflächen zwischen ihnen gab." Er hielt inne, dann schüttelte er den Kopf. „Nein, *Reibungsflächen* ist vielleicht ein zu hartes Wort. Wie ich meinen Vater kenne, hat er Tante Helena höchstens gebeten, im Vorhinein die Auswirkungen ihres Verhaltens zu bedenken."

Federicos Blick blieb an dem Kalender von Real San Rimini an der Wand neben Royce' Schreibtisch hängen. Darauf war der Torhüter der Fußballmannschaft abgebildet, der während eines Spiels der Champions League eine Flugparade machte.

„*Soccer* bietet eine gute Analogie für ihr Verhältnis zueinander." Federico betrachtete das Bild. „Mein Vater sieht die gesamte königliche Familie als ein Team, das sich zusammengeschlossen hat, um ein gemeinsames Ziel zu erreichen. Wenn ein Mitglied negative Aufmerksamkeit auf sich zieht, bedeutet das eine Ablenkung. Es ist jedoch nicht hilfreich, wenn der Mannschaftskapitän diesem Spieler Vorwürfe macht, denn dieser ist ein unabhängiger Erwachsener mit einem eigenen Ego. Der bessere Ansatz ist, den Spieler zu bitten, sowohl die positiven als auch die negativen Auswirkungen seines Verhaltens auf das Team zu bedenken. Dieser Spieler wird – hoffentlich – von selbst zu dem Schluss kommen, dass er einen persönlichen Sieg davonträgt, wenn er sich für einen Mannschaftssieg einsetzt."

Dies fügte sich in alles ein, was Royce an dem König beobachtet hatte. „Und Ihre Mutter?", fragte er.

„Ich vermute, die stand irgendwo zwischen den Fronten." Federico rollte seine Wasserflasche zwischen den Handflächen. Wehmut schimmerte kurz in seinen Augen auf und war wieder verschwunden. „Sie kannte Helena besser als jeder andere. Sie glaubte, Helena zu bitten, sich zu ändern, käme auf das Gleiche heraus, wie den Wind zu bitten, mit dem Wehen aufzuhören. Zugleich sah sie sich und meinen Vater ebenfalls als Vertreter des Landes. Ich habe einmal gehört, wie sie ihn daran erinnerte, dass die Vorfälle mit Helena immer vorübergehender Natur waren. Und im Unterschied zu anderen Leuten, die irgendwo auf der Welt in eine königliche Familie eingeheiratet hatten, war Helenas Handeln nie unmoralisch oder verstieß gegen das Gesetz, sie bot einfach nur Stoff für Klatsch. Helena war eine ausgezeichnete Assistentin für meine Mutter und sie war – ist immer noch – eine wundervolle Tante für mich und meine

Geschwister. Sie hat keine eigene Familie und behandelt uns, als wären wir ihre Kinder. Mein Vater erkennt und würdigt das. Darum hat er Helena eingeladen, weiter im Palast zu leben, nachdem meine Mutter gestorben war."

„Und sie ist nicht mehr die Assistentin Ihrer Mutter, hat also nicht länger eine offizielle Funktion. Das machte ihr Verhältnis wahrscheinlich einfacher."

Federico zog eine dunkle Augenbraue hoch. „Zweifellos. Tante Helena absolviert noch einige öffentliche Auftritte und sitzt im Vorstand von ein paar Wohltätigkeitsorganisationen hier in San Rimini, besonders von denen, die meine Mutter unterstützte, doch sie tut das mehr aus persönlichen Gründen und nicht als Vertreterin der königlichen Familie. Die Presse bezeichnet sie oft als Mitglied des Königshauses, doch sie legt immer großen Wert darauf, klarzustellen, dass sie als Privatperson handelt."

„Ihrer Meinung nach ist sie also nicht verdächtig?"

„Nein", erwiderte Federico mit fester Stimme. „Ihr Verhalten heute entspricht genau ihrer Persönlichkeit."

„Ich bin dankbar für dieses detailliertere Bild, das Sie von ihr zeichnen." Federico mochte seine Tante nicht verdächtigen, aber solange der Dieb nicht gefasst war, blieb sie auf Royce' Liste der möglichen Schuldigen.

Federico nahm einen Schluck von seinem Wasser, dann setzte er sich auf seinem Stuhl zurecht. „Sie erwähnten ein zweites ungewöhnliches Vorkommnis?"

„Gestern Nachmittag haben die Roscha-Schwestern die privaten Räume betreten. Ich ging ins Badezimmer Ihres Vaters, um einen Eimer zu füllen, und als ich zurückkam, standen sie mit dem Rücken zu mir und betrachteten den Bereich in der Nähe des Vorraums, wo ich die Tapete entfernt hatte."

Das rief einen besorgten Blick beim Prinzen hervor. „Dann wird mein Vater das von Miroslav hören. Wenige Leute haben einen Code für den Wohnbereich. Wenn jemand anders als ein

Familienmitglied, Sie oder Signorina D'Ambrosio einen verwendet, wird er sicherlich nicht versäumen, das zu melden." Federico beugte sich vor, seine Hand schwebte über der Schale mit von Schokolade umhüllten Erdnüssen, die am Rand von Royce' Schreibtisch stand.

„Sie sind ein paar Tage alt, aber nehmen Sie sich gern welche."

„Ich denke, das werde ich überleben." Er schnappte sich ein paar. „Beim Pizza-Festival bekommt man nur ein paar Kostproben von dem, was die Kinder gebacken haben. Man setzt sich nicht zu einer richtigen Mahlzeit an einen Tisch. Was wollten Olena und Tetyana?"

„Sie behaupteten, sie wären gekommen, um die Böden zu überprüfen und um sich zu vergewissern, dass ich während der Entfernung der Tapete kein Wasser heruntertropfen ließ. Sie sagten, sie hätten Bedenken wegen des Hartholzes."

„Genau wie das Verhalten meiner Tante ist auch dies nicht ungewöhnlich. Der Zustand der Räume meines Vaters ist der ganze Stolz der Roscha-Schwestern. Ungewöhnlich ist jedoch, dass sie der direkten Anweisung, den Wohnbereich nicht zu betreten, zuwidergehandelt haben. Wie lang waren sie allein dort?"

„Höchstens zwei oder drei Minuten."

Er fasste den Besuch der Frauen kurz für den Prinzen zusammen, dann berichtete er ihm, dass Tetyana ein zweites Mal hereingekommen war, als er wieder einmal im Bad des Königs war.

„Das Timing beunruhigt mich", sagte Royce. „Zehn oder fünfzehn Minuten, bevor ich wegging, um den Eimer erneut zu füllen, ist Daniela zur Drogerie aufgebrochen. Einen Block vom Palast entfernt gibt es eine. Sie liegt auf der Strecke, die Daniela früher am Nachmittag genommen hatte, um Sandwiches zu kaufen, deshalb glaube ich, sie hat diese gewählt. Als ich mit dem Eimer in den großen Raum zurückkehrte, saß sie wieder am Schreibtisch in der Suite der Königin, aber ich weiß nicht, ob Tetyana vor oder nach Daniela ankam. Ich vermute, Tetyana erschien als Erste, wenn ich an die Entfernung der Drogerie denke, obwohl Daniela sagte, sie hätte Tetyana nicht gesehen, als sie eintrat."

„Sie haben nachgefragt?"

„Diskret. Daniela hat mir auch erzählt, als sie zurückkam, wäre alles genau so gewesen, wie sie es zurückgelassen hatte."

„Und doch behagt Ihnen das Ganze nicht."

„Wenn Tetyana vor Daniela eintraf, ist es möglich, dass sie die Suite der Königin betreten hat, auch wenn sie nicht viel Zeit gehabt hätte. Sie hätte sich auch sicher gedacht, dass ich den Eimer gerade neu füllte und nicht lange weg sein würde."

Federico machte sich nicht die Mühe, seine Skepsis zu verbergen. „Es wäre schwierig für Daniela gewesen, durch den großen Raum zu gehen, ohne eine weitere Person darin zu bemerken."

„Tetyana kroch auf dem Boden beim Sofa herum. Sie behauptete, sie hätte einen Knopf verloren, während sie mit ihrer Schwester die Böden begutachtete, und wäre zurückgekommen, um ihn zu suchen. Sie fand tatsächlich einen Knopf – oder gab es vor – und zeigte ihn mir, bevor sie fortging, aber ich habe ihre Uniform nicht wirklich überprüft, um zu sehen, ob einer fehlte."

Royce überließ es Federico, den Zusammenhang herzustellen. Wenn Tetyana raffiniert genug war, die Lüge mit dem Knopf zu erfinden, wäre sie auch raffiniert genug, einen von ihrer Uniform abzureißen, um ihre Geschichte plausibel zu machen. Und wenn man die Sorgfalt bedachte, mit der sie die Räume sauber hielt, hätte sie bestimmt auch die Tür zu Alettas Suite in derselben Position zurückgelassen, nachdem sie sich hinein- und wieder hinausgeschlichen hatte.

Federicos genrunzelte Stirn verriet, dass seine Überlegungen denen von Royce folgten. Vielleicht hatte Tetyana

Roscha die Wahrheit gesagt … vielleicht aber auch nicht. Doch sie hatte zu lange und zu hart für die Familie gearbeitet, als dass Federico solche Gedanken laut äußern würde, selbst Royce gegenüber.

„Da fällt mir gerade ein: Wissen Sie, ob Ihre Eltern den Schwestern jemals Uhren geschenkt haben? Ich bin kein Experte und ich konnte mir die Uhren, die sie trugen, nicht genau ansehen, doch sie sahen luxuriöser aus, als man es erwarten würde."

Federico lächelte. „An ihrem letzten Weihnachtsfest schenkte meine Mutter jeder eine Cartier-Uhr. Sie sagte zu ihnen, es wäre ein Dank für all die Jahre, die sie in ihren Diensten gestanden hätten, aber zu diesem Zeitpunkt wusste sie bereits, dass sie todkrank war. Sie erwog, ihnen etwas aus ihrem Besitz zu hinterlassen, doch sie wollte, dass sie etwas Besonderes bekamen, während sie noch am Leben war und ihre Freude sehen konnte."

„Ich verstehe", sagte Royce. Dies entkräftete einen Verdacht, doch es gefiel ihm immer noch nicht, dass die Schwestern in den Räumlichkeiten herumschlichen. „Wenn Sie die Information beschaffen können, ohne Aufmerksamkeit zu erregen, wüsste ich gern, zu welchem Zeitpunkt Daniela und Tetyana angekommen sind."

Der Prinz nickte. „Ich werde dafür sorgen, dass mein Vater um eine vollständige Liste der Eintragungen für diesen Tag mit den Zeitstempeln bittet, wenn er den wöchentlichen Sicherheitsbericht von Miroslav bekommt. Ich reiche diese an Sie weiter, so schnell ich kann. Es ist auch gut möglich, dass Miroslav diese Informationen von sich aus liefert. Er ist gründlich."

„Das ist er wirklich."

Und noch etwas kam Royce in den Sinn: Wäre Miroslav der Schuldige, wäre es ein Leichtes für ihn, den Verdacht von sich abzulenken, indem er regelmäßig solche Auskünfte über andere gab. Er bezweifelte, dass Miroslav in die Diebstähle verwickelt war, doch er hatte gelernt, dass Menschen nicht immer so ehrlich waren, wie sie schienen.

Federico nahm sich eine weitere Handvoll schokoladenüberzogene Erdnüsse. „War Daniela neugierig, als Sie sie über Tetyana ausfragten?"

„Sie versteht, dass Security notwendig ist, selbst wenn sie die Rolle, die ich dabei spiele, nicht genau kennt." Royce ließ einen langen Atemzug entweichen. „Daniela ist ein weiteres Thema, über das wir sprechen sollten. Sie hat mir gestern ein Sandwich zum Lunch mitgebracht und wir haben zusammen in dem großen Raum gegessen. Sie erinnert sich nicht an mich. Noch nicht."

„Ich hatte mich schon gefragt, woher Sie wussten, dass sie auf dem Weg zum Sandwichladen an der Drogerie vorbeigegangen ist." Der Prinz lächelte leicht. „Sie achtet sehr auf Einzelheiten, sonst stünde sie nicht in Königin Fabrizias Diensten. Sie organisiert den gesamten Terminplan der Königin und hilft ihr bei der Vorbereitung von Veranstaltungen. Es ist ein gewaltiges Unterfangen. Ich vermute, sie hat ein gutes Gedächtnis."

„Sie hat mich bereits eingeladen, am Montag mit ihr zu Mittag zu essen. Es hätte eigenartig gewirkt, abzulehnen."

Mit einer Handbewegung wischte Federico seine Bedenken beiseite. „Wenn sie erfährt, dass Sie der Mann sind, dem sie damals während der Frühlingsferien begegnet ist, denken Sie, dass es ein Problem sein wird?"

„Es könnte eins werden, wenn sie sich an unser Gespräch erinnert. Wir sprachen darüber, dass ich zum Militär gehen wollte, nachdem ich Guatemala verlassen hatte. Sie könnte sich fragen, wie es kommt, dass ich Anstreicher geworden bin."

„Ein Anstreicher mit einer Unbedenklichkeitsbescheinigung, sonst hätte man Sie nicht in die privaten Räume des Königs gelassen. Aufgrund Ihres militärischen Hintergrunds bietet es sich an, Sie anzuheuern." Federico nahm noch eine Handvoll

Erdnüsse und Vorfreude leuchtete in seinen Augen auf, bevor er sich eine in den Mund steckte. Sie konnten doch noch nicht so fade im Geschmack geworden sein, wie Royce befürchtet hatte.

Nachdem Federico geschluckt hatte, sagte er: „Wenn sie den wahren Grund errät, warum Sie da sind, wird sie wohl verstehen, dass Sie Ihre Tarnung aufrechterhalten müssen."

Royce nickte, doch ihm fehlte Federicos Zuversicht. Sosehr ein Teil von Royce sich wünschte, Daniela würde seine Identität erfahren und er könnte offen mit ihr sprechen, so gute Gründe hatte er auch, seinen Überwachungsauftrag geheim zu halten. Auch wenn sie vertrauenswürdig war, solange sie nichts über seine wahre Rolle wusste, musste sie sie nicht vor anderen verborgen halten. Ein seltsamer Blick, ein unbedachtes Wort – und schon könnte er entlarvt werden. Vor allem Miroslav war darauf trainiert, solche Hinweise wahrzunehmen.

Über die Jahre hatte er gelernt, je weniger Leute wussten, dass er nicht der war, der er bei einem Undercover-Job zu sein vorgab, desto besser.

Federico schaute auf seine Uhr. „Ich muss in den Palast zurückkehren, bevor meine Abwesenheit bemerkt wird. Gibt es noch etwas, das ich wissen sollte?"

„An diesem Punkt nicht, obwohl es nach den gestrigen Ereignissen ratsam sein könnte, eine Kamera im großen Raum zu installieren. Ich glaube, ich könnte das machen, ohne Miroslavs Aufmerksamkeit zu erregen, aber es kostet mich möglicherweise einen Tag oder zwei, um sie wirksam zu verstecken, wenn er so gut in seinem Job ist, wie ich glaube."

„Ich werde das mit meinem Vater besprechen."

„Ich danke Ihnen." Als Federico aufstand, fühlte Royce sich veranlasst, hinzuzufügen: „Wissen Sie, es ist durchaus möglich, dass der Dieb oder die Diebe nicht mehr im Palast sind."

„Angesichts der Tatsache, dass in den Jahren seit dem Tod meiner Mutter keine Diebstähle gemeldet wurden, ist das sehr wahrscheinlich. Während die Räume meiner Mutter offen stehen, ist es dennoch beruhigend zu wissen, dass sie überwacht werden, und zwar von einem Sicherheitsfachmann von außerhalb des Palastes."

Es war eine einfache Aufgabe, was die Überwachung betraf, und das wussten sie beide. Es stellte keine Herausforderung dar. Andererseits wollte Royce nicht, dass der Prinz unrealistische Erwartungen hatte, vor allem in Anbetracht des Honorars, das der König Royce für seine Dienste angeboten hatte.

„Die waren köstlich." Federico wies auf die Schale. „Lucrezia legt Wert darauf, dass ich mich gesund ernähre, aber vielleicht könnte ich sie überzeugen, dass solche Nüsse von Zeit zu Zeit gut wären. Das ist doch dunkle Schokolade? Mit einem hohen Anteil an Antioxidantien und anderen nützlichen Nährstoffen?"

„Ich fürchte, nicht. Na ja … vielleicht ist etwas Vitamin E in den Erdnüssen enthalten."

Mit einem grimmigen Lächeln betrachtete Federico die Schale. „Das ist schade."

Royce überprüfte das Material, das die Außenkamera lieferte, um sicherzugehen, dass die Straße bei Federicos Aufbruch frei war. „Ich weiß nicht, ich dachte gerade, dass ich eine Dose in meiner Werkzeugkiste im Palast aufbewahren sollte, falls ich mal auf die Schnelle einen Snack benötige."

„Eine sehr vernünftige Idee. Arbeit regt bestimmt den Appetit an", erwiderte Federico, während er sein Smartphone benutzte, um seinem Fahrer eine Nachricht zu senden. Bevor er durch die Tür verschwand, fügte er hinzu: „Ich freue mich darauf, den Fortschritt zu sehen, den Sie bei den Wänden gemacht haben. Ich werde diese Woche vorbeikommen."

KAPITEL 14

LISA D'AMBROSIO STAND AN IHRER KÜCHENSPÜLE, eine Hand auf die Hüfte gestützt. Mit der anderen hatte sie einen weißen Spitzenvorhang beiseitegeschoben, um das Treiben im Nachbarhaus zu beobachten, das etwas bergab hinter einem Olivenbaumbestand lag.

Jetzt wusste Daniela, warum der Stoff des Vorhangs an einer Seite verzogen war.

„*Mamma*, hör auf, die Carrinis auszuspionieren." Die Worte klangen kämpferischer, als sie beabsichtigt hatte, aber nach fünf Stunden Arbeit im Haus ihrer Mutter war Daniela mit ihrer Geduld am Ende. Ihr Flugzeug war am vergangenen Abend ein paar Stunden nach Sonnenuntergang in der Hauptstadt Cateri gelandet. Sie hatte bei ihrer Wohnung vorbeigeschaut, um sich zu vergewissern, dass alles in Ordnung war, hatte mit einer Freundin, die im selben Gebäude wohnte, kurz etwas getrunken und dann die neunzigminütige Fahrt in das Dorf Lescailles angetreten, wo sie aufgewachsen war. Nachdem sie getankt und eine Packung Wasserflaschen gekauft hatte, parkte sie vor dem Haus ihrer Mutter.

Die Einfahrt und der Vorgarten waren frei gewesen, was

Daniela Hoffnung gab. Sie warf einen Blick durch das Beifahrerfenster in den Van ihrer Mutter, den sie für ihren derzeitigen Job als private Fremdenführerin nutzte. Wie immer sah innen und außen alles tadellos aus. Dann hatte Daniela das Haus gemustert. Die Steinmauern, das Ziegeldach und die schmiedeeisernen Blumenkästen unter den vorderen Fenstern wirkten solide, zumindest soweit Daniela das bei der schwachen Außenbeleuchtung erkennen konnte. Die traditionellen Spitzenvorhänge über den Blumen versperrten ihr die Sicht nach innen, wirkten aber ordentlich.

Sie atmete tief aus und klopfte. Die Begrüßung durch ihre Mutter war fröhlich. Sie versprach ihr frisches Brot und Eintopf zum Abendessen und saubere Laken auf dem Bett.

Als Daniela jedoch eintrat, bemerkte sie, dass die Vorhänge zugezogen waren, um die Tatsache zu verbergen, dass Kisten und diverses Gerümpel – für Daniela war es nichts anderes als Gerümpel – hoch genug gestapelt waren, um die Wohnzimmerfenster zu verstellen. Sogar das Deckenlicht wurde durch die schiere Menge an Zeug gedämpft, mit dem der Raum vollgestopft war.

Ins Haus zu gehen, fühlte sich an, als würde sie eine Höhle des Verderbens betreten.

Daniela hatte sich innerhalb von dreißig Sekunden nach dem Überschreiten der Schwelle an einem Schaukelpferd die Haut auf ihrem Fuß aufgeritzt. Als sie sich bückte, um die Wunde zu begutachten, hatte ihre Mutter sie dafür gescholten, dass sie womöglich das Pferd beschädigt hatte, und ihr im gleichen Atemzug ein Papiertuch angeboten, um die Blutung zu stillen.

Es war der erste von vielen Flüchen, die Daniela hinuntergeschluckt hatte. Allerdings hatte sie ihrer Mutter gesagt, dass ein „Danke, dass du so kurzfristig gekommen bist" vielleicht angemessener gewesen wäre, als die Rechte eines einäugigen Holzspielzeugs zu verteidigen, das sie nicht brauchte und wahrscheinlich am Tag der Sperrgutabfuhr in einem Haufen am Straßenrand gefunden hatte.

Ihre Mutter war beleidigt – kein verheißungsvoller Beginn für den Besuch. Daniela machte es wieder gut, indem sie sowohl die Blumenkästen als auch den Eintopf lobte.

Doch sie wusste, wenn sie wollte, dass ihre Mutter tatsächlich aufhörte, die Familie Carrini auszuspionieren, musste sie ihren Tonfall mildern. Mit sanfter Stimme sagte sie: „Bitte, *Mamma*. Ich weiß, du bist besorgt, aber es ist Samstag. Alle Ämter sind geschlossen. Sie fahren wahrscheinlich nach Lescailles, um ihre Enkelkinder zu besuchen."

Ihre Mutter grummelte. „Gaetana guckt ständig in diese Richtung."

„Du schaust sie ständig an."

„Das weiß sie nicht. Sie kann mich nicht sehen."

„Das will ich hoffen."

Ihre Mutter wirbelte zu ihr herum. „Mir ist klar, dass mein Zuhause nicht angemessen ist für eine Königin –"

„Dein Zuhause – dein Leben – ist das, was du daraus machst, *Mamma*. Wie auch immer es aussehen soll. Du musst nur diese Entscheidung treffen und den Willen haben, sie durchzuziehen. Das gilt für eine Königin genauso wie für dich oder mich."

Der Gesichtsausdruck ihrer Mutter wurde etwas verkniffen bei der sanften Zurechtweisung, aber sie sagte nichts.

Daniela nahm eine Schachtel Cornflakes von der Anrichte, bemerkte, dass sie noch verschlossen war, und überprüfte das Datum. Das empfohlene Mindesthaltbarkeitsdatum lag zwei Jahre zurück. Sie öffnete die Schachtel, nahm die verpackten Cornflakes heraus und warf sie in den Müllsack, den sie an einem nahen Schrankgriff aufgehängt hatte. Sie drückte die Schachtel platt und legte sie auf einen Stapel anderer Kartons, die sie zur Recycling-Tonne bringen würde, sobald das Auto der Carrinis losfuhr. Sosehr es Gaetana Carrini auch freuen würde, zu wissen, dass Daniela zum Putzen gekommen war, Daniela wollte nicht, dass die Nachbarin die Menge an Müll sah, die aus dem Haus gebracht wurde.

Sie nahm eine andere Schachtel mit Cornflakes in die Hand. Dieselbe Marke, dasselbe Verfallsdatum, dieselbe Routine.

Die Recycling-Tonne draußen war bereits voll, was bedeutete, dass sie den Van ihrer Mutter benutzen musste, um alles später am Nachmittag zum Recycling-Center am Rande des Dorfes zu transportieren, bevor die Anlage schloss. Ihr eigenes Auto war nicht groß genug.

Daniela hob den Kopf, als ihre Mutter weiter schwieg. Der Blick der älteren Frau war starr auf den Müllsack gerichtet. „Warum hast du meine Cornflakes weggeworfen? Die wollte ich noch essen!"

Daniela wies auf das Datum auf einer der plattgedrückten Schachteln, aber ihre Mutter breitete in einer verständnislosen Geste die Arme aus. „Das sind *Cornflakes*, Daniela. Die werden nicht schlecht. Du bist verschwenderisch."

„Die Cornflakes stehen seit mindestens zwei Jahren auf dieser Arbeitsplatte. Da ist Staub auf der Schachtel. Es ist nicht verschwenderisch, etwas wegzuwerfen, wenn es alt und fade geworden ist. Verschwenderisch ist, es überhaupt gekauft zu haben."

„Sie waren im Angebot." Ihre Mutter stützte sich mit einer Hand auf den Rand des Spülbeckens. „Ich arbeite hart, Daniela. Ich halte mich an ein Budget. Ich kaufe keine Dinge, die ich nicht brauche."

Alles, was um uns herumsteht, beweist das Gegenteil, dachte Daniela. Mit der größten Ruhe, die sie aufbringen konnte, sagte sie: „Wenn dir dein Budget wichtig ist, kaufe keine Sachen für die Vorratskammer mehr, bis du aufgegessen hast, was da ist."

„Aber –"

„Auch wenn etwas im Angebot ist. Es gibt kein besseres Angebot als die Lebensmittel, die du bereits besitzt, die gekauft und bezahlt sind und nur darauf warten, verzehrt zu werden. Richtig?"

In den Augen ihrer Mutter stand Traurigkeit, als sie auf den Müllsack blickte. „Ich verstehe, was du meinst."

„Es mag sich nicht so anfühlen, aber wenn ich die alten Nahrungsmittel wegwerfe, damit du sehen kannst, was du frisch dahast, sparst du Geld. Schau hier." Daniela hielt eine weitere Schachtel Cornflakes hoch mit einem Verfallsdatum, das nur noch einen Monat entfernt war. „Iss jetzt diese hier. Die sind noch gut, aber du hättest sie hinter den anderen Packungen übersehen. Wenn alle weg sind, *dann* kannst du die Augen nach neuen Angeboten offen halten – und immer nur einen neuen Karton auf einmal kaufen."

„Bei meinem Glück gibt es kein Angebot mehr, wenn sie weg sind." Sie zog das Band an ihrer Schürze straffer und wandte sich wieder dem Fenster zu.

Daniela widerstand dem Drang, die Augen zu verdrehen oder darauf hinzuweisen, dass die noch vorhandenen Kartons niemals aufgebraucht sein würden. Stattdessen schaute sie an ihrer Mutter vorbei und sah, wie Gaetana Carrini auf den Beifahrersitz der schwarzen Kombilimousine der Familie kletterte. In der Hand hielt sie etwas, das wie eine große Schachtel mit einer Schleife oben drauf aussah. Ihr Mann stand an der Haustür mit dem Rücken zum Auto. Es schien, als würde er für den Tag abschließen.

„Siehst du?", bemerkte Daniela. „Sie gehen auf eine Party und nicht ins Rathaus."

Ihre Mutter schnaufte. „Ich hoffe, die Katze legt noch eine Ratte auf der Türschwelle ab, während sie weg sind. Ein Dutzend Ratten."

Daniela setzte an, auf die fehlerhafte Logik in diesem Kommentar hinzuweisen, hielt sich dann aber zurück. Alles, was als Kritik empfunden wurde, würde mehr schaden als nützen.

Sie warf zwei Packungen mit Crackern in den Müll und erinnerte sich daran, dass die Küche der einfachste Teil ihrer Aufgabe war. So voll mit verschimmeltem Käse und unkenntlichen Resten der Kühlschrank ihrer Mutter auch gewesen war, als Daniela ihn heute Morgen zum ersten Mal öffnete, und so voll mit abgelaufenen Lebensmitteln die Speisekammer und die Anrichten waren, es war das Wohnzimmer, das ihr wirklich den Magen umdrehte. Wenn Daniela die Pfade entlangging, die von den Müllbergen ihrer Mutter gesäumt waren, fühlte sie sich wie Prinzessin Leia, die in der riesigen Müllpresse des Todessterns gefangen war, deren Wände sich langsam nach innen bewegten und sie zu zerquetschen drohten.

Im Wohnzimmer sauberzumachen – Korrektur, einen *Teil* davon in Ordnung zu bringen, denn niemand konnte das an einem einzigen Wochenende schaffen, ohne entweder einen Gasbrenner oder einen Bulldozer zu benutzen –, war eine furchteinflößende Aufgabe. Schlimmer noch, ihre Mutter hütete ihre Wohnzimmerschätze weit mehr als ihr Essen. Daniela wusste, dass sie genauso viel Zeit damit verbringen würde, zu debattieren, sich zu rechtfertigen und ihren Weg durch das Wohnzimmer zu bahnen, wie Stapel von zwanzig Jahre alten Quittungen zu schreddern oder kaputte Sammlerstücke zu entsorgen, die es von Anfang an nicht wert gewesen waren, gesammelt zu werden. Wenn Daniela sich jetzt bemühte, ihrer Mutter gegenüber eine Katze-und-Ratte-Bemerkung verstandesgemäß zu erklären, würde sie die ihr zugestandene Anzahl an vernunftbasierten Begründungen aufbrauchen, bevor sie den Horror im Wohnzimmer auch nur spürbar verringern konnte.

Während sich ihre Mutter über die Spüle lehnte, um zu beobachten, wie die Nachbarn aus der Einfahrt zurücksetzten, griff Daniela in den Schrank neben ihren Knien und zog vier ramponierte Töpfe heraus. So schnell und leise wie möglich schob sie diese in den Müllsack und vergrub sie unter den

Cornflakes. Mit einem Auge auf ihre Mutter fügte sie ein Backblech hinzu, dessen Lack so alt war, dass er abblätterte, dann Behälter in Restaurantgröße mit Zimt, Knoblauch- und Zwiebelpulver, alle mit abgenutzten Etiketten und klebrigen, rissigen Plastikdeckeln. Sie verknotete die Bänder oben an der Tüte und stellte diese beiseite – einen Herzschlag, bevor ihre Mutter sich vom Fenster abwandte.

„Ich sollte das rausbringen", sagte Daniela. „Die Tüte ist nicht ganz voll, aber ich will nicht, dass sie reißt. Die Müllabfuhr kommt doch immer noch montags, oder?"

Der Blick ihrer Mutter huschte über die Anrichte, sie versuchte, festzustellen, was fehlen könnte. „Ja."

„Perfekt. Ich werde die Tonne für dich an den Straßenrand rollen, bevor ich morgen Abend abreise."

Sie würde auch dafür sorgen, dass sie fest verriegelt war, um Tiere fernzuhalten. Die Ausbeute dieser Woche wäre ein Festmahl für sie.

„Danke. Mir graut es jede Woche davor, sie rauszuzerren." Sie seufzte, dann sah sie an Daniela vorbei. „Der Kühlschrank und die Speisekammer sehen toll aus."

Daniela hätte den Zustand nicht als toll bezeichnet, aber zumindest würde der Inhalt niemanden ins Krankenhaus bringen. Sie hatte auch ein wenig Kreativität beim Umräumen walten lassen, um sie voller erscheinen zu lassen. Bevor ihre Mutter zum Frühstück in die Küche kam, hatte Daniela es geschafft, zwei Müllsäcke zu füllen und sie durch die Hintertür hinauszubringen. Sie wollte nicht, dass ihre Mutter entdeckte, wie viel sie wirklich weggeworfen hatte.

Wenn sie es merken würde, bekäme sie einen Anfall und dann würde sie doppelt so viel kaufen wie vorher. So hatte ihre Mutter es vor drei Jahren gemacht, als Daniela darauf bestanden hatte, die gesamte Speisekammer auszuräumen, nachdem sie ein Paket mit Reis geöffnet und festgestellt hatte, dass dieser von Schädlingen befallen war.

Daniela verdrängte diese Vorstellung und schenkte ihrer Mutter ein Lächeln. „Es sind genug Nudeln da und du hast eine gute Auswahl an Dosentomaten. Vielleicht können wir uns damit etwas zum Abendessen kochen?"

Zu Danielas Überraschung hellte sich die Miene ihrer Mutter auf. „Das klingt gut. Wie wäre es, wenn wir in der Zwischenzeit zum Mittag auswärts essen? Wir waren schon seit Jahren nicht mehr zusammen in Gavoli."

Das winzige Dorf Gavoli bestand aus kaum mehr als einer Kreuzung mit ein paar Steinhäusern und einem Brunnen, der zum Gedenken an einen entlaufenen Stier erbaut worden war, der einem Kind das Leben gerettet hatte, und lag nur eine kurze Autofahrt entfernt. Es befand sich in der entgegengesetzten Richtung des Dorfes, in dem ihre Mutter als Lehrerin tätig gewesen war und wohin, wie Daniela vermutete, die Carrinis aufgebrochen waren. Sie konnten hinfahren, zu Mittag essen und in etwas über einer Stunde zurück sein. Danach blieb noch genug Zeit, um den Haufen mit Gerümpel weiter aufzutürmen und alles zum Recycling-Center zu fahren.

„Gibt es das Bistro noch?", fragte Daniela.

„Giancarlos Sohn betreibt es jetzt. Er baut die Tomaten und Kräuter selbst an. Wir können draußen sitzen und eine Flasche Wein genießen."

„Ein Glas Wein."

„Wie du willst. Du fährst, und ich trinke den Rest der Flasche."

Das, dachte Daniela, könnte reichen, damit ihre Mutter ein Nachmittagsschläfchen brauchte.

Sie vereinbarten, in einer Stunde aufzubrechen. Ihre Mutter ging duschen, während Daniela den Müll durch die Hintertür und die Steinstufen hinunter zu der großen Mülltonne auf Rollen trug. Es kostete sie Mühe, den Sack leichter erscheinen zu lassen, als er war, aber wenn Lisa D'Ambrosio aus dem Fenster schaute und auch nur eine Sekunde lang vermutete, dass sich darin auch einige ihrer Töpfe und Pfannen befanden, würde es ein böses Ende nehmen. Heute Abend, während Daniela das Essen zubereitete, würde sie den Schrank umräumen, der mindestens drei komplette Kochgeschirr-Sets enthielt, und im Wohnzimmer hatte sie eine Kiste mit einem weiteren Set entdeckt – brandneu.

„Muss im Angebot gewesen sein", brummte sie vor sich hin, als sie die Tüte in die Tonne hievte. Sie würde alles platzsparend darin verstauen müssen, um den Rest von dem unterzubringen, was sie an diesem Wochenende wegwerfen wollte.

Ein Vogelruf aus dem nahen Wäldchen erregte Danielas Aufmerksamkeit. Es dauerte einen Moment, bis sie das Tier entdeckte, das sie von seinem Sitzplatz auf einem knorrigen Ast aus beobachtete. Es hüpfte zur Seite, schwang sich dann in die Luft und flog tief über das Gras, bevor es auf der anderen Straßenseite verschwand.

Daniela schloss für ein paar Atemzüge die Augen und lauschte den vertrauten Geräuschen, die das Haus ihrer Mutter umgaben.

Fast alle ihre Klassenkameraden hatten die Gegend um Lescailles vor Jahren verlassen. Die meisten waren auf der Suche nach Jobs und einem großstädtischen Lebensstil nach Cateri gezogen. Einige wenige waren ihrer Karriere oder ihrer Partner wegen außer Landes nach Italien, in die Schweiz oder nach Frankreich gegangen. Daniela und ihre Freunde hatten oft über ihren Wunsch gesprochen, der Vorhersehbarkeit und Langeweile ihres Dorfes zu entfliehen. Jetzt jedoch, wo ein sanfter Wind die schmalen Blätter der Olivenbäume rascheln ließ und mit der Aussicht auf einen Caprese-Salat mit Käse aus der Region und am Morgen frisch gepflücktem Basilikum, fand Daniela es überhaupt nicht langweilig. In der ländlichen Gegend Sarcaccias konnte man guten Wein, Sonne und Tradition genießen. Als würden sie für Tourismusplakate posieren, verbrachten die Einheimischen ihre Mittagspausen damit,

Geschichten zu erzählen und Backgammon auf umgedrehten Milchkästen in Hauseingängen entlang der kopfsteingepflasterten Straßen zu spielen. Abends tauschten sie ihre Lieblingsrezepte für den Fang des Tages aus, der von den Fischern, die an der Küste lebten, nach Lescailles gebracht wurde.

Außerhalb des Dorfes konnte man lange Spaziergänge durch Wälder und Felder machen, die sich seit den Tagen des alten Roms kaum verändert hatten, oder, in Danielas Fall, den felsigen Hang erklimmen, um den Panoramablick auf das glitzernde Mittelmeer zu genießen.

Daniela öffnete die Augen, beschattete sie mit einer Hand und blickte über die Felder zum Hügel.

Hinter sich hörte sie durch ein offenes Badezimmerfenster das Quietschen von Wasserhähnen, dann Wasser, das auf den Fliesenboden der Dusche ihrer Mutter prasselte. Daniela seufzte. Sosehr sie auch nach drinnen eilen und so viel wie möglich wegwerfen wollte, während ihre Mutter beschäftigt war, eine kurze Atempause würde ihrer Seele guttun.

Sie ging hinüber zu dem Korbtisch und den Stühlen, die in der Laube seitlich des Hauses standen. Hier, geschützt vor der Sonne, war es kühler, aber nicht kalt. Als sie noch ein Kind war, saßen ihre Eltern an den meisten Abenden der Woche an diesem Tisch, hielten sich bei den Händen und sprachen über die Ereignisse des Tages. Mindestens einmal in der Woche kamen Nachbarn oder Gruppen ihrer Schüler zu Besuch. Ihr Vater stellte zusätzliche Stühle auf und zündete die Kerzen in den Laternen an. Lachen und Stimmengewirr brandeten auf und ebbten wieder ab. Die Geräusche ergossen sich über die Steinterrasse und in den Olivenhain. Ihre Mutter servierte Bruschetta und ihr Vater stellte gastfreundlich ein Tablett mit Oliven, Karotten, Käse, Salami und Gurkenscheiben hin, die nach und nach verschwanden.

Jahrelang hatte er die schlimmsten Triebe seiner Frau im Zaum gehalten. Er nahm Dinge wieder aus dem Einkaufswagen, drängte sie, erst zu Hause nachzusehen, was sie schon hatte, bevor sie etwas kaufte. Sie war sammelwütig, nahm kostenloses Sperrgut vom Straßenrand mit, durchstöberte Marktstände nach Angeboten, die sie irgendwann vielleicht einmal brauchen könnte, und hortete dann alles in Schränken und Kommoden. Das war liebenswert, als sie frisch verheiratet waren und wenig besaßen, sagte ihr Vater einmal zu Daniela. Ihre ersten Möbel hatten sie von einer Familie aus dem Dorf bekommen, die gerade renovierte und froh war, die Entsorgungsgebühr für ihre alte Wohnzimmergarnitur zu sparen.

Im Laufe der Jahre war es nicht mehr so liebenswert. Er konnte nicht Schritt halten. Laut Lisa war alles sammelbar. Sie könnte die Dinge verkaufen und damit Geld verdienen, behauptete sie, obwohl sie es nie tat. Dann waren da noch die Papiere, die sie nicht wegwerfen wollte. Wenn er es wagte, eine alte Quittung oder einen Scheckabschnitt auszusortieren, ertönten Rufe wie: „Das brauchen wir vielleicht noch." Mehr als einmal hörte Daniela ihren Vater darüber klagen, dass ein Rauchmelder das Einzige war, was ihr Haus davor bewahrte, zu einem Brandrisiko erklärt zu werden.

Was das Fass endgültig zum Überlaufen brachte, passierte, als Daniela außer Landes war, während ihres Auslandssemesters. Als sie von der University of Michigan zurückkehrte, sagte ihr Vater, sie solle nicht von Cateri nach Hause kommen. „Dein Forschungsprojekt und die Vorstellungsgespräche müssen in diesem Sommer deine Priorität sein", hatte er gemeint, als er sie vom Flughafen abholte und zu ihrer Wohnung in der Nähe der Universität brachte. „Das Letzte, was du jetzt gebrauchen kannst, ist, Zeit damit zu verbringen, nach Lescailles und wieder zurück zu fahren. Deine Mutter und ich können dich in den nächsten Monaten besuchen kommen."

Erst im August, nachdem sie ihr Forschungsprojekt abgeschlossen und ihre Stelle bei Königin Fabrizia angetreten hatte, erfuhr sie, dass er aus dem Haus ausgezogen war.

Ihr Vater hatte angerufen und gesagt, er wäre in Cateri, um an einem Seminar teilzunehmen, und wollte sie zum Abendessen ausführen, um ihre neue Position bei der königlichen Familie zu feiern. Trotz seiner offensichtlichen Freude, sie zu treffen, war er uncharakteristisch abgelenkt gewesen, während sie ihre ersten Arbeitswochen beschrieb. Als sie das Gespräch auf ihr Zuhause lenkte und fragte, ob sich ihre Mutter auf den Beginn des neuen Schuljahres freue, war sein Unbehagen nicht mehr zu übersehen.

„Was ist los?", hatte Daniela gefragt, als sie einen Bissen von ihrem Lachs genommen hatte. „Sie hat doch keine Probleme in der Schule, oder?"

Es war eine dumme Frage. Tief in ihrem Innern hatte sie schon gewusst, was sie hören würde.

„Nein. Sie hat ein Problem mit mir. Ich habe einen Schredder gekauft", hatte er mit einem schweren Seufzer offenbart. „Ich habe ihr gesagt, es wäre ein Geschenk und sie könnte ihn für alles benutzen, was *sie* schreddern wollte, um unsere persönlichen und finanziellen Daten zu schützen."

Daniela hatte eine Grimasse gezogen. „Du hast das Gerät gekauft, um ihre Papiere loszuwerden."

„Natürlich habe ich das. Aber ich hielt mich an die Geschichte mit dem Geschenk und ließ das Gerät im Wohnzimmer stehen in der Hoffnung, sie würde sich daran gewöhnen, es dort zu haben. Zwei Wochen nachdem ich es gekauft hatte, warf sie es weg."

Daniela hatte einen Bissen Lachs zum Mund geführt, legte jedoch angesichts des düsteren Gesichtsausdrucks ihres Vaters die Gabel wieder ab. „Das kann dich nicht überrascht haben."

Er schüttelte den Kopf und schenkte ihr ein zweites Glas Wein ein. Als er den Rest der Flasche in sein eigenes Glas goss, war sein Lächeln das traurigste, das Daniela je gesehen hatte. „Sie hat behauptet, sie hätte versucht, das Gerät zu benutzen, und es wäre defekt gewesen. Da sie die Quittung nicht finden konnte, gab sie den Schredder einem der Müllwagenfahrer mit und sagte ihm, er könne ihn behalten, wenn er ihn wieder zum Laufen bringen könnte."

Daniela war auf ihrem Stuhl zusammengesackt, als ihr Vater hinzufügte: „Das Einzige, was sie dem Mann jemals freiwillig gegeben hat."

Ihr Vater war in der Woche darauf aus dem Haus ausgezogen und übergangsweise im Gästezimmer seines Bruders in Lescailles untergekommen.

„Als du mit dem Studium begonnen hattest, wurde es so schlimm, dass wir nicht einmal mehr Gäste ins Haus lassen konnten. Keine Schüler mehr, keine Treffen mit Freunden oder Nachbarn", hatte er Daniela erzählt, nachdem der Kellner die Teller abgeräumt und ihnen Desserts angeboten hatte, die sie beide abgelehnt hatten. „Sie sagt, sie hat kein Interesse mehr am Unterrichten und geht vielleicht nach diesem Schuljahr in den Ruhestand, aber das ist es nicht. Sie will sich nicht mit den Problemen auseinandersetzen, die damit verbunden sind, Schüler in unser Haus einzuladen."

Benommen von der Flut an Veränderungen im Leben ihrer Eltern, konnte Daniela ihren Vater nur anstarren. Nach einem tiefen Atemzug sagte er: „Ich liebe deine Mutter, aber sie braucht Hilfe. Professionelle Hilfe. Sie wird sie nicht in Anspruch nehmen, solange ich da bin. Ehrlich gesagt, brauche ich auch etwas Freiraum. Ich habe beschlossen, ein Sabbatjahr zu nehmen und hier in Cateri zu forschen. Ich habe einen kurzfristigen Mietvertrag für eine Wohnung unterschrieben und werde nächste Woche einziehen."

Daniela nahm einen Schluck von ihrem Wein und blickte dann einen langen, schmerzhaften Moment lang in ihr Glas, während sie die Informationen verarbeitete. „Wirst du dich scheiden lassen?"

„Ich weiß es nicht. Noch nicht. Vielleicht nie. Wenn sie ihre Sucht besiegen könnte, dann ... nun, das ist ein Wunschtraum.

Die Antwort ist, dass ich es einfach nicht weiß." Er hatte gewartet, bis Daniela seinem Blick begegnete, bevor er hinzufügte: „Ich habe Angst, dass die Bitte um eine Scheidung ihre Situation verschlimmern könnte. Andererseits hat nichts, was ich bisher getan habe, sie verbessert."

Danielas Kehle war so eng, dass sie kaum sprechen konnte. „Den ganzen Sommer über, immer wenn sie mich angerufen hat, hat sie gesagt, du wärst gerade nicht da. Ich habe mir nichts dabei gedacht."

„Ich hatte gehofft, sie würde sich bessern, als sie merkte, dass es mir ernst war. Sie hoffte, dass meine Frustration nur vorübergehend wäre und ich es mir anders überlegen und nach Hause zurückkehren würde. Beide lagen wir nicht richtig."

Er legte die Hände auf den Tisch, dann streckte er sie mit der Handfläche nach oben aus. Sie nahm seine Hand, aber die Berührung brachte sie fast zum Weinen.

„Es tut mir leid, Daniela."

„Mir tut es auch leid. Ich werde mit ihr reden. Vielleicht wird sie auf eine andere Meinung hören."

Er drückte ihre Hand und ließ sie dann los. „Du bist erwachsen und ich vertraue auf dein Urteilsvermögen, aber nimm einen väterlichen Rat von mir an: Wenn du mit ihr nicht weiterkommst, lass es sein. Liebe sie, rede mit ihr, aber unterstütze sie nicht in ihrer Sucht und gib dir nicht die Schuld dafür, wie sie ist. Es ist ihre Entscheidung, ob sie sich helfen lässt oder nicht. Du hast einen neuen Job – einen fabelhaften neuen Job – und so viel vor dir. Ich möchte, dass du dein Leben lebst und deine Bestimmung findest. Dass du reist und liebst und vielleicht sogar deine eigene Familie gründest. Wir werden beide für dich da sein, egal was passiert, aber du darfst nicht zulassen, dass die Probleme deiner Mutter zu deinen werden und dich zurück nach Lescailles ziehen, sonst kommst du nie in deinem Leben voran."

Hinter Daniela vibrierten die alten Rohre und signalisierten das Ende der Dusche ihrer Mutter. Instinktiv stand sie auf und eilte zur Hintertür. Sie hatte länger getrödelt als beabsichtigt. Wenn sie sich beeilte, konnte sie zumindest noch einen Sack mit Wohnzimmersachen füllen, ihn in den Müll werfen und dann in ihr Schlafzimmer eilen, um sich für das Mittagessen fertig zu machen, bevor ihre Mutter aus dem Bad kam.

Vorausgesetzt natürlich, Daniela konnte Gegenstände finden, die leicht zu entfernen waren. Das Wohnzimmer war wie ein überlebensgroßes Jenga-Spiel. Wenn sie das falsche Teil herauszog, würde alles zu Boden krachen und sie wäre die Verliererin.

Zehn Minuten später, verschwitzt von der Anstrengung, gleich zwei Säcke zur Mülltonne zu tragen, betrat Daniela das Badezimmer ihrer Kindheit, um sich mit einem kühlen Waschlappen über das Gesicht zu fahren. Als sie sich im Spiegel betrachtete, stellte sie sich vor, was ihr Vater wohl dazu sagen würde, wie sie ihr Wochenende verbrachte.

Was immer er auch sagen würde, er hätte recht.

Nach dem Ende seines Sabbatjahres hatte er eine feste Lehrstelle in Cateri angenommen. Während der letzten fünf Jahren hatte er weiterhin Lescailles besucht und ab und zu bei Lisa vorbeigeschaut, doch sein Leben hatte sich weiterentwickelt.

Daniela wrang den Waschlappen aus, dann hängte sie ihn über den Handtuchhalter. Sie würde versuchen, beim Mittagessen mit ihrer Mutter zu reden. Behutsam, vernünftig. *Mamma* brauchte Hilfe. Professionelle Hilfe. Die Tatsache, dass sie Daniela erlaubt hatte, die Speisekammer und die Anrichten leer zu räumen, ohne in Tränen auszubrechen oder alle paar Minuten in den Müllsäcken zu wühlen, um Dinge wieder herauszuholen – wie sie es beim letzten Mal getan hatte, als Daniela aufgeräumt hatte –, bedeutete, dass sie es auch wusste.

Das Gespräch würde schwierig sein, aber ausnahmsweise hatte Daniela Hoffnung.

Erfrischt griff sie nach ihrer Schminktasche. Sie würde sich nicht aufbrezeln, aber mit ein bisschen Wimperntusche und ein oder zwei Tupfern Concealer würde sie sich besser fühlen. Sie zog den Reißverschluss auf, wurde aber abgelenkt, weil sie hinter sich ein leichtes Scharren hörte, als ob ein Zweig über einen Stein striche. Sie wappnete sich, drehte sich langsam um und musterte aufmerksam den Boden. Tatsächlich hockte eine kleine Ratte neben dem Fuß der Wanne, in ihren winzigen rosafarbenen Pfoten hielt sie ein undefinierbares Bröckchen und beobachtete Daniela, während sie daran knabberte.

Da sie auf dem Land aufgewachsen war, machten ihr Ratten nichts aus. Ab und zu sah sie welche, wenn sie durch die Felder lief, und sie huschten davon, weil sie mehr Angst vor ihr hatten als Daniela vor ihnen. Eine im Haus zu haben, war eine andere Sache, vor allem, wenn die Ratte sich in Danielas Gegenwart wohlzufühlen schien. Ihre Nase zuckte und sie wandte leicht den Kopf. Eine weitere Ratte hockte unter der Wanne. Diese war dunkler und dicker. Sie beäugte den Happen, den die erste Ratte zwischen den Pfoten hielt.

„*Mamma!*", rief Daniela, stellte ihre Schminktasche hinter dem Waschbecken ab und öffnete langsam die Badezimmertür. „Komm. Her."

KAPITEL 15

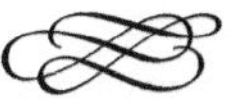

LISA D'AMBROSIOS LACHEN schallte durch den Innenhof, als Giancarlo ihnen von der Hochzeit seines Neffen berichtete und den Moment beschrieb, als eine Serviette Feuer fing, weil ein Gast damit in eine Kerzenflamme geraten war. So lebhaft und mit ausschweifenden Gesten, wie es nur Giancarlo vermochte, erzählte er die Geschichte. Er fuhr fort mit einer Anekdote über die Hochzeitsreise des Paares, dann räumte er den leeren Brotkorb weg und versprach, dass sein Sohn ihnen in Kürze das Essen bringen würde.

Das Gesicht ihrer Mutter war gerötet und ihre Augen funkelten, als sie Daniela über den Tisch hinweg anschaute und mit dem Finger über die einzelne Blüte strich, die ihren Tisch zierte. „Ich bin so froh, dass wir uns entschlossen haben, draußen zu sitzen. Ist das nicht angenehm?"

Daniela warf ihrer Mutter einen vielsagenden Blick zu. „Stell dir vor, du könntest das auf deiner eigenen Terrasse genießen."

„Das tue ich. Oft sogar."

Ihre Stimme wurde weicher. *„Mamma.* Mit Freunden."

Die ältere Frau tat die Bemerkung mit einer Handbewegung

ab, doch vorher konnte Daniela an ihren Augen erkennen, dass sie unglücklich war. Ihre Mutter war einsam. Sie wusste, das hatte sie nur sich selbst zuzuschreiben. Und sie wusste auch, dass sie niemanden zu sich einladen konnte. Auch würde sie keine Einladung von anderen annehmen, denn wenn man in Lescailles jemanden zu Hause besuchte, wurde eine Gegeneinladung erwartet.

Die freundliche Frage, was ihrer Mutter wichtiger war – ihre Sachen oder ihre Freunde –, führte schnell zu einem Themenwechsel, doch Daniela konnte sehen, dass ihre Mutter darüber nachdachte, während sie ihr von einer Familie erzählte, die sie in der vergangenen Woche auf einer Fahrt zu den Weingütern von Sarcaccia begleitet hatte.

Es brach Daniela das Herz, dass die Fürsorge ihres Vaters nicht gereicht hatte, ihre Eltern zusammenzuhalten, nachdem sie zur Universität gegangen war. Die ganze Energie, die er auf Lisa gerichtet hatte – sein Versuch, dem Horror innerhalb des Hauses zu entgehen, indem er so oft wie möglich Ausflüge mit ihr unternahm, indem er sauber machte, so gut er konnte, indem er sie *liebte* –, all das war nicht genug gewesen. Das irrationale Bedürfnis ihrer Mutter, Dinge zu besitzen und zu behalten, lastete wortwörtlich schwer auf ihr, so schwer, dass sie dem Leben aus dem Weg ging.

Als Giancarlo Lisa zuzwinkerte und fragte, ob es in Danielas Leben einen besonderen Mann gäbe, wurde ihr bewusst, dass die Sucht ihrer Mutter sie ebenfalls niedergedrückt hatte.

Daniela grinste über die Bemerkung, als ihre Mutter lachend antwortete: „Daniela arbeitet so viel für Königin Fabrizia, dass ich wohl niemals Großmutter werde. Vielleicht sollte ich mal mit der Königin reden?" Doch in ihrem Magen breitete sich ein ungutes Gefühl aus.

Sie arbeitete viel, aber nicht so viel, dass sie nicht auf Dates gehen könnte. Sie hatte sich dafür entschieden, es nicht zu tun.

Es war einfacher, ihre Freizeit mit Gruppen von Freunden zu verbringen und sporadische Verabredungen mit dem anderen Geschlecht unverbindlich zu halten. Sie hatte solche Angst vor einem Gespräch, das mit „Erzähl mir von deinen Eltern" begann, dass sie es vermied, sich in Situationen zu begeben, in denen etwas in dieser Richtung aufkommen könnte.

Bei den seltenen Gelegenheiten, bei denen das Thema angesprochen wurde, hatte sie einiges unter den Teppich kehren können. Aber jeder, der eine Liebesbeziehung mit ihr hätte, würde schließlich die Wahrheit erfahren. Die ganze Wahrheit. Es wäre unmöglich, sie zu verbergen, wenn ein Verhältnis je ernst genug würde, um ihren Partner nach Lescailles zu bringen.

Giancarlos Sohn kam aus der Küche mit ihren Salaten und der Pasta mit frischen Kräutern und unterbrach so die Unterhaltung. Der Essensgeruch, das junge Paar an einem Nebentisch, das über Politik diskutierte, und das Plätschern des Brunnens am anderen Ende des Innenhofes machten aus dem unguten Gefühl in ihrem Magen ein bleischweres Gewicht.

Zum ersten Mal begriff Daniela, was sie geopfert hatte. Ihre Mutter hatte die Augen vor der Wahrheit verschlossen und behauptet, sie würde aus Langeweile ihre Arbeitsstellen wechseln, statt zuzugeben, dass sie nur keine Leute ins Haus lassen wollte und nun in Angst vor ihren eigenen Nachbarn lebte. Aber Daniela hatte die Wahrheit genauso wenig sehen wollen. Sie war Liebesbeziehungen aus dem Weg gegangen und hatte sich eingeredet, sie würde nichts verpassen.

Sie nahm einen Bissen von der Pasta, während ihre Mutter sich auf dem Stuhl umdrehte, um Nettigkeiten mit einer Gruppe älterer Männer auszutauschen, die den Innenhof betreten hatten. Einer von ihnen hatte früher anscheinend im Lebensmittelgeschäft ihres Cousins in Lescailles gearbeitet.

In diesem Augenblick wurde Daniela bewusst, dass sie ihre

kostbaren Stunden außerhalb des Palasts – unbeschwerte Nachmittage wie diesen – mit jemandem verbringen wollte, der ihr etwas bedeutete. Mit einem Partner, der sich stundenlang ihre Lieblingsserie mit ihr anschaute oder sie am Wochenende auf der Suche nach perfektem Gemüse zum Bauernmarkt begleitete. Der mit ihr auf Wanderwegen in den Bergen von Sarcaccia über das Zeitgeschehen diskutierte oder lange Spaziergänge an der frischen Seeluft entlang der Mittelmeerküste bei Cateri unternahm. Jemand, der entspannt mit ihr durch Cateris romantische Altstadt bummelte, spät in der Nacht, wenn sich die Touristen in ihre Hotelzimmer und Ferienwohnungen zurückgezogen hatten, und der seinen Arm beschützend um ihre Taille legte, während sie zu den Sternen hinaufblickten.

Und Sex. Sie wollte wilden, glücklichen, romantischen Sex.

Es wurde Zeit.

Sie lächelte über den Tisch hinweg, als sie einen Plan fasste. Heute Nachmittag würde sie dafür sorgen, dass ihre Mutter merkte, was sie verpasst hatte. Daniela würde vorschlagen, einen Rundgang durch Gavoli zu machen. Einigen Menschen Guten Tag zu sagen, die sie eine Weile nicht gesehen hatten, über die neuesten Blumen in ihren Gärten zu sprechen oder über die Bücher, die sie gerade lasen, und dieses gute Gefühl in ihre Mutter einsinken zu lassen. Dort würde sie Leute treffen, die ihr vertraut, aber keine unmittelbaren Nachbarn oder ehemaligen Schüler waren. Es gab keine Verpflichtung, sie zu sich nach Hause einzuladen. Der Umgang mit diesen freundlichen Menschen würde das Denken ihrer Mutter – und schließlich auch ihr Verhalten – möglicherweise mehr verändern als Daniela, wenn sie das Chaos zu Hause aufräumte oder ihr wegen der Ratten in den Ohren lag. Sie würde sich auf das Positive konzentrieren: Ihre Mutter konnte ihr Leben selbst bestimmen. Sie musste nur eine Wahl treffen und dann den Willen aufbringen, ihre Entscheidung umzusetzen. Sie musste überzeugt sein, dass es sich lohnte.

Und dann, wenn Daniela ihre Aufgabe in San Rimini abgeschlossen hatte und nach Sarcaccia zurückkehrte, würde sie konkrete Schritte unternehmen, ihr eigenes Sozialleben zu verbessern. Es bedeutete, dass sie im Hinblick auf ihre Familie ein Risiko eingehen musste, aber das Abenteuer würde dieses Wagnis wert sein.

Daniela blieb der Bissen Pasta beinahe im Halse stecken, als eine Erinnerung und ein Name sie mit voller Wucht trafen.

Royce Dekker. Der Mann, der in jener warmen Frühlingsnacht in Cancún mit ihr zu ihrem Hotel gelaufen war. Der Mann mit dieser ungezwungenen Art, der weit gereist und doch neugierig auf ihre Erfahrungen war. Der ihr einen atemberaubenden Kuss gegeben hatte, bevor er in Richtung seines Hotels verschwand. Es war der romantischste Kuss ihres Lebens gewesen. Der Mann, der sie ermutigt hatte, die Chance zu ergreifen, bei der königlichen Familie arbeiten zu können, selbst wenn sie dafür ein Risiko eingehen musste.

Der Mann, der gesagt hatte, seine Eltern würden in San Rimini wohnen.

Der ein zusammengeknülltes Stück Papier aus erstaunlich weiter Entfernung in einen Mülleimer werfen konnte, als wäre es nichts Besonderes.

Roy.

ROYCE ZOG sich die weiße Maske über Nase und Mund und richtete seine Knieschoner. Dann kniete er sich hin und nahm die stumpfsinnige Arbeit wieder auf, die Wand an der Stelle abzuschleifen, wo er die historische Tapete entdeckt hatte. Durch die mühsame Entfernung hatte sich die Zeit, die er für den Raum brauchte, verlängert. Deswegen konnte er bleiben, bis Daniela ihre Arbeit beendet hatte, ohne dass Miroslav oder jemand anders Fragen stellte. Dennoch war er froh, dass der hartnäckige Klebstoff nur auf eine Wand beschränkt war. Abschleifen brachte nicht denselben sichtbaren Erfolg wie das Abreißen alter Tapeten oder das Aufbringen frischer Farbe. Es verursachte eine schreckliche Schweinerei. Bei jeder Etappe vernebelte Staub das Zimmer, der sich schließlich in feinen Schichten auf den Abdeckplanen absetzte und Husten auslöste. Die Roscha-Schwestern würden einen Herzanfall bekommen, wenn sie das sähen.

Das Abschleifen mit der Hand war auch eine Qual für die Schultern. Regelmäßiges Training hatte sie stark gemacht, aber die monotone, konzentrierte Arbeit an diesem Morgen brachte Royce' Muskeln an die Grenze ihrer Belastbarkeit. Während er mit dem Schleifklotz über jeden Abschnitt fuhr, versuchte er sich einzureden, dass der heutige Schmerz es ihm viel leichter machen würde, sein Material zu tragen oder seinen eigenen Rekord bei Liegestützen zu brechen. Er würde sich auch in Form von weiblicher Aufmerksamkeit von benachbarten Booten auszahlen, wenn er das nächste Mal ohne Shirt auf Deck entspannte.

Diese Vorstellung brachte seine Gedanken auf Daniela.

Er war an diesem Morgen früh hergekommen, um sicherzugehen, dass er die Privaträume betrat, bevor Daniela die Suite der Königin für diesen Tag öffnete. Nachdem er sich vergewissert hatte, dass er allein war, hatte er seine Werkzeuge und Abdeckplanen überprüft. Er hatte dafür gesorgt, dass es kleine Zeichen geben würde – ein Stück Faden am Verschluss der Werkzeugkiste, winzige Falten im Material der Planen und Möbelabdeckungen –, die verraten würden, ob jemand herumgestöbert hatte. Zufrieden, dass übers Wochenende alles unberührt geblieben war, stellte er eine große Dose Erdnüsse mit Schokoladenüberzug deutlich sichtbar neben seine Ausrüstung und nahm sich einen Moment Zeit, zu überlegen, wo er eine Kamera installieren könnte.

Als Danielas Schritte zwanzig Minuten eher als sonst im

Vorraum zu hören waren, hockte er gerade neben einem der alten Heizkörper und maß den Abstand zwischen den Rippen. Schnell rutschte er zu seinen Werkzeugen und Leitern hinüber, dann tat er so, als würde er einen seiner Schuhe zubinden.

Sie schien überrascht, ihn zu sehen, obwohl er immer vor ihr ankam. Als er Guten Tag gesagt hatte, erwiderte sie seinen Gruß auf ihre übliche fröhliche Weise, aber er spürte, dass etwas nicht stimmte.

„Waren Sie am Wochenende draußen und haben das gute Wetter genossen?", fragte er. Es war wunderbar gewesen: sonnig, nicht zu heiß, mit einem atemberaubenden Sonnenuntergang am Samstagabend. Er hatte einen Aktenordner beiseitegelegt und seine Bierflasche auf dem Knie abgesetzt, um diese letzten Augenblicke von einem der Stühle an Deck seines Bootes aus zu genießen. Er hatte an Daniela gedacht und sich gefragt, ob sie irgendwo auf einer Terrasse oder Bank saß, versunken in den Anblick der herrlichen Pink- und Violetttöne, während die Sonne hinter den Bergen unterging, die die westliche Grenze von San Rimini bildeten.

Er hatte sich gefragt, wo sie untergebracht war, während sie im Palast arbeitete. Er hoffte, die diTaloras hatten ihr ein Hotelzimmer mit Balkon und schöner Aussicht spendiert.

„Ich bin nach Hause gefahren."

Er schaute sie überrascht an. Kein Wunder, dass sie am Freitag so weggehetzt war. „Sie sind nach Sarcaccia gefahren? Übers Wochenende?"

„Meine Mutter brauchte bei ein paar Dingen Hilfe." Ihr Lächeln war strahlender geworden, doch ihre Augen funkelten nicht so wie sonst. Als wäre sie sich seines prüfenden Blickes gewahr, fügte sie hinzu: „Das Wetter war allerdings schön. Am Samstag haben wir mittags draußen gegessen, in einem kleinen Bistro einen schönen Wein aus der Gegend getrunken und Sonne getankt. Gestern Morgen nach dem Frühstück haben wir einen schönen Spaziergang gemacht. Hatten Sie ein angenehmes Wochenende?"

Nachdem er eine allgemeine Antwort in dem Sinne gegeben hatte, dass er die freie Zeit genossen hätte, ging sie zur Tür der Königin hinüber und gab ihren Code ein. Er hatte sich das nicht eingebildet, irgendwas an ihrem Verhalten war nicht ganz echt, als ob sie sich Mühe gäbe, etwas zu verbergen. Es war der häufige Gebrauch von *schön*, als sie ihr Wochenende beschrieb. Es klang gezwungen.

Er schob seine Maske herunter, zog einen Arbeitshandschuh mit den Zähnen aus und strich dann mit der Hand über die Stelle, die er gerade abgeschliffen hatte. Der alte Klebstoff war sauber abgegangen, ohne dass die darunterliegende Fläche beschädigt wurde. Wenn sich der Rest der Wand genauso gut bearbeiten ließ, konnte er vor der Mittagspause den Staub beseitigen, das Zimmer nach dem Essen feucht durchwischen und dann mit dem Abbeizen der Fußleisten weitermachen.

Wenn er drei Viertel des Klebstoffs geschafft hatte, ohne eine böse Überraschung zu erleben, würde er Daniela über sein weiteres Vorgehen informieren. Obwohl er sein Bestes tun würde, den chemischen Geruch mit Ventilatoren einzudämmen, bedeutete der Mangel an Fenstern in dem großen Raum, dass seine Möglichkeiten zum Lüften eingeschränkt waren. An Danielas Stelle würde er die Tür schließen und die Fenster in der Suite öffnen, damit die Luft in den Räumen der Königin frisch blieb.

Er hockte sich hin und überdachte sein Timing. Wenn er noch am Vormittag mit Daniela sprach, würde sie vielleicht wieder zusammen mit ihm essen wollen. In dem Fall würde sie ihm womöglich erzählen, warum sie nach Hause gefahren war. Es könnte sein, dass sie zugesagt hatte, ihrer Mutter mit was auch immer zu helfen, bevor sie etwas von ihrem Job in San Rimini gewusst hatte. Andererseits war es vielleicht auch etwas Ernsteres, zum Beispiel ein gesundheitliches Problem. Obwohl ihr Haar und Lippenstift aussahen wie immer, waren ihm die Ringe unter ihren Augen aufgefallen. Wenn sie heute Morgen statt gestern Abend zurückgeflogen und direkt vom Flughafen zur Arbeit gekommen war, würde das ihr Verhalten und ihre frühe Ankunft erklären.

Er verfluchte sich selbst, weil er Spekulationen anstellte und ihr Make-up bemerkt hatte. Dinge zu bemerken, war sein Job, aber Neugier war nicht ratsam, wenn es um Daniela ging. Er grummelte in sich hinein, befestigte das Schleifpapier um den Klotz und wollte gerade seinen Handschuh überziehen und die Maske wieder aufsetzen, als hinter ihm Danielas Stimme erklang.

„Royce?"

Er drehte sich um und bemerkte im selben Moment seinen Fehler. Wie gut es ihm gelang, das Unbehagen und den Schock in seinem Gesicht zu verbergen, wusste er nicht, denn als sein Blick Danielas begegnete, kniff sie die Augen zusammen. „Das habe ich mir gedacht. Dein Name ist Royce, nicht Roy, oder? Royce Dekker."

„Stimmt." Seine Erwiderung klang entspannt, als würde er einem Angestellten an einer Hotelrezeption antworten, der beim Einchecken um die Bestätigung seines Namens gebeten hatte, aber sein Bauchgefühl sagte ihm, dass es zu spät war. Nichts, was er tat oder sagte, würde ihm aus der Patsche helfen. Daniela hatte einen Blick für Details und ein scharfes Gedächtnis und sie *wusste* es. Nicht nur das, auch ihr Misstrauen war geweckt.

Sie trat einen Schritt näher und verschränkte ihre Arme. Sie trug eine schwarze Bluse, eine graue enge Hose und schwarze flache Schuhe. Kleine Diamantstecker funkelten in ihren Ohren und ihr Haar war im Nacken zu einem Knoten geschlungen. Ihre äußere Erscheinung würde niemanden einschüchtern, und doch strahlte ihre Körpersprache die Art Autorität aus, die man von einem kampferprobten Ausbildungsoffizier erwartete, der einen Trupp neuer Rekruten inspizierte und dabei erwog, wie er sie am besten drangsalieren könnte.

„Wir sind uns schon mal begegnet. In Cancún, Mexiko. Als ich dahinterkam, wer du bist, nahm ich an, dass du dich nicht an mich erinnertest. Aber dann wurde mir klar, dass Miroslav dir meinen Vor- und Nachnamen genannt hat. Er hat dir auch gesagt, dass ich für Königin Fabrizia arbeite. In jener Nacht in Cancún habe ich dir erzählt, dass mir ein Bewerbungsgespräch im Palast von Sarcaccia angeboten worden war. Wir haben lange darüber gesprochen. Ich kann mir nicht vorstellen, dass du die Verbindung bis jetzt nicht hergestellt hast.“

„Doch, das habe ich.“

Sie blinzelte, als er dies so unerwartet zugab. „Wirklich? Wann?“

Ein Kraftausdruck schoss ihm durch den Kopf. So in Bedrängnis gebracht, fiel ihm keine Antwort ein, die ihn nicht wie einen vollkommenen Dreckskerl aussehen ließ.

Daniela füllte die Stille, die durch sein Zögern entstand. Ihr Ton war eher gleichmütig als ärgerlich: „War das, als Miroslav mich am Anfang vorgestellt hat? Du hast ihn unterbrochen und dich selbst Roy genannt, bevor er deinen Namen sagen konnte. Und deinen Nachnamen habe ich nie erfahren.“ Sie legte ihre Handkante an die Stirn, wie um ihre Augen vor der Sonne zu schützen. „An diesem Tag hattest du deine Kappe auf und den Schirm tief ins Gesicht gezogen. Du trägst sie meistens so, was mich vermuten lässt, du wolltest nicht, dass ich dich erkenne. Ist das der wahre Grund, warum du deinen Ausweis in der Tasche trägst?“

Weißer Staub vom Klebstoff setzte sich vorn auf ihrer Bluse ab, aber er würde sie nicht darauf hinweisen. Stattdessen legte er seinen Schleifklotz ab und stand auf. „Schuldig in allen Punkten. Ich hatte jedoch gute Gründe.“

„Kommt jetzt: *Es liegt nicht an dir, es liegt an mir?*“

„So was nicht.“

„Wirst du überhaupt Roy genannt?"

„Es ist kompliziert."

Das war die falsche Antwort. Ihre Lippen zuckten, als ob ihr die Worte *Es ist nicht kompliziert, ja oder nein haben jeweils nur eine Silbe* auf der Zunge lägen. Stattdessen hob sie eine Hand, um zu zeigen, dass sie genug hatte. „Deine Sache. Ich entschuldige mich, wenn ich die Grenze zu deinem persönlichen Leben überschritten habe."

Sie wandte sich ab, doch er sagte: „Warte. Daniela. Bitte."

Sie verharrte, dann drehte sie sich wieder um. Ihre Körpersprache signalisierte Selbstbeherrschung, aber er erkannte die Gefühle in ihrem Blick, bevor sie sie verbergen konnte.

Verdammt. Es war seine Schuld, dass sie sich nun dumm vorkam. Schlimmer noch, er hatte dies in einer Arbeitsumgebung getan, wo sie wegen ihres klaren Denkens und ihrer Leistungsfähigkeit unter stressigen Bedingungen geschätzt wurde. In einer Position, auf die sie stolz sein konnte.

Er ließ lange die Luft entweichen, bevor er antwortete: „Ich bin derjenige, der sich entschuldigen sollte, nicht du."

Er griff nach der Maske, die um seinen Hals hing, und zog sie über den Kopf. Gleichzeitig nahm er seine Kappe ab und warf beides auf den umgedrehten Eimer, den er als provisorischen Tisch benutzte. Er hob sein Kinn, damit sie ihm ganz ins Gesicht sehen konnte.

Ihre Augen weiteten sich vor Überraschung, dann zeichnete sich Wiedererkennen in ihren Zügen ab, als sie die Unterschiede zwischen dem Mann, den sie in Cancún getroffen hatte, und seiner jetzigen Erscheinung registrierte. Ihm stockte der Atem, als sie ihn prüfend betrachtete. Seit jener Nacht im Licht des Hotels in Cancún hatte er nicht mehr die Gelegenheit gehabt, sie anzusehen – sie richtig anzusehen. Ihre dunklen geschwungenen Brauen und die Mischung aus grünen und bernsteinfarbenen Tönen in ihren intelligenten Augen ließen ihn beinahe vergessen, was er sagen musste.

Er richtete sich auf und breitete seine Handflächen aus, als wollte er ihr ein Friedensangebot machen. Miroslav würde gleich auf seiner Runde vorbeikommen. Selbst wenn Royce Danielas Gefühle gleichgültig wären – was nicht der Fall war –, musste er die Situation unter Kontrolle bringen, bevor der Wachmann zu ihnen hereinkam. „Was ich gesagt habe, ist wahr. Ich hatte gute Gründe, so zu tun, als würde ich dich nicht kennen, aber es liegt nicht an etwas, was du getan hast. Unser Spaziergang in Cancún gehört zu meinen schönsten Erinnerungen. Kurz nachdem wir uns begegnet waren, hatte ich eine harte Zeit. An diese Nacht mit dir zu denken, an den Spaziergang in der Nähe des Strandes, den Kuss vor deinem Hotel – das hat mich getragen, wenn ich etwas brauchte, was mir Hoffnung gab.“

Ihre Augen verengten sich. „Was ist passiert?“

Sie hatte ihn ermutigt, zu träumen, dachte er, doch danach hatte sie nicht gefragt. Er setzte an, ihr zu erzählen, wohin er in den Monaten nach seinem Aufenthalt in Guatemala gegangen war, brach jedoch abrupt ab, als er das Geräusch einer sich öffnenden Tür und viele Schritte im Vorraum hörte.

Stumm schaute Daniela ihn fragend an. Er schüttelte leicht den Kopf und sie faltete ihre Hände vor dem Bauch und legte ein geschäftsmäßiges Gebaren an den Tag, als ob sie von der Suite der Königin in den großen Raum getreten wäre, um eine die Arbeit betreffende Angelegenheit zu besprechen.

„Wir reden später“, wisperte er und setzte seine Kappe wieder auf.

In dem Moment trat Chiara Ascardi mit einem schlanken, kahl werdenden Mittfünfziger ein. Er hatte die sehnige Statur eines Radrennfahrers und trug ein abgedecktes Tablett aus glänzendem Silber. Selbst ohne das Tablett hätte Royce ihn von den Fotos erkannt, die Federico ihm zur Verfügung gestellt hatte.

Chiara wünschte ihnen einen guten Morgen und fuhr fort;

„Roy, Daniela, das ist Samuel Barden, der private Koch des Königs."

Nachdem sie einige Höflichkeiten ausgetauscht hatten, sagte Samuel zu Royce, er freue sich darauf, den großen Raum „heller und freundlicher" zu sehen, und zu beiden gewandt, setzte er hinzu: „Wenn Sie die Morgennachrichten gesehen haben, wissen Sie, dass heute der Geburtstag der verstorbenen Königin ist."

Daniela antwortete liebenswürdig: „Soweit ich weiß, planen König Eduardo und seine Schwägerin, einen Park zu besuchen, der ihr zu Ehren umbenannt wird."

„Sie befinden sich gerade dort. Miroslav begleitet sie. Deshalb bin ich mit Samuel hergekommen", erwiderte Chiara.

„Ich habe die Sicherheitsfreigabe", sagte Samuel und wies mit dem Kopf in die Richtung der Tür mit dem Tastenfeld. „Aber weil hier gearbeitet wird, dachte ich, ich sollte mich bei der Security melden, bevor ich die Wohnräume betrete. Ich hoffe, ich störe Sie nicht."

Roy fand, es war offensichtlich, dass er sie bei der Arbeit störte, doch er erwiderte: „Überhaupt nicht. Wie können wir Ihnen helfen?"

Der Blick des Kochs huschte zu den geöffneten Türen der Suite, dann schaute er Chiara an, als wollte er sagen: *Sehen Sie das?* Chiara machte nur eine Handbewegung in Royce' Richtung und forderte Samuel so auf, die Frage zu beantworten. Der zögerte, dann hielt er das Tablett höher. „Jedes Jahr an Königin Alettas Geburtstag habe ich zur Feier des Tages ihre Lieblings-apfeltörtchen gebacken. Nur ein paar, die der König und sie während einer Pause in ihrem Tagesprogramm genießen konn-ten. Als sie starb, bat mich der König, damit weiterzumachen. Ich habe ein Tablett in die Räume gebracht, in denen er sich diese Woche aufhält, aber ich dachte, ich sollte die Menge verdoppeln und hier ebenfalls ein Tablett hinterlassen. Für alle Fälle."

„Er ist seit Beginn der Arbeiten nicht hereingekommen und ich erwarte ihn auch heute nicht", entgegnete Daniela, bevor sie in Royce' Richtung schaute. „Roy?"

Ein scharfes Schuldgefühl durchbohrte ihn, als sie ihn mit Roy ansprach. Er schüttelte den Kopf.

Samuel blickte zu Chiara hinüber, dann zuckte er die Schultern. „Dann sind die Törtchen für Sie. Allerdings ist es hier drinnen sehr staubig. Ich stelle sie in den Salon der Königin."

Bevor jemand Einwände erheben konnte, ging er zu Alettas Suite hinüber. Daniela folgte ihm, Royce und Chiara gingen ebenfalls mit, allerdings blieb Letztere an der Tür stehen, während der Koch das Tablett auf der ledernen Ottomane abstellte. Mit einem Lächeln drehte er sich um. „Wenn Sie sie zugedeckt lassen, bleiben sie den ganzen Tag frisch."

„Das ist sehr freundlich", sagte Daniela, doch Samuel schien sie nicht zu hören. Stattdessen ließ er mit einem lauten Zischen seinen Atem entweichen, als er sich umdrehte und den Raum in Augenschein nahm. „Ich bin nicht mehr hier drin gewesen, seit ich mit der Königin Prinz Federicos Hochzeitsmahl geplant habe. Es sieht immer noch genauso aus wie damals."

Seine Augen bekamen einen feuchten Schimmer und er blinzelte, um wieder klar sehen zu können. Dann fragte er Daniela: „Arbeiten Sie in diesem Raum? Ich dachte, die Renovierungsarbeiten wären nur –"

„Sie arbeitet hier", unterbrach ihn Chiara.

Royce verstand die Botschaft: Danielas Arbeit sollte nicht zum Gesprächsthema werden und sie mussten die Suite wieder verlassen. Samuel hatte das anscheinend auch begriffen, denn er hatte den Mund noch geöffnet, um weiterzusprechen, hielt jedoch inne und sagte dann zu Daniela: „Nun, dann lasse ich Sie jetzt weiterarbeiten. Genießen Sie die Törtchen."

„Das werden wir sicher."

Chiara Ascardi bewegte sich von der Tür weg und lenkte Samuel Barden so unauffällig zum Ausgang. Als sie den großen

Raum durchquerten, fragte sie den Koch, ob er jemals Blaubeeren in seinen Törtchen verwendete, denn ihr Vater mochte Blaubeeren am liebsten.

„Nicht in irgendetwas, was ich für den Palast zubereite." Er wies auf seinen Mund. „Sie färben die Zähne blau, was bei öffentlichen Auftritten unerwünscht ist."

„Ah! Daran hatte ich nicht gedacht."

„Das bedeutet nicht, dass es mit Blaubeeren nicht gehen würde. Nur die Backzeit müsste angepasst werden. Wenn Sie das Rezept haben möchten, gebe ich es Ihnen gerne. Die Zubereitung ist zeitaufwendig, aber recht einfach."

Obwohl sie beim Gehen Royce den Rücken zugewandt hatten, konnte er hören, wie Chiara sagte: „Ich bezweifele, dass ich die Törtchen so gut wie Sie zubereiten könnte."

Sie setzten ihr Gespräch fort, als sie den Raum verließen. Die Tür fiel mit einem beruhigenden Klicken ins Schloss.

Chiara Ascardi hatte zu Alettas Lebzeiten Zugang zu der Suite gehabt, aber ihr Benehmen und die geschickte Art und Weise, wie sie Samuel aus dem Raum geleitet hatte, ohne ihm das Gefühl zu geben, ein Eindringling zu sein, ließen Royce glauben, dass sie nicht in die Diebstähle verwickelt war. Er hatte genug Zeit mit Offizieren der Armee und Sicherheitsbeauftragten verbracht, um zu erkennen, wer bis ins Mark von seiner Berufung durchdrungen war.

Sein Vater gehörte dazu. Chiara Ascardi ebenfalls.

„Also? Was war der gute Grund?"

Er richtete seine Aufmerksamkeit wieder auf Daniela und runzelte die Stirn. „Was meinst du?"

„Als sie hereinkamen, wolltest du mir gerade erzählen, warum ich dich nicht wiedererkennen sollte. Dass du einen guten Grund dafür gehabt hättest."

Wie in dem Augenblick, als sie sich vergewissert hatte, dass er Royce Dekker war, schwang Misstrauen in ihrer Stimme mit. Der Besuch des Kochs hatte ihr Zeit zum Überlegen verschafft, und ihre Gedanken hatten eine Richtung eingeschlagen, die nichts Gutes für ihn verhieß.

In der Hoffnung, sie zu beruhigen, erwiderte er: „Es ist nichts Schändliches."

„Wirklich nicht? Denn das Letzte, dessen ich mich entsinnen kann, ist, dass du in Guatemala gearbeitet hast und zum Militär gehen wolltest. Ich erinnere mich an nichts, was mit einem Malerbetrieb zu tun hätte. Was ich tatsächlich noch weiß, ist –"

„Lass uns zusammen zu Abend essen."

Sie stockte. Starrte ihn ungläubig an. „Was?"

Er richtete seinen Blick auf die Suite der Königin, dann wieder auf sie. „Hier ist vielleicht nicht der beste Ort, um offen zu sprechen."

Sie überlegte, dann nickte sie. Gut.

„Kennst du dich im Zentrum von San Rimini aus?", fragte er.

„Nicht besonders. Hauptsächlich in den wenigen Blocks um den Palast herum."

„Kennst du die Strada il Teatro?"

„Ja." Die breite Straße, die parallel zur Promenade verlief, wurde bekanntlich für Paraden genutzt und diente als Gerade für den Grand Prix von San Rimini.

„Geh zum Haupt-Casino, dem mit den weißen Türmen, auf halber Höhe der Strada il Teatro. Stell dich mit dem Rücken zum Vordereingang und blicke in Richtung des Wassers. Überquere die Straße auf dem Zebrastreifen. Du wirst eine breite Treppe sehen, die zu einer anderen Straße hinunterführt. Es ist eine geteilte Treppe, dazwischen sind Bäume gepflanzt."

„Die kenne ich."

„Die Straße unterhalb ist die Via Vespri. Nimm die Treppe zur Via Vespri und wende dich nach links. Bleibe auf dieser Straßenseite. Zwei Blocks weiter findest du ein unscheinbares Restaurant mit dem Namen Trattoria *Safina*. Es gibt kein Schild, aber der Name steht auf der Glastür. Wenn du heute Abend Zeit hast, werde ich dafür sorgen, dass wir einen ruhigen Tisch bekommen. Würde dir sieben Uhr passen?"

„Ginge es auch um acht? Ich muss vorher noch mit Königin Fabrizia telefonieren."

„Um acht also."

„Ich werde da sein." Sie zeigte mit dem Finger auf seine Brust. „Du bezahlst und ich will die Wahrheit hören."

„Versprochen."

KAPITEL 16

DANIELA WANDTE dem Casino den Rücken zu und näherte sich der breiten Treppe, die zur Via Vespri hinunterführte. Über ihrem Kopf raschelten die Palmen in der Abendbrise und die altmodischen Straßenlaternen, die typisch für das Casino- und Einkaufsviertel waren, gingen flackernd an. Oben an der Treppe hatte sich eine Familie auf und um eine Bank versammelt und aß Gelato. Das kleinste Kind, das am einen Ende der Bank saß, hatte geschmolzenes Eis am Kinn. Der Vater versuchte, diesen Tropfen mit einer Serviette aufzufangen, bevor er auf das Hemd des Jungen fiel, aber der wehrte sich dagegen, dass ihm das Gesicht abgewischt wurde, und rutschte aus Protest nach hinten, während er weiter an seiner Eistüte leckte. Drei andere Kinder standen hinter der Bank, beachteten die Faxen ihres Bruders nicht und schauten zum Hafen, wo am Horizont ein großes Kreuzfahrtschiff in westlicher Richtung davonglitt, wahrscheinlich auf dem Weg nach Venedig.

Die Mutter saß am anderen Ende der Bank und hielt zusätzliche Servietten in ihrer Hand. Sie trug ihr dunkles Haar in einem Knoten auf dem Kopf, die Augen waren ihr zugefallen. Ihre Lider flogen wieder auf, als eines der älteren Kinder aufschrie, als es ein Eichhörnchen unter der Bank entdeckte. Als die Mutter den Grund erkannte, schüttelte sie den Kopf über das Mädchen, das Daniela auf etwa neun Jahre schätzte.

So viel zu einem Moment der Ruhe für die Mutter.

Auf der anderen Seite der geteilten Treppe sprintete eine Gruppe von Jungen im späten Teenageralter die Stufen hinauf und hinunter, die Handys in der Hand, während sie sich gegenseitig bei Skateboardtricks auf der niedrigen Granitwand, die neben der Treppe verlief, aufnahmen. Ein Teenager, dessen muskulöse Beine aus den Boardshorts hervorlugten, lungerte in der Nähe der obersten Stufe herum und beobachtete, wie Daniela sich näherte, dann wanderte sein Blick an ihr vorbei und er suchte die Strada il Teatro nach Anzeichen von Polizei ab. Hinter ihm war ein kleines Schild an der Wand angebracht, das Skateboarden in diesem Bereich verbot.

Daniela lächelte in sich hinein, als sie die Stufen hinunterstieg. Manche Dinge waren überall gleich, das Verhalten von energiegeladenen Teenagern und müden Kindern stand ganz oben auf der Liste.

Ein Blick auf ihre Uhr zeigte ihr, dass sie noch neun Minuten Zeit hatte.

Bei ihrem Telefonat mit Fabrizia hatten sie Berufliches besprochen. Der Kalender im Smartphone der Königin war nicht korrekt aktualisiert worden, sodass eine zeitliche Verschiebung für die in der nächsten Woche anstehende Rede zur Eröffnung einer neuen Museumsausstellung nicht berücksichtigt worden war. Außerdem hatte sie Fragen zu den erwarteten Gästen eines bevorstehenden Mittagessens. Bis jetzt hatte die Assistentin, die für Daniela einsprang, einen guten Job gemacht, aber, wie Fabrizia so freundlich war, zu bemerken: „Niemand ist so gut darin wie Sie, Daniela. Sie denken an Dinge wie das Aktualisieren des Kalenders in meinem Telefon, zusätzlich zu den Tages- und Wochenplänen."

Die Königin beendete das Gespräch mit einer Liste von

Punkten, die überprüft werden mussten. Daniela würde morgen früher als sonst aufstehen müssen, um sie anzugehen, aber zu wissen, dass die Königin ihre Arbeit schätzte, war motivierend.

Als sie die unterste Stufe erreichte, bog sie in die Via Vespri ein. Ein Hinweisschild, das zu den Straßenlaternen passte, zeigte in mehreren Sprachen den Weg zu den Sehenswürdigkeiten. Auf der anderen Straßenseite schlossen eine Geldwechselstube und ein Touristeninformationszentrum für den Abend, die metallenen Rollläden vor den Eingängen waren bereits halb heruntergelassen, als die letzten Kunden gingen. Sie lief an einer Bekleidungsboutique vorbei, an einem überfüllten indischen Restaurant und einem für San Rimini traditionellen Restaurant, wo es nach Zitrone und Knoblauch roch. Ein Mann und eine Frau standen am Eingang des Lokals, übersetzten die Speisekarte für ihre beiden Kinder ins Französische und drängten sie ins Innere. Eine ähnliche Szene spielte sich auf der anderen Straßenseite vor einem griechischen Restaurant ab, wo ein Paar in Danielas Alter die Speisekarte studierte und über die Auswahl diskutierte. In regelmäßigen Abständen fand man Bänke auf dem Bürgersteig, um die Touristen davon abzuhalten, Taxis herbeizuwinken, wenn ihnen die Füße und Beine vom Laufen wehtaten. Das war ein kluger Schachzug der Geschäfte und Lokale, denn mehr als eine Bank war von Ausländern besetzt, die die Ruhepause nutzten, um Restaurantbewertungen auf ihren Handys zu lesen.

Obwohl Daniela jede Tür im Vorbeigehen betrachtete, hätte sie die Trattoria *Safina* fast übersehen, die zwischen einem Juweliergeschäft und einer weiteren Kleiderboutique eingeklemmt war. Der Eingang war schmal, mit einem einzigen Fenster rechts von der Tür. Im Gegensatz zu den anderen Restaurants gab es kein Aushängeschild, der Name stand nur auf der Glastür, genau wie Roy es beschrieben hatte.

Korrektur: Genau wie *Royce* es beschrieben hatte. Gereizt

ließ sie ihren Blick über die Bänke in der Nähe schweifen und schaute dann auf ihre Uhr. Vier Minuten vor acht.

Sie grübelte über Royce Dekker, seit sie seine Identität herausgefunden hatte. Zuerst war sie wütend auf sich selbst gewesen, weil sie ihn nicht früher erkannt hatte, dann wütend auf ihn, weil er sie belogen hatte. Oder genauer gesagt, weil er sie getäuscht hatte. Aber als sie sich von ihrer Mutter verabschiedet und das Flugzeug zurück nach San Rimini bestiegen hatte, war sie gedanklich einen Schritt zurückgegangen und hatte sich gefragt, ob Royce sie vielleicht gar nicht getäuscht, sondern einfach vergessen hatte. Eine Nacht und ein Kuss vor Jahren war wahrscheinlich kein Ereignis, das sich in das Gedächtnis eines Mannes einbrannte, wenngleich es ein Schlag für ihr Ego war, sich das einzugestehen.

Als der Flieger gelandet war, hatte sie diese Überlegung jedoch beiseitegeschoben. Es passte nicht zusammen. Wenn er sie vergessen hatte, warum dann die Namensänderung? Warum versteckte er sich unter seiner Kappe?

Schließlich, als der Vormittag zur Hälfte verstrichen war, hielt sie es nicht länger aus. Sie marschierte aus Königin Alettas Suite, ohne einen Plan, der weiter reichte, als ihn Royce zu nennen und seine Reaktion abzuwarten.

Zu ihrem Schock erinnerte er sich nicht nur an sie, er gab es sogar zu. Noch schockierender war, dass sie ihm glauben wollte, als er sagte, er hätte einen guten Grund für sein Verhalten, auch wenn sie sich nicht vorstellen konnte, was für ein Grund das sein sollte. Seine Stimme, seine Haltung, seine Wortwahl – sogar dieser kitschige Satz, dass sie ihm Hoffnung gab – hatte etwas in ihr angerührt.

Vielleicht lag es aber auch daran, dass er seine Kappe abgenommen und ihr direkt in die Augen geschaut hatte, als er es sagte. Royce Dekker war nicht gut aussehend im Sinne eines Plakat- oder Zeitschriftenmodels. Seine Nase ähnelte einer Klinge, und seine Gesichtszüge waren auch nicht wirklich symmetrisch. Außerdem hatte er eine Narbe, die einem seitenverkehrten C glich, auf der rechten Seite seiner Stirn, in der Mitte zwischen seiner Augenbraue und seinem Haaransatz, die zu neu aussah, als dass er sie bereits in Cancún gehabt haben könnte. Als sie ihn genauer betrachtete, bemerkte sie weitere Veränderungen: Sein Haar war viel kürzer und in einem fast militärischen Stil geschnitten, sodass man die leichten Wellen nicht mehr sah, und aus seinem Gesicht sprach eine Härte, die von überwundenen Herausforderungen kündete. Aber er sah gut aus – wirklich unglaublich gut – mit seinen dunklen Augenbrauen, einer wohlgeformten Kieferpartie und muskulösen Schultern. Kräftig gebaut. Ein Mann, den man bei einem Kampf an seiner Seite haben wollte, oder wenn man in der Stimmung für eine heiße Nacht war. Doch vor allem wegen seiner intelligenten braunen Augen und seinem ausdrucksstarken Blick vertraute sie ihm instinktiv, genau wie all die Jahre zuvor, als sie zugestimmt hatte, sich von ihm begleiten zu lassen. Er schien geradewegs in sie hineinzusehen und ihre geheimsten Gedanken und Gefühle zu erfassen, während er gleichzeitig ihr Vertrauen zu ihm weckte.

Sie hatte ihre Willenskraft intensiv bemühen müssen, um sich an diesem Nachmittag zu konzentrieren und nicht zuzulassen, dass ihre Gedanken zu dem Anstreicher im Nebenzimmer abschweiften, aber diese Entschlossenheit hatte sich ausgezahlt. Mode war nicht so sehr ihre Stärke, sondern eher ihr Organisationstalent, und so hatte es eine gute Stunde Recherche und ein paar Telefonate gebraucht, um sicher zu sein. Ein Gefühl der Genugtuung durchzuckte sie, als sie endlich das letzte Telefonat beendete und die Handtasche in dem Schrank verstaute, der die wertvollsten Kleider der Königin enthielt, ganz hinten auf dem Boden, wo sie von Stoff verdeckt war.

Ihre Anstellung bei Fabrizia hatte sie gelehrt, dass es manchmal nicht darum ging, Leistungen zu erbringen, die in der Öffentlichkeit wahrgenommen wurden, sondern zu verhindern, dass Unheilvolles in die Öffentlichkeit gelangte. Die Bestätigung, die sie heute Nachmittag bekommen hatte, fiel in diese Kategorie.

Ein deutsches Ehepaar kam aus der Trattoria, die Gesichter gerötet von einem langen Tag in der Sonne, die Lider schwer von der Erschöpfung, die Reisende am Ende eines langen Urlaubs empfinden. Sie verharrten am Straßenrand und überlegten, ob sie zu Fuß gehen oder ein Sammeltaxi rufen sollten. Als sie sich für den Fußweg entschieden und Arm in Arm losgingen, schaute Daniela noch einmal auf die Uhr. Da draußen keine Spur von Royce zu sehen war, drückte sie die schwere Tür des Restaurants auf. Eine kleine Frau mit schwarzem, stacheligem Haar stand hinter einem Tresen, auf dem sich Essensbehälter stapelten. Auf Italienisch fragte sie, ob Daniela gekommen sei, um eine Bestellung abzuholen.

Daniela spähte in das Halbdunkel des Raumes. Er war langgezogen und schmal, mit Fliesenböden, die genauso alt wie das Gebäude zu sein schienen. Spiegel mit breiten Rahmen säumten die Wände, dazwischen hingen sepiafarbene Bilder der Uferpromenade von San Rimini, wie sie hundert Jahre zuvor ausgesehen hatte. Trotz eines Kronleuchters, dessen Kristalle über ihrem Kopf funkelten, herrschte nur schummriges Licht. Sowohl die Kristalle als auch die schmiedeeisernen Arme waren frei von Spinnweben oder Staub.

So sauber alles auch war, Danielas Rücken versteifte sich. Es war die Art von dunklem, beengtem Ort, den sie zu vermeiden versuchte. Wo andere Menschen Gemütlichkeit empfanden, hatte sie das Gefühl, dass sich die Wände auf sie zubewegten, um ihr die Luft aus den Lungen zu pressen. Sie schaute wieder auf den Kronleuchter und zehrte im Geiste von seinem Licht. Wenn sie sich auf die Tatsache konzentrierte, dass der Raum makellos war, dass kein Haufen Müll auf ihren Kopf herabregnen würde, sollte das ihr Gefühl der Angst mildern.

Schließlich antwortete sie der Frau am Tresen: „Ich bin mit

jemandem verabredet, aber ich komme ein paar Minuten zu früh."

Der Gesichtsausdruck der Frau verriet, dass sie wusste, wer Daniela sein musste. Sie bedeutete Daniela, ihr zu folgen. Sie gingen an vier leeren Tischen vorbei, dann an zweien, die gerade von einem Hilfskellner abgeräumt wurden. Dahinter saß Royce mit dem Rücken zur Wand an einem Holztisch, der so abgenutzt war, dass er schwarz wirkte. Auf dem Tisch befanden sich Besteck, zwei Speisekarten und zwei beschlagene Gläser mit Wasser. Royce erhob sich, als sie sich näherte, dann umrundete er den Tisch und rückte ihr den Stuhl gegenüber seinem zurecht. Das bedeutete zwar, dass Daniela mit dem Rücken zur Tür des Restaurants sitzen würde, aber der große Spiegel, der an der Wand hinter Royce' Platz angebracht war, vermittelte ihr die Illusion, sich in einem größeren Raum zu befinden.

„*Grazie*, Basia", sagte Royce zu der Frau, die hinter dem Tresen gestanden hatte.

Sie nickte ihm zu und entfernte sich, als sich die Tür öffnete und ein Mann hereinkam, der eine Bestellung abholen wollte.

„Hier wird viel zum Mitnehmen bestellt, vor allem unter der Woche", erklärte Royce, als er wieder Platz nahm und einen Blick zum Eingang warf. „Der Sitzbereich ist hauptsächlich für Touristen."

„Du kennst die Frau am Tresen?"

„Die Safina der Trattoria *Safina* ist längst im Ruhestand, aber sie kommt ab und zu zum Essen vorbei, und ich nehme an, um ein Auge auf den Laden zu haben. Basia ist ihre Enkelin. Der Chefkoch ist ein Cousin von Basia. Es hat allerdings ein paar Jahre gedauert, das alles herauszufinden. Dies war das erste Restaurant, das meine Eltern besuchten, als sie nach San Rimini gezogen waren. Seitdem haben wir immer hier bestellt."

„Das war, als du noch ein Teenager warst, richtig?"

Noch bevor sie die Frage ganz ausgesprochen hatte, bereute Daniela sie. Anderen Leuten persönliche Fragen zu stellen, war ihre Gewohnheit, eine höfliche Konversation, die es ihr erlaubte, etwas über ihr Gegenüber zu erfahren, während es ihre Gesprächspartner davon abhielt, zu viel über sie selbst herauszufinden. Aber in diesem Fall verriet die Frage zu viel. Sie ließ Royce wissen, dass sie sich an kleine Details ihres gemeinsamen Abends erinnerte, was verriet, dass dieser ihr mehr bedeutet hatte, als er sollte.

Er strich mit dem Zeigefinger über den Rand seines Wasserglases. „Dein Gedächtnis verblüfft mich. Das habe ich dir erzählt? Damals in Cancún?"

„Du sagtest, du hast in Den Haag gelebt und bist dann ein paar Jahre vor deinem Studium nach San Rimini gekommen. Zumindest glaube ich, dass du das gesagt hast. Seitdem habe ich einige Male geschlafen."

Seine Mundwinkel hoben sich zu einem Lächeln, als er ihren Rückzieher als das erkannte, was er war. „Ich war sechzehn, als wir hierhergezogen sind."

„Und du hast dich dann entschieden, dauerhaft zu bleiben."

Ein merkwürdiger Ausdruck ging über sein Gesicht, bevor er nickte, was ihr das Gefühl gab, dass er mit ihrer Wortwahl nicht einverstanden war. Allerdings wusste sie nicht, ob ihm eher „entschieden" oder „dauerhaft" aufstieß. Er wollte gerade etwas erwidern, als sich ihnen ein Kellner näherte, um ihnen Brot mit Olivenöl anzubieten und ihre Bestellungen aufzunehmen. Als er ihnen mitteilte, dass die Spezialität des Abends Spinatlasagne mit grünen Bohnen vom Hof der Familie und einheimischen Wildpilzen sei, bestellten sie beide dieses Gericht. Nachdem er sich bei Daniela nach ihrer Weinvorliebe erkundigt hatte, fügte Royce der Bestellung eine Karaffe des hauseigenen Pinot Noir hinzu.

Als der Kellner ging, der Hilfskellner dicht hinter ihm, stützte Royce die Handgelenke auf dem Tisch ab und legte die Fingerspitzen zusammen. Er sprach leise, seine Worte waren nur für Danielas Ohren bestimmt, obwohl die einzige andere

Person im Raum die stachelhaarige Basia an der Theke war. „Also, meine Erklärung. Ich kann den Dorn auch gleich herausziehen."

Sie wartete. Er brauchte ganze zehn Sekunden und einen tiefen Atemzug, bevor er begann: „Als wir uns in Cancún begegnet sind, arbeitete ich in Guatemala. Erinnerst du dich?"

Sie nickte.

„Als das Projekt abgeschlossen war, trat ich in die britische Armee ein. Ich absolvierte meine Ausbildung in England und ging dann zum Geheimdienst. Es machte mir Spaß und ich war gut darin. Ich dachte, ich hätte meinen Platz gefunden. Jede Menge geistige Anregung. Genug Zeit an der frischen Luft, damit ich keinen Lagerkoller bekam. Anständige Bezahlung und Sozialleistungen, die Möglichkeit, die Welt zu sehen."

Er brach ein Stück Brot ab und tauchte es in das Olivenöl, aber auf die abgelenkte Art von jemandem, der seine Hände beschäftigen musste, nicht seinen Hunger stillen wollte. Er ließ die Finger mit dem Brot über dem Teller schweben, während er sprach.

„Ich kam zuerst nach Grönland. Ich war noch nie dort gewesen und fand es toll. Dann ging es weiter zu Einsätzen in Wales und Zypern. Von dort wurde ich für vier Wochen in die Türkei geschickt, als Teil einer multinationalen Trainingsübung. Acht Länder führten Scheinangriffe, Munitionsabwürfe, Schießübungen und so weiter durch. Es war eine große Sache. Als die Übung zu Ende war, blieben ein paar Einheiten wegen der zunehmenden Gewalt in Syrien zurück, darunter auch meine."

Er holte Luft und drückte sein Brot leicht am Rand des Tellers aus, aber seine Augen blieben auf sie geheftet.

„Eines Abends, etwa einen Monat nach Beginn des verlängerten Einsatzes, ging ich mit zwei Soldaten einer anderen Einheit in einem Dorf zum Abendessen in ein Restaurant. Ich hatte sie während der ursprünglichen Übung kennengelernt und sie sollten in ein paar Tagen abgezogen und anderswohin geschickt werden. Ich wählte ein kleines Lokal, das ich schon einmal besucht hatte, etwa zehn Autominuten hinter der türkischen Grenze zu Syrien. Gutes Essen. Günstig. Geführt von einer Großfamilie. Wir hatten den Nachmittag mit weiteren Übungen verbracht und unser Adrenalinspiegel war hoch, als wir das Restaurant betraten. Wir drei aßen wie Könige, bezahlten unsere Rechnung und gaben ein üppiges Trinkgeld. Wir fühlten uns gut dabei, der Familie an diesem Abend ein solides Einkommen zu verschaffen, und waren froh, unsere Freundschaft gefestigt zu haben. Wir versprachen uns sogar, uns gegenseitig über zukünftige Einsätze auf dem Laufenden zu halten für den Fall, dass sich so die Gelegenheit für ein Wiedersehen ergab."

Royce zog die Schultern hoch, als würde er sich unbewusst auf einen Schlag vorbereiten, und Danielas Magen krampfte sich zusammen.

„Wir sahen den Kerl gleichzeitig. Er saß auf dem Fahrersitz eines alten VW-Busses, der auf der anderen Seite der unbefestigten Straße gegenüber dem Restaurant geparkt war, seine Augen waren auf die Tür gerichtet, als wir herauskamen. Er sah so ängstlich aus wie ein kleiner Junge, der gezwungen wurde, Achterbahn zu fahren. Entschlossen, es durchzuziehen, aber betend, dass er nicht kotzen oder weinen würde. Ich wusste, was dieser Blick bedeutete, warum er dort war. Wir duckten uns und riefen den Leuten im Restaurant zu, sie sollten in Deckung gehen."

Royce hob das Kinn, als ihr Kellner mit der Karaffe erschien und den Wein einschenkte. Royce dankte ihm und wartete, bis der ältere Mann in die Küche zurückgekehrt war, dann setzte er seine Geschichte fort: „Wir hatten Glück. Nur der Attentäter selbst wurde getötet. Einer meiner Freunde bekam einen Bombensplitter in den Hals und dem anderen steckten mehrere Nägel in der Wade. Zwei Frauen, die auf der anderen Straßenseite gewesen waren, hatten Schäden am Trommelfell und Splitterwunden, aber nichts Lebensbedrohliches. Die Fenster des Restaurants waren geborsten, aber abgesehen von Schnitten und Prellungen war niemand verletzt."

„Was war mit dir?"

„Die Explosion schleuderte mich zu Boden. Ich hatte eine Gehirnerschütterung und etwas Kies und Glasscherben in meinen Unterarmen und Handflächen. Ein paar Stücke in meiner Stirn. Nichts, was eine Spülung mit Kochsalzlösung und eine Handvoll Ibuprofen nicht in den Griff bekommen hätten."

Daniela nahm einen Schluck von ihrem Wein und betrachtete Royce aufmerksam. Der Hauswein in den meisten Restaurants war annehmbar, aber selten erinnerungswürdig. Dieser war exquisit. Trotzdem blieb ihr Blick auf den Mann vor ihr gerichtet. „Und dann?"

Royce zuckte mit den Achseln. „Dann kam der schlimme Teil. Ich zweifelte an mir und meinen Fähigkeiten. Ich konnte mich nicht erinnern, ob der VW-Bus auf der anderen Straßenseite geparkt war, bevor wir das Restaurant betraten. Wir hatten uns dem Transporter wohl von hinten genähert, also hatte ich den Fahrer nicht gesehen. Aber wenn ich aufgepasst hätte, wäre mir aufgefallen, dass er keine Nummernschilder hatte oder dass er tief lag, weil er mit Sprengstoff und Nägeln gefüllt war. Solche Dinge zu beachten, habe ich in meiner Ausbildung gelernt."

Während er sprach, ließ Royce seinen Blick zu Basia schweifen, um sich zu vergewissern, dass sie immer noch unbeobachtet waren. Er atmete aus und fuhr fort: „Meine Unachtsamkeit hat die Ermittlungen verlangsamt. Ich konnte grundlegende Fragen über den Abend nicht beantworten. Nur wenige Leute wussten, wo wir in dieser Nacht sein würden, was eine übliche operative Sicherheitsmaßnahme ist. Aber da es unmöglich ist, Tote zu verhören, konnten wir nicht zweifelsfrei feststellen, ob der Bombenleger die Informationen aus unserer

Einheit erhalten hatte oder ob er einfach wusste, dass wir das Restaurant zuvor besucht hatten, und es observierte in der Hoffnung, wir würden wiederkommen. Es war entscheidend, zu erfahren, ob er Teil einer Gruppe war oder den Anschlag allein geplant hatte."

Daniela strich mit dem Daumen über den Rand ihres Glases. Selbst jetzt war noch unverkennbar, dass die Ereignisse jener Nacht ihn frustrierten. „Ich weiß nichts über militärische Operationen, aber so, wie du den Fall schilderst, hast du wahrscheinlich nichts falsch gemacht. Der VW-Bus war womöglich vorher gar nicht da. Vielleicht hat der Attentäter einfach die Gelegenheit ergriffen. Er wollte etwas in die Luft jagen und hatte die Mittel, es zu tun. Als ihr, du und deine Freunde, in den Ort kamt, hatte er seine Chance."

Royce nahm einen Bissen von seinem Brot, dann legte er es mit einem Stirnrunzeln auf den Teller, als er merkte, dass es mit Öl vollgesogen war. „Vielleicht, vielleicht auch nicht. Im Endeffekt waren wir von den Übungen an diesem Nachmittag so überdreht, dass ich unvorsichtig war. Es dauerte Monate, um zu ermitteln, dass der Kerl ein Einzeltäter war, inspiriert von Extremisten, deren Videos er im Internet angeschaut hatte. Er hatte die Nachbarschaft ausgekundschaftet, erfahren, dass Soldaten dieses bestimmte Restaurant bei früheren Gelegenheiten besucht hatten, und dann den Van selbst präpariert. Wäre er Teil einer Gruppe gewesen, hätten noch mehr Anschläge stattfinden und Menschen sterben können, bevor wir es herausfanden. Ich wollte nie wieder für eine solche Verzögerung verantwortlich sein. Und wir haben nie feststellen können, wann er am Restaurant ankam – ob er schon dort war und uns beobachtet hatte oder ob er gehört hatte, dass in dieser Nacht Soldaten zu Gast waren, und sich dann entschlossen hatte, etwas zu unternehmen."

Eine Bewegung im Spiegel hinter Royce erregte Danielas Aufmerksamkeit. Ein weiterer Kunde kam herein, um eine

Mahlzeit abzuholen. So wie er Basia begrüßte, war er ein Stammgast. Daniela senkte ihren Blick vom Spiegel zu Royce, der den Austausch am Tresen ebenfalls beobachtet hatte.

„Was hat das damit zu tun, dass du deine Identität vor mir geheim gehalten hast?"

Er grinste, aber eher in sich hinein, als dass er Daniela anlächelte. „Diese Nacht hat mich gelehrt, besser auf meine Umgebung zu achten und meine Karten nicht aufzudecken, auch wenn ich mich sicher fühle."

„Vorsicht wurde dir zur zweiten Natur."

„Genau."

In gewisser Weise konnte sie das verstehen. Viele Aspekte ihres Lebens waren wie ein offenes Buch. Andere jedoch hielt sie unter Verschluss, um sowohl ihre Familie als auch ihr Herz zu schützen. Andererseits ergab es keinen Sinn. Welchen Horror glaubte Royce zu verhindern, indem er sie über seine Identität im Unklaren ließ?

Bevor sie fragen konnte, kam der Kellner durch die Schwingtür aus der Küche, in jeder Hand einen Teller Lasagne. Er warnte sie, dass die Teller heiß wären, füllte ihre Weingläser nach und bot an, eine zweite Karaffe zu bringen. Daniela schaute auf ihr Glas, als der Kellner einschenkte, und stellte überrascht fest, dass sie bereits mehr als die Hälfte ihres Weins getrunken hatte. Royce nickte, und der Kellner verschwand. Sie schwiegen, bis er zurückkam, die neue Karaffe auf den Tisch stellte und fragte, ob sie noch etwas brauchten. Als sie wieder allein waren, wanderte Royce' Blick zu ihrem Teller, eine stumme Aufforderung, mit dem Essen zu beginnen. Dann schaute er zum vorderen Teil der Trattoria, wo eine weitere Kundin kam, um ihr Essen abzuholen. Royce nahm ein paar Bissen von seiner Lasagne, sagte aber nichts, bis die Frau mit ihren Mitnahmebehältern wegging.

„Ich wurde von König Eduardo angeheuert, um die Wände

zu renovieren und die Fußleisten zu erneuern. Aber das ist nicht meine Hauptaufgabe."

Sie betrachtete ihn, bemerkte wieder die Narbe, dann seine ernste Miene. „Du bist nicht wirklich Anstreicher, oder?"

„Mein Malerbetrieb ist ordnungsgemäß angemeldet. Ich habe damit angefangen, nachdem ich aus dem Militär ausgeschieden bin. Allerdings habe ich nicht viele Kunden. Ich benutze den Betrieb als Tarnung, wenn es um Sicherheitsaufgaben geht."

Danielas Gedanken rasten. Royce war im Sicherheitsdienst?

Das würde erklären, warum er früh kam, aber immer länger blieb als sie, selbst an den Abenden, an denen sie bis spät arbeitete. Und warum er so viele Fragen über Helena Masciaretti und die Roscha-Schwestern gestellt hatte, Fragen, die über höfliche Erkundigungen, ob ihre Anwesenheit sie gestört hatte, hinausgingen. Und warum er seine Identität vor ihr geheim gehalten hatte.

Die Lasagne, die eben noch so köstlich geschmeckt hatte, verdickte sich in ihrem Mund zu Lehm, während sie das, was er gesagt hatte, verarbeitete. Sie zwang sich, den Klumpen Pasta hinunterzuschlucken, und fragte sich, ob sie das Vertrauen der königlichen Familie in sie falsch bewertet hatte.

„Du wurdest angeheuert, um Königin Alettas Suite im Auge zu behalten." Sie sah die Bestätigung in seinen Augen, bevor er antworten konnte, und ein hohles Gefühl der Enttäuschung stieg in ihr auf. „Du wurdest engagiert, um mich zu überwachen."

KAPITEL 17

RoYCE überprüfte, wo Basia sich befand, um sicherzugehen, dass sie außer Hörweite war. Dann antwortete er Daniela: „Ja, was die Beobachtung des Wohnbereichs betrifft, aber nein, ich habe definitiv nicht dich beobachtet. Nicht so, wie du denkst. Der König hat dir genug Vertrauen entgegengebracht, um dich die Wäsche seiner verstorbenen Frau durchsehen zu lassen, und wenn das kein uneingeschränkter Glaube an deine Integrität ist, weiß ich nicht, was es sonst sein sollte." Er holte Luft, dann fügte er hinzu: „Meine Aufgabe ist es, als Augen in deinem Hinterkopf zu dienen, damit du dich auf deine Arbeit konzentrieren kannst."

Danielas Körpersprache blieb vollkommen neutral, doch Royce entging der zaghafte Hoffnungsschimmer in ihren Augen nicht. „Okay. Warum beschreibst du deine Aufgabe nicht genauer?"

Schon in dem Moment, als sie ihn Royce nannte, hatte er gewusst, dass er einiges erklären musste, aber dass er Zeit gehabt hatte, über diese Erklärung nachzudenken, machte es nicht einfacher. Er wappnete sich im Geiste. „Du wurdest über die Diebstähle informiert, die zu der Zeit um Königin Alettas

Tod stattgefunden haben, und dass sie wahrscheinlich von jemandem innerhalb des Palastes begangen wurden."

Einige Sekunden vergingen, bis sie sagte: „Ich wurde informiert."

Gut, das war schon mal ein Fortschritt. „Soweit der König weiß, ahnt die Dienerschaft nichts von den Diebstählen. Du wurdest auf Königin Fabrizias Empfehlung hin engagiert, nachdem König Eduardo der Königin gesagt hatte, dass er die Palastbediensteten nicht mit der Aufgabe zu betrauen wünschte, aber kein Aufsehen erregen wollte."

Royce legte seine Hand flach auf den Tisch und schob sie zu seinem Weinglas, bis sich der Stiel zwischen seinem Zeige- und Mittelfinger befand, doch er ließ Daniela nicht aus den Augen. „Der Grund, warum ich angeheuert wurde, ähnelt dem, warum sie dich eingestellt haben. Als entschieden wurde, dass Königin Alettas Suite geöffnet werden sollte, wollte die Familie, dass eine unabhängige Instanz für die Sicherheit garantierte, ohne dass Chiara, Miroslav oder die anderen in ihrem Team eingeweiht wurden. Da es dafür niemanden wie Königin Fabrizia gab, der die Anstellung einer Person von außerhalb des Palasts vermitteln konnte, entwickelte Prinz Federico die Idee mit der Renovierung. Dies hat zusätzlich den Vorteil, dass die Palastangestellten den Räumen des Königs fernbleiben, während du in der Suite bist. Die Tatsache, dass ich tatsächlich Renovierungsarbeiten ausführen kann, half mir, den Job zu bekommen. Federico kaschierte das, indem er der Crew, die für die Instandhaltung des Palasts zuständig ist, andere Aufgaben zuwies."

„Miroslav und Chiara Ascardi haben keine Ahnung, dass du im Security-Bereich tätig bist?"

„Nein. Nur der König und seine Kinder wissen es. Und du weißt es jetzt auch."

Sie ließ sich einen Augenblick Zeit, um das in sich aufzunehmen, dann furchte sich ihre Stirn. „Wenn du nicht dazu da bist, um mich zu beobachten, was ist dann deine Aufgabe? Dafür zu sorgen, dass nicht noch mehr verschwindet?"

„Ja." Er zog eine Schulter hoch und ließ sie wieder sinken. „Wenn ich die Identität des Diebs feststellen könnte, wäre das ein Bonus, aber darauf liegt nicht mein Hauptaugenmerk. Ehrlich gesagt, nach fünf Jahren ist diese Hoffnung auch unrealistisch. In der Zwischenzeit bekommt der König einen neuen Anstrich für seinen großen Wohnraum. Er war tatsächlich ganz froh über diesen Teil des Plans."

Sie überdachte das. „An meinem ersten Tag haben König Eduardo und ich uns zum Frühstück getroffen, um meine Pflichten durchzugehen. Er sagte, er würde sich darauf freuen, einen helleren und luftigeren Wohnraum zu bekommen, während das Ankleidezimmer aufgeräumt wird. Er hat mir sogar die Farbe beschrieben. Dabei hat er nichts durchblicken lassen." Sie legte den Kopf schief. „Glauben der König und Prinz Federico, jemand vom Sicherheitsteam im Palast, dass es sein könnte, dass ein Mitarbeiter der Security –?"

„– die Königin bestohlen hat? Nein. Und doch hat es offensichtlich jemand getan. Jemand, dem sie vertrauten." Er hob sein Glas an die Lippen und genoss einen Schluck des aromatischen, dunklen Weins. Wo auch immer Safina ihren Hauswein herhatte, die Leute verstanden etwas von ihrem Handwerk. Dann fuhr er fort: „Als wir uns in Cancún begegneten, habe ich dir von meinem Wunsch erzählt, zum Militär zu gehen, vielleicht zum Geheimdienst. Ich fürchtete, wenn du dich an mich erinnertest, würdest du dich auch dieses Gesprächs entsinnen und den wahren Grund erraten, warum ich mich in den Räumen des Königs aufhielt."

„Ich kann geheime Informationen für mich behalten. Auch spreche ich außer mit dir und Miroslav nur mit Prinz Federico, und das kommt sehr selten vor."

„Ich vertraue dir." Er streckte eine Hand aus und hoffte, sein Ton verriet, dass er aufrichtig war. „Ich habe die Situation mit

Prinz Federico besprochen und ihm gesagt, es wäre einfacher, wenn du nicht so tun müsstest, als wäre ich nur zum Renovieren im Palast. Das glaube ich immer noch, darum wollte ich dir lieber alles erklären, statt mich zu entschuldigen, und ich wollte es außerhalb des Palastes tun. Miroslav ist gut in seinem Job. Genauso wie Chiara Ascardi. Sie sind darauf trainiert, untypisches Verhalten zu bemerken. Ein merkwürdiger Blick oder ein falsches Wort würden genügen, damit ihnen der Verdacht kommt, dass mehr hinter meiner Anwesenheit steckt, als ins Auge fällt. Es ist schon ungewöhnlich genug, dass die königliche Familie jemanden von außerhalb eingestellt hat, statt den Mitarbeitern, die für die Instandhaltung des Palastes zuständig sind, diese Aufgabe zu übertragen. Ich wollte nicht, dass jemand sich eingehender als nötig mit meinem Hintergrund beschäftigt, damit ich die Sicherheitsfreigabe für die Renovierung bekommen konnte."

Daniela hörte, wie sich die Tür des Restaurants öffnete, und schaute in den Spiegel. Ein Teenager kam herein, ein Motorradhelm war mit dem Kinnriemen an seinem Arm befestigt. Er und Basia plauderten ein wenig, bis der Kellner mit zwei großen Tüten aus der Küche kam. Basia schaute hinein, wiederholte eine lange Bestellung und reichte dem Teenager dann eine der Tüten.

„Er ist Stammgast hier", sagte Royce leise. „Er arbeitet nach der Schule im Fremdenverkehrsamt und holt ab und zu das Abendessen für seine Familie ab."

„Da hat er aber eine Menge zu transportieren auf seinem Motorrad!"

„Motorrad ist etwas hochgegriffen, er fährt einen Motorroller mit einem Milchkasten hinten drauf. Er ist das älteste von sieben Kindern. Gut in der Schule, arbeitet hart und schafft es, alles unter einen Hut zu bringen, ohne gestresst zu sein."

Danielas Blick wanderte vom Spiegel weg zu Royce. „Woher weißt du das alles? Von Basia?"

Er war versucht, zu nicken und es dabei zu belassen, doch er wusste, sie wollte die ganze Geschichte. „Sie hat uns einmal einander vorgestellt, als wir beide auf unsere Bestellungen warteten. So sind wir ins Gespräch gekommen."

Der Teenager spähte in das Dämmerlicht, erkannte Royce und hob grüßend die Hand. Royce winkte zurück, bevor Basia dem Jungen durch die Tür nach draußen folgte. Sie trugen beide eine Tüte, vermutlich, um diese auf seinen Motorroller zu laden. Zu Daniela sagte Royce: „Hin und wieder gebe ich ihm Nachhilfe."

„Du? In welchem Fach?" In ihrer Stimme schwang Überraschung mit, aber kein Zweifel. Es klang mehr wie Anerkennung. Es sollte ihm nicht wichtig sein, doch das war es. Es gefiel ihm.

„Physik. Ich glaube, man kann es nicht wirklich Nachhilfe nennen. Ich treffe mich mit ihm, um den Unterrichtsstoff durchzugehen. Er bewirbt sich an der Universität und das ist das einzige Fach, das ihm schwerfällt. Ein Brainstorming hilft ihm, wenn er seine Mitschriften vom Labor durchgeht und sich auf Prüfungen vorbereitet. Daher weiß ich, dass er hart arbeitet und sich nicht nervös machen lässt."

„Gute Charakterzüge." Sie hielt einen Moment inne. „Du arbeitest offensichtlich gern mit ihm. Und du magst Physik?"

„Ich liebe dieses Fach", gab er zu. „Mich einige Jahre nach dem Studium erneut damit zu beschäftigen, ist gut für mein Gehirn."

„Du kannst dich aus Interesse mit dem Inhalt beschäftigen, nicht, weil du Tests schreiben musst."

„Genau."

Eine unbehagliche Stille breitete sich zwischen ihnen aus. Royce nahm noch ein paar Bissen und versuchte, sich auf das Essen zu konzentrieren und nicht auf die Frau, die ihm am Tisch gegenübersaß. Er hatte die Trattoria *Safina* aus mehreren Gründen ausgewählt. Einmal aus praktischen Erwägungen heraus, weil Touristen gewöhnlich in eins der größeren Restaurants gingen, deren Speisekarte entweder im Schaufenster oder als Aufsteller auf dem Bürgersteig einzusehen war. Ein kleineres Lokal ohne auffällige Beschilderung, ohne Möglichkeit, nach innen zu spähen, ohne ausgehängte Karte wurde weniger besucht. Der zweite Grund war das Essen. Seit er nach San Rimini zurückgekehrt war, hatte Royce fast jedes Menü auf der Speisekarte der Trattoria probiert sowie alle turnusmäßig angebotenen Spezialgerichte. Alles war ausgezeichnet gewesen. Doch trotz seiner Bemühungen heute Abend, sich auf den Geschmack und die Konsistenz des Essens zu konzentrieren, blieb das unbehagliche Gefühl, zumindest auf seiner Seite.

Daniela nahm einen Schluck von ihrem Wein und setzte das Glas auf dem Tisch ab. Während er beobachtete, wie sie es an dem Messer ausrichtete, sagte er: „Du bist auch nie gestresst."

Sie verdrehte die Augen. „Ich bin ständig gestresst. Ich organisiere das Leben einer der bekanntesten Frauen auf dem Planeten. Wenn jemand meine Stellenbeschreibung schriftlich niederlegen würde, müsste es darin heißen: ‚Einen Haufen Stress auf sich nehmen, damit Königin Fabrizia das nicht muss.' Ich gebe mir große Mühe, es mir nicht anmerken zu lassen."

„Dann bist du gut darin, so zu tun, als ob. Warst du schon immer so? So ruhig? In der Lage, Ordnung in eine chaotische Welt zu bringen?"

Sie zuckte die Schultern über das Kompliment – und die Frage –, dann wurde ihr Gesichtsausdruck ernst. „Sieh mal, Royce, es gefällt mir nicht, dass du mir deine Identität vorenthalten hast. Es ist schwierig, sich deswegen nicht gekränkt zu fühlen. Aber ich verstehe, warum du diese Entscheidung getroffen hast. Du versuchst, deinen Job zu machen, so wie ich versuche, meinen zu machen. Wenn es dich beruhigt, ich bin durchaus in der Lage, Miroslav etwas vorzuspielen oder irgendjemand anderem, der in den Wohnbereich kommt."

„Das glaube ich dir." Er spießte ein Stück seiner Lasagne auf. „Ich habe Prinz Federico über unser heutiges Abendessen und den Grund dafür in Kenntnis gesetzt. Er ist also informiert, dass du Bescheid weißt. Dennoch, in Anbetracht der Tatsache, dass die Wände im Palast Ohren haben –"

„Ich werde nichts sagen." Sie wartete, bis er einen weiteren Bissen Pasta genommen hatte, dann fügte sie hinzu: „Ich vermute, du hast diesen Ort ausgewählt, damit wir ungestört reden können?"

Er nickte. Nachdem sie sich einmal ausgesprochen hatten, so hatte er gehofft, könnten sie sich beim Essen entspannen. In der Atmosphäre aufgehen, vielleicht über ihr Leben seit Cancún sprechen. Über Musik und Filme und andere Themen, die nichts mit dem Palast zu tun hatten. Doch ihre Stirn blieb gefurcht und sie schien unwillig, etwas Persönliches preiszugeben. Diese Beobachtung speicherte er für später in seinem Gedächtnis, während sie weiterhin in den Spiegel blickte, ob sich einer von den Kellnern näherte.

„Bedrückt dich etwas?", bohrte er nach.

„Ich hatte noch keine Gelegenheit, es Prinz Federico gegenüber zu erwähnen." Ihr Kiefer spannte sich für den Bruchteil einer Sekunde an, bevor sie seinem Blick begegnete. „Ich bin heute Nachmittag auf etwas gestoßen, was nützlich für dich sein könnte. Ich bin keine Expertin, aber ich bin sicher, dass mindestens eine der Handtaschen der Königin eine Fälschung ist. Ich hege den Verdacht, dass das auch noch auf andere zutrifft, ebenso auf ein Halstuch und zwei Paar Schuhe. Ich stelle Nachforschungen an und ziehe diskret Erkundigungen ein."

Die Enthüllung erregte seine Aufmerksamkeit wie das Geräusch eines unerwarteten Gewehrschusses. Er wusste instinktiv, dies war möglicherweise von Bedeutung, auch wenn er noch nicht sagen konnte, inwiefern.

Da er sie nicht durch seine Reaktion beeinflussen wollte, beließ er es bei einer hochgezogenen Augenbraue. „Wenn man bedenkt, wie viele Outfits für die Verpflichtungen der königlichen Familie nötig sind, ist es vermutlich nicht überraschend, dass sich ein paar Fälschungen in ihre Kleiderschränke geschmuggelt haben."

„Nichts schmuggelt sich in ihre Kleiderschränke", widersprach sie.

Während er weiteraß, erklärte Daniela, dass die königliche Familie die meisten Kleidungsstücke über private Termine mit Modedesignern und persönliche Einkaufsberater bekam. „Die Wahrscheinlichkeit, dass eine Fälschung in den königliche Kleiderschrank gelangt, ist genauso gering wie die, das große Los in der Lotterie zu ziehen", sagte sie. „Ich habe den Nachmittag mit dem Versuch verbracht, herauszubekommen, wie es passiert sein könnte. Die einzige Möglichkeit wäre, dass Königin Aletta entweder im Internet oder unterwegs ein Objekt entdeckt und dann eine persönliche Assistentin gebeten hat, es zu erwerben. Ich habe das ein paar Mal für Fabrizia gemacht. Vor einigen Monaten zum Beispiel waren wir auf dem Weg zu einer Veranstaltung im Zentrum von Cateri. Das Auto wartete an einer roten Ampel und ihr fiel eine Lesebrille im Schaufenster eines einfachen Optikerladens auf. Am nächsten Tag ging ich zurück zu dem Geschäft, brachte den Preis in Erfahrung und sie bat mich, die Brille zu kaufen, ohne dass jemand erfuhr, dass diese für sie war. Auf solche Weise könnte eine Fälschung in die Garderobe der Königin geraten. Oder sagen wir mal, ein Geschäft wird von einem Händler betrogen, sodass es ihm eine Fälschung abkauft, oder ein Kunde erwirbt das echte Stück, kommt später und bringt eine Fälschung zurück und erhält den Kaufpreis erstattet, weil der Verkäufer nicht bemerkt, dass ein Austausch stattgefunden hat. Aber, wie ich schon sagte, das wäre genauso wahrscheinlich wie ein Lottogewinn."

„Du glaubst nicht, das könnte mit dieser Handtasche passiert sein?"

„Nein. Die Presse berichtet, an welchen Ereignissen die Mitglieder der königlichen Familie teilnehmen und was in ihrem Privatleben passiert, aber ihre Kleidung erweckt auch großes Interesse. Ganze Webseiten und Veröffentlichungen beschäftigen sich mit der Mode von Königen und Königinnen. Handtaschen stehen dabei im Mittelpunkt." Daniela winkelte ihren Arm an und klopfte darauf. „Durch ihre Position fallen sie in Fotos auf. Gerade letzte Woche nahm eine spanische Prinzessin an einem Gottesdienst teil und trug eine neue Handtasche. In nur ein paar Stunden war dieses Modell ausverkauft. Die Nachfrage nach anderen Taschen dieses Designers schoss in die Höhe. Fabrizia weiß das und darum trifft sie ihre Auswahl sehr bewusst. Genau wie ich, wenn ich in ihrem Auftrag handele. Aletta und ihre Bediensteten werden es nicht anders gehandhabt haben. Es wäre ein PR-Albtraum gewesen, wenn man sie mit einer gefälschten Handtasche fotografiert hätte. Es klingt unbedeutend, wenn man bedenkt, was in der Welt geschieht, aber es ist eine Begebenheit, die in den Nachrichten erwähnt worden wäre."

Er konnte nicht verhindern, dass sich Skepsis in seine Stimme schlich. „Was wäre dabei herausgekommen? Eine Überschrift in riesigen Lettern, dass die Königin billig ist?"

Sie schüttelte den Kopf. „Das wahre Problem ist wirtschaftlicher Natur. Designer wären erbost, und das zu Recht. Sie würden sagen, dass sie ein schlechtes Beispiel abgibt, wenn sie den Eindruck erweckt, dass es gesellschaftlich akzeptabel ist, gefälschte Waren zu verwenden. Sie würden sich genötigt fühlen, ihre Preise zu rechtfertigen sowie die Qualität der Materialien und der Verarbeitung. Sie würden argumentieren, dass die Königin genau die Gesetze, welche die Kreativität und Mühe der Designer schützen sollen, untergräbt, indem weggeschaut wird, wenn Nachahmer ihre Entwürfe stehlen und damit Profit machen."

Daniela saß mit dem Rücken zu den drei Kunden, die gleichzeitig hereinkamen, um Bestellungen abzuholen. Royce lehnte sich zurück und dachte nach. „Bist du sicher, dass diese Handtasche eine Fälschung ist?"

„Ich habe heute mit einem Experten im Hause des Herstellers gesprochen – ich habe meine Fragen natürlich allgemein gehalten – und habe dabei erfahren, dass die Nähte an den Henkeln die falsche Farbe haben. Sehr ähnlich, aber falsch. Das Futter der Handtasche ist auch falsch. Das Muster stimmt, sodass es nicht gleich auffällt, aber als ich es mit dem Futter von zwei anderen Taschen desselben Designers in der Sammlung der Königin verglichen habe, konnte ich den Unterschied fühlen. Es war rauer. Ein billigeres Material."

„Was du nicht sagst!"

Verärgerung zeigte sich kurz auf ihrem Gesicht. „Ich weiß, Mode scheint unwichtig, aber die Ausstattung von jemandem, der so im Licht der Öffentlichkeit steht wie eine Königin, stellt einen kommerziellen Wert dar. Auch in Königin Alettas persönlichen Gegenständen steckt eine erhebliche Summe Geldes. Recherchiere im Internet und du wirst verblüfft sein, was einige Stücke, die Prinzessin Grace oder Prinzessin Diana gehört haben, bei einer Versteigerung eingebracht haben. Ein Lesezeichen. Eine Parfümflasche. Sogar ein Zahnbürstenhalter. Ich könnte zwei Monate von dem leben, was jemand dafür bezahlt hat. Aber etwas, was eine Königin getragen hat? Was auf Fotos abgebildet ist? Das ist richtig viel Geld wert."

„Und wert, gestohlen zu werden."

Sie spreizte ihre Finger. Das war der springende Punkt.

„Okay. Also, wenn du eine Vermutung anstellen müsstest, wie ein nachgemachtes Stück in Königin Alettas Garderobe gelangt ist – und lass uns annehmen, dass es mehrere Fälschungen gibt –, was würdest du sagen?"

Eine Furche entstand zwischen ihren Brauen. „Du bist hier der Sicherheitsexperte."

„Tu mir den Gefallen. Du hast deine Gedanken über Möglichkeiten geäußert, wie das hätte passieren können, ohne dass sich jemand im Palast schuldig gemacht hat. Was sind die weniger unschuldigen Möglichkeiten?"

Royce hob die Karaffe an und teilte den Rest des Weines zwischen ihnen auf. Ihr Blick folgte seinen Bewegungen. Sie schwieg einen langen Moment, dann sagte sie: „Die Wahrscheinlichkeit ist gering, dass die Königin oder ihre Mitarbeiter ein gefälschtes Stück erworben haben, geschweige denn mehrere Objekte. Wenn ich also eine Wette eingehen müsste, würde ich sagen, sie hat das Original besessen und jemand hat es durch eine Fälschung ersetzt."

In seinem Kopf hörte er erneut einen Warnschuss. Es war das Szenario, das ihm ebenfalls in den Sinn gekommen war, doch er sagte nichts und ermutigte Daniela mit einem leichten Kopfnicken, fortzufahren.

„Ungefähr neun Monate vor ihrem Tod trug Königin Aletta die Handtasche, als sie im Zuge des *Nationalen Tages der geistigen Gesundheit* an einem Picknick im Freien mit einer Gruppe von Berufstherapeuten teilnahm. Es wurden mehrere Bilder im Tageslicht gemacht. Ich konnte auf den Fotos natürlich nicht in die Tasche hineinblicken, aber die Henkel waren gut zu sehen. Die Nähte sahen anders aus als bei der Tasche in ihrem Schrank. Es war die Originalfarbe des Designers."

„Das könnte mit dem Lichteinfall zu tun haben oder sogar damit, dass das Foto draußen gemacht wurde. Nicht, dass ich deine Worte bezweifele, ich spiele nur den Advocatus Diaboli."

„Erst dachte ich dasselbe. Diese besondere Handtasche hat jedoch Füße, um das Leder zu schützen. So wie diese." Sie hob ihre eigene Tasche an und zeigte ihm vier Metallknöpfe unter dem Boden. „Auf den Fotos konnte ich sehen, dass die Füße unter der Tasche der Königin abgestoßen waren. Als ich näher heranzoomte, war bei einem ein Kratzer auf der Oberfläche sichtbar. Die Tasche, die sich augenblicklich im Ankleideraum befindet, weist keine Kratzer an den Füßen auf. Sie sind makellos. Das erste Mal wurde Königin Aletta sechs Jahre vor ihrem

Tod mit der Handtasche fotografiert und ich konnte noch mindestens drei weitere Gelegenheiten finden. Es macht also Sinn, dass die Tasche Abnutzungsspuren zeigt. Ich gehe daher davon aus, dass jemand, der Zugang zu den Räumlichkeiten der Königin hatte, das Original nach dem *Nationalen Tag der geistigen Gesundheit* ausgetauscht hat. Aber ich würde mich nicht darauf festlegen, ob es vor dem Tod der Königin passierte oder in den Tagen danach, bis der König den Raum verschloss."

„Du hast dazu eine Menge recherchiert."

„Leider habe ich keine Beweise gefunden." Sie zog eine Schulter hoch. „Wenn ich den zeitlichen Rahmen, in dem der Austausch stattgefunden haben muss, einengen wollte, könnte ich Helena fragen, wann die Königin die Tasche zum letzten Mal benutzt hat, aber zu diesem Zeitpunkt möchte ich sie nicht neugierig machen."

Royce grinste sie über sein Glas hinweg an. „Du würdest eine annehmbare Ermittlerin abgeben."

„Ich gebe eine noch bessere Assistentin ab."

Ein Geräusch an der Eingangstür ließ Daniela in den Spiegel schauen. Ein schlanker Mann mit Fliegersonnenbrille und Haar so schwarz wie Schuhcreme trat ein und sprach zu Basia. Sie fragte ihn etwas, anscheinend vergewisserte sie sich über die Nummer seiner Bestellung, dann ging sie in die Küche. Der Mann zog ein Handy aus der Tasche und schaute auf das Display, während er wartete.

Daniela achtete darauf, dass der Kunde außer Hörweite blieb, dann sagte sie: „Bei meinem Telefongespräch habe ich noch etwas anderes erfahren: Die Handtasche ist ein Unikat. Taschen in ähnlichem Stil waren ungefähr sieben Jahre vor dem Tod der Königin im Einzelhandel erhältlich, aber nur in Großbritannien und zu einem Preis von über tausend Pfund. Wenn man von diesem Preis und der begrenzten Anzahl von Exemplaren ausgeht und die Tatsache bedenkt, dass die Königin mehrmals mit ihrem Exemplar der Tasche fotografiert wurde, muss sie ziemlich wertvoll sein. Vielleicht eine der wertvollsten in ihrer Sammlung."

Royce drehte den Stiel des Weinglases zwischen seinen Fingern und dachte nach. „Wenn die Tasche der Königin eine Sonderanfertigung war, bedeutet das, die gefälschte Tasche ist auch ein Einzelstück. Es wäre nicht möglich gewesen, sie auf der Straße zu kaufen und sie bei passender Gelegenheit gegen das Original auszutauschen. Es hätte geplant werden müssen."

Er konnte sich so ein Unterfangen kaum vorstellen. Zu viele Schritte, zu viel Mühe.

Als sie seinen zweifelnden Blick sah, breitete sie die Hände aus. „Denk mal an Kunstdiebe. Oft stehlen sie ein Stück direkt – schnappen es sich und verschwinden –, aber es ist auch vorgekommen, dass sie Fälschungen in Auftrag gegeben haben, um den Diebstahl des Originals zu vertuschen und die Entdeckung hinauszuzögern. Dies hier ist nicht so viel anders. Für viele Leute ist Mode Kunst."

In diesem Punkt musste er ihr Recht geben. Es wäre nicht einfach, aber für die richtige Person, die Zugriff auf Alettas Eigentum hatte, war es machbar.

„Wenn mehr als ein Stück betroffen ist, könnte der Gewinn je nach Nachfrage in die Millionen gehen. Das ist ein anderer Grund, warum ich noch nicht mit Prinz Federico oder König Eduardo gesprochen habe. Ich wollte weitere Recherchen anstellen und sehen, in welchem Umfang gestohlen wurde." Einer ihrer Mundwinkel hob sich. „Ich muss auch sicher sein, dass ich zu den richtigen Ergebnissen gekommen bin. Da war eine andere Handtasche, die ich an meinem ersten Tag für eine Fälschung gehalten habe, aber als ich sie mir gestern wieder anschaute, stellte ich fest, dass sie in Ordnung war. Zweifellos echt. Und zwei Ketten und ein Ring, die der König vermisst hatte, tauchten unten in einer der Schmuckschubladen der Königin auf."

Royce hatte inzwischen seinen Wein ausgetrunken. Basia

war noch nicht mit der Bestellung aus der Küche gekommen, doch der Kunde wirkte beim Warten nervöser, als es gerechtfertigt erschien. Er bewegte sich unruhig hin und her, während er auf die Tür zur Küche starrte. Er schnaufte, dann beugte er sich vor und spähte durch das vordere Fenster des Restaurants, als wollte er nach einem falsch geparkten Auto sehen, bevor er sich wieder der Küchentür zuwandte.

„Alles in Ordnung?", fragte Daniela. Ihre Stimme war kaum lauter als ein Wispern.

Er antwortete mit einem Ja, aber sein Bauchgefühl sagte Nein. Es lag nicht notwendigerweise etwas im Argen, aber irgendetwas stimmte nicht. Das Parken auf der Via Vespri war auf zwei Stunden beschränkt, aber es gab keine Parkuhren. Der Mann brauchte kein Knöllchen zu befürchten. In der Nähe befanden sich keine Hydranten, sodass er mit seinem Auto auch keine blockieren konnte, und die Behindertenparkplätze für Rollstuhlfahrer waren am Ende der Straße, wo eine breite Rampe zum Bürgersteig hinaufführte.

Vielleicht hatte er ein Haustier in seinem Auto zurückgelassen.

Royce schüttelte seinen Verdacht ab und beobachtete, wie Daniela einen Käsefaden um ihre Gabel wickelte. Um das Thema zu wechseln, fragte er: „Du bist also über das Wochenende nach Hause gefahren?"

Sie stockte in ihrer Bewegung, dann nickte sie. „Ich habe meiner Mutter bei ein paar Sachen im Haus geholfen. Zum Glück ist es ein kurzer Flug."

„Bist du heute Morgen zurückgekommen?"

„Ja. Sie hat mir einen Laib Zucchinibrot mitgegeben, aber heute Abend esse ich nichts davon. Vielleicht nicht einmal morgen. Ich werde hiervon immer noch satt sein."

Daniela hob ihre Gabel, doch bevor sie den Käsebissen in den Mund steckte, fügte sie hinzu: „Befriedige meine Neugier.

Wo hast du die Fähigkeiten erworben, die man benötigt, um einen Malerbetrieb zu eröffnen?"

„Du hast noch nicht gesehen, wie ich streiche. Woher willst du wissen, dass ich die Fähigkeiten dazu habe?"

„Jeder, der dir nur fünf Minuten zuschaut, kann das sehen. Du weißt, was du tust."

„Hast du mir zugeschaut?"

Ihre Lippen zuckten, sie konnte sich das Lächeln nicht verbeißen.

„Du gehst methodisch vor, Abschnitt für Abschnitt", sagte sie nach einer kleinen Pause. „Während du vorankommst, räumst du hinter dir auf. Deine Materialien sind tadellos in Ordnung. Du legst somit Sorgfalt und Geduld an den Tag."

„Ich lege einen gesunden Respekt vor Miroslav an den Tag. Und vor den Roscha-Schwestern. Ich möchte mit keinem von ihnen Ärger bekommen."

Dies brachte sie zum Lachen. „Vielleicht. Aber es ist ein prestigeträchtiger Job. König Eduardo hätte dich nicht beauftragt, wenn er nicht sicher wäre, dass du deine Arbeit gut machst. Selbst wenn deine Aufgabe hauptsächlich darin besteht, die Räume zu überwachen, würde der König keine Beschädigung der Wände riskieren. Du warst auch nett zu der Historikerin."

Diese Bemerkung überraschte ihn, aber nicht so sehr wie die Tatsache, dass Daniela über den Tisch griff und ihre Hand auf seine legte. Sie hatte lange, elegante Finger, ihre Berührung war sanft, doch in ihren Händen lag eine Kraft, die sie als einen Menschen auswies, der harte Arbeit gewöhnt ist. „Ich habe gehört, wie du mit ihr gesprochen hast. Du brauchtest Geschicklichkeit, um die Tapete so zu entfernen, dass sie erhalten blieb. Die meisten Auftragnehmer wären dazu nicht bereit oder fähig gewesen."

Er lächelte ebenfalls, erfreut, dass sie es bemerkt hatte. „Eher Geduld als Geschicklichkeit, aber danke."

Sie drückte seine Hand leicht, bevor sie losließ und nach ihrem Wein griff. Sein Inneres zog sich zusammen, als er sie beobachtete. Er war gern mit ihr zusammen, genoss das Abendessen und hörte ihr zu. Er mochte nichts von Mode verstehen, doch er hatte Verständnis für ihre Leidenschaft und bewunderte ihren analytischen Verstand.

Er beneidete Männer, die alle ihre Abende so verbrachten und es sich mit ihren Partnerinnen bei einem ruhigen Essen gemütlich machten, Ideen austauschten und die Ereignisse des Tages durchsprachen. Die dabei den Funken des Interesses in den Augen ihrer Partnerinnen sahen und dem vertrauten Klang einer Stimme lauschten, die Freude, Enttäuschung und auch Ekstase zum Ausdruck bringen konnte.

Basia kam aus der Küche zurück, was diese Gedanken in den Hintergrund drängte. Sie sagte dem wartenden Kunden, dass sein Essen gerade eingepackt wurde und gleich herausgebracht werden würde, und fragte, ob er nun bezahlen wolle. Der Mann zog seine Brieftasche heraus, öffnete sie, stockte, dann schob er seine Sonnenbrille nach oben auf den Kopf, sodass er die Geldscheine im trüben Licht des Restaurants erkennen konnte. Die abgehackten Bewegungen, mit denen er das Geld zählte, verrieten seine unterdrückte Gereiztheit.

Merkwürdig. Der Mann hatte anscheinend für mindestens drei oder vier Leute bestellt und doch bezahlte er bar.

Daniela spießte eine grüne Bohne mit ihrer Gabel auf. „Du hast aber meine ursprüngliche Frage noch nicht beantwortet: Wo hast du diese Fähigkeiten erworben?"

Er runzelte die Stirn und ging in Gedanken rückwärts in dem Gespräch, bis er begriff, dass sie die Malerarbeiten meinte.

„Wir sind oft umgezogen, als ich ein Kind war. Das bedeutete, wir mussten mehrere Wohnungen streichen und auf Vordermann bringen. Meine Eltern haben mich angeregt, zu helfen. Wenn ich *angeregt* sage, meine ich natürlich, dass es

Folgen gehabt hätte, wenn ich nicht mit angepackt hätte. Und das mit Begeisterung. Dabei habe ich ein paar Sachen gelernt."

Verständnis leuchtete in ihren Augen auf. „Meine Eltern waren bei dieser Art von Anregung sehr geschickt. Ich bin sicher, du hast genauso begeistert im Haushalt geholfen wie ich."

Er grinste entspannt, obwohl der Kunde an der Tür immer noch seine Aufmerksamkeit auf sich zog. Mit dem Mann stimmte irgendetwas nicht. Zu Daniela sagte er: „Als ich nach San Rimini zog, habe ich eine Wohnung gekauft, die renoviert werden musste. Ich lernte viel durch Versuch und Irrtum. Noch mehr, indem ich mir Videos anschaute und viel las. Indem ich etwas ausprobierte … äh … herumexperimentierte –"

Royce stockte der Atem, als der Kunde sein Kinn hob. Er kannte diesen Mann. Er hätte ihn eher identifiziert, wenn er keine Sonnenbrille getragen hätte, die seine auffälligen Augen versteckte und seine Wangenknochen kaschierte.

Daniela runzelte die Stirn, dann bewegte sie den Kopf ein wenig, sodass sie in den Spiegel schauen konnte.

„Iss und rede weiter", sagte er mit gesenkter Stimme. „Was immer du auch tust, dreh dich nicht um. Ich muss einen Anruf tätigen."

KAPITEL 18

Royce' Lächeln wirkte noch immer entspannt, aber angesichts der Ernsthaftigkeit, mit der er sprach, hätte er genauso gut James Bond sein können, der ihr befahl, sich normal zu verhalten, während er gleichzeitig eine Waffe zückte.

Daniela lächelte ebenfalls weiter, flüsterte aber: „Was ist los?"

„Der Mann an der Tür wird von der kanadischen Regierung in Verbindung mit einem Fall gesucht, an dem ich kürzlich gearbeitet habe. Ich muss Bescheid sagen, dass er hier ist." Royce blieb nach vorne gelehnt, als wären sie weiter in ein Gespräch vertieft, aber er zog ein Handy aus seiner Tasche.

Sie verstand, was er meinte, schnitt ihre grüne Bohne in mundgerechte Stücke und deutete mit den Augen an, dass sie seinen Anweisungen Folge leisten würde.

„Hier ist Royce Dekker", sagte er leise, aber bestimmt ins Telefon. „Stellen Sie mich zu Jennifer Cavendish durch." Es gab eine Pause. „Dann zu Michael Davis. Rufen Sie ihn – wenn nötig – zu Hause an, es ist dringend."

Daniela aß weiter und spähte verstohlen in den Spiegel, während Royce am Handy wartete. Obwohl jeder, der sie beobachtete, denken würde, dass alles in Ordnung wäre, konnte sie spüren, wie sich Spannung in ihm aufbaute. Wer auch immer dieser Mann an der Tür des Restaurants war, er wurde nicht wegen Ladendiebstahls gesucht oder weil er einen Strafzettel nicht bezahlt hatte. Royce hielt ihn für gefährlich.

Hinter ihnen kam der Hilfskellner mit einer großen Tüte aus der Küche, die er neben Basia auf den Tresen stellte. Die warf einen Blick hinein, überprüfte den an die Seite gehefteten Zettel und schaute dann erneut in die Tüte, diesmal verärgert. Sie sagte etwas zu dem Angestellten, machte dem Kunden gegenüber eine Geste der Entschuldigung und begleitete den Hilfskellner dann in die Küche.

„Gut", flüsterte Royce, als Basia und der Kellner den Raum verließen, allerdings sprach er mehr zu sich selbst als zu Daniela. Ins Telefon sagte er: „Ja?", als am anderen Ende jemand an den Apparat kam. Dann lauschte er stumm und die Falten auf seiner Stirn vertieften sich.

Daniela nahm einen Schluck von ihrem Wein. Als sie das Glas zurück auf den Tisch stellte, hielt sie das Kinn gesenkt und schaute durch ihre Wimpern in den Spiegel, um den Mann zu beobachten. Seine Brille hatte er auf den Kopf geschoben und er blickte aus zusammengekniffenen Augen in ihre Richtung. Auf der anderen Seite des Tisches senkte Royce ein wenig den Kopf.

„Jetzt. In diesem Moment", sagte er und nannte die Adresse der Trattoria. Sie hörte, wie sein telefonischer Gesprächspartner mit scharfer Stimme fragte, ob der Mann zu Fuß oder mit einem Auto gekommen sei und was er anhabe.

„Unbekannt", sagte Royce, seine Stimme etwas leiser, da der Blick des Mannes auf ihnen ruhte. „Dunkle Jeans. Graues kurzärmeliges T-Shirt mit schwarzem Logo auf der rechten Seite der Brust, aber ich kann es nicht genauer erkennen. Haare kürzer als auf den Überwachungsfotos. Schwarze Sportschuhe. Adidas."

Die Aufmerksamkeit des Mannes richtete sich auf die Tüte mit dem Essen auf dem Tresen. Er hob den Zettel, der oben befestigt war, als ob er die Bestellung prüfen wollte, und atmete schwer aus.

Er schob seine Brille zurecht, schnappte sich die Tüte und verließ das Restaurant.

„Er geht", sagte Royce, sowohl zu Daniela als auch zu der Person am anderen Ende der Leitung. „Ich folge ihm bis zur Tür, um nach Möglichkeit das Nummernschild zu notieren."

Zu Danielas Überraschung drückte er ihr das Handy in die Hand, als er sich erhob. „Ein Botschaftsvertreter namens Michael Davis sollte in Kürze drankommen. Sag ihm, dass du mit mir in der Trattoria *Safina* zu Abend isst und dass ich glaube, Delfino Del Prete gesehen zu haben. Sag Davis, dass der Mann nicht gewartet hat, bis seine Bestellung vollständig war, bevor er abgehauen ist. Vielleicht hat er mich erkannt. Ich werde versuchen, ein Kennzeichen zu bekommen. Hast du das alles verstanden?"

„Davis. Del Prete. Nummernschild."

Royce war fort, bevor sie das letzte Wort ganz ausgesprochen hatte. Er bewegte sich schneller auf die Eingangstür der Trattoria zu, als Daniela es in dem engen Raum für möglich gehalten hätte. Sie drehte sich um und sah, wie er neben der Eingangstür und außer Sichtweite stehen blieb, während er durch das Glas spähte, die Lippen zu einer entschlossenen Linie zusammengepresst.

„Hier ist Michael Davis."

Royce' Augen verengten sich, dann schlüpfte er hinaus auf die Straße. Daniela stand auf und lief langsam zum vorderen Teil des Restaurants, während sie die Informationen an Michael Davis weitergab und ihm dann sagte, dass Royce nach draußen gegangen war.

„Sehen Sie die beiden jetzt?", fragte Davis.

„Nein." Sie suchte den Bürgersteig mit den Augen ab, soweit es das schmale Eingangsfenster zuließ. „Aber ich bin drinnen und kann nur zwei Autolängen in jede Richtung sehen."

„Bleiben Sie drinnen. Unterstützung ist unterwegs. Ist noch jemand in der Trattoria?"

„Keine Kunden, nur der Hilfskellner, der Kellner und die Wirtin. Sie sind gerade in der Küche. Ich nehme an, im hinteren Bereich sind auch Köche." Sie drehte sich um, schaute zur Theke und fügte dann hinzu, dass es keine offenen Bestellungen zum Mitnehmen gab. „Ich habe schon eine Weile keine eingehenden Anrufe mehr gehört, also sind sie vielleicht für heute Abend fertig."

Er überlegte kurz. „Ich bezweifle, dass Del Prete zurückkommen wird, aber wenn er es tut, sagen Sie dem anwesenden Personal, dass es in die Küche gehen und dort bleiben soll. Sie alle müssen sich von ihm fernhalten."

Es gab eine Pause, gefolgt von einem Rascheln am anderen Ende der Leitung, als hätte Davis das Telefon zwischen Ohr und Schulter geklemmt, als er versuchte, nach etwas zu greifen. Ein Mann in dunkler Lederjacke und Jeans erhob sich von einer Bank auf der anderen Straßenseite, und die Bewegung erregte Danielas Aufmerksamkeit. Sie hatte ihn vorher nicht bemerkt, aber als er in den Lichtkegel einer Laterne trat, schaute er in beide Richtungen, dann überquerte er die Straße und lief auf die Trattoria *Safina* zu. Als er den Bürgersteig erreichte, beschleunigte er das Tempo, passierte das Restaurant und verschwand aus ihrem Blickfeld in die gleiche Richtung, in die Royce gegangen war.

Davis' Stimme erklang wieder in der Leitung, er bedankte sich für ihre Hilfe und sagte, er würde zurückrufen, wenn er weitere Fragen hätte. Bevor er auflegen konnte, fragte Daniela: „Ist Royce in Gefahr?"

Davis wartete einen Moment zu lange mit seiner Antwort, dann sagte er: „Er weiß, was er tut, deshalb hat er mich auch angerufen. Er geht keine unnötigen Risiken ein."

Daniela bedankte sich und beendete dann das Gespräch, damit Davis seinerseits tun konnte, was nötig war. Sie schob

Royce' Telefon in die Gesäßtasche ihrer Hose, als Basia mit einem Mitnahmebehälter voll Suppe aus der Küche kam. Die Wirtin wollte sich für die Verspätung entschuldigen, bemerkte aber, dass der Kunde nicht mehr da war, und hielt inne.

„Er musste fort", sagte Daniela, unsicher, wie viel sie preisgeben sollte.

„Er hat seine Minestrone vergessen." Sie schaute zur Tür, als wollte sie darauf warten, dass der Kunde zurückkam, dann seufzte sie. „Ich bringe sie dem Koch zurück, damit der sie warm hält. Er hat dafür bezahlt. Vielleicht ändert er seine Meinung."

Basia verschwand wieder in der Küche, bevor Daniela antworten konnte, und die entschied dann, dass es wahrscheinlich besser so war. Dass Royce nicht zurückkam, beunruhigte sie. Die Ziffern eines Nummernschildes zu notieren, hätte Sekunden dauern sollen, nicht Minuten.

Wenn Del Prete zu Fuß gekommen wäre, hätte Royce ihn doch sicher nicht verfolgt?

Eine Plastikflasche drehte sich auf dem Bürgersteig vor der Tür, als hätte jemand dagegengetreten, dann platzte der Mann in der dunklen Lederjacke herein, seine dünnen Lippen waren vor Wut verzerrt. Royce war direkt hinter ihm, seine Augen dunkel und intensiv, sein Blick durchbohrte Daniela geradezu. „Geh hinter dem Tresen in Deckung."

Ohne nachzudenken, umrundete sie den Tresen und ging in die Hocke. Mit dem Rücken zur Straße quetschte sie sich zwischen Wand und Theke, sodass sie die Tische sehen konnte. Der Tresen blockierte das Licht des Kronleuchters, was ihr das Gefühl vermittelte, in einem Tunnel zu sein. Panik überkam sie, die jedoch nicht von Royce' Befehlston ausgelöst wurde oder gar von der Wut, die der Mann in der Lederjacke ausstrahlte.

Atme, befahl sie sich. *Atme.*

Auf der anderen Seite des Tresens stieß der Mann Flüche gegen Royce aus.

Sie ließ sich zu Boden sinken, dann tastete sie mit ihren Händen um sich, um den Raum besser einschätzen zu können. Der Abstand zwischen der Theke und der Wand war doppelt so breit wie ihre Hüften. Eine Menge Platz. Sie holte noch einmal tief Luft und merkte, dass sie sich beim Ducken den Ellbogen gestoßen hatte. Sie schaute zur Seite, um zu sehen, woran, und stützte sich dabei mit der Hand in einem offenen Fach ab. Auf der Arbeitsseite des Tresens gab es keine geschlossenen Schubladen, wie sie angenommen hatte. Stattdessen befanden sich in den offenen Fächern Speisekarten, ein Taschenrechner und eine Fülle von Stiften und Notizblöcken. In Stoffservietten eingewickeltes Besteck lag auf einem Plastiktablett. Eine Handtasche im Hobo-Stil in der Farbe eines dunkelroten Ziegelsteins war neben das Tablett gequetscht. Basias, nahm sie an. Der Reißverschluss war nur teilweise geschlossen und ein Handy ragte heraus.

Daniela umfasste den Rand der Ablage mit dem Besteck und versuchte, die Geräusche und die Dunkelheit auszublenden, indem sie sich auf die verzierte Hülle von Basias Handy konzentrierte, auf den Glanz des goldenen Reißverschlusses der Handtasche und auf die natürliche Maserung des Leders.

Schweiß bildete sich an ihrem Nacken, dann an ihrem Rücken und auf ihrer Kopfhaut.

Ein Schatten fiel über sie. Sie hob den Kopf und erkannte, dass Royce sich zum Ende des Tresens bewegt hatte und ihr den Fluchtweg versperrte. Seine Augen blieben auf die Eingangstür des Restaurants gerichtet. „Hast du mit Davis gesprochen?"

„Ja. Er sagte, Unterstützung ist unterwegs."

„Sind alle in der Küche?"

„Ja. Sie … äh … wissen von nichts."

Atme. Denk an Wolken. An den Himmel. Weite Räume. Sie schluckte und versuchte sich vorzustellen, sie wäre draußen auf einer offenen Wiese. Alles, um das Gefühl, zermalmt zu werden, zu bekämpfen und zu vergessen, wo sie war. Die Wände bewegten sich nicht. Das taten sie *nicht*.

Sie musste einen klaren Kopf bewahren, nicht nur für ihre eigene Sicherheit, sondern auch für die von Royce.

Ein weiteres Ächzen kam von dem Mann in der Lederjacke und lenkte ihre Aufmerksamkeit auf ihn. Rote Flecken waren auf Royce' linkem Wangenknochen zu sehen, dunkelbraune Schmutzkrümel bedeckten sein Hemd – als wäre er gegen ein Gebäude oder ein dreckiges Auto gestoßen worden. Doch Royce hielt den Mann fest, indem er ihm die Handgelenke schmerzhaft auf dem Rücken zusammenpresste. Sosehr sie auch wissen wollte, was passiert war, Royce' angespannte Kieferpartie legte nahe, dass sie unten bleiben und sich ruhig verhalten sollte, dass die Gefahr noch nicht vorüber war.

Kaum hatte sie das gedacht, machte der Mann einen Ausfallschritt nach hinten und versuchte, seinen Hinterkopf gegen Royce' Kinn zu stoßen. Es gelang ihm nur, es zu streifen, aber die Gewichtsverlagerung zwang Royce, seinen Griff zu lockern. Der Mann ließ sich fallen, um sich zu befreien, und in Sekundenschnelle wälzten sich beide am Ende der Theke auf dem Boden. Der Mann mit der Jacke landete einen Treffer in Royce' Seite, aber sein zweiter Schlag ging daneben, dafür gab es ein hässliches Geräusch, als Royce' Ellbogen sein Gesicht traf. Royce drehte den Mann um und drückte ihn mit dem Gesicht nach unten auf den Boden, beide Arme auf den Rücken gedreht, diesmal noch fester. Royce fluchte und veränderte seine Position, sodass er den Mann unter Kontrolle halten konnte und gleichzeitig freie Sicht auf die Eingangstür hatte.

Auf Italienisch und Englisch befahl Royce dem Mann, stillzuhalten, obwohl Daniela angesichts des harten Schlags bezweifelte, dass Lederjacke noch Kampfgeist besaß.

Royce' Stimme war überraschend ruhig, als er sich an sie wandte und fragte: „Ist jemand reingekommen oder rausgegangen, während ich weg war?"

Sie schüttelte den Kopf und presste dann eine Hand auf ihre Brust, um sich zu fangen. Es tat körperlich weh, einzuatmen.

Du verhältst dich idiotisch, dachte sie. Das war alles nur in ihrem Kopf. Niemand hatte sie berührt. Sie hatte sich kaum bewegt. Ihre Lunge sollte nicht brennen.

„Daniela?"

Ihr wurde klar, dass Royce sie nicht sehen konnte, da seine Aufmerksamkeit auf den Mann und die Tür gerichtet war. „Nein", sagte sie laut. „Es ist niemand gekommen oder gegangen."

Der Mann am Boden stöhnte, das Geräusch ging in einen Fluch über, als es bimmelte und sich die Eingangstür des Restaurants öffnete. Daniela hörte, wie sich zwei Männer als Polizisten zu erkennen gaben und dann fragten: „Wer von Ihnen ist Dekker?"

„Das bin ich. Ich habe einen Ausweis. Meine Begleiterin ist hinter der Theke", sagte Royce mit leiser Stimme. „Die Angestellten des Restaurants befinden sich in der Küche, dort drüben. Sie wissen nicht, was hier draußen los ist. Wegen des Tumults werden sie wohl jeden Moment herauskommen."

„Die Kanadier haben uns hinzugezogen", erklärte einer der Polizisten. „Ist das Del Prete?"

„Nein. Ein Komplize. Er beobachtete die Tür von einer Bank auf der anderen Straßenseite aus, während Del Prete auf seine Essensbestellung wartete. Als ich rausging, um Del Prete zu folgen, blieb er mir auf den Fersen, also schlug ich einen Bogen und lief hierhin zurück."

Royce ließ den Mann am Boden los, der sich nicht wehrte, als einer der Beamten sich bückte, um ihn zu verhaften.

„Er hat Sie geschlagen?", fragte der andere Beamte, der nun in Danielas Blickfeld kam, während er Royce' Gesicht musterte. „Sie werden morgen lila sein."

„Er erkannte, dass ich ihn bemerkt hatte, und hat sich im Torbogen eines Ladens ein paar Türen weiter versteckt", sagte

Royce, seine Stimme klang leicht verärgert. „Ich habe ihn gesehen, aber nicht schnell genug, um ihn davon abzuhalten, mich gegen eine Wand zu schleudern. Ich habe ihn hier hereingebracht, um kein Aufsehen auf der Straße zu erregen."

„Was ist mit Del Prete?"

„Der ist längst fort, aber sein Freund sollte uns weiterhelfen können."

Daniela stützte sich mit der Hand an einem der offenen Fächer ab, während die Beamten die rechtlichen Schritte der Verhaftung durchgingen, die Brieftasche des Mannes durchsuchten und die Ausweisdaten durchgaben.

Das Besteck, dachte sie. Damit konnte sie sich ablenken. Sie konzentrierte sich auf die Päckchen und begann zu zählen.

Als sie bei sechsundzwanzig angelangt war, wurde sie durch das Öffnen der Küchentür unterbrochen und hörte, wie Basia fragte, was los sei. Royce entschuldigte sich für die Unruhe, dann erklärte er, dass er dem Kunden nachgegangen war, der einen Teil seiner Bestellung zurückgelassen hatte, und dabei angegriffen wurde. „Zum Glück hat die Polizei alles unter Kontrolle."

„Das ist auf der Via Vespri passiert? Nein!" Sie schnalzte missbilligend mit der Zunge und fragte dann: „Wie geht es dir?"

„Alles in Ordnung", sagte Royce, während gleichzeitig einer der Beamten Basia versprach: „Wir bringen den Kerl jetzt auf die Wache. Wir werden dafür sorgen, dass er nicht zurückkommt."

„Benötigst du Hilfe?", fragte Royce. Daniela brauchte länger, als normalerweise nötig gewesen wäre, um zu verstehen, dass die Frage an sie gerichtet war.

„Nein, ich bin okay." Sie spürte Royce' Gegenwart am Ende des Tresens mehr, als dass sie ihn sah. Sie riss ihren Blick vom Besteck los und zog sich an einem der Schubfächer vom Boden hoch. Als sie über die Theke schauen konnte, bemerkte sie, dass

Basia die chaotische Szene zwar neugierig, aber anscheinend ungerührt betrachtete.

Daniela bezweifelte, dass sie selbst auch nur annähernd so ruhig aussah. Ihr Herz pochte derart heftig und schnell in ihrer Brust, dass sie sich fragte, ob es davon Prellungen bekam. Sie brauchte all ihre Kraft, um nicht die Hände auf die Knie zu legen und Luft in ihre Lungen zu saugen wie ein Olympia-sportler hinter der Ziellinie nach einem Sprint, um Gold zu gewinnen.

Royce beriet sich noch kurz mit der Polizei, dann verließen die Beamten mit dem Mann in der Lederjacke das Restaurant und drängten ihn in einen Van.

Royce drehte sich zu Basia um, die in der Nähe der Küchentür geblieben war. In seinem Blick musste eine Entschuldigung gelegen haben, denn sie winkte ab. „Es ist nicht deine Schuld. Außerdem sehen wir hier alles. Eine Verhaftung ist neu, aber es ist nichts zu Schaden gekommen", sagte sie, dann verzogen sich ihre Lippen und sie fasste Royce' Kinn zwischen Zeigefinger und Daumen. „Außer deinem Gesicht. Du brauchst Eis. Setz dich. Ich werde welches aus der Küche holen."

„Es ist schon okay. Mach dir keine Mühe mit Eis."

„Es ist nicht okay. Bleib, wo du bist. Du hast gesagt, du wärst nicht verletzt!"

„Basia –"

„Wenn du nochmal hier essen willst, setzt du dich hin und nimmst das Eis. Niemand verlässt die Trattoria *Safina* in einem solchen Zustand. Ich kann immer noch nicht glauben, dass er dich angegriffen hat. Ich habe noch nie gehört, dass jemand in dieser Gegend überfallen wurde."

„Zufall, nehme ich an."

Sie verengte kurz die Augen, dann ließ sie Royce' Kinn los und richtete den Blick auf die Straße, wo der eine Beamter die hinteren Türen des Vans sicherte, während der andere auf den Fahrersitz kletterte. „Kommen sie noch mal her?"

„Nein."

„Dann haben wir für heute geschlossen." Sie ging zur Tür und drehte den Schlüssel um, bevor sie die Jalousien an der Vordertür und dem danebenliegenden Fenster herabließ. „Ovaldo kann euch nach Hause fahren. Ihr solltet nicht zu Fuß gehen."

„Ich schlage einen Kompromiss vor: Ich setze mich mit dem Eis hin und dann gehen wir zu Fuß. Der Abend ist warm genug und mein Bauch ist voll mit Lasagne. Ein Spaziergang wird mir bei der Verdauung helfen."

Basia verdrehte demonstrativ die Augen, bevor sie in die Küche lief und Daniela und Royce zum ersten Mal allein ließ, seit er vom Tisch aufgesprungen war.

„Es tut mir leid, wenn ich dich erschreckt habe", sagte Royce und deutete mit dem Daumen auf seine Wange. „Das ist seiner Verzweiflung geschuldet und sieht schlimmer aus, als es ist."

Sie zwang sich zu einem Lächeln, auch wenn sie wusste, dass es nur schwach war. „Das mag sein, aber ich bin froh, dass du Eis bekommst."

„Wenn ich mein Gesicht lange genug gekühlt habe, um Basia zufriedenzustellen, gehen wir."

„Du klingst, als hättest du ein bestimmtes Ziel im Sinn."

„Ich wohne auf einem Boot. Es ist ein fünfzehnminütiger Spaziergang. Wir können uns auf dem Deck entspannen und etwas frische Luft schnappen, bevor ich dich dorthin zurückbringe, wo du untergebracht bist."

Er musste ihr Zögern gespürt haben, denn er fügte hinzu: „Du brauchst eine Ablenkung nach dem, was passiert ist, oder du wirst die ganze Nacht darüber nachdenken."

„Du glaubst, du kannst so gut in mir lesen?"

„Liege ich falsch?"

Er lag nicht falsch. Und jetzt wollte ein Teil von ihr sehen, wo er lebte. Ein Boot war unerwartet. Sie atmete tief durch und zwang ihren Herzschlag, sich zu beruhigen, während sie die

Stille des Restaurants auf sich wirken ließ. Nach einem Moment sagte sie: „In Ordnung. Solange es nicht zu spät wird. Wir müssen morgen beide arbeiten."

„Du wirst danach besser schlafen. Das garantiere ich dir."

Basia kam mit Eis aus der Küche. Das Lächeln, das Royce Daniela zuwarf, bevor er sich umdrehte, um es entgegenzunehmen, ließ ihren Puls wieder in die Höhe schnellen.

KAPITEL 19

ROYCE STELLTE eine Flasche sprudelndes Mineralwasser auf den eingebauten Tisch bei Danielas rechtem Ellenbogen, dann ließ er sich im Deckstuhl zu ihrer Linken nieder, in der Hand eine Flasche seines Lieblingsbiers. Sie hatte ihm auf dem Weg vom Restaurant sein Handy zurückgegeben, aber davon abgesehen war sie still gewesen. Er hoffte, ihr Schweigen beruhte darauf, dass ihr Adrenalinspiegel langsam absank, und nicht auf Unbehagen.

Mit den Augen verfolgte sie seine Bewegungen, dann richtete sich ihre Aufmerksamkeit auf das Deck, während sie ihre Umgebung in sich aufnahm.

In dem Moment, bevor er den Eisbeutel von Basia bekam, hatte er Daniela angelächelt. Er wollte sie beruhigen, doch etwas anderes war geschehen. Sobald sich sein Blick auf ihr zerzaustes Haar und gerötetes Gesicht richtete, durchfuhr ihn Begehren. Sein Lächeln war nicht länger beruhigend, sondern verlangend. Sie hatte das erkannt, doch er konnte ihre Reaktion darauf nicht mehr beobachten, denn er hatte sich um Basia kümmern müssen und den Wirbel, den sie machte.

Daniela holte ihre Sachen vom Tisch und blieb außerhalb

seiner Blickrichtung. Sie führte eine höfliche Unterhaltung mit den Angestellten, bis Basia erklärte, Royce wäre fit genug, um zu gehen.

Als sie die Trattoria verlassen hatten und den Weg zur Marina einschlugen, hatte er sich gefragt, ob er mit diesem Lächeln zu viel verraten hatte. Im Verlauf des Abends war das Tischgespräch immer persönlicher geworden. Sie sprachen über seine Anwesenheit im Palast und sie schenkte ihm genug Vertrauen, um ihm von der gefälschten Handtasche zu erzählen. Sie gab zu, sie hatte seinem Gespräch mit der Historikerin des Palastes gelauscht, und legte ihre Hand auf seine, als sie ihm ein Kompliment machte. Darin lag mehr als Freundlichkeit. Diese Berührung drückte aus, dass sie sich zu ihm hingezogen fühlte.

Dann war Del Prete aufgetaucht und alles hatte sich geändert.

Dass er jenen Augenblick mit Daniela verloren hatte, dämpfte das befriedigende Gefühl, dass er eine Spur im Fall der kanadischen Botschaft entdeckt hatte. Und das Schweigen, das sich zwischen ihnen ausbreitete, als sie die Stufen zur Marina hinunterstiegen und er den Zugangscode eingab, ließ ihn mit den Zähnen knirschen. Ein Spaziergang im Mondlicht sollte entspannt und nicht verkrampft sein. Einen Moment später, als er und Daniela sich der *Donati* näherten, hatte er ihr seine Hand geboten, um ihr an Bord zu helfen. Halb hatte er erwartet, dass sie sie nicht nehmen würde. Sie hatte jedoch seine Hilfe nicht abgewehrt, sondern ihre Hand in seine gelegt und gelächelt und ihm so einen Funken Hoffnung gegeben, dass doch noch nicht alles verloren war. Obwohl sie ihn wieder losließ, sobald ihre Füße das Deck berührten, hatte es sich natürlich angefühlt. Und nun saß Royce mit ihr unter den Sternen, hatte ein kaltes Getränk in der Hand und fühlte sich so angespannt wie ein Teenager bei seinem ersten Date mit dem schönsten Mädchen der Schule.

Er setzte sein Bier an die Lippen und genoss den ersten

Schluck, der über seine Zunge rann, dann warf er einen verstohlenen Blick auf Daniela. Sie drückte die Wasserflasche an ihre Brust, während sie zum Himmel hinaufstarrte. Ihre Schuhe hingen an den Zehenspitzen. Ihre Schultern verschmolzen mit der Rückenlehne und ihr Atem war nicht hörbar.

Sie wirkte so unbekümmert, wie er sie nicht mehr gesehen hatte, seit sie auf dem langen Weg in Cancún miteinander gelacht hatten. So sollte sie sich in seiner Gegenwart fühlen. Locker. Vertrauensvoll. Ganz sie selbst.

Sie neigte ihren Kopf zur Seite und erwischte ihn dabei, wie er sie beobachtete. Schnell ließ er seinen Blick zu ihrer Flasche wandern. „Ich könnte dafür ein Glas auftreiben, wenn dir das lieber wäre. Oder stattdessen Wein holen."

„Nein, so ist es perfekt. Danke."

Er murmelte eine höfliche Antwort, bevor beide ihre Aufmerksamkeit dem Himmel zuwandten. Es war eine friedliche Nacht, genau so wie er sie sich vorgestellt hatte, als er das Boot kaufte. Die *Donati* war klein, verglichen mit den meisten Schiffen um sie herum. Viele davon dienten den Reichen und Berühmten als Orte, wo sie sich vergnügen konnten, wenn sie sich nicht gerade auf einem ihrer Anwesen aufhielten. Aber für seine Zwecke reichte das Boot. Er brauchte keinen Bartresen und wollte auch keinen, ebenso wenig wie viele Kabinen oder genug Platz, um Kunden unterzubringen. Er konnte hier schlafen und essen, seine Kleidung und ein paar Bücher aufbewahren. Und er hatte das Deck, wo er Zuflucht vor der Welt fand. Er konnte seine Lungen mit Seeluft füllen, Sturmwolken vorüberziehen sehen und die Energie der Stadt in sich aufnehmen, während er gleichzeitig herrlich weit davon entfernt blieb.

Es war der ideale Fleck, um ein Bier zu genießen und über die Weite des Weltalls zu sinnieren. Dadurch fühlte er sich nicht einsam oder klein. Wenn er seine Gedanken zum Kosmos aufsteigen ließ und über schwarze Löcher, dunkle Materie und die Physik der Raumfahrt nachdachte, schenkte ihm das vielmehr ein Gefühl der Zugehörigkeit. Der Zeitlosigkeit. Angesichts des Universums konnte er den Stress des Tages einfacher bewältigen und dies erleichterte ihm jede Nacht den Übergang in den Schlaf.

Er fragte sich, ob Daniela dasselbe empfand, wenn sie zum Himmel hinaufblickte, oder ob sie zu denjenigen gehörte, die sich ein oder zwei Sternbilder herauspickten und dann wieder von ihren To-do-Listen abgelenkt wurden.

Während er überlegte, nahm er einen weiteren Schluck Bier. Seit seiner Rückkehr nach San Rimini hatte er sporadisch Verabredungen gehabt, doch er hatte keine der Frauen mit hierhingenommen. Es war keine bewusste Entscheidung gewesen. Es war bloß einfacher, mit ihnen in Clubs oder Restaurants zu gehen oder sich mit ihnen in ihren Wohnungen zu treffen, wenn sie einen Abend zu Hause bleiben wollten. Mehr Platz, mehr typisch weibliche Bequemlichkeit. Sie auf die *Donati* einzuladen, hatte sich nie richtig angefühlt.

Aber heute Abend, bei Daniela D'Ambrosio, fühlte es sich richtig an. Er hoffte, sie würde das Boot genauso zu schätzen wissen wie er, wegen des genügsamen Lebensstils und der Gelassenheit, die man dort fand, und nicht für seine schnittige Form oder die glamouröse Umgebung.

Wie aufs Stichwort entfuhr ihr ein zufriedener Seufzer. „Die Sonnenuntergänge hier müssen spektakulär sein."

Er lächelte in sich hinein, dann zeigte er mit seiner Bierflasche auf die Westseite der halbmondförmigen Bucht von San Rimini. „Das Licht ergießt sich über die Bergspitzen dort drüben, aber auf der gegenüberliegenden Seite der Bucht, wo die Gebäude es reflektieren, sieht es beinahe genauso hübsch aus. All die makellosen Weiß- und Beigetöne verwandeln sich in kräftige Schattierungen von Orange und Dunkelrot und die Fenster blitzen. Wenn die Wolken richtig stehen, glüht die Kirche oben auf dem Hügel geradezu."

„Die mit den zwei Kuppeln?"

„Genau die. Das ist die letzte Stelle, die von den Strahlen getroffen wird, bevor die Sonne hinter den Bergen verschwindet. Danach bekomme ich die Sterne zu sehen."

Sie bewegte leicht ihre Hüften, um ihre Position auf dem Deckstuhl zu verändern. Dann zeichnete sie mit ihrem Zeigefinger einen langen Bogen am Himmel nach. „Ich kann die Milchstraße sehen. Ich bin überrascht, dass es hier nicht zu viel Lichtverschmutzung gibt."

„Die würde es geben, aber an diesem Punkt verdeckt das Verwaltungsgebäude am Eingang der Marina das meiste Licht der Straßenlaternen. Dies wirkt sich allerdings weniger stark aus, wenn die Casinos am Wochenende ihre Scheinwerfer einschalten."

„Du hast einen guten Liegeplatz."

„Ich hatte Glück. Ich mag es, dass die *Donati* da festgemacht ist, wo der Kai abknickt, sodass keiner steuerbord andocken kann. In diese Richtung habe ich dadurch einen freien Blick aufs Wasser. Aber ich habe erst gemerkt, wie großartig diese Stelle ist, als ich schon ein paar Wochen hier war und zu einer Party auf einer der Yachten in der besten Lage eingeladen wurde. Der Sonnenuntergang und die Stadtansicht sind dort spektakulär, aber der Nachthimmel … weniger. Das erinnerte mich daran, warum ich im College Astrophysik als Wahlpflichtfach belegt hatte."

Sie schwiegen mehrere Minuten, versunken in den Anblick der Sterne. Als Daniela erneut sprach, war ihre Stimme leise: „Als Kind habe ich nie eine Uhr getragen oder ein Handy bei mir gehabt. Der Sonnenuntergang war für mich das Zeichen, bei einer Freundin im Dorf aufzubrechen oder von dem Ort, wo ich mich gerade herumtrieb, nach Hause zurückzukehren. Dann war es Zeit, bei meinen Eltern zu sein und Hausaufgaben zu erledigen, wenn ich noch welche hatte, und mich fürs Bett fertig zu machen."

Er drehte ihr den Kopf zu, denn er spürte, dass sie noch mehr sagen wollte. Ohne den Blick von den Sternen abzuwenden, fügte sie hinzu: „Ich habe diese Sonnenuntergänge als selbstverständlich betrachtet. Ich habe sie nicht allzu sehr vermisst, als ich an der Universität war, aber als ich begann, im Palast zu arbeiten, und abends entweder drinnen oder in der Stadt von Gebäuden umgeben war, vermisste ich sie. Ich sehnte mich nach der Ruhe und dem Frieden. Wenn ich jetzt die Gelegenheit habe, einen Sonnenuntergang zu beobachten oder die Sterne zu sehen, sie richtig anschauen zu können, fühlt es sich an –" Sie zögerte, als würde sie abwägen, wie er über ihre Wortwahl denken könnte. „Es fühlt sich an, als ob das Universum die kleinen Ereignisse des Tages auswischen würde. Ich meine, all die Begebenheiten, die wie eine Krise erscheinen, jedoch vorübergehender Natur sind. Es ist mir eine Mahnung, die einfacheren Dinge wertzuschätzen. Das, was überdauert. Wie die Familie, das Abendessen und Rituale beim Schlafengehen." Sie lachte leise. „Versteh mich nicht falsch. Ich bin genauso hingerissen von Streifen am Himmel und dem Farbenspiel von Hügeln und Olivenbäumen wie jeder andere, aber mir bedeuteten Sonnenuntergänge schon immer mehr."

„Menschen sind so gepolt, dass sie naturnah leben möchten. Das ist menschlich." Mit einer Geste umschrieb er die Umgebung. „Ich meine, sieh doch mal, wo ich wohne. Deine Perspektive klingt für mich gerade richtig."

Er wusste nicht, woran es lag, aber dass Daniela bei ihm war, machte ihn redselig. Er nahm einen langen und tiefen Zug aus seiner Flasche, dann setzte er sie auf dem Deck ab, lehnte sich zurück und verschränkte die Hände hinter dem Kopf. „Als ich nach San Rimini zurückzog, wollte ich eine Wohnung mit Blick aufs Wasser, wo ich am Abend entspannen und Abstand vom Arbeitsstress gewinnen konnte. Aber Immobilien sind teuer hier. Das gilt sogar für Einzimmerapartments mit direkter Sicht auf ein anderes Gebäude. Ich musste eine Weile suchen, aber ich fand eine Wohnung mit teilweisem Blick aufs Wasser zu einem Preis, den ich bezahlen konnte, weil sie in einem schrecklichem Zustand war. Ich habe fast ein Jahr für die Renovierung gebraucht."

„Und dabei hast du deine Fähigkeiten als Anstreicher erweitert."

Er stieß einen Laut aus, der amüsierte Zustimmung ausdrückte. So viel war in der letzten Stunde passiert, dass er vergessen hatte, dass sie das bereits wusste. „Mit einer Menge Malerarbeiten. Plus Abbeizen von Holz, Ausbesserung von Böden, Schrankreparaturen – such es dir aus. Ich habe sogar Grundkenntnisse über die Verlegung von Stromkabeln und Klempnerarbeiten erworben. Als ich mit meiner Wohnung fertig war, sah alles ziemlich gut aus. Ich habe daran gedacht, sie zu verkaufen und den Gewinn zu benutzen, um ein Apartment mit besserer Aussicht zu finden. Ich wollte das Wasser sehen, ohne an einer bestimmten Stelle in meinem Wohnzimmer stehen zu müssen. Oder die Sterne anschauen können, ohne ein Fenster zu öffnen und mich hinauszulehnen. Ich habe es gegenüber meinen Nachbarn erwähnt, einem deutschen Rentnerehepaar, und die beiden sagten mir, dass sie ihre Wohnung verkaufen und nach Heidelberg ziehen wollten, um näher bei ihren Enkelkindern zu sein. Sie fragten mich, ob ich Interesse hätte, denn ihre Wohnung war auf der obersten Etage und hatte eine bessere Aussicht. Ich ging hin, um sie mir anzusehen, und entdeckte Fotos, die sie an Bord eines Bootes aufgenommen hatten, das im Hafen lag. Ich sagte zu ihnen, es sähe aus wie der Himmel auf Erden, und die Frau erzählte, dass sie das Boot ebenfalls veräußerten. Innerhalb eines Monats waren unsere beiden Wohnungen verkauft und ich war der neue Besitzer des Bootes."

Daniela stellte ihre Wasserflasche auf den Tisch. „Komisch, wie das Leben so spielt. Ein Gespräch, eine zufällige Begegnung und alles ändert sich."

Sie meinte nicht Cancún, aber das war es, was ihm in den Sinn kam. Wie wahrscheinlich war es gewesen, dass sie sich in jener Nacht vor dem Club getroffen hatten? Oder dass sie sich Jahre später in einem königlichen Palast am anderen Ende der Welt wiedersehen würden? Dass sie gemeinsam auf diesem Boot sitzen würden, in dieser Nacht, mit den Lichtern von San Rimini vor ihnen und Millionen von Sternen über ihnen?

„So schön es hier auch ist, ich bin nicht sicher, ob ich auf einem Boot leben könnte", sagte Daniela und stieß die Luft aus. „Es wirkt so ... ich weiß nicht. Beengt."

„Du würdest das denken, wenn du zurücktrittst und vom Kai aus auf das Boot blickst, aber an Bord wirkt es geräumiger, als mir meine Wohnung je vorgekommen ist. An den meisten Tagen sitze ich hier draußen, um zu lesen oder zu essen. Wenn ich ein oder zwei Tage frei habe, fahre ich die Küste entlang. Das gesamte Mittelmeer ist dann mein Heim. Ich höre nie irgendwelche Nachbarn durch die Wände, so wie in meiner letzten Wohnung."

„So hatte ich das noch gar nicht betrachtet." Ihr Blick wanderte zur Kabine. „Fühlst du dich nie eingesperrt, weil du auf so engem Raum lebst? Was ist, wenn es regnet? Oder kalt ist?"

Er stand auf und griff nach ihrer Hand. „Komm, wir machen einen Rundgang."

„Oh, das ist nicht nötig –"

„Ich verspreche dir: Die Sterne werden hinterher noch da sein." Als seine Hand über ihre glitt, erwartete er, dass sie ihre zurückziehen würde. Stattdessen erhob sie sich und sie verschlangen ihre Finger. Er führte diesen intimeren Kontakt nicht herbei und sie auch nicht. Es passierte einfach.

Und es fühlte sich richtig an, genauso wie die Tatsache, dass er sie hierhergebracht hatte.

Sie ging mit ihm das Deck entlang, doch als sie den Raum unter Deck betraten und er ihr die Bordküche zeigte, den Tisch daneben mit der Sitzbank, die Toilette – immer wichtig, zu wissen, wo die ist – und seine kleine Kajüte, war ihre Miene eine Mischung aus Interesse und Angespanntheit. Es war der Gesichtsausdruck, den man in Filmen sah, wenn ein Kind im Eingang zu einer Drachenhöhle oder zum Haus eines Riesen steht und sein Wunsch, alles zu erforschen, im Widerstreit liegt mit dem vernünftigen Impuls, wegzulaufen.

„Einige Leute könnten es als beengt betrachten", sagte er und nahm damit ihre Formulierung auf. „Doch ich halte es für zweckmäßig. Gut durchdacht."

Sie schaute sich um und betrachtete den kleinen Kühlschrank und die Mikrowelle in der Kombüse, die Schiebetür zu seiner Kajüte und die Schränke mit der glatten Oberfläche, die er unter den Sitzbänken eingebaut hatte. Ihr Blick schweifte über den Notizblock, den Stift und das Sportmagazin, die er auf der einen Seite des Tisches abgelegt hatte, und verweilte beim Fenster, als ob sie es sich mit hochgezogenem Rollo vorstellte, sodass Tageslicht hereinströmen konnte. Sie zog die Augenbrauen hoch. „Du hältst alles sehr sauber."

Er zuckte die Achseln. „Ich beschränke mich auf das Notwendige. Meine Kleidung passt in den Stauraum hinter der Koje, Toilettenartikel in ein Badezimmerschränkchen. Alles außer Sichtweite."

„Ah." Sie ließ seine Hand los und nahm ein abgegriffenes Taschenbuch von Jim Butcher aus dem schmalen Regal, das über den Sitzbänken angebracht war, und drehte es um, damit sie den Klappentext sehen konnte. Es war eins seiner Lieblingsbücher.

„Dieses kenne ich nicht, aber mein Vater liebt die Dresden-Reihe. Er hat alle Bände mindestens zweimal gelesen." Sie stellte den Butcher zurück und schaute sich die anderen Titel an. Sie entdeckte Taschenbücher von Lisa Gardner, Vince Flynn, Michael Connelly, Patricia Briggs und einigen anderen. Ein Buch von Jacqueline Winspear hielt sie schräg, um den Titel erkennen zu können, und erwähnte, dass sie schon seit Längerem etwas von dieser Autorin lesen wollte, dann schob sie das Buch zurück an seinen Platz und ging das Regal zum letzten Mal durch. Ihr Blick blieb an den Klassikern am Ende hängen: *Lady Chatterleys Liebhaber. Jenseits von Eden. Die Odyssee. Die drei Musketiere.* Seine einzigen drei gebundenen Bücher dienten als Buchstütze: eine zweibändige Geschichte des Zweiten Weltkriegs und Bryce Courtenays *Im Glanz der Sonne.*

Ihre Mundwinkel zuckten, was ihre Zustimmung verriet, obwohl er merkte, dass sie versuchte, es zu verbergen.

„Kein Fernseher?"

„Ich nutze meistens digitale Unterhaltungsangebote auf meinem Tablet. Auf diese Weise muss ich hier kein Fernsehgerät hineinpferchen und brauche nicht viele Paperbacks zu behalten. Leichter aufzubewahren, weniger Staub zu wischen. Das wäre das Letzte, was ich nach der Arbeit tun möchte."

Ihre Augen blitzten amüsiert über die Bemerkung, dass er nicht viele Paperbacks behielt, wo er doch ein ganzes Regal voller Lieblingsbücher hatte. Also las er auch gern. Interessant.

„Hast du keine Souvenirs von deinen Reisen?", fragte sie. „Die meisten Menschen besitzen ein paar sentimentale Stücke. Sogar in Königin Alettas Ankleideraum habe ich welche gefunden."

„Oh, ich bin nicht ganz und gar unsentimental." Er schaute zu seiner Kajüte. „Über meinem Bett hängt ein Gemälde, das ich einem Straßenhändler in Guatemala abgekauft habe. Ich besitze auch ein kurioses Bild auf einer Holztafel, die meine Eltern in Deutschland für mich erworben haben, als ich ein Kind war. Ich habe sie allerdings in der Toilette an der Wand angebracht, hauptsächlich, um meine Mutter zu ärgern, die findet, dass sie an einen weniger profanen Ort gehört."

Belustigt zog sie die Mundwinkel nach oben. „Zweifellos! Besucht sie dich hier oft?"

„Nicht wirklich. Es ist leichter, wenn wir bei meinen Eltern zusammen zu Abend essen. Wir versuchen, das einmal in der Woche zu tun."

Mit einer leichten Berührung im Kreuz lenkte er sie in die Kombüse und öffnete einen der Schränke. „Die meisten meiner Souvenirs sind Gebrauchsgegenstände, darum fallen sie nicht auf. Die Decke auf meinem Bett stammt von einem Markt in Spanien. Meine Teller und Schalen habe ich in Ägypten, Griechenland und in der Türkei gekauft und darum ...", er zeigte in den Schrank, „... passt auch nichts zusammen. Oh, und letzten Monat habe ich zwei Espressotassen in Italien erworben. Ich habe lieber Dinge, die ich verwenden kann, als Zeug, das einstaubt."

Sie schaute um die Schranktür herum. „Die Sachen sind wunderschön. Vor allem die grüne Schale."

„Dieses perfekte Stück habe ich zu meiner Eisschale bestimmt. Ich fand sie auf dem Großen Basar in Istanbul. Dieser Ort ist eine einzige Touristenfalle, aber das war mir egal. Es ist die beste Schale, die je hergestellt wurde."

Sie grinste. „Bis sie zerbricht."

„Hey! Hüte deine Zunge!"

Er schloss den Schrank und drehte sich zu ihr um. Es war ein intimer Moment und doch angenehm.

Dann war es nicht mehr so angenehm, weil Begehren zwischen ihnen aufflammte.

Er hätte nicht *Hüte deine Zunge* sagen sollen. Wenn er daran dachte, kamen ihm andere Wörter in den Sinn. Schmecken. Auskosten. Verwöhnen.

Als er sich so weit gefasst hatte, dass er wieder sprechen konnte, sagte er mit rauer Stimme: „Nachdem wir nun den großen Rundgang gemacht haben, würdest du den Raum immer noch als beengt bezeichnen?"

Sie hob ihr Kinn. Für den Bruchteil einer Sekunde sah er erneut einen Funken Begehren in ihrem Blick. Dann konnte er es fühlen: Es knisterte zwischen ihnen, als wäre ihr Verlangen eine physikalische Größe.

Er überlegte: *Küsse ich sie? Wenn ich ganz ruhig stehen bleibe, wird sie mich dann küssen?*

Von dem Kuss, den sie vor all den Jahren vor ihrem Hotel in Cancún getauscht hatten, war er überwältigt gewesen. Nun, nachdem sie mit der Zeit beide reifer geworden waren, konnte es nur noch besser geworden sein. Und ihr Gesichtsausdruck ließ ihn denken – hoffen –, dass sie sich gleich auf die Zehenspitzen stellen und ihm beweisen würde, dass er richtig lag.

Als sie schließlich antwortete, war ihre Stimme weich und gleichzeitig ernst: „Ich gebe zu, ich frage mich, warum du dich entschlossen hast, in einem schwimmenden Sarg zu leben."

KAPITEL 20

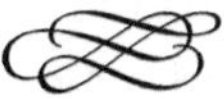

ROYCE wich zurück und legte in gespieltem Schmerz eine Hand an sein Herz.

Ein Sarg? Sie hatte seinen ganzen Stolz mit einem Sarg verglichen?

Ein schwaches Lächeln huschte über ihr Gesicht. „Da du ein Anstreicher bist, hätte ich wissen müssen, dass du eine bessere Beleuchtung hast. Ich ziehe *beengt* zurück und schließe mich deinem *zweckmäßig* an."

„Ich habe tatsächlich eine gute Beleuchtung. Und zu deiner Information: Der ecrufarbene Anstrich und die blaue Zierleiste, die du siehst, haben ein ziemlich trostloses jägergrünes und burgunderrotes Farbschema ersetzt." Es klang, als würde er sich verteidigen wollen – verdammt, er verteidigte sich tatsächlich –, aber im Moment dachte er nicht wirklich über den Anstrich oder die Beleuchtung nach. Er dachte noch nicht einmal daran, dass sie sich wohl genug fühlte, um ihn zu necken. Er war hingerissen von ihrer geschwungenen Unterlippe. Der einzelnen Wimper an ihrem rechten Lid, die aus der Reihe tanzte. Den Farbunterschieden in den Strähnen ihres Haares.

Und er ärgerte sich über seine Dummheit, eine Frage zur Bootsgestaltung zu stellen, anstatt sich zu ihr hinüberzulehnen, ihr wunderschönes Gesicht mit beiden Händen zu umfassen und sie besinnungslos zu küssen.

Das passierte nicht in einem Sarg, egal ob es ein schwimmender war oder nicht.

„Anstrich zur Kenntnis genommen, einschließlich der Tatsache, dass du das Wort *ecrufarben* benutzt hast. Du bist ein Mann mit vielen Talenten." Ihre Aufmerksamkeit richtete sich auf eine Stelle an seinem Arm und ihr Gesichtsausdruck veränderte sich. „Du blutest. Oder hast geblutet. Das sieht getrocknet aus."

Er runzelte die Stirn und sah nach unten, als ihre Finger zu der Stelle wanderten.

„Ich glaube nicht, dass es meines ist", sagte er. Seine Arme und Schultern fühlten sich nicht verletzt an. Anders als seine Wange, wo jede Drehung seines Kopfes das dumpfe Pochen hervorrief, das von einem Schlag herrührte. Morgen würde dort ein blauer Fleck prangen, trotz Basia und ihrem Eisbeutel.

Daniela murmelte etwas vor sich hin, während sie sich an seine Seite schob, um die Stelle besser sehen zu können. Sie strich mit der Hand über seinen Arm und ergriff ihn schließlich oberhalb des Ellenbogens. „Da sind mehrere Flecken. Eindeutig Blut, aber auch Schmutz. Der Stoff ist nicht beschädigt, aber du solltest dein Hemd in kaltem Wasser einweichen. Warmes Wasser fixiert die Flecken."

„Du hast bei Königin Fabrizia wohl oft mit Blutflecken zu tun?"

Sie blickte ihn amüsiert an, ihre Aufmerksamkeit blieb aber auf seinen Arm gerichtet. „Das Schlimmste, was bei ihr passiert, ist ein Spritzer Salatsoße. Gelegentlich ein Schmutzfleck, wenn sie über das Palastgelände läuft und das Bedürfnis verspürt, eine verblühte Blume zu entfernen, aber das ist selten. Die Hauptaufgabe der Gärtner besteht darin, ihr zuvorzukommen."

„Kann ich mir vorstellen." Er lächelte bei der Vorstellung

von Fabrizia, die stehenblieb, um eine welke Blüte zu entfernen, damit sie ihren ansonsten perfekten Garten nicht verschandelte, und zuckte dann mit den Schultern. „Mit Blut kann ich umgehen. Militär und so. Salatdressing liegt außerhalb meiner Fachkenntnisse in Fleckenbekämpfung."

„Ah." Röte stieg ihr ins Gesicht und sie ließ seinen Arm los.

Er fügte schnell hinzu: „Ich bin froh, dass du es bemerkt hast. Ich bezweifle, dass es mir aufgefallen wäre, bis ich die Wäsche gewaschen hätte. Oder schlimmer noch, hinterher, wenn es aus dem Stoff nicht mehr herausgegangen wäre."

Die Aussage war wahr genug. Trotzdem schien sie einen Augenblick lang nicht zu wissen, wie sie sich verhalten sollte. Sie machte zwei Schritte rückwärts und ihre Hüfte streifte die Tischkante. Für einen Moment spiegelte ihr Gesichtsausdruck das wider, was er im Restaurant gesehen hatte, als sie auch noch nach dem Eintreffen der Polizei hinter Basias Tresen gekauert hatte. Er hätte die Anzeichen gleich erkennen müssen … der angespannte Kiefer, der innere Kampf, trotz eines wachsenden Gefühls der Angst die Kontrolle zu behalten. Ihre verzögerte Antwort, nachdem er sie angesprochen hatte.

Wie bei der Entfernung von Blutflecken brachte die Praxiserfahrung einige Kenntnisse mit sich.

Sie bewegte sich in Richtung Deck und sagte etwas, das er nicht ganz verstand. Es hatte damit zu tun, dass sie noch ein paar Minuten die Sterne beobachten wollte, bevor sie in ihr Hotel zurückkehrte. Die Rädchen seines Verstandes griffen ineinander, als er sich an eine andere Rückkehr zu einem Hotel erinnerte, eine andere Flucht von einem überfüllten Ort, und im Geiste verglich er ihre Körpersprache von damals mit heute.

„Du leidest unter Klaustrophobie." Ihre Sarg-Bemerkung, mit der sie ihn geneckt hatte, wurzelte in ihrer Angst vor engen Räumen.

Ihre Schultern verspannten sich unwillkürlich, bevor sie sich ihm zuwandte. „Wie kommst du darauf?"

„Du warst nicht gerade scharf darauf, die Kabine zu sehen. Das war ein Hinweis." Er machte eine allumfassende Geste, als er sich auf sie zubewegte. „Du hast erwartet, dich gefangen zu fühlen."

„Ich konnte mir nicht vorstellen, dass jemand ständig auf einem Boot lebt. Jetzt kann ich es. Du hast kluge Entscheidungen bei der Ausstattung getroffen."

Er wurde sich bewusst, dass er sie erst recht in die Enge trieb, indem er ausgerechnet hier über ihre Angst vor engen Räumen sprach, dankte ihr für das Kompliment und drängte sie dann in Richtung Deck. Als sie an der frischen Luft waren, führte er sie zu den Stühlen, legte aber einen Arm um ihre Taille, bevor sie sich setzen konnte.

„Ist das in Ordnung?" Er konnte ihr leichtes Lächeln so gerade eben im Mondlicht ausmachen, bevor sie zur Bekräftigung nickte. Sie schwiegen eine ganze Weile lang, standen Hüfte an Hüfte, und genossen die Stille der Nacht, das sanfte Plätschern des Wassers am Schiffsrumpf und das ferne Brausen der Stadt. In vielen der Häuser und Wohnungen am Hang waren die Lichter bereits für die Nacht gelöscht.

An den Wochenenden zogen die Casinos und Tanzclubs alle Register, um die Reichen und Schönen Europas anzuziehen. Touristen, die den Tag im Aquarium oder am Duomo verbracht hatten, drängten sich in den angrenzenden Restaurants in der Hoffnung, ein Hollywood-Sternchen oder einen einzigartigen Lamborghini zu sehen. Der Montag war jedoch der ruhigste Tag der Woche in San Rimini, ideal, um Daniela das Gefühl zu geben, dass sie ihre Privatsphäre hatten und dass sie reden konnte.

Schließlich sagte er: „Ich bin froh, dass du zugestimmt hast, hierherzukommen, anstatt direkt in dein Hotel zu gehen. Fühlst du dich besser als vorhin, als wir das Restaurant verlassen haben?"

„Ich? Du bist doch derjenige, der Prügel bezogen hat."

„Del Pretes Kumpel ist derjenige, der Prügel bezogen hat."

Unter seiner Hand auf ihrem Rücken konnte er spüren, wie Lachen ihren Körper erbeben ließ. „Ich nehme alles zurück. Aber um deine Frage zu beantworten: Mit mir ist alles in Ordnung."

„Gut." Er strich mit dem Daumen mehrmals über den Stoff ihrer Bluse. „Danke, dass du dich um das Telefonat mit den Kanadiern gekümmert hast. Du kannst gut mit Druck umgehen. Königin Fabrizia verlässt sich bestimmt darauf."

„Das will ich hoffen, sonst wäre ich meinen Job los."

Er riskierte einen Blick von der Seite. Ihre Augen blieben auf die Sterne gerichtet und das sanfte Lächeln lag noch stets auf ihrem Gesicht.

„Das ist einer der Gründe, wie ich herausgefunden habe, dass du nicht gut mit engen Räumen zurechtkommst", wagte er sich weiter vor und hoffte, dass das Thema ihr Lächeln nicht vertreiben würde. „Die Handgreiflichkeiten in der Trattoria *Safina* haben dich nicht aus der Fassung gebracht. Damit konntest du umgehen. Es war das Eingeklemmtsein in dem Spalt zwischen Tresen und Wand, das dir zu schaffen gemacht hat. Ich habe es allerdings zuerst nicht bemerkt. Du versteckst es gut."

Sie brauchte eine Sekunde länger als sonst, um zu antworten. „Die enge Zusammenarbeit mit der Königin erfordert, dass ich ein Security-Training absolviere. Es gibt Zeiten, in denen ich näher an ihr dran bin als ihr Sicherheitsteam, was bedeutet, dass ich diejenige wäre, die sie in einer Notsituation hinter einen Tresen schieben würde." Sie begegnete seinem Blick für einen kurzen Moment, dann schaute sie wieder zur Stadt und ihren funkelnden Lichtern. „Aber nein, ich bin kein Fan von beengten Räumen. Selbst wenn es in Anbetracht der Situation der sicherste Ort ist."

Er blieb stumm und ließ ihr Zeit, mehr zu sagen, wenn sie es wünschte. Einen Augenblick später fragte sie: „Hast du jemals ein altes Auto gesehen, das verschrottet wurde? Wenn ich einen engen Raum betrete, fühle ich mich, als würde ich in einem dieser Autos festgeschnallt, ohne die Möglichkeit, den Sicherheitsgurt zu lösen und zu entkommen, und ohne verhindern zu können, dass mich die riesige Metallplatte zerquetscht. Ich weiß, dass es nicht rational ist, so zu empfinden, also sage ich mir, wenn ich mit einer Situation wie heute Abend konfrontiert werde, dass es nur vorübergehend ist. Dass es alles nur in meinem Kopf ist. Nicht *real*. Dann versuche ich, mich auf etwas anderes zu konzentrieren. Eine Bodenfliese. Eine Glühbirne. Irgendetwas, das mein Gehirn beschäftigt."

„Funktioniert das?"

„Nicht immer. Zum Glück tritt das Problem nicht so häufig auf. Es ist nicht wie die Angst vor der Dunkelheit, der man sich jede Nacht stellen muss."

Royce fuhr fort, mit seinem Daumen über ihren Rücken zu streichen. Es beeindruckte ihn, dass sie eine so schwierige Situation optimistisch betrachten konnte.

„Es ist eine weitverbreitete Angst", sagte er. „Nicht, dass die Häufigkeit das Phänomen weniger furchteinflößend macht. Einer der Jungs in meiner Einheit hatte mit Klaustrophobie zu tun, und ich erlebte aus erster Hand mit, wie es ihn gelegentlich zurückwarf. Er glaubt, dass es sich entwickelte, als er ein Kind war und sein älterer Bruder ihm einen Streich gespielt und ihn über Nacht in einem Schrank eingesperrt hat. Als er in den Dienst eintrat und merkte, dass er Zeit in engen Räumen verbringen musste, machte er ein paar Termine mit einem Therapeuten, und er ist der Letzte, von dem man erwarten würde, dass er freiwillig einen Therapeuten aufsucht."

„Hat es geholfen?"

„Er meinte, es würde keine Heilung bringen, aber er hat ein paar mentale Tricks entwickelt, um das Gefühl zu bekämpfen. So wie du dir sagst, dass es nicht rational ist, stelle ich mir vor. Als er mir davon erzählte, verglich er seine Termine mit Physiotherapiestunden für einen Rotatorenmanschettenriss. Der Therapeut gab ihm eine Reihe von Übungen, und durch Ausprobieren fand er einige, die funktionierten." Royce konnte sich ein Grinsen nicht verkneifen, als er an den stämmigen Schotten dachte. „Er ist ein harter Bursche. Riesig. Räume, die für andere Menschen normal groß sind, fühlen sich für ihn klein an. Wahrscheinlich war das nicht gerade hilfreich."

Sie überraschte ihn mit einem Lächeln. „Ich nehme an, sein Bruder hat für die Schrank-Episode bezahlt."

„Ich bin sicher, das hat er. Schlussendlich." Royce hob seine Hand, um ihre Schulter zu streicheln. Sie versteifte sich nicht und wich nicht zurück. „Hast du eine Ahnung, was deine Angst ausgelöst hat?"

Sie zögerte, dann schüttelte sie den Kopf. „Nichts so Traumatisches wie bei deinem Kumpel. Ich bin zuversichtlich, dass ich die Furcht eines Tages abschütteln kann. Vielleicht werden Erfahrungen wie die von heute Abend mein Gehirn überzeugen, dass ich sicher bin. Ich stelle es mir ähnlich vor wie bei Kindern, die Angst haben, eine Spielplatzrutsche zu benutzen, aber nachdem sie es ein paar Mal ausprobiert haben und sehen, dass nichts Schlimmes passiert, haben sie keine Probleme mehr damit." Er konnte ihr Lächeln in der Dunkelheit sehen, obwohl es ein Lächeln war, das Unbehagen nur überdeckte, nicht zum Verschwinden brachte. „Dein Boot ist wunderschön. Ich hätte es bestimmt nicht besser gestalten können."

„Das ist ein großes Kompliment."

Sie schmiegte sich enger an ihn und sein Puls beschleunigte sich. „Danke, dass du mich hierhergebracht hast. Du hattest recht damit, dass ich eine Ablenkung brauchte. Aber ich sollte wohl langsam einen Wagen rufen, wenn man bedenkt, wie früh wir morgen im Palast sein müssen."

„Mein Auto steht auf dem Parkplatz des Yachthafens. Ich könnte dich zum Hotel bringen."

„Ich weiß das zu schätzen, aber Königin Fabrizia hat einen

privaten Dienstleister beauftragt, der mich fährt, wohin ich will, solange ich hier bin. Den werde ich benachrichtigen. Du solltest schlafen. Vielleicht kühlst du vorher noch einmal deine Wange, sonst hat Miroslav morgen Fragen." Sie hob ihr Gesicht zu den Sternen. „Es wird wahrscheinlich zehn oder fünfzehn Minuten dauern, bis der Wagen kommt. Bis dahin können wir in die Sterne schauen, wenn das in Ordnung ist."

„Das würde mir gefallen."

Sie holte ihr Handy, verschickte eine Nachricht und kehrte dann an seine Seite zurück. Sie stand nah genug, dass er leicht einen Arm um sie legen konnte … oder auch nicht. Er tat es.

In den nächsten Minuten sprachen sie über Sterne und den Unterschied zwischen den sichtbaren Konstellationen im Sommer und Winter. Sie erzählte, dass sie früher auf einen künstlichen Hügel in der Nähe ihres Elternhauses gestiegen war, wenn sie sich nach einem Blick auf das Meer sehnte, und wie sie immer nachts dort sein wollte, um die Sterne zu sehen.

„Meine Mutter hat früher zu Recht gesagt, dass ich nicht allein hingehen sollte und dass sie und mein Vater keine Lust hätten, sich bei dem Versuch, im Dunkeln den Hügel zu erklimmen, die Knöchel zu brechen. Wenn ich das nächste Mal zu Besuch bin, nehme ich eine Taschenlampe aus der Küche mit und gehe. Der Nachthimmel hier hat mich inspiriert."

„Und deine Knöchel scheren dich nicht?"

„Ich kenne jeden Stein auf diesem Hügel. Ich schaffe das schon." Danielas Handy vibrierte, und sie atmete aus. „Das ist meine Fünf-Minuten-Warnung."

„Es sind nur zwei Minuten Fußweg bis zum Eingang des Yachthafens." Er konnte vom Boot aus genug vom Parkplatz sehen, um die Scheinwerfer herannahender Autos zu erkennen. „Du redest kaum über deine Eltern."

„Da gibt es nicht viel zu erzählen. Sie haben sich schon vor langer Zeit getrennt, aber freundschaftlich. Mein Vater lebt in

Cateri, meine Mutter wohnt noch in unserem Haus auf dem Land."

„Und du hilfst ihr von Zeit zu Zeit?"

„Wenn sie es braucht." Er spürte die Veränderung in ihrer Stimmung eher, als dass er sie hörte. Offenbar war die Hilfe für ihre Mutter ein heikles Thema. Vielleicht war der Wochenendbesuch nicht gerade harmonisch verlaufen.

„Da ich in drei Minuten losmuss – in weniger als drei Minuten –, würde ich lieber nicht über meine Eltern sprechen."

Ihre Stimme klang, als würde sie mit ihm flirten, auch wenn er sich fragte, ob es Absicht war.

Vorsichtig sagte er: „Ich hatte nicht erwartet, dass sich der heutige Abend so entwickeln würde, aber zum Ende hin fühlte es sich sehr nach einem ersten Date an."

„Abgesehen von dem riesigen Kerl mit schlechter Gesichtsbehaarung, der dich geschlagen hat?"

„Abgesehen davon." Er drehte sie zu sich um und zog sie enger an sich. Bei den meisten Frauen, die ihn interessierten, würde er von einer Berührung der Hand ziemlich schnell zu einem Kuss übergehen – und dann zum Bett, vorausgesetzt, die Frau wollte das auch. Bei Daniela ließ er die Dinge lieber langsam angehen, um zu vermeiden, dass die Beziehung nach einem schnellen körperlichen Höhepunkt unweigerlich im Sande verlief. Er wollte sie *kennenlernen*.

Er wartete einen Moment, dann sagte er: „Ich hatte erwartet, den Abend mit Erklärungen zu verbringen, warum ich dich belogen habe. Danach, dachte ich, würden wir über unsere jeweiligen Jobs reden und schließlich würde ich mit einer Schachtel mit Pasta-Resten hierher zurückkommen. Allein."

„Lügner. Ich kann mich nicht erinnern, dass es Reste gab." Sie musste den Kopf heben, um seinem Blick zu begegnen. Wenn er sie von der anderen Seite des Raumes sah, wirkte sie immer größer, hatte eine besondere Präsenz. Aber jetzt, während er sie hielt, wurde der Größenunterschied zwischen ihnen offensichtlich.

Ihre Hände wanderten zu seiner Hüfte. Seine Kehle verengte sich, als ihm klar wurde, dass er den ersehnten Gute-Nacht-Kuss bekommen würde.

Wie an dem Abend, als er sie zu ihrem Hotel in Cancún gebracht hatte, tickte die Uhr für den Kuss. Aber dieses Mal wusste er, dass er sie wiedersehen würde. Er konnte genießen, wie ihre Fingerspitzen über sein Hemd glitten, den Duft ihres Haares, wenn sie sich bewegte, das sanfte Schimmern ihrer Haut im Mondlicht.

„Ich habe in der Trattoria *Safina* genau zweimal etwas übrig gelassen. Ich sagte dir bei unserer Verabredung, dass du heute die Wahrheit erfahren würdest.“

„Das hast du gesagt.“ Mit den Fingerspitzen strich sie an seinen Seiten entlang, ihre Daumen verweilten auf seinen Hüftknochen. Die Bewegung war entspannt, als ob sie sich vollkommen wohlfühlte, aber ihr Atmen beschleunigte sich. „Eine Frau hört nicht jeden Tag, dass eine der schönsten Erinnerungen eines Mannes ein Spaziergang ist, den sie Jahre zuvor zusammen gemacht haben.“

„Du hast mich heute Nachmittag in die Enge getrieben. Ich hatte Angst, dass Miroslav jeden Moment vorbeikommen würde, sonst hätte ich es nie zugegeben, aber es ist die Wahrheit.“

„Und als du behauptet hast, es hätte dir Hoffnung gegeben?“ Beim vorletzten Wort lag ein ironischer Unterton in ihrer Stimme, der ihm verriet, dass sie ihm glaubte, was er über die schönen Erinnerungen, aber nicht, was er über die Hoffnung gesagt hatte. Dass es zu kitschig war oder zu schmeichlerisch und dass er zu weit gegangen war in seinem Versuch, die Situation zu entschärfen.

Die Zeit rann ihnen durch die Finger, aber er wagte nicht, den Parkplatz nach Scheinwerfern abzusuchen. Leise erwiderte er: „Es ist schon komisch, was jemandem durch den Kopf geht, wenn er sich mitten in einem Krisengebiet befindet. Vor allem, wenn man an einer Hilfsstation vorbeikommt und beobachtet, wie Eltern in langen Schlangen warten, um medizinische Hilfe zu bekommen oder sich und ihre Kinder sicher aus dem Gebiet zu bringen. Du siehst eine vertraute Geste wie ein Kind, das an den Nägeln kaut, und eine Mutter, die ihm bedeutet, dass es damit aufhören soll, und dir wird klar, dass es deine Familie sein könnte, deine Frau, dein Kind. Du erkennst, dass es viele Menschen gibt, die schlimme Dinge in der Welt tun und diese Familien in eine solche Verzweiflung treiben. Wenn jemand in dieser Situation ist, mit Wüstensand in den Augen und Schweiß, der ihm den Rücken herunterläuft, ist der Gedanke an einen romantischen Moment eine Erinnerung daran, dass die Welt im Großen und Ganzen ein guter Ort ist. Dass Schönheit noch existiert.“

Daraufhin war sie still.

Er berührte ihre Wange. „Ich würde dir sehr gerne einen Gute-Nacht-Kuss geben.“

Verlangen blitzte in ihren Augen auf, aber sie täuschte Zurückhaltung vor. „Du hast mich zu einem sehr schönen Abendessen eingeladen.“

„Ich will keinen Kuss als Gegenleistung für ein Abendessen. So jemand bin ich nicht.“

„Aber vielleicht bin ich das.“

Er hatte kaum den Kopf bewegt, als sie klarstellte: „*Ich* will etwas im Austausch.“

„Ach ja?“

„Ich will es unbedingt wissen. Warum *Donati*? Ist das dein Name für das Boot, oder stammt er von den Vorbesitzern?“

Nicht das, was er erwartet hatte. „Ich habe ihn ausgewählt, und wir haben dreißig Sekunden, bevor wir zum Parkplatz laufen müssen.“

„Was bedeutet es? *Donati*?“

„Neunundzwanzig, achtundzwanzig –"

Ihr Blick wurde dunkler. Sie bewegten sich gleichzeitig, ihre Hüften näherten sich einander, die Vorderseite ihres Oberteils streifte seines. Er nahm den schwachen Hauch ihres Atems wahr, bevor sich ihre Lippen trafen.

Der erste Kuss war sanft, eher ein Austesten als durch Lust gesteuert. Dann verstärkte sich der Griff ihrer Finger, sie zog am Stoff seines Hemdes, und die Spannung zwischen ihnen, die sich während des Abends durch Berührungen und das Adrenalin in ihren Adern immer weiter gesteigert hatte, entlud sich so kräftig, wie sich ein Segel bläht, das von einem lebhaften Wind erfasst wird.

Daniela zu küssen, barg sowohl den Nervenkitzel des Unbekannten als auch das innige Gefühl des Vertrauten in sich. Es ergab keinen Sinn; er hatte sie ein einziges Mal geküsst, vor fünf Jahren. In der Zeit dazwischen hatte er weit mehr als Küsse unterm Sternenhimmel mit einigen fantastischen Frauen genossen. Doch als Danielas Mund auf seinen traf und sie ihren Kopf ganz leicht neigte, sodass er den Kuss vertiefen konnte, war es, als würde er eine Erinnerung wiedererleben – oder ein Bedürfnis –, etwas, das sich tief in seine Seele eingebrannt hatte.

Ihre Finger streiften seinen Bizeps, als er sie näher zu sich heranzog. Ihre Lippen schmeckten leicht nach dem kohlensäurehaltigen Wasser, das sie getrunken hatte, während sie auf Deck saßen, und in zweiter Linie nach dem Wein. Und dann noch nach ihr. Warm und köstlich und einladend.

Verdammt, sie erweckte ein Verlangen in ihm, das beinahe schmerzte.

Daniela reckte sich und ließ beide Hände bis zu seinen Schultern wandern. Er hatte den überwältigenden Drang, seinen Griff um ihre Taille zu verstärken und sie hochzuheben, um sie dann in seine Koje zu tragen. Sein Körper flehte darum, auch wenn sein Gehirn wusste, dass es zu viel wäre, zu schnell.

Bald würde ein Auto im Leerlauf auf dem Parkplatz des Yachthafens stehen, wenn es nicht schon da war.

Noch dreißig Sekunden, dachte er.

Er kostete jede einzelne davon aus, bevor er sich einen letzten innigen Kuss und eine kurze festere Umarmung erlaubte. Dann drückte er ihr mit Bedauern noch einen Kuss auf die Stirn und lockerte seinen Griff.

„Das Auto ist wahrscheinlich längst da", sagte sie. „Ich habe irgendwie mein Zeitgefühl verloren. Wie ist es mit dir, hast du deins behalten?"

Er lachte in ihr Haar. „Nein. Mir geht es genauso."

Sie strich mit ihrer Hand über seine Brust – eine sanfte, romantische Geste –, bevor sie sich von ihm löste und ihre Tasche schulterte, damit sie zum Parkplatz gehen konnten. Er legte einen Arm um ihre Schultern und drückte sie an sich, und sie griff nach oben und hielt diese Hand fest. Sie waren auf halbem Weg zum Parkplatz, als die charakteristischen Scheinwerfer einer Mercedes-Limousine in Sicht kamen und dann verharrten.

„Netter Wagen", sagte er.

„Königin Fabrizia behandelt mich gut. König Eduardo bot ebenfalls einen Autoservice an, aber Fabrizia bestand darauf, ihren zu verwenden. Offenbar gehört die Firma einem engen Freund ihres Sicherheitschefs." Sie blickte ihn an und fügte hinzu: „Ich fühle mich dadurch ziemlich verwöhnt. Und bin dankbar, dass ich diesen Job habe."

„Ich habe gesehen, wie hart du arbeitest. Ich bin sicher, Königin Fabrizia ist auch dankbar, dass du den Job hast."

Sie erwiderte nichts, aber er erkannte an der Bewegung ihrer Schultern, dass sie die Bemerkung zu schätzen wusste. Einen Moment später sagte er: „Da wir gerade vom Palast sprechen, ich möchte das hier nicht schmälern", er bewegte seine Finger, die mit ihren verschlungen waren, „aber ich würde lieber niemandem verraten, dass wir uns heute Abend gesehen haben. Ich habe die Trattoria *Safina* mit Bedacht ausgewählt."

„Du willst sichergehen, dass niemand im Palast weiß, dass wir alles andere als höfliche Arbeitsbekanntschaften sind."

„Genau. Das gilt besonders für Miroslav und Chiara Ascardi. Ich verdächtige beide nicht, also wäre es vielleicht kein Problem, wenn sie wüssten, dass wir uns zum Essen getroffen haben, aber –"

„Es ist besser, wenn sie keine Fragen stellen. Dein Geheimnis ist bei mir sicher." Ihre Schritte wurden langsamer, als sie sich dem Ausgang des Yachthafens näherten. Der Mercedes hatte das Abblendlicht eingeschaltet, aber der Fahrer saß wachsam da und suchte den Parkplatz mit den Augen ab. Von diesem Blickwinkel aus konnten sie ihn sehen, aber er würde Schwierigkeiten haben, sie zu entdecken.

Daniela blieb stehen. „Ich weiß, du hättest dein Geheimnis auch lieber vor mir bewahrt, aber ich bin froh, dass ich es weiß. Außerdem war es schön, dich ohne deinen Arbeitsoverall zu sehen."

Er grinste. „Flirtest du etwa mit mir?"

„Vielleicht."

Er küsste sie schnell. „Ich würde das gern wiederholen."

„Unter uns gesagt: Ich vermute, wir werden einen Weg finden. Und Royce?"

„Ja?"

„Zieh als Erstes dein Hemd aus, wenn du zurück auf dem Boot bist."

„Jetzt sagst du mir sicher gleich, dass ich kaltes Wasser brauche."

Sie lächelte spitzbübisch, dann war sie fort, schlüpfte durch das Tor des Yachthafens und schritt auf den Mercedes zu.

KAPITEL 21

DANIELA VERGRÖSSERTE das Foto auf ihrem Computerbildschirm, betrachtete es mehrere Sekunden lang und schnitt es dann zu. Zufrieden, dass sie die Schlangenleder-struktur der eleganten flachen Schuhe eingefangen hatte, tippte sie eine Beschreibung und speicherte die Datei, bevor sie sie mit einem Foto verlinkte, das Helena Masciaretti ihr geschickt hatte. Es zeigte Königin Aletta mit diesen Schuhen, als sie mit dem Premierminister von Dänemark an Bord eines Schiffes ging, um eine Kopenhagen-Rundfahrt zu machen.

Zum Teil waren Danielas Gedanken mit der Frage beschäf-tigt, wie sie die Fotos am besten im Auktionskatalog präsen-tieren konnte. Gleichzeitig überlegte sie, ob Royce je in Kopenhagen gewesen war. Die Stadt besaß eine großartige Architektur, besonders vom Wasser aus gesehen. Sie stellte sich vor, dass dort bei Einbruch der Dunkelheit eine romantische Atmosphäre herrschen musste, wenn die Fenster in den verschiedenartigen Gebäuden erleuchtet waren und die Sterne am Himmel zum Vorschein kamen.

Sie grummelte in sich hinein, als ihr die kitschige Szenerie in den Sinn kam. Ein Kuss von Royce Dekker und es war um sie geschehen.

Die letzte Nacht hatte einige Überraschungen für sie bereitgehalten. Er hatte ihr nicht nur die volle Wahrheit über das Geheimnis um Roy beziehungsweise Royce gesagt, sondern ihr auch eine nüchterne Beschreibung seiner Erfahrungen in der Türkei gegeben. Und dann kam Del Prete und ein Tumult war ausgebrochen, als dessen Beobachtungsposten mit Royce auf den Fersen in die Trattoria gestürmt war. Trotz der fliegenden Fäuste dachte sie in erster Linie an die Einblicke in Royce' Persönlichkeit, die sie gewonnen hatte. Er hatte aufmerksam zugehört und verständnisvolle Fragen gestellt, als sie über die gefälschte Handtasche gesprochen hatte. Er hatte die Arbeitsmoral des Teenagers gelobt, der Essen für seine Familie abgeholt hatte, aber es war ihm unangenehm gewesen, Daniela zu sagen, dass er mit dem Jungen lernte. Royce hatte es so dargestellt, als täte der Jugendliche ihm einen Gefallen, indem er Royce seine Vorliebe für Physik ausleben ließ.

Daniela wunderte sich, dass jemand, der sich nicht beruflich damit beschäftigte, aus eigenem Antrieb seine Freizeit damit verbrachte, über Physik nachzudenken. Doch in Anbetracht der Faszination, die der Nachthimmel auf Royce ausübte, machte es wohl Sinn. Er war wissbegierig, seine Geisteshaltung spiegelte sich außerdem in der vielseitigen Auswahl seines Lesestoffes wider. Nur wenige Leute hatten ein Regal mit Lieblingsbüchern, auf dem neben der *Odyssee* und *Lady Chatterleys Liebhaber* eine lange Reihe Krimis und eine zerlesene Geschichte des Zweiten Weltkriegs standen.

Sie hatte nicht nur einen Eindruck gewonnen, was seine Leidenschaften waren, sondern hatte außerdem entdeckt, dass Royce, wenn er sich einmal ein Ziel gesetzt hatte, dieses wie mit einem Laserstrahl in den Fokus nahm. Sie hatte es gesehen, als er im Wohnbereich des Königs werkelte und, die Hände in die Hüften gestemmt, zurücktrat, um den Raum in Augenschein zu nehmen und die weiteren Arbeitsschritte zu planen. Doch nun wusste sie, dass diese Entschlossenheit über seinen Job hinausging. Er hatte ruhigen Stolz ausgestrahlt, als er von der Renovierung seines Apartments sprach und als er sie auf dem Boot herumführte und seine Hand über die Oberflächen der Schränke gleiten ließ, die er gebaut hatte. Es war so typisch männlich, auf solche Dinge stolz zu sein. Auf etwas, was man nur in kurzer Zeit planen und umsetzen konnte, wenn man seine volle Aufmerksamkeit darauf richtete.

Sie ging zu dem Tisch hinüber, auf den sie die flachen Schuhe aus Schlangenleder gestellt hatte, und tauschte sie gegen ein Paar schwarze Pumps mit Riemchen aus. Sie arrangierte die Schuhe so, dass keine Schatten entstanden. Gleichzeitig beobachtete sie den Mann, der im angrenzenden Raum arbeitete.

Royce hatte genug Sinn für Tradition, um wöchentliche Abendessen mit seinen Eltern zu schätzen. Doch im Unterschied zu ihnen besaß er keine Wohnung in der City, sondern er hatte sich sein Leben so eingerichtet, dass er seine Freizeit auf dem Wasser verbringen und den Wind auf seiner Haut spüren konnte, während er unbekannte Gegenden erkundete. Und dann war da sein beruflicher Werdegang. Erst beim Militär, nun im Security-Bereich, wo das Risiko zum Job gehörte. Der Mann konnte sich in einem Kampf behaupten.

Niemand wies diese Kombination von Charaktereigenschaften auf, der nicht über eine angeborene Abenteuerlust verfügte. Die meisten Männer, die den Hang hatten, Nervenkitzel zu suchen, trugen das zur Schau. Royce tat dies nicht und das faszinierte sie.

Sie erkannte eine verwandte Seele.

Sie mochte nicht wissen, wie man ein Boot durch die Adria zum Mittelmeer steuerte, und sie war bestimmt nicht der Typ, einen Kriminellen zu Boden zu ringen, aber tief in ihrem Innern gab es eine Furchtlosigkeit, die ausgeprägt genug war, dass sie auf jeden Baum geklettert war, der ihr Gewicht hielt, und dass sie sich davongestohlen hatte, um in ländlichen Gegenden Abhänge zu erklimmen, lange bevor sie groß genug war, um dies gefahrlos tun zu können. Später, in Michigan, war sie in den verborgenen Winkeln des ausgedehnten Arboretums der Universität herumgewandert und hatte sich Pfade gesucht, auf denen sie die Hände auf ihre Oberschenkel pressen musste, um die Hügel hinaufzukommen. Gelegentlich war sie auf die riesigen Bäume entlang der breiteren Wege gestiegen und hatte sich die Handflächen und Schienbeine aufgeschürft, als sie sich viel höher hinaufwagte, als es ihr zu Hause möglich war. Sie suchte sich eine stabile Astgabel, auf der sie sitzen konnte, und dann beobachtete sie von oben, wie der Huron River am Rand des Arboretums entlangfloss. Studenten joggten vorbei, die über ihre Kurse oder ihre Pläne fürs Wochenende sprachen, ohne ihre Anwesenheit über ihren Köpfen zu bemerken. Auf diesen einsamen Erkundungsgängen konnte sie durchatmen, ihr Kopf wurde frei, sie spürte, wie Adrenalin durch ihren Körper schoss, und empfand gleichzeitig ein Gefühl des Friedens.

Sie hatte ihren Wagemut immer gemocht, der unter ihrer sonst so praktischen Veranlagung verborgen lag.

Irgendwie brachte Royce diesen geheimen Wesenszug in ihr zum Vorschein. Zuerst, als sie in jener Nacht in Cancún sein Angebot angenommen hatte, mit ihr zur nächsten Bushaltestelle zu gehen und dann den ganzen Weg zurück zu ihrem Hotel. Und wieder letzte Nacht, als sie mit ihm geflirtet hatte. Von Natur aus flirtete sie nicht viel, selbst wenn sie einen Mann attraktiv fand und dieser sich dafür empfänglich zeigte. Für sie bedeutete ein Flirt, etwas zu wagen, allerdings gehörte zu der Spielart von Wagnissen, die sie bevorzugte, dass es nie Zeugen gab.

Sie ging zu Königin Alettas Fenster hinüber und brachte das Rollo in die richtige Position. Sie schaute zu den Schuhen, dann zog sie es noch ein kleines Stück weiter herunter. Perfekt.

Wenn sie nun darüber nachdachte, war sie es sogar gewesen, die den ersten Schritt gemacht hatte, als sie beim Abendessen Royce' Hand berührt hatte. Oh, sie könnte sich selbst belügen und behaupten, sie hätte dies aus Freundschaft getan oder um Royce zu zeigen, dass sie aufmerksam zuhörte, doch so war es keineswegs gewesen. Während Royce über seine Familie, Reisen und Pflichten sprach, hatte sie festgestellt, dass sie sich immer mehr zu ihm hingezogen fühlte. Sie verspürte den Drang, alles, was ihn betraf, in sich aufzunehmen und zu behalten, ange-fangen bei dem warmen Lächeln, mit dem er Basia bedachte, bis zu seiner Art, detailgetreu zu erzählen, und wie seine Finger auf dem Fuß seines Weinglases lagen. Während ihre Hand seine berührte, hatte sie weiter zugehört, aber sie hatte auch wahrge-nommen, wie sich seine Haut anfühlte, und die feinen, dunklen Härchen auf seinem Handrücken gesehen. Sie hatte die Kraft in seinen langen Fingern gespürt und bemerkt, wie sehnig seine Unterarme waren.

Royce Dekker war genauso vorteilhaft gebaut wie sein geliebtes Boot.

Als er seine Hand an ihr Kreuz gelegt hatte, während sie aus der Kabine an Deck gingen, war das, was nur eine einfache Berührung hätte sein sollen, bedeutsam geworden und hatte ein Pulsieren in ihr ausgelöst. Ein Beschützerinstinkt hatte sich darin ausgedrückt, Führungsstärke … und Anziehung. Die Erinnerung daran ließ sie erschauern.

Sie unterdrückte einen Fluch, holte dann ihre Kamera von einem nahe stehenden Stuhl, hockte sich vor die schwarzen Stöckelschuhe und schoss ein Foto. Die Schuhe. Sie musste sich auf die Schuhe konzentrieren.

Bei ihrem Überraschungsbesuch hatte Helena auf dieses Paar hingewiesen und angemerkt, dass die Pumps für einen feierlichen Empfang zu Ehren von San Riminis besten Musi-kern angeschafft worden waren. Die Sohlen sahen makellos aus und Daniela fragte sich, ob Aletta sie auch zu anderen Gelegenheiten angehabt hatte. Sicherlich hatte sie sie nicht draußen getragen.

Sie ging um den Tisch herum und machte einige weitere Fotos, dann folgte sie derselben Routine wie zuvor: Sie überprüfte die Bilder auf ihrem Computer und verfasste eine Beschreibung, bevor sie die Schuhe beiseiteräumte. Als Nächstes nahm sie sich ein Paar Pumps in Zartrosa vor, das aus einem kleineren, jedoch alteingesessenen italienischen Modehaus stammte. Seit Jahrzehnten fertigten die Designer Schuhe in diesem Stil an und Königin Fabrizia besaß ebenfalls mehrere Paar in verschiedenen Farben.

Diese Routinearbeit machte es ihr zu einfach, ihre Gedanken um Royce kreisen zu lassen, egal, wie oft sie versuchte, diese zu verscheuchen. Sie erinnerte sich an den Geruch seiner Haut, wie es sich angefühlt hatte, seine Hände an ihrer Taille zu spüren, an seinen hungrigen Blick, als sie sich auf die Zehenspitzen stellte, um ihn zu küssen, und er sich hinunterneigte, um ihr auf halbem Weg entgegenzukommen. Die festen Muskeln, die sie berührt hatte, als sie ihre Finger auf seine Arme gelegt hatte.

Sie atmete tief aus und starrte auf die rosa Stöckelschuhe.

Einige Sekunden bevor Royce sie küsste, hatte sie gewusst, dass es passieren würde. Sie hatte auch gewusst, dass sie seinen Kuss erwidern würde, aber wenn sie bedachte, wie lang ihr erster Kuss in Cancún ihr im Gedächtnis geblieben war, hatte sie gefürchtet, dass die Wirklichkeit ihren Erwartungen nicht gerecht werden würde.

Das war nicht der Fall gewesen. Der Kuss letzte Nacht hatte sie von den Füßen gerissen und ein tiefes Urverlangen in ihr geweckt.

Ein Blitzen von Gold im linken Schuh zog Danielas Blick auf sich und sie ließ die Kamera sinken. Sicherlich war es eine Täuschung durch den Lichteinfall. Sie griff nach dem Schuh und stellte fest, dass das Paar nicht ganz so war wie die Exemplare in Königin Fabrizias Sammlung. In die Innensohle waren Königin Alettas Initialen in Blattgold eingeprägt. Ein aufwändiges Blumenmotiv rankte sich um die Buchstaben. Daniela ließ einen Finger über die Oberfläche gleiten und wollte die Schuhe gerade neben die schwarzen Stöckelschuhe stellen, als ein merkwürdiger Bogen in dem Blattgold sie stocken ließ.

„Moment mal!", sagte sie laut und brachte den Schuh zum Fenster, um besser sehen zu können. Die Ranken und Blumen um die Initialen ergaben kein zufälliges Muster. Sie verbanden sich und bildeten Herzen und den Buchstaben E.

Eduardo.

Ein Kloß bildete sich in ihrem Hals. Sie war nicht sonderlich romantisch veranlagt, doch dies überwältigte sie. Nachdem sie das Muster noch eine Weile angestarrt hatte, stellte sie das Paar zur Seite, weg von den anderen Schuhen, die sie bereits fotografiert hatte. Sie würde Eduardo fragen, woher sie stammten und was seine Wünsche diesbezüglich waren.

Sie versuchte, sich vorzustellen, wie sie bei der Auktion versteigert wurden. Private Sammler würden einen astronomischen Preis für das Paar bezahlen, ein Gewinn für die Wohltätigkeitsorganisationen, die Eduardo unterstützen wollte. Andererseits wäre es sicherlich eine Schande, wenn sie für immer im Schrank eines Milliardärs in Manhattan oder Hong Kong verschwänden. Eduardo würde es vielleicht vorziehen, sie mit anderen geschichtlich bedeutsamen Stücken auszustellen, mit dem Hochzeitskleid der Königin oder dem Umhang, den sie bei seiner Krönung getragen hatte.

Vielleicht wünschte er auch, sie für sich selbst oder seine Kinder zu behalten.

Sie sammelte die Schuhe ein, die sie fotografiert hatte, und trug sie zum Ankleidezimmer zurück, um ein paar weitere zu holen. Es war mühsamer, Fotos im Salon der Königin zu machen, und brachte die Suite in Unordnung, aber das Licht war besser als im Ankleideraum. Ihr Ziel für den heutigen Tag war, die Schuhsammlung der Königin zur Hälfte durchzugehen und dann weitere Telefongespräche im Zusammenhang mit den Handtaschen zu führen, deren Echtheit sie anzweifelte.

Sie brauchte einen klaren Kopf, denn dabei musste sie mit Feingefühl vorgehen.

Daniela kehrte in den Salon zurück, dabei streifte ihr Blick die Tür, die die Suite der Königin mit dem Hauptwohnbereich verband. Am Morgen hatte sie die Räumlichkeiten betreten und festgestellt, dass Royce – wie immer – früh gekommen war. Er hatte im großen Raum Ventilatoren aufgestellt, um das Abbeizen der Fußleisten vorzubereiten, und er war schon vollauf damit beschäftigt, sie von den Wänden zu entfernen. Die wenigen Fenster hinter ihm standen offen, um für größtmögliche Lüftung zu sorgen. Er hockte sich auf die Fersen, nahm seine Schutzbrille ab und wischte sich dann mit dem Arm die Stirn ab. Dabei wünschte er ihr einen guten Morgen. Ein Bluterguss verunzierte seine Wange, allerdings fiel das nur auf, wenn man danach Ausschau hielt.

Sie beäugte die Ventilatoren. „Du bist schon fleißig gewesen."

„Du weißt, was man über Müßiggang sagt."

„Sie sind aller Laster Anfang."

„Genau. Unter einem königlichen Dach darf es keinen Müßiggang geben." Seine Stimme klang gleichmütig, doch er hatte einen schalkhaften Gesichtsausdruck.

„Und wenn man sich nicht unter einem königlichen Dach befindet?"

Er setzte zu einer Antwort an, doch bei einem Geräusch an der Tür zum Vorraum schob er seine Schutzbrille zurück, um die Verfärbung auf seiner Wange zu verbergen. Dann nahm er einen geschäftsmäßigen Ton an, als er ihr riet, die Verbindungstür geschlossen zu halten, damit weniger Dämpfe in Alettas Räume drangen. „Ich möchte die Fußleisten auf einen Schlag abbeizen und die Ventilatoren über Nacht laufen lassen.

Wahrscheinlich werde ich auch die Mittagspause durch-arbeiten."

„Ich habe vor, mir ein Sandwich zu holen. Wenn Sie möchten, dass ich Ihnen etwas mitbringe, sagen Sie mir Bescheid." Sie beäugte den Stapel Sandpapier und die Stahlwolle am Rand der Abdeckfolie. „Ich wünsche Ihnen viel Erfolg, dass Sie das alles schaffen."

Miroslav war in den großen Raum getreten, während sie sprach. Er sagte Guten Morgen und betrachtete die Fußleisten, die Royce bereits abmontiert und auf die Folien gelegt hatte. Bei beiden hatte er sich nach ihrem Arbeitsprogramm für den Rest der Woche erkundigt und sie gebeten, ihn anzusprechen, wenn sie irgendetwas benötigten. Bevor er ging, machte er noch einen schnellen Rundgang durch den gesamten Wohnbereich.

Royce hatte grinsend in die Richtung des Vorraums geschaut, nachdem die Tür ins Schloss gefallen war. Dann bedachte er sie den Bruchteil eines Augenblicks mit einem deutlich intensiveren Lächeln, bevor er sagte, dass er gern ein Schinkenbrot hätte.

Vier Stunden später betrat sie den Wohnbereich mit einer Tüte vom Sandwichshop. Royce war über eine Fußleiste gebeugt und wandte ihr den Rücken zu. Trotz der Ventilatoren, die um ihn herum surrten, war er darauf geschult, Bewegungen im Raum wahrzunehmen, und hob den Kopf, als sie sich näherte und die Sandwichtüte neben seine Ausrüstung stellte. Schweißperlen standen ihm auf der Stirn und hatten auf seiner Kappe einen feuchten Rand hinterlassen, Staub und alte Lack-reste bedeckten seine Unterarme. Er lächelte zum Dank, bevor er seine Aufmerksamkeit wieder der zur Hälfte abgebeizten Fußleiste zuwandte, die vor ihm lag.

Sie schloss die Tür der Suite, legte ihre eigene Lunchtüte auf dem Schreibtisch der Königin ab und seufzte, bevor sie den Laptop aufklappte, um das, was sie geschrieben hatte, Korrektur zu lesen. Dabei wickelte sie ihr Sandwich aus. Nachdem sie mit noch einer Armvoll Schuhe zum Fotografieren aus dem Ankleidezimmer gekommen war, hatte sie entschieden, dass es heute am besten war, getrennt von Royce zu essen. Wenn sie durcharbeitete, würde sie nicht nur mehr schaffen. Bei einer gemeinsamen Mittagspause hätte es auch ein weiteres Gespräch gegeben, dem sie in Tagträumen nachhängen würde.

Sie stellte die Schuhe neben den Tisch, auf dem sie sie fotografierte, dann schaute sie auf ihre Uhr. In den nächsten anderthalb Stunden machte sie das Beste aus dem Sonnenlicht, das schräg durch das Fenster fiel. Als die Schatten ein zu großes Problem wurden, trug sie die Schuhe zurück zum Ankleideraum, notierte, wo sie aufgehört hatte, und ging wieder in den Salon, um ihre Telefonate zu führen.

Es klopfte dreimal an der Tür, als sie in Hörweite kam.

„Royce?"

„Roy."

Der Geruch von Beizflüssigkeit schlug ihr ins Gesicht, als sie die Tür öffnete und hinter ihn schaute, um zu überprüfen, ob sie allein waren. Gleichzeitig sagte er: „Die Luft ist rein." Sie zog eine Grimasse und erwiderte: „Tut mir leid. Das wird mir nicht noch mal passieren."

„Ein kleiner Ausrutscher." Seine Schultern hoben und senkten sich, als er einen tiefen Atemzug nahm wie jemand, der eine längere Zeit körperlich gearbeitet hat. „Der Lack von den Fuß- und Zierleisten ist ab und ich werde gleich saugen und etwas wischen. Es hat eine Menge Staub gegeben. Das wird also eine Weile dauern. Ich vermute, Miroslav wird ungefähr dann ein weiteres Mal vorbeischauen, wenn ich fertig bin."

Sie öffnete die Tür weiter und betrachtete das saubere Holz, das auf den Folien ausgelegt war. Es sah so aus, als hätte er die beschädigten Stellen, die Generationen von Palastbewohnern hinterlassen hatten, bereits ausgebessert und glatt geschmirgelt. „Die sehen ziemlich gut aus."

„Danke."

„Du allerdings weniger." Im Verlauf des Tages hatte sich die bläuliche Verfärbung entlang seines Wangenknochens zu einem schrecklichen Rotviolett vertieft. Sie kniff die Augen zusammen, um besser sehen zu können. Mit gesenkter Stimme sagte sie: „Es ist offensichtlich, dass du geschlagen wurdest."

„Miroslav ist es nicht aufgefallen."

„Vielleicht hast du das nur nicht gemerkt. Du sagtest selbst, er ist sehr wachsam."

„Als er zur Mittagszeit durchkam, habe ich gerade mit gesenktem Kopf die Folie neu ausgelegt. Morgen werde ich es genauso machen und ich halte meine Brille griffbereit. Wenn es noch schlimmer wird, werde ich etwas drauftupfen, um es zu verbergen."

„Tut es weh?"

Amüsiert zog er seine Augenbrauen hoch. „Nein, und ich brauche auch kein Eis."

„Jetzt ist es sowieso zu spät für Eis. Aber wenn du auf Basia gehört und die Eispackung gestern Abend ein bisschen länger draufgelassen hättest, wäre der Bluterguss vielleicht nicht so schlimm geworden."

Ein breites Lächeln ließ Grübchen in seinen Wangen erscheinen, über die jede Frau in Verzückung geraten würde. Seinem Blick nach zu urteilen, wusste er um diese Wirkung und hatte diesen Trick absichtlich angewandt.

„Apropos gestern Abend: Ich dachte, wir könnten noch einmal versuchen, zusammen essen zu gehen, aber dann mit weniger Drama, allerdings muss ich mich heute um den kanadischen Fall kümmern und morgen bin ich mit Freunden verabredet. Hättest du Lust, am Donnerstag mit mir zu Abend zu essen? Ich kenne ein paar abgelegene Orte, wo wir höchstwahrscheinlich keinem Palastbediensteten in die Arme laufen."

„Ich habe am Donnerstag eine Telefonkonferenz mit Sarcaccia, die erst spät enden wird."

„Freitag?"

Sie ließ ihn einen Moment warten, dann einen zweiten. Sie liebte diesen Funken von Unsicherheit in seinen dunklen Augen, obwohl sie beide wussten, was sie antworten würde: „Freitag wäre prima.“

Er lehnte sich so nah zu ihr herüber, dass sie die maskuline Note seines Shampoos oder seines Deodorants wahrnehmen konnte, die sich mit dem Geruch von Beize und Holzstaub mischte. Trotz des Risikos kribbelten ihre Lippen in der Erwartung eines Kusses.

Royce legte den Zeigefinger auf seinen Mund und flüsterte: „Es ist unser Geheimnis.“

Dann ging er rückwärts aus dem Raum und schloss die Tür hinter sich.

KAPITEL 22

Daniela fing die Haarsträhne ein, die ihr vor die Augen wehte, und strich sie mit dem Zeigefinger hinter ihr Ohr, während Royce sie beide in den Yachthafen hineinließ. Als sich das Tor hinter ihnen schloss, legte er seine Hand zwischen ihre Schulterblätter und führte sie über den Holzsteg zur *Donati*.

Hätte sie bei der Verabredung gewusst, dass sie nach dem Essen hierherkommen würden, wäre sie die letzten Tage vor lauter Vorfreude ein Nervenbündel gewesen. Aber jetzt, als sie an der langen Reihe von Booten vorbeischlenderten, erfüllte sie Wärme trotz der frischen Meeresbrise.

Es fühlte sich wie Zufriedenheit an. Nicht der bequemen Art, wie wenn sie am Ende eines anstrengenden Tages die Füße hochlegte, sondern eine erquickende, lebensbejahende Zufriedenheit, die sie immer empfand, wenn sie die Logistik einer komplexen Veranstaltung für Königin Fabrizia in den Griff bekommen hatte oder nach einer anstrengenden Kletterpartie auf das Mittelmeer blickte.

Royce legte seinen Arm um ihre Taille und zog sie näher zu sich heran. Sein friedlicher Gesichtsausdruck spiegelte ihre Umgebung wider.

In den letzten drei Tagen hatten sie gemeinsam im großen Raum zu Mittag gegessen. Daniela war neugierig gewesen, mehr über Royce' kanadischen Fall zu erfahren, und sie konnte sehen, dass er sie nach ihren Entdeckungen im Ankleidezimmer der Königin fragen wollte, aber sie hatten diese Themen für einen sichereren Ort aufgeschoben. Stattdessen unterhielten sie sich angeregt über Popkultur, die bevorstehende Wahl in Deutschland und die zufällige Entdeckung einer antiken christlichen Grabkammer außerhalb Roms. Jeder Kontakt mit ihm bestätigte den Eindruck, den sie während des langen Spaziergangs in Cancún gewonnen hatte: Es war angenehm, mit Royce Dekker zusammen zu sein. Jeder Austausch war ein Abenteuer, und sie lernte mit jedem Tag mehr über seine Eigenarten und seine Weltanschauung. Seltsamerweise schöpfte sie auch eine gewisse Ruhe aus ihm. Während sie bei seinem Anblick Herzrasen bekam und sein Lächeln Adrenalin durch ihre Adern schießen ließ, war ein Gespräch mit Royce, als würde sie sich mit einem sehr guten Freund unterhalten. Sie hatte nie das Gefühl, beurteilt zu werden. Er fragte sie nach ihrer Meinung zu seiner Arbeit, zeigte ihr die Farbtafeln für die Wandfarbe und die Anpassungen, die er an den Fußleisten vorgenommen hatte, damit sie besser um die alten Heizkörper des Raumes passten. Er hörte sich ihre Gedanken an, stellte Fragen und behandelte sie wie eine Vertraute. Er machte es ihr leicht, dasselbe zu tun.

Behutsam hatte er sie sogar angeregt, darüber nachzudenken, was sie im Leben wollte.

Heute, als sie in einem familiengeführten Restaurant in der Nähe des Palastes Pizza gegessen hatten, hatte Royce von der neu entdeckten Begeisterung seiner Mutter für Ornithologie erzählt und ihr dann die Pläne seines Vaters für eine Überraschungsreise nach Simbabwe zu ihrem Hochzeitstag anvertraut. „Er hat fast ein Jahr lang Recherchen über das Land angestellt. Seit dem letzten Wochenende ist alles gebucht. Sie werden mit einer Safari beginnen, dann einen Nationalpark besuchen, wo er eine Vogelbeobachtungstour arrangiert hat, und in einem romantischen Hotel in der Nähe der Viktoriafälle ihre Reise abschließen. Sie wird hin und weg sein. Sie haben schon immer davon gesprochen, auf Safari zu gehen, aber die Aussicht, meiner Mutter die Gelegenheit zu verschaffen, mit einem Experten Vögel zu beobachten, gab meinem Vater den Anstoß, diesen Plan wahr werden zu lassen."

„Es klingt wie der perfekte Urlaub für sie. Ich bin neidisch. Ich würde gerne einmal die Viktoriafälle besuchen", hatte Daniela gesagt und sich an einen Dokumentarfilm erinnert, den sie einige Jahre zuvor gesehen hatte. „Für mich sind die Wanderwege der Anreiz. Sie sind anders als alles, was ich in Europa erleben kann. Aber es ist ein großes Unterfangen."

Royce hatte sie über den letzten Bissen seiner Pizza angeschaut, sein Gesichtsausdruck verriet, dass er sich des Organisationsaufwandes und der Kosten bewusst war, die entstehen würden, wenn sie sich eine Auszeit von ihrem Job nähme und eine solche Reise machte. Andererseits sah er auch die Anziehungskraft, die von einem einzigartigen Wandergebiet ausging. „Du hast das Glück, dass du mit Königin Fabrizia die Welt sehen kannst, aber immer nur nach den Plänen der königlichen Familie. Es ist nie deine eigene Entscheidung. Bei den Viktoriafällen zu wandern, ist dafür ein gutes Ziel, wenn du es wirklich willst."

Sie hatte genickt. Es war ein gutes Ziel, und tief im Inneren wollte sie es auch. Später, als sie in den Palastunterlagen nach Informationen über einen von Königin Alettas Mänteln suchte, fiel ihr auf, dass Royce einen Nachteil ihres Jobs erkannt hatte, der niemals erwähnt wurde. Die Reisen mit Königin Fabrizia, so glamourös sie auch waren, fanden oft in einer Art Vakuum statt. Egal, wie bemerkenswert die Sehenswürdigkeiten waren, die sie besuchte, oder wie beeindruckend die Würdenträger waren, die sie traf, es waren Arbeitsreisen. Daniela hatte keine Wahl, was sie sehen oder tun wollte, und niemanden, mit dem sie am Ende eines Tages ihre Erlebnisse teilen konnte.

Das bedeutete auch, dass sie, wenn sie mal Urlaub hatte, nur ungern in ein Flugzeug stieg. Sie zog es vor, ihre freien Tage mit Freundinnen am Strand oder in einem der Weinlokale von Cateri zu verbringen.

Heute Abend, als sie für das Date ein rosa-weiß gemustertes Kleid und beigefarbene Keilsandalen angezogen hatte, stellte sie sich vor, wie sie einen der Pfade auf der Sambia-Seite der Viktoriafälle erkundete, sich geräuschlos bewegte, um die Tierwelt zu beobachten, und gelegentlich stehen blieb, um die unbekannten Bäume und Gräser zu bestaunen. Sie konnte sich sogar Royce an ihrer Seite vorstellen, wie er die Schönheit der Welt bewunderte und bereit war, die – im wahrsten Sinne des Wortes – weniger ausgetretenen Pfade einzuschlagen, einfach nur, um sie zu sehen.

Sie hatte sich näher zu dem Spiegel in ihrem Hotelbadezimmer hingebeugt und ihre Wimpern betrachtet, um zu sehen, ob sie eine weitere Schicht Mascara brauchten, und dann innegehalten, um sich selbst einen strengen Blick zuzuwerfen. Fantasien über Royce waren genau das … Fantasien. Egal, wie sehr sich die Mittagspausen dieser Woche wie Dates angefühlt hatten, das heutige Abendessen war kein romantischer Wanderausflug durch Afrika.

Sie trat vom Spiegel zurück und atmete aus. Vielleicht handelte sie sich ein gebrochenes Herz ein, aber das Leben war kurz. Es war lange her, dass sie ein Date gehabt hatte – ein richtiges Date –, und sie hatte es verdient, sich zu amüsieren, auch wenn es nur für eine Nacht war.

„Ein gutes Ziel, wenn du es wirklich willst", sagte sie sich laut. Sie trug ihren Lieblingslippenstift auf, warf ihn in ihre Tasche und ging zum Aufzug.

Wie geplant, holte Royce sie einen Block von ihrem Hotel entfernt ab. Er beäugte ihr Outfit anerkennend, bevor sie die kurze Fahrt über die italienische Grenze zu einem abgelegenen indischen Restaurant antraten. Während sie die Speisekarte studierten, erzählten sie von Besuchen anderer indischer Restaurants. Sobald sie jedoch ihr Essen bestellt hatten und ungestört waren, drehte sich ihr Gespräch um die kanadische Botschaft. Royce hatte nach seinem Getränk gegriffen, während er sprach, und dadurch am Saum seines langärmligen Hemdes seine Handgelenke entblößt – und sie musste sich zwingen, sich auf seine Worte zu konzentrieren. Wer hätte gedacht, dass die Handgelenke eines Mannes so attraktiv sein konnten?

„Del Pretes Vater war Italiener – er starb bei einem Verkehrsunfall, als Del Prete ein Kleinkind war – und seine Mutter ist Koreanerin", hatte Royce erklärt. „Del Prete ist in der Nähe von Seoul aufgewachsen und spioniert für Nordkorea, genau wie seine Mutter."

Daniela hatte schon vermutet, dass es sich bei Royce' Fall um etwas Größeres als Parkverstöße handelte, da er sie mit einem Beamten der kanadischen Botschaft telefonieren ließ, allerdings hatte sie gedacht, ihre Fantasie wäre mit ihr durchgegangen, als sie annahm, es könnte etwas mit Spionage zu tun haben. Die Bestätigung bewirkte, dass sie sich von Royce' Handgelenken losreißen konnte.

Er sprach weiter: „Der kanadische Geheimdienst erfuhr, dass Del Prete den Auftrag hatte, einen nordkoreanischen Überläufer zu fangen, der über Ottawa nach Washington, D.C. reiste. Da die Kanadier planten, ihn durch San Rimini zu schleusen, wurde ich angeheuert, die Gegend um die Botschaft in den Tagen vor seinem Eintreffen zu überwachen und zu beobachten, ob es ungewöhnliche Aktivitäten gab. Niemand erwartete, dass etwas passieren würde, aber in der Nacht vor der Ankunft des Deserteurs entdeckte ich eine Gruppe von Männern, die die Botschaft ebenfalls im Auge behielten. Langer Rede kurzer Sinn: Sie versuchten, das Gebäude zu verwanzen, um die Details der Reise zu erfahren und den Überläufer unterwegs zu ergreifen. Die Kanadier nahmen zwei der Männer fest, als sie die Wanzen anbrachten, aber zwei andere konnten entkommen: Del Prete, der die Operation leitete, und ein Mann, dessen Identität wir nicht kannten."

„Lass mich raten: Der Mann, der dich geschlagen hat?"

Einer seiner Mundwinkel hob sich. „Ich hätte gesagt: ‚Lass mich raten: Der Mann, den du mutig zu Boden gerungen und für dessen Verhaftung du gesorgt hast', aber ja. Die Kanadier haben ihn identifiziert, sobald er in Gewahrsam war. Er ist ein kleiner Fisch, hat allerdings mit einigen gefährlichen Leuten zusammengearbeitet. Er wird von den Deutschen gesucht, seitdem er für einen russischen Agenten gearbeitet hat. Da all das wie ein Damoklesschwert über seinem Haupt schwebte, war er bereit, die Adresse der Wohnung preiszugeben, die er und Del Prete hier in San Rimini gemietet hatten. Del Prete war schon geflohen, als die Behörden eintrafen, aber die Kanadier konnten ihn aufspüren und heute Nachmittag verhaften."

Ein Kellner brachte ihnen ihre Currys und einen Korb voll hausgemachtem Naan-Brot, das so frisch war, dass es noch dampfte. Mehrere Minuten lang genossen sie ihre Mahlzeit und ließen sich von dem intensiven Aroma und den vielfältigen Geschmacksrichtungen gefangen nehmen. Schließlich schloss Royce die Augen und murmelte, dass das Essen göttlich sei, und der Ausdruck von Glückseligkeit auf seinem Gesicht ließ Danielas Herz höherschlagen.

Als sie mit dem Essen fertig waren, wandte sich das Gespräch dem Palast zu. Die Roscha-Schwestern hatten im Laufe der Woche zwei weitere Versuche unternommen, den königlichen Wohnbereich zu betreten, mit der Begründung, sie wollten den Zustand des großen Raums überprüfen, aber Royce war jedes Mal da gewesen und hatte sie abgewiesen.

„Meinst du, eine von ihnen oder beide könnten die Sachen gestohlen haben?", fragte Daniela.

„Es ist möglich. Sie hatten Zugang und sie legen ein gewisses Revierverhalten an den Tag, wenn es um die Privaträume des Königs geht. Sie haben sie wiederholt aufgesucht, obwohl man ihnen gesagt hat, dass sie dort nicht putzen sollen, solange die Renovierungsarbeiten im Gange sind. Als sie das erste Mal kamen, haben sie sich lange umgeschaut und immer wieder die Tür zu Königin Alettas Suite beäugt. Sie sahen, wie du zur Drogerie aufgebrochen bist. Nachdem sie fort waren, ging ich meinen Eimer nachfüllen, und Tetyana betrat in der Zeit die Räumlichkeiten erneut und behauptete, sie hätte einen Knopf verloren."

„Ich erinnere mich. Du schautest in die Suite und wolltest wissen, wie lange ich schon zurück war und ob ich sie gesehen hätte."

„Richtig. Das hattest du nicht, aber als ich mit meinem Eimer zurückkam, hockte sie bei den Sofas, also wäre sie leicht zu übersehen gewesen. Ich ließ Prinz Federico die Zeitstempel überprüfen. Er schickte mir gestern eine Nachricht, dass du etwa fünf Minuten, nachdem Tetyana eintrat, von der Drogerie zurückkamst. Ich denke nicht, dass sie viel Zeit gehabt hätte, in die Suite der Königin zu gehen. Nicht, dass das eine der beiden entlastet, aber –"

„Glaubst du, sie sind nur …", sie brauchte ein paar Sekunden, um das richtige Wort zu finden, „… exzentrisch?"

„Das sind sie auf jeden Fall, egal ob sie die Sachen der Königin entwendet haben oder nicht", erwiderte er und legte den Kopf schief. „Im Moment behalte ich sie im Auge, allein schon zur Abschreckung."

Sie verzichteten auf das Dessert und schlenderten stattdessen durch die hügelige Umgebung des Restaurants. Sie folgten einem Bürgersteig, von wo aus sie einen Blick auf die Adria hatten, und beobachteten, wie sich weit unter ihnen Lichter über das dunkle Wasser bewegten und Boote voller Nachtschwärmer zu einer abendlichen Rundfahrt ausliefen. Er griff nach ihrer Hand, was ein Flattern in ihrem Innern auslöste, als ihre Finger sich ineinander verschlangen. Sie fragte ihn, wen er noch verdächtigte.

Samuel Barden, der Koch, blieb ein Rätsel. Obwohl er während der Diebstähle im Palast gearbeitet hatte, war er zu dieser Zeit nur der Leiter des Catering-Personals gewesen und hatte Palastbankette, Gartenpartys und andere Veranstaltungen ausgerichtet. „Er hatte wahrscheinlich keinen regelmäßigen Zugang zu den Privaträumen oder die Art von Wissen, die der Dieb besaß", meinte Royce, „besonders wenn dieser Dieb die gestohlenen Gegenstände durch Fälschungen ersetzt hat. Barden ist erst seit sechs Monaten der Privatkoch von König Eduardo. Er hat den Job bekommen, als der vorherige Koch in den Ruhestand ging."

„Was ist mit dem ehemaligen Koch? Hat ihn jemand überprüft?"

Royce nickte. „Er lebt bei seiner Tochter in Griechenland. Er schläft morgens lange, werkelt ein bisschen in ihrem Garten und spielt zweimal pro Woche Karten in einem örtlichen Skat-club. Er hat nie über seine Verhältnisse gelebt oder sich in irgendeiner Weise verhalten, die darauf schließen ließe, dass er für den Diebstahl verantwortlich sein könnte. Prinz Federico sagt, der Mann habe kein Interesse an Mode und würde den Wert der Besitztümer der Königin wahrscheinlich gar nicht kennen. Er lebt für seine Kräuter, seine Kartenspiele und seine Familie."

Daniela dachte darüber nach, während sie weiterspazierten. „Samuel Barden hat gesagt, dass er Leckereien für Aletta gemacht hat. Erinnerst du dich, dass er das Tablett an ihrem Geburtstag brachte? Und er erwähnte, dass er schon vorher in der Suite gewesen war."

„Ich habe Prinz Federico danach gefragt. Barden lieferte zu besonderen Anlässen Leckereien in den königlichen Wohnbe-reich, aber der einzige Anlass, zu dem er bekanntermaßen die Suite der Königin betreten hat, war die Planung des Menüs für Federicos Hochzeit. Es gab eine Reihe von Treffen, aber Federico meinte, vermutlich sei Barden zu keinem Zeitpunkt allein in der Suite gewesen."

„Es ist also möglich, aber nicht wahrscheinlich."

„Genau." Royce warf ihr einen Seitenblick zu. „Da ist noch etwas: Wer auch immer diese Gegenstände gestohlen hat, brauchte ein Rückgrat aus Stahl, um es zu tun. Selbst wenn ein Dieb bezweifelt, dass er erwischt wird, ist eine gewisse Kühnheit nötig, um in das private Ankleidezimmer der Königin einzudringen. Eine solche Eigenschaft ist kein eindeutiger Beweis wie Fingerabdrücke, aber nach dem Wenigen, das ich von Barden gesehen habe, entspricht er nicht diesem Profil. Genauso wenig wie der ehemalige Koch."

Daniela stimmte ihm zu. Barden wirkte auf sie wie ein sanftmütiger Mensch, der gerne anderen eine Freude machen wollte. „Was ist mit den Security-Mitarbeitern? Kühnheit gehört zu ihrem Job, und Prinz Federico meinte, er wolle sie lieber über deine Aufgabe im Unklaren lassen. Aber du hast mir neulich gesagt, dass du weder Chiara Ascardi noch Miroslav verdächtigst."

Sie näherten sich einem Aussichtspunkt, gingen aber weiter, als sie mehrere Teenager entdeckten, die auf der Steinmauer saßen, die um den Rand herumlief. Als sie außer Hörweite waren, erzählte Royce Daniela, dass Chiara am Donnerstag in den Privaträumen erschienen war, zum Plaudern verweilte und erwähnte, dass Miroslav bei einem Zahnarzttermin war. „Chiara und Miroslav hatten die ganze Zeit über Zugang, und sie kannten die Königin gut. Beide hätte die Fähigkeiten und den Verstand, um es durchzuziehen, also macht Federicos Entscheidung Sinn. Aber mein Gefühl sagt mir, dass sie nicht darin verwickelt sind, vor allem Chiara nicht."

Er teilte weitere Beobachtungen über Chiara und ihre Persönlichkeit mit ihr und sagte dann: „Helena ist immer noch eine Überlegung wert. Sie hat heute Morgen die Suite aufgesucht. War das geplant?"

„Irgendwie schon. Ich wusste, dass sie vorbeikommen würde, nur nicht, wann. Sie hatte eine Reihe von Fotos ihrer Schwester in verschiedenen Outfits gemailt. Es waren viele Notizen angehängt, und sie wollte sehen, ob ich alles verstanden habe."

„Wart ihr auch im Ankleidezimmer?"

„Ja, aber wir waren die ganze Zeit zusammen. Ich hatte keine Informationen über zwei Hüte der Königin und wollte wissen, ob sie zu bestimmten Outfits gehörten. Sie hat sie für mich den passenden Kleidern zugeordnet. Sie kommt am Montagmorgen noch einmal, um mir mit einigen Halstüchern zu helfen. Sie hat darüber Buch geführt, wann die Königin sie getragen hat, aber sie brauchte das Wochenende, um die Notizen zu finden."

Als sie ihren Spaziergang fortsetzten, erzählte sie Royce von den italienischen Pumps mit den maßgefertigten Einlegesohlen und fügte hinzu: „Ich habe Helena gegenüber die Schuhe nicht erwähnt. Ich erwog, sie nach ihrer Herkunft zu fragen, aber es schien mir angemessener, diese Frage an den König zu richten."

„Du denkst, sie könnten von ihm stammen?"

„Es wäre nicht ungewöhnlich für ein Modehaus, einen Artikel mit Monogramm als Überraschung für einen Top-Kunden zu entwerfen, aber dies kam mir nicht wie einer dieser Fälle vor. Das Muster war zu …" Sie suchte nach den richtigen Worten.

„Romantisch. Und persönlich", beendete er den Satz.

Sie nickte. „Helena ist bei ihrem ersten Besuch zweimal an ihnen vorbeigegangen, ohne etwas zu sagen, und heute Morgen standen sie direkt vor ihr, als sie im Ankleidezimmer der Königin war, aber nichts. Da sie viel über andere Paare wusste, bezweifle ich, dass sie von den Einlegesohlen weiß."

Sie waren wieder bei Royce' Auto angekommen und ließen sich auf den Sitzen nieder. Bevor er sich anschnallte, suchte er ihren Blick. „Soll ich dich zu deinem Hotel bringen? Oder möchtest du dir noch eine Weile bei mir die Sterne ansehen?"

Sie schaute aus dem Fenster, dann zu ihm zurück und bemerkte die Intensität in seinen Augen, auch wenn er versuchte, lässig zu wirken. Sie hatte es verdient, sich zu amüsieren, oder? Sie zuckte die Achseln. „Das Wetter ist schön, der Himmel ist klar. Das sollten wir ausnutzen."

„Ausnutzen", wiederholte er und schmunzelte, als er den Motor startete. „Wenn ich es so formuliert hätte, hättest du es wahrscheinlich anders interpretiert."

Ihr Lächeln wurde noch breiter, als er den Wagen auf die Straße lenkte, die über die Grenze und zum Yachthafen von San Rimini führte. Er hatte Musik angemacht, und sie fuhren zu Songs von *Otis Redding and the Temptations*, die Fenster waren offen, der Fahrtwind wehte durch den Innenraum. Als sie an Bord der *Donati* gingen, erschienen ihr die Ängste, die sie bei ihrem letzten Besuch gehabt hatte, albern. Das Boot wirkte heute Abend größer. Offener. Allerdings waren sie an Deck, nicht in der Kabine.

Daniela ließ sich auf einem der Deckstühle nieder, während Royce eine Flasche Wasser und zwei Gläser mit dickem Boden holte. Er füllte sie und stellte eines auf den Tisch zu ihrer Rechten. Dann zog er den zweiten Stuhl auf ihre andere Seite und ließ sich hineinsinken, sein Glas stellte er daneben aufs Deck. Sie wandten ihre Gesichter dem Himmel zu.

„Willst du eine Decke?", fragte er, als die Brise auffrischte und widerspenstige Haarsträhnen in ihr Gesicht wehte.

Sie schob die Haare zurück. „Nur, wenn du auch eine willst."

„Ich brauche keine. Wenn du deine Meinung änderst, sag einfach Bescheid. Ich verspreche dir, sie sind sauber."

Das brachte sie dazu, ihn zu fragen, wie er seine Wäsche wusch, und während sie die Sterne beobachteten, sprachen sie über die praktischen Seiten des Lebens auf dem Wasser. Sie genoss die Unterhaltung. Seine Gegenwart. Seine Liebe zu Büchern, die Achtsamkeit, mit der er lebte, seine Fähigkeit, im Verhalten der Menschen um ihn herum zu lesen ... auch seinen

Respekt für ihre Ansichten, ob sie nun bei einem bestimmten Thema einer Meinung waren oder nicht. All das fand Widerhall in ihr.

Als er eine Hand hob und auf den Nordstern zeigte, stellte sie fest, dass seine Schultern auch nicht von schlechten Eltern waren.

Als sie sich am Tor des Yachthafens geküsst hatten, hatte sie gespürt, dass seine Arme muskulös waren. Jetzt sehnte sie sich danach, die Konturen zu erkunden, die sich unter dem Stoff seines Hemdes verbargen, jeder Bewegung dieser Schultern zu folgen und die Vertiefungen und Kurven kennenzulernen, die durch jahrelange körperliche Arbeit entstanden waren.

Sie drehte sich leicht auf ihrem Deckstuhl, um einen besseren Blick auf ihn zu haben.

Als er fragte: „Was ist dein Sternzeichen?", lachte sie.

„Was ist daran so lustig?"

„Du kommst mir nicht vor wie der Was-ist-dein-Sternzeichen-Typ."

„Es geht mir nicht um dein Horoskop."

„Gut, denn heute Morgen sagte es mir, dass ich einen ernsten Konflikt mit einem Nachbarn haben würde." Ihre Stimme triefte vor Ironie, bevor sie hinzufügte: „Mein Sternzeichen ist Jungfrau."

„Nun, dann hast du Glück, denn das Sternbild Jungfrau ist sichtbar. Weißt du, wo du es finden kannst?" Als sie sagte, sie wisse es nicht, zeigte er auf den Großen Wagen. „Siehst du die Deichsel? Lass deinen Blick daran entlang und vom Wagen weg im Bogen weiterwandern. Siehst du dort diesen wirklich hellen Stern?"

Sie folgte der Kurve, die sein Arm beschrieb, mit den Augen. „Ja."

„Das ist Arcturus. Jetzt schau von dort zu dem blauen Stern, der aussieht, als wäre er in der Mitte eines umgedrehten Y."

Wieder folgte sie seiner Bewegung. Sie brauchte ein paar

Sekunden, um den blauen Stern zu finden, und noch ein paar mehr, um den Rest des umgedrehten Y zu erkennen. „Ich hab's."

„Das Y ist das Sternbild Jungfrau."

Sie starrte es einen Moment lang an. „Das hätte ich allein nie gefunden."

„Sicher hättest du das, wenn du es gewollt hättest. Es gibt Apps, mit denen du die Sterne identifizieren kannst, einfach, indem du das Handy auf den Himmel richtest."

„Ich glaube, ich bevorzuge die altmodische Art."

„Ich auch, aber Technologie hilft, wenn man sich nicht sicher ist." Er schloss mit einer Handbewegung den ganzen Himmel ein. „Es geht nichts über eine dunkle Nacht und die eigene Fantasie. Sterne zu betrachten, ist zeitlos, immerhin haben Kopernikus und Galilei sie auf genau dieselbe Weise studiert."

Sie versanken in Schweigen, genossen die Ruhe in der Gesellschaft des anderen, die leisen Geräusche des Wassers, das ferne Brausen der Stadt und den entspannten Rhythmus ihrer Atemzüge. Als eine hauchdünne Wolke über das Sternbild Jungfrau hinwegzog und es vorübergehend verdeckte, wurde Daniela erst die Brust und dann die Kehle eng.

Sie mochte Royce. Sehr sogar. Es fiel ihr nicht leicht, jemandem zu vertrauen, aber in der kurzen Zeit, die sie einander kannten, hatte sie Vertrauen zu ihm gefasst und sehnte sich nach Verbundenheit mit ihm. *Dieser* Verbundenheit. Als sie mit ihrer Mutter im Bistro zu Mittag gegessen hatte, hatte sie sich gesagt, dass sie bereit war, zu daten … aber das war gewesen, kurz bevor ihr klar wurde, dass Roy Royce war. Sie hatte gedacht, mit jemandem auszugehen, wäre ein allmählicher Prozess. Aber mit Royce gab es kein allmähliches Vorgehen. Die Verbundenheit, die sie mit ihm fühlte, war das, was sie nach mehreren Verabredungen mit jemand Besonderem zu finden gehofft hatte … allerdings hatte sie erwartet, dass dem viele mittelmäßige bis schlechte erste Verabredungen mit nicht so besonderen Männern vorangehen würden.

Ein Gedanke kam ihr: Wäre sie zu Hause in Sarcaccia und würde diese Art von Nähe erleben, würde ihr das eine Heidenangst machen. Sie hätte die üblichen Bedenken, die man hat, wenn man eine neue Beziehung eingeht: Angst vor Herzschmerz, sich einer neuen Person zu öffnen. Dann wären da noch die persönlichen Bedenken, denen sie jahrelang ausgewichen war. Würde der Mann Verständnis für ihre Mutter haben? Würde er weniger von ihrem Vater halten, weil er sie verlassen hatte? Und würde er Daniela dafür verurteilen, wie sie mit dem Problem umging? Ihre familiäre Situation zu verstehen, verlangte einem Partner viel ab, und sie zu erklären, war eine Herausforderung, die sie nur schwer bewältigen konnte.

Aber Royce war nicht ihr Partner. Sein Leben war hier, und ihres war dort. In ein paar Wochen würde sie wieder zu Hause sein und Fabrizias zehntägige Reise durch Südamerika vorbereiten, und er würde Spione jagen oder reiche Klienten bewachen oder was seine Sicherheitsfirma sonst noch als Aufgaben übernahm.

Sie hatte gedacht, es läge an Royce, dass sie sich bei ihm so wohlfühlte, doch vielleicht war der Grund, dass ein primitiver Teil ihres Gehirns verstand, ihre gemeinsame Zeit war flüchtig. Das hieß, es würde kein „glücklich bis ans Ende ihrer Tage" geben, egal, wie einzigartig ihre Verbundenheit war. Wie nahe sie sich ihm auch fühlte, sie brauchte nicht über eine langfristige Beziehung mit all ihren Komplikationen nachzudenken.

Sie griff nach ihrem Wasser und kam zu dem Schluss, dass es sowohl an dem Mann als auch an der Situation lag.

Als sie ihr Glas wieder absetzte, wanderten ihre Augen von dem wolkenverhangenen Sternbild der Jungfrau wieder zum Großen Wagen. Dann zurück zu Royce und diesen breiten, Schutz bietenden Schultern. Er wirkte männlich, als er tief ausatmete, seine Beine übereinanderschlug und die Hände hinter dem Kopf verschränkte. Als er sich bewegte, nahm sie einen weiteren Hauch seines Duftes wahr, den der Wind forttrug, bevor sie sich ihm ganz hingeben konnte. Gleichzeitig waren alle Überlegungen, warum sie sich von ihm angezogen fühlte, wie weggeblasen.

Sie empfand ein wildes Verlangen, ihr Gesicht an seiner Halsbeuge zu vergraben und herauszufinden, ob seine Haut so herrlich und wild schmeckte, wie sie roch.

Um sich abzulenken, fragte sie: „Und du? Was ist dein Sternzeichen?"

„Krebs. Im Moment ist das Sternbild unter dem Horizont. Aber selbst wenn es oben am Himmel steht, gehört es zu denjenigen, die am schwersten zu erkennen sind. Ein Teleskop hilft."

„Du hast eines?"

„Noch nicht. Bald", sagte Royce. „Während meines letzten Jahres an der Universität belegte ich einen Kurs über astronomische Instrumente. Wir lernten, wie man die neuesten Teleskope benutzt, die besten Methoden zur Erfassung und Analyse von Daten, all die Aspekte der Astrophysik, die die meisten Leute zum Gähnen bringen würden. Die Professorin war fantastisch. Ihre Forschung konzentrierte sich auf Neptuns Gravitationswirkung auf Kuipergürtelobjekte –"

„Die Wirkung auf – was?"

„Kennst du den Asteroidengürtel zwischen Mars und Jupiter?" Als sie nickte, erklärte er: „Es gibt einen ähnlichen Gürtel, der sich von der Neptunbahn nach außen erstreckt. Allerdings ist er viel ausgedehnter und hat eine größere Masse. Das ist der Kuipergürtel."

Sie schloss die Augen und versetzte sich zurück in ihre Schulzeit. „Als wir das Sonnensystem durchnahmen, sahen wir ein Interview mit einem Astronomen aus Hawaii. Er erwähnte den Kuipergürtel, als er über Pluto sprach. Auf den Namen wäre ich allerdings von allein nicht mehr gekommen."

„Ich bin beeindruckt, dass du dich daran erinnerst. Die meisten Leute haben noch nie vom Kuipergürtel gehört. In den 1930er Jahren stellte man theoretische Überlegungen über seine

Existenz an, die allerdings erst in den frühen Neunzigern bestätigt wurde. Der Astronom, den du gesehen hast, hat wahrscheinlich von der Debatte über die Neuklassifizierung von Pluto als Zwergplanet aufgrund seiner Beziehung zum Gürtel gesprochen."

„Das ist gut möglich", sagte sie lachend. „Ich weiß nur noch, dass ich ganz hinten in der Klasse saß und dachte, dass der arme römische Gott Pluto mal wieder den Kürzeren gezogen hat, während gigantische Planeten nach Jupiter und Neptun benannt wurden."

„Das Leben ist nicht fair, besonders in der Welt der Mythologie."

„Stimmt, aber Pluto hatte schon die Unterwelt abbekommen. Ziemlich lausig im Vergleich dazu, Herrscher des Himmels oder Herrscher der Meere zu sein."

„Na ja, aber immerhin hatte er Persephone."

„Sie wurde entführt."

„Das Leben war für mythologische Frauen noch unfairer als für mythologische Männer."

Sie lächelte, auch wenn sie bezweifelte, dass Royce es sehen konnte. Durch die Menschenmassen, die sich am Freitagabend durch die Casinos und Restaurants von San Rimini schoben, leuchtete und pulsierte die Stadt mit einer Lebendigkeit, die sie bei ihrem ersten Besuch noch nicht erlebt hatte, allerdings lag der Hafen in relativer Dunkelheit. „Wie auch immer ... du hattest von deiner Professorin gesprochen?"

Er brauchte einen Moment, um den Faden wiederzufinden. „Am ersten Tag der Vorlesung sprach Professor Hart eine offene Einladung an die Studierenden aus, sie in den Nächten, in denen sie im Observatorium forschte, dort zu besuchen. Mehrere Male war ich der Einzige, der sich die Zeit nahm. Sie gewährte mir Zugang zum Teleskop der Universität. Ich verstand ihre Arbeit nicht immer – die Mathematik war auf einem höheren Niveau, als ich belegt hatte –, aber ich liebte es, durch das Teleskop zu schauen. Es war, als würde man einem bewegenden Musikstück lauschen, das unter die Haut geht und bei dem sich die Seele weitet."

Er räusperte sich, als wäre es ihm peinlich, wie er seinen Gefühlen Ausdruck verliehen hatte. „Jedenfalls habe ich nach dem Kauf der *Donati* angefangen, Geld für ein anständiges Teleskop zur Seite zu legen. Das wird meine nächste Anschaffung sein. Ich möchte aufs Meer hinausfahren, weg von den Lichtern der Stadt, und damit herumspielen."

„Das ist furchtbar intellektuell von dir", sagte sie. „Du weißt schon, dass die meisten alleinstehenden Männer ihr Geld, das sie zum Vergnügen ausgeben können, für Bier und Sportwagen verschwenden?"

„Ich bin nicht viel anders. Ich habe Bier und ein Boot genommen. Dafür fahre ich einen uralten Toyota." Er deutete auf den Parkplatz.

„Dein Boot dient dir nicht nur zum Vergnügen. Es ist dein Zuhause."

„Das hängt von der Perspektive ab. An den Wochenenden ist die *Donati* meine Leidenschaft. Nicht anders als der Sportwagen für einen anderen Typen."

„Kennst du Typen, die in ihrem Sportwagen leben?"

„Nein, aber ich kenne ein paar, die es tun würden, wenn sie könnten."

Der Große Wagen stand am Nachthimmel, die Deichsel nach oben gerichtet. Sie konnte sich vorstellen, wie Royce auf Deck sein Teleskop darauf richtete. Trotz allem, was er behauptete, bedeutete ihm dieses Boot mehr als den meisten Männern ihre Wochenendspielzeuge. „Du hast mir nie gesagt, warum es *Donati* heißt."

„Nein, das habe ich nicht."

Sein Deckstuhl schrammte über den Boden, bis er ihren berührte, und Royce drehte sich zur Seite, um ihr ins Gesicht zu sehen. Sie konnte seine Brauen und den Umriss seines Ohrs ausmachen, das Mondlicht schien auf seine Wangenknochen, aber die Schatten der Nacht machten es ihr unmöglich, in seinen Augen zu lesen.

Doch wenn sie es genau richtig machte, konnte sie seinen Duft einatmen. Sie könnte süchtig danach werden.

„Ich glaube, ich habe die Sekunden gezählt, bis du fragen würdest", sagte er. Seine Hand streifte ihre, dann ergriff er ihre Finger und zog ihre Hand zu sich hin. Er hielt inne, zögerte den Moment hinaus. Sein Atem strich über ihre Knöchel, dann drückte er ihr einen sanften Kuss auf den Handrücken.

„Du versuchst, mich abzulenken."

„Wirkt es?"

Verdammt, ja, es wirkte. Es sorgte dafür, dass sie auf seinen Deckstuhl hinüberrutschen wollte, damit sie nicht nur seinen Mund, sondern seinen ganzen Körper spüren konnte.

Sie verschränkte ihre Finger mit seinen. „Sag mir, warum du dein Boot *Donati* genannt hast, und dann sage ich dir, ob es wirkt."

KAPITEL 23

EIN LEISES GRUMMELN KAM AUS ROYCE' Brust, als er protestierte. Sie wollte ihre Hand vorsichtig wegziehen, doch er verstärkte seinen Griff und sagte: „Es begann vor langer, langer Zeit –"

Sie schnaubte. „Du machst wohl Witze."

„Willst du die Geschichte hören?"

Bei dieser Frage war seine Stimme leise und sexy. Sie gab vor, darüber nachdenken zu müssen. Dann hob sie zwei Finger ihrer freien Hand zu ihrem Mund und tat so, als würde sie einen Reißverschluss zuziehen.

Royce räusperte sich übertrieben und sein Ton wurde zu dem eines Barden, der eine epische Erzählung vortrug: „Es begann vor langer, langer Zeit, im Jahre des Herrn achtzehnhundertfünfundachtzig, mit einem einfachen Italiener namens Giovanni. Giovanni arbeitete im Verborgenen am Observatorium von Florenz und verbrachte seine Stunden damit, Sternkarten zu zeichnen. In einer Juninacht, als er in den Himmel starrte, richtete sich sein Blick auf eine Stelle nahe dem Sternbild des Löwen. Dort erspähte er ein schönes nebelähnliches Objekt, eins, das er noch nie zuvor gesehen hatte. Mehrere Nächte lang setzte er seine Beobachtungen fort. Der merkwürdige helle Fleck erfüllte ihn mit ehrfürchtigem Staunen und er stellte bald fest, dass es sich um einen Kometen handelte. Giovanni war aufgeregt und teilte seine Entdeckung anderen Astronomen mit. Sie drehten ihre Teleskope ebenfalls in diese Richtung, erpicht darauf, die schöne leuchtende Kugel aus Gas zu beobachten, wie sie durchs Weltall raste. Jede Nacht wurde der Komet am Himmel größer und bald war er mit bloßem Auge sichtbar. Als das Sommerlaub kupferfarben wurde, hatte sich der Komet vom Sternbild des Löwen entfernt und war durch den Großen Bären gewandert. Er war auf der gesamten nördlichen Hemisphäre selbst für Nicht-Astronomen zu erkennen, und als er der Erde noch näher kam, erschien ein leuchtender Schweif. In ganz Europa wurde über Giovannis Entdeckung gesprochen. Der Himmelskörper wurde der Große Komet von 1858 getauft und war der erste, der je fotografiert wurde. Künstler stellten ihn in Ölgemälden und Kohlezeichnungen dar und es wird sogar erzählt, dass Abraham Lincoln ihn am Vorabend einer seiner berühmten Debatten im Senat von der Veranda seines Hotels in Illinois aus beobachtet hat."

Daniela lächelte über Royce' Vorstellungskraft, diese Seite von ihm faszinierte sie. Bei seiner Arbeit ging er methodisch und bedacht vor, aber unter der Oberfläche war er ein kreativer Mensch.

Und ein erstaunlicher Geschichtenerzähler.

„Und was hat es mit deinem einfachen Italiener namens Giovanni auf sich?", fragte sie. „Warte – lass mich raten: Sein Familienname war Donati."

Royce strich mit seinem Daumen seitlich an ihrer Hand entlang „Sie bekommen einen goldenen Stern, Miss D'Ambrosio, einen mit einem leuchtenden Schweif. Der Große Komet von 1858 wurde später umbenannt in Donatis Komet. Heutzutage glauben die Astronomen, dass er einer der hellsten ist, die je gesichtet wurden. Er blieb den ganzen Oktober hindurch mit bloßem Auge erkennbar und verschwand im Frühjahr 1859 schließlich aus dem Blickfeld der Astronomen in der südlichen Hemisphäre."

„Du erinnerst dich an all diese Jahreszahlen?"

„Wenn man sein Boot nach einem Kometen benennt, erinnert man sich an die Einzelheiten."

„Das ist wahnsinnig romantisch von dir", sagte sie und fügte hinzu: „Wird er zurückkommen? Wie der Halley'sche Komet?"

Stimmengewirr und Musik schallten zu ihnen herüber, als eine Yacht in die Marina einlief. Der Geräuschpegel stieg weiter an, als das Schiff hinter der *Donati* auf die Liegeplätze am äußersten Ende zuhielt. Gesetzt den Fall, dass die Partygäste vorhatten, die Casinos und Bars aufzusuchen, um die Vergnügungen des Freitagabends fortzusetzen, würden sie auf ihrem Weg zum Ausgang des Yachthafens an Royce und Daniela vorbeikommen.

Royce fuhr fort, ihren Daumen mit seinem zu streicheln. Als der Lärm zu einer erträglichen Lautstärke abgeklungen war, sagte er: „Er wird wiederkommen, aber wir werden nicht mehr da sein, um ihn zu sehen. Es sei denn, du willst ungefähr bis zum Jahr 3050 leben."

„Ich tue mein Bestes, esse gesund und treibe Sport, aber 3050 erscheint mir doch recht optimistisch."

„Das ist der Fluch langperiodischer Kometen. Sie besuchen uns nicht so oft, wie sie sollten. Ganze Generationen verpassen sie. Andererseits werden jeden Tag neue Entdeckungen gemacht. Wer weiß, was wir zu unseren Lebzeiten noch zu sehen bekommen?"

Einige Atemzüge lang schwiegen sie. Das Plätschern des Wassers und das gelegentliche Knarren des Laufstegs und der Boote um sie herum füllten die Stille. Royce' Daumen bewegte sich nicht mehr. Er hob seine andere Hand, um ihre Fingerknöchel, ihr Handgelenk und ihren Unterarm zu streicheln. Diese einfachen Berührungen brachten ihren Körper und Geist in

Aufruhr. Wie würde es sich anfühlen, wenn er das mit ihren Schultern machen würde? Mit ihrem Rücken?

Sie schob den Gedanken beiseite, um sich auf den Augenblick konzentrieren zu können. Sie nahm wahr, wie rau sich seine Finger anfühlten, wie sich sein Brustkorb hob und senkte, und schließlich das Pochen, Pochen, Pochen ihres eigenen Herzens in ihren Ohren. Royce Dekker war so unvorhersehbar und so unglaublich attraktiv!

Als sie schließlich sprach, klang ihre Stimme nachdenklicher, als sie beabsichtigt hatte: „Ich habe noch eine Frage an dich."

„Kündige das nicht an. Frag einfach."

„Du arbeitest im Security-Bereich, aber was genau machst du den größten Teil der Zeit? Überwachungen?"

Für den Bruchteil eines Augenblicks verharrte seine Hand. Die Frage hatte ihn überrumpelt, doch als er sprach, war sein Ton gelassen: „Manchmal. Ich inspiziere auch Örtlichkeiten – und weise Besitzer von Gebäuden auf Schwachstellen hin – und ich mache Internetrecherchen und führe Telefongespräche, um den Hintergrund von Personen zu durchleuchten. Security klingt aufregend, ist aber ziemlich simpel. Zeitweilig regelrecht eintönig. Es geht darum, Probleme im Vorfeld zu vermeiden, deshalb braucht man Geduld und eine gute Beobachtungsgabe. Es ist auch nützlich, wenn man Organisationstalent hat." Er drehte ihre ineinander verschlungenen Hände um, als ob er ihre Fingerknöchel im Mondlicht untersuchen wollte. „Es ist nicht so viel anders als das, was du tust, auch wenn ich mir vorstelle, dass deine Aufgaben interessanter sind. Königin Fabrizia ist eine faszinierende Frau."

Er hatte ein Talent dafür, von unangenehmen Themen abzulenken. Für den Moment ließ sie es ihm durchgehen. Er würde nicht weit damit kommen.

„Das ist sie wirklich. Wenn ich sehe, was sie alles tut, um Sarcaccia besser zu machen – um die ganze Welt besser zu machen –, und wenn ich bedenke, dass meine Arbeit dazu beiträgt, ist das zutiefst befriedigend." Sie zögerte einen Augenblick, dann fügte sie hinzu: „Die Kanadier und König Eduardo vertrauen dir. Sie haben die freie Auswahl, welches Unternehmen sie beauftragen wollen. Du musst sehr gut sein in dem, was du tust."

„Nicht schlecht in Anbetracht der Tatsache, dass ich erst ein paar Jahre im Geschäft bin. Der militärische Hintergrund ist da natürlich hilfreich."

„Macht es dir Spaß?"

„Ja." Er rückte näher an sie heran. „Komisch, dass du das fragst. Ich habe in der letzten Zeit viel über meinen Job nachgedacht. Ich bin an einem Punkt in meiner Karriere angelangt, wo ich Entscheidungen treffen muss."

„Inwiefern?"

Sein Daumen wanderte wieder um ihre Hand herum. „Ich arbeite allein, aber es kommen genug Aufträge herein, dass ich meine Firma vergrößern muss, um Schritt halten zu können. Es wird schwierig, beides zu erledigen: die Aufgaben, für die ich angeheuert werde, und die Verwaltungsarbeit. Aber ich will keine Leute einstellen, bevor ich sicher bin, dass ich ihnen eine langfristige Beschäftigung anbieten kann."

„Machst du dir Sorgen über deinen Kundenstamm?"

„In dieser Hinsicht gibt es keine Probleme. Es ist vielmehr die Richtung, die ich einschlagen will, die mir Kopfzerbrechen bereitet." Er bewegte sich auf seinem Stuhl. „Mein Vater möchte, dass ich in seine Sicherheitsfirma einsteige."

Eine undeutliche Erinnerung tauchte in ihrem Kopf auf. „Ich überlege gerade – damals in Cancún, hast du da nicht gesagt, du wolltest mit ihm zusammenarbeiten, nachdem du Guatemala verlassen hast? Ich wusste nicht, dass er im Security-Bereich arbeitet."

„Er hat sein eigenes Unternehmen. Er beschäftigt sechs Security-Spezialisten in Vollzeit und zusätzliches Aushilfspersonal." Royce streckte seine Finger, dann schloss er sie fest um ihre. „Er hat einen guten Ruf und eine Reihe fester Kunden, aber er möchte nur noch in Teilzeit arbeiten und schließlich in den Ruhestand gehen, damit er und meine Mutter öfter reisen können. Sein Job verlangt mehr körperlichen Einsatz als meiner – seine Sicherheitsspezialisten müssen eher mit Begegnungen wie in der Trattoria *Safina* rechnen –, aber ich kenne seine Mitarbeiter. Wir würden gut harmonieren. Sein Angebot anzunehmen, wäre das Klügste, was ich tun könnte. Ich würde mir die Sorgen ersparen, die mit der Einstellung von Leuten verbunden sind, und ich könnte meinen und seinen Kundenstamm zusammenführen. Außerdem brauchte er sich keine Gedanken darüber zu machen, wie er sein Geschäft abwickeln soll."

„Es klingt, als würde es deinen Vater glücklich machen."

„Das würde es."

Sie wartete, was er hinzusetzen würde. Sie spürte Royce' Blick, der auf ihr ruhte, als ob er abschätzen würde, was er als Nächstes sagen sollte und wie sie möglicherweise darauf reagieren würde. Als er sprach, hatte seine Stimme einen rauen Unterton: „Als ich vom Militär zurückkam, hatte mein Vater Verständnis für meinen Wunsch, mich selbstständig zu machen, sodass ich diesen Berufsweg erproben konnte ohne den Druck, sein designierter Erbe zu sein. Er war nicht froh darüber, doch er reagierte gemäßigt, zumindest mir gegenüber. Wer weiß, was er zu meiner Mutter gesagt hat, wenn ich nicht dabei war. Aber jetzt, wo ich den Punkt erreicht habe, an dem ich mich entweder vergrößern oder in seine Firma einsteigen muss ... Na ja, er versucht, keinen Druck auf mich auszuüben, aber er und meine Mutter befinden sich in einem Wartezustand, während ich mich entscheide. Ich will sie nicht viel länger im Ungewissen lassen."

Aus seinem Ton schloss sie, dass er die Situation bisher mit niemandem besprochen hatte. Sie betraf die Familie und war deshalb zu persönlich. „Du wirkst auf mich wie jemand, der die Vor- und Nachteile gegeneinander abgewogen hat."

„Und ich bin einer Entscheidung kein Stück näher gekommen. Ich schwanke von Tag zu Tag. Himmel, von Stunde zu Stunde. Ich habe das Gefühl, es gibt keine richtige Antwort."

„Das heißt also, trotz der Vorteile für dich, wenn du in das Unternehmen deines Vaters eintrittst und weißt, dass du es am Ende übernehmen wirst und führen kannst, wie du willst, hält dich etwas in dir zurück. Mehr als nur die Besorgnis, in seinem Schatten zu stehen."

Es dauerte den Bruchteil einer Sekunde, dann lachte er. „Du bist scharfsinnig. Habe ich das schon mal erwähnt?"

„Ein- oder zweimal."

Diesmal dauerte es länger, bis er weitersprach: „Was in der Türkei passiert ist, hat mich verändert. Ich war nie ein Freund von Waffen und Gewalt, aber ich kann damit umgehen, wenn es nötig ist. Ich bin gut im Nahkampf und ich weiß, das, was ich tue, hat einen allgemeinen Nutzen und macht die Welt zu einem weniger gewalttätigen Ort. Aber ich bin nicht im Adrenalinrausch und empfinde keine Befriedigung, wenn ich jemandem wie Del Prete das Handwerk lege. Ich muss nur eine Stunde lang die Sterne anschauen, um zu begreifen, wie unwichtig all dies für das große Ganze ist. Ich frage mich, ob es da draußen noch etwas anderes für mich gibt. Etwas Bedeutsameres, was mir noch mehr abverlangt." Ein Lachen entfuhr ihm. „Und … ich habe offensichtlich heute Nacht zu viel Zeit damit verbracht, in den Himmel zu starren. Normalerweise bin ich pragmatischer."

Er stützte sich auf einen Ellenbogen. Die Stimmung zwischen ihnen veränderte sich. Er würde sie gleich küssen. Ihr ganzer Körper verlangte danach, aber wenn sie es jetzt nicht sagte, würde sie die Gelegenheit verpassen.

Sie war es Royce schuldig.

Sie schluckte, wappnete sich und sprach dann wie eine

Geschichtenerzählerin mit einer Stimme, wie er sie zuvor benutzt hatte: „Es war einmal ein Mann, der beschloss, dass er nach seinem Studium gute Arbeit in Guatemala leisten konnte."

„Oh, du bist gemein." Mit einem Lachen fügte er hinzu: „Weiß Königin Fabrizia das?"

„Willst du die Geschichte hören oder nicht?"

In der Dunkelheit begegnete sein Blick dem ihren und er imitierte ihre frühere Geste, indem er seinen Zeigefinger und Daumen wie einen Reißverschluss über seine Lippen zog.

„Es war einmal ein junger Mann, der sich dafür entschied, nach der Universität in Guatemala zu arbeiten. Er war ein Optimist, war gern an der frischen Luft und liebte seine Arbeit. Er setzte ländliche Straßen wieder instand, um zu verhindern, dass der Dschungel Schaden nahm, und um Einheimischen das Reisen zu erleichtern. Er unternahm einen Trip nach Mexiko, wo er einer Frau begegnete, die sich an einem Scheideweg in ihrer beruflichen Laufbahn befand. Sie stand kurz vor dem Abschluss ihres Studiums und fragte sich, ob sie den sicheren Pfad wählen und sich auf eine gut bezahlte und angesehene Position bewerben sollte, die sie wahrscheinlich bekommen würde, oder ob sie die Chance ergreifen und sich um eine Stelle bemühen sollte, die sich als Traumjob erweisen könnte. Aus zeitlichen Gründen konnte sie sich nicht für beide bewerben, also musste sie eine Wahl treffen. Der junge Mann drängte sie, nach dem Traum zu streben. Er erklärte, wenn sich die Entscheidung ihres Herzens als Irrweg erweisen sollte, könnte sie in ein paar Monaten einen Neuanfang machen und sich für die sichere Position bewerben. Aber wenn sie diese Gelegenheit, die sich nur einmal im Leben bietet, nicht ergriffe, wenn sie das Risiko nicht einginge, würde sie sich immer fragen, was hätte sein können. Er hatte recht. Sie stellte sich dem Risiko und es zahlte sich aus. Hätte sie das nicht getan, hätte sie es bereut, selbst wenn es ein Misserfolg geworden wäre. Sogar wenn sie

Monate gebraucht hätte, um sich auf den sicheren Pfad zurückzukämpfen."

„Du hast wirklich ein gutes Gedächtnis." Er strich ihr eine Strähne hinters Ohr, die der Wind gelöst hatte, hielt inne und verflocht dann langsam seine Finger mit ihrem Haar.

„Ich habe auch ein gutes Argument."

„Meine Entscheidung ist ein bisschen anders als deine."

„Du kannst zwischen zwei sicheren Wegen wählen: Entweder vergrößerst du ein erfolgreiches Unternehmen oder du übernimmst ein erfolgreiches Unternehmen. Du bist nicht unentschlossen, weil beide Optionen Vor- und Nachteile haben. Es liegt daran, dass du dir in deinem tiefsten Innern eine dritte Wahl wünschst: nämlich, deiner Leidenschaft folgen zu können. Nach deinem Traumjob zu streben. Dieser Weg birgt Risiken, aber einerseits fürchtest du, wenn du es jetzt nicht tust, wirst du eines Tages zurückblicken und dich fragen, was hätte sein können. Und andererseits weißt du, dass du immer auf den sicheren Weg zurückkehren kannst, obwohl das bedeuten würde, dass du von vorn beginnen musst."

Auf das schallende Gelächter, das aus seinem Mund kam, war sie nicht gefasst. „Du gehst davon aus, dass ich von einem Job träume und es nicht der ist, den ich im Augenblick ausübe. Weißt du etwas, was ich nicht weiß?"

„Was ich weiß, Royce Dekker, ist Folgendes: Als du mir erzählt hast, dass deine Eltern nach Afrika wollten, begann ich, darüber nachzudenken, was ich eigentlich will und zu welchen Opfern ich bereit bin, um diese Ziele zu erreichen. Ich sagte, ich würde gern in der Gegend rund um die Viktoriafälle wandern, und du hast mich dazu gebracht, mich zu fragen, ob ich bereit bin, die nötigen Schritte zu unternehmen. Du hast mir bewusst gemacht, dass es nicht unmöglich ist, wenn ich es plane. Deine Situation ist nicht anders. Es ist hart, wenn du befürchtest, dass du deine Familie im Stich lässt oder Kunden enttäuschst. Ich weiß, wenn ich diese Wanderreise machen würde, könnte ich in der Zeit keine Verbindung zu Königin Fabrizia halten und müsste davon überzeugt sein, dass ich sie nicht im Stich lasse. Aber es ist mein Leben, und ich kann es nur einmal leben. Nichts hält mich davon ab, gute Arbeit für sie zu leisten – was mir eine Menge Selbstbestätigung schenkt – und die Welt zu erforschen. Dasselbe gilt auch für dich."

Sie holte tief Luft, dann fuhr sie fort: „Du sagst, die Türkei hätte dich insofern verändert, dass dein Adrenalinspiegel nicht mehr steigt, wenn es bei deiner Tätigkeit zu Kampfhandlungen kommt. Aber ich glaube, du hast dich auf eine andere Weise verändert. Du bist vorsichtig geworden. Du sorgst dich, du könntest andere im Stich lassen. Aber hier geht es nicht um Leben oder Tod. Da draußen sind die Sterne. Du willst sie erforschen. An der Universität hast du das zu deinem Vergnügen getan. Und du machst es immer noch. Du sparst für ein Teleskop. Warum verdienst du dir nicht deinen Lebensunterhalt damit?"

Sie sprach mit mehr und mehr Leidenschaft und spürte, dass er immer nachdenklicher wurde. Seine Finger glitten durch ihr Haar, als ob er mit den Fingerkuppen über eine Tischplatte striche, während er sein Dilemma überdachte. Schließlich sagte er: „Das habe ich noch nie in Betracht gezogen."

Diesmal war sie es, die lachte. „Komm schon! Du hast dein Boot *Donati* genannt."

„Gutes Argument."

Er rückte näher an sie heran, bis nur noch die Armlehnen der Deckstühle zwischen ihnen waren. „Apropos *Donati*, ich habe dir erzählt, wie das Boot seinen Namen bekam. Ich bin sogar auf eine Bonusfrage zu meinem Job eingegangen. Jetzt musst du mir meine Frage beantworten."

Verwirrt schaute sie ihn an. „Und die war?"

Seine Fingerspitzen massierten sanft ihre Kopfhaut und er zog sie zu sich heran, bis nur noch Atem ihren Mund von seinem trennte. „Hat dies eine Wirkung auf dich?"

KAPITEL 24

Daniela betrachtete forschend sein Gesicht in dem schummrigen Licht. Royce' Brust zog sich zusammen, noch bevor die Worte „Was glaubst du?" über ihre Lippen kamen.

Es war genau die Antwort, die er sich erhofft hatte. Ein „Ja" wäre zu einfach gewesen, ein „Nein" wäre … nun, er hatte gewusst, dass es kein Nein sein würde.

Von dem Moment an, als Daniela heute Abend in sein Auto gestiegen war, ihm ein breites Lächeln schenkte, bevor sie sich anschnallte und den Stoff ihres rosa-weißen Kleides glatt strich, waren sie sich der Gegenwart des anderen bewusst gewesen, was gleichzeitig angenehm und mit sexueller Spannung erfüllt war. Sobald sie allein an Deck des Bootes waren, wurde das Gefühl magisch. Ihr Atmen war flacher geworden, als er ihre Hand in seine genommen hatte. Da hatte er mit absoluter Sicherheit gewusst, dass sie ihn wollte.

Trotzdem hatte sie ihn lange genug zurückgehalten, um ihn nach der *Donati* zu fragen und aufmerksam seiner Antwort zu lauschen, sodass sie erfahren konnte, was in den Tiefen seines Herzens verborgen lag. Um dann ihren Standpunkt darzulegen. Über seine Zukunft. Über seine Möglichkeiten.

Sosehr er auch ihren unglaublichen Körper an seinen ziehen und ihre Kurven und ihre Sinnlichkeit auskosten wollte, vorher musste er sich ihre Gedanken anhören.

Zum ersten Mal in seinem Leben hatte er das Gefühl, dass ihn jemand richtig kannte.

Seine Finger umspannten ihre Wangen und ihre Kieferpartie, als hielte er ein zerbrechliches, wertvolles Kunstwerk. Im Schimmer des Mondlichts sah er, wie ihre Lider sich senkten. Er atmete tief ein und prägte sich den Anblick ein, dann neigte er seinen Kopf, sodass sein Mund den ihren mit der gleichen Zartheit berührte, mit der seine Hände ihr Gesicht umfassten.

Ihre Reaktion war umwerfend. Ihre Lippen berührten seine zärtlich und tastend, doch sie machte ihm zweifelsfrei deutlich, dass sie mehr wollte. Viel mehr.

Ein Gefühl tiefster Befriedigung durchdrang ihn, als ihre Hand zu seiner Seite wanderte. Er stützte sich auf einem Ellbogen ab, während seine Finger tiefer glitten. Als sie ihr Schlüsselbein erreichten, fragte er sich kurz, ob Daniela sich an seinen rauen und schwieligen Händen auf ihrer glatteren Haut störte, aber falls ja, ließ sie es sich nicht anmerken. Stattdessen streichelte sie seine Seite und übte dabei mehr Druck aus, als ihr Kuss leidenschaftlicher wurde.

Die Metallrahmen ihrer nebeneinanderstehenden Deckstühle hinderten ihn daran, näher an Daniela heranzukommen, boten ihr aber genug Raum, um eine Hand auf die Vorderseite seines Hemdes zu legen. Innerhalb von Sekunden durchdrang die Wärme ihrer Haut den Stoff. Ein scharfer Atemzug entwich ihm, seine Hände kehrten zu ihrem Haar zurück, und er öffnete ihre Lippen mit seiner Zunge. Hitze durchfuhr ihn bis in sein Innerstes.

Verdammte Stühle. Er wollte sie nackt sehen und er wollte ihre Hände überall auf sich spüren.

Aus der Ferne drang ein Kreischen vom Gehweg zu ihnen herüber, gefolgt von Rufen und Gelächter. Royce schob seine

Lippen an Danielas Ohr und drückte einen innigen Kuss auf die empfindliche Haut dort, bevor er widerstrebend seine Hände aus ihrem Haar löste.

Mehr betrunkenes Gelächter schallte durch die Nacht. Das Partyboot war eingelaufen, und so wie es sich anhörte, bewegte sich die gesamte Gruppe auf das Tor des Yachthafens zu.

Ohne etwas zu sagen, richtete sich Royce auf, streckte eine Hand aus und half Daniela aus dem Deckstuhl. Seine Finger verschränkten sich mit ihren, als er sie zur Kabine führte. Dort schloss er die Tür mit beiden Händen, damit das Klicken nicht auf dem Gehweg widerhallte. Dunkelheit hüllte sie ein und er tastete nach der Wand hinter dem Waschbecken und betätigte den Schalter für die Unterschrankbeleuchtung. In dem schwachen gelben Schein schaute er Daniela in die Augen, während seine Hände zu ihrer Taille glitten.

„Ist das in Ordnung?"

Er meinte sowohl den beengten Raum als auch, wie er sie hielt, und konnte in ihrem Blick sehen, dass sie verstand.

„Mehr als in Ordnung."

Sie schmiegte sich an ihn, dann schloss sie die Lider. Er konnte den fein gezeichneten Fächer ihrer Wimpern sehen, als er sich vorbeugte, um ihren Mund zu erobern. Die Sanftheit, mit der sie sich auf dem Deck begegnet waren, verschwand, als seine Zunge auf ihre traf. Er packte ihren Hintern und drückte sich an sie, ihre Küsse wurden leidenschaftlicher, als sie ihre Finger in seinen Rücken grub und dabei sein Hemd zerknitterte.

„Ich will dich, Daniela D'Ambrosio", hauchte er zwischen zwei Küssen. „Sehr sogar. Aber wenn du noch nicht bereit bist, ist es –"

„Dekker!" Es war ein Befehl, den Mund zu halten. Sie löste sich von ihm, um die Knöpfe seines Hemdes zu öffnen. „Falls ich nicht deutlich genug war: Ich will dich auch. Ich will, dass du nackt bist und voller Verlangen und mich überall küsst. So schnell wie möglich."

Sie schluckte heftig am Ende des Satzes, als wäre sie von ihren eigenen Worten schockiert, wenn auch nicht so sehr von deren Wahrheit als von der Tatsache, dass sie sie laut ausgesprochen hatte.

Er hatte noch nie in seinem Leben so perfekte Sätze gehört.

Als sie zwei weitere Knöpfe geöffnet hatte, konnte er nicht länger stillhalten. Er umfasste eine ihrer Brüste, dann senkte er seine Lippen auf den dünnen Stoff ihres Kleides. Sie keuchte, und die Sinnlichkeit dieses Geräusches machte ihn fast wahnsinnig. Er küsste und streichelte sie noch einen Moment länger, dann fuhr er mit den Fingern über den feuchten Fleck, den sein Mund auf ihrem Kleid hinterlassen hatte, bevor er auf der anderen Seite weitermachte.

Ein betrunkenes Kreischen, gefolgt von Lachsalven, schallte von draußen herein. Daniela zerknüllte den Rand seines Hemdes in ihrer Faust und zog es hinten aus seiner Hose. Ihre Hände glitten unter den Stoff. Als ihre kurzen Nägel über die Haut zu beiden Seiten seiner Wirbelsäule kratzten, stöhnte er auf. Er war so hart, dass es schmerzte.

Er liebkoste ein letztes Mal ihre Brust, dann ließ er seine Hände zu ihren Hüften gleiten und vergrub sein Gesicht in ihrem Haar. Sie atmeten jetzt beide schwer, aber sie kämpften um Selbstbeherrschung, um den Moment in die Länge zu ziehen. Er wusste auch, dass er über sein Höhlenmenschgehirn hinauswachsen und vorsichtig vorgehen musste, sonst könnte er alles zunichtemachen.

In ihr Haar hinein murmelte er: „Wenn das zu viel ist oder wenn sich die Kabine zu eng oder überwältigend anfühlt, sag mir –"

Daniela lehnte sich so weit zurück, dass sie sein Gesicht sehen konnte. Sie betonte jedes Wort, als sie antwortete: „Alles. Okay."

„Ich weiß, dass das für den Augenblick gilt." Er hatte das schon einmal erlebt, die Zuversicht eines gut ausgebildeten Soldaten, der überzeugt war, seine Klaustrophobie überwunden oder im Griff zu haben, gefolgt von dem Schock, als sie mitten in einer Trainingseinheit in einem Panzer oder einem Schützenloch wieder auftauchte. Gehirne waren kompliziert, auch das von Daniela, und Phobien unberechenbar. „Trotzdem, das kann sich ändern. Wenn dies passiert, versprich mir, dass du sofort etwas sagst."

Die Stimmen auf dem Gehweg verklangen. Sie legte ihre Hand auf seine Brust. „Das werde ich. Versprochen."

Seine Hand bedeckte ihre, durch den zusätzlichen Druck übertrug sich das schnelle Pochen seines Herzschlags bis in ihre Handfläche. Ihr Atem vermischte sich, er senkte seine Stirn, bis seine Schläfe ihre berührte. Sie bewegte sich zuerst wieder, schmiegte ihre Wange weiterhin an seine, während sie hinter sich griff und am Reißverschluss ihres Kleides hantierte.

Er drückte sich an sie, sodass sie seine Härte spüren konnte, während er ihre Hände zur Seite schob und den Reißverschluss ganz öffnete. Als ihr Kleid an ihr herunterglitt und er mit seinen Fingerknöcheln an beiden Seiten ihrer Wirbelsäule entlangfuhr, bewirkte die Berührung ihrer weichen Haut zusammen mit dem Seufzer, der ihr entwich, dass sich sein Magen vor Verlangen zusammenzog.

Küsse in der Nähe des Waschbeckens wurden zu Küssen in der Koje. Er bewegte sich schnell, um sie auf sich zu rollen und ihr so viel Luft und Raum wie möglich zu geben, während er ihren Hintern umfasste und sie festhielt. Seine Kleidung flog weg, alles bis auf das Spannbettlaken wurde zur Seite geschoben, und dann saß sie rittlings auf ihm, erforschte ihn mit ihren Händen und ihrem Mund und trieb ihn so nah an den Rand seines Höhepunkts, dass er sich gerade noch zurückhalten konnte. Er schaffte es kaum, ein Kondom überzustreifen, bevor er in sie eindrang. Bereits der erste Stoß war so herrlich, dass sie sich einander entgegenwölbten. Beim Ausatmen entwich Daniela eine kaum hörbare Kette italienischer Flüche, dann beugte sie sich vor und ihre Muskeln zogen sich um ihn zusammen.

Das. Es war das einzige Wort, das sein Gehirn verarbeiten konnte. *Das. Das, das, das.*

Sie wurden gleichzeitig langsamer, bewegten sich beinahe andächtig. Licht fiel von der Kombüse in die Koje, sodass er genug sehen konnte, um in ihrem Gesicht zu lesen, ihrem verschleierten Blick zu begegnen und zu sehen, wie ihre Lippen die Worte „Ja, Royce, ja" formten, bevor sie sich nach vorne beugte, um ihn zu küssen. Er hielt ihre Hüfte mit einer Hand, strich ihr mit der anderen das Haar aus dem Gesicht und überließ ihr die Kontrolle über die Bewegungen ihrer Körper, soweit er es ertragen konnte.

Sie war wunderschön. So ruhig und kompetent, wenn es darauf ankam, ob im Dienst von Königin Fabrizia oder bei einer Verhaftung in einer Trattoria. In der Liebe dagegen war sie leidenschaftlich, erlaubte ihren Gefühlen, an die Oberfläche zu kommen, und gab – ironischerweise – *ihm* ein Gefühl von Sicherheit, Geborgenheit und Freiheit.

Er begehrte sie so sehr, dass sogar seine Lunge davon schmerzte.

Sie hatte eine gewisse Reife, aber nicht so, dass sie sich von anderen in ihrem Alter unterschieden hätte. Diese lag eher in ihrer Bereitschaft, sich ihren Ängsten zu stellen, um ein besserer und stärkerer Mensch zu werden, und in ihrer Entschlossenheit, ihm zu helfen, das Gleiche zu erreichen.

Sie brachte ihn dazu, mehr zu wollen. Für sie beide.

Druck baute sich in ihm auf, seine Kieferpartie spannte sich an, seine Sehnen zuckten. Dann bewegte sie sich, ihre Muskeln zogen sich erneut um ihn zusammen, und der Orgasmus riss ihn mit sich, ließ sein Herz hämmern, während sein ganzer Körper nachgab. Danielas Finger gruben sich in seine Schultern, während sie sich weiterbewegte und das intensive Lustgefühl, das ihn durchströmte, noch in die Länge zog. Einen Moment später hörte er, wie sie nach Luft schnappte, leise vor Ekstase aufschrie, und er hielt sie, während ihr Höhepunkt sich in Zuckungen entlud. Danach, müde, verschwitzt und befriedigt, drückte er sie an sich und wünschte sich nichts sehnlicher, als all das noch einmal zu tun, denn er wusste, dass er nur an der Oberfläche von dem gekratzt hatte, was es mit ihr zu erforschen gab.

Mit Daniela zusammen zu sein, war so unermesslich und unendlich faszinierend wie das Universum selbst. Sein einziger Gedanke, als sie sich zum Schlafen aneinanderkuschelten, war *das, das, das.*

DANIELA ERWACHTE mit dem Gesicht in ein unbekanntes Kissen gepresst. Mit müden Augen und einem wachsenden Gefühl der Beklemmung versuchte sie, sich aufzurichten, und zuckte zusammen, als sie ein unbekanntes Gewicht auf ihrer Mitte spürte.

Das Gewicht bewegte sich, dann fühlte sie eine Berührung an ihrer Schulter. Fest und doch ruhig, von Händen, die in einer Notsituation Sicherheit boten. „Daniela? Willst du, dass ich ein Fenster öffne? Licht anmache?"

Royce' Tonfall war nicht bevormundend oder übermäßig besorgt, obwohl er noch schlaftrunken war. Er war sachlich. Respektvoll. Die plötzliche Angst, die sie aus dem Bett treiben wollte, ließ nach. Sie beide teilten sich eine kleine Welt, aber sie waren nicht gefangen.

„Unkontrollierte Zuckung. Es ist alles in Ordnung", flüsterte sie. Und das war es auch. Der kleine Raum war voll von ihm: seinen Kissen, seinen Laken, seinem muskulösen Körper an ihrem Rücken, als sie sich entspannte. Royce' Brust hob und senkte sich mit einem langen, tiefen Atemzug und sie schmiegte sich an ihn. „Warst du schon wach?"

Er murmelte ein Nein, dann schlang er seinen Arm wieder um ihre Taille. Er strich mit der Hand über ihren nackten Unterleib und liebkoste sie gemächlich. Dann sagte er: „Noch eine Minute hiervon und ich werde sehr wach sein. Ich höre besser auf."

Sie passten so gut zusammen, überlegte sie, die Wölbung ihrer Schulter und die Muskelpartien seines Oberkörpers. Auch vorher ... als sich die Linien seines Mundes ihren Lippen anpassten und die Rundung ihrer Brust seine Handfläche ausfüllte.

Die emotionale Anziehung war genauso stark. Stärker noch.

Sie griff nach seinem Oberschenkel, ließ ihre Finger über die warme Haut und die feinen Haare gleiten, die den straffen Muskel überzogen.

„Royce?"

„Mmm?" Gemächlich zeichnete er eine Linie von ihren Brüsten bis zur Kuhle über ihrem Schlüsselbein.

„Los."

Er hielt inne. Sie gab ihm einen Moment Zeit, um das Gesagte zu verarbeiten.

„Hör nicht auf", stellte sie klar.

Sein Stöhnen verriet Verlangen, die Wollust eines Mannes, und das brachte sie zum Lächeln.

KAPITEL 25

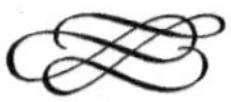

ROYCE WACHTE auf und nahm die Wärme seines Bettes und den Duft einer Frau wahr.

Mit geschlossenen Augen und entspannten Muskeln blieb er still liegen und genoss diesen Moment äußersten Friedens.

Er hatte Daniela heftig begehrt, schnell und hart und verwegen. Er hatte tief in sie eindringen wollen, von ihr umgeben sein, im Gleichklang mit ihr atmen und dabei fühlen, wie ihr Puls sich beschleunigte, wie ihre Finger sich tief in seine Rückenmuskulatur gruben, bis sie sich unter ihm aufbäumte und seinen Namen stöhnte.

Viel von dem hatte es gegeben, obwohl für ihn das tiefste Gefühl der Befriedigung – die Intimität – in den Pausen entstanden war: als er sich vergewisserte, dass alles mit ihr in Ordnung war, als er für Verhütung sorgte und sich auf Einzelheiten konzentrierte, statt zum Ende zu drängen.

Nachdem er den Reißverschluss ihres Kleides hinuntergezogen und mit seinen Fingern ihre Haut gestreift hatte … nun, dieser Augenblick wäre beinahe zu viel für ihn gewesen. Sich Zeit zu lassen, hatte sich gelohnt.

Später, als Daniela sich neben ihm ausgestreckt hatte, ohne

Scham und schwer atmend, und ihre Hand auf seinen Oberschenkel gelegt hatte, breitete sich ein überwältigendes Gefühl in ihm aus, dass alles richtig war.

Sein Vater hatte ihm einmal über Frauen gesagt: „Wenn du es weißt, dann weißt du es." Royce hatte das einfach für einen Haufen Mist gehalten. Doch als sich Daniela mit dem Rücken an seine Brust schmiegte und er ihr Gesäß an seine Hüften zog, wusste er es. Er hatte es gewusst, bevor sie „Los" gesagt hatte. Als er danach in den Schlaf gesunken war, mit ihrem Kopf unter seinem Kinn, fühlte er mehr Zufriedenheit als je zuvor um drei Uhr morgens.

In seinem ganzen Leben hatte er sich noch nie so zufrieden gefühlt.

Und es hatte nichts mit dem Sex zu tun. So erstaunlich es war, doch Sex hatte den geringsten Anteil daran.

Er merkte, dass sein Arm kribbelte, und bewegte sich. Die Laken waren warm, aber die Koje war leer. Er öffnete seine Lider einen Spalt und atmete langsam ein, wie es nur jemand macht, der gerade erst aus dem Schlaf erwacht ist. Daniela konnte noch nicht lange fort sein. Wahrscheinlich war sie auf der Toilette. Er schloss die Augen und rückte zur Seite, sodass sie nicht über ihn zu klettern brauchte, wenn sie zurückkam.

Als er erneut aufwachte, war das Bett kühl. Für einen kurzen Moment fürchtete Royce, sie hätte ihren Fahrdienst gerufen und wäre in ihr Hotel zurückgekehrt, aber der Duft von frisch gebrühtem Kaffee stieg ihm in die Nase, bevor ein Fluch von seinem Hirn über seine Lippen gelangen konnte.

Er ließ seinen Blick durch die Kabine schweifen, dann zog er ein Paar Boxershorts an und ging zum Fenster. Daniela saß an Deck. Sie trug das Kleid, das sie beim Abendessen angehabt hatte, doch sie hatte eine Decke über ihren Schoß gebreitet und hielt einen Becher zwischen beiden Händen. Ihre nackten Zehen lugten hervor und ihr Kopf ruhte an der Rückenlehne ihres Stuhls. Sie hielt ihn so, dass sie den Sonnenaufgang sehen konnte. Ein zerzauster Haarknoten stand von ihrem Kopf ab. Er wippte ein wenig, als sie den Becher an die Lippen hob.

Ihm schwoll das Herz bei diesem Anblick.

Er hatte geglaubt, seine emotionalen Leitungen wären gut isoliert. Da hatte er sich geirrt.

Er wusste es. Eine Nacht, ein Dutzend Nächte. Ein Dutzend Jahre – und er würde es immer noch wissen: Er wollte sie in seinem Leben haben.

Dies zu wissen, war *furchtbar*.

Sie lebten auf entgegengesetzten Seiten der italienischen Halbinsel. In kürzester Zeit würde sie an Fabrizias Seite, zu ihrem Traumjob, zurückkehren. Sie würde ihre Stellung nie aufgeben und das wollte er auch nicht. Aber sein Leben war hier. Hier hatte er seine Familie, seine Freunde, seinen Beruf.

Es war der Beruf, der ihn stocken ließ.

Er strich mit einer Hand über die rauen Stoppeln an seinem Kinn, während Daniela ihren Kaffee genoss.

Was sie letzte Nacht über das Verfolgen seiner Leidenschaft gesagt hatte, klang immer noch in ihm nach. Er wusste instinktiv, dass er als Astrophysiker dasselbe tiefe Gefühl der Befriedigung finden würde, das sie durch ihre Arbeit für die Familie Barrali erfuhr. Ihm war auch klar, dass er sich beruflich umorientieren könnte, wenn er dies ernsthaft anstreben würde. Es fiel ihm leicht, zu studieren. Und doch war es keine Entscheidung, die er nach einer einzelnen inspirierenden Unterhaltung treffen konnte, vor allen Dingen nicht nach dem, was während der restlichen Nacht geschehen war.

Er war nicht mehr so jung, wie Daniela gewesen war, als sie auf die Bewerbung im Palast gesetzt hatte. Er hatte sich etabliert, war erfolgreich. Wenn er beruflich etwas ändern wollte, erforderte das mehr, als sich zugunsten eines Bewerbungsgesprächs gegen ein anderes zu entscheiden. Es bedeutete, dass er sein ganzes Leben auf den Kopf stellen müsste.

Und es war nicht so, dass er seinen augenblicklichen Job *nicht* mochte.

Er brauchte Zeit zum Überlegen. Um die Vor- und Nachteile abzuwägen. Um darüber nachzudenken, wie die Schließung seiner Sicherheitsfirma vonstattengehen würde.

Das Problem war jedoch: Keine seiner Entscheidungen würde dazu führen, dass Daniela in seinem Leben blieb.

Mit der Handwurzel rieb er sich den Schlaf aus den Augen und beobachtete dann, wie Sonnenstrahlen Danielas verwuschelten Dutt umspielten.

Es gab zu viele Ungewissheiten. Wenn er hierblieb, gab es keine Chance auf eine langfristige Beziehung. Aber wenn er den anderen Weg einschlüge, würde es mindestens zwei oder drei Jahre dauern, bis er seinen Abschluss machen konnte, je nachdem, in welchem Maße ihm die Kurse angerechnet wurden, die er zuvor belegt hatte. Es gab auch keine Garantie, dass er während des Studiums arbeiten konnte und dass er danach eine Stelle bekam, geschweige denn eine in Sarcaccia.

An diesem Punkt in ihrem Leben hatte Daniela es nicht verdient, einen Studenten zum festen Freund zu haben. Trotz der Verlockung, einen ganz neuen Berufsweg einzuschlagen, oder seiner Bereitschaft, die erforderliche Zeit und das nötige Geld dafür aufzuwenden – das konnte er nicht von ihr erwarten, egal, wie sehr er sich nach einer Zukunft sehnte, in der er neben ihr aufwachen und alles über sie erfahren konnte. In der er sie genau kannte und zuließ, dass sie alles über ihn wusste.

Das war es vielleicht, wonach es ihn am meisten verlangte.

Er nahm einen Becher, goss sich Kaffee ein und fügte einen Schuss Sahne hinzu.

Während des gesamten Abendessens hatte er spüren können, dass sich Daniela körperlich zu ihm hingezogen fühlte. Ihm war nicht entgangen, wie ihr Blick an seinen Händen hängen blieb oder dann und wann ein leichtes Lächeln an ihren Lippen zupfte. Als sie sich an Deck entspannt zurückgelehnt hatten, hatte er gemerkt, dass sie ihn genauso aufmerksam beobachtete wie den Nachthimmel.

Und dennoch, trotz dieser Anziehungskraft, hatte sie es in jenem Augenblick für wichtig befunden, ihm einen Denkanstoß zu geben und die körperliche Begegnung, nach der sie beide lechzten, hinauszuzögern. Und sie hatte ihm zu dem Risiko geraten, das anzustreben, was ihm etwas bedeutete.

Er nahm einen tiefen Schluck von seinem Kaffee, dann stellte er den Becher auf den Tisch und kehrte in die Kajüte zurück, um ein Paar Jeans zu finden. Danach ging er wieder zum Tisch, knöpfte derweil seine Hose zu und erreichte das Fenster gerade rechtzeitig, um zu sehen, wie ein Zittern Danielas Körper überlief.

War es die Kälte? Oder ihre Klaustrophobie?

Er drängte seine Besorgnis zurück, nahm seinen Becher und die halbvolle Kaffeekanne und ging zu ihr. Dabei achtete er darauf, genug Lärm zu machen, damit sie nicht erschrak, wenn er plötzlich auftauchte.

„Guten Morgen, Schlafmütze."

„Guten Morgen." Er stellte seinen Becher auf den Tisch und hob die Kanne.

„Oh ja, gern", sagte sie und hielt ihm ihren Kaffeebecher hin.

„Möchtest du Sahne oder Zucker?"

„Nee. Je schwärzer der Kaffee, desto besser." Sie pustete auf ihren heißen Kaffee, um ihn etwas abzukühlen, als Royce sich neben ihr niederließ. „Und deiner ist ausgezeichnet."

„Du hast ihn gemacht. Ich kann kaum glauben, dass ich davon nicht aufgewacht bin."

„Du warst erschöpft. Das passiert eben, wenn man den ganzen Tag an Wänden und Fußleisten arbeitet."

Er neigte den Kopf zur Seite. „Ja, ich bin sicher, das war der einzige Grund ..."

Nachdem er einen weiteren tiefen Schluck aus seinem Kaffeebecher genommen hatte, sagte er: „Ich hatte befürchtet, du hättest die Umstände als klaustrophobisch empfunden. Wenn es so war, versteckst du es gut."

Sie zuckte die Achseln. „Da war ein Moment, als ich aufwachte und nicht wusste, wo ich war, aber im Großen und Ganzen – nein. Es gab keine Situation, die dieses zermalmende Gefühl, nicht atmen zu können, ausgelöst hätte. Ich dachte nur, ich gehe mit dem Kaffee nach draußen und beobachte den Sonnenaufgang. Und lasse dich ein bisschen länger schlafen."

Er widerstand dem Drang, sie zu fragen, welche Art von Situation dieses zermalmende Gefühl auslöste. Stattdessen fragte er: „Kann ich dich mit einem Frühstück locken? Ich habe Müsli und Porridge da. In der Zubereitung von beidem bin ich Meister. Ich könnte sogar Toast machen, wenn das Brot nicht verschimmelt ist. Dafür kann ich allerdings nicht garantieren."

„Mir ist alles recht, was du aufgezählt hast. Hast du braunen Zucker?"

„Äh …"

Sie lachte. „Macht nichts. Wie sieht es mit Honig aus?"

„Den habe ich."

„Dann bitte Porridge für mich. Während du den zubereitest, setze ich eine weitere Kanne Kaffee auf."

Als sie aufstand, löste sich ihr Knoten. Bevor sie ihr Haar richten konnte, legte er eine Hand an ihren Hinterkopf und führte ihren Mund zu seinem.

„Ich habe morgendlichen Mundgeruch und Kaffee getrunken", sagte sie und hielt sich zurück.

„Das macht mir nichts."

„Du könntest es bereuen."

„Das bezweifele ich."

Er gab ihr einen langen, tiefen Kuss, der tatsächlich etwas nach schlechtem Atem und Kaffee schmeckte. Außerdem waren sie umgeben von dem schwachen Geruch der Meeresluft im Morgengrauen, dem Duft seines Waschmittels und ihres Shampoos. Das alles verblasste in seinem Bewusstsein, als sie den

Kuss erwiderte, ihre Hände seine Arme hinaufgleiten ließ und seine Wangen umfasste.

Als er sich endlich von ihr löste, nahm er den sinnlichen Anblick ihrer geöffneten Lippen in sich auf, dann fuhr er mit seinem Daumen ihren Kiefer entlang. „Deine Haut ist wund. Ich hätte mich rasieren sollen, bevor ich nach draußen kam."

„Das macht mir nichts."

„Du könntest es bereuen."

„Das bezweifele ich."

Er lachte und küsste sie erneut, bevor er die Kaffeekanne und seinen Becher nahm. „Ich fahre dich nach dem Frühstück zurück zum Hotel. Es kommt nicht in Frage, dass dich diesmal der Fahrdienst bringt."

Zu seiner Zufriedenheit hatte sie keine Einwände. Sie hantierten einträchtig in der kleinen Kombüse, während er den Porridge zubereitete und sie die Kanne ausspülte, eine weitere aufsetzte, dann den Honig fand und den Tisch deckte.

„Ich bin nicht an irgendwas Nobles gewöhnt." Er beäugte sie, während sie Papierservietten faltete.

„So mache ich das für Königin Fabrizia, weißt du? Für sie nur das Beste." Sie hielt zwei Löffel hoch. „Und erzähl mir nicht, du wärst nicht an etwas Nobles gewöhnt. Deine Löffel passen zueinander."

Als sie sich gesetzt hatten, vor sich eine Schale Porridge, der mit Honig beträufelt war, sagte er: „Danke."

„Du bist doch derjenige, der Frühstück gemacht hat. Ich habe bloß gemahlenen Kaffee in einen Filter gegeben und auf *Start* gedrückt."

„Für letzte Nacht." Er wartete, bis sie ihren Blick hob und ihn ansah. Er wollte, dass sie wusste, es bedeutete ihm etwas.

Als sie leicht lächelte, fügte er hinzu: „Danke für das Abendessen, dafür, dass du geblieben bist und dass es dir wichtig genug war, mit mir über meinen beruflichen Weg zu sprechen. Ich habe keine Ahnung, was ich tun werde, aber auf Astrophysik war ich nicht gekommen. Es war erfrischend, eine neutrale Meinung zu hören. Du hast mich zum Nachdenken gebracht."

Ihr Lächeln wurde breiter. „Ich würde nicht sagen, dass ich neutral bin. Keiner, dem etwas wichtig ist, kann definitionsgemäß als neutral bezeichnet werden."

„Aber du bist nicht mein Vater, der auch ein finanzielles Interesse an der Sache hat."

„Stimmt. Finanzielles Interesse hin oder her, die Familie kann … eine ausgeprägte Meinung haben."

Er beobachtete sie, während sie mit dem Löffel an der Innenseite ihrer Schale entlangfuhr und den Porridge in der Mitte zusammenschob.

„Du hast mir nicht viel über deine erzählt. Als wir in Cancún waren, sagtest du, ihr würdet viel zusammen reisen?"

„Wir haben im Sommer immer Autoreisen unternommen. Vom Rücksitz aus habe ich viel von Europa gesehen. Meine Eltern liebten es, einfach loszufahren und zu schauen, wohin die Straße sie führte." Sie aß einen Löffel Porridge und ihre Miene wurde nachdenklich. Einen Augenblick später sagte sie: „Sie waren Lehrer. Das heißt, mein Vater unterrichtet immer noch. Meine Mutter arbeitet als private Fremdenführerin in Sarcaccia. Beide sind gern mit Menschen zusammen und teilen ihr Wissen. Für sie ist es befriedigend."

Sie richtete kurz ihren Löffel auf ihn, bevor sie diesen erneut in ihren Porridge tauchte. „Das ist teilweise der Grund, warum ich dich nach deiner Laufbahn ausgefragt habe. Es ist nicht nur, dass du Physik und Astronomie interessant findest. Als du über den Nachhilfeunterricht sprachst, den du dem Jungen gibst, den wir im Restaurant gesehen haben, hattest du denselben Gesichtsausdruck wie meine Eltern, wenn sie über ihre Schüler sprechen. Ich konnte mir gut vorstellen, dass du unterrichtest, zumindest in Teilzeit, und dass du darin dieselbe Erfüllung und denselben Sinn finden würdest wie sie."

Er sann über den Gedanken nach, während er seinen Kaffee

austrank. Irgendwie schaffte sie es, mit demselben Kaffeepulver, demselben Wasser und denselben Filtern, die er jeden Morgen benutzte, einen viel besseren Kaffee aufzubrühen. Er schaute zu ihr hinüber, um ihr zu zeigen, dass er weiter zuhörte, dann ging er zur Anrichte, um sich noch eine Tasse einzuschenken. Über die Schulter hinweg sagte er: „Ich hatte auch nicht daran gedacht, zu unterrichten."

„Du hast eine Menge Wahlmöglichkeiten."

Inzwischen begann er, das auch so zu sehen. Er hob die Kanne und blickte fragend auf ihren Becher, doch sie schüttelte den Kopf.

Nachdem er mit seiner vollen Tasse an den Tisch zurückgekehrt war, sagte sie: „Ich habe schon erwähnt, dass meine Eltern nicht mehr zusammen sind. Sie sind um die Zeit auseinandergegangen, als ich meinen Collegeabschluss machte."

„Das muss hart für dich gewesen sein." Sie war sicher nicht der Typ, der eine Trennung mit einem Schulterzucken abtat, besonders nicht, wenn sie zu der Zeit nicht vor Ort gewesen war.

„Sie liebten sich. Ich glaube, das ist immer noch so, aber sie können nicht länger zusammenleben."

Sie hatte noch mehr dazu zu sagen, doch es fiel ihr schwer. Er wartete, während sie einen Löffel Porridge von der Innenseite ihrer Schüssel zusammenkratzte. Nachdem sie ihn heruntergeschluckt hatte, lehnte sie sich zurück und schaute ihn an.

„Meine Mutter hat eine Sammelleidenschaft." Sie stieß ihren Atem aus. „Na ja, *Sammelleidenschaft* ist nett ausgedrückt. Meine Mutter leidet unter einer Zwangsstörung. Sie fürchtet, sie wird zu irgendeinem unbestimmten Zeitpunkt in der Zukunft einen Gegenstand benötigen und ihn dann nicht haben, also kauft sie sechs davon. Ich liebe sie heiß und innig. Sie ist fürsorglich und geistreich und hat mich ermutigt, die bestmögliche Ausbildung zu machen, die ich bekommen konnte, und diese dann zu nutzen, wie ich wollte. Aber ihr Haus erschlägt einen. Man sieht

Leute wie sie im Fernsehen und denkt: ‚Das muss gestellt sein, niemand könnte so leben‘, aber es ist real. Sobald man durch die Vordertür eingetreten ist, kann man sich kaum noch bewegen. Mein Vater hat jahrelang versucht, das Haus bewohnbar zu machen. Als es bei dem Punkt angelangt war, wo sie keine Schüler mehr einladen konnten, versuchte er, ihr professionelle Hilfe zu besorgen. Sie hat das rundweg abgelehnt und ihren Besitz nur noch mehr verteidigt. Sie gab ihren Lehrberuf auf und fing mit den Führungen an, weil ihr das mehr Privatsphäre erlaubte und sie gleichzeitig mit anderen Menschen zusammenbrachte. Es war herzzerreißend. Mein Vater konnte dort nicht mehr leben und er konnte ihr auch nicht helfen.“

„Doch sie hat dich letztes Wochenende zu Hilfe gerufen?“

Daniela machte ein zustimmendes Geräusch, dann nahm sie zur Stärkung einen langen Schluck Kaffee, bevor sie fortfuhr: „Eine Nachbarin hatte angeklopft und sich über Ratten beschwert. Sie drohte, die örtlichen Behörden zu informieren, wenn meine Mutter sich nicht um die Schädlinge kümmern würde. Die Nachbarin ist eine nette Frau – ich kenne sie schon mein ganzes Leben – und sie hat keine Ahnung, wie es im Haus aussieht. Ich habe meiner Mutter gesagt, dass ich kommen und mir das Problem ansehen würde, was in Wirklichkeit bedeutete, dass ich sauber machen und Fallen aufstellen würde. Ich habe eine Menge Müll herausgeschleppt und wir haben uns um die Ratten gekümmert, aber das ist bloß eine vorübergehende Lösung.“

„Du organisierst das Leben einer der berühmtesten Frauen der Welt *und* du fängst Ratten? Ich glaube es nicht!“

Sie zog eine Grimasse und warf ihre zusammengeknüllte Serviette nach seiner Nase, doch er fing sie ab.

Er lachte, dann legte er die Serviette neben seine Schale. „Das ist eine schwere Last, die du zu tragen hast. Was denkt dein Vater?“

Sie zuckte die Schultern. „Es macht ihn traurig, über sie zu reden, deshalb bleiben wir bei fröhlicheren Themen, wenn wir uns treffen. Unsere Arbeit. Eine Museumsausstellung, die er meiner Meinung nach sehen sollte. Was ich mit meinen Freunden unternommen habe. Bei seltenen Gelegenheiten erwähne ich, dass ich meine Mutter besucht habe, und er drückt seine Besorgnis aus, dass ich damit ihr Verhalten fördere." Einer von Danielas Mundwinkeln hob sich. „Und dass meine Bemühungen, so wie du gerade sagtest, eine schwere Last sind. Eine, die ich besser niederlegen sollte."

Sie trank den Rest ihres Kaffees, dann setzte sie den leeren Becher neben ihrer Schale ab. Sie warf einen Blick aus dem Fenster. „Er hat nicht unrecht. Ich habe mir dasselbe auch gesagt und viel weniger diplomatisch als mein Vater. Dennoch glaube ich, dass meine Mutter bei diesem Besuch einen großen Schritt vorangekommen ist. Sie hat nicht ihren üblichen Anfall bekommen, als ich ihre Vorratskammer und die Küchenschränke ausgeräumt habe. Und sie ist mir nicht nach draußen hinterhergerannt, um zu sehen, was ich in die Mülltonnen werfe. Wir sind auch essen gegangen und haben einen Spaziergang in einem der umliegenden Dörfer gemacht. Sie schien sich zu freuen, an der frischen Luft zu sein, ohne Belastungen und Erwartungen. Sie genoss ihr Essen und hat mit Leuten gesprochen, die sie seit Jahren kennt. Sie weiß, wenn sie so leben und solche Bekanntschaften haben will, bei denen Freunde bei ihr zu Hause vorbeikommen, im Unterschied zu flüchtigen Begegnungen mit Touristen, muss sie etwas ändern. Ich habe die Hoffnung, dass sie an einen Punkt gelangen wird, wo sie um Hilfe bittet. Wirkliche Hilfe, keine notdürftigen Maßnahmen, nur um zu verhindern, dass die Nachbarn die Behörden einschalten."

„Das wird schwierig für sie sein."

„Es ist immer schwierig, etwas zuzugeben, was beweist, dass dein Leben nicht perfekt ist." Ein schelmischer Blick trat in ihre Augen. „Wie jemandem zu erzählen, dass du mit Entscheidungen über deine berufliche Laufbahn kämpfst. Oder dass du an Klaustrophobie leidest."

Ohne es beabsichtigt zu haben, zwinkerte er ihr neckisch zu. „Ich bin froh, dass du letzte Nacht keine Schwierigkeiten hattest."

Sie musterte sie ihn betont streng. „Definiere *Schwierigkeiten*."

„Hmmm." Er stand auf, um das Geschirr abzuräumen.

Sie folgte ihm zur Spüle. Als sie ihre Schale abgestellt hatte, legte sie ihre Hand auf seinen Rücken und ließ sie einen Moment weiter nach unten wandern, bevor sie die Kaffeekanne ausspülte.

„Als du mich bei meinem ersten Besuch auf dem Boot nach Klaustrophobie fragtest, wollte ich es nicht zugeben. Und ich wollte ganz sicher nicht zugeben, woher es kommt. Das ist peinlich."

Er ließ heißes Wasser in das Spülbecken laufen. Daniela trat zur Seite, um die Kanne auszuwischen und ihm Platz zum Arbeiten zu geben.

„Weißt du, was es ausgelöst hat?"

Sie schüttelte den Kopf. „Es gibt kein Ereignis, das ich herausgreifen kann, wie in einem Schrank eingeschlossen zu werden. Mein Vater sagt, ich habe schon als Baby protestiert, wenn man mich zu fest im Arm hielt, also ist es möglicherweise zum Teil angeboren. Ich hatte Jahre, um Strategien zu entwickeln, wie ich damit umgehen kann. Es war keine große Sache, während ich aufwuchs. Aber in der letzten Zeit verschärft es das Problem, dass ich zu Hause bei meiner Mutter immer das Gefühl habe, mir wird im nächsten Augenblick alles auf den Kopf fallen – und das meine ich wörtlich, nicht im übertragenen Sinn. Ich bin sicher, die Ereignisse in der Trattoria *Safina* haben eine solche Wirkung auf mich gehabt, weil ich kurz davor bei ihr zu Besuch war."

Sie holte tief Luft, dann fügte sie hinzu: „Dies zuzugeben,

fühlt sich an, als würde ich meine Familie verraten. Als ob ich eine Anzeige schalten würde, die besagt, ich hätte eine schlechte Mutter, wo sie doch in Wirklichkeit großartig ist."

Er stellte die sauberen Schalen umgedreht auf das Abtropfbrett, bevor er sich zu ihr umwandte. „Du verrätst niemanden."

„Nein, aber das ändert nichts daran, dass ich dieses Gefühl habe."

Er fand es bewundernswert, dass sie bereit war, ihre persönlichen Probleme zuzugeben und sich ihnen nüchtern zu stellen, anstatt Mitleid zu heischen oder Entschuldigungen zu suchen.

Dass sie diese innere Stärke zeigte, führte dazu, dass er sie aufs Neue begehrte.

Der Gedanke musste sich auf seinem Gesicht abgezeichnet haben, denn sie schlang ihre Arme um seine Mitte und lächelte. „Es ist nicht anders als bei dir, wenn du das Gefühl hast, du verrätst deine Eltern, wenn du einen anderen beruflichen Werdegang ins Auge fasst. Eine Karriere im Security-Bereich ist sinnvoll. Du besitzt die nötigen Fähigkeiten, hast dich bewiesen und der Job hat dir Augenblicke der Freude beschert. Aber eine Laufbahn in der Astrophysik ist ebenfalls sinnvoll, genauso wie ein Lehrberuf. Wir müssen alle tun, was für uns selbst am besten ist, nicht das, was am ehesten den Erwartungen anderer entspricht. Selbst wenn es schwierig ist."

Er umfasste ihr Gesicht und strich mit den Daumen über ihre Wangenknochen. „Kann ich immer solche vorausschauenden Weisheiten zu meinem Kaffee und Porridge erwarten?"

„Wenn du das möchtest." Ihre Augen funkelten im Gedanken an mögliche zukünftige Morgen, die sie zusammen verbringen könnten. „Aber jetzt gerade denke ich darüber nach, was heute Morgen für mich am besten ist."

„Tust du das?" Er senkte langsam den Kopf und hinterließ eine Spur von Küssen auf ihrem Hals bis hinunter zu ihren Schultern. Danielas Griff wurde fester und ihr Atem flacher. Als er ihre Ohrmuschel erreichte, flüsterte er: „Wie sich zeigt, habe ich halb deinen Weisheiten gelauscht und halb daran gedacht, den Reißverschluss deines Kleides zu öffnen."

Als Antwort wölbte sie sich ihm entgegen.

Seine Finger fanden den Schieber des Reißverschlusses und während er ihn herunterzog, ging Daniela dazu über, ihn zu küssen.

Und da war er verloren.

KAPITEL 26

WÄHREND ROYCE seinen Wagen durch das überfüllte Zentrum von San Rimini lenkte, schaute Daniela aus dem Fenster. Sie fuhren am Aquarium vorbei, wo die Touristen Schlange standen, um zu den ihnen zugewiesenen Eintrittszeiten hineinzukommen, dann an einer Reihe von Boutiquen, Restaurants und Parks.

Sie hatten den Morgen damit verbracht, sich zu lieben, und dann nacheinander die winzige Dusche des Bootes benutzt. Als sie in sein Auto stiegen, läuteten die Glocken der Kathedrale zum Mittag. Jetzt ruhte Royce' Hand auf Danielas Oberschenkel. Ihre Finger lagen auf seinen, aber sie berührte ihn nur leicht, für den Fall, dass er seine Hand zum Lenken brauchte.

Es verlangte sie nach ihm, gleichzeitig fühlte sie sich vollkommen zufrieden.

Aus ihnen könnte etwas werden. Und das machte ihr Angst.

Vor all den Jahren, als sie Royce mit der scherzhaften Warnung, sich vor den Betrunkenen vom Strand zu hüten, zum Westin geschickt hatte, war sie sicher gewesen, das Richtige getan zu haben. Das, was klug und anständig war. Ihre Eltern hatten ihr beigebracht, dass Bars in fremden Städten keine sicheren Orte waren, um Männer kennenzulernen. Mit Royce in dieser Nacht den Boulevard Kukulkan entlangzugehen, hatte sich verwegen angefühlt; ihn zu küssen grenzte an Leichtsinn.

Doch im Laufe der darauffolgenden Monate und Jahre gab es immer wieder Momente – meist spät in der Nacht, wenn ihre umherschweifenden Gedanken sie nicht zur Ruhe kommen ließen –, in denen Daniela sich vorstellte, was wohl passiert wäre, wenn sie erst später in das Hotel zurückgekehrt wäre. Wenn sie stattdessen den attraktiven, geheimnisvollen Royce Dekker zu einem Strandspaziergang eingeladen hätte. Wenn sie dabei im Sand stehen geblieben wären, um einen zweiten oder dritten Kuss zu tauschen, weit entfernt von den Lichtern der Hotels. Wenn ihr jüngeres, naiveres Ich es gewagt hätte, ihre Hand auf seine Brust zu legen, um den Schlag seines Herzens zu spüren.

Dieses jüngere, naive Ich hatte keine Ahnung, dass es ihr Leben verändern würde, als sie Royce' Rat befolgte und die Chance bei Königin Fabrizia wahrnahm.

Diese tief verwurzelten „Was-wäre-gewesen-wenn"-Überlegungen hatten sie dazu gebracht, nach ihrem Abendessen in der Trattoria *Safina* auf seinem Boot mit ihm zu flirten und sich an ihn zu schmiegen, als er den Arm um sie legte. Sie hatten ihr das Selbstvertrauen gegeben, ihn wegen des Hemdes, das er ausziehen sollte, zu necken, bevor sie sich dem wartenden Auto zuwandte.

Sie hatte nicht gezögert, als er sie zum Essen eingeladen hatte, und dann, mit an Bord der *Donati* zu gehen.

Die Gelegenheit ausnutzen.

Das war die Formulierung, die sie und Royce gestern Abend auf der Fahrt vom Restaurant zum Yachthafen benutzt hatten. Nun, das hatten sie eindeutig getan. Das Problem war, dass sie mehr wollte als das, was sie letzte Nacht geteilt hatten, und das verunsicherte sie.

Sie könnte Royce Dekker lieben. Innig. Sie war fasziniert

von seinem Verstand und seiner Lebenseinstellung. Er brachte sie zum *Nachdenken*. Dazu kam, dass die Chemie zwischen ihr und einem Mann noch nie so gestimmt hatte. Nicht einmal annähernd.

Royce legte beide Hände ans Lenkrad, als er sich in einen Kreisverkehr einordnete. Als seine Hand danach an die Stelle oberhalb ihres Knies zurückkehrte, bemerkte sie, wie sich seine Schultern lösten, als ob es seine Muskeln lockern würde, wenn er sie berührte.

Ihre Hand wanderte zurück zu Royce'. Seine Finger hoben sich, um sich mit ihren zu verschränken, und er lächelte in ihre Richtung, ohne seinen Blick vom Stadtverkehr abzuwenden. Sie entspannte sich, ließ ihre Augen zufallen und genoss die Wärme seiner Finger, die durch den Stoff ihres Kleides drang.

Während sie mit ihrer Mutter im Restaurant zu Mittag gegessen hatte, hatte sie sich vorgenommen, ihr Privatleben zu verbessern. Liebe zu suchen, trotz aller Risiken für ihr Herz oder der Schwierigkeit, dass sie dann die Probleme ihrer Familie enthüllen müsste.

Sie hatte nicht erwartet, dass sich die Gelegenheit so schnell bieten würde, geschweige denn, dass sie einen Mann finden würde, dem sie die Wahrheit über ihre Familie anvertrauen würde. Sie konnte diesen Moment nutzen, aber nicht das bekommen, was sie wirklich wollte. Nicht dauerhaft.

Royce hatte ein Leben in San Rimini. Seine Karriere war hier. Selbst wenn diese Karriere im Fluss war, wohnte seine Familie hier. Nach seinem Militärdienst hätte er sich überall niederlassen können, aber er hatte Wert darauf gelegt, in der Nähe seiner Eltern zu sein, sodass er sich für San Rimini entschieden hatte, trotz der hohen Lebenshaltungskosten. Er respektierte sie genug, um ernsthaft in Erwägung zu ziehen, das Geschäft seines Vaters zu übernehmen. Auch waren ihm seine eigenen Klienten so wichtig, dass er, sobald er sie an ihrem Hotel abgesetzt hatte, in sein Büro gehen wollte, um etwas für einen Kunden zu recherchieren, der Fragen zu einigen Punkten im Lebenslauf eines Mitarbeiters hatte.

Ihre Karriere und ihre Familie dagegen befanden sich auf der anderen Seite Italiens, in Sarcaccia.

An eine ernsthafte Beziehung war nicht zu denken, auch wenn sie beide es wollten. Die Hürden waren zu hoch.

Royce bremste an einer Kreuzung. Als eine Gruppe Touristen über den Zebrastreifen lief, fragte er: „Was steht heute auf deinem Programm?"

Daniela reckte den Hals, um die Dachlinie ihres Hotels zu erspähen, das noch einige Blocks entfernt war. „Gestern Nachmittag erzählte mir König Eduardo, dass er plant, eine Einleitung für das Auktionsbuch zu schreiben. Er möchte Königin Alettas Engagement für ihre Wohltätigkeitsorganisationen hervorheben und ihre Hoffnung, dass diese auch nach ihrem Tod fortbestehen."

„Ich kann mir vorstellen, dass das schwer zu schreiben sein wird."

„Ich beneide ihn nicht darum, aber wenn jemand dies gut umsetzen kann, dann ist das König Eduardo. Ich habe an meinem ersten Tag viele Fotos vom Ankleidezimmer der Königin gemacht. Sie dienten mir als Belege für die ursprüngliche Anordnung, aber ich sagte ihm, dass ich die Aufnahmen am Wochenende durchgehen würde, um zu sehen, ob einige für die Einleitung verwendet werden können. Eine solche bildliche Darstellung würde zeigen, dass die Besitztümer der Königin draußen in der Welt mehr Gutes bewirken können, als wenn sie in einem Kleiderschrank weggesperrt sind. Außerdem könnte ein Blick hinter die Kulissen in den privaten Teil des Palastes den Verkauf des Buches selbst ankurbeln."

Eine Gruppe Teenager joggte auf den Zebrastreifen, sie beeilten sich, um die Ampelphase noch mitzunehmen. Abgelenkt beobachtete sie, wie sich die Jugendlichen gegenseitig antrieben, bevor sie fortfuhr: „Nachdem ich die Fotos für den

König durchgesehen habe, möchte ich die Beschreibungen überprüfen, die ich für das Buch verfasst habe. Ich habe schon mehr als die Hälfte meiner Texte fertig, also denke ich, es ist ein guter Zeitpunkt, um innezuhalten und das Bisherige zu überarbeiten. Dann muss ich damit beginnen, die Aufnahmen auszuwählen, die in das Buch aufgenommen werden sollen."

„Bist du zufrieden mit dem, was du bisher hast?"

Daniela nickte. Die Ampel sprang um und Royce wartete die Nachzügler ab, bevor er weiterfuhr.

„Die Abbildungen allein könnten das Buch tragen", sagte sie. „Außerdem haben Helena und der König mir ein paar großartige Fotos zukommen lassen, die noch nie veröffentlicht wurden. Es wird schwierig sein, zu entscheiden, welche verwendet werden sollen."

„Ein arbeitsreicher Nachmittag."

„Ein arbeitsreicher Nachmittag", stimmte sie zu. „Dann habe ich heute Abend ein Gespräch mit Sarcaccia. Königin Fabrizia reist Ende nächsten Monats nach Spanien, und mein Input wird für den Ablaufplan benötigt."

Royce bog ab und warf ihr dabei einen Blick zu. „Du bist also fast fertig mit dem Job hier?"

„Ich sollte diese Woche fertig werden. Ich habe vor, Prinz Federico und König Eduardo am Montag Bescheid zu geben."

Er schwieg einen Moment länger, als sie erwartet hatte, bevor er sagte: „Das bedeutet, dass ich meine Arbeit hier ebenfalls Ende dieser Woche abschließen werde. Jetzt, wo die Fußleisten fertig und die Wände vorbereitet sind, wird das Streichen selbst schnell gehen. Es sollte weniger als einen Tag dauern, die Möbel wieder hinzustellen und im Raum sauber zu machen."

„Es wird fabelhaft aussehen."

„Das hoffe ich. Obwohl ich mir sicher Kritik von den Roscha-Schwestern anhören muss, egal, wie es aussieht." Sein Ausatmen klang wie ein Lachen. „Ich nehme an, Königin

Fabrizia wird froh sein, dich wiederzuhaben. Wann wirst du abreisen?"

„Ich habe meinen Flug noch nicht gebucht."

Die Luft verdichtete sich zwischen ihnen. Ihre Finger zuckten in seinen. Er sagte nichts, aber einen Augenblick später drückte er ihre Hand beruhigend.

„Ich möchte sichergehen, dass König Eduardo zufrieden ist, aber wahrscheinlich werde ich am Samstag abreisen", sagte sie schließlich.

Er fuhr in eine Parklücke am Straßenrand in der Nähe der Stelle, wo er sie zu ihrer Verabredung abgeholt hatte, und schaltete den Motor aus. „Das heißt, wir haben noch sieben Tage."

Ihr wurde die Kehle eng. Anstatt etwas zu erwidern, nickte sie knapp.

Royce löste seinen Gurt und lehnte sich zu ihr hinüber, um ihre Schulter zu streicheln. Seine Augen schlossen sich für einen Moment, und als er sie wieder öffnete, sah Daniela darin die Tiefe seiner Gefühle. „Vielleicht ist es zu viel, zu früh, aber die letzte Nacht hat mir sehr viel bedeutet. Ich weiß, du hast Verpflichtungen gegenüber Königin Fabrizia, und wenn du hier fertig bist, musst du zu ihr zurückkehren. Aber ich möchte das Beste aus der Zeit machen, die uns bis dahin bleibt."

„Das möchte ich auch."

Sein Kuss machte sie atemlos. Als sie schließlich aus dem Auto stieg, hatten sie ausgemacht, sich am nächsten Morgen zum Frühstück zu treffen.

Wie benommen lief sie die letzten zwei Blocks zum Hotel. Sie war bereits in Rufweite des Eingangs, als ein Fahrzeug neben ihr hielt. Royce hatte die vorderen Fenster heruntergelassen und winkte ihr, damit sie zum Auto zurückkehrte. Hinter ihm bremste ein Motorrad scharf ab. Daniela bedeutete dem Fahrer, um den Wagen herumzufahren, dann beugte sie sich zu Royce' Beifahrerfenster hinunter und fragte sich, was ihn dazu bewogen hatte, hier mit ihr zu reden, wo jeder sie sehen konnte.

Hatte er nicht betont, dass sie nicht zusammen gesehen werden durften?

„Wie lautet deine Zimmernummer?"

Sie zögerte bei seiner abgehackten Sprechweise. „Sechs-Null-Drei."

„Fang mit deinen Bildern für König Eduardo an. Ich stelle den Wagen irgendwo ab und bin in einer halben Stunde bei dir."

ALS ES LEISE KLOPFTE, hatte Daniela sich bereits umgezogen und die ersten Fotos, die sie von Königin Alettas Ankleideraum gemacht hatte, von ihrem Smartphone auf ihren Computer übertragen. Schweigend ließ sie Royce herein, schloss die Tür und wartete, dass er als Erster das Wort ergriff.

„Ich möchte deine Arbeitspläne nicht durchkreuzen, aber mir ist etwas eingefallen, nachdem du aus dem Auto ausgestiegen warst." Er schob sich an ihr vorbei und deutete auf den Laptop, der aufgeklappt auf dem Schreibtisch stand. „Sind das die Fotos, die du am ersten Tag gemacht hast?"

Sie bejahte. „Sie haben nicht die gleiche Qualität wie die Bilder, die ich von den einzelnen Gegenständen gemacht habe. Wie ich schon sagte, diese waren nur für mich bestimmt. Ich hätte mir mehr Mühe gegeben, wenn ich gewusst hätte, dass der König eines davon für die Einleitung verwenden möchte. Warum?"

Er setzte sich an den Schreibtisch und nachdem er sie mit einem Blick um Erlaubnis gefragt hatte, begann er, die Fotos durchzugehen, wobei er in einige reinzoomte. Neugierig nahm sie in einem Sessel in der Nähe Platz.

Er neigte den Bildschirm, damit er nicht von dem Licht geblendet wurde, das durch das große Fenster in den Raum fiel. „Man sieht viele Details, wenn ein Ausschnitt vergrößert ist. Bei einigen kann man Markennamen und Nähte erkennen."

Sie beugte sich vor. Er hatte so in das Foto von einem Blazer hineingezoomt, dass das Etikett im Dreieck des Kleiderbügels sichtbar wurde.

„Das ist von Christian Dior. Wonach suchst du?"

Er kniff die Augen zusammen und verschob den Bildausschnitt so, dass das Regal über dem Blazer zu sehen war. „Du erwähntest eine Handtasche, die du am ersten Tag gesehen hattest und von der du annahmst, sie sei gefälscht. Aber als du sie später noch einmal betrachtet hast, stelltest du fest, dass es doch ein Original war. Ist sie auf einer dieser Aufnahmen?"

Daniela richtete sich auf, sie verstand, was er überlegte. „Es könnte sein. Geh zur Seite, ich sehe nach. Die Tasche war nicht auf diesem Regal."

Sie scrollte durch die Fotos. Royce stand neben ihr, eine Hand auf die Stuhllehne gestützt, eine auf den Schreibtisch.

„Du fragst dich, ob es jemandem gelungen sein könnte, eine Fälschung durch ein Original zu ersetzen?"

„Es ist unwahrscheinlich, aber ich wollte es überprüfen."

Sie verharrte bei einem Foto, das sie zwei Regalreihen von dem Dior-Blazer entfernt aufgenommen hatte, und zoomte dann hinein, um die Handtasche besser zu erkennen, die ihr am ersten Tag aufgefallen war. „Das ist sie, aber sie wird teilweise von der Abendtasche daneben verdeckt."

„Fällt dir etwas am Rand der Tasche auf?"

„Vielleicht. Aber ich glaube, ich habe ein Bild aus einem besseren Blickwinkel. Gib mir eine Sekunde." Sie zog das Foto an den Rand des Bildschirms und öffnete ein weiteres. Während sie suchte, fügte sie hinzu: „Das Problem ist, dass es bei einer gefälschten Tasche normalerweise die Innenseite ist, die sie verrät."

„Trotzdem –"

„Es ist eine Überprüfung wert", beendete sie seinen Satz.

Einen Moment später fand sie das Foto, das sie im Sinn gehabt hatte. Aufgenommen vom anderen Ende der Reihe, zeigte es die Vorderseite der Tasche und bot einen guten Blick auf den silbernen Verschluss und den Griff. Sie zoomte hinein, um so viele Details wie möglich sichtbar zu machen, bevor das Bild zu verschwommen wurde, und biss sich dann auf die Lippe.

„Was?"

Sie öffnete den Ordner mit den Fotos, die sie von einzelnen Auktionsobjekten auf dem Tisch in der Suite von Königin Aletta gemacht hatte, und ging die Aufnahmen durch, bis sie einen Satz von fünf Bildern fand, die dieselbe Handtasche zeigten. Sie vergrößerte den makellosen Griff, dann verschob sie den Bildausschnitt, sodass die silberne Schließe in einer der Aufnahmen sichtbar wurde.

Sie studierte diese einen Moment lang, dann zog sie das Schrankbild daneben, erhob sich und deutete auf den Stuhl. „Sag du es mir."

„Ich fühle mich, als hättest du mich zu einer Runde von ‚Finde den Unterschied' überredet." Royce setzte sich, dann schaute er zwischen den beiden Fotos hin und her. Es dauerte eine Minute, dann runzelte er die Stirn.

„Da ist ein Knopf in der Mitte des silbernen Verschlusses auf dem ersten Foto – drückt man den, um die Tasche zu öffnen?" Er wartete auf ihr Nicken und sagte dann: „Wenn du die Größe des Knopfes mit der Gesamtgröße des Verschlusses vergleichst, ist er auf dem ersten Bild kleiner als auf dem zweiten."

„Was noch?"

„Ich glaube – aber ich bin nicht sicher –, dass der Griff nicht ganz derselbe ist. Auf dem zweiten Foto sieht er – ich weiß nicht, wie ich es anders beschreiben soll – satter aus. Aber das kann am Licht liegen. Oder er wurde poliert."

Der Mann hatte einen guten Blick, wie er schon zuvor immer wieder bewiesen hatte. „Der Griff war es, der mich glauben ließ, das Original wäre eine Fälschung. Aber an dem Tag, als ich mir die Tasche noch einmal ansah und das zweite

Foto machte, bemerkte ich die Qualität des Leders und stellte infrage, was ich am ersten Tag zu sehen geglaubt hatte. Die Färbung ist praktisch identisch, aber die Qualität des Leders verleiht ihm diese Intensität. Ich habe die Tasche nicht gereinigt oder poliert, bevor ich die Aufnahmen in der Suite gemacht habe. Das war auch nicht nötig."

Royce lehnte sich auf dem Stuhl zurück und drückte seine Nasenwurzel zwischen zwei Fingern zusammen. Er sprach mehr zu sich selbst als zu Daniela, als er murmelte: „Die Tasche habe ich schon mal gesehen. Gib mir eine Minute."

Sie wartete, weil sie wusste, was er sagen würde, denn sie hatte die Tasche ebenfalls wiedererkannt – sie hatte am Arm von jemandem gehangen, der unter ihrer Aufsicht den Ankleideraum der Königin betreten hatte.

Royce begegnete ihrem Blick einen Herzschlag später, seine Augen blitzten. „Helena Masciaretti."

KAPITEL 27

„HELENA MASCIARETTI", wiederholte Daniela.

Royce schaute sie an, als könnte er es nicht ganz glauben. „Sie hatte am ersten Tag, als sie die Wohnräume des Königs besuchte, dieselbe – oder eine sehr ähnliche – Tasche bei sich. Sie legte ihre Hand darauf, als sie mir erklärte, sie hätte einige Stücke von ihrer Schwester, die sie dir für die Versteigerung geben wollte."

„Was sie auch getan hat." Daniela strich mit den Handflächen über ihr Haar. Die Strähnen hatten noch eine Restfeuchte von der Dusche, die sie auf der *Donati* genommen hatte. „Es dauerte eine Weile, bis ich an jenem Tag ihre Handtasche bemerkte. Ich war geblendet von ihrem Hosenanzug. Er war sehr rosa. Die Art Rosa, die nur jemand tragen kann, der unglaublich reich oder prominent ist, und dann auch nur zu bestimmten Gelegenheiten."

Er verschränkte die Arme. Sein Gesichtsausdruck verriet, dass er keinen blassen Schimmer von Hosenanzügen hatte. „Ich erinnere mich nur daran, weil mir während des Gesprächs der Gedanke durch den Kopf schoss, dass die Tasche aussah, als wäre sie aus Krokodilleder. Ich weiß nicht, warum – ich bin kein Lederexperte –, aber das dachte ich."

Danielas Augen huschten zum Bildschirm. „Krokodilleder hat eine eindeutige Maserung. Die Königin besaß zwei Handtaschen mit Krokodillederprägung, die vom selben Designer stammten. Beide waren ein Geschenk."

„Prägung?"

„Die Maserung wird eingestanzt oder geprägt, sodass es aussieht, als wäre es Krokodilleder. Ich habe irgendwo gelesen, dass Königin Aletta der Gedanke nicht gefiel, echtes Krokodilleder mit sich herumzutragen. Die zwei Taschen, die sie besaß, waren jedoch gut gemacht und wahrscheinlich genauso teuer wie echte."

„Davon habe ich noch nie was gehört." Er runzelte die Stirn. „Könnte es sein, dass Helena dieselbe Handtasche besaß wie ihre Schwester?"

„Theoretisch, ja. Der Stil ist nicht selten." Daniela dachte an ihre Recherchen zurück. „Ich bin ziemlich sicher, dass Königin Aletta ihre als Geschenk von einem amerikanischen Firmenchef bekommen hat, der im Palast zu Gast gewesen war. Er hat sie ungefähr eine Woche nach seinem Besuch geschickt."

„Das ist ein ziemlich wertvolles Gastgeschenk."

„Nicht, wenn du der Chef des Konzerns bist, zu dem die Designerfirma gehört. Dennoch, wenn Helena zufällig eine ähnliche Tasche für sich gekauft hätte, wäre es meiner Meinung nach ein zu großer Zufall, wenn sie diese getragen hätte, als sie mich das erste Mal aufsuchte. Und dass ich bei meiner Ankunft den Verdacht hatte, genau diese Tasche wäre eine Fälschung."

Royce' Aufmerksamkeit kehrte zum Bildschirm zurück. „Selbst mit den Fotos wäre es schwierig, den Austausch zu beweisen. Und es macht für mich auch nicht wirklich Sinn. Warum sollte sie eine Tasche stehlen, sie durch eine Fälschung ersetzen und dann zurücktauschen?"

„Nur die unmittelbare Familie weiß von den Diebstählen. Aber wenn eine Fälschung auf dem Auktionsblock landet, könnten die Diebstähle ans Licht kommen und öffentlich bekannt werden. Ermittlungen müssten aufgenommen werden."

Er überlegte. „In diesem Fall hätte sie Schwierigkeiten, darzulegen, wieso sie das Original besitzt oder warum sie sich dessen entledigt hat. Sie könnte nicht einfach behaupten, sie hätte es sich ausgeliehen oder die Königin hätte es ihr geschenkt, denn das würde nicht erklären, wieso die ganze Zeit eine Fälschung im Ankleidezimmer der Königin gestanden hat."

„Richtig."

„Aber warum sollte sie die Tasche überhaupt stehlen? Helen Masciaretti ist doch steinreich, oder?"

„Das nehme ich an. Sie hat ihr ganzes Leben zu den Wohlhabenden gehört." Daniela blickte aus dem Fenster und betrachtete die prachtvolle Aussicht. „Aber die Sache ist die: Sie ist bekanntermaßen ihrer Schwester und ihren Freunden gegenüber immer loyal gewesen. Da passt etwas nicht zusammen."

Sie diskutierten noch eine Weile über diese Angelegenheit. Schließlich stützte Royce die Hände auf seine Knie und stemmte sich hoch. „Mehr können wir an diesem Punkt nicht herausfinden. Ich lasse dich weiterarbeiten. In der Zwischenzeit kontaktiere ich Prinz Federico. Wenn Helena die Diebin ist, wird sie vielleicht Farbe bekennen, wenn man es ihr auf den Kopf zusagt. Oder, falls sie andere Gegenstände austauscht, ist das unter Umständen eine Möglichkeit, sie auf frischer Tat zu ertappen."

„Sie hat vor, am Montag wieder vorbeizukommen, aber ich kann mir nicht vorstellen ..." Daniela seufzte und ließ den Gedanken unvollendet. „Sie ist Prinz Federicos Tante. Fühlst du dich wohl dabei, ihn über deinen Verdacht in Kenntnis zu setzen?"

„Wohl? Nein. Aber das ist mein Job und ich musste Leuten

schon weitaus Schlimmeres mitteilen. Du hast darauf hingewiesen, dass die Behörden in diesem Fall nicht informiert wurden. Wenn sie die Sachen wirklich gestohlen hat, kann sich die Familie intern um diese Angelegenheit kümmern."

„Ich hoffe für sie, dass es nicht Helena ist."

„Das geht mir genauso, aber keine Familie ist perfekt." Er lehnte sich herüber, um sie auf die Schläfe zu küssen, dann verweilte er, um auf verführerische Weise den Zeigefinger an ihrer Seite heruntergleiten zu lassen, bevor er seine Hand auf ihre Hüfte legte. „Ich hoffe, das Telefongespräch mit Königin Fabrizia heute Abend wird gut verlaufen. Frühstück morgen?"

„Frühstück morgen."

Er gab ihr einen schnellen Kuss, dann ging er.

Royce horchte auf, als er das Klicken der Zugangstür hörte. Er war gerade damit fertig geworden, seine Folien zu überprüfen, und suchte nach einer Rolle Klebeband in seinem Werkzeugkasten. Er wischte seine Hände an der Vorderseite seines Overalls ab, als Daniela hereinkam und sich vorsichtig umschaute.

„Wir sind allein", sagte er mit gedämpfter Stimme.

Das Frühstück am Tag zuvor war nicht das gewesen, was Royce ursprünglich im Sinn gehabt hatte. Er hatte Daniela ihrer Arbeit überlassen und dann eine kurze Nachricht an Prinz Federico gesandt, um ihn wissen zu lassen, dass es eine neue Entwicklung gab. Der Prinz hatte ein Treffen in Royce' Büro vereinbart, bevor er mittags an einer Zeremonie teilnehmen würde, bei der ein neuer Teil des Bauernmarktes von San Rimini eröffnet werden sollte. Auf Royce' Vorschlag hin hatte er zugestimmt, dass Daniela dabei war.

Federico hatte mit grimmigem Gesicht zugehört, als Daniela

und Royce berichteten, was sie herausgefunden hatten. Er war aufgestanden und einen quälend langen Augenblick in dem kleinen Büro auf und ab gelaufen, bis er sich umwandte und sie beide anschaute. Er sprach leise und in ruhigem Ton, als er sagte: „Ich habe einen Plan."

Dieser war einfach, und doch würde es nicht leicht werden.

Daniela war bereits nervös. Sie brauchte einen Moment, um ihre Arbeitstasche im Salon der Königin abzustellen, dann ging sie zu Royce in den großen Raum. Ihr Blick wanderte sofort zu den Dosen mit Grundierung und Farbe, die er von seinem Transporter die Treppe heraufgeschleppt hatte.

„Ist das dein Plan für heute?"

„Ich werde den Raum schnell durchsaugen und Staub wischen, dann fange ich mit der Grundierung an. Ich kann jederzeit unterbrechen."

„Gut."

„Tu so, als wäre es ein Tag wie jeder andere." Er drückte schnell ihren Arm, dann sagte er: „Als ich durch das Tor kam, sah ich Samuel Barden. Er meinte, er hätte für einen Empfang gestern Zitronentörtchen gemacht und zwei volle Backbleche wären übrig geblieben – mehr, als er normalerweise im Pausenraum des Personals loswerden könnte. Er bestand darauf, uns heute Morgen ein paar zu bringen. Ich habe mich bedankt und ihn gebeten, bis kurz vor dem Mittag damit zu warten, damit derjenige von uns, der Miroslav zuerst sieht, ihm Bescheid sagen kann."

„Kluger Einfall. Es hätte mir gar nicht gepasst, wenn er in Helenas Besuch hineingeplatzt wäre."

„Kommt sie ganz sicher heute Morgen?"

„Ja." Daniela blickte auf ihre Uhr, dann schaute sie ihn an. Sie sah aus, als wäre ihr leicht übel. „In ungefähr fünfzehn Minuten. Sie hat mir gestern Abend eine Nachricht geschickt, um mir mitzuteilen, dass sie ihre Notizen über Alettas Halstücher zusammengesucht hat, und sie hat mich gefragt, ob ich sie mir ansehen möchte."

„Dann lasse ich dich ans Werk gehen."

„Ich habe den leichteren Part, vorausgesetzt, ich kann mich normal verhalten. Bist du bereit?"

„Ich bin startklar. Und du wirst das großartig machen." Er ließ seine Augen lange auf Daniela ruhen und betrachtete ihr hellblaues Kleid, ihre zierlichen goldenen Ohrringe, das Haar, das zu einem Knoten geschlungen war, und vor allem ihr schönes, ausdrucksstarkes Gesicht und fügte hinzu: „Das tust du immer."

Sie musste verstanden haben, was er fühlte, denn sie griff nach seinem Unterarm, stellte sich auf die Zehenspitzen und drückte ihm einen Kuss auf die Wange. Dabei ließ sie sich gerade genug Zeit, um ihm einen sehnsuchtsvollen Schauer über den Rücken zu jagen, bevor sie seinen Arm losließ und kurz über die Stelle wischte, die sie geküsst hatte, um jegliche Lippenstiftspuren zu beseitigen. Dann verschwand sie in der Suite der Königin.

Daniela erhob sich, als sie vor der Tür zum Salon Schritte hörte.

„Guten Morgen, Daniela."

Helena war wie immer perfekt frisiert. Sie trug einen maßgeschneiderten marineblauen Blazer, eine beige Hose und eine weiße Bluse mit einem Kragen, der so geschnitten war, dass er dem Revers des Blazers entsprach. Diamantstecker funkelten in ihren Ohren und sie trug eine große Ledertasche, die denselben gelblichen Braunton hatte wie ihre Schuhe mit den Keilabsätzen. Keine einzige Haarsträhne hatte sich aus dem Knoten in ihrem Nacken gelöst. Obwohl sie lächelte, schoss ihr

Blick zu dem Tastenfeld der Suite, als sie die Schwelle überschritt. „Sie haben die Tür offen gelassen?"

„Roy will später die Wände grundieren. Es ist so schön draußen. Ich dachte, ich öffne die Fenster und lasse die Luft zirkulieren, solange ich die Möglichkeit habe. Er hat versprochen, mich vorzuwarnen, bevor er anfängt."

Wie aufs Stichwort landete ein Würger auf der Fensterbank. Der Vogel hüpfte dreimal und plusterte seine Flügelfedern auf, bevor er seinen Kopf schieflegte, um ins Zimmer zu spähen.

Helenas Gesicht leuchtete amüsiert auf. „Ich hoffe, er lässt sich Zeit. Ich werde den Rest dieses und auch des morgigen Tages drinnen verbringen, also begrüße ich die frische Luft."

Der Vogel schüttelte sich, bevor er davonflog. Helena schaute ihm nach, dann stellte sie mit einem Seufzer ihre Tasche auf dem Boden neben der Ottomane ab und bückte sich, um ein Notizbuch herauszuziehen. Lose Blätter standen seitlich heraus. „Ich habe meine Aufzeichnungen zu den Tüchern gefunden, aber sie sind nicht besonders ordentlich. Ich hätte sie vor Jahren digitalisieren sollen, aber als Aletta krank wurde, haben sich meine Prioritäten verschoben und diese Aufgabe blieb auf der Strecke."

„Vollkommen verständlich." Daniela schaute in die Richtung des Ankleidezimmers. „Unglücklicherweise habe ich alle Tücher am Freitagabend herausgelegt und bin nicht mehr dazu gekommen, sie in den Salon zu bringen. Ich hoffe, es macht Ihnen nichts aus, hinüber ins Ankleidezimmer zu gehen?"

Daniela wurde die Kehle eng, während sie auf Helenas Antwort wartete. Bis jetzt hatten sie den größten Teil ihrer Treffen im Salon verbracht, besonders, wenn sie Notizen und Fotos durchgingen. Würde Helena das Gefühl haben, etwas stimmte nicht?

Helena blinzelte, als ob sie für einen winzigen Augenblick durch die Änderung aus dem Konzept gebracht worden wäre, doch dann lächelte sie und bedeutete Daniela mit einer Handbewegung, dass sie vorgehen sollte. Dabei sagte sie: „Nein, natürlich nicht."

Als sie die Mitte des Raumes erreicht hatten, wies Daniela auf die luxuriösen Sessel bei dem großen Dreifachspiegel und dem Podest. Mehrere Tücher hingen ausgebreitet über den Rückenlehnen, während ein weiteres Dutzend gefaltet auf dem mit Teppich überzogenen Podest gestapelt war. „Was immer Sie mir über diese erzählen können, wäre sehr hilfreich."

Helena stellte ihre Tasche hinter einem der Sessel, ab dann ließ sie ihre Finger über ein quadratisches Tuch aus pfirsichfarbener Seide gleiten. „Ich vergesse immer, wie viele sie besaß. Es war, als bekäme sie jede zweite Woche neue geschenkt. Es war ihr wichtig, sie zu tragen, aus Respekt für den Schenkenden, aber es war mühsam, sie in ihre tägliche Garderobe zu integrieren."

„Das kann ich mir vorstellen." Daniela bückte sich, um die Tücher aufzuheben, die auf dem Podest lagen. Dabei wandte sie Helena den Rücken zu. Es war umständlich, doch es gelang ihr, eine Position zu finden, in der sie Helena in dem Dreifachspiegel unmöglich sehen konnte. Sie ließ sich Zeit, dann richtete sie sich langsam wieder auf, drehte sich um und legte den Stapel auf einem Sessel ab.

Helena holte erneut ihr Notizbuch aus der Tasche und hielt es hoch. „Nun, lassen Sie uns sehen, was wir zuordnen können. Haben Sie Ihren Computer?"

„Ich hatte ihn in den Salon gebracht. Ich bin gleich zurück." Bevor sie hinausging, um ihn zu holen, zeigte sie auf den Sessel neben Helena. „Nehmen Sie ein Tuch, das Ihnen ins Auge springt, und dann fangen wir an."

Die nächste halbe Stunde verbrachten sie damit, die Tücher eins nach dem anderen durchzugehen. Helena sah in ihren Notizen nach und Daniela ordnete sie Fotos und Kalenderdaten zu. Helena war äußerst hilfreich und beantwortete Fragen, an die Daniela nicht einmal gedacht hatte, und erzählte sogar, dass

Aletta eins der Tücher bei einem Empfang im Buckingham-Palast beinahe in die Toilette gefallen wäre.

„Aber das lassen wir in der Beschreibung besser aus, ja?"

„Natürlich", versprach Daniela. „Das war nur für meine Ohren bestimmt."

„Sie haben hart gearbeitet, um den Nachlass meiner Schwester zu würdigen. Ein herzliches Lachen dann und wann ist in Ordnung", sagte Helena augenzwinkernd.

Während sie weiterarbeiteten, musste sich Daniela zwingen, mit den Gedanken bei ihrer Aufgabe zu bleiben. Helena wollte wirklich helfen. Wie konnte jemand – eine Schwester – so engagiert und doch auch eine Diebin sein?

Als sie beim letzten Tuch angekommen waren, faltete Daniela es und legte es oben auf den Stapel. Helena stand auf und bewegte leicht die Schultern, um den Sitz ihres Blazers zu korrigieren. Hose und Jacke waren immer noch faltenlos, obwohl sie eine Zeitlang gesessen hatte.

Die Frau hatte ein wahres Talent dafür, sich zu präsentieren.

Helenas dunkle Augen huschten zu der Ecke des Ankleidezimmers, die gegenüber dem privaten Badezimmer der Königin lag. „Sie erwähnten in Ihrer Nachricht, dass Sie Fragen zu einem der Wollmäntel meiner Schwester haben. Hängt er bei den anderen?"

„Oh ja, das hatte ich ganz vergessen. Ich bin froh, dass Sie daran gedacht haben."

„Ich kann gern einen Blick darauf werfen, bevor ich gehe."

Helena sammelte ihre Notizen ein, dann hängte sie ihre Tasche über die Schulter und folgte Daniela zu den Mänteln, die in der Nähe des kleinen Schrankes aufbewahrt wurden, in dem das Hochzeitskleid der Königin hing. Daniela war schon fast da, als sie bemerkte, dass Helena stehen geblieben war. Als sie sich umdrehte, sah sie, dass Helena halb in eine andere Reihe hineingetreten war und ihre Hand über ein Regalbrett gleiten ließ.

Daniela ging zurück, um zu sehen, was Helenas Aufmerksamkeit erregt hatte. Die ältere Frau lächelte, als sie den Ärmel eines wadenlangen Kleides aus geblümter Seide betrachtete – eins der Objekte, die für die Versteigerung vorgesehen waren. Drei verschiedene dazu passende Gürtel hingen über dem Kleiderbügel daneben.

„Es ist schwierig, sich hier drinnen nicht in der Betrachtung dieser Kleidungsstücke zu verlieren. Es ist, als ob man ein Fotoalbum herausholt, um eine bestimmte Aufnahme zu suchen. Man bleibt unweigerlich auch bei allen anderen hängen."

„Dieses Kleid ist sehr schön", sagte Daniela.

„Ja. Sie hat es ein paar Jahre vor ihrem Tod zu einem Ostergottesdienst im Duomo getragen." Helena riss sich vom Anblick des Kleides los. Es lag ein merkwürdiger Ausdruck auf ihrem Gesicht und Daniela fragte sich, ob Helena dasselbe gehört hatte wie sie: als hätte sich hinter ihr, im Badezimmer der Königin, etwas bewegt.

Daniela drängte Helena weiter. „Kommen Sie, ich zeige Ihnen den Mantel. Ich möchte nicht, dass Sie zu spät zu Ihrem nächsten Termin kommen."

Sie näherten sich einer Kleiderstange, auf der viele Mäntel hingen. Daniela schob einige Bügel beiseite und enthüllte einen schwarzen, dreiviertellangen und taillierten Wollmantel. „Ich habe die Fotos durchgesehen, die gemacht wurden, als die Königin nördliche Länder besuchte, aber ich habe diesen Mantel nur auf ihrer Reise nach Kanada gesehen. Hat sie ihn auch anderswo getragen?"

Helena runzelte die Stirn, bevor sie den Mantel vom Bügel nahm und die Etiketten innen begutachtete. „Oh, jetzt erinnere ich mich. Den hat sie nur in Kanada getragen. Davor besaß sie einen anderen schwarzen Wollmantel, aber der Stil wirkte inzwischen altmodisch. Deshalb hat sie ihn gespendet, bevor sie diesen kaufte." Sie hängte den Mantel zurück auf den Bügel und fügte entschuldigend hinzu: „Ich war nicht mit ihr in Kanada und sie trug nicht oft schwere Mäntel."

Daniela dankte ihr, doch ihr Bauchgefühl sagte ihr, dass Helena sich wunderte, warum sie so lange damit gewartet hatte, sie über dieses bestimmte Kleidungsstück auszufragen.

Leider war es der beste Vorwand gewesen, der ihr eingefallen war, um Helena eine Gelegenheit zu geben, das Ankleidezimmer in seiner ganzen Länge zu durchschreiten.

„Entschuldigen Sie."

Die vertraute tiefe Stimme kam von hinten. Erschrecken zeichnete sich auf Helenas Gesicht ab, doch sie verbarg es schnell, als Daniela zwischen den Regalen hervorkam und sah, wie Royce sich näherte. Sie fühlte, dass Helena neben sie in den offenen Bereich heraustrat.

„Ist es Zeit für die Grundierung?"

„Ja. Lassen Sie ruhig Ihre Fenster offen. Aber ich werde die Türen zwischen dem Salon und dem großen Raum schließen."

„Sind Sie durch das Badezimmer hereingekommen?" Helenas Stimme hatte einen herrischen Unterton, doch Daniela erkannte sofort, was in Wirklichkeit die Ursache war: Verteidigung und Furcht.

„So ist es."

„Ich dachte, die Verbindungstüren zum Wohnbereich des Königs wären verschlossen."

„Ich habe den Zugangscode." Royce' Gesichtszüge sowie seine Stimme waren so scharf wie eine Rasierklinge.

Daniela schaute Helena von der Seite an. Deren Finger krallten sich um den Henkel der Tasche, die über ihrer Schulter hing. „König Eduardo hat Ihnen den Code gegeben, um dieses Ankleidezimmer von seinem privaten Badezimmer aus zu betreten? Das scheint –" Helena hob die Augenbrauen und erwartete, dass Royce den Satz vollendete.

„Ein Sicherheitsrisiko zu sein?"

Sie neigte lediglich den Kopf.

„Tatsächlich stecken Sicherheitsgründe dahinter. Die Gegenstände in diesem Ankleideraum sind, wie Sie sicher wissen, recht wertvoll. Er hat mich gebeten, ein Auge darauf zu haben, während Daniela hier arbeitet. Dafür zu sorgen, dass nichts gestohlen wird, während ihre Aufmerksamkeit auf etwas anderes gerichtet ist."

„Ich verstehe."

„Ich glaube, er hat nicht erwartet, dass der Sammlung Objekte hinzugefügt werden."

Royce kam ein paar Schritte näher, dann griff er in die Reihe, in der das geblümte Seidenkleid hing. Er zog den Bügel mit den Gürteln heraus.

Helena versteifte sich, dann lachte sie. „Ich bin nicht sicher, wen oder was Sie Ihrer Meinung nach schützen, aber Daniela hat mich eingeladen, ihr heute zu helfen. Was ich getan habe." Sie warf Daniela einen vielsagenden Blick zu, dann fuhr sie fort: „Gestern Abend stellte ich fest, dass einer der Gürtel in meinem Schrank Aletta gehört hat. Wir haben ständig Accessoires getauscht. Ich trage ihn nie, deshalb habe ich ihn einfach in ihre Sammlung zurückgebracht."

Sie wandte sich zu Daniela um. „Es tut mir so leid, dass ich nicht erwähnt habe, dass ich ihn in der Tasche hatte. Ich hatte es vergessen, bis ich das Osterkleid sah, denn die Stücke passen zusammen. Es hat wirklich keine Bedeutung. Sie müssten ihn nicht im Nachhinein noch in den Katalog aufnehmen, da Sie sich ja schon mit dem Kleid beschäftigt haben."

Das Lächeln, mit dem sie Royce bedachte, triefte von Herablassung. „Ich rechne es Ihnen hoch an, dass Sie Ihre Aufgabe hier so ernst nehmen und Ihre Augen offen halten. Ich bin sicher, der König wird es ebenfalls zu schätzen wissen. Aber Aletta war meine Schwester. Ich bin kein Sicherheitsrisiko."

Royce hängte den Bügel mit den Gürteln zurück an seine Stelle. Mit gleichmütiger Stimme setzte er hinzu: „Und da sind auch noch die zwei Tücher, um die Sie die Sammlung während der Arbeit erweitert haben. Sie haben sie Daniela katalogisieren lassen, als wären sie schon die ganze Zeit da gewesen, doch Sie haben sie erst mitgebracht."

„Wie bitte?"

Er zog eine Kugel von der Größe und Form eines frischen Mozzarellas aus der Tasche seines Overalls und legte sie auf die flache Hand, sodass die kleine Linse auf Helena gerichtet war. „Diese Kamera hat alles aufgezeichnet."

KAPITEL 28

In diesem Moment änderte sich alles an Helena.

Sie drehte sich zu Daniela um, ihr Gesicht war hart wie Stein. Bevor sie die Frage stellen konnte, sagte Daniela: „Ja, ich wusste von der Kamera. Ich hatte gehofft, es würde sich nichts ergeben, besonders in Bezug auf Sie."

Die Falten an den Augenwinkeln der älteren Frau vertieften sich, als sie über ihre Situation nachdachte, einen Atemzug lang, dann zwei. Ihre Unterlippe zuckte. „Ich verstehe."

Sie trat einen Schritt zurück und öffnete dann ihre Umhängetasche weit. Daniela konnte deutlich das Notizbuch sehen, in das einige Seiten hineingesteckt waren, eine elegante Ledergeldbörse, ein Brillenetui und mehrere teure Lippenstifte. In einer offenen Innentasche befanden sich ein Telefon und ein Stift.

„Mehr ist nicht drin", sagte Helena. Sie drehte sich um und hielt Royce die Tasche hin, obwohl er aus dieser Entfernung wahrscheinlich nicht hineinblicken konnte. „Ich habe nichts gestohlen. Ich habe nur Dinge zurückgebracht, die meiner Schwester gehörten."

„Aber Sie haben sie doch gestohlen. Vor langer Zeit. Sie hatten sie sich nicht ausgeliehen."

Royce' Tonfall ließ Helena keine Möglichkeit zum Diskutieren. Sie war ertappt, schlicht und einfach.

Als sie sich die Tasche wieder umhängte, konnte Daniela fast sehen, wie Helena in ihrem Kopf die Möglichkeiten durchging. Die Schwester der Königin atmete aus, geschlagen ließ sie die Schultern sinken. „Nein, ich hatte sie mir nicht ausgeliehen, aber Aletta hätte es verstanden. Ich möchte Sie bitten, Eduardo und meiner Nichte und meinen Neffen nichts davon zu erzählen. Ich habe alles zurückgegeben. Es ihnen zu sagen, würde sie nur verletzen."

„Und Sie."

„Ich bin schon verletzt worden." Sie blinzelte, und Daniela erkannte, dass die Frau gegen Tränen der Trauer ankämpfte und nicht der Wut, weil sie entdeckt worden war. „Sie wissen, dass ich verheiratet war. Mein früherer Mann stammte aus einer wohlhabenden Familie. Sie machten Millionen in der noch jungen Autoindustrie Italiens. Als sein Großvater starb, erbte mein Ex, Davide, eine Menge Geld. Es war in Kapitalanlagen gebunden, die er verwalten und mit seinen Geschwistern teilen sollte. Während unserer Ehe investierte er jedoch in einen Sport-Venture-Fonds. Langer Rede kurzer Sinn: Der Fonds brach zusammen und Davide verlor fast das gesamte Erbe. Er wollte den Fonds wieder auffüllen, bevor seine Geschwister davon erfuhren."

„Er hatte das Geld ohne ihre Erlaubnis verwendet?"

„Rechtlich gesehen war das Erbe so angelegt, dass er alles investieren konnte. Aber moralisch? Das war nicht das, was sein Großvater beabsichtigt hatte. Als Davide mir erzählte, was er getan hatte, stritten wir uns deswegen."

Ihre Unterlippe zitterte erneut, sie presste den Mund für einen Moment zusammen, dann fuhr sie fort: „Meine Ehe war bereits angespannt, und das war der Tropfen, der das Fass zum

Überlaufen brachte. Aletta wusste, dass die Dinge schlecht standen, und als ich sie anrief und sie bat, mir einen diskreten Scheidungsanwalt zu empfehlen, fand sie einen Namen für mich. Sie sagte mir auch, dass ich in meine Palastwohnung und meine Position als ihre Assistentin zurückkehren könne."

„Das muss ein herber Schlag für Ihr Herz und Ihren Stolz gewesen sein."

Helena setzte an, etwas zu erwidern, dann merkte sie, dass Daniela es aus Mitgefühl gesagt und nicht als Angriff gemeint hatte. Sie senkte den Kopf. „Das war es. Es ist schwierig, darüber zu sprechen, aber ich möchte, dass Sie verstehen, was passiert ist und warum ich nicht will, dass Sie Eduardo alles erzählen."

Royce verschränkte die Arme und hob eine Braue. Daniela fragte sich, ob er wirklich so skeptisch war oder ob er im Gegensatz zu ihrer Rolle als guter Cop den bösen Cop spielen wollte.

Helena ließ sich nicht einschüchtern. Ihre Stimme blieb ruhig, als sie weitersprach: „Mein Ex wusste, dass seine Familie ihn verstoßen würde, sollte der Verlust entdeckt werden. Er war in einer verzweifelten Lage, schlau und berechnend. Er hat mich erpresst. Wenn ich nicht genug Geld auftreiben würde, um seine Investition zu retten, wollte er bestimmte Informationen über mich öffentlich machen. Damit würde er Aletta und Eduardo durch den Dreck ziehen."

„Also haben Sie Ihre Schwester bestohlen?"

Helena begegnete Royce' hartem Blick. „Das habe ich. Sie ahnen nicht, wie zuwider mir das war. Wenn ich einen anderen Weg gesehen hätte, hätte ich diesen gewählt."

„Warten Sie", sagte Daniela und schüttelte den Kopf. „Wenn Sie Dinge gestohlen haben, die Ihrer Schwester gehörten, um Geld für Ihren Ex aufzutreiben, wie können Sie jetzt alles zurückgeben? Oder ist es nicht alles?"

„Es ist alles." Helena riss sich zusammen. „Mein Mann wurde

durch eine weitere Erbschaft gerettet. Sein Vater starb, bevor ich etwas von Alettas Besitz verkaufen konnte. Diese Erbschaft war zum Glück besser geregelt, sodass Davide nur Zugriff auf seinen eigenen Anteil hatte. Seine Geschwister stellten Fragen, also verwendete er einen Teil seines neuen Erbes, um den ursprünglichen Fonds wieder aufzufüllen. Er war nicht mehr so verzweifelt auf mein Geld angewiesen, und ich drohte, ihn vor seinen Geschwistern bloßzustellen, wenn er mich weiter drangsalierte, also ließ er es sein. Aber da war es schon zu spät für mich, um meiner Schwester zu sagen, was passiert war. Sie lag im Sterben. Und dann hat Eduardo ihre Zimmer verschlossen."

„Die ganze Sache war gut geplant", konterte Royce. „Sie haben gefälschte Stücke herstellen lassen, mit denen Sie zumindest einen Teil dessen ersetzt haben, was Sie gestohlen hatten."

Überraschung blitzte in Helenas Augen auf. „Drei Handtaschen und zwei Paar Schuhe. Das wussten Sie?"

„Von einer Handtasche ganz sicher", sagte Daniela.

„Dann sind Sie sehr gut in Ihrem Job. Ich habe versucht, Dinge zu nehmen, die Aletta nicht vermissen würde. Aber bei einigen … na ja, da habe ich versucht, den Diebstahl zu vertuschen." Helenas Stimme klang resigniert. „Was ich getan habe, war falsch, und ich kann nicht in Worte fassen, wie sehr ich mein Handeln bereue. Aber alles, was ich nahm, habe ich zurückgebracht. Alles, sogar einen Ring und zwei Halsketten, die ich in einer der Handtaschen gefunden habe. Ich hätte es schon früher getan, wenn ich Zugang zu der Suite gehabt hätte. Bitte, ich flehe Sie an, sagen Sie es nicht Eduardo. Er würde es nie verstehen."

„Vielleicht doch. Meinen Sie nicht?", fragte Daniela.

„Nein." Das einzelne Wort klang, als würde es über Sandpapier schaben, als sie es aussprach.

„Ich bin sicher –"

„Nein. Sie kennen Eduardo nicht." Die Rauheit in Helenas Stimme breitete sich auch auf ihrem Gesicht aus. „Seit Jahren werde ich von den Medien dafür gescholten, dass ich zu meinen Freunden und Bekannten stehe, wenn ihnen ein Verhalten vorgeworfen wird, das alles andere als vorbildlich ist. Am Ende hat sich immer gezeigt, dass ich das Richtige getan habe. In keinem dieser Fälle hatten die Leute den Fehler begangen, der ihnen unterstellt wurde. Andererseits ist auch niemand perfekt. Ich hätte trotzdem zu ihnen gehalten. Erstens, weil sie meine Freunde sind. Und zweitens, weil ich weiß, wie es ist, ein Leben im Rampenlicht zu führen. Die Presse liebt Skandale und fabriziert gelegentlich auch welche. Es gibt außerdem viele, die die Bekanntheit eines anderen ausnutzen wollen. Ich bin immer davon ausgegangen, wenn meine Freunde sich etwas zuschulden kommen ließen, dann nur, weil sie auf die Art und Weise ausgenutzt wurden, wie mein Mann mich ausgenutzt hat. Eduardo hat das nie verstanden. Er sagte immer, ich sollte vorsichtiger sein und den Namen seiner Familie nicht in zweifelhafte Angelegenheiten hineinziehen. Er hat keine Ahnung, wie vorsichtig ich war, um Alettas Namen *nicht* zu beschmutzen. Ich habe die Sachen nur genommen, um sie zu schützen."

Helena hatte sich in Rage geredet, was in krassem Gegensatz zu ihrer eleganten Erscheinung stand. Daniela zwang sich, nicht einen Schritt zurückzutreten, als Helena näher kam, um ihren Standpunkt darzulegen.

„Wenn ich meiner Nichte und meinen Neffen keine so gute Tante wäre, hätte Eduardo alles außer Acht gelassen, was ich für Aletta getan habe. Er sieht mich bestenfalls als eine Unannehmlichkeit an. Ich habe immer die zweite Geige gespielt nach Aletta, meiner jüngeren Schwester. Dabei hatte ich ihn zuerst, wissen Sie."

„Ich dachte, Sie und König Eduardo wären Freunde. Schulfreunde ..." Daniela verstummte und bedauerte, dass sie etwas gesagt hatte.

Helenas Augen verengten sich, als ob sie Danielas Gedanken gelesen hätte. „Wir haben zusammen Schulveranstaltungen besucht. Wir waren jung. Es war nicht offiziell. Aber selbst in diesem Alter galt man etwas, wenn man den zukünftigen König zu solchen Veranstaltungen begleitete. Und die Art der Veranstaltungen sagte nichts über die *Gefühle* aus. Aletta wusste, dass ich etwas für Eduardo empfand. Sie drängte sich zwischen uns und nahm –"

„Mein Herz gehörte Aletta, Helena. Immer schon."

Die Stimme, ruhig und königlich, erklang hinter Royce, in der Nähe des Eingangs zum Ankleidezimmer der Königin. Alle drehten sich um und sahen Eduardos Silhouette in der Türöffnung. Er trat näher, in seinem grauen Wollanzug, dem hellblauen Hemd und der Krawatte war er jeder Zoll ein selbstbewusster, machtvoller König. Eine Anstecknadel in Form einer Flagge an seinem Revers zeigte die Farben von San Rimini.

Royce trat zur Seite, als König Eduardo Helena mit einer Mischung aus Verachtung und Mitleid ansah. „Du und ich, wir waren immer Freunde, Helena, aber mehr nicht. Aletta gehörte mein Herz von dem Moment an, als wir uns das erste Mal begegneten, und ich stand in ihrem Bann bis zu dem Tag, an dem sie starb."

„Eduardo –"

„Ich gab dir ein Zuhause. Aletta schenkte dir ihr Vertrauen. Du sagst, du wolltest sie schützen und dass ich nicht verstehen würde." Sein Blick wurde schärfer, und Daniela wusste einen Sekundenbruchteil, bevor er sprach, dass Eduardo im Recht war und Helena nicht. „Dann erkläre es mir, damit ich es verstehe. Welche Informationen hat Davide benutzt, um dich zu erpressen? Was hast du getan, was so schrecklich war, dass du Angst hattest, es könnte entdeckt werden?"

Helena erbleichte, als ihr klar wurde, dass Eduardo mehr gehört hatte, als sie gedacht hatte. „Es liegt in der Vergangenheit. Es spielt keine Rolle mehr."

„Sag es mir."

Die drei Worte klangen so gebieterisch, dass Helena nicht wagte, sich zu weigern. „Ich hatte eine Wochenendaffäre, als meine Ehe mit Davide in die Brüche ging. Er wollte den Beweis publik machen."

Eduardo überdachte diese Information. „Das hätte dir mehr geschadet als Aletta."

„Es war in der Villa Alfieri."

Der König hielt inne und betrachtete sie mit gesenktem Kinn. „War Aletta anwesend? Wusste sie davon?"

„Sie hatte keine Ahnung. Allerdings hatte sie am Tag zuvor eine Veranstaltung in der Villa ausgerichtet und das Anwesen nur wenige Stunden vor meiner Ankunft verlassen. Es hätte so ausgesehen, als hätte sie von meiner Ankunft gewusst und vielleicht sogar gebilligt, was ich tat. Zumindest wäre es erklärungsbedürftig gewesen."

„Deine Affäre – deine egoistische Entscheidung – hätte Aletta geschadet, wenn sie ans Licht gekommen wäre. Und du wunderst dich, warum ich dich immer wieder ermahnt habe, nachzudenken, bevor du handelst?"

Daniela schluckte schwer, sie konnte nicht glauben, dass sie Zeugin eines derart persönlichen Gesprächs des sonst so zurückhaltenden Königs wurde.

Als ob er zu derselben Erkenntnis gekommen wäre, wurde Eduardos Ton geschäftsmäßig, als er fortfuhr: „Ich bin hier, um mit Daniela über das Vorwort des Auktionsbuches zu sprechen. Ich nehme an, du bist auch wegen der Versteigerung hergekommen, Helena?"

Helena richtete sich zu ihrer vollen Größe auf. „Ich habe bei ein paar Halstüchern assistiert. Daniela hatte Fragen dazu, wann die Königin sie erwarb und trug."

„Seid ihr damit fertig?"

„Ja."

„In diesem Fall musst du dich bei ihr entschuldigen. Du hast sie in eine unangenehme Lage gebracht. Du und ich, wir werden uns später unterhalten. Wir werden das unter uns klären und du wirst niemandem erzählen, was hier heute vorgefallen ist. Ich werde dafür sorgen, dass auch Daniela und Roy dies vertraulich behandeln. Sind wir uns einig?"

Helena nickte knapp.

„Sprich es aus, Helena."

„Wir sind uns einig." Tränen füllten ihre Augen, aber sie flossen nicht. Sie tat, was der König verlangte, und entschuldigte sich, dann nickte sie Eduardo zu und verließ die Suite.

Stille breitete sich aus. Royce sagte: „Ich werde das Badezimmer und den großen Raum sichern." Damit verschwand er in die Richtung, aus der er gekommen war. Der König bedeutete Daniela, dass sie ihm zu den Sesseln bei dem Spiegel seiner Frau folgen sollte, und forderte sie auf, sich zu setzen. Er beugte sich vor, stützte die Ellbogen auf seine Knie und legte die Fingerspitzen aneinander, bevor er schwer ausatmete.

„König Eduardo? Geht es Ihnen gut?"

„Ich hatte gehofft, Sie würden sich irren, obwohl ich wusste, dass dem nicht so war." Er hob den Blick und schenkte ihr ein zurückhaltendes Lächeln, das sie an Cary Grant oder George Clooney auf dem Höhepunkt ihres Ruhms erinnerte. „Es war ein anstrengender Tag."

Sie spürte, dass er keine Antwort erwartete, also blieb sie still. Nach einem Moment fügte er hinzu: „Ich war in der letzten Zeit sehr erschöpft und nahm an, dass es an meinem vollen Terminkalender lag, aber offenbar ist das nicht der Grund: Ich habe die gleichen Herzprobleme, die mein Vater hatte, und werde in den nächsten Monaten operiert werden müssen." Er richtete sich auf und schaute sie weiter an, doch sein Lächeln verblasste. „Meine Kinder wissen es noch nicht. Mein Kardiologe hat mich angewiesen, meinen Stresspegel zu senken, und ich hatte Angst, er würde mir sagen, ich solle die Auktion verschieben. Oder dass ich nicht mehr reisen darf."

Sie konnte sich ein leichtes Grinsen nicht verkneifen. „Es wäre gut möglich, dass er Ihnen das rät."

„Helena nicht mehr im Palast zu haben, wird meinen Stress mehr als alles andere verringern. Jetzt, wo die Sache ans Licht gekommen ist, kann ich endgültig mit ihr abschließen." Er deutete in die Richtung des großen Raums. „Und wenn ich die Operation hinter mir habe, werde ich ein schönes neues Zimmer haben, in dem ich mich erholen kann."

„Royce hat einen fantastischen Job gemacht."

„In jeder Hinsicht", antwortete der König. „Ich bin Ihnen beiden sehr verbunden. Ich muss auch Königin Fabrizia danken. Ich vermute, sie wusste genau, was sie tat, als sie Sie einstellte."

Stimmen drangen aus der Richtung des großen Raums zu ihnen. Sie waren undeutlich, aber Daniela glaubte, eine davon zu erkennen.

„Ah, Olena und Tetyana Roscha. Wenn Royce Helena nicht aus meinem Wohnbereich vertrieben hat, dann haben sie es sicher getan." Er erhob sich aus dem Sessel, dann bot er Daniela eine Hand. Eduardo war ein moderner Monarch, aber er glaubte an den Charme der Vergangenheit.

Als sie den großen Raum betraten, sahen sie Olena und Tetyana zwischen Royce' Farbwannen herumstöbern. Beide Frauen richteten sich auf und senkten schnell grüßend den Kopf, als sie den König erkannten.

„Mr. Dekker macht seine Sache gut, nicht wahr?", bemerkte Eduardo mit einer gewissen Belustigung in der Stimme, als er sich seinen schockierten Reinigungskräften zuwandte. Die antworteten mit einem zustimmenden Nicken. Der König wünschte ihnen einen guten Tag und verließ den Raum. Im Eingangsbereich erklangen Stimmen, dann schloss sich die Tür mit einem hörbaren Klicken. Gleich darauf trat Samuel Barden ein. Er strahlte, weil er König Eduardo an einem Ort im Palast begegnet war, wo er niemanden vermutet hatte. Miroslav folgte ihm dicht auf den Fersen.

„Er hat Törtchen“, verkündete der Serbe.

„Genug für alle, sogar für ihn“, ergänzte der Koch mit einem Blick zu Miroslav, als er das Tablett auf einen der mit Planen abgedeckten Tische stellte. Dann bemerkte er die Roscha-Schwestern und atmete aus. „Sie reichen auch für euch.“

„Wir feiern die Fertigstellung des Zimmers“, sagte Daniela und lächelte Royce an. „Heute kommt die Grundierung drauf und morgen die Farbe. Richtig?“

„Nach dem Streichen wird alles wieder normal sein?“, fragte Tetyana und sah Royce stirnrunzelnd an.

„So ist es.“

Die Schwestern schauten sich an, zuckten mit den Schultern und nahmen dann beide zwei Törtchen.

DANIELAS LETZTE TAGE in San Rimini vergingen wie im Flug. Am Mittwoch – zwei Tage, nachdem sie Helena wegen der Diebstähle zur Rede gestellt hatten – berief König Eduardo eine Pressekonferenz ein. Die Reporter waren verwundert, als alle vier Kinder des Königs zusammen mit Lucrezia, Federicos Frau, in den Raum huschten und in der hintersten Reihe Platz nahmen. Daniela beobachtete alles vom Vorraum aus. Gleich nachdem seine Kinder eingetreten waren, schritt König Eduardo zum Podium. An seiner Seite ging Helena Masciaretti. Er begrüßte die Anwesenden und kündigte dann an, dass in zwei Monaten eine Versteigerung ausgewählter Stücke von Königin Alettas Garderobe, Schmuck und Accessoires in der Villa Alfieri stattfinden würde – dem Anwesen, das seit fast zwei Jahrhunderten im Besitz der Familie der verstorbenen Königin war. Nach der Auktion, so sagte er, würden einige der berühmtesten Outfits von Königin Aletta in einer Wanderausstellung gezeigt werden, einschließlich ihres Hochzeitskleids. In den kommenden Wochen würden Zeit- und Ortsangaben für die Ausstellung folgen.

Er wandte sich Helena zu, die das Mikrofon übernahm und

über das tiefe Gefühl der inneren Befriedigung sprach, das Königin Aletta aus der Zusammenarbeit mit ihren bevorzugten Wohltätigkeitsorganisationen gewonnen hatte. Sie nannte mehrere Einrichtungen, denen die Erlöse aus der Versteigerung und der Ausstellung zugutekommen sollten. Dann wies sie auf einen Überraschungsgast hin, ihren früheren Ehemann, Davide Carosso, der am Rand in der ersten Reihe saß.

Der dunkelhaarige Italiener erhob sich und näherte sich Helena unter dem überraschten Gemurmel der Anwesenden. Er küsste sie auf beide Wangen, dann nahm er das Mikrofon mit einer geübten Geste an sich und betrachtete das Publikum mit scheinbar erstauntem Blick. „Viele von Ihnen scheinen verwundert, mich hier zu sehen.“

Geschickt legte er eine Pause ein. Sein jungenhaftes Grinsen entlockte den versammelten Medienvertretern dröhnendes Gelächter.

„Über die Jahre gab es Berichte, dass meine Ehe mit Helena im Streit beendet wurde, aber ich hoffe, dass diese Geschichten heute berichtigt werden, ja? Zwar trifft es zu, dass unsere Ehe keinen Bestand hatte, doch unsere gegenseitige Wertschätzung hat überdauert, so wie meine Achtung für Helenas Familie. In einem solchen Ausmaß, dass die Stiftung der Familie Carosso entschieden hat, das ganze erste Jahr der Königin-Aletta-Ausstellung zu sponsern. Es ist das Wenigste, was wir tun können, um eine Frau zu würdigen, die uns allen so viel gegeben hat. Es war mir eine Ehre, ihr Schwager zu sein.“

Er machte noch ein paar weitere überschwängliche Bemerkungen über Helena, Aletta und die königliche Familie, dann überließ er König Eduardo das Mikrofon.

„Ich habe noch eine letzte Ankündigung zu machen“, sagte der König. „Wie Sie wissen, liebte meine Frau die Villa Alfieri. Sie hinterließ das Anwesen unseren Kindern, die damit tun sollten, was sie für richtig hielten. Sie sind übereingekommen, dass in Anbetracht des sentimentalen Wertes, den der Besitz für die

Familie Masciaretti hat, ihre Tante Helena das Recht haben sollte, ihn so lange zu nutzen, wie sie es wünscht. Sie hat sich entschieden, nach der Versteigerung ihren Wohnsitz dorthin zu verlegen." Er lächelte zu Helena hinüber und setzte hinzu: „Es war für mich und meine Kinder ein Glück, dass wir sie so viele Jahre bei uns in La Rocca hatten."

Die Anwesenden tuschelten miteinander und fragten sich, ob mehr an der Geschichte dran war, doch Helena spielte ihre Rolle. Sie erwiderte Eduardos Lächeln und bedachte ihre Nichte und Neffen mit einem dankbaren Blick.

Daniela vermutete, das tat sie aus ehrlichem Herzen. Sie liebte die Kinder ihrer Schwester. Nachdem der König, Helena und ihr Ex-Mann jedoch in den Vorraum gegangen waren und sich die Tür hinter ihnen geschlossen hatte, bröckelte die dünne Fassade der Freundlichkeit zwischen den dreien schnell.

Die Miene des Königs wurde ausdruckslos, als er Helenas früheren Gatten abschätzend betrachtete. „Meine Assistentin wird deine Anwälte bezüglich der Kosten kontaktieren. Die gesamte Summe muss im Voraus vollständig bezahlt werden." Der Ton des Königs ließ keinen Zweifel daran, dass ein Zahlungsrückstand unverzüglich zu harten Konsequenzen führen würde.

Ein Nerv in der Wange des Italieners zuckte, doch er sagte nichts. Stattdessen wartete er, bis König Eduardo gegangen war, erst dann blickte er seine Ex-Frau wütend an.

Sie wandte nur ihren Kopf ab und hob ihre Hand, so als wollte sie ihre Augen vor einem schmerzhaft grellen Licht schützen. „Verschwende nicht deine Energie. Ein Security-Mitarbeiter wartet draußen auf dich. Du kannst ihn nicht übersehen. Es ist ein riesiger Serbe, er trägt eine Waffe und wird dich gern zu deinem Auto geleiten."

Davide Carosso strich die Vorderseite seines Jacketts glatt, drückte die Brust heraus und schritt durch die Tür. Bevor sie sich hinter ihm schloss, huschte Chiara Ascardi herein und begrüßte Helena. „König Eduardo hat mich gebeten, Sie heute zur Villa Alfieri zu fahren. Er sagte, Ihre Sachen wären bereits dort hingebracht worden, aber wenn Sie noch an Ihren Wohnräumen vorbeigehen oder zur Toilette möchten, können wir –"

„Ich bin bereit." Helena lächelte zuckersüß. „Danke, Chiara. Es ist nett von Ihnen, dass Sie mich persönlich zu meinem neuen Heim begleiten."

Daniela atmete durch, dann kehrte sie in den Presseraum zurück, um zu sehen, ob die Reporter noch weitere Fragen hatten. Zum Glück waren diese leicht zu beantworten und der Rest des Nachmittags verlief undramatisch.

Ihre Nacht verbrachte sie mit Royce an Bord der *Donati*.

„Ich nutze die Gelegenheit aus", stellte Royce in den frühen Morgenstunden des Donnerstags fest und bohrte seine Nase in eine empfindliche Stelle unter ihrem Ohr.

„Sooft es geht", hatte sie geantwortet, sich zu ihm umgedreht und ihn auf die Matratze gedrückt.

Nach einem romantischen Frühstück bei Sonnenaufgang fuhren sie zum Palast. Royce trug ein elegantes Perlweiß auf die Wände auf, während Daniela den Morgen in Besprechungen mit der Presseabteilung des Palastes und der Assistentin von König Eduardo verbrachte. Sie informierte die Angestellten über die wichtigsten Versteigerungsobjekte und sprach dann über Pläne für die Wanderausstellung. Seit der Ankündigung am Tag zuvor hatten bereits zwei Museen in New York, eines in Mailand und ein weiteres in Berlin angefragt, ob sie diese in ihren Räumen zeigen könnten.

Sie traf Royce zwischen zwei Farbschichten zu einem schnellen Lunch, bevor Miroslav mit zwei jüngeren Sicherheitskräften erschien, um Daniela zu helfen, die Versteigerungsgegenstände vom Ankleidezimmer in zwei gesicherte Behälter zu verfrachten. Chiara Ascardi hatte veranlasst, dass sie in einem klimatisierten Raum im Palast gelagert wurden und dann ein paar Tage vor der Auktion mit einem bewaffneten Transport zur Villa Alfieri gebracht werden würden. Donnerstag blieb Daniela lange im Palast, weil sie sich mit den Mitgliedern des Personals traf, die die Präsentation der Objekte für die Versteigerung übernahmen. Als die Sonne hinter den Bergen im Westen verschwand, ging sie zu guter Letzt noch einmal durch die Räume der Königin. Sie blieb in der Mitte des Ankleidezimmers stehen, legte eine Hand auf ein leeres Regal und schaute zu der Fensterreihe hinüber. Abgesehen von ein paar Stücken, die Prinzessin Isabella in der kommenden Woche nach ihrer Rückkehr von einer Ägypten-Reise abholen wollte, waren die Schränke leer.

„Es wirkt surreal, nicht wahr?", kam eine gedämpfte Stimme von hinten.

Daniela lächelte, als Royce sich näherte und seine Hand auf ihre Schulter legte. „Ich dachte, du wärst zum Boot zurückgekehrt. Dein Werkzeug und deine Planen sind schon vor Stunden verschwunden." Sie lehnte sich an ihn und streifte seine Fingerknöchel mit ihren Lippen, bevor sie hinzufügte: „Ich hätte wissen sollen, dass du noch bleiben würdest."

„Ich habe gewartet, bis die letzte Farbschicht getrocknet war, falls ich an einer Stelle noch einmal hätte darüberstreichen müssen. Die letzte Dose Farbe steht auf einem Handtuch neben dem Kamin."

„Willst du morgen die Möbel wieder hinstellen?"

Er murmelte zustimmend. „Eduardo ist einverstanden, noch ein paar Tage zu warten, bevor er den Spiegel und andere Kunstwerke wieder aufhängen lässt. Er sagt, sein Personal wird das regeln."

„Sind die Roscha-Schwestern gekommen, um alles zu inspizieren?"

„Natürlich. Nachdem sie volle zehn Minuten herumgegangen sind und mit zusammengekniffenen Augen auf die Wände geschaut haben, hat Tetyana verkündet, dass die Farbe passend und meine Arbeit *recht zufriedenstellend* sei. Olena – ob du es glaubst oder nicht – hat sogar gelächelt."

Ihr überraschter Blick schnellte zu Royce. „Gelächelt?"

„Und ihr Gesicht ist dabei nicht zersprungen." Er strich mit den Fingern über ihre Schulter, dann ließ er sie ihren Arm hinuntergleiten, um ihre Hand zu nehmen. „Sie und ihre Schwester lieben Eduardo, als wäre er ein Mitglied ihrer Familie. Sie werden es nicht aussprechen, aber sie sehen die Renovierung als das an, was sie ist."

„Ein Neuanfang."

„Und sie sind froh darüber."

„Das bin ich auch." Sie seufzte und sah sich ein letztes Mal um. „Ich frühstücke morgen mit ihm. Danach sage ich Miroslav, Chiara und Samuel Barden Auf Wiedersehen und dann fahre ich zum Flughafen. Meine Maschine geht kurz nach zwölf."

„Ich bringe dich hin."

Sie erhob keine Einwände. Auf ihrem Weg nach draußen blieb sie am Schreibtisch der Königin stehen. Der silberne Montblanc-Füller, den sie schon an ihrem ersten Tag bemerkt hatte, lag darauf. Sie nahm ihn für einen Augenblick in die Hand, dann legte sie ihn in die Schublade auf das Briefpapier. Als sie die Schublade schloss, sagte sie: „Ich hoffe, ich habe alles so gemacht, wie Königin Aletta es sich gewünscht hätte."

„Niemand hätte es besser machen können."

Royce bestand darauf, Daniela zu ihrem Hotel zu fahren, statt die Nacht erneut mit ihr auf der *Donati* zu verbringen. Als sie auf ihren Sitzen Platz nahmen und ihre Sicherheitsgurte anlegten, sagte er: „Du musst packen. Während du das tust, bestelle ich uns Essen aufs Zimmer."

„Du hast vor, danach auf dein Boot zurückzukehren, oder?"

„Du brauchst deine Nachtruhe. Morgen hast du wieder einen langen Tag."

„Bleib." Als er zögerte, fügte sie hinzu: „Wenn du das nicht machst, liege ich die ganze Nacht wach und denke an dich."

Er überwand den Abstand zwischen ihnen, um ihr einen kurzen Kuss zu geben. Als seine Hand zur Zündung wanderte, sagte er: „Also gut, aber nur, weil ich weiß, mir würde es genauso gehen. Und nur, wenn du mir versprichst, auch wirklich zu schlafen."

Sie lächelte, doch sie versprach es nicht.

AM NÄCHSTEN MORGEN stand Daniela früh auf, um König Eduardo zum Frühstück in seinem privaten Speisezimmer zu treffen. Sie sprachen über den Auktionskatalog, der von der königlichen Druckerei hergestellt werden würde, und wie die Redaktion Daniela am besten erreichen konnte, sollten sich noch Fragen ergeben. Die Stimmung war entspannt, obwohl es zuallererst ein Arbeitsessen war. Sonnenlicht strömte durch die Fenster und ließ das Kristallglas funkeln. Fetzen von Klaviermusik klangen an Danielas Ohren. Einmal, als sie ihren Kopf schieflegte bei dem Versuch, die Melodie zu erkennen, wies Eduardo mit dem Kinn in die Richtung, aus der die Musik kam. „Das ist Federicos Frau. Lucrezia spielt oft für ihre beiden Söhne. Sie hofft, dass sie den Zauber klassischer Musik entdecken werden."

„Sie klingen nicht sehr optimistisch."

„An einem Tag wie diesem würden die beiden lieber im Garten spielen. Ich kann ihnen das nicht verdenken."

Der König schien fröhlich und entspannt, darum zögerte Daniela, das Thema von Königin Alettas maßgefertigten Schuhen anzuschneiden. Dennoch berichtete sie, was sie entdeckt hatte: „Ich wusste nicht, was ich mit ihnen machen sollte. Die Auktion erschien mir nicht angemessen, aber ich war auch nicht sicher, ob Sie sie in der Ausstellung haben möchten. Ich habe sie nicht ins Inventar aufgenommen und sie in den Schrank hinten im Ankleideraum der Königin gestellt."

Bei ihrer Beschreibung der Schuhe leuchteten seine Augen auf. „Sie waren ein Geschenk zu unserem zwanzigsten Hochzeitstag. Ich hielt es für eine brillante Idee, meiner Frau etwas zu schenken, was sie in der Öffentlichkeit tragen konnte und was gleichzeitig ein Geheimnis enthielt, das nur wir beide kannten."

„Die Schuhe sind ziemlich romantisch."

„Das fand Aletta auch." Sein Seufzer klang glücklich. „Sie können in die erste Ausstellung mit aufgenommen werden mit einem einfachen Schild, auf dem sie beschrieben werden, aber ohne Hinweis darauf im Auktionskatalog und ohne Erwähnung in der Presseerklärung. Wenn die Sammlung schließlich an anderen Orten gezeigt wird, füge ich sie vielleicht den Ausstellungsstücken hinzu, vielleicht aber auch nicht. Ich habe einen Punkt erreicht, an dem Alettas Sachen eher Wärme und glückliche Erinnerungen in mir auslösen als Verlustgefühle, aber ich bin nicht sicher, ob meine Kinder auch schon so weit sind. Wenn ich genau weiß, dass Isabella diesen Punkt erreicht hat, werde ich ihr die Schuhe schenken. Vielleicht möchte sie sie zu besonderen Gelegenheiten tragen."

Für einen König war das eine sehr persönliche Enthüllung. Daniela nickte und fühlte sich durch sein Vertrauen geehrt.

Während der gesamten Mahlzeit platzte immer wieder Samuel Barden in den Raum, der darauf bestanden hatte, sie persönlich zu bedienen. Am Ende des Frühstücks brachte er Daniela einen Pappkarton, der mit einer Schnur zugebunden war. „Ich dachte, Sie hätten vielleicht gern ein paar Scones für unterwegs", sagte er, als er die Schachtel auf den Tisch stellte. „Man kann sie gut auf eine Reise mitnehmen. Wenn sie Ihnen schmecken, lassen Sie es mich wissen. Ich gebe Ihnen gern das Rezept."

Als er hinausgegangen war, bemerkte Eduardo: „Er verrät nur selten seine Rezepte. Sie haben ihn beeindruckt."

„Er hat mich beeindruckt. Er ist ein freundlicher Mann und er versteht sein Handwerk."

„Das stimmt. Ich wertschätze ebenfalls alles, was Sie getan haben, und stelle fest, dass ich mich auf die Versteigerung und die Ausstellung freue. Es wird eher ein Fest werden als eine traurige Angelegenheit, und Ihre Arbeit hat diese Atmosphäre geschaffen." Er griff in die Innentasche seines Jacketts, nahm eine rechteckige Schachtel heraus und legte sie lächelnd neben ihren Teller. „Es wäre mir eine Freude, wenn Sie dies von Zeit zu Zeit benutzen würden. Sie sollen wissen, dass die Arbeit, die Sie hier geleistet haben, gewürdigt wird."

Neugierig nahm sie den Deckel ab. Zum Vorschein kam Königin Alettas silberner Montblanc-Füller. Das Geschenk verschlug ihr die Sprache.

„Prinz Federico hat in dem großen Raum mit Royce gesprochen. Als er in Alettas Suite schaute, sah er, wie Sie den Füller bewunderten. Ich denke, Sie werden guten Gebrauch davon machen."

Sie dankte ihm und musste dabei Tränen über seine Aufmerksamkeit zurückdrängen.

Nach dem Frühstück und ihrem Versprechen, erreichbar zu bleiben, sollte er sie vor der Auktion brauchen, ging sie noch im Sicherheitsbüro vorbei, um Miroslav und Chiara Auf Wiedersehen zu sagen. Das Gespräch verlief emotionaler, als Daniela erwartet hatte. Sowohl Miroslav als auch Chiara hatten die verstorbene Königin gekannt und sehr an ihr gehangen, daher war Danielas Aufgabe ihnen beiden wichtig gewesen.

„Sie war eine gute Königin und ein guter Mensch. Ihre Wohltätigkeitsarbeit bedeutete ihr wirklich etwas", meinte Chiara, bevor Miroslav Danielas Ausweis an sich nahm und sie zum Parkplatz der Angestellten begleitete. Dort trafen sie auf Royce, der den Morgen damit verbracht hatte, die Möbel des Königs zurückzustellen.

Bevor sie in Royce' Auto auf der Beifahrerseite Platz nahm,

überraschte Miroslav Daniela mit einer Umarmung. „Ich habe Ihnen für die Arbeit gedankt, die Sie für die Königin geleistet haben", sagte er. „Aber genauso wichtig ist das, was Sie für König Eduardo getan haben. Königin Fabrizia kann von Glück reden, dass sie Sie hat."

Diese Dankbarkeit, die ihr entgegengebracht wurde, fühlte sich gemessen an dem, was sie gemacht hatte, unverhältnismäßig an, doch sie widerstand dem Drang, dies auszusprechen. Stattdessen dankte sie Miroslav für seine Aufmerksamkeit und versprach ihm, ihn aufzusuchen und zu begrüßen, wenn sie für die Versteigerung zurückkehrte.

Der schwierigste Abschied des Tages kam zuletzt.

Sie waren schon auf halbem Weg zum Flughafen, bevor sie das Schweigen brachen.

Daniela presste die Worte an dem Kloß in ihrer Kehle vorbei: „Die Woche verging zu schnell. Ich will nicht, dass es vorbei ist."

„Ich will auch nicht, dass es vorbei ist." Royce schaute sie an und die Gefühle in seinem Blick waren beinahe zu viel für sie. „Ich werde dich vermissen. Ich rufe dich an. Ich sende dir Textnachrichten. Aber es wird nicht dasselbe sein."

„Ich kann meine Stelle nicht aufgeben."

„Oh doch, das könntest du. Und jedes Staatsoberhaupt würde dich von Fleck weg engagieren. Aber du *solltest* es nicht tun. Du hast einen wunderbaren Job bei Fabrizia und du bist ihr gegenüber loyal. Das ist einer der vielen Gründe, warum ich mich in dich verliebt habe."

Tränen brannten in ihren Augen. Sie legte ihre Hand auf seine und drückte sie. Erst als er ihrem Blick erneut begegnete, sagte sie: „Ich liebe dich auch." Sie wartete einen Moment, bevor sie hinzufügte: „Es wäre so viel leichter, wenn ich etwas gefunden hätte, was mir an dir nicht gefällt."

Royce' Lachen erfüllte den Wagen und die angespannte

Atmosphäre löste sich in Luft auf. „Niemand ist vollkommen. Ich bin sicher, es gibt etwas, was dich entsetzen würde.“

Sie grinste und lehnte sich auf ihrem Sitz zurück. „Lass uns mal überlegen. Du mogelst beim Kartenspiel. Du magst Anchovis auf deiner Pizza. Oder du hast eine heimliche Freundin am anderen Ende der Welt.“

„Nein, nichts von alledem. Also wirklich! Anchovis auf Pizza?“

„Ich weiß, ich greife nach Strohhalmen.“

Sie fädelten sich in den Verkehr auf der Straße ein, die zum Flughafen führte, dann sagte er: „Nun ja, was die verwaltungstechnische Seite meines Jobs betrifft, bin ich nicht der Allerbeste. Mein Abrechnungssystem ist halb computerisiert und die andere Hälfte besteht aus gekritzelten Notizen. Oh, und ich habe Geld gestohlen. Ich habe gelogen, um es zu bekommen, und dann habe ich gelogen, um den Diebstahl zu vertuschen.“

Sie runzelte die Stirn, dann winkte sie ab. „Ich glaube dir nicht.“

„Nicht in meinem Job. Davor.“

„Ich glaube dir immer noch nicht.“

Er zuckte mit einer Schulter. „Ich habe dir erzählt, dass ich ziemlich oft umgezogen bin, während ich aufwuchs. Eine der Schulen, die ich besuchte, hatte eine traditionelle Cafeteria, so eine, wo du ein in mehrere Fächer unterteiltes Plastiktablett auf einer Metalltheke entlangschiebst und die Serviererinnen dir ein Stück Fleisch, Gemüse, eine Beilage und einen Nachtisch geben. Das kannte ich nicht, daher war ich fasziniert, bis ich um die dritte oder vierte Woche herum herausfand, dass es an der Schule noch ein anderes Gericht gab.“

„Ein anderes Gericht? Das klingt skandalös.“

„Oh, das war es auch. Du konntest mehr bezahlen und bekamst stattdessen Pizza. Zwei Stücke auf einem Pappteller und dazu entweder Milch oder Kakao. Meine Eltern gaben mir Geld für das reguläre Gericht und ich hatte kein eigenes Geld, um den Unterschied auszugleichen. Deshalb behauptete ich ein paar Mal in der Woche, ich hätte etwas von meinem Geld für das Mittagessen verloren, und Freunde oder Lehrer gaben mir genug, um das auszugleichen, was ich angeblich verloren hatte. Ich steckte es ein und ein paar Tage später benutzte ich es, um mir Pizza zu kaufen." Er grinste bei der Erinnerung. „Ich hielt es für wichtig, einige Tage zu warten, damit sie keinen Verdacht schöpften."

„Du gemeiner Dieb. Wie alt warst du damals?"

„Acht oder neun. Der Kassierer kam mir auf die Schliche und erzählte es meinem Lehrer und der rief meine Eltern an. An diesem Abend gab es Pizza zum Abendessen und meine Eltern fragten mich, ob ich mittags in der Schule jemals die Pizza gegessen hätte. Ich dachte, ich wäre zu schlau, um erwischt worden zu sein, und habe das Blaue vom Himmel heruntergelogen. Danach musste ich eine Woche lang in der Schule nachsitzen und hatte drei Wochen lang Hausarrest. Eine Woche dafür, dass ich Freunde und Lehrer angelogen hatte, um Geld zu erschleichen, eine weitere, weil ich das Geld dafür benutzt hatte, etwas zu kaufen, was ich nicht haben durfte, und eine dritte für die Lügen, die ich meinen Eltern aufgetischt hatte. Zusätzlich zu meinen üblichen Aufgaben im Haushalt musste ich die Garage entrümpeln, um Geld zu verdienen, sodass ich alles zurückzahlen konnte, und ich musste jedem einen Entschuldigungsbrief schreiben. Es war überaus schmachvoll."

Sie warf ihm einen Blick zu, als er das Auto am Straßenrand vor dem Terminal parkte. „Soll diese Geschichte es mir einfacher machen, in das Flugzeug zu steigen?"

„Hat es geklappt?"

„Kein bisschen."

Polizisten patrouillierten in dem Bereich, wo Passagiere abgesetzt wurden, und drängten die Autos, weiterzufahren, um Platz zu machen. Royce erblickte einen sich nähernden Beamten, löste seinen Sicherheitsgurt und ging um das Auto herum zum Kofferraum, um Danielas Gepäck herauszuholen.

Bevor er ihr die Reisetasche gab, zog er Daniela an sich, um sie zu küssen. Als sie sich endlich voneinander lösten, sagte er: „Ich werde dich vermissen. Rufst du mich an, wenn du gelandet bist?"

„Das mache ich. In der Zwischenzeit hüte dich vor Betrunkenen, die nachts vom Strand kommen."

Er steckte ihr eine Haarsträhne hinters Ohr, dann gab er ihr einen letzten Kuss. „Das werde ich tun."

Sie hielt ihre Tränen zurück, bis das Flugzeug abhob und das Fahrwerk eingezogen wurde. Dann presste sie ein Taschentuch gegen ihre Augen, um die Marina nicht sehen zu müssen, als die Maschine in Richtung Sarcaccia abdrehte.

KAPITEL 30

ROYCE BEOBACHTETE, wie Daniela die Treppe zur Via Vespri hinunterschwebte, dabei pochte sein Herz doppelt so schnell wie normal. Selbst aus dieser Entfernung hob sich ihre elegante Erscheinung von der Menge ab. Die Anwesenheit von zwei Polizisten, die am Fuß der Treppe patrouillierten, bedeutete, dass keine Skateboarder Tricks vollführten, wie es sonst oft der Fall war. Allerdings hatte die helle Mittagssonne Einheimische und Touristen gleichermaßen ins Freie gelockt, und es gab einige Leute, die mit Gelato-Bechern oder eisgekühlten Getränken an der Seitenwand lehnten und auf die glitzernde Wasserfläche der Bucht von San Rimini blickten. Als Daniela das Ende der Treppe erreichte und sich aus der Menge löste, stellte er entzückt fest, dass sie dasselbe rosa-weiße Kleid trug, das sie an dem Abend angehabt hatte, an dem sie in Italien essen gegangen waren.

Es hatte ihm sehr gefallen, den Reißverschluss dieses Kleides zu öffnen.

Anstatt in Richtung der Trattoria *Safina* zu gehen, überquerte Daniela die Straße und folgte dann dem Bürgersteig zum Park, wo Royce wartete. Er war so sehr von dem Kleid abgelenkt, dass er die flache Schachtel, die sie in Hüfthöhe trug, erst bemerkte, als sie das Eisentor des Parks erreichte und den Riegel zurückschob.

Während ihres Gesprächs am Abend zuvor hatte sie erwähnt, dass ihr Flug am Vormittag um halb elf in San Rimini ankommen würde. „Genug Zeit, um uns zum Mittagessen zu treffen, wenn das bei dir passt", hatte sie gesagt. „Ich muss erst um zwei in der Villa Alfieri sein, um die Auktion vorzubereiten."

Er konnte sie wegen eines morgendlichen Meetings nicht am Flughafen abholen, hatte sie jedoch gefragt, ob sie ihn angesichts des zu erwartenden Wetters im Park treffen würde. Sie hatte unter der Bedingung zugestimmt, dass sie das Mittagessen mitbringen könnte.

Er hatte über das Angebot gelacht. „Lass mich raten –"

„Nein, du darfst nicht raten." Damit hatte sie ihn zum Schweigen gebracht.

Er hatte Sandwiches aus ihrem Lieblingsladen erwartet, aber als sie den Pfad zu dem Platz entlanglief, wo er saß, warf er einen neugierigen Blick auf die Schachtel. Als sie ihn erspähte, wurde ihr Grinsen schelmisch.

Er nahm ihr die Schachtel ab und stellte sie auf einer schattigen Bank ab, dann schlang er seine Arme um Danielas Taille und hob sie zu einem Kuss hoch. Abgesehen von einem viel zu kurzen Wochenende, als Royce nach Sarcaccia gekommen war, hatten sie sich seit zwei Monaten nicht mehr gesehen.

Videochats und Textnachrichten reichten nicht aus.

Er schlief nachts ein und stellte sich vor, wie er seine Arme um sie legte, träumte davon, sein Gesicht an der weichen Haut ihres Halses zu vergraben, bevor sie einschliefen. Ihren Duft einzuatmen und sie dann mit einem Kuss zu wecken.

Die Realität übertraf seine nächtlichen Fantasien bei Weitem.

„Ich habe dich vermisst", sagte sie.

Er setzte sie ab und gab ihr noch einen Kuss, bevor er ihrem Blick begegnete. „Ich habe dich auch vermisst. Jeden Tag mehr." Auf ihr Lächeln hin fügte er hinzu: „Also ... Pizza? An einem heißen Tag? Das habe ich nicht kommen sehen."

„Nach der Geschichte, die du mir erzählt hast – dass du Geld für Pizza gestohlen hast –, dachte ich, du würdest die Geste zu schätzen wissen."

Er ließ sie mit einem lauten Lachen los. „Ich wusste, ich hätte dir diese Geschichte nicht erzählen sollen."

„Willst du die Pizza oder nicht?"

„Auf jeden Fall." Er deutete auf eine braune Papiertüte, die am Ende der Bank stand, wo er auf sie gewartet hatte. „Ich habe Getränke und Servietten mitgebracht, wie gewünscht."

Während sie aßen, unterhielten sie sich über Danielas Reise nach Spanien mit Königin Fabrizia, dann erzählte er ihr von einem Auftrag, den er in der Woche zuvor abgeschlossen hatte: Er war für die Sicherheit beim Transport mittelalterlicher Kunstwerke von einem Museum in San Rimini zu einem anderen zuständig. Schließlich wandte sich das Gespräch ihren Freunden und Familien zu. Royce erzählte davon, wie er am vergangenen Wochenende mit einer Gruppe seiner Freunde auf seinem Boot unterwegs gewesen war, und zeigte ihr dann Fotos, die seine Eltern ihm am Morgen von ihrem Safari-Urlaub geschickt hatten. Daniela erzählte ihm von einem Film, den sie mit ihren Freunden gesehen hatte, und von einem Wochenend-besuch bei ihrer Mutter.

„Sie macht Fortschritte", sagte sie zwischen zwei Bissen Pizza. „Jeder, der es wagen würde, einen Blick in ihr Haus zu werfen, wäre entsetzt, aber sie hat seit meinem letzten Besuch nichts mehr hinzugefügt. Sogar die Speisekammer ist relativ sauber geblieben. Sie hat mich fast alle alten Zeitungen und Zeitschriften recyceln lassen, und ich habe keine Anzeichen von Ratten gesehen. Zumindest nicht im Haus."

„Keine weiteren Beschwerden von der Nachbarin?"

Daniela klopfte auf die hölzerne Rückenlehne der Bank. „Bisher nicht."

Danach sprachen sie über die Auktion. Die persönliche Assistentin des Königs hatte Daniela im Verlauf der Planung mehrmals angerufen, um sicherzustellen, dass sie auf dem neuesten Stand war, und um sie gelegentlich um einen Rat zu bitten. Daniela erklärte, dass die Gäste zunächst durch einen Raum gehen würden, in dem verschiedene Gegenstände präsentiert wurden, die den Grundstock für die Wanderausstellung bildeten. Danach würden sie den Auktionsraum betreten, in dem die wichtigsten Stücke für die Bietenden ausgestellt waren.

„Die Crew arbeitet seit mehreren Tagen daran, dass die Informationen gut lesbar sind, damit die Besucher den Ausstellungsbereich zügig durchlaufen können. Es ist eine Herausforderung, wenn man den Grundriss der Villa Alfieri bedenkt, aber ich bin sicher, es wird klappen. Dann beginnt um neun Uhr der Empfang im Freien – das große Ereignis."

Sowohl Begünstigte als auch Vorstandsmitglieder vieler Wohltätigkeitsorganisationen der Königin waren zu dem Empfang eingeladen, der im Anschluss an die Auktion stattfinden sollte, ebenso wie Prominente und Regierungsvertreter sowohl aus San Rimini als auch aus den Nachbarländern. Die gesamte königliche Familie diTalora würde anwesend sein, ebenso wie Mitglieder des norwegischen Königshauses, die sich auf einer diplomatischen Reise im Land befanden.

„Ich kann mir vorstellen, dass die Wohltätigkeitsorganisationen der Königin für das kommende Geschäftsjahr gut aufgestellt sein werden", sagte Royce.

„Einige sind es bereits. Der König hat ein paar besondere Gegenstände für eine frühere Versteigerung freigegeben, und zwar nur für Leute, die eine besondere Beziehung zu Königin Aletta hatten. Eine Cousine der Königin ersteigerte das Halstuch, das Aletta bei einer Familientaufe trug, und eine Frau, die eine enge Freundin aus Schulzeiten war, kaufte eine Kette, die Aletta als Teenager anhatte. Die Stücke werden direkt vor dem Auktionssaal ausgestellt sein. Wir hoffen, dass der Anblick dieser Gegenstände und die Geschichten, die sich dahinter verbergen, die Gäste zu hohen Geboten anregen."

„Schlaue Idee."

Sie verengte die Augen. „Du lächelst. Was ist los?"

„Ich habe zufällig ein Ticket für die Auktion selbst ergattert, also werde ich mir das alles auch persönlich ansehen können."

„Es hat geklappt? Das hast du mir noch gar nicht erzählt!" Vor Begeisterung wanderte ihre Hand zu seinem Unterarm. Sie hatte bei der Assistentin des Königs ein Ticket für die Auktion beantragt, aber angesichts des begrenzten Platzes in der Villa Alfieri würden bei der Versteigerung nicht viele im Saal sein. Royce hatte sie in dem Glauben gelassen, er hätte sich nur den Eintritt zum Empfang sichern können.

„Ich wollte dich überraschen."

„Das ist wunderbar! Ich kann dich in der Nähe des Eingangs treffen. Da ist ein Torbogen im Inneren des –"

Er unterbrach ihren Vorschlag mit einem Kopfschütteln. „Ich habe einen Arbeitstermin, also werde ich mich etwas verspäten. Du solltest durch die Ausstellung gehen, wenn sie eröffnet wird, oder tun, was immer du tun musst. Ich werde dich finden, bevor die Auktion beginnt. Vielleicht treffen wir uns irgendwo in der Nähe der bereits versteigerten Auktionsstücke im Eingangsbereich, wenn es nicht zu voll ist."

„Versprochen?"

Er bedeckte ihre Hand mit seiner, dann beugte er sich vor, um sie zu küssen. „Keine Macht des Universums könnte mich aufhalten."

DANIELAS KEHLE VERENGTE SICH, als sie das Cover des überdimensionalen Auktionsbuchs studierte. Das Foto zeigte Aletta in einem Hosenanzug, wie sie auf dem Boden eines Physiotherapieraums in einem Krankenhaus saß, mit einem freudigen Ausdruck in ihren weit geöffneten Augen. Ihre Schuhe hatte sie zur Seite gekickt und ein dickes Übungsband war um ihre Knöchel geschlungen. Ein kleiner Junge, das Ziel ihres strahlenden Blicks, stand ihr gegenüber, ein breites Lächeln erhellte sein Gesicht. Er war im Krankenhaus gewesen, um zu lernen, wie er sein neues Bein benutzen musste, nachdem ihm durch eine Operation ein von Knochenkrebs zerstörtes Glied entfernt worden war, und Aletta hatte ihn gebeten, seine Übungen vorzuführen. Er hatte sich vor Lachen geschüttelt, als sie beim Ausprobieren der Übungen hingefallen war, weil sie nicht so gut das Gleichgewicht halten konnte wie er.

Der Schnappschuss, aufgenommen von der Mutter des Jungen, wurde zu einem der berühmtesten Bilder der verstorbenen Königin. Der Hosenanzug war Teil der Auktion des heutigen Abends, und das Krankenhaus – insbesondere seine pädiatrischen Krebs- und Physiotherapie-Abteilungen – gehörten zu den Begünstigten der Abendveranstaltung.

Eduardo hatte das perfekte Foto gewählt, um sowohl das große Herz seiner Frau als auch die Bedeutung der Versteigerung zu zeigen.

Daniela lächelte, dann reichte sie das Buch einem der Mitarbeiter, der ihr anbot, es auf ihren Platz im Auktionssaal zu legen. Daniela hatte es bereits zwei Wochen zuvor gesehen, als König Eduardos Assistentin ihr ein druckfrisches Exemplar geschickt hatte, aber es heute Abend noch einmal zu betrachten, mit der begeisterten Menge um sie herum, fühlte sich sowohl bedeutsam als auch befriedigend an.

Sie strich den Stoff an der Taille ihres smaragdgrünen Cocktailkleides glatt und schaute sich dann langsam im Raum um.

Auch wenn Daniela bereits den Nachmittag über in der Villa Alfieri gewesen war, so hatte sie diese Zeit an einem Schreibtisch in einem der hinteren Salons verbracht und die Beschriftungen der Ausstellungsstücke Korrektur gelesen, bevor das Personal diese anbrachte, und dann das Skript des Auktionators überprüft, um sicherzustellen, dass es fehlerfrei war. Daniela hatte nicht viel Zeit gehabt, um sich die konkrete Gestaltung der Veranstaltung anzuschauen. Jetzt, mit all den Lichtern und dem Glitzer und den fröhlichen Gesprächen um sie herum, war sie froh, dass dies ihre erste richtige Gelegenheit war.

Zu ihrer Rechten wurden die Gäste durch die Sicherheitskontrolle am Eingang der Villa geschleust, bevor sie zum Willkommen ein Exemplar des Auktionsbuchs überreicht bekamen. Miroslav und zwei weitere Sicherheitsbeamte standen hinter den Scannern und hielten wachsam nach allem Ausschau, was ungewöhnlich war, während Chiara und mehrere andere Mitarbeiter einen Raum im zweiten Stock der Villa in Beschlag genommen hatten und das gesamte Anwesen per Video überwachten. Daniela bewegte grüßend die Finger vor einer der versteckten Kameras, nur für den Fall, dass Chiara gerade hinsah, und schloss sich dann dem Strom derer an, die in das weitläufige Foyer der Villa strebten.

Ihr Herz schlug höher, als sie den gewölbten Durchgang erreichte, an dem ein gerahmtes Schild mit der Aufschrift *Aletta: die Ausstellung* hing. Spürbare Aufregung erfüllte die Luft. Als sie hindurchtrat, wurde es noch lauter, die Gäste zeigten auf einige der Gegenstände und staunten. Ein schweres Samtband führte die Leute in einem Kreis durch das Foyer, wo sie die hohen Vitrinen betrachten konnten, in denen sich jeweils eine Schaufensterpuppe befand, die eines von Alettas bekanntesten Outfits trug. Der erste Glasschrank, der ihr Hochzeitskleid samt Schuhen enthielt, hatte eine große Menschentraube angezogen. Daniela hielt sich im Hintergrund, während sie sich durch die Ausstellung bewegte, um anderen zu erlauben, sich den Vitrinen zu nähern. Nach dem Hochzeitsensemble kamen der zart bestickte Umhang und das Gewand, die Aletta zur Krönung ihres Mannes getragen hatte, dann das luftige blaue Kleid, das sie zu Prinz Federicos Hochzeit angezogen hatte. Daniela und König Eduardo hatten beschlossen, dass diese drei Stücke den Kern der Wanderausstellung bilden sollten. Auf seine Bitte hin hatte sie weitere ausgewählt, die abwechselnd gezeigt werden sollten, um die Ausstellung interessanter zu machen. In Anbetracht der Örtlichkeit und der Anwesenheit des norwegischen Königspaares hatte sie ein roséfarbenes Kleid und einen Hut ausgewählt. Beides hatte Aletta bei einer königlichen Hochzeit in Norwegen getragen. Außerdem ein leuchtend gelbes Gewand von Christian Dior, das sie auf dem roten Teppich bei den Filmfestspielen in Cannes angehabt hatte, und ein mitternachtsblaues Kleid mit Gürtel von der Taufe ihres ältesten Sohnes, Prinz Antony. Neben jeder Vitrine standen Staffeleien mit großen Fotos der Königin in den Outfits, zusammen mit Informationen über deren Herkunft und die Gelegenheiten, zu denen sie die Stücke getragen hatte.

Der Menschenstrom bewegte sich so gut durch den Raum, wie es angesichts der Anzahl der Gäste zu hoffen gewesen war. Hohe Decken und glitzernde Kronleuchter ebenso wie die festliche Stimmung trugen dazu bei, dass das Foyer nicht überfüllt wirkte. Die Gäste waren höchst interessiert an einem Outfit, das die Königin während der Pariser Couture-Woche getragen hatte und das wochenlange Modekontroversen ausgelöst hatte: ein Bustier von Miu Miu, das viele als zu gewagt für eine Königin betrachteten, und der lange, klassische Rock mit Blumenmuster, mit dem sie es kombiniert hatte. Selbst heute, Jahre später, hörte Daniela, wie einige Gäste überlegten, ob das Outfit angemessen gewesen war oder nicht, wenngleich alle es für wunderschön hielten, jetzt, wo sie es mit eigenen Augen sehen konnten.

Sie hörte das Raunen an der letzten Vitrine, bevor sie nahe genug herankommen konnte, um sie zu sehen.

„Der König hat sie als Geschenk zu einem Jahrestag entwerfen lassen", hörte sie eine männliche Stimme auf Deutsch sagen – offenbar las dieser Mann jemandem aus der Beschreibung vor.

Zur gleichen Zeit sagte eine Frau auf Englisch: „Schau, wie es gemacht ist! Nur Eduardo und Aletta wussten davon."

Deren Freundin entgegnete: „Ich würde sie jederzeit einem weiteren Paar Creolen vorziehen. Die Idee ist so romantisch!"

„Aber würde Mark die richtige Größe bestellen?", fragte die erste Frau. Beide brachen in lautes Lachen aus, was zweifellos auch an den Gläsern mit Champagner lag, die sie in Händen hielten.

Daniela lächelte und freute sich, dass die Schuhe so gut ankamen, wie sie gehofft hatte.

Zwei Männer, die sie auf Anfang vierzig schätzte, standen ein Stück entfernt von der Vitrine und lauschten schweigend dem Gespräch der Frauen, während sie darauf warteten, dass sie an der Reihe waren, die Schuhe zu betrachten. Der größere der beiden stieß den anderen sanft mit dem Ellbogen an. Dieser schaute auf die breite silberne Uhr, die er am linken Handgelenk trug, bevor er seinen Partner intensiv ansah. Daniela war überzeugt, dass die Uhr eine Gravur auf der Rückseite hatte, und ihr Herz hüpfte, als sie diesen verständnisinnigen Blick sah.

Als die beiden weitergingen, wanderten Danielas Gedanken zu Royce. Sie suchte die Menge nach ihm ab, aber in Anbetracht der langen Schlange an der Sicherheitskontrolle und seiner Ankündigung, dass er sich verspäten würde, bezweifelte sie, dass er da sein würde, bevor die ersten Gegenstände auf den Auktionsblock kamen.

Sie bewegte sich mit der Menge vorwärts und riet sich selbst, geduldig zu sein. Königin Fabrizia hatte Daniela gedrängt, zwei oder drei Tage länger in San Rimini zu bleiben, damit sie vor ihrer Heimreise noch etwas Freizeit genießen konnte, und sie hatte den Vorschlag der Königin gerne angenommen. Sie und Royce hatten für den nächsten Tag eine Ausfahrt auf der *Donati* geplant. Angesichts der Begeisterung, mit der er davon sprach, auf dem offenen Wasser zu sein, ohne Land in Sichtweite, konnte sie es kaum erwarten. Sie hatte sich entschlossen, ihre Ängste über das langfristige Potenzial der Beziehung beiseitezuschieben und sich auf den Moment zu konzentrieren. Sie hatte einen neuen Badeanzug, einen schützenden Hut und viel Sonnencreme eingepackt und einen Korb mit Essen und Wein bestellt, der am nächsten Morgen zum Yachthafen geliefert werden sollte.

Der heutige Abend würde vergnüglich sein. Der morgige Tag würde himmlisch werden.

Nachdem die Gäste ihren Rundgang durch die Ausstellung bei der Vitrine mit den personalisierten Schuhen beendet hatten, lenkte das Samtband sie in die Mitte des Raumes, wo Kellner Tabletts mit Champagner anboten. Viele der Eingeladenen schienen sich zu kennen, sie fanden sich zu Grüppchen zusammen, um zu plaudern und Luftküsse auszutauschen. Gegenüber dem bogenförmigen Eingang wies ein Schild auf den Saal hin, in dem die Versteigerung stattfinden würde. Daniela wich den Gruppen fröhlicher Menschen aus und lief darauf zu. Der lange Gang, der das Foyer mit dem Auktionssaal verband, enthielt die Gegenstände, die bereits bei der Vorab-Auktion versteigert worden waren. Diese Vitrinen waren schlichter als die im Ausstellungsbereich, aber der Abstand zwischen ihnen ließ den Gästen genug Platz, um näher zu treten und die Beschreibungen zu lesen. Die meisten Eingeladenen waren noch nicht bis hierher vorgedrungen, sodass der Gang nicht allzu voll war.

Sie näherte sich einer Wandvitrine, um die Beschreibung zu lesen, die sie für das Halstuch geschrieben hatte, das die Königin bei der Taufe des jüngsten Kindes ihrer Cousine getragen hatte, und bemerkte dann den Namen besagter Cousine als Käuferin.

Am nächsten Schaukasten beantwortete eine Mitarbeiterin die Frage eines Gastes nach der ausgestellten Uhr. Sie war von einer Freundin aus Alettas Kindheit gekauft worden, ebenso wie die Halskette in der Vitrine daneben. Als Daniela an ihnen vorbeiging, fiel ihr ein Glaskasten auf, der weiter hinten im Gang stand. Stirnrunzelnd lief sie an zwei weiteren Vitrinen vorbei darauf zu. Die Tasche mit der Krokodillederprägung, die Helena gestohlen hatte, ruhte auf einem Podest, das prächtige Leder schimmerte im Schein einer kleinen Lampe.

Eduardo hatte nicht erwähnt, dass die Tasche Teil der Vorab-Auktion gewesen war. Andererseits hatte er auch andere Gegenstände aus der heutigen allgemeinen Versteigerung entnommen und dieser hinzugefügt. Dabei hatte er Objekte ausgewählt, die Alettas engste Freunde und Verwandte seiner Meinung nach besonders schätzen würden. Er musste die Auktion um die Tasche ergänzt haben, nachdem Daniela nach Sarcaccia zurückgekehrt war; allerdings hatte sie die Beschreibung nicht gesehen, um sie zu überprüfen. Sie fragte sich, wer das stattdessen getan hatte.

Ihr Blick fiel auf das kleine Kärtchen unter der Handtasche, auf dem stand, dass sie ein Geschenk des amerikanischen Geschäftsmannes und Wohltäters Darius Weathers für die Königin gewesen war, nachdem er den Palast in San Rimini besucht hatte. Als Käufer des Gegenstandes war ein R. Dekker angegeben.

Was?

Daniela beugte sich weiter vor und las die Karte erneut. Es konnte doch keinen zweiten R. Dekker mit Verbindungen zum Palast geben, oder?

„Ich habe mich schon gefragt, wann du bis in diesen Bereich vordringen würdest."

Beim Klang von Royce' Stimme fuhr sie herum. Sein selbstzufriedenes Grinsen erregte zuerst ihre Aufmerksamkeit – es brachte dieses atemberaubende Grübchen zum Vorschein, das sich nur bei besonderen Anlässen zeigte –, dann trat sie einen Schritt zurück, um seinen Anblick in vollen Zügen zu genießen. Sein fescher schwarzer Smoking und das weiße Hemd passten ihm wie angegossen und brachten die Breite seiner Schultern und seinen langen Oberkörper perfekt zur Geltung.

Sie atmete scharf ein. „Wie hast du es bis in diesen Bereich geschafft?"

„Ich bin gegangen."

„Ohne von jeder einzelnen Frau mit Puls angehalten zu werden?"

Das Grinsen wurde breiter. „Das ist so ein abgedroschener Spruch."

„Aber wahr."

„Das hier hingegen", er deutete auf ihr Cocktailkleid, „lässt einem das Herz stillstehen. Du siehst phänomenal aus."

Er trat auf sie zu und wie es sich in dieser Situation gehörte, gab er ihr einen sanften Kuss auf die Wange und deutete dann auf die Vitrine. „Du hast die Karte gelesen?"

„Hast du die Tasche wirklich gekauft?"

„König Eduardo sagte mir, dass er erwäge, sie in die Vorab-Auktion aufzunehmen, und ich erwiderte, dass ich daran interessiert sei. Ich wollte, dass du sie bekommst. Er hat sie zurückgehalten, damit es eine Überraschung für dich ist, wenn du heute Abend hier reinkommst."

Daniela klappte der Mund auf. „Du hast sie gekauft ... für mich?"

Seine Augen strahlten. „In Anbetracht der vielen Veranstaltungen, die du mit Königin Fabrizia besuchst, gehe ich davon aus, dass du Gelegenheiten finden wirst, sie zu tragen."

Sie legte eine Hand auf ihre Brust. „Royce, das ist ... danke. Ich weiß nicht, was ich sagen soll. Die Tasche ist traumhaft schön. Und sie wird mich immer an dich erinnern."

„Nun, darum wollte mein Ego, dass du sie bekommst." Er warf einen kurzen Blick in den Gang, dann sah er sie wieder an. „Und ich habe noch etwas für dich."

In diesem Moment trat Miroslav aus einer nahe gelegenen Nische, in der Hand hielt er eine in glänzendes Silberpapier eingewickelte Schachtel mit einer Schleife in genau demselben Smaragdgrün wie ihr Kleid. Er reichte Royce die Schachtel, lächelte Daniela an und ging dann zum Ende des Gangs, um sich neben die geschlossenen Türen des Auktionssaals zu stellen.

„Das ist auch für dich." Royce überreichte ihr das Geschenk mit beiden Händen. „Miroslav hat mich wissen lassen, was du heute tragen würdest. Er hat das Band für die Schleife besorgt."

Sie warf einen verstohlenen Blick in den Gang hinein. Miroslav beobachtete sie, tat aber so, als wäre seine Aufmerksamkeit auf die Gäste gerichtet, die immer zahlreicher vom Foyer in den Gang kamen, je näher der Zeitpunkt der Auktion rückte.

„Ich habe noch nie gehört, dass man Geschenke farblich auf das Outfit des Empfängers abstimmt."

„Ich wollte, dass es etwas Besonderes ist. Aber du solltest es lieber öffnen, bevor alle ihren Champagner ausgetrunken haben und hierherkommen."

Vorsichtig entfernte sie die Schleife und reichte sie Royce, dann fuhr sie mit dem Zeigefinger unter das Klebeband, um das Papier anzuheben. Sie schaute hoch, als sie den Aufdruck auf der Verpackung darunter sah. „Schuhe?"

„Du kannst die Tasche nicht ohne die passenden Schuhe tragen."

Sie erwiderte sein Grinsen. „Jetzt bist du also Modeexperte?"

„Ganz und gar nicht. Beeil dich."

Sie öffnete den Deckel – und erkannte die Schuhe sofort. Tränen stiegen ihr in die Augen. „Sie haben denselben Stil wie das Paar, das König Eduardo für Aletta entwerfen ließ."

„Ich habe eine Farbe gewählt, die zur Tasche passt. Und schau mal hinein."

Sie atmete langsam aus und bemühte sich, ihre Gefühle im Zaum zu halten. Dies war der letzte Ort, an dem sie weinen wollte. Aber als sie die Einlegesohlen sah und ihr klar wurde, was Royce getan hatte, wusste sie, dass sie sich so gut nicht unter Kontrolle hatte.

Eine Miniaturkarte der italienischen Halbinsel füllte den Bereich des Fußbogens aus, mit San Rimini im Osten und Sarcaccia im Westen. Über der Karte, nahe dem Schuhabsatz, funkelte der Große Wagen.

„Folge dem Verlauf der Deichsel."

Das tat sie. Und da waren sie. Schwächer als der Große Wagen, aber sichtbar.

„Arcturus", flüsterte sie. „Und die Jungfrau."

„Du hast nach meinem Sternzeichen gefragt, als wir die Jungfrau fanden." Er deutete auf die Seite. „Ich habe geschummelt und bin unter den Horizont gegangen. Diese Punkte formen das Sternbild Krebs."

Daniela bekam kein Wort raus. Sie konnte sich kein perfekteres, bedeutsameres Geschenk vorstellen.

Zum Glück verstand Royce sie trotzdem. Er fasste sie am Ellbogen und führte sie den Gang hinunter zum Auktionsraum. Miroslav ließ sie unaufgefordert hinein und schloss dann die Tür hinter ihnen.

„Wir haben noch ein paar Minuten, bevor Miroslav die Türen für die Gäste öffnet", sagte Royce. Der Auktionator und König Eduardos Assistentin standen weiter vorne im Raum, in der Nähe eines Rednerpults, waren aber in ein Gespräch vertieft und schienen ihr Hereinkommen nicht zu bemerken.

Sie nickte, dann benutzte sie einen Fingerknöchel, um die Tränen abzutupfen, die ihr über die Wangen gelaufen waren. Sie heulte zwar nicht Rotz und Wasser, aber es fühlte sich so an. Ihr Make-up musste katastrophal aussehen.

„Royce, das ist das Netteste und Romantischste, was je ein Mensch für mich getan hat."

Er lächelte und strich ihr über die Schulter, bevor er seine Hand wieder sinken ließ, als ob er spürte, dass ein engerer Kontakt einen weiteren Tränenstrom auslösen würde. „Das Kompliment kann ich dir zurückgeben. Du hast mehr für mich getan, als du denkst."

Sie wollte protestieren, aber sein ernster Blick brachte sie zum Schweigen. „Es ist an der Zeit, das anzustreben, was mir am wichtigsten ist. Das bist einerseits du – und das ist eine andere Karriere."

Er holte tief Luft, bevor er fortfuhr: „Ich habe mit meinem Vater gesprochen und ihm gesagt, dass ich nicht in seine Firma eintreten werde. Als ich ihm erklärt habe, warum nicht, hat er es verstanden. Meine Mutter sah sogar erleichtert aus. Sie wusste, dass ich nicht mit dem Herzen dabei war. Ich vermute, sie weiß es schon seit Jahren. In der Zwischenzeit habe ich begonnen, mich für Graduiertenprogramme in Astrophysik an verschiedenen Universitäten zu bewerben. Die Universität von Cateri hat eines der besten Angebote der Welt, und sie ist meine erste Wahl. Ich habe keine Ahnung, ob du mich nimmst oder ob ich in das Graduiertenprogramm aufgenommen werde, aber du hast mich daran erinnert, wie wichtig es ist, auch mal ein Risiko einzugehen. Ich habe mir den Arsch aufgerissen beim Lernen für die Aufnahmeprüfung und habe sie letztes Wochenende abgelegt. Ich denke, ich habe gut abgeschnitten, also bin ich zuversichtlich, dass ich irgendwo reinkommen werde. Sobald ich das geschafft habe, werde ich mein Unternehmen auflösen. Mein Vater wird seines wahrscheinlich an zwei seiner Mitarbeiter verkaufen, also werde ich meine Kunden dorthin verweisen."

Aus dem Gang drangen Stimmen herein, als der Zeitpunkt der Auktion näher rückte. Es würde nicht mehr lange dauern, bis Miroslav die Türen öffnete.

„Ich bin … ich bin fassungslos", sagte Daniela.

Als Royce weitersprach, lag in seiner Stimme eine liebenswerte Mischung aus Zuversicht und Nervosität: „Die Tasche und die Schuhe sind ein Dankeschön. Das Leben ist unvorhersehbar. Das beweist nicht zuletzt die Tatsache, dass Eduardo die Sachen seiner verstorbenen Frau versteigert. Egal, was aus uns wird, *du* hast mich dazu gebracht, innezuhalten und darüber nachzudenken, wie ich meine Zeit verbringen möchte. Das werde ich bis zu meinem Todestag zu schätzen wissen. Dank dir hat sich mein Leben zum Besseren gewendet."

Daniela schmiegte sich an Royce und umklammerte den Schuhkarton. „Du hast meines auch verändert. Ohne dich hätte ich nie die Stelle bei Fabrizia angetreten – und daher auch nicht für König Eduardo gearbeitet."

Er umarmte sie und ließ sie an seiner Schulter entspannen. Wie jedes Mal, wenn er sie hielt, staunte sie über die Kraft und Ruhe, die von ihm ausging. Als er in ihr Haar sprach, fühlte sie sich, als wäre sie nach Hause gekommen.

„Ich habe nie an das Popkultur-Konzept der Seelenverwandtschaft geglaubt. Die Vorstellung, dass es auf der Erde nur eine perfekte Person für jeden gibt, ist lächerlich." Er löste sich von ihr, sodass er ihr in die Augen sehen konnte. „Ich glaube jedoch an die Idee, dass es Menschen gibt, mit denen man sich wohlfühlt, die aber auch nicht davor zurückschrecken, einen herauszufordern, wenn man es braucht. Innerhalb dieser Gruppe gibt es ein paar besondere Menschen, die einen dazu bringen, besser sein zu *wollen*. Die einen zum Nachdenken anregen. Und unter diesen – das ist mittlerweile nur noch eine kleine Gruppe – gibt es diejenigen, die man unbestreitbar sexy findet. Wenn man einer Person begegnet, auf die das alles zutrifft, möchte man eine Beziehung. Nicht eine magische Seelenverwandtschaft, mit der das Zusammensein keinerlei Anstrengung erfordert und alles wie im Märchen ist, sondern eine Person, die so unwiderstehlich ist, dass man sich jeden Tag anstrengt, weil es die Mühe wert ist."

Es war das Pragmatistische und gleichzeitig das Romantischste, was sie je gehört hatte. „Du bist im Herzen wirklich ein Wissenschaftler."

„Auf die beste Art und Weise."

„Du bist im Herzen wirklich ein Wissenschaftler, auf die beste Art und Weise", korrigierte sie sich selbst. „Und du wirst immer, immer die Mühe wert sein."

Die Muskeln in seinen Armen spannten sich an, als er sie musterte. „Heißt das, du wärst damit einverstanden, wenn ich nach Cateri ziehen würde?"

„Ich bin mehr als einverstanden damit, ich wäre begeistert. Du solltest unbedingt in das Graduiertenprogramm aufgenommen werden."

„Angenommen, ich schaffe es, dann brauche ich deine Verbindungen in Sarcaccia, um mir bei etwas zu helfen."

„Bei allem."

„Ich bräuchte einen Liegeplatz für mein Boot."

Sie wollte loslachen, aber er verhinderte es mit einem tiefen, leidenschaftlichen Kuss, der ihr den Atem raubte. Es war ein Kuss, geboren aus Verheißung, aus Liebe und der Hoffnung auf eine wunderbare Zukunft.

Er hielt sie immer noch im Arm, als in der Nähe eine Glocke läutete.

„Die Türen werden gleich geöffnet", flüsterte sie. „Zeit, unsere Plätze aufzusuchen und zuzusehen, wie in der Welt etwas Gutes getan wird."

Er gab ihr einen letzten langen Kuss, dann sagte er: „Möge es die erste Nacht von vielen, vielen weiteren sein."

EPILOG

ALLES IN ALLEM war es eine wunderschöne Hochzeit.

Nicht so schön wie seine eigene natürlich, obwohl sie am selben Ort stattfand. Eduardo war schon vor langer Zeit klar geworden, wenn man das Glück hatte, mit der unglaublichsten Frau getraut zu werden, die je auf Erden gewandelt war, konnte keine andere Hochzeit mithalten.

Er nippte an seiner Champagnerflöte und entspannte sich, als er die feinen Perlen auf seiner Zunge und in seiner Kehle spürte. Aletta hatte ihn so geliebt wie sonst niemand. Nicht jeder Tag ihrer Ehe war einfach gewesen, aber in solchen schwierigen Zeiten, wenn sie nicht einer Meinung waren, hatte sie sich sehr bemüht, im Zweifel auf seiner Seite zu sein und ihn mit Respekt zu behandeln. So ging sie mit jedem um.

Sich an ihr ein Beispiel zu nehmen, machte Eduardo zu einem besseren König und zu einem besseren Menschen. So blieb auch Alettas Geist in seinem Herzen lebendig und in den Herzen seiner Kinder.

In Gedanken prostete er dem Bischof zu, der eine Ausnahme von den Regeln des Duomo gemacht und zugelassen hatte, dass während des Empfangs Alkohol im Vorraum serviert wurde.

Dies war ein weiterer Unterschied zu Eduardos eigener Hochzeit, aber ein passender. Im Vergleich zu seiner großen Feier, die mittags im überfüllten Duomo stattgefunden hatte und von Millionen am Fernsehbildschirm verfolgt worden war, wirkte die Zeremonie am heutigen Abend viel intimer. Weniger als fünfzig Gäste hatten sich zu dem Ereignis versammelt. Darunter waren die unmittelbaren Familien der Braut und des Bräutigams, ihre engsten Freunde, der König und die Königin von Sarcaccia und seine eigene Familie.

Das neuvermählte Paar stand auf der gegenüberliegenden Seite des Vorraums. Royce' Hand lag beschützend auf dem Rücken seiner Braut, während sie mit dem Trauzeugen sprachen, der zu Royce' Einheit in der Türkei gehört hatte. Eduardo fühlte sich erleichtert, als er die glückliche Szene betrachtete. Wochenlang hatte er befürchtet, dass er melancholisch werden würde, wenn er miterlebte, wie sich zwei Menschen vor demselben Altar das Jawort gaben, wo er und Aletta einst gestanden hatten. Das war nicht eingetreten. In dem Augenblick, als er mit den anderen Gästen zugesehen hatte, wie die Braut am Arm ihres Vaters auf den Altar zuschritt und ihre Augen leuchteten, als sie Royce entgegensah, hatte ihn ein tiefes Gefühl der Freude und Zufriedenheit durchdrungen. Ihm wurde bewusst, dass sich seine Erinnerungen an Aletta mehr und mehr auf ihr gemeinsames Glück richteten und weniger auf den Verlust, den er erlitten hatte.

Er fragte sich, ob Fabrizia dies ebenfalls vorhergesehen hatte.

Er nahm einen weiteren langen Schluck von seinem Champagner, dann ließ er seinen Blick durch den Vorraum schweifen und einen Augenblick auf Alettas Gedenktafel verweilen. Am Morgen seiner eigenen Hochzeit war er im Palast gewesen und hatte den Sicherheitskräften zugehört, die den endgültigen Plan für diesen Tag besprachen. Währenddessen hatte sein Kammerdiener immer wieder Eduardos Paradeuniform überprüft und seine Manschetten gerichtet. Aletta hatte sich hier angekleidet. An jenem Tag hatte die Sonne mit voller Kraft geschienen. Er stellte sich vor, wie die Strahlen durch die hohen Fenster fielen und ihr gutes Licht gaben, als sie sich in dem Ganzkörperspiegel betrachtete, der für sie herbeigeschafft worden war. Das waren ihre letzten Augenblicke als Bürgerliche gewesen.

Die letzten Augenblicke, in denen sie wirklich eine Privatsphäre hatte.

Er fragte sich, ob sie eine Hochzeit wie Royce' und Danielas vorgezogen hätte. Wahrscheinlich. Doch sie hatte die Chancen, die ihr das Leben bot, ergriffen und selbst in ungewissen Zeiten das Beste daraus gemacht.

Das war ihm eine gute Lehre.

Königin Fabrizia erschien an Eduardos Seite, während ihr Ehemann, König Carlo, zu Danielas Eltern und dem Bischof hinüberging, um mit ihnen zu sprechen.

„Es war ein schöner Gottesdienst, Eduardo. Danke, dass du den Duomo dafür zur Verfügung gestellt hast", sagte sie.

„Ich glaube, du hast dem Bischof nahegelegt, dass der Duomo an einem Dienstagabend zwei Stunden lang für ein besonderes Ereignis geschlossen werden könnte, ohne dass der Zeitplan für das Gebäude zu stark beeinträchtigt würde."

„Das habe ich." Sie lächelte. „Ich bitte Organisationen, denen ich Geld spende, nur selten um einen Gefallen, aber unter diesen Umständen … Na ja, ich konnte es nicht lassen."

„Ich glaube nicht, dass der Bischof entrüstet war", erwiderte Eduardo. „Er vollzieht nicht oft Trauungen, vor allem nicht vor so wenigen Menschen. Er scheint es genossen zu haben."

Fabrizia hatte ihnen angeboten, den Palastgarten oder die Hofkapelle der Familie in Sarcaccia zu benutzen, aber Daniela hatte in San Rimini heiraten wollen, wo sie und Royce sich wiedergetroffen hatten. „Er hat dort ein Boot", hatte Daniela der Königin erklärt. „Wir dachten, wir könnten in San Rimini heiraten und auf unserer Hochzeitsreise nach Sarcaccia segeln."

Als die Königin anmerkte, dass eine zweitägige Segeltour viel zu kurz für eine Hochzeitsreise schien, war Daniela puterrot geworden. „Wir, äh, hatten gehofft, wir könnten einige Nächte auf See verbringen, um in den Sternenhimmel zu schauen. Auf dem Mittelmeer gibt es nur sehr wenig Lichtverschmutzung."

Eduardo wäre vor Lachen beinahe erstickt, als Carlo ihm dies erzählte und hinzufügte, dass seine Frau einen ziemlich deutlichen Kommentar darüber abgegeben hatte, was „in den Sternenhimmel zu schauen" für Daniela und Royce bedeuten musste.

„Dies gab mir die Gelegenheit, den Duomo bei Nacht von innen zu sehen", fuhr Fabrizia fort. „Eine Hochzeit bei Kerzenlicht an solch einem alten und sakralen Ort ist ein magisches Ereignis."

„Ja, das stimmt." Eduardo war überrascht über das Gefühl, das bei diesem Gedanken in ihm aufwallte. „Ich glaube wirklich, ihre Beziehung wird die Zeit überdauern."

Fabrizia brummte zustimmend, dann sagte sie: „Ich habe es nie herausgefunden ... Hat Royce die Arbeit in deinen Wohnräumen beendet? Als Carlo letzten Monat während des EU-Gipfels mit dir zu Abend gegessen hat, hatte ich ihn vorher gebeten, es in Erfahrung zu bringen. Aber wie Carlo eben so ist, hat er es vergessen. Renovierungsarbeiten sind für ihn kein Thema, das im Vordergrund steht, vor allem nicht mitten in einem Gespräch über wirtschaftliche Themen."

„Für mich auch nicht", gab Eduardo zu. Nachdem er sich unauffällig umgeschaut hatte, ob jemand im Raum zuhören konnte, sagte er: „Als Royce Helenas Diebstähle entdeckte, war klar, dass es noch zwei Tage dauern würde, bis die Arbeit, die er zur Tarnung ausführte, abgeschlossen sein würde. Ich sagte ihm, dass ich einen anderen Handwerker beauftragen und den Security-Leuten eine plausible Erklärung liefern könnte, ohne dass jemand etwas erfahren würde. Doch er bestand darauf, diese beiden letzten Tage noch selbst zu arbeiten. Er meinte, dies würde dafür sorgen, dass sein Malerbetrieb ein regulärer Handwerksbetrieb blieb, und außerdem hätte er schon so viel geschafft, dass er das Werk nun auch noch zu Ende führen wollte. Ich glaube, das hätte er ebenfalls getan, wenn Daniela nicht zeitgleich damit beschäftigt gewesen wäre, ihre Aufgabe abzuschließen."

„Kein Wunder, dass sie ihn liebt. Daniela würde ebenfalls niemals eine Aufgabe nur zur Hälfte erledigen. Das würde sie in den Wahnsinn treiben."

„Royce hat tatsächlich ganz ausgezeichnet gearbeitet. Er hat sogar die Fußleisten und das Kranzprofil aufgearbeitet, bevor er die Wände gestrichen hat, und besonders Acht gegeben, Teile von historischer Bedeutung zu schützen. Ich hätte keinen Besseren für den Job finden können."

„Und gefällt es dir?"

Sie wusste, er meinte nicht nur die ästhetische Seite. Dass er den großen Raum in dem Bereich verändern ließ, den er und Aletta zusammen in La Rocca bewohnt hatten, bedeutete gewissermaßen, dass er ihre gemeinsame Vergangenheit hinter sich ließ. Es hatte zahllose private Momente in diesen Räumlichkeiten gegeben. Obwohl Eduardo dort schon in seiner Kindheit Weihnachtsgeschenke ausgepackt, zahllose Spiele gespielt und Mahlzeiten im Kreise der Familie eingenommen hatte, als seine Eltern die Zimmer bewohnt hatten, galten seine stärksten Erinnerungen den Momenten, die er mit Aletta darin verbracht hatte: spätabends ein Glas Cognac vor dem Kamin zu genießen und dabei die Ereignisse des Tages durchzugehen. Karten zu spielen. Sich zu lieben. Vier Kinder großzuziehen. In seiner Vorstellung waren alle diese wundervollen Erlebnisse an diesen Ort geknüpft.

„Ich bin dabei, mich daran zu gewöhnen. Er hat hervorragende Arbeit geleistet, aber es fällt mir schwer, nicht das zu vermissen, was war."

Fabrizia strich mit einem Finger über ihre Champagnerflöte. „An Veränderungen müssen wir uns immer erst gewöhnen, egal, ob diese auf unserem eigenen Willen beruhen oder uns durch die Umstände auferlegt wurden. Du und ich, wir haben beides zur Genüge kennengelernt."

Sie und Carlo hatten ernsthafte Schwierigkeiten in ihrer Ehe gehabt. Einige waren der Öffentlichkeit bekannt geworden, andere nur dem inneren Kreis. Und einige, so musste er annehmen, kannten nur die zwei. Diese Probleme hatten Kompromisse auf beiden Seiten erforderlich gemacht.

„Es ist nicht immer einfach, angesichts eines Wandels optimistisch zu bleiben", fuhr sie nachdenklich fort. „Ich bin froh, dass du das bist."

Ihr Blick schweifte zu dem frisch vermählten Paar hinüber, Eduardos ebenfalls. Hinter ihnen standen Danielas Eltern. Sie steckten die Köpfe zusammen und teilten einen intimen Augenblick miteinander. Sie hatten sich entfremdet, hatte Fabrizia ihm erzählt, doch während sie Danielas Hochzeit planten, hatte sich ihre Liebe erneut entfacht.

„Es gibt so viel, was noch vor uns allen liegt." Fabrizias Stimme war kaum mehr als ein Flüstern. „Wer weiß, welches Glück die Zukunft bringen mag?"

Wieder empfand Eduardo die fröhlichen Stimmen, die den Raum erfüllten, als etwas, das sein innerstes Wesen durchdrang und seine Laune hob. In diesem Augenblick drehte Daniela sich um und bückte sich leicht, um den hinteren Saum ihres Hochzeitskleides zu richten. Ihr Blick begegnete Eduardos und Fabrizias und ihr Mund verzog sich zu einem Lächeln, weil sie bei dieser pingeligen Geste beobachtet worden war.

Eduardo und Fabrizia hoben ihre Gläser. Danielas Lächeln wurde breiter, dann sagte der Trauzeuge etwas, das sie zwang, sich wieder dem Gespräch zuzuwenden.

„Auf die Frischvermählten", sagte Eduardo.

Mit einer geübten Bewegung und so leise, dass Eduardo das

Anstoßen nicht einmal hörte, berührte Fabrizia sein Glas mit ihrem. „Auf die Zukunft, was immer sie auch bringen mag. Heißen wir sie willkommen."

Wärme durchflutete ihn, als er einen Schluck von seinem Champagner nahm. Darauf konnten sie beide trinken.

Es war eine wunderschöne Hochzeit.

Ein wunderschöner Neubeginn für sie alle.

Vielen Dank, dass Sie *Im Dienst der Königin* gelesen haben.

Wenn Ihnen das Buch gefallen hat, würde ich mich freuen, wenn Sie eine Rezension auf der Website Ihres bevorzugten Onlineshops oder einer Rezensionsplattform Ihrer Wahl hinterlassen. Das ist sowohl für mich als Autorin als auch für andere Leserinnen und Leser sehr hilfreich.

Besuchen Sie meine Website unter nicoleburnham.com und erfahren Sie mehr über meine nächsten Veröffentlichungen.

Der nächste Titel von Die Royals von San Rimini ist bereits im Verkauf. Lesen Sie weiter für eine Vorschau auf *Eine Braut für Prinz Antony*.

EINE BRAUT FÜR PRINZ ANTONY

Prolog

ROYALS VON HEUTE: DIE NEUESTEN NACHRICHTEN
von V. Dempsey
9. September

GEBURTSTAGSFEIER FÜR SAN RIMINIS KRONPRINZEN
Mit 34 setzt Antony ein neues Zeichen

La Rocca di Zaffiro, SAN RIMINI. Mehr als dreihundert sorgfältig ausgewählte Gäste kamen gestern Abend in diesem Land an der nördlichen Adria zusammen, um in dem berühmten Königlichen Ballsaal des Palastes den vierunddreißigsten Geburtstag von Prinz Antony Lorenzo diTalora zu feiern.

Während des Abends drehten sich die Gespräche nicht um den geplanten Staatsbesuch des Prinzen in China im Verlauf dieser Woche, sondern um sein Alter und seinen Beziehungsstatus. Die diTaloras sind die am längsten ununterbrochen herrschende Familie Europas und können diese Beständigkeit –

zumindest teilweise – auf ihre Tradition zurückführen, jung zu heiraten.

Antony ist nun der älteste Kronprinz von San Rimini, der noch unverheiratet ist und keinen Erben gezeugt hat.

Trotz des Getuschels im Ballsaal schien Prinz Antony nicht daran interessiert zu sein, sich in nächster Zeit zu verloben. Jüngste Berichte haben ihn mit Bianca Caratelli, einer reichen Dame der Gesellschaft, in Verbindung gebracht, aber er machte seinem Ruf als südeuropäischer Playboy-Prinz gestern Abend alle Ehre, indem er das deutsche Supermodel Frida Heit, eine Nachfahrin der britischen Königin Victoria, als seine Begleitung mitbrachte.

Im Laufe des Abends wurde der Prinz beim Tanzen mit Caratelli gesehen, doch er dinierte mit Heit und seiner Schwester, Prinzessin Isabella. Heit brach schon frühzeitig auf, vorgeblich wegen einer Anprobe für eine Modenschau am nächsten Morgen. Antony schien dies jedoch nichts auszumachen, denn er verließ die Party erst weit nach Mitternacht mit einer Gruppe von Freunden seiner Schwester zu einer privaten Feier an einem nicht näher bezeichneten Ort.

Auffällig war König Eduardos Abwesenheit bei dem Fest, wodurch Gerüchte neue Nahrung erhielten, dass der Gesundheitszustand des Monarchen nicht so robust ist wie behauptet. In einer offiziellen Erklärung des Palastes heißt es, der König habe sich „um wichtige Staatsangelegenheiten gekümmert". Aus dem Umfeld der königlichen Familie verlautet jedoch, dass der König keine offiziellen Pflichten hatte und den Abend in seinen Privaträumen im Palast verbrachte.

Der König wurde seit mehreren Wochen nicht mehr bei seiner regelmäßigen morgendlichen Laufrunde gesichtet, der Palast hat sich jedoch nicht zu dieser Änderung seiner Tagesroutine geäußert.

Sollten sich die Gerüchte bewahrheiten, wird Prinz Antony möglicherweise nicht mehr lange der Playboy-Prinz bleiben.

Mehreren Insidern zufolge könnte König Eduardos Gesundheitszustand ihn zwingen, eine arrangierte Ehe für seinen ältesten Sohn in Betracht zu ziehen.

Auf diese Möglichkeit angesprochen, räumt Conte Giovanni Sozzani, ein langjähriger Freund des Königs, ein: „Es klingt antiquiert, macht aber durchaus Sinn. König Eduardo stellt seine königlichen Pflichten immer an die erste Stelle und er glaubt, dass es seine wichtigste Aufgabe ist, den Fortbestand der diTalora-Linie zu sichern. Wenn Antony nicht bald heiratet, wird König Eduardo das Gefühl haben, dem Volk von San Rimini etwas schuldig geblieben zu sein."

Antony lehnte jeden Kommentar zu derartigen Plänen ab.

Kapitel 1

Die Latrine drohte in spätestens einer Stunde überzulaufen.

Jennifer Allen stützte sich auf ihre Schaufel und trank in tiefen Zügen aus ihrer ramponierten Feldflasche. Ihre Arme und ihr Rücken schmerzten von einem Nachmittag, den sie mit schweren Grabarbeiten in der Sommerhitze zugebracht hatte. Der Schweiß rann ihr in die Augen, wodurch ihre Kontaktlinsen brannten, aber sie konnte jetzt nicht aufhören.

Wenn sie und die anderen Hilfskräfte nicht bald das Loch für die neue Latrine ausgehoben hatten, würden die Bewohner des Haffali-Flüchtlingslagers vielleicht den nahe gelegenen Fluss nutzen, um sich zu erleichtern. Dummerweise lieferte der Fluss auch das Wasser für die Duschen und die Wäsche im Lager.

Jennifer ließ ihre Feldflasche auf den Boden fallen und wandte sich wieder ihrer staubigen Arbeit zu. Als sie die Schaufel hob, um zu graben, sah sie einen überraschend sauberen weißen Transporter, der sich den zerklüfteten Berghang hinunter zum Lager bewegte. Sie lehnte ihre Schaufel an den Rand der Grube. Den Wagen hatte sie schon einmal gesehen. Er gehörte einem amerikanischen Nachrichtensender.

„Hey, Pia." Sie wartete, bis sie die Aufmerksamkeit der stellvertretenden Leiterin des Camps hatte, und wies dann auf die holprige Straße. „Hast du eine Ahnung, was die hier wollen?"

Der Bürgerkrieg in Rasovo tobte nun schon seit sechs Monaten und nur wenige amerikanische Nachrichtenagenturen hatten das Lager besucht, selbst in den frühen Tagen des Krieges, als das amerikanische Interesse an den vertriebenen Bewohnern des Landes seinen Höhepunkt erreicht hatte – wenn man es als Höhepunkt bezeichnen konnte, dass ein Bericht um drei Uhr nachts in den Nachrichten des Senders zu sehen war, dem der weiße Transporter gehörte. Da es in der letzten Zeit in dieser Gegend keine Bombenanschläge gegeben hatte, fiel Jennifer kein Grund ein, warum die Journalisten gerade heute einen Überraschungsbesuch machten.

Wenn die Flüchtlingshilfe, für die sie arbeitete, das Haffali-Lager jedoch für diejenigen, die vor den Kämpfen flohen, weiter offen halten wollte, brauchten sie mehr Spenden. Und noch dringender – sie blickte auf die lange Warteschlange vor der einzigen funktionierenden Latrine – Fachkräfte und Freiwillige, die bereit waren, nach Rasovo zu kommen und mit anzupacken. Vielleicht konnte sie die Störung in eine gute Gelegenheit verwandeln.

„Oh, Mist", brummte Pia, als sie aus der halbfertigen Grube kletterte, um einen besseren Blick auf den Transporter zu haben. „Sie müssen das Gerücht über Prinz Antony gehört haben. Ich hoffe, es macht ihnen nichts aus, mit uns zu reden, während wir arbeiten."

„Welches Gerücht?" Jennifer konnte sich nicht vorstellen, was Europas heißestes Motiv für Titelseiten der Boulevardzeitungen mit dem Haffali-Lager zu tun haben sollte. Abgesehen von der Tatsache, dass sowohl Rasovo als auch sein Heimatland

San Rimini auf dem nördlichen Ende der Balkanhalbinsel lagen, sah sie keine Verbindung.

Pia hob eine Augenbraue. „Habe ich dir das nicht erzählt? Einige der Bewohner von Zelt B haben im Radio gehört, dass Prinz Antony das Lager morgen besuchen will. Sie baten mich um Bestätigung, da ich aus San Rimini bin. Ich habe aber nie eine Nachricht vom Palast erhalten, also habe ich ihnen gesagt, dass es nur ein Gerücht ist.“

Auch über Jennifers Schreibtisch war nichts gegangen.

„Ich bin sicher, du hast Recht. Prinz Antony betreut Hunderte von sauberen Wohltätigkeitsvereinen anderswo in Europa, die er für seine Öffentlichkeitsarbeit nutzen kann. Warum sollte er einen guten Anzug bei einem Besuch hier schmutzig machen?“ Die verstorbene Mutter des Prinzen, Königin Aletta, war bei Menschenrechts- und Wohltätigkeitsorganisationen für ihr großes und leidenschaftliches Engagement bekannt gewesen. Auch wenn Antony und seine Geschwister nach dem Tod der Mutter vor fünf Jahren eingesprungen waren, hatte Antony nicht das Fingerspitzengefühl seiner Mutter. Einige im Non-Profit-Sektor glaubten, dass er immer noch dabei war, Fuß zu fassen, während andere spekulierten, dass seine Auftritte so kalkuliert waren, dass sie das öffentliche Image seiner Familie am ehesten verbesserten. Niemand beschwerte sich, weil diese Auftritte die Aufmerksamkeit erhöhten, aber Jennifer nervte ein solches Verhalten.

Sie schüttelte den Kopf und dachte an die Pracht des Palastes von San Rimini. Das Lager in Haffali lag nur einen Tagesmarsch von der Grenze entfernt, doch die Leichtigkeit des Lebens auf San Riminis Seite der Berge erweckte den Anschein, als wäre es eine ganz andere Welt, weit weg von den Verwüstungen in Rasovo. Es war Pech für die Menschen in Haffali, dass die meisten Einwohner von San Rimini nichts an dieser Situation ändern wollten.

Viele Stimmen erhoben sich, als einige der Flüchtlinge den Übertragungswagen entdeckten.

„Was willst du tun?", fragte Pia. „Wir haben keine Zeit für so etwas."

Jennifer schob eine verirrte Locke unter ihre Colorado-Rockies-Kappe, dann hob sie ihre Schaufel. „Lass uns weitergraben. Bis die Journalisten mich gefunden und erfahren haben, dass kein königlicher Besuch geplant ist, wird die Grube fertig sein. Dann kann ich versuchen, sie zu einem Bericht über das Lager als solches zu bewegen. Um die Nachricht zu verbreiten, dass wir dringend mehr Hilfskräfte brauchen."

Pia schnaubte, als sie zurück in die Grube sprang, um weiterzuschaufeln. „Nette Idee, Jen, aber warum sollte jemand von einem überfüllten, deprimierenden Flüchtlingslager berichten, wenn sein Auftrag darin besteht, den Leuten ein paar Bilder von einem stinkreichen, umwerfend schönen Märchenprinzen auf den Bildschirm zu zaubern?"

Jennifer stimmte im Stillen zu, schwor sich aber, die Reporter zu einem Artikel über ihren Bedarf an Hilfskräften zu überreden.

Außerdem hatte sich der Märchenprinz, wenn sie sich richtig an das Märchen erinnerte, nicht ein einziges Mal die Hände schmutzig gemacht, um Aschenputtel bei ihrer Arbeit zu helfen. Er tanzte auf Bällen im Schloss und hatte eine Vorliebe für zierliche Glasschühchen. Sie dagegen brauchte Leute, die bereit waren, mit anzupacken und zu helfen. Leute, die Arbeitsschuhe zu schätzen wussten. Keinen Märchenprinzen.

DIE ROYALS VON SAN RIMINI

Im Dienst der Königin

Ein Braut für Prinz Antony

Eine Beraterin für Prinz Marco

Ein Ritter für Prinzessin Isabella

Eine neue Liebe für Prinz Federico

Küsse für König Eduardo

ÜBER DEN AUTOR

Nicole Burnham ist die preisgekrönte Autorin von über zwanzig Romanen.

Wenn Sie mehr über ihre Bücher erfahren oder ihren deutschsprachigen Newsletter mit Bonusmaterial und Informationen zu kommenden Veröffentlichungen erhalten möchten, besuchen Sie bitte nicoleburnham.com.